KB180700

분단소설 연구

이 저서는 2011년 정부(교육부)의 재원으로 한국연구재단의 지원을 받아 수행된 연구임(NRF-2011-812-A00134)

분단소설 연구

조 구 호

역락

머리말

한국 사회를 옭아매고 있는 가장 크고 단단한 올가미는 남북 분단이다. 남북 분단으로 인한 문제는 초등학생의 교육에서부터 노인 복지에 이르기까지 사회 전 분야에 걸쳐 있다. 나라 밖으로는 무역과 대외 관계를 비롯해 개인과 국가의 활동을 옥죄는 사슬이 되고 있다. 그럼에도 남북 분단은 60년이 더 지난 현재에도 해결될 실마리가 보이지 않는다. 분단 상황이 60년 이상 지속되면서 단일 민족의 구심점이었던 언어가 조금씩 달라지고, 역사적 사실과 그 이해에 있어서도 현격한 차이를 보이는 등 민족의 삶이 다방면에서 이질화되고 있다.

남북 분단의 벽은 하루빨리 허물어야 할 민족의 과제이다. 다음 세대에게 앞 세대가 겪었던 고통을 그대로 넘겨줄 수 없는 것이다. 남북 분단의 벽을 허물기 위해 각 분야에서 많은 이들이 헌신적인 노력을 기울여 왔고, 또 끊임없이 노력하고 있다.

문학도 예외는 아니었다. 최인훈의 『광장』(1960)을 기점으로 2000년대까지 이호철, 윤흥길, 김원일, 전상국, 홍성원, 문순태, 조정래, 이청준, 황석영, 박완서, 김주영, 송기원 등 많은 작가들이 분단 극복을 위한 문학적 노력을 해왔다. 그렇지만 남북 분단이 반세기 이상 지속되면서 문학적 노력은 피로감에 지쳐 답보상태에 머물러 있는 실정이다. 그동안 분단 극복을 위한 문학적 노력은 남북 대결 상황을 극복하고 통일을 지향하는데 기여해야 한다는 사명감과, 현실적 여건의 괴리 사이에서 뚜렷한 돌파구를 마련하지 못했다. 이념 대립으로 인한 가해・피해 당사자들이 생존해 있는 상황에서 정서적 공유, 민족 공동체의식 회복 등 기존의 분단 극복 방안을 뛰어넘는 새로운 대안을 제시하기는 쉽지 않았던 것이다. 하지만 분단의 벽을 허물기 위한 새로운 길 찾기는 계속되어야 한다.

'분단 극복을 위한 문학적 노력'에 대한 연구도 지속적으로 이루어져 왔으나, 기존의 연구를 뛰어넘는 새로운 방안을 제시하지 못하고 있다. 그동안 분단소설에 대한 연구는 일제강점기를 겪으면서 신분과 사상으로 인한 갈등이 첨예하게 대립되었던 지역적 특징(locality)은 간과한 채, 주로 좌우 이데올로기의 대립으로 야기된 분단의 상처와 그 극복의 문제에 집중되었다. 분단의 상처를 치유하고 그것을 극복하는 문제는 민족의 화해와 통일을 대비하기 위하여 중요한 것이지만, 반상(班常)의 유습으로 인한 신분적 차별과 친일 지주들의 횡포가 심했던 지역적 특징으로 인해 야기된 이념의 갈등에 대해서는 문학적 조명이 미흡했다.

일제강점기를 거치면서 양반과 상민의 신분 질서가 무너지고, 대한민국 정부 수립으로 모든 국민이 동등한 인권과 자유를 보장받게 되었지만, 반상의 구분이 심했던 지역에서는 상당 기간 동안 신분 차별이 지속되어 갈등이 빈번하게 야기되었다. 그 뿐만 아니라, 일제의 식민지 지배정책에 동조하고 협조하여 부를 축적한 인사들이 해방 이후에도 득세하여 민족 간 갈등이 끊이지 않았다. 이러한 갈등은 남북의 이념 갈등과 뒤섞여 복잡하게 전개되었다. 따라서 지역적 특징으로 인한 이념 갈등과 그 상처를 극복하는 문제는 민족의 화해와 통일을 위해서도 중요한 문제인 것이다.

이러한 착안에서 시도된 것이, 이 책의 1부인 '분단소설과 지역성'에 대한 연구이다. 이것은 2011년 한국연구재단의 '인문저술지원사업'에 채택되어 3년간 작업한 결과물이기도 하다.

이 책의 1부에서는 김원일, 이병주, 조정래, 박완서 등의 분단소설을 작품의 주요 배경인 지역적 특징과 관련하여 살펴보았다. 경남 진영을 주요 배경으로 한 김원일의 분단소설은 백정을 비롯한 상민들이 사회적 모순을 깨닫고 빨치산에 가담하여 활동하다가 비참한 최후를 맞는 과정과 가족들이 겪는 고난을 형상화하고 있다. 초기의 대표작 「어둠의 혼」에서 형상화된 좌우 이념 대립으로 가족이 겪는 고난과 비극은 『노을』, 『겨울 골짜기』, 『불의 제전』 등에서는 마을과 지역의 문제로 확대되고, 해결 방안으로 상처에 대한 객관적 조명과 민족공동체의 구성을 제시하고 있다.

경남 진주 지역과 지리산이 작품의 주요 배경인 이병주의 분단소설에서는 이념의 갈등으로 인한 고난과 비극보다는 반공주의가 강조되고, 작가의 시대인식도 우월의식에 젖어 있다. 그래서 좌우 이데올로기 대립도 역사적 사실들을 객관적으로 제시하기보다는 반공주의에 입각하여 공산주의 이념을 비판하고 공산주의자들의 비인간성을 고발하는데 치우쳐 있다. 그것은 그가 자라고 성장한 진주지역이 소작인과 지주와의 갈등보다는 양반과 평민, 평민과 천민, 양반과 천민 사이의 신분적 갈등이 중요한 문제로 부각된 것과 관련이 깊다.

조정래의 분단소설에서 주요 배경은 벌교를 중심으로 한 지리산 일대이다. 벌교는 식민지 수탈의 내막과 농지개혁을 둘러싼 지주와 소작인 간의 대립과 갈등, 그리고 여순사건 등이 있었던 역사적 공간이다. 지리산은 좌익계열의 인물들에게는 사회주의이념을 실현하기 위한 투쟁의 마지막 보루였고, 부당한 권력과 자본의 횡포에 짓눌려 생존의 위기에 직면한 민중들에게는 도피처였다. 이런 공간을 배경을 전개되는 조정래의 분단소설은 초기에는 주로 민중들의 고난과 애환을 부각하는데 중점을 두었고, 장편 『태백산맥』에서는 민중들이 당해야 하는 고난의 원인을 깨닫고 그것을 타파하기 위한 노력에 중점을 두고 있다.

박완서의 분단소설은 서울을 배경으로 전쟁과 공산주의 이념을 강요하는 체험을 다루고 있다. 서울은 6·25전쟁 기간에 인민군과 국군이 번갈아 지배하여 피란하지 못한 민중들이 극심하게 고통 받는 공간이었다. 그런 서울에서 박완서는 피난하지 못한 잔류민으로 겪어야 했던 고난을 형상화하고 있다.

2부에서는 분단소설 작가 작품론이다. 황석영, 윤흥길, 문순태, 이청준 등의 작품 중 분단소설에서 드러나는 작가의 역사인식과 작품의 특징 등을 살펴본 것이다. 이들은 작품 활동 초기부터 남북 분단이 사회 전반의 민주화는 물론 개인의 자유까지 억압하고 통제한 폭력이라는 것을 인식하고, 남북 분단으로 야기되는 각종 부조리와 질곡을 타파하고자 문학적 노력을 기울여 왔다.

분단 극복을 위한 노력으로 민족 고유의 정서 회복과 혈연적 동질성을 강조하기도 했고, 가해자들의 고백과 참회를 전제로 분단의 상처와 고통을 껴안고 함께 공유하는 주체적 자세를 제시하기도 했다. 황석영의 『무기의 그늘』이나 『손님』에서와 같이 한반도의 분단은 민족 내부 문제만이 아닌 세계사적 문제와 맞물려 있다는 것을 지적하며, 남북한의 문제라는 인식을 뛰어넘는 세계사적 시각을 역설하기도 했다.

이들 작가의 작품들에서 드러나는 특징을 밝혀 보기 위해 여러 학술지에 쓴 글들을 다시 손을 보기도 하고, 더러는 발표된 그대로를 체제만 바꾸어 이 책에 실었다. 미흡한 글들이지만 분단 문제와 관련한 문학적 논의에 참고가 되었으면 하는 바람에서다.

2016년 3월
조 구 호

차례

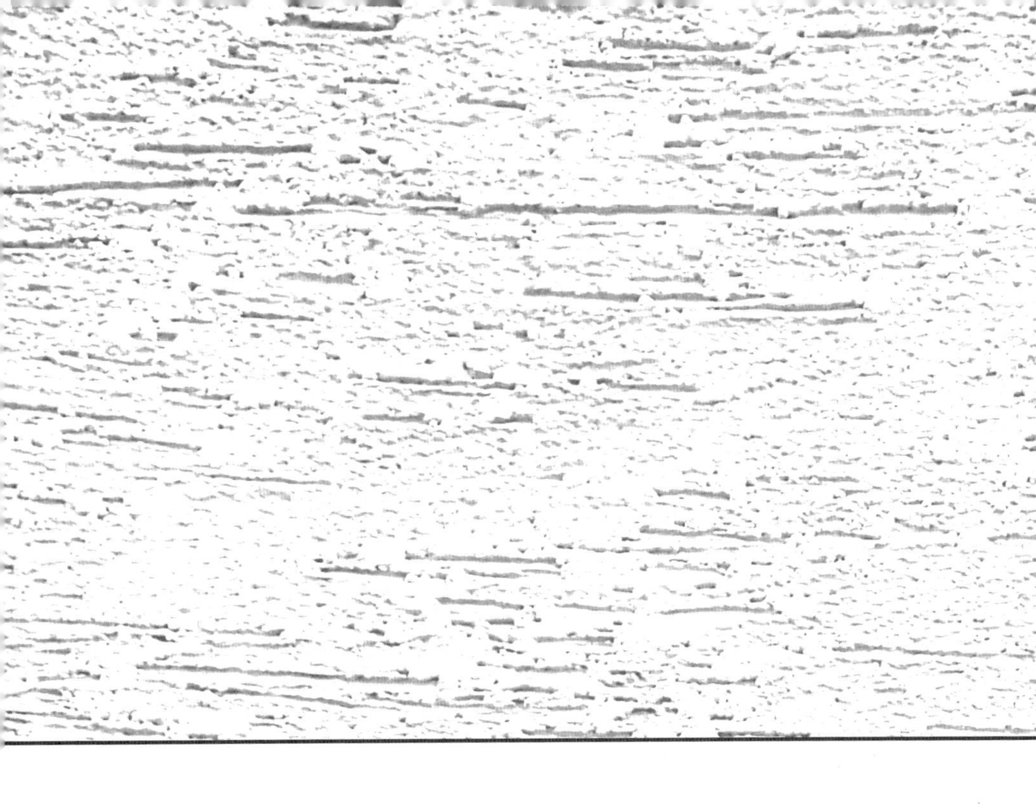

제1부

분단소설과 지역성

1장 서 론

1. 연구 목적

한국 현대문학에서 큰 비중을 차지하며 현재까지 꾸준히 다루어져 온 소재 중의 하나는 6 · 25전쟁[1]과 남북 분단으로 야기되는 문제이다. 그것은 6 · 25전쟁의 상처가 아직도 많은 사람들의 몸과 마음에 직접 또는 간접으로 남아 있고, 남북으로 흩어져 있는 가족들조차 왕래가 자유롭지 못한 분단 현실 때문이다. 그리고 남북 분단으로 인해 파생되는 이념 간, 계층 간의 갈등과 대립이 사회적 문제를 야기하고 있기 때문이기도 하다. 이러한 분단 상황이 반세기 이상 지속되면서 단일 민족의 구심점이었던 언어가 조금씩 달라지고, 역사적 사실과 그 이해에 있어서도 현격한 차이를 보이는 등 민족의 삶이 다방면에서 왜곡되고 있는 실정이다.

남북 분단이 고착화한 이후 분단 극복을 위한 문학적 노력은 최인훈의

1) 1950년 6월 25일 북한의 침략으로 전개된 3년간의 전쟁에 대해 그동안 '6 · 25사변', '한국전쟁' 등의 명칭이 사용되었으나, 최근 주체적이면서 중립적인 의미로 '6 · 25전쟁'이라는 용어를 사용하고 있어 여기서는 그것을 따르기로 한다(김학준, 「6 · 25전쟁에 관한 몇 가지 예비적 토론」, 『탈냉전시대 한국전쟁의 재조명』, 백산서당, 2000, 17-41쪽 참조).

『광장』(1960)을 기점으로 하여 1990년대까지 윤흥길, 김원일, 전상국, 홍성원, 문순태, 조정래, 이청준, 박완서, 황석영 등에 의해 다양하게 이루어졌으나, 남북 분단이 반세기 이상 지속되면서 문학적 노력은 피로감에 지쳐 다소 답보상태에 머물러 있다. 2000년대에 들어 외형적으로는 금강산 관광과 개성공단 조성 등으로 분단의 철벽이 조금씩 무너지고 있다.

그러나 여전히 북한 당국의 철저한 통제로 북한 주민들과 자유로운 접촉이나 여행이 불가능하여 분단 극복을 위한 실질적인 교류는 차단되어 있다. 이러한 상황에서 통일을 위한 문학적 노력은 혈연적 정서에 기반한 민족의 동질성 회복이라는 당위성을 반복적으로 강조해 왔던 것이다. 분단 극복의 시작과 끝이 민족의 동질성 회복에 있다고 할 것이나, 통일시대를 위한 새로운 물길을 틔우기 위하여 답보상태에 머물고 있는 문학적 성과에 대한 반성적 검토가 요청된다고 하겠다.

그동안 통일시대를 위한 문학적 노력은 남북 대결 상황을 극복하고 통일을 지향하는 데 기여해야 한다는 사명감과, 그것을 충족할 수 있는 현실적 여건 사이의 괴리에서 방향이 분명하지 못했다. 남북 분단 체제는 이미 남북한의 의사와 관계없이 국제 정치 역학과 밀착되어 있고, 남북한의 정치 구도도 민족의 통일을 위한 노력보다는 정권 유지에 더 골몰하고 있다. 이런 상황에서 문학이 현실적 여건의 개선에 얼마나 보탬이 될 수 있느냐 하는 것은 적지 않은 고민이었다. 그 때문에 분단 극복을 위한 문학적 노력은 혈연적 동질성을 기반으로 한 화해의 논리를 강조하는 수준에서 크게 벗어날 수 없었다.

이러한 점에서 분단 극복을 위한 노력의 일환으로 분단소설[2)]의 지역적

---

2) 분단소설을 바라보는 시각에는 크게 두 가지 관점이 있다. 하나는 분단 상황에 대한 역사적 인식을 가지고 그것의 극복을 위해 창작된 소설로 보는 태도이다. 그리고 다

특성을 중심으로 고찰해 보고자 한다. 한국 분단소설에서 나타나는 이념적 갈등과 그 극복의 문제가 지역(locale)에 따라 어떻게 형상화하고 있는가를 고찰하고자 하는 것이다. 이것은 분단소설의 성과와 과제를 새롭게 점검하고 고찰하기 위해서이다. 그동안 분단소설에 대한 연구는 일제강점기를 겪으면서 신분과 사상으로 인한 갈등이 첨예하게 대립되었던 지역적 특징(locality)은 간과한 채, 주로 좌우 이데올로기 대립으로 인한 분단의 상처와 그 극복의 문제에 집중되었다. 분단의 상처를 치유하고 그것을 극복하는 문제는 민족의 화해와 통일을 대비하기 위하여 중요한 것이지만, 반상(班常)의 유습으로 인한 신분적 차별과 친일 지주들의 횡포가 특히 심했던 지역적 특징으로 인해 야기된 이념의 갈등에 대해서는 문학적인 조명이 미흡했다.

일제강점기를 거치면서 반상에 의한 신분적 질서가 상당 부분 와해되고, 대한민국 정부 수립으로 모든 국민이 동등한 인권과 자유를 보장받게 되었지만, 반상의 구분이 심했던 지역에서는 상당 기간 동안 신분 차별이 지속되어 갈등이 빈번하게 야기되었다. 그뿐만 아니라, 일제의 식민지 지배정책에 동조하고 협조하여 부를 축적한 인사들이 해방 이후에도 득세하여 민족 간 갈등이 끊이지 않았다. 이러한 갈등이 남북의 이념적 갈등

른 하나는 분단을 소재로 한 작품이나 혹은 분단 상황이 잘 드러나 있는 소설을 분단소설로 보는 입장이 그것이다. 전자는 '존재해야 하는 것'으로서의 문학의 역할을 강조하는 태도라고 할 수 있다. 이러한 태도는 분단소설이 분단 상황의 극복을 위해 적극적인 역할을 해야만 한다는 명확한 목적성을 띠고 있다. 후자는 보다 유연하고 포괄적인 방법으로서 '존재하는 것'으로서의 분단소설을 논의하려는 입장이라고 할 수 있다. 분단소설에 대한 개념정의에서 이와 같은 태도를 두드러지게 나타내는 논지를 든다면 전자에는 임헌영(『민족의 상황과 문학사상』, 한길사, 1986), 후자에는 정호웅(「분단문학의 새로운 넘어섬을 위하여」, 『반영과 지향』, 세계사, 1995)을 들 수 있다. 절충적 입장을 보이고 있는 논자로는 김승환(「분단문학과 분단시대」, 김승환·신범순 편, 『분단문학비평』, 청하, 1987)을 들 수 있다.

과 뒤섞여 복잡하게 전개되었다. 따라서 지역적 특징으로 인한 이념의 갈등과 상처를 극복하는 문제는 민족의 화해와 통일을 위해서도 중요한 문제이다.

그리고 '분단소설과 지역성'에 대한 연구는 남북 분단을 극복하고 통일시대를 위한 문학적 노력의 일환이기도 하다. 그동안 분단 극복을 위한 문학적 노력은 다각적으로 이루어져 '분단문학'[3]이라는 용어가 학술적으로 통용되고 있고, 남북통일과 민족 화해를 위한 노력도 상당 부분 축적되었다. 그러나 분단의 중요한 원인 중 하나인 지역적 특징으로 인한 갈등을 다룬 문학작품에 대한 연구는 아직 미흡하다. 따라서 이 글은 지역적 특징으로 인한 이념 갈등을 다룬 작품들에 대한 연구를 바탕으로, 분단의 상처와 그 극복을 위한 문학적 노력에 보탬이 되고자 한다.

2. 연구사 검토

이제까지 분단소설에 대한 연구는 적지 않은 성과를 축적했다. 김병익,[4] 백낙청,[5] 임헌영,[6] 이재선,[7] 신경득,[8] 김윤식,[9] 정호웅,[10] 김승

3) 분단문학의 개념에 대해서는 많은 논자들에 의해 다양한 견해가 제시되었는데, 주목할 만한 것으로는 다음과 같은 것이 있다. 임헌영(『민족의 상황과 문학사상』, 한길사, 1986.) 김승환(「분단문학과 분단시대」, 김승환·신범순 편, 『분단문학비평』, 청하, 1987), 정호웅(「분단문학의 새로운 넘어섬을 위하여」, 『반영과 지향』, 세계사, 1995), 권영민, 『한국현대문학사 : 1945~1990』, 민음사, 1992) 등이다.

4) 김병익, 『상황과 상상력』, 문학과지성사, 1976.
______, 「분단의식의 문학적 전개」, 『문학과 지성』, 1979년 봄호.

5) 백낙청, 「분단시대의 문학과 사상」, 『씨올의 소리』, 1976.
______, 『분단체제 변혁의 공부길』, 창작과비평사, 1994.
______, 『통일시대의 한국문학의 보람』, 창작과비평사, 2006.

6) 임헌영, 「분단의식의 문학적 전개」, 『문학과 지성』, 1977.
______, 『분단시대의 문학』, 태학사, 1992.

환,[11] 이동하,[12] 전영태,[13] 이명재,[14] 김화영,[15] 권영민,[16] 심정민,[17] 유임하,[18] 권명아,[19] 강진호,[20] 이봉일,[21] 안남일,[22] 고인환[23] 등 많은 연구자들에 의해 폭넓게 이루어졌다.

김병익이 「분단의식의 문학적 전개」에서 '6·25전쟁에 대한 인식을 전전, 전중, 전후의 작가군으로 나누고 50년대의 피해 의식에서 60년대의 내면화를 거쳐 70년대의 자기화로 점진적으로 이루어졌다'고 한 이후 분단을 인식하는 태도와 관련한 연구가 활발하게 진행되었고, 신경득, 김윤식 등의 분단소설 작품들에 대한 꼼꼼한 분석은 연구 영역을 확장시키는 계기가 되었다. 특히 백낙청의 '분단체제의 변혁'을 위한 다각적

---

7) 이재선, 『한국현대소설사』, 홍성사, 1979.
8) 신경득, 『한국전후소설연구』, 일지사, 1983.
9) 김윤식, 『우리 소설과의 만남』, 민음사, 1986.
______, 『운명과 형식』, 솔, 1992.
10) 정호웅, 「분단문학의 새로운 넘어섬을 위하여」, 『한국문학』, 1986. 8.
______, 『반향과 지성』, 세계사, 1995.
11) 김승환, 「분단문학과 분단시대」, 김승환·신범순 편, 『분단문학비평』, 청하, 1987.
12) 이동화, 「분단소설의 세 단계」, 『분단문학 비평』, 청하, 1987.
13) 전영태, 「6·25와 한국소설의 재발견」, 『분단문학 비평』, 청하, 1987.
14) 이명재, 『변혁기의 한국문학』, 문학세계사, 1990.
15) 김화영, 『분단상황과 문학』, 국학자료원, 1992.
16) 권영민, 「분단문학의 역사적 전개」, 『소설과 운명의 언어』, 현대소설사, 1992.
17) 심정민, 「분단소설의 변모과정」, 중앙대 대학원 석사논문, 1994.
18) 유임하, 『분단현실과 서사적 상상력』, 태학사, 1998.
______, 『기억의 심연』, 이회, 2002.
19) 권명아, 「한국 전쟁과 주체성의 서사」, 연세대 박사논문, 2001.
20) 강진호, 「분단현실의 자기화와 주체적 극복 의지」, 『1970년대 문학연구』, 소명출판, 2000.
______, 『탈분단시대의 문학논리』, 새미, 2002.
21) 이봉일, 『1950년대 분단소설연구』, 월인, 2001.
______, 『이데올로기의 유령을 넘어서』, 월인, 2002.
22) 안남일, 「현대소설에 나타난 분단콤플렉스 연구」, 고려대 대학원 박사논문, 2002.
______, 『기억의 공간과 소설현상학』, 나남출판, 2004.
23) 고인환, 「황석영의 손님 연구-탈식민주의 담론의 현재적 가능성을 중심으로」, 『한국학논집』39집, 한양대학교 한국학연구소, 2005.

인 노력은 문학 연구자들뿐만 아니라 일반인들에게도 시사하는 바가 적지 않았다.

이들의 연구를 바탕으로 유임하, 권명아, 강진호, 안남일, 고인환 등은 분단소설에 대한 새로운 시각으로 연구 성과를 도출하려고 했다. 유임하는 『분단현실과 서사적 상상력』에서 분단소설이 민족의 상처를 극복하고 화해를 위해 어떻게 모색했는가 하는 것에 주목했고, 강진호는 『탈분단시대의 문학논리』에서 민족의 삶을 구속하고 있는 이데올로기의 감옥으로부터 벗어나기 위해서는 분단으로 인한 개인들의 마음속에 각인된 양가치적 사고를 척결해야 한다고 했다. 안남일은 이제까지 주로 분단으로 인한 갈등과 그 극복을 중심으로 이루어졌던 연구에서 한 걸음 나아가 분단이 개인은 물론 우리들 사회 전반에 어떻게 작용하고 있는가를 고찰했다. 그는 아직도 우리 사회 곳곳에 잔재하고 있는 이른바 '분단 콤플렉스'에 대한 연구로 분단 극복을 위한 새로운 측면을 부각시켰다. 그리고 고인환의 연구는 남북 분단을 민족 내부 문제로 국한하지 않고, 세계사적 문제와 결부된 탈 식민지적 시각에서 조명하려고 했다. 이러한 노력을 바탕으로 분단 극복을 위한 문학적 노력이 다방면에서 활발하게 이루어져[24] 분단소설에 대한 새로운 모색을 기대하게 되었다.

그렇지만 분단소설의 지역적 특징에 대한 연구는 아직 미미하다. 황광수,[25] 이동재,[26] 김윤식,[27] 조구호[28] 등에 의해 부분적으로 연구가 이루

---

24) 최근의 연구로는, 건국대학교 통일인문학연구단의 『분단 극복을 위한 인문학적 성찰』(선인, 2009)을 들 수 있다.

25) 황광수, 『땅과 사람의 역사』, 실천문학사, 1996.

26) 이동재, 「한국문학과 지리산의 이미지」, 『현대문학이론 연구』 29호. 2006.

27) 김윤식, 「지리산의 사상과 『지리산』의 사상」, 『지리산』 7권, 한길사, 2006.
______, 『이병주와 지리산』, 국학자료원, 2010.

28) 조구호, 「현대소설에 나타난 '지리산'의 문학적 형상화와 그 의미」, 『어문론총』 47호, 2007.

어지기는 했으나, 이들 연구는 몇몇 작품을 대상으로 하여 분단소설의 지역적 특징을 파악하는 데는 미흡했다.

그동안 분단소설에 대한 연구는 지역적 특징(locality)은 간과한 채, 주로 좌우 이데올로기의 대립으로 인한 분단의 상처와 그것을 극복하는 문제에 집중되었다. 이것은 문제의 원인보다는 현상에만 중점을 둔 것이다. 문제를 해결하기 위해서는 현상에 대한 설명과 이해보다는 원인에 대한 규명과 치유가 더 우선되어야 하는 것은 자명하다. 분단 갈등의 주요한 원인으로 지적되고 있는 토지의 소유와 분배 문제는[29] 한국 근대사에서 굴곡의 핵심이었다. 토지는 민중들에게는 생존의 보루이지만, 지배층에게는 기득권을 유지하는 수단이었다. 그렇기 때문에 이것은 반상(班常)의 유습으로 인한 신분적 차별과 결부되고, 일제강점기를 겪으면서 친일 지주들의 횡포에 대한 불만과 갈등과도 연결되어 있다. 이러한 갈등이 이념적 갈등과 뒤섞여 남북 분단과 6·25전쟁으로 전개되었다. 따라서 지역적 특징으로 인한 분단의 갈등과 상처를 극복하는 문제는 민족 화해와 통일 방안을 모색하기 위해서도 중요한 문제이다.

3. 연구 방법 및 범위

주지하는 바와 같이 소설에서 공간의 문제는 사실적 정확성이란 관점에서 판단되는 것이 아니라, 스토리를 위해서 무엇을 성취했는가 하는 문제와 결부된다.[30] 즉, 소설에서 공간은 인물과 사건의 리얼리티를 제공해주는 기능에서 점차 확대되어 주제와 인물에 긴밀히 연결되면서 작

29) 사꾸라이 히로시, 「한국 농지개혁의 재검토」, 『한국현대사의 재조명』, 돌베개, 1982. 363쪽.
30) Joseph A. Kestner, 『The Spaciality of the Novel』, Wayne State Univ. Press, 1978, 9쪽.

품의 독특한 분위기를 조성하기도 하고, 이야기의 심미적 양상을 결정하는 중요한 요인이 되기도 한다는 것이다. 이러한 점은 소설의 특성과 관련한 것이기도 하다. 소설은 시간과 공간의 제약을 받으며 한정된 범주에서 창조된다. 작가가 정해 놓은 공간의 특성에 따라 작중 인물의 특성이 창조되고, 그 범주 안에서 작중 인물의 행동도 구체화된다. 따라서 공간은 인물이 등장하는 환경에만 그치지 않고, 인물의 내적 세계를 반영하고, 인물의 감정이나 의식세계에 작용하여 영향을 주고, 마침내는 작가의 주제의식을 드러내는 주요한 문학적 장치로 기능한다. 그러므로 공간의 문제는 현대소설을 이해하는데 필수적이며, 서사물에서 공간이 어떤 의미를 지니는가를 밝히려는 것은 서사 텍스트의 본질을 규명하는 작업이 되는 것이다.

최근에 부각되고 있는 문학의 지역성과 관련하여, 지역은 다양한 문학적 주체가 탄생하여 사회적 관계를 생산하는 공간으로 인식되고 있다. 지역은 그것이 지닌 장소적 의미뿐만 아니라, 역사적·문화적·사회적 의미를 포괄한다. 특정 지역과 장소를 묶는 공동체의식과 그와 관련한 문화적·정신적 태도 등은 지역성을 파악할 수 있는 주요 기제이며, 언어·문화·관습·제도 등은 이러한 것의 토대가 된다. 지역성에 대한 연구는 특정 공간에 대한 사회문화적 의미체계 속에서 그 대상의 사회적·정치적·문화적 의미를 파악해 내는 것이 중요하다. 특정 지역에 대한 사회문화적 콘텍스트(context)에 대한 면밀한 고찰 없이 지역성을 제대로 파악하기는 어렵다. 따라서 지역적 특징에 따른 분단소설의 전개양상과 특징 등에 대한 연구는 역사적·문화적·사회적 맥락 안에서 결정되는 다수의 시공간성과, 그 안에서 살아가고 활동하는 주체들의 활동 무대로서의 지역을 출발점으로 삼는다. 그리고 여기에서 발생하는 사건들이 시간적 장소에서 어떻게 정렬되고 사회적 위계질서 안에 배치되는지 등을 고찰하여 지역적 특징에 대한 연구로 확대될 것이다.

이러한 목적을 원활하게 수행하기 위해서는 연구 범위를 한정할 필요가 있다. 이것은 지역성의 특성을 고려한 것이면서 연구의 효율성을 위한 것이기도 하다. 먼저 분단 문제와 지역적 특성이 잘 반영된 작품을 권역별로 분류하고 유형화하여, 동일한 유형의 작품들은 작가의 분단인식이 강하게 투영된 작품으로 한정하기로 한다.

분단 문제를 잘 반영하고 있는 작품을 권역별로 분류해 보면, 크게 세 권역으로 나누어 볼 수 있다. 호남, 영남, 서울이 그것이다. 이들 지역은 일제의 식민지 수탈과 해방, 그리고 분단으로 이어지는 과정에서 신분의 갈등이 지역적 특성과 긴밀하게 작용하고 있는데, 그것이 분단소설에서도 지역적 특성으로 반영되고 있다.

분단 갈등의 핵심은 토지의 소유와 분배를 둘러싼 영세농민들과 지주들 간의 갈등이다. 그것은 조선시대 신분제도의 유습과도 연관되어 있다. 신분의 갈등은 임진왜란을 고비로 새로운 양상을 보이기 시작한다. 임진왜란과 병자호란으로 양반층이 붕괴되고 상공층이 성장하는 등 신분 변동이 일어나고, 19세기 중엽에는 흉년이 계속되어 국가에서 진휼정책을 취하지 않을 수 없는 상황에 이르게 되자 국고를 충당하기 위해 공명첩까지 매매하게 된다.[31] 공명첩의 발매는 신분의 상승을 정부에서 묵인한 것으로 신분질서가 와해되기 시작했다는 것을 뜻한다.

신분 변동의 또 다른 요인으로 상품경제의 발달도 크게 작용했다. 상품경제의 발달은 신분보다 경제적 지위를 중시하는 쪽으로 가치관의 변

---

31) 김용섭, 「조선후기 신분제의 동요와 농지소유」, 『조선후기농업사연구 I』, 지식산업사, 1995, 479-527쪽 참조.

화를 가져왔다. 조선 초기에 경상도 등 남부 일원에서 시행되던 이앙법이 숙종・영조대에 전국으로 보급되고, 농기구의 발전과 재배법의 다양화 등으로 생산력이 증대하였다. 생산력이 증대하자 토지 소유와 사회 구조에 변화가 일어났는데 농민 지주들이 새로운 양반층을 형성하게 되었고, 기존의 빈한한 양반층은 평민이나 다름없는 존재로 전락하게 되었다.[32] 그 결과 17세기까지는 소수의 양반과 다수의 상민, 천민으로 구성되어 있었던 조선시대의 신분구조가 19세기 중엽에 이르러서는 다수의 양반과 소수의 상민, 천민으로 변모되어 갔다. 또한 사회경제적 변화로 향촌 사회는 토호층이 지배력을 점유하게 되어 신분갈등의 양상은 더욱 복잡하게 전개되었다.

이러한 양상과 더불어 19세기 이후에는 정권에서 소외되었던 많은 지식인들이 전통적 주자학의 허구성을 비판하고 시대적 모순을 극복하려는 노력의 일환으로 정치・경제・사회・문화 전반에 걸쳐 혁신적인 이론을 제시하게 된다. 이른바 실학이 그것이다. 정약용을 비롯한 실학자들은 백성이 정치의 주체라는 민권의식과 평등의식을 고취하는 개혁사상으로 민중들의 의식계발에 적지 않은 영향을 주었다. 이상과 같은 신분질서의 붕괴와 민중들의 자아의식의 성장으로 조선 후기에는 농민들의 항쟁이 전국 곳곳에서 대규모로 전개되고, 급기야 일제 식민지라는 역사적 비운을 겪으며 신분질서에 또다시 큰 변화가 일어났다.

일제의 식민지 지배로 일본 자본의 한국 침투가 가능해지자 대규모 농지를 취득한 일본인 지주들이 생기게 되었다. 이들은 호남의 곡창지역을 중심으로 대규모 농지를 매입하여 기업농 형태로 조직적인 소유관리 체

---

32) 김용섭, 앞의 책, 490쪽.

계를 유지하여, 종래의 지주·소작 관계로 형성되었던 계층관계를 새로운 체계로 변화시켰다. 일본인 지주들은 지배인·농업장·지점장 아래에 각 소유지 별 관할구역과 영농구역을 두고, 주재소와 농장사무소에는 사무원·지도원을 두어 소작인을 분담 관리하며 지주의 지시와 명령을 전달하였다. 거대지주에 의한 농장제 운영으로 농촌의 경제구조는 큰 변화를 가져왔고, 이러한 과정에서 농민들의 몰락이 속출하게 되었다.[33] 소작인으로 전락한 농민들이 생존 수단인 소작조건을 개선하기 위하여 전국적으로 투쟁을 벌여나갔는데, 곡창지역인 호남에서 심하게 전개되었고 특히 전남지역에서 심했다.

호남지역을 배경으로 하는 분단소설은 『태백산맥』을 비롯한 조정래의 작품들, 『피아골』을 비롯한 문순태의 작품들, 『흰 옷』을 비롯한 이청준의 작품들, 김주영의 『천둥소리』 등 적지 않은 작품들이 있지만, 여기서는 『태백산맥』을 비롯한 조정래의 작품을 중심으로 전남지역을 배경으로 한 분단소설의 지역적 특징을 살펴보고자 한다.

조정래는 작품 활동 초기부터 분단 문제를 다루었고, 그의 『태백산맥』은 분단의 원인에 대한 다각적인 접근과 전쟁 과정에서 야기된 정치·사회적 문제들을 심층적으로 접근하여 분단문학의 획을 긋는 작품으로 인정받고 있기 때문이다. 그리고 『태백산맥』의 배경인 전남 순천과 보성지역은 일제의 식민지 농업정책으로 소작관계 농가의 비율이 1920년대 당시 94.3%로 전남(79.7)이나 전국 평균(76.8)보다 훨씬 높게 나타나고 있다.[34] 이것은 순천지방이 타지방에 비해 농민층의 분화가 심하였고 소수

33) 강훈덕, 「일제하 농민운동의 일 고찰」, 경희대 대학원 박사논문, 1989, 106-107쪽.
34) 김태문, 「1920년대 순천지방에서의 소작쟁의와 소작인조합의 성격」, 조선대 석사논문, 1991, 7-8쪽.

지주에 토지의 집중이 이루어졌음을 말해 주는 것으로 계층간 갈등의 주요한 요인이 되었던 것이다.

영남지역에서도 신분의 갈등은 지역사회의 중요한 문제로 분단소설의 지역적 특징을 반영하고 있다. 영남지역을 배경으로 하는 분단소설은 『노을』, 『불의 제전』을 비롯한 김원일의 작품들과, 이병주의 『지리산』, 이태의 『남부군』등이 있다. 이들 작품은 다시 지역적인 특징으로 구분되는데, 이병주의 『지리산』은 소작갈등보다는 이념 대결과 신분 갈등이 중요하게 다루어지고, 김원일의 작품들에서는 소작인과 지주 사이의 갈등이 중요하게 다루어진다.

이병주의 『지리산』은 경남 진주지역과 지리산을 주요 배경으로 하고 있는데, 진주지역은 1925년 최하층 천민인 백정들의 인권운동인 형평운동이 전국에서 최초로 일어난 곳이다. 형평운동은 조선시대 양반 중심의 신분질서에서 최하층 천민인 백정들이 사회적 편견과 차별을 철폐하고 인간으로서의 평등한 권리와 존엄성을 쟁취하고자 했던 인권운동이다.[35] 형평운동이 진주에서 일어나게 된 것은, 이 지역이 서부 경남의 정치적·경제적·문화적 중심지였고 역사적으로도 사회운동과 관련한 경험이 많았기 때문이다.

1862년에 일어난 진주농민항쟁은 19세기 후반 전국을 휩쓴 농민항쟁의 시발이었고, 3·1만세 의거 때도 진주의 시위는 만세 운동이 서부 경남 지역으로 확산하는 기폭제로 작용하였다. 그리고 만세 운동을 주도한 지도자들이 사회운동가로 변신하여 1920년대 이후에도 계속 사회운동 단체를 결성하고 활동하여 민중들의 계몽에 앞장섰다.[36] 이러한 영향으로

35) 김중섭, 『형평운동연구』, 민영사, 1990, 7쪽.

36) 김중섭·유낙근, 「3·1운동과 1920년대 초 사회 운동의 동향; 진주지역을 중심으로」, 『현

이 지역에서는 일제 식민지 시대부터 소작인과 지주의 갈등보다는 양반과 평민, 평민과 천민, 양반과 천민 사이의 신분적 갈등이 중요한 문제로 부각되었다고 하겠다.

『노을』, 『불의 제전』을 비롯한 김원일 분단소설의 주요 배경인 김해 진영은 작가가 언급한 바와 같이, '부산과 마산의 중간지점으로 교통의 요충지이며, 진영평야 일부를 안고 있어 일제 식민지 시대에는 일본인 지주에 항거하여 소작쟁의가 일어난 곳이며, 해방 직후에는 좌익이 일찍이 뿌리를 내리 정도로 반골정신이 강했던'37) 지역이다. 그는 이곳에서 태어나 일곱 살까지 살다가 아버지를 따라 서울로 이사하는데, 6·25전쟁으로 아버지가 월북하자 다시 고향 진영으로 내려와 혼자 친척집에 기식하며 초등학교를 졸업했다. 이러한 내력이 있는 진영은 김원일 소설의 주요 배경으로 등장하고 있다. 그래서 영남지역의 분단소설은 앞의 두 유형을 구분하여 살펴보고자 한다.

서울은 조선시대 5백 년 동안 수도였고, 그 이후 일제 식민지를 거쳐 1948년 남한 단독정부의 수립으로 남북이 분단되기까지 한반도의 수도였고, 현재 대한민국의 수도이다. 그리고 6·25전쟁 기간에는 중앙 정부의 갑작스런 피란으로 수백만 명의 시민이 적군 치하에서 고통을 당해야 했고, 국군의 반격과 인민군의 재 진격으로 민중들이 극심하게 고통받은 공간이었다.

이러한 서울의 지역적 특징을 반영하고 있는 분단소설로는 최인훈의 『광장』, 『회색인』, 이호철의 「판문점」, 『소시민』, 「탈향」, 박완서의 『나목』을 비롯한 일련의 작품들이 있다. 이들 작품들은 각각 서울을 배경으로

상과 인식』 10권 4호, 1986, 9-43쪽 참조

37) 김원일, 「자전 에세이」, 『김원일 깊이 읽기』, 문학과지성사, 2001, 60쪽.

분단 문제를 다루고 있으나 최인훈의 소설은 서울이라는 공간에서 분단으로 민중들이 당하는 삶의 고통보다는 이데올로기 문제를 제기하고 있다. 남한과 북한이 각각 지향하는 이데올로기의 모순적인 측면을 부각시켜 분단의 문제가 민중들의 구체적인 삶의 현실과는 유리된 이데올로기 문제라는 점을 장조하고 있다. 이호철의 작품은 분단으로 민중들이 겪어야 하는 고통을 부각시키고는 있으나, 서울이라는 공간적 특성이 박완서의 작품들보다는 잘 반영되고 있지는 않다. 박완서의 작품들은 인민군과 국군이 번갈아 지배하는 서울에서 생존을 위한 민중들의 고통을 부각시켜 전쟁의 참상을 고발하고 있다. 그래서 여기서는 박완서의 작품을 중심으로 분단소설과 서울의 지역적 특징을 고찰하고자 한다.

앞에서 제시한 호남, 영남, 서울 이외 지역으로 분단 문제를 지역적 특성과 관련하여 잘 다루고 있은 월남민들의 고난과 애환이다. 월남민의 애환과 고난은 다음에 별도로 다루기로 하고, 여기서는 김원일, 조정래, 이병주, 박완서의 작품을 중심으로 분단소설의 지역적 특징을 살펴보고자 한다.

분단소설의 지역적 특징과 양상 2장

앞에서 언급한 바와 같이, 이 글에서 다루고자 하는 김원일, 조정래, 이병주, 박완서의 분단소설에서 나타나는 이념적 갈등과 그 극복의 문제가 지역에 따라 어떻게 형상화하고 있는가를 고찰하는 것은 분단소설의 성과와 과제를 새롭게 점검하고 고찰하는 작업이다. 그동안 분단소설에 대한 연구는 주로 좌우 이데올로기의 대립으로 인한 분단의 상처와 그 극복의 문제에 집중되어 왔다. 반면 반상의 유습으로 인한 신분적 차별과 친일 지주들의 횡포가 특히 심했던 지역적 특징으로 인해 야기된 분단의 갈등에 대해서는 문학적 조명이 미흡했다. 따라서 이 글에서는 지역적 특징으로 인한 분단의 갈등을 다룬 문학에 대한 연구를 바탕으로 민족적 상처에 대한 진단과 분단 극복을 위한 문학적 노력에 기여하고자 한다.

1. 상민들의 역사의식과 확산 – 김원일 분단소설론

김원일이 본격적으로 작품 활동을 하게 되는 것은 그의 출세작이라고[1] 하는 「어둠의 혼」을 발표한 이후부터이다. 그는 1966년 대구 <매일신

문> 매일문학상에 단편소설 「1961년 알제리아」가 당선되었고, 1967년 『현대문학』 제1회 장편소설공모에 『어둠의 축제』가 준당선 되었으나, 「어둠의 혼」을 발표하기까지는 문단의 주목을 받지 못했고 작품 활동도 거의 없었다. 「어둠의 혼」으로 문단의 주목을 받은 김원일은 본격적으로 작품활동을 하여 1973년 첫 소설집 『어둠의 혼』(국민서관)을 출간하였고, 1976년에는 두 번째 소설집 『오늘 부는 바람』을 출간했다. 그리고 1978년 장편 『노을』로 '대한민국 대통령상'과 '한국소설문학상'을 받으면서 문학적 역량을 인정받았고, 그 이후 『겨울골짜기』(1987), 『마당 깊은 집』(1988), 『아우라지로 가는 길』(1996), 『불의 제전』(1997) 등 분단 관련 소설들을 발표하여 분단문학의 중심 작가로 위상을 차지하게 되었다.[2] 그는 분단 관련 소설 이외에도 『도요새에 관한 명상』(1979), 『환멸을 찾아서』(1983), 『바람과 강』(1985), 『늘 푸른 소나무』(1993), 『사랑아, 길을 묻는다』(1998), 『가족』(2000), 『푸른 시간의 기억』(2001) 등의 작품을 발표하여 환경, 가족, 역사 등에 대해서도 관심을 갖고 폭넓게 작품 활동을 해왔다.

그것은 그가 유년기 전쟁체험 작가 중 현재까지 분단문학을 꾸준히 창작하는 작가이며, 시대의 변화와 분단에 대한 인식을 새롭게 제시하기 때문일 것이다. 이러한 점을 염두에 두고 그의 작품에서 드러나는 분단 인식의 특징을 그의 개인적 체험과 관련하여 살펴보고자 한다. 그리고 그의 분단소설에서 중요한 배경으로 등장하는 고향인 진영의 지역적 특징과 문학적 공간으로서의 의미 등도 아울러 살펴볼 것이다.

---

1) 이동하, 「분단소설의 세 단계」, 『문학의 길, 삶의 길』, 문학과지성사, 1987, 57쪽.
2) 김윤식 · 정호웅, 『한국소설사』, 예하, 1993, 432-434쪽.

1) 유년 시절과 전쟁 체험

김원일의 분단소설은 한 가족의 가족사에 깊게 새겨진 분단의 상처를 주제로 한 「어둠의 혼」, 『노을』, 『마당 깊은 집』 등과, 해방 직후와 6·25 전쟁 시기 한국 사회의 문제를 다룬 『불의 제전』, 『겨울골짜기』 등이다. 김원일은 이러한 소설을 연이어 발표하면서 분단문학 작가로 소설사적 위상을 확립하였다고 평가되고 있다.[3] 하지만 그는 민족분단의 비극과 모순을 소재로 창작활동을 시작한 것은 아니었다.

> 나는 정치 현실에 별 관심이 없었다. '사상에 미쳐 처자식 놔두고 이북에 간 애비는 미친놈이다.' 라는 원성을 귀에 딱지 앉을 만큼 듣고 자란 나는 정치나 사상이 거대한 허깨비로 보였고 이념문제라면 애써 등을 돌렸다. 사상·좌익이란 말은 꿈에라도 찾아올까봐 진저리쳤다. 나는 경찰서와 지서로 끌려 다닌 어머니의 뼈아픈 상처를 기억하고 있었다.[4]

위 글에서 알 수 있듯이 김원일은 초기 작품에서 6·25전쟁이 남긴 상처나 이념문제 등을 의식적으로 기피했다. 좌익활동을 하다가 월북한 아버지 때문에 겪은 가족의 고통 때문이었다. 일제 식민지, 남북 분단, 6·25전쟁을 겪으면서 많은 사람들이 이념의 대립으로 갈등과 고통을 겪어야 했는데, 김원일과 같이 아버지가 좌익활동을 하다가 월북한 경우 남쪽에 남아 있는 가족이 겪어야 했던 고난은 더욱 심했다.[5] 그렇지만 작가

3) 이성희, 「김원일의 분단문학 연구」, 부산대학교 박사논문, 2008, 151-153쪽.

4) 김원일, 『사랑하는 자는 괴로움을 안다』, 문이당, 1991, 103쪽

5) 김원일은 김종회와의 대담에서 '아버지의 행방을 얼버무리지 않고 월북임을 밝힐 수 있었던 것은 극히 최근의 일인데, 40대 후반에 이르도록 그럴 수밖에 없었던 가위눌림이 결코 만만한 것이 아니었습니다'고 밝힌 바 있다. 「가족의 수난에서 민족사의 비극으로」, 『동서문학』, 1989. 11.

는 분단 문제를 마냥 외면할 수만은 없다고 생각하고 분단 문제를 작품으로 형상화하게 된다. 김원일은 자기 문학의 중요한 목적이 한국전쟁 와중에 월북한 아버지에 대한 복원이라고 생각해 왔고, 그것을 위해 고민해왔던 것이다.[6] 이러한 작가의 고민이 어린 시절 겪어야 했던 고난과 궁핍의 생생한 체험과 결합되어 문학으로 형상화한 것이 분단 관련 소설이다.

김원일은 1942년 경남 김해군 진영읍에서 좌익 활동가인 김종표의 삼남 일녀 중 장남으로 태어났다. 김원일의 아버지 김종표는 마산상업학교를 졸업하고 금융조합의 서기로 근무하다가 1942년 말에는 사상 관계와 공금 횡령에 얽혀 부산형무소에 수감되었고, 1945년 해방이 되자 감옥에서 풀려나 본격적으로 좌익 운동에 뛰어든다. 이로 인하여 김원일의 어머니는 수시로 경찰서에 끌려가 모진 고문을 당하기도 했다. 아버지 김종표는 진영에서 활동이 불가능해지자 1948년 서울로 거처를 옮기게 되어 김원일도 아버지를 따라 서울로 갔다가, 6·25전쟁 때 아버지가 월북하자 다시 고향 진영으로 내려온다. 고향에 내려오지만 생활의 기반이 없어 어머니는 삶 기반을 마련하기 위해 다시 대구로 이사하고, 김원일만 고향에 남아 친척집 불목하니를 하며 초등학교를 졸업했다. 초등학교 졸업 이후 어머니가 있는 대구로 가지만, 대구에서의 생활도 고향에서와 다름없는 가난과 궁핍의 연속이었다.

그래서 그는 가장이 없는 집안의 장남으로서 주어진 책임을 벗어나고 싶어 '어릴 적부터 빨리 늙은이가 되고 싶었다'[7]는 고백을 하기도 했다. 김원일은 유년 시절에는 아버지의 좌익 활동 때문에 고난을 겪어야 했고,

---

6) 김원일은 1998년 이상문학상 수상 소감에서 자신의 문학은 6·25전쟁 와중에 월북한 아버지에 대한 복원이 주요 목적이라고 밝힌 바 있다(『문학과 사회』, 1998년 가을호).
7) 김원일, 『연』 서문, 나남출판사, 1985.

6·25전쟁 시기에는 아버지가 월북하여 사상 문제와 경제적 궁핍으로 이중의 고초를 겪어야 했다. 그리고 전쟁 이후에는 아버지가 없는 집안의 장남으로 어머니와 함께 가족의 생활을 책임져야 하는 처지였다.

이러한 어린 시절의 체험은 그의 가족 상황과 결합되어 김원일 소설의 중요한 토대가 되었음은 다음과 같은 작가의 말에서도 알 수 있다.

> 제 고향에서의 전쟁체험이 저에게 무엇보다 절실하고 생생했기 때문에 이 체험을 바탕으로 한 소설을 써보겠다는 소박한 생각뿐이었습니다. (…중략…) 가장 자신 있게 알고 또 가장 자신 있게 쓸 수 있는 것이 내 소년기에 강하게 각인된 6·25체험이었기 때문에 이것에 대해서 내가 한번 반드시 써야겠다는 자각은 20세 전후부터 확고하게 간직되었지요.[8)]

위의 언급에서도 드러나듯이 김원일의 분단소설은 어린 시절의 체험이 중요한 요소로 작용하고 있는데, 그 첫 작품이 「어둠의 혼」이다.

2) 이데올로기의 대립과 가족의 수난－「어둠의 혼」

「어둠의 혼」은 '갑해'라는 어린 소년의 눈으로 아버지에 얽힌 이데올로기 문제와 그것으로 인해 가족이 겪는 고난을 다루고 있다. 김원일의 많은 작품은 「어둠의 혼」과 같이 소년의 입장에서 경험한 전쟁의 비극을 표현하고 있는데, 그것은 어린 소년을 화자로 설정함으로써 이데올로기적 왜곡을 피할 수 있고 전쟁의 비극성을 잘 전달할 수 있다는 장점 때문일 것이다.[9)] 그러나 어린 소년을 화자로 설정하게 되면 비극적 현실의 표면

---

8) 권오룡 엮음, 「열정으로 지켜온 글쓰기의 세월」, 『김원일 깊이 읽기』, 문학과지성사, 2000, 30-31쪽.

9) 「어둠의 혼」과 같이 유소년을 화자로 내세운 분단소설이 1970년대에 한 유형을 이루기도 했다. 윤흥길의 「장마」, 현기영의 「순이 삼촌」, 이문구의 『관촌수필』 등이 그렇다.

적 현상만 드러낼 수 있을 뿐, 현실을 정확하게 파악하기 어려운 점도 없지 않다.

① 소년 화자와 가족의 고난 부각

「어둠의 혼」은 앞에서도 언급한 바와 같이 어린 소년을 주인공으로 설정하여 이념 문제를 정면으로 다루지 않는다. 이념 갈등에 대한 원인 규명이나 그 해결책보다는 가족이 겪는 고난이 중점적으로 부각되고 있다. 주인공인 갑해에게는 가장 큰 고난은 배고픔이다.

> 뱃속에서 쪼르륵 소리가 난다. 참 이상하지. 배가 고프면 그런 소리가 나거든. 정말 못 참겠다. 생각을 하지 말자. 밥 생각일랑 잊어버리자. 오늘도 점심을 굶었지.[10)]

이러한 배고픔은 가족의 생계는 돌보지 않고 좌익운동에 열중인 아버지 때문이다. 아버지는 일본 유학을 다녀온 지식인이지만, 갑해에게는 '산 도둑 같이 덥석 부리로 또는 선생님처럼 국방복을 입고 문득 나타났다가 잽싸게 사라져 버리는 요술쟁이'이고, 또 '쌀 한 톨 생기지 않는 일에 목숨 걸고 돌아다니는' 이해할 수 없는 존재이다. 이런 아버지로 인해 주인공과 가족은 굶주림을 겪고 두려움에 떨어야 한다. 아버지가 가족을 돌보지 않아 가난에 시달려야 하고, 경찰은 밤낮없이 들이닥쳐 집안을 쑥대밭으로 만들어 놓고, 어머니를 구타하고 지서에 끌고 가 매질과 고문을 가했다. 그리고 빨갱이 가족이라며 외면하는 주위 사람들의 냉대도 감수해야 했다. 이러한 모든 것이 아버지 때문이라고 생각되자 주인공인 갑해는 아버

10) 김원일, 「어둠의 혼」, 『제삼세대한국문학』6, 삼성출판사, 1985. 이하 인용은 쪽수만 표기함.

지의 행동을 이해할 수 없고, 아버지는 증오의 대상이 되기도 한다.

> 죽어 뿌리라. 어디서든 콱 죽고 말아 뿌리라. 한밤중 순사들이 들이닥쳐 집안을 뒤지는 날 밤 나의 머리에 떠오르는 아버지는 밉다 못해 원수처럼 여겨졌던 것이다.
>
> —「어둠의 혼」, 264쪽

한 가족의 가장으로 기본 생계조차 꾸려가지 못하고 자신이 추구하는 이데올로기에만 집착하여 활동하는 아버지에 대한 아들의 불만은 자연스러운 일일 것이다. 아버지의 좌익 활동으로 아버지를 증오하는 것은 주인공만이 아니다. 어머니 또한 아버지를 원수처럼 여긴다. 경찰이 밤낮없이 들이닥쳐 집안을 뒤지고 구타를 하고 지서에 끌고 가 초죽음이 되게 매질과 고문을 가하는데 어머니도 견딜 수가 없었던 것이다.

> 그래, 당신이 사람 탈을 쓴 인간이요. 뭐요, 처자식 이 고생시키고 그짓 해서 잘 될 줄 알아요… 날 죽이고 가. 죽이고 가란 말이야! 이 미친 남자야. 이 자슥놈들 하고 날 죽이고 가란 말이야 ! 내 죽어서라도 혼백이 너 따라다니며 망하게 하고 말테다.
>
> —「어둠의 혼」, 276-277쪽

인용문에서 보듯이 아버지에 대한 어머니의 증오심은 깊다. 가족을 돌보지 않아 아이들은 굶주리고, 시도 때도 없이 경찰이 들이닥쳐 짓밟고 경찰에 끌려가 매질을 당하는 어머니로서는 아버지가 원망의 대상이다. 그래서 '내 죽어서라도 혼백이 너 따라다니며 망하게 하고 말테다'라고 악담을 하는 것이다. 이렇게 「어둠의 혼」은 아버지의 좌익 활동으로 가족이 겪어야 하는 고난이 중점적으로 부각되어 있다. 이것은 가족이 겪는 고통을 부각시켜 이념 대립으로 인한 피해를 우회적으로 비판하는 것이라 하겠다.

「어둠의 혼」은 김원일이 분단 문제를 다룬 첫 작품이지만, 이 작품에서 이데올로기 문제가 직접적으로 다루어지지 않은 것은 당시의 상황과 무관하지 않다. 「어둠의 혼」은 남북한 간의 긴장완화의 시발점인 1972년 '7·4 남북공동성명'이 발표된 이듬해 발표되었다. 민족의 화해를 위한 '7·4 남북공동성명'이 발표되기는 했으나, 남북한은 각각의 체제 옹호를 위해 서로를 적대시하고 반체제적 행위를 엄격하게 통제하여 문학작품에서도 이데올로기 문제는 기피 대상이었다.[11] 그것은 김원일에게만 해당하는 것이 아니었다.

비슷한 시기의 작품인 윤흥길의 「황혼의 집」(1970), 「장마」(1973) 등에서도 유사하게 나타난다. 이들 작품에서도 어린이를 서술자로 등장시켜 남북 분단과 6·25전쟁이 낳는 비극을 다루고 있는데, 어린이가 서술자로 등장하기 때문에 서술자의 시선도 가족적 삶의 공간 안에 있다. 이것은 전쟁의 비극을 직접적으로 제시하기보다는 전쟁으로 야기되는 비극적 상황을 환기시키기 위한 것으로 볼 수 있다. 그런데 이러한 서사방식은 남북 분단과 같이 정치적으로 민감한 문제들이나 이해관계가 첨예하게 대립되어 있는 사안들을 다루는 데 있어서는 효과적이기는 하지만, 문제의 본질을 파고들어 근원적으로 해결하려는 적극적인 방법은 아니라 하겠다.[12]

그렇지만 「어둠의 혼」은 분단의 상처를 직시하고 그것을 극복하려고

---

11) 주 4) 참조.
12) 조구호, 「분단의 갈등과 화해의 논리」, 『한국언어문학』 61집, 한국언어문학회, 2007, 352-353쪽

한다. 어린이를 주인공으로 설정하여 성장의 서사[13]를 구축하고 있는 것이다. 그것은 앞에서 부분적으로 언급한 바와 같이 전쟁과 분단의 고착화로 고통을 겪어야 했던 시대적 상황을 극복하고자 하는 작가의식의 반영이라 하겠다.

> 나는 무엇인가 깨달은 느낌을 가지게 되었다. 그 느낌을 꼬집어 내어 설명할 수는 없었으나, 이를테면 살아가는 데 용기를 가져야 하고 어떤 어려움도 슬픔도 이겨내야 한다는 그런 내용의 것이었다. 모든 것이 안개 속 같은 신기한 세상, 내가 알아야 할 수수께끼가 너무나 많은 이 세상을 건너갈 때, 나는 이제 집안을 떠맡은 기둥으로서 힘차게 버티어 나가지 않으면 안 된다. 이런 굳은 결심이 나의 가슴을 적시며 뒤채 이는 눈물을 달래고 있음을 느꼈던 것이다.
>
> —「어둠의 혼」, 280쪽

인용문은 주인공 갑해가 아버지의 주검을 확인한 이후 다짐하는 내용으로, 주인공이 아버지의 죽음을 통해 세상과 아버지로 상징되는 이데올로기 문제를 새로운 시각으로 바라보게 될 것을 암시하는 것이다. 이것은 작가 자신이 직접 체험한 6·25전쟁과 그 전후의 상황을 바탕으로, 남북 분단으로 야기되는 사회적 억압과 인권의 유린 등 많은 문제들에 어떻게 대처해야 할 것인가에 대한 암시이기도 하다. 이러한 작가의 고민을 더욱 구체화한 것이 『노을』, 『불의 제전』 등이다.

② 공간의 설정과 그 의미

「어둠의 혼」에서는 공간의 지역적 특징은 잘 드러나지 않는다. 이야기

13) 주인공의 성장을 보여주는 것으로 흔히 '성장소설'로 일컬어지기도 한다(이재선, 『한국현대소설사 1945-1990』, 민음사, 1991).

의 중심무대인 진영읍 장터는 작가가 어린 시절을 보낸 공간[14]이기도 하지만, 아버지의 좌익활동으로 가족이 고난을 당하는 이야기가 어느 지역에서나 있을 법한 '장터'를 중심으로 전개되기 때문이다. 작품의 첫 문장도 '아버지가 드디어 잡혔다는 소문이 읍내 장터마당 주위에 퍼졌다'로 시작되고, 주인공인 갑해가 아버지에 관한 이야기를 장터 주위에서 사람들로부터 듣는 것으로 제시된다. 이러한 공간 설정은 세상 물정을 잘 이해하지 못하는 어린 주인공으로 하여금 아버지에 관한 이야기와 이데올로기 문제를 다른 사람의 입을 통해 전달하려는 장치이기도 하다.

마을 사람들의 이야기에서 드러나는 아버지는 '똑똑한 사람'이었고, 좌우 이념의 대립에 대해서는 '극좌 극우가 없어져야 편안한 세상이 될' 것이라고 한다. 주인공은 '아버지가 무슨 죄를 졌기에 도망만 다니는지 알 수가 없고, 빨갱이가 얼마나 나쁜 사람이기에 잡히기만 하면 총살을 시키는지도 제대로 알지 못한다.' 그렇기 때문에 '아버지'의 활동과 이념의 문제는 독자의 몫으로 남기고, 빨치산이 되어 참혹하게 죽은 '나'의 아버지를 객관적으로 제시하려는 것이다. 그리고 장터는 마을 공공의 장소로 방구석에 박혀 꼼짝도 하지 않고 책을 보거나 숨어서 도망 다니는 아버지의 활동무대와 대비되는 공간이기도 하다.

3) 분단의 상처와 극복 방안

김원일의 문학적 성과를 높인 소설로 평가되는[15] 장편 『노을』은 「어둠의 혼」에서와 같이 이념 대립으로 가족이 겪어야 하는 고난을 다루고 있

14) 김원일, 「자전 에세이」, 『김원일 깊이 읽기』, 문학과지성사, 2002, 53쪽.

15) 오생근, 「분단 문학의 확장과 현실 인식의 심화」, 권오룡 엮음, 『김원일 깊이 읽기』, 문학과지성사, 2002, 106-107쪽.

지만, 「어둠의 혼」보다는 이데올로기 문제와 그로 인한 갈등 등에 대한 인식과 지평이 확대된다. 『노을』은 한 개인의 삶에 깊숙하게 각인되어 있는 분단의 상처와 그 치유 방법을 모색한 작품이다. 작가 자신도 다음과 같이 말하고 있다.

> 장편소설 『노을』부터 나는 우리 민족이 겪는 수난의 역사, 즉 분단 문제를 내 문학 속의 큰 줄기로 끌어들였다. 우리 가족사의 한 부분이기도 한 해방과 육이오 전후사를 쓰기 시작하면서 내 글이 어느 정도 객관적인 힘을 얻지 않았나 싶다.[16)]

작가의 이러한 발언은 당대의 상황과도 무관하지 않다. 1970년대에 접어들면서 불기 시작한 동서 화해 무드의 영향과 '7·4 남북공동성명' 발표를 전후하여 남북한 간의 화해 분위기가 이루어지면서 좌파 이념에 대해 일방적으로 매도하던 이전 상황과는 달리 비교적 객관적으로 접근하려는 지적 논의들이 허용되었기 때문이다. 그리고 주체적 민족사관에 대한 현실적 요구가 높아짐에 따라 작가들은 분단 현실에 대한 인식의 심화와 확대를 꾀하게 된 것이다.[17)] 이러한 영향으로 1970년대 중반 이후부터 분단 체제에 의해 훼손된 민족공동체의 회복을 지향하는 문학을 적극적으로 요구하게 되었고, 해방과 6·25전쟁으로 이어지는 비극적인 역사의 현장을 다시 조명해 가는 소설들이 등장할 수 있게 된 것이다.

따라서 『노을』은 사회적 성숙과 함께 이루어진 김원일 문학의 성숙을 보여주는 동시에, 전후 문학에서 보인 전쟁체험 자체에 집착하기보다 전쟁과 그 비극적 양상이 오늘의 현실에서 어떻게 인식될 수 있는가를 과

---

16) 김원일, 『사랑하는 자는 괴로움을 안다』, 문이당, 1991, 214쪽.
17) 임우기, 『살림의 문학』, 문학과 지성사, 1990, 89-90쪽.

거와 현재를 중첩적으로 결부시킴으로써 분단 현실의 정신적인 극복을 시도하고 있는 것이라 하겠다.

① 이원적 구성과 분단현실 반영

이 작품은 이원적 구성을 취하고 있다. 40대 중반의 출판사 편집부장인 현재의 나(갑수)와, 29년 전 소년시절의 '나'가 교차하며 서술자로 등장한다. 1, 3, 5, 7장은 현재 시점에서 서술되고, 2, 4, 6장은 과거 시점에서 서술된다. 그런데 현재 시점은 삼촌의 장례를 치르고 돌아오기까지 나흘 동안의 이야기를 서술하고 있고, 과거 시점은 아버지를 비롯한 빨치산들이 지서를 습격하고 입산하여 월북하는 4일 동안의 이야기를 서술한다. 각각 4일 동안의 일을 중심으로 29년 전의 일과, 그 이후 현재까지의 있었던 일을 서술하고 있다. 이러한 서술방식은 과거와 현재가 29년이라는 세월의 격차에도 불구하고 긴밀하게 관련되어 있음을 드러내기 위한 것이라 하겠다.

40대 중반의 출판사 편집부장인 나(갑수)는 자신과 가정의 안정을 도모하는 평범한 소시민이지만, 29년 전 소년 시절의 상처에서 벗어나지 못하고 있다. 그것은 6·25전쟁 이후 남한 사회를 지배하고 통제해 온 반공이데올로기 때문이다. 갑수는 29년 전 빨치산의 일원으로 활동하다가 입산한 아버지 김삼조 때문에 '빨갱이 가족'이라는 낙인이 찍혀 굶주림과 고난을 겪었는데, 그것은 여전히 삶을 감시하고 통제하는 굴레로 작용하고 있다.

> 이데올로기라는 것이 무엇인가. 아버지의 시대와는 달리 그런 쪽과는 담을 쌓고 살려는 나에게까지 남북의 극단적인 대치 상황이 그렇게 가깝게 영향력을 미칠 줄이야 미처 몰랐던 것이다. 서로 책상 하나를 가운데 두고 설왕설

> 래를 하는 정전 회담의 장면을 텔레비전이나 신문에서 더러 볼 때는 남의 일 같이만 여겨졌던 분단의 아픔이, 현실로서의 나의 와해된 의식을 새로이 휘저을 줄 나 역시 예측하지 못했던 일이었다.[18]

갑수는 '빨갱이 가족'이라는 낙인 때문에 철저하게 정치적 문제와 담을 쌓고 자신과 가정의 안정이나 도모하는 평범한 소시민이지만, 재일동포 진필제의 원고가 좌익 성향이라는 이유로 조사를 받게 되자, 이제까지 과거를 의도적으로 외면해왔던 것과는 상관없이 여전히 과거의 기억이 자신을 옭아매고 있음을 새삼스럽게 느끼게 된다. 그래서 그는 사소한 일에도 온 가족이 화들짝 놀라서 '하루 종일 전전긍긍'하거나, 바람이 문풍지를 울리는 소리에도 잠을 설치며 1948년 여름의 악몽에 시달리기도 한다.

그런데 이것은 갑수에게만 해당하는 것이 아니다. 살아남은 모두가 그때의 상처를 지우지 못하고 그 굴레 안에서 살고 있다. 백정이라는 신분차별을 면한 추 노인은 부산의 아들 집에서 살기를 거절하고 여전히 고향에 살면서도 과거 이야기는 다시 떠올리지 않으려 하고, 이중달의 미망인은 유복자인 치모의 간절한 요구에도 불구하고 남편에 대해 일절 함구하고 있고, 장태문의 어머니 물금댁은 월북한 아들이 돌아올 통일을 보기 위해 죽을 수 없는 통일 할머니가 되었다. 그리고 29년 전 좌익 활동의 주동자였던 배도수는 일본에서 민단으로 전향하여 귀국한 이후에는 그때 일들을 후회하며 죄인이 된 심정으로 은거하고 있다. 이렇게 분단 현실이 모든 사람의 삶을 옥죄고 있는 현재성[19]으로 지속되는 것으로 드러난다. 분단 상황이 지속되고 있는 상태에서는 분단을 겪은 모두가 분단의 희생

18) 김원일, 『노을』, 문학과지성사, 1989, 132쪽. 이하 인용은 쪽수만 표기함.
19) 김병익, 「비극의 각성과 수용」, 『노을』, 문학과지성사, 1987, 349쪽.

자이기 때문인 것이다.

이러한 모습은 당대의 상황과 크게 다르지 않다. 『노을』이 발표되던 1978년보다 여러 측면에서 반공이데올기가 크게 완화된 1990년대 후반에서도 분단은 민족의 삶을 옥죄는 질곡으로 작용했다.

> 분단은 지난 반세기 동안 남북한 정치경제구조의 정상적인 발전을 방해하였다 (…중략…) 평화적이고 자주적이며 자유롭게 살아야 할 민족의 삶을 제약했다. 그리고 남북한에 적대적인 대결체계를 성립시키고 이를 기초로 남에서는 '좌파'가, 북에서는 '우파'가 거세된 기형적인 협소한 이데올로기 지형을 강요하여 자유롭고 창의적인 민족의 삶을 제약해 왔다. (…중략…) 분단은 우리 민족 구성원의 도덕성을 마비시키는 작용도 해 왔다. 그것은 형제간의 증오와 대결을 부추겨 오면서 민족 전체의 정신적 불구화를 초래했다.[20]

그렇지만 이들의 삶을 옥죄는 사슬이 된 공산주의에 대해서는 아버지를 비롯한 많은 좌익 활동가들이 대부분 제대로 알지 못하고 있다. 갑수의 삼촌은 목숨을 보전하기 위해 빨치산에 협조하기도 하고 또 경찰의 지시에 따르기도 하는데, 그런 모습을 추서방은 '이 핀도 될라 카다가 저 핀도 될라 카다가 (…중략…) 지가 무슨 광대라고'(305쪽) 하며 핀잔을 준다. 따라서 아버지를 비롯한 대부분의 빨치산들은 이념의 추종자가 아니라 이념의 희생자였다. 이러한 점에서 좌우의 이념적 대립은 비극이자 민중의 삶을 도탄에 빠뜨린 폭력이었다고 하겠다. 『노을』은 이러한 점들을 과거와 현재의 시점을 교차하면서 제시하고 있는 것이다.

20) 이종석, 『분단시대의 통일학』, 한울아카데미, 1998, 23-24쪽.

② 기피와 포용의 공간－진영

김원일의 분단소설에서 사건이 전개되는 중요한 배경인 진영은 작가의 고향이다. 작가 자신이 말한 바에 따르면, '진영은 마산과 부산의 중간 지역으로 교통의 요충지이며, 넓은 들을 안고 있어 일제시대부터 지주와 소작 간의 갈등이 첨예했던 곳이고, 1920년대 일제의 경제 수탈 정책에 따라 생겨난 마을로 농업·상업 인구가 고루 분포했고 도시 문화의 이입이 빨랐던 곳'[21]이다.

작가의 고향인 진영은 어린 시절의 기억과 더불어 김원일의 문학의 중요한 요소를 차지하고 있는데, 「어둠의 혼」, 『노을』 등 비교적 초기 분단 관련 소설 작품에서는 기피와 포용의 공간으로 설정되어 있다. 떠올리기 싫은 과거의 기억 때문에 기피의 공간이며, 동시에 미래를 위하여 과거의 아픔을 포용하여 극복해야 할 공간이기도 하다. 그리고 갑수에게 고향은 떠올리기 싫은 과거의 상처를 통하여 새롭게 탄생하는 모습을 보임으로써 일종의 제의(祭儀)적 공간[22]이라고 할 수 있다.

『노을』에서 작품의 공간적 배경인 진영이 기피의 공간으로 설정되고 있는 것은 갑수가 겪은 어린 시절의 일들 때문이다. 그것은 아버지의 폭력과 가난, 빨갱이 가족이라는 낙인, 그리고 백정의 자식이라는 신분적 모멸감 등이다. 이러한 기억들은 결코 남에게 보이고 싶지 않은 아버지의 모습으로 남아 있다.

> 내 마음 저 아래, 결코 남에게 보이고 싶지 않은 묵혀 둔 얼굴 하나가 비를 만난 지렁이처럼 꿈틀대며 몸을 뒤척이더니 내 마음을 휘저었다. 평소에

---

21) 김원일, 앞의 글.
22) 이성희, 앞의 논문, 43쪽.

> 도 나는 이 얼굴을 두려워했다. 아니, 나는 그 얼굴을 잊으려 노력했다 말해야 옳았다. 핏줄로서 연민을 느끼며 잊으려 노력해온 그 얼굴은 다름 아닌 아버지 모습이었다.
>
> —『노을』, 104쪽

갑수의 기억 속에서 아버지는 원초적 본능에 따라 움직이는 인간이다. 배가 고프면 먹어야 하고, 욕망이 생기면 배설해야 하며, 돈이 생기면 도박에 몰두하며 가족의 생계나 안위는 안중에 없는 사람이었다. 도박과 계집질을 좋아하고 걸핏하면 폭력을 휘둘러 마을에서는 '개삼조'라고 불리었고, 노름판에서 시비가 붙어 상대방의 팔을 낫으로 끊기도 했다. 그런 아버지를 견디지 못하고 어머니는 누나를 데리고 집을 나갔고, 갑수와 동생 갑득이는 굶주림 속에서 나날을 보내야만 했다. 그래서 갑수의 기억에서 아버지는 결코 남에게 보이고 싶지 않은 두렵고 끔찍한 모습으로 남아 있고, 그것은 핏빛의 이미지로 연상되기도 한다.

> 서산 마루를 가득 채우며 노을은 붉게 번지고 있었고, 수백 마리의 갈가마귀 떼가 어지럽게 원을 그리며 노을 속 깊이 사라져 가고 있었다. 대장간의 불에 달군 시우쇠처럼 붉게 피어난 노을을 보자 엄마를 만나 가슴 뛰던 기쁨도 어느덧 사그라지고, 나는 그만 노을에 몸을 던져 한 줌재로 사위어버리고 싶을 만큼 못 견디게 울적했다. 죽고 싶었다. 죽음이 두렵기는커녕 죽는 순간이 지극히 평안할 것만 같았다. 나는 타박타박 걸으며 혼잣말로 외쳐 보았다. 아, 노을이 곱다. 아부지가 밉다. 아부지가 노을 색이라면 엄마가 하늘색일까. 그러면 두 가지 색을 보태모 보라색이 되겠지. 그런데 엄마나 아부지는 왜 합쳐지기를 싫어하노. 노을은 죽고 싶도록 저렇게 아름다운데 말이다.
>
> —『노을』, 195쪽

소년 갑수가 붉은 노을빛을 싫어하는 것은 핏빛으로 연상되는 아버지 때문이다. 백정인 아버지는 먹기 싫은 소의 생피를 강제로 마시게 했고, 그것을 만류하는 어머니는 아버지에게 매를 맞아 핏빛 멍이 들었다. 그 아버지는 폭동의 선봉장으로 시뻘겋게 열이 오른 상태에서 '반동'들을 피범벅으로 만들었다. 갑수는 어둠 속에서 아버지의 모의를 엿듣다가 정신을 잃도록 구타당하기도 했다. 이렇게 어린 시절의 기억은 핏빛으로 얼룩져 있는 것이다. 이것은 아버지가 좌익으로 활동했던 갑수의 어린 시절이 핏빛으로 뒤덮인 광란과 살육의 시대였음을 의미하는 것이기도 하다.

그리고 이런 기억과 함께 백정의 자식이라는 신분적 모멸감도 고향을 기피하고 싶은 이유 중 하나이다.

> 자네가 직접 경험해 보지 않은 상처니깐 아마도 자가 처방이란 명목으로 쉽게 치료한 후 이제 나를 임상 실험해 보겠다는 투가 아냐? 더욱 나는 자네와는 신분이 다른 백정의 자식이네. 신분을 안 따지는 세상이 됐다? 자네들이야 안 따질는지 모르지만 나만 천대와 멸시를 받으며 컸어. 그걸 병이라 부를 수 있다면, 고향에만 오면 그 후유증이 재발한다네.
>
> —『노을』, 254-255쪽

인용문은 갑수가 백정의 자식이라는 신분적 차별이 고향을 기피해온 이유 중 하나였다고 치모에게 말하는 것이다. 이중달의 유복자로 고향에서 농사를 지으며 활동을 하고 있는 치모가 갑수에게 '어릴 적 고향 시절과 부딪치려 하기보다는 오히려 외면하려는 것 같다'고 비판하자, 갑수가 백정의 자식이라는 신분적 차별이 상처로 남아 있음을 고백하는 것이다. 신분적 차별을 당해 보지 않은 사람은 알 수 없는 상처를 지닌 갑수로서는 그것을 떠올리게 하는 고향을 외면하는 것이 당연하다고 하겠다.

이런 기피의 공간인 고향을 외면해서는 상처를 극복하기 어렵다. 고향이 어린 시절의 상처를 떠올리게 하지만, 그것을 외면하지 않고 자신의 일부로 받아들이는 적극적인 포용의 자세를 가짐으로써 상처를 극복할 수 있는 것이다. 갑수는 고향에서 삼촌의 장례를 치르는 동안 좌익의 주동자 배도수, 이중달의 유복자 치모 등을 만나면서 기억 속의 아버지를 이해하게 된다. 아버지를 이해한다는 것은 고향을 받아들일 준비가 되었다는 것을 뜻한다. 갑수가 고향에 돌아와서 자신의 뿌리를 발견하고 그것을 포용함으로써 상처를 극복하는 것은, 유년의 기억으로부터 자유로운 어른이 되기 위한 통과제의의 양상을 보이기도 한다. 그리고 갑수가 핏빛으로 얼룩진 과거를 포용함으로써 죽음과 공포를 연상시키던 노을은 새날을 밝히는 전조의 색깔이 될 것이다.

> 노을은 산과 가까운 쪽일수록 찬란한 금빛을 띠고 있다. 가운데는 벌겋게 타오르는 주황색, 멀어질수록 보라색 쪽으로 여리어져, 노을을 단순히 붉다고 볼 수만은 없다. 자세히 보면 그 속에는 여러 가지 색이 섞여 있음에도 사람들은 노을을 단순히 붉다고 말한다. (…중략…) 사람들은 무엇인가 한 가지로 뭉뚱그려 말하기를 좋아한다. 문득 아버지와 헤어져 봉화산에서 내려온 저녁이 생각난다. 장마 뒤끝이라 노을이 아름다웠다. 폭동의 잔재도 소멸되고, 백태도 기수도 죽고 없는 텅 빈 장터마당에서 절름발이 미송이만 홀로 종이비행기를 날리고 있었다. 제대로 걷지 못하기에 하늘로 날고 싶은 꿈을 키우던 병약한 미송이가 그날따라 날려 올리는 종이비행기는 유연하게 포물선을 그리며 노을빛 고운 하늘을 맴돌았다. "갑수야, 저 오늘 있제? 저 노을꺼정 이 비행기가 날아올라간데이. 내 태우고 말이데이." 미송이가 웃으며 말했다. (…중략…) 미송이가 그렇게 날으는 희망을 키우는 만큼, 그의 눈에 비친 하늘은 어둠을 맞는 핏빛 노을이 아니라 내일 아침을 기다리는 오색찬란한 무지개빛일 터이다.
>
> —『노을』, 345쪽

노을은 자세히 보면 한 가지 색이 아니라 여러 가지 색이 교묘하게 섞여 있다. 산과 가까운 곳은 찬란한 금빛을 띠고 차츰 거리가 멀어질수록 보라색으로 여리어져, 노을은 단순히 붉다고만 볼 수는 없다. 즉 노을은 죽음과 어둠만이 아니라 희망과 밝음을 모두 가지고 있다. 그러므로 김원일의 『노을』에서 마지막으로 보여 주고 있는 노을은 분단의 상처를 극복하려는 이미지를 연상시키는 것이다.

③ 분단의 상처와 극복의 논리

『노을』에서 분단의 상처와 극복 방안은 주인공 갑수의 과거 상처에 대한 인식의 변화를 통해 드러난다. 갑수는 반공이념의 공포를 잘 인식하고 있어 그것에 순응적으로 살아오다가 삼촌의 죽음을 계기로 인식의 변화를 일으킨다. 갑수는 아버지의 죽음으로 고향을 등지고 살아왔는데 삼촌의 장례를 치르는 동안 고향에 머물면서 당시 좌익활동의 주동자였던 배도수, 이중달의 유복자 치모, 통일할머니로 불리는 물금댁 등을 만나면서 아버지를 이해하게 되고 과거 상처를 받아들이게 된다. 갑수가 아버지를 이해하고 과거의 상처를 받아들임으로써 분단의 상처를 치유해 나가는 것이다.

갑수는 자신의 아버지가 백정이라는 사실은 누구에게도 발설하지 않고, 아버지와 관련된 기억을 애써 감추고 외면하려고 한다. 그것은 앞에서 말한 바와 같이, 갑수가 겪은 어린 시절의 일들 때문이다. 그런 갑수가 삼촌의 죽음으로 고향을 방문하여 과거의 익숙한 사물을 보고 아버지와 아버지의 일을 떠올리지 않을 수 없게 된다.

삼촌의 빈소에서 만난 추 노인이 29년 전 아버지의 죽음을 언급하고, 이어서 장태문과 이중 달 등 당시 좌익 인사들에 관한 이야기를 하여 갑수는 자연스럽게 과거 일들을 떠올리게 된다. 갑수의 기억에 떠오르는 어린 시절의 아버지는 증오의 대상이었지만, 삼촌의 장례를 치르기 위해 찾은 고향에서 떠올리는 아버지는 미루나무 아래에서 피를 흘리며 죽어가면서 용서를 비는 모습이다.

> 갑수야 마 잊아 뿌리라. 그 옛날 이바구는 잊아 뿌리고 살거라. 자슥 새끼한테는 숨카뿔고, 남은 평생을 없던 이바구로 알고 그래 살아라 말이다.
>
> —『노을』, 231쪽

꿈속에서 이기는 하지만, 용서를 비는 아버지의 모습이 갑수에게 새롭게 다가오는 것이다. 비를 만난 지렁이처럼 꿈틀대며 몸을 뒤척이는 떠올리기 싫은 아버지가 손을 잡고 애원하는 모습으로 나타남으로써 아버지와 그 시절의 상처를 이해하려고 한다. 그런데 갑수의 이러한 인식의 변화과정이 분명하게 드러나지는 않는다.

그리고 치모와의 만남도 인식의 변화를 가져오는 중요한 요인이 된다. 고추대장 이중달의 유복자인 치모는 편모슬하에서 힘들게 공부해 서울대에 진학하지만, 시국 사건에 연루되어 제적당한 뒤 낙향하여 농민의 편에서 일하는 건실한 농촌 청년이다. 무엇보다 갑수와 같은 좌익 아버지의 처참한 이념적 최후를 맞은 선의의 피해자인 것이다. 그러나 그는 광적인 도취 끝에 끝내 파멸을 자초한 아버지로 인하여 시키는 대로 고분고분 살아가는 갑수와는 다른 방식으로 아버지와 그 시절을 치유하고 있다. 농민의 편이 되어 억울한 송사를 도맡아 해결하는 농촌후계자의 모습이었다.

> "우리 세대는 이데올로기 차원을 넘어서서 우선 서로가 서로를 증오하지

않는 마음부터 배워야 되겠지예. 이것은 흑이고 저것은 백이다. 이렇게 둘로 갈라놓는 단세포적 단견만은 지양돼야 할 줄 압니더. 이 점 적십자정신이래도 좋고 다른 이름으로 불려져도 무방하겠지예. 만약 선생님이나 저까지 원수지간의 옛 악몽을 되씹으며 앙숙으로 이빨을 간다면 서로의 이질감은 분명 우리 당대를 넘어서게 되고, 통일은 그만큼 더 멀어질 낍니더."

—『노을』, 253쪽

『노을』에 등장하는 운동권 학생 출신인 치모는 빨치산이던 자신의 아버지 이중달과 역사적 동질성을 가진 인물이다. 1948년의 이중달이 소신으로 뭉친 좌익복무자로서 자신의 시대의 이념에 최선을 다했다면, 1977년의 치모 또한 민중을 위하여 투신하는 자신의 믿음에 최선을 다하고 있다. 아버지가 몰두했던 이념과 의도적으로 멀리하며 상처가 봉합되지 않은 채 29년을 살아온 갑수와는 달리 치모는 아버지 이중달이 꿈꾸는 세상처럼 만인이 평등하기 위해 가장 낮은 곳에서 아버지의 시대를 치유하고 있었던 것이다. 왜냐하면 천민 아버지의 희망이던 '평등한 세상'을 위해 여전히 열등한 농촌의 현실에서 치모는 스스로 평등하기 위한 사회적 실천을 담당하고 있었기 때문이다. 이는 성인 갑수에게 '구체적 현실의 자각'으로 작용한다.

그리고 마지막으로 중요한 요인으로 작용하는 것은 아들 현구와 함께 진행되는 귀향길에서 마주하는 '세대 의식'이다. 백정 아버지의 좌익 활동으로 고통받고 지냈던 '나'가 마주한 그 시절의 아버지와, 그리고 '나'가 서 있는 지점을 바라보는 아들 현구를 동시에 맞닥뜨리게 함으로써 분단 모순에 매몰된 아버지를 아들 세대에는 어떤 방식으로 치유하고 극복할 수 있는가를 보여준다. 그리고 그것은 전쟁 미체험 세대인 다음 세대에게 분단을 어떻게 전할 것인가를 제시하는 데도 매우 중요하다.

나는 아버지와 그 시대를 아버지이기 때문이라는 '당위'로 이해한다. 그러나 할아버지를 향한 현구의 시각은 나쁜 짓을 했기 때문에 죽었다는 현대적 교육의 산물로 받아들인다. 이는 선악의 이원론적 논리로 비판하는 것이다. 이러한 현구의 시각을 중재하는 것은 결국 중간 세대에 놓인 '나'의 역할이다. 따라서 나는 다음 세대인 현구에게 핏줄의 논리, 즉 민족의 이름으로 이해를 구한다.

> "어떤 시대나 둘로 쪼개질 땐 다들 자기 쪽 주장이 옳다고 고집하는 법이지. 그때도 이쪽 편이나 저쪽 편이나 자기네 주장만이 옳다고 서로 헐뜯은 거다. 그런데 현구야, 공산당이 나쁘다고 북한에 사는 사람들 모두 악독한 사람이라고 볼 순 없어. 사실은 그들도 우리와 한 형제고 핏줄이야. 다만 그들이 저쪽 공산주의 땅에 떨어져 살고 있는 것뿐이지. 그러나 저쪽 백성도 마음속으론 자유를 사랑하는 거란다. 예로 하늘에서 내리는 비를 보자. 비는 구름 위에 실려 한 덩어리가 되었다 내릴 때는 제가끔 헤어져 여기도 내리고 저 멀리 보이는 들판에도 내린다. 풀에도 내리고 돌에도 떨어진다. 그러나 마지막은 저 멀리 보이는 낙동강에서 함께 만나게 되지. 그렇지만 처음 한동안은 서로가 그렇게 만나게 될 줄 모르고 흘러가는 거야. 그와 마찬가지로 할아버지 대나 아버지 대는 만나고 싶어도 만날 수 없어 한 민족이 다른 곳에서 따로 흘러가는 셈이지. 그러나 너희들이 어른이 될 땐 반드시 큰 강에서 합쳐질 거야. 남한과 북한이 말이야. 반드시 그래야 된다."
>
> —『노을』, 230-231쪽

갑수가 현구에게 할아버지의 직업이 백정이었음을 고백하면서 그것은 천한 신분이 아니라 먹고사는 하나의 방법이라고 설명하는 부분이 있다. 이것은 더 이상 갑수에게 아버지가 부끄러운 사람이 아니고 부끄러운 역사가 아니라는 것을 의미한다. 『노을』의 주제의식과 연결되는 핵심적 의미 구조는 갑수의 가족사적 비극에 대한 단편적인 인식이 민족사적 비극

인식으로 확대되어 가는 과정이다. 이 과정 자체가 주인공이 분단 극복의식을 형성하는 과정이라는 점에서 주목되는데, 갑수가 분단문제를 인식하고 자신의 세계관이 변화하는 과정을 통해 분단 극복의식이 점진적으로 형성되는 것을 살펴보았다.

이렇게 『노을』은 갑수의 성정과정을 따라 좌우 이데올로기의 대립이 남긴 유산을 추적하면서 그 의미를 되짚어보는 것이다. 이것은 1970년대라는 당대의 시점에서 분단과 전쟁이 남긴 상처를 원한과 체념으로 안은 채 살아가던 숱한 사람들에게 분단의 상처를 치유하고 통일의 방안을 제시한 것이기도 하다. 그러나 이러한 해결 방안은 피상적이다. 서로를 이해하고 화해하자는 식의 해결 방안은 실타래처럼 얽혀 있는 분단 문제를 너무 안일하게 생각하고 있는 것이다. 그리고 분단 문제를 개인의 수난사적인 면에 초점을 맞춤으로써 민족적 상처를 치유하는 역사적 전망을 약화시키고 있다고 하겠다.[23)]

4) 편향된 이념과 야만성 고발－『겨울골짜기』

앞에서 살펴본 「어둠의 혼」, 『노을』 등에서는 이데올로기 문제로 가족이 겪어야 하는 수난을 중점적으로 다루었다면, 『겨울 골짜기』에서는 마을 단위의 공동체가 이념의 갈등으로 당해야 하는 비극을 형상화하고 있다. 『겨울골짜기』는 거창 양민학살을 다룬 작품이다. 잘 알려진 바와 같이 거창 양민학살사건은 6·25전쟁 중에 국군에 의해 자행된 것으로 민족적 비극의 단면이라 하겠다. 『겨울골짜기』는 작품의 서두에 다음과 같

23) 황광수, 「분단과정의 소설적 표현-분단소재 장편소설론」, 『삶과 역사적 진실』, 창작과비평사, 1995, 117쪽.

은 작가의 창작 의도가 밝혀져 있다.

> '거창사건'은 육이오전쟁이 우리 민족에게 남긴 쓰라린 상처로, 떠올리고 싶지 않은 기억 중의 하나이다. 이 땅에 다시는 동족상잔의 그런 전쟁 없이 평화적 통일을 지향해야 하며, 거창사건과 같은 비극이 되풀이되어서는 안 된다는 소박한 마음에서 그 소재를 소화해 보려고 여러 차례 시도했으나, 설부른 열정만으로 소설이 될 리가 없었다. (…중략…) 『겨울골짜기』는 2,500장의 분량으로 거창사건을 다루었지만 팔 할쯤은 픽션이고 이 할쯤이 넌픽션에 해당될 것이다. 그러므로 이 소설은 그 진상을 파헤쳐 생생한 기록으로서 현장성을 살리자는 데 목적을 두지 않았다. 전쟁이 얼마나 혹독한 굶주림으로 인간을 옥죄이고, 살아남음에 따른 고통의 극한을 인간은 어느 한계까지 견디어내는가, 나는 이 두 문제에 초점을 두고 이 소설을 썼다.[24)]

위의 창작 의도에서 언급한 바와 같이 『겨울골짜기』는 전쟁으로 민중들이 겪어야 하는 고난을 형상화하는데 중점을 두고 있다. 작가가 강조하고자 하는 민중들의 고난은 두 측면에서 형상화되어 있다. 하나는 빨치산 하급전사들이 겪어야 하는 고난상이고, 다른 하나는 농민들이 당하는 고난상이다.

① 거창 양민학살과 그 배경

거창 양민학살사건은 1951년 2월 9일부터 12일까지 거창군 신원면(과정리 박산골, 대현리 탄량골, 청연마을)과 금서면(방곡리)에서 주민 719명을, 당시 공비토벌작전을 벌이던 육군 11사단 9연대 3대대 병력이 공비와 내통했다는 이유로 집단 학살한 사건이다. 이 사건이 일어나기까지는 다음과 같은 배경이 있다

24) 김원일, 「작가의 말」, 『겨울골짜기』, 민음사, 1987, 6쪽. 이하 인용은 쪽수만 표시한다.

6・26전쟁 초기에 영남 일대를 제외한 남한의 전 지역을 점령한 북한군은 9・28서울 수복으로 퇴로를 차단당하여 덕유산과 지리산 등 산간지역에 잠복하였다가, 50년 12월 중공군의 참전과 함께 게릴라전을 펼치게 된다. 특히 진주, 마산, 창녕 방면에 주둔했던 북한군 제 2사단, 제 6사단 등 패잔부대들은 지리산의 험준한 지역에 근거를 마련하여 순창, 남원, 구례 등 호남 일대와 거창, 산청, 함양 등에 출몰하여 보급품을 착취해 가고, 군경에 기습을 가했다.

이러한 상황에 대처하기 위해 정부는 1950년 10월 공비 토벌을 위한 육군 11사단을 창설하여 사단본부는 남원에, 전주에 13연대, 광주에 20연대, 진주에 9연대를 배치했다. 그러나 험준한 산악지역을 근거로 주로 밤에 활동하는 공비를 토벌하기 쉽지 않았다. 그리하여 낮에는 정부군이, 밤에는 인민군이 지배하는 양상이 반복되었다.

거창군 신원면도 이런 지역의 하나였다. 9・28 서울 수복 이후 한 달이 넘도록 공비의 세력 하에 있다가 50년 10월 하순에서야 경찰이 신원지서에 진주하여 치안을 유지하기 시작했다. 그런데 중공군이 대거 남하하기 시작한 무렵인 50년 12월 5일 약 400-500명의 공비들이 신원지서를 습격하여, 당시 신원 지서를 방위하던 50여 명의 경찰과 청년의용대원을 대거 살상하는 사태가 일어났다. 이 사건이 일어난 후 경찰은 수 차례 신원면 탈환을 시도했으나 번번이 실패하였다.

51년 2월 초 제 11사단 9연대(연대장 오익경)는 거창, 산청, 함양 등 지리산 남부지역 공비소탕작전을 펴기로 하고, 함양의 제1대대, 하동의 제2대대, 거창의 제3대대에 합동작전을 명령했다. 이 합동작전에 따라 거창의 3대대는 경찰과 청년의용대 등과 함께 51년 2월 7일 신원면에 진주했다. 군대가 진주하자 공비들은 산속으로 퇴각하여, 제3대대는 경찰과 의

용대만 신원면에 남기고 작전계획에 따라 거창으로 진군했다. 그러자 그 날 밤 공비들이 신원면을 기습하였고, 군경이 큰 피해를 당하게 되었다. 이 일로 연대장으로부터 신원면으로 회군하라는 명령을 받은 제3대대는 2월 10일 신원면을 장악하고 주민 700여 명을 공비와 내통하였다며 집단 학살하게 된 것이다.[25] 이상과 같은 양민학살과 그 배경을 『겨울골짜기』는 문학적으로 수용하여 형상화하고 있다.

② 이원적 구성

『겨울골짜기』는 이원적 구성을 취하고 있다. 작품은 전체 6장으로 구성되어 있는데, 1, 3, 5장은 빨치산 하급전사인 문한득을 중심으로 이야기가 전개되고, 2, 4, 6장은 농민인 문한돌을 중심으로 이야기가 전개된다. 빨치산의 활동과 농민들의 삶이 교차적으로 제시되면서 양민학살로 귀결되는 것이다. 이야기가 전개되는 공간은 거창사건의 실제 공간인 거창군 신원면 일대이고, 이야기가 전개되는 시간은 분명하지는 않으나 1951년의 가을부터 다음 해 2월까지 대략 4-5개월 정도이다.

1장에서는 19살 청년인 문한득이 빨치산에 가담하게 되는 배경과 빨치산의 생활상과 활동이 묘사된다. 문한득이 빨치산에 가담하게 된 것은 살아남기 위해 어쩔 수 없는 선택이었다는 점이 부각되어 있다. 그리고 빨치산의 군사훈련과 식사, 빨래 등 생활상에 대해 많은 분량을 할애하여 비교적 자세히 묘사하고 있는데, 이것은 빨치산도 전쟁의 희생양이라는 점을 제시하여 그동안 금기시해 온 빨치산에 대한 인식의 지평을 확대하려는 의도라 하겠다.

2장은 문한돌을 중심으로 한 농민들의 고난이 제시된다. 농민들은 밤

---

25) 진덕규 외, 『1950년대의 인식』, 한길사, 1981, 419-420쪽.

에 내려와 식량과 보급품을 요구하는 빨치산에게 설에 쓸 제수용 쌀까지 내어주어야 하고, 낮에는 지서의 방위초소작업에 시달려야 한다. 문한득의 모친과 형인 문한돌을 통하여 빨치산과 농민들의 관계가 적대적일 수 없음도 암시된다. 빨치산 아들을 둔 문한득의 어머니는 아들이 하루빨리 귀가하여 함께 살기를 간절히 소원하고, 문한돌 역시 동생의 안부를 걱정하고 있는 것이다. 양민들이 겪어야 하는 고난과 함께 6·25전쟁의 비극이 묘사되어 있다. 1, 2장에서는 빨치산과 농민들이 전쟁의 희생자라는 것이 부각되어 있는데, 『겨울골짜기』가 이원적 구성을 취한 까닭이 여기에 있다. 빨치산과 농민들의 고난을 교차적으로 서술하면서 그들 모두 전쟁의 희생자라는 것을 효과적으로 제시하려는 의도인 것이다.

3장에서는 전쟁의 희생자인 동시에 가해자일 수밖에 없는 빨치산의 모습이 제시된다. 문한득과 같이 살아남기 위해 빨치산에 가담하게 된 대원들도, 빨치산이 된 이상 상급자의 지시에 따라 움직여야 하는 것이다. 왜 싸워야 하는지도 모르는 채 상급자의 지시에 따라 경찰과 청년의용대를 공격하고 죽이는 것이다. 이렇듯 6·25전쟁의 비극과 민중들의 고난을 빨치산 대원을 통하여 제시하고 있다.

4장에서는 빨치산 지배 하에서 농민들이 겪는 불안과 빨치산의 선전활동을 비롯한 사상교육 등이 제시된다. 빨치산의 지시를 어겼거나 비협조적인 행동으로 받게 될 처벌을 두려워하는 모습은 인민군 치하에서 농민들이 겪어야 했던 고난이다. 그리고 빨치산의 사상교육과 선전활동에 시달려야 했던 농민들의 고난이 묘사되어 있다. 이것은 3장에서 묘사된 전쟁의 피해자이면서 가해자일 수밖에 없는 빨치산의 모습과 사뭇 다른 양상이다. 빨치산에 대하여 다각적인 측면에서 조명하고 있는 것이다.

5장에서는 상급자들의 지시에 따라 상대방을 죽여야 하는 빨치산 하급전사들의 모습과, 전공을 세우기 위해 광기에 가까운 행동을 보이는 빨치산 중대장 김풍기의 모습을 통하여 전쟁의 무모성과 비극성이 제시되어 있다. 그리고 동족을 죽일 수 없다는 지식인 김익수의 독백을 통하여 전쟁이 개인의 삶을 어떻게 황폐화시키는가를 함께 제시하고 있다. 중학교 사회 선생을 하다가 인민군에 징집된 김익수는 동족을 죽일 수 없다며 싸우는 시늉만 하며, 6·25전쟁의 배경과 무모성에 대하여 비판을 가하는 것이다.

6장에서는 빨치산의 기습에 큰 타격을 입은 군경이 빨치산과 내통하기 쉬운 산간지역의 가옥을 불 지르고, 농민들을 짐승처럼 학살지로 몰아내는 과정이 서술된다. 그리고 양민학살이라는 비극은 간접적으로 제시된다.

이렇게 빨치산과 농민들의 삶을 교차적으로 서술하면서 전쟁의 무모성과 비극을 묘사하고 있는 것이다.

③ 민중들의 고난상 부각

앞에서도 언급한 바와 같이 『겨울골짜기』에서는 민중들의 고난이 중점적으로 그려져 있다. 민중들의 고난은 빨치산 하급전사들과 농민들을 중심으로 제시된다.

(가) 빨치산의 고난상

빨치산 하급전사들의 고난은 그들이 대부분 본인의 의지와 상관없이 전쟁의 소용돌이에 휘말린 피해자들이라는 점이 부각되어 있다. 그것은 1, 3, 5장의 주요 등장인물인 문한득과 그의 동료인 김익수의 모습에서 잘 드러난다.

문한득은 초등학교조차 나오지 못한 열아홉 살 젊은이다. 그가 빨치산에 가담하게 된 것은 살아남기 위한 어쩔 수 없는 선택이었다.

> 내사 뭐 무슨 주의가 뭐하는 주의인지 잘 알기나 합니꺼. 인민공화국 세상이 되자 죽은 큰성님 대신에 분주소 일이나 봐달라캐서 심부름을 조매 하다가, 안 피하면 죽는다 하길래 부랴부랴 산으로 올라온 게 이리 됐지요.
>
> —『겨울골짜기』 상권, 72쪽

인용문은 문한득이 빨치산 부대에 가담하게 된 이유이다. 소학교조차 다닐 수 없는 가난한 소작민의 아들인 문한득으로서는 무슨 '주의'나 전쟁의 배경에 대하여 알 수가 없다. 그는 목숨을 부지하기 위해 시키는 대로 움직이는 전쟁의 피해자일 뿐이다. 인민군의 점령 하에서는 어쩔 수 없이 인민군의 지시에 따를 수밖에 없었는데, 그것이 군국이 통치하는 세상이 되자 목숨을 부지하기 어려운 죄가 되어버린 것이다. 힘없는 민중들이 당하는 고난이라 하겠다. 그렇기 때문에 문한득은 빨치산이 되어서도 왜 전쟁을 해야 하는지도 모르고 상급자들의 지시에 따라 로봇처럼 움직일 뿐이다. 문한득은 자신이 왜 총을 들고 싸워야 하는가에 대하여는 잘 알지 못한다. 다만 싸움에서 이기고 살아남아야만 고향에 돌아갈 수 있고, 가족을 다시 만날 수 있기 때문에 싸울 뿐이다.

> 싸우자, 같은 동포끼리 무엇을 위해 싸우는지 그 이유는 잘 모르지만, 무엇보다 나를 위해 싸우자. 싸워 이겨야만 내가 살아남을 수 있고, 내가 살아야 가족을 만날 수 있다.
>
> —『겨울골짜기』 상권, 211쪽

인용문은 힘없고 무지한 민중들이 전쟁에서 어떻게 희생되는가를 단적으로 제시하고 있다. 민중들이 당하는 이러한 고난은 같은 빨치산 대원 김익수의 모습에서도 잘 드러난다. 문한득과 같이 빨치산 하급전사인 김익수는 서울에서 중학교 사회 선생을 하다가 인민군에 징집되어 온 인물이다. 그는 "전쟁 전에는 이승만의 하는 짓거리가 하도 결증 나서 북조선 말에도 솔깃했더랬는데(상권, 73쪽)", 의용군으로 징집되어서 보니 그들의 주의 주장이 현실과 동떨어진 신기루 같은 것이라고 깨닫고 환멸을 느낀다. 그는 전쟁의 이면에 대해서는 어느 정도 파악하고 있다.

그는 전쟁은 '상대를 적대자로 몰아세워 자기네 이익과 탐욕에 무조건 굴복하도록 무자비한 폭력을 행사하는 것'이며, '그럴싸한 정의의 탈을 쓴 짐승의 마음'이라며 비판한다. 그리고 미국을 비롯한 강대국들이 자기네의 세력 팽창을 위해 무기와 옷과 식량과 다른 모든 군수품을 제공해 가면서 이 땅을 제물로 삼아 싸우고 있다고 전쟁의 배후까지도 지적하고 있다. 그렇기 때문에 그는 빨치산 부대에 예속되어 있는 것이 억울하고, 자신을 비롯한 대부분의 민중들이 남의 전쟁에 마치 꼭두각시처럼 움직이고 있는 것이 안타까운 것이다.

하지만 김익수는 빨치산 부대를 벗어날 수가 없다. 빨치산을 이탈하여 도주하다가 발각되면 총살을 당하기 때문이다. 김익수는 심한 근시(近視)로 지리적 상황을 잘 판단할 수 없어 남의 도움 없이는 훈련에도 잘 임할 수 없는 처지이다. 그는 어서 빨리 전쟁이 끝나기를 기원하며 살아남기 위해 싸움에 임한다. 명령에 따르지 않으면 총살을 당하게 되고, 또 상대방과 싸움에서 죽지 않으려면 어쩔 수 없이 싸워야 하는 것이다.

> 이 해방전쟁이야말로 터져서는 안될 무모한 살상이요. 외세를 등에 업고 제 동포를 살육하는 꼴이라니. 난쟁이 어깨 춤추듯 못난 짓들이지요. 난 동

> 포를, 그 누구도 죽이기 싫으니, 그저 싸우는 시늉이나 낼 수밖에. 난 정말 억울하게 죽기 싫소.
>
> —『겨울골짜기』 하권, 538쪽

인용문은 본인의 의지와 상관없이 전쟁에 휘말린 지식인이 겪어야 하는 고난을 제시하고 있다. 이렇게 빨치산 대원들이 겪어야 하는 고난을 자세하게 다루는 것은 그동안 금기시해 왔던 빨치산에 대한 인식의 지평을 열었다고 하겠다.

그동안 6·25전쟁은 우리에게 너무 밀착되어 있었고, 그것의 영향은 너무 막대하여 6·25전쟁에 대한 인식은 개관적으로 이루어지지 못한 점이 없지 않았다. 그렇기 때문에 통일시대를 준비하는 문학이 지향할 자세로 남북 당국에 의해 금기시되었던 부분들에 대한 새로운 조명은 바람직하다고 하겠다. 빨치산 하급전사들의 다수가 선량한 민중들로 전쟁의 희생양이며, 민족 공동체의 일원임을 인식할 때 6·25전쟁에 대한 인식도 보다 새롭게 전개될 수 있을 것이다.

여기서 짚어보아야 할 것이 있다. 1, 3, 5장의 중심인물 문한득의 모습이 얼마나 전형성을 지니느냐 하는 것이다. 소설은 인물을 통하여 사건을 만들어 가는 것이므로 인물의 전형성은 중요하다. 특히 『겨울골짜기』와 같은 역사소설은 인물의 전형화를 통하여 그 시대의 사회상을 그려내는 것이기 때문에, 인물이 전형성을 획득하지 못할 때 소설의 문학성은 떨어지게 된다. 무지하고 순박한 19살 빨치산 소년병 문한득은 거창군당에서 315전투부대로 전속 배치되어, 군사훈련을 받고 실전에 참가하여 전투를 경험하면서 용맹한 전사로 성장하게 된다.

그런데 문한득이 용맹한 전사로 지대장으로부터 표창을 받을 정도로 성장하는 데는 뚜렷한 계기가 없다. 그는 피하지 않으면 죽는다고 하여 살아남기 위해 빨치산에 가담했고, 상급자의 지시에 따라 움직이고, '살아서 가족과 다시 만나기 위해 싸우'는 인물로 이념의 갈등이 낳은 희생양인 것이다. 계급적 각성이 없는 무지한 농민이 전쟁의 소용돌이 휘말려 살아남기 위한 본능적인 몸부림이 영웅적 행위로 인식되고 있는 것은 우스꽝스러운 모습이다. 문한득은 여성 동지 윤준희에게 누나 같은 정을 느끼고, 병약한 지식인 김익수를 도와주는 착하고 여린 소년병이며, 고향 마을과 부모 친지들에 대한 생각으로 자주 슬픔에 젖는 인물이다. 그런 그가 부모 형제가 살고 있는 고향의 면소재지 지서를 공격하는 데 혁혁한 성과를 세우는 영웅으로 묘사되는 것은 빨치산 전사를 희화하는 것이라 하겠다.

(나) 농민들의 고난상

농민들의 고난상은 배고픔과 생존에 대한 불안을 부각하는 데 초점을 두고 있다. 그것은 2, 4, 6장의 중심인물 문한돌을 통하여 제시된다. 문한돌은 땅만 파먹고 사는 농민이다. 문한돌뿐만 아니라 그가 살고 있는 대현리 주민 대부분 가난한 소작농민으로 땅만 파먹고 사는 처지이다. 문한돌이 살고 있는 '대현리의 경우 170여 가구 중에 반자작농이 열예닐곱 정도이고 나머지는 소작농이라고 묘사되어 있다'(상권, 127쪽). 이들은 가난하여 겨울을 지낼 식량도 넉넉하지 않고, 피난 갈 곳도 없는 처지다. 그렇기 때문에 문한돌을 비롯한 농민들은 고향에서 빨치산과 군경의 틈바구니에서 이중의 고통을 당하며 전쟁이 끝나기만을 기다리는 것이다. 그러나 농민들의 바람과는 달리 전쟁은 농민들을 더욱 곤핍하게 몰아간다. 농민들의 고난은 배고픔과 생명의 위험에 대한 불안에 초점이 맞추어져 있다.

빨치산은 식량과 생필품을 마련하기 위하여 농민들에게 할당량을 부과하고 비협조적인 사람들은 반동으로 몰아 가혹한 처벌을 가하기 때문에, 농민들의 삶은 극도로 곤궁하여 먹을 식량을 걱정해야 할 처지이다.

> "우리야 아무것도 내놓을 끼 없심미다. 내일 아침에도 감자죽 쓸라 카는 거 여게 안 보입미까. 우리 집에 입이 몇 개나 되는 줄 알지요. 모두 아홉이라요." 종임이 엄마가 바가지에 담긴 열 개나 남짓한 감자알을 손가락질하며 울먹울먹 말하였다. (…중략…) "사정이야 마실사람 다가 딱한 기라. 어짜겠나, 설날 젯밥은 몬 올리더라도 협조를 해야 안 되겠나. 죽기 아니모 살긴 기라. 나도 산사람들 세포노릇 정말 못해 묵겠다. 내한테 무슨 용뺄 일이 생길 끼라고 집집마다 구차시럽구로 이렇게 구걸하러 다니겠노."
>
> "숨을 쉬고 있으니께 사는 거제, 이게 어데 사람 사는 집미까, 앉아서 굶어 죽든, 대창에 찔려 죽든 인제 그래 마 죽어 버리는 게 낫제 몬 살겠어요. 더 살기도 싫고요."
>
> —『겨울골짜기』 상권, 123쪽

인용문은 빨치산에 시달리는 농민들의 고난을 묘사하고 있는 부분이다. 빨치산이 요구하는 식량을 채우지 않으면 반동으로 몰려 혹독한 핍박을 당하거나 심하면 대창에 찔려 죽기 때문에 설날 제수로 숨겨둔 쌀까지 내놓아야 하는 것이다. 그렇기 때문에 감자죽으로 끼니를 겨우 연명해야 하는 처지이다.

이러한 처지에 있는 농민들은 낮에는 지서의 방위초소 작업에 시달려야 했다. 방위초소 작업이란 지서를 방위하기 위해 지서 외곽지역에 돌덩이를 쌓아 초소를 만드는 작업이다. 돌멩이를 쌓기 위해서는 개울에서 돌을 지고 와야 하기 때문에 젊은 장정들도 힘든 일인데, 젊은 장정들은

"산사람을 따라 입산을 했거나 저들의 초모사업에 뽑혀 입산자가 되어버렸거나, 영장을 받고 군대에 입대를 해버려(상권, 181쪽)" 남아 있지가 않아 환갑 전후의 중늙은이나 노인, 부녀자들이 그 일을 해야 했다. 노약자들과 부녀자들이 고난을 당해야 했던 것이다. 거창 양민학살사건이 더욱 비극적인 것은 희생자들이 대부분 어린이, 부녀자, 노약자라는 점이다.[26)]

이들 농민들은 빨치산 점령 하에서는 15세 이상 50세 미만 남자는 '농민 자위대'에 조직되어 군사훈련을 받아야 하고, 만 17세 이상 40세 미만 여성들은 '애국 여자 연맹'에 강제 편입되어 빨치산의 월동 장비와 보급품을 만드는 일에 시달려야 한다.

농민들의 삶이란 고난의 연속인 것이다. 목숨을 부지하기 위해 빨치산과 경찰이 시키는 대로 기계처럼 움직일 뿐이다. 어쩔 수 없이 빨치산의 지시에 따라야 하는 농민들의 모습은 다음과 같이 묘사되어 있다.

> 아무도 선뜻 나서는 사람이 없었다. 어젯저녁, 광목천을 내놓으라 했을 때도 마을 사람들은 그 반응이 신통치 않았다. 그들은 어떤 일에도 스스로 나서지를 않고 이웃의 눈치만 살폈다. 그러나 장구를 누가 치든, 떨어진 명령이니 농악대를 만들지 않을 수 없었다.
>
> —『겨울골짜기』 하권, 287-288쪽

인용문은 빨치산이 신원면을 점령하여 빨치산 315부대의 진주를 환영하는 환영대회를 위한 농악대를 만들라는 지시에 서로 눈치만 보는 모습을 묘사한 것이다. 농민들이 이렇게 서로 눈치만 보게 되는 것은 빨치산 환영대회에 적극적으로 가담했다가는, 세상이 바뀌어 빨치산이 물러가고

26) 거창사건이 더욱 비극적인 것은 희생자들 대부분 노약자, 부녀자, 어린이라는 점이다. 거창사건에서 희생된 양민 중 열 살도 안 된 어린이가 313명, 60살 이상 노인이 66명, 여자가 388명이라고 했다. 김삼웅, 『해방 후 양민학살사』, 가람기획, 1996, 149쪽.

경찰이 진주하면 통비분자로 몰려 총살을 당하기 때문인 것이다. 그렇다고 빨치산의 지시를 따르지 않을 수도 없는 것이 농민들의 처지이다. 빨치산의 지시를 따르지 않으면 반동분자로 몰려 처벌을 당하기 때문이다.

이렇게 『겨울골짜기』는 농민들의 고난상을 부각하여 6·25전쟁의 비극을 강조하려고 했다. 그러나 작가의 이러한 노력에도 불구하고 『겨울골짜기』는 민족사의 비극에 대한 피상적인 접근이라는 지적을 면하기 어렵다. 역사적 상황에서 민중들이 당하는 고난은 수없이 반복된 것이고, 그것의 문학적 형상화 또한 끝없이 이루어져 왔다. 6·26전쟁을 다룬 소설에서도 중요한 특징이 '전쟁의 무모성과 무의미성, 대상 없는 희생이 안겨주는 패배감, 무자비한 살육과 곤핍한 삶이 초래한 전율, 혼란과 무기력 속에 파탄되어 가는 인간성, 그리고 이 모든 것들을 동반한 사회적 병리현상'[27] 등을 다룬 것이었다고 할 것이다. 따라서 『겨울골짜기』는 빨치산 대원들의 고난상을 통하여 빨치산에 대한 인식의 지평을 넓혔다고는 하지만, 그동안 분단문학이 이룩한 성과에서 크게 나아가지는 못했다고 하겠다.[28]

5) 분단의 객관적 인식과 공동체의식 - 『불의 제전』

「어둠의 혼」, 『노을』 등의 작품에서는 이데올로기 문제로 가족이 겪어야 하는 고난이나, 마을 공동체의 비극을 중점적으로 다루어 분단의 비극성을 고발하였다면, 『불의 제전』에서는 이데올로기의 대립으로 야기된 분단과 6·25전쟁의 배경, 그리고 그 진행 과정에 대한 객관적 인식과

27) 김병익, 「6·25 콤플렉스와 그 극복」, 『두 열림을 향하여』, 솔출판사, 1991, 273쪽.
28) 조구호, 「역사적 비극의 문학적 형상화」, 『문학한글』 15·16집, 한글학회, 2002.

분단의 상처를 치유하기 위한 방안으로 민족 공동체 삶을 모색하고 있다.[29] 이런 점에서 『불의 제전』은 김원일의 분단문학에서 완결성을 보이는 작품이라는 평가를[30] 받기도 한다.

① 분단에 대한 다양한 시각

『불의 제전』에는 각계각층의 다양한 인물들이 등장한다. 100여 명의 등장인물을 통하여 당대를 살아가는 민족의 삶을 형상화하고 있다. 이것은 분단의 원인과 그 전개과정에서 야기된 정치적 폭력과 부조리, 민중들의 고난 등을 다각적으로 제시하여 당대의 현실을 객관적으로 조명하려는[31] 것이다.

100여 명의 등장인물은 크게 4가지 유형으로 구분된다. (가) 민중의 이익을 도외시한 채 자신의 이익만을 도모하는 우익 지주 계층으로 서유하, 심동호 등이다. 이들과 같이 민중들을 핍박하고 억압하는 진영읍 파출소장 한광조, 차석 노기태 등이 유형에 포함된다. (나) 가족의 삶을 외면한 채 공산주의 이념에 투철한 인물로 조민세, 배종두, 박귀란 등이다. 안진부, 성주걸 등도 여기에 포함된다. (다) 좌우의 중도적 입장을 견지하는 인물로는 심찬수, 안시원, 박도선 등이 있다. (라) 급변하는 시대적 상황에 휘둘려 고난을 당하는 사람들이다. 이 유형에는 빨갱이 가족으로 낙인찍혀 고난을 당하는 봉주댁과 아치골댁을 비롯한 민중들, 좌우이념 대립으로 야기되는 폭력에 고난을 겪어야 하는 서성구를 비롯한 사람들, 차구열과 같이 살아남기 위해 어쩔 수 없이 빨치산의 일원이 되어 고난을 겪

29) 정찬영, 앞의 책, 247쪽.
30) 이성희, 앞의 논문, 85쪽.
31) 작가도 '가능한 한 계층의 인물을 두루 등장시켜 그들 삶의 현장과 그 상황을 객관적으로 정직하게 파헤쳐 보고 싶었다.'고 했다. 김원일 · 김선학 대담, 「나의 문학, 나의 소설작법」, 『현대문학』 1984년 3월호, 현대문학사, 1984, 85쪽.

는 사람들로 구분되지만, 그들은 모두 급변하는 시대적 상화에 휩쓸려 고난을 당한다는 점에서 같은 유형에 포함된다.

(가) 우익 지주계층의 시각

심동호와 서유하는 대를 이은 지주로 자신의 이익만을 도모하는 인물이다. 이들은 돈이 최고라고 여기며 재산을 불리기 위해 몰두하고, 재산을 바탕으로 소작인을 억누른다. 그리고 지서장을 비롯한 권력자들과 결탁하여 민중 위에 군림하며 향락을 누린다. 이들의 현실인식은 농지분배의 불공정을 따지는 농민들의 항의를 좌익세력의 사주에 의한 것으로 여기는 심동호의 발언에서 잘 드러난다.

> "네 늠들이 남로당했던 좌익늠들 사주받고 폭동 일으킬라는 것쯤 앞산에 불 보듯 훤하다. 대한민국이 너들같이 무지랭이들 난동에 눈 깜짝할 줄 아나?" 심동호가 지대에서, 원님 동헌 마르에서 죄인을 내려다보듯 농군을 눈 아래 두고 말한다. "택도 없는 소리 마라. 반공 국가 대한민국이 너들 손에 놀아날 만큼 허약하지 않다, 이 따위 빨갱이질 흉내 낼라모 이북으로 올라가지 대한민국 땅에 와 사노![32]

농지개혁에 대한 농민들의 요구는 좌익 인사들이 선전하는 무상몰수 무상분배는 아니더라도 자기가 부치던 땅에 대한 우선권을 보장받는 것이었다. 그런데 농지위원장인 심동호는 그러한 농민들의 요구를 빨갱이질로 매도한다. 심동호는 '돈 앞에 양반 상놈이 없고, 돈이 바로 체신과 인격의 척도'라고 생각하는 인물이다.

그래서 권력을 쥔 지서 주임 등과 농민들을 돈으로 억압하려고 한다.

32) 김원일, 『불의 제전』 3권, 문학과지성사, 1997, 43쪽. 이하 인용은 쪽수만 표시한다.

억울한 사정을 호소하는 김강보를 비롯한 시위대의 주동자를 당장 끌어내어 수갑을 채우라고 하고, 내 논 내가 파는데 너희들이 왜 간섭하냐고 소리친다. 농민의 처지에 대해서는 조금도 고려하지 않고 자신의 이익만을 추구한다. 그들은 자기들의 이익에 반항하는 농민들을 좌익으로 매도하며 적대시하고, 권력과 결탁하여 자신들의 기득권을 유지하고 공고히 하는 데만 골몰할 뿐이다.

(나) 좌익 인물들의 시각

공산주의자 조민세, 배종두, 안진부 등은 우익 지주들과 정반대의 입장에 서 있다. 토지를 치부와 기득권 유지의 수단으로 여기는 우익들과 반대로, 토지는 '본래의 공개념에 입각하여 그 소유권이 분명한 가난한 농민에게 평등하게 분배되어야 한다'(283쪽)고 생각하고, 그것을 위해 투쟁하는 인물이다. 이들의 현실인식은 그들이 뿌린 삐라에서 잘 드러난다.

> 남조선의 농지개혁은 미 제국주의의 사주를 받은 매국노 허수아비 이승만 정권의 사기극입니다! 부농과 지주의 권익 옹호에 앞장선 남조선 농지개혁은 전면 무효로 몰아붙여야 합니다! 세금·공출·소작료·부역에는 일체 응하지 말고 맞받아 투쟁해야 합니다! 지주는 이미 자기 땅을 다 팔아먹었고 소유권도 명의 변경시켜 놓은 지 오래입니다. 빈농과 고용 농민이 나눠 받을 땅이 어디 있으며, 5년 간 분할 상환이란 농민의 노예상태를 영구화하려는 부농과 지주, 지배층의 술책이 아니고 무엇입니까?
>
> —『불의 제전』 1권, 60쪽

공산주의자들은 남한 정부를 미 제국주의의 사주를 받는 허수아비 정권이라고 생각하고, 남한 정부에서 실시하려는 농지개혁도 부농과 지주의 권익을 옹호하려는 사기극이라고 주장하고 있다. 그래서 이들은 남한의 이승만 정권을 무너뜨리고 만민이 평등한 진보적 민주 국가를 건설해야 한다고 주장한다.

이러한 시각을 지닌 공산주의자들은 6 · 25전쟁의 원인을 남한의 북조선 침공 위협에 의한 것으로 파악하고 있다. 그것은 안진부의 발언에서 드러난다.

> "맥아더가 왜 이승만을 초청 헌지 아십니까?" 안시원이 입을 다물고 있자, 안진부가 말을 계속한다. "공식적으로야 한일 간의 정치적 · 경제적 문제 타결에 있다지만 속셈은 그게 아닙니다. 이승만이 전쟁이라면 광분 허는 맥아더와 북조선 침공에 따른 전략 협의인 셈이지요."
>
> ―『불의 제전』 2권, 17쪽

안진부의 이러한 시각은 당대 상황을 객관적으로 인식한 것이라기보다는 자기들이 추종하는 이념에 따른 것으로 우익 지주들의 이기심만큼이나 편파적이다. 그리고 남한 내부에서 학도호국단 창설, 해병대 창설 등 전력을 증강한 것과 공산주의 정당과 진보적 사회단체를 불법화하는 것 등이 북조선 침략의 신호이며, 소련과 중국 간의 만주 국경문제를 계기로 전쟁을 일으킬 것이라 판단한다. 이러한 시각은 뒤에서 잘못된 것으로 드러나지만, 공산주의자들은 자기들이 추구하는 이념과 당의 지시에 따라 판단하고 행동하여 현실을 객관적으로 보려 하지 않는다.

그리고 당의 이념에 반하는 글 때문에 자아비판을 받는 조민세는 차츰 객관적으로 현실을 인식하려고 하지만, 6 · 26전쟁으로 무기력해진 남반부의 해방투쟁을 위해 보다 획기적인 지원이 필요하다는 판단 하에 당대 상황을 조국 해방 수행과정으로 보고 있다.

(다) 중도적 인물들의 시각

좌우 중도적 입장을 견지하는 인물은 심찬수, 박도선, 민유한, 안시원, 배현주 등이다. 이들은 좌우의 대립과 분열을 남북 분단과 6·25전쟁의 원인으로 판단한다. 앞에서 본 바와 같이 (가)의 우익 지주계층과, (나)의 공산주의자들의 대립이 남북 분단의 직접적 원인이라면, 남한과 북한의 내부에서도 정치적 이해와 노선에 따른 분열도 직·간접으로 작용했다.

남한에서는 배현주의 말과 같이 '친미 반공을 앞세워 미국을 업은 이승만이 정권을 잡고 권력 유지를 위해 왜놈 앞잡이를 수족으로 이용하고 있기 때문'(2권, 170쪽)에 내부의 분열을 초래했고, 북한은 '소련을 등에 업은 세력 위주의 권력형으로 탈바꿈함으로써 민족주의에 입각한 계급 평등의 공산주의는 현실 앞에 신기루 같은 허상이 되었기 때문'(1권 93쪽)에 민족주의자들이 이탈했다. 이러한 상황은 필연적으로 좌우 이데올로기의 대립을 가져올 수밖에 없고, 그에 따라 전쟁도 필연적으로 일어날 수밖에 없다는 것이다.

좌우 이념 대립과 남북한 내부의 분열이 분단의 중요한 요인으로 작용했음은 심찬수의 다음과 같은 말에서도 드러난다.

> "자력으로 해방을 쟁취했다면 이 나라는 지금 자본주의 국가가 됐을까요, 공산주의 국가가 됐을까요? 그도 아니라면 절충식 중립 국가를 세웠을까요? 천만에 말씀입니다. 만약 그렇게 됐다면 조선조 당파 싸움은 저리 가라 할 정도로 피비린내 나는 권력 쟁탈전이 지금까지 계속되고 있을 겝니다. 아니, 내란이지요. 생각 좀 해보십시오. 서구식 교육받은 이승만과 그 무리, 한민당 기간을 이루는 지주 집안 출신 보수주의자, 상해에서 돌아온 다수의 임정요원, 종교인과 보수주의적 지식인, 일제시대 왜놈과 부화뇌동했던 친일 분자들은 제가끔 꿍꿍이 셈이야 다르겠지만 모두 제 이익 계산하며 한 깃발 아래

모일 테고, 좌익은 좌익대로 쏘련에서 공산주의 교육받은 지식인, 연해주 근동 항일 빨치산 부대, 중국 공산당과 연합해서 일본군 장개석 군대를 상대로 싸운 동북항일연합군, 거기에 순수 국내 좌파까지 껴붙어 그들 역시 헤게모니 쟁탈전을 벌이겠지만 연합 전선을 펼칠 게 사실 아닙니까."

—『불의 제전』 2권, 345쪽

심찬수를 비롯한 중도적 인물들이 그런 시각을 지닐 수 있는 것은 한때 좌익이념에 경도되어 활동했던 경험과 시국을 볼 수 있는 지식인이기 때문이다. 심찬수는 경성제대 재학 시절 좌익활동을 하다가 학도병에 지원하여 팔을 하나 잃은 인물이고, 박도선은 진영중학교 훈육주임으로 해방 직후까지 골수 좌익 운동가였지만 좌·우익의 편협된 노선에 실망하고 지역 사회에서 후계자를 양성하고 저술을 통해 뜻을 펴고자 하는 인물이다. 그리고 안시원은 유학과 불교에 두루 소양을 갖춘 진영중학교 한문 시간강사로 신중한 중도주의자이다. 그렇기 때문에 해방과 좌우 이데올로기 대립으로 남북이 분단되는 과정을 이해할 수 있고, 그것의 연장선에서 6·25전쟁이 일어날 수밖에 없는 것으로 인식한다.

(라) 민중들의 시각

봉주댁이나 아치골댁과 같이 '빨갱이 가족'이라는 낙인이 찍혀 고난을 겪어야 하는 사람들이나 땅을 파먹고 사는 소작농을 비롯한 민중들에게 이념 대립과 폭력은 미친 짓이며, 6·25전쟁은 형제간의 칼부림으로 인식된다.

"하야 간에 멋 때문에 볶고 찌지고, 무신 천생 웬수가 졌다고 이라는공 모르겠구마. 사상이 먼지 동기간을 갈라놓고, 똑 피를 봐야 속이 후련타 카인께. 참말 언슨시럽은(지긋지긋한) 시상이라"

—1권, 324쪽

인용문은 배현주 집의 머슴인 김바우가 배종두 등이 화차고개에서 양곡 수송열차를 습격하다 군경과 빨치산 양측 모두 많은 사상자를 낸 것을 두고 하는 말이다. 남의 집 머슴으로 땅이나 파먹고 사는 김바우로서는 배종두 등이 목숨을 걸고 사상투쟁을 하는 것이 이해가 되지 않는 것이다. '칡뿌리와 송기로 겨우 목숨줄을 잇고 있는' 가난한 농민들에게는 시급한 것은 '보릿고개를 넘기는' 것이고, '부치던 땅을 빼앗기지 않는' 것이다. 아들 윤이를 만나게 해줌은 물론 쌀가마니도 얻을 수 있다는 말에 솔깃하여 따라나선 것이 그만 빨치산의 일원이 되어버린 최두술도 '자본주의니 공산주의니 하는 사상이란 게 무엇인지, 그 생각만 하면 치가 떨린다.'(2권, 114쪽) 그래서 그는 빨치산에 속해 있지만, '어느 시상을 만나도 내 땅이든 누구의 땅이든 땅 팔 재주밖에 없어 하산해서 남은 처자식을 건사하며 땅을 파며'(2권 127–128쪽) 살 궁리를 한다.

그리고 남편 조민세의 좌익 활동으로 수시로 지서에 불려 다니며 매질을 당하고 마을 사람들의 손가락질을 받아야 하는 봉주댁이나, 남편 차구열이 빚 때문에 서유하를 살해하고 빨치산에 가담했다가 총살당한 후 가난으로 고초를 겪어야 하는 아치골댁을 비롯한 가난한 민중들은 가족과 어린 자식의 배고픔을 해결하기 위해 고난과 수모를 감내한다. 이들에게는 굶주림을 해결하는 것이 급선무이고, 이념 대립은 이해되지 않는 형제간에 피를 흘리며 싸우는 미친 짓으로 인식된다.

이상과 같이 『불의 제전』에서는 다양한 인물들을 통하여 이념의 갈등과 분단의 원인을 제시하고 있다. 이것은 앞에서 말한 바와 같이 분단 문제를 객관적으로 제시하기 위한 것이라 하겠다.

② 주요 갈등의 양상

『불의 제전』에서는 다양한 인물들의 시각을 통하여 드러나는 갈등이 다소 복잡하게 전개된다. 앞에서 살펴본 바와 같이 다양한 인물들이 처한 상황에 따라 이념의 갈등과 분단의 원인을 다르게 바라보듯이, 인물들 사이의 갈등 양상은 이해관계와 추구하는 바에 따라 개인적 또는 집단적으로 전개된다. 사건을 형성하는 주요한 갈등은 크게 좌우의 이념적 갈등과 농민과 지주 사이의 갈등, 그리고 양민들과 부당한 공권력 사이의 갈등이다. 그런데 농민들과 지주들 사이의 갈등은 사건의 중심이 되는 좌우 이념의 갈등과 당대의 역사적 상황을 묘사하는 중요한 요인으로 작용하고 있어 다소 복잡한 양상을 띤다.

(가) 농민과 지주의 갈등

앞에서 언급한 바와 같이 토지의 소유와 분배의 문제로 야기되는 갈등은 한국 근대사에서 굴곡의 핵심이었다. 동학혁명에서부터 6·25전쟁에 이르기까지 한국 근대사의 질곡의 중심에는 토지의 소유와 분배의 문제가 있었다. 『불의 제전』 뿐만 아니라 분단 문제를 본격적으로 다룬 조정래의 『태백산맥』 등에서도 토지의 소유와 분배의 문제는 중요한 갈등의 요인으로 작용하고 있다.

『불의 제전』에서 토지로 인한 지주계층과 농민들 사이의 갈등의 배경은 박도선 집안의 내력을 소개하는 과정에서 잘 드러난다.

> 박도선의 할아버지도, 그의 아버지도 평생 자기 땅이라곤 발 한 뙈기 가져보지 못한 소작농이었다. (…중략…) 1910년, 한일 합방이 되자 식민지 정책의 일환으로 반도 땅은 일본의 경제 침탈 약탈지로 변했다. 동양척식주식회사·부산농사주식회사 등을 통한 대규모의 토지 점탈이 가속화되었다. (…중

> 략…) 삼랑진과 진영 지방은 1908년 선달 그믐날에 설립된 동양척식주식회사에서 출장소를 설치하고 토지를 매수하거나 조차(租借)하기 시작했다. 1912년, 토지 조사령을 공포한 뒤 낙동강물을 이용한 대규모 수리 시설 확장 공사 과정에서 박도선의 아버지 박삼봉이 부쳐 먹던 논은 천석꾼 지주로 30정보의 땅을 소유한 김은조 참사의 소유에서 동양척식주식회사로 넘어갔다. (…중략…) 1923년, 가을 추수가 끝나자 지주 시미즈는 초강경 소작 변경 내용을 통고했다. "거리와 상관없이 지주 집까지 소작료의 운반은 작인이 부담한다. 흉작으로 인한 무수확지라도 종자 값은 반드시 작인 부담으로 한다. 조작 계약 기간을 3년에서 1년으로 고친다"는 내용이었다. (…중략…) 의협심 강한 박삼봉이 주동되어 유등리 일대 서른여 명 장정이 쇠스랑과 곡괭이를 들고 읍내 시미즈 집으로 쳐들어갔다. (…중략…) 박삼봉은 치안유지법에 묶여 8개월 실형 선고를 받았다. 그가 출옥한 이듬해 여름, 이미 소작하던 농토는 다른 사람 손에 넘어갔고, 권솔은 영양실조로 피골만 앙상히 남아 있었다. 박삼봉 집에 양식 한 톨이라도 꾸어주는 자는 소작권을 빼앗겠다는 시미즈의 압력에 못 이겨 이웃들은 강냉이 한 톨, 수수 한 줌도 건네주지 못했기 때문이다. (…중략…) 박삼봉은 대대로 살아온 고향을 떠나기로 결심했다.
>
> —『불의 제전』 1권, 95-97쪽

평생 논 한 뙈기도 가져보지 못한 박도선의 아버지 박삼봉은 대대로 부쳐 먹던 땅이 일제 식민지 정책으로 일본인 소유가 되자 가중한 소작료를 감당할 수 없어 항의를 하다가 감옥살이를 하고, 굶주린 가족을 보고 있을 수가 없어 결국 고향을 떠나게 된다. 이런 사정은 해방 후에도 크게 나아지지 않는다. 그것은 작품의 서두에서 설명하는 서유하의 살해 사건에서도 잘 드러난다.

죽은 서유하는 진영 인근에서 알려진 지주 집안 출신으로 상속받은 재산이 막대할 뿐만 아니라, 이자놀이를 해서 늘린 재산도 상당하지만 매우 인색한 인물이다. 반면 서유하를 살해한 차구열은 그 조부가 서유하 부친

서삼봉 집안의 가노였으며, 그의 아버지는 동학혁명 때 가노에서 해방된 인물이다. 그리고 차구열은 서유하의 소작인이었다. 그런데 농지개혁의 바람이 불어 차구열은 장리빚을 내어 무리하게 서유하의 논을 매입하게 되지만, 빚에 쪼들려 서유하를 살해하게 된다.

> 해동과 더불어 실시된 농지개혁을 앞두고, 지난 몇 년에 걸쳐 남한 전역의 지주들이 소작인을 꾀거나 위협하여 농지를 매매하는 일이 비일비재했다. 지주들은, 당신이 부치는 땅을 팔 작정이므로 내년부터 소작을 그만둬달라고, 먼저 소작 해약 통고를 내렸다. 다음, 기왕이면 당신이 부치던 땅이니 그동안 정리를 봐서 가격을 낮추어주겠다며 매입을 권했다. 세상 물정에 어둡던 작인이 부쳐먹던 농지를 빼앗길까 불안해서 장리빚까지 내어 농토를 샀다. 차구열이 소작하는 유등리 수리답 세 마지기를 서유하로부터 매입한 경위도 그럴 것이라.
>
> —1권, 21쪽

서유하 살해사건과 같은 지주와 농민들의 갈등은 농지개혁을 둘러싼 해방 이후의 시대적 상황을 반영하고 있다. 농지개혁을 추진하려는 이승만 정부와 농민과는 달리, 지주 계급은 농지개혁이 자신들의 사회·경제적 기반을 박탈하는 것을 의미하였기 때문에 농지개혁에 대하여 강력하게 반대하였다.

해방 정국에서 지주의 이익을 대변하던 한민당과 1950년대 이를 계승한 민주국민당은 농지개혁을 최대한 지연시키거나, 개혁을 하더라도 지주층에 최대한 유리하게 만들고자 했다. 농지개혁에 의하여 자신의 지지 기반인 상층 지주계급이 해체되고 현재의 경작 제도가 붕괴되는 것을 막기 위하여 자신들이 다수 의석을 차지하고 있던 의회를 통하여 농지개혁을 무력화기 위한 정치적 노력을 전개하였다.[33]

농지개혁의 입법화 과정에서 한민당은 미군정 하에서 막연히 농지개혁을 반대하는 입장을 취하던 것과는 달리 이승만정권 하에서 농지개혁이 기정 사실화하자 입법화 과정에서 농지개혁의 논의를 지연시켜 농지방매의 기회를 얻거나, 농지개혁법 심의 당시 지주의 이익을 위주로 지가보상률을 고율로 제정하여 그들의 이익을 도모하려 하였다.[34] 이러한 지주계급에 대한 농민들의 저항은 강하게 표출되었다. 농촌에서 지주와 농민들은 이미 소작료를 둘러싸고 팽팽하게 대립하고 있었으며, 지주의 소작지 방매와 농민들의 소작료 납부 거부로 전국 각지에서 크고 작은 소작 쟁의와 갈등이 일어났던 것이다.

> "영감도 알다시피 농지 분배란 거를 말하면 그 소관이 어디까지나 김해군청 산하 농지 개혁 사무소라요. 거기도 농지위원회가 따로 조직돼 있고 위원장은 덕망 있는 유지나 군청 내무과장이 맡고 있소. 우리 읍 지소로 말하자면 그저 군청에서 오는 공문 받아 심부름밖에 안 합니더. 소작인 명단이란 것도 작년 추수 끝으로 보고가 끝났고 해서, 에또 그것이 지금에는 대통령이 온다 캐도 힘든 문제가 되고 말았심더. 길영감말고도 여기 보시오. 하루에 수십 명이 몰려온다 이 말씀이오.
>
> —『불의 제전』 2권, 224쪽

위의 인용문은 소작농 심길보가 농지분배 신청서가 잘못되었다고 농지위원회에 호소하는 내용이다. 그는 농지개혁에 따라 농지분배 신청을 했는데, 죽은 작은며느리의 혼인신고가 누락되어 손자 세 명의 출생신고가 되어 있지 않아 신청서가 잘못되었다고 농지위원회에 호소하지만, 지난

33) 김일영, 「농지개혁을 둘러싼 신화의 해체」, 김유남 편, 『한국정치연구의 쟁점과 과제』, 한울아카데미, 2001, 64-105쪽.

34) 유인호, 「농지개혁의 전개과정과 성과」, 『해방전후사의 인식』 1권 , 한길사, 1980, 377쪽.

일이라 안 된다고 하며 그런 일은 하루에도 수십 건 이상 된다고 한다. 이처럼 농지개혁으로 표면화하는 소작인들의 불만이 증폭되고 지주계층과의 갈등은 고조되어 급기야 프롤레타리아계층과 부르주아계층 간의 갈등으로 확산되어 분단과 6·25전쟁으로 이어지는 것으로 제시하고 있다.

(나) 이념의 갈등

이념의 갈등은 조민세, 배종두, 안진부 등을 중심으로 전개된다. 이들은 일제 식민지 시대부터 좌익에 경도되어 활동했던 인물로 남한의 공산주의화를 위해 폭력테러를 자행한다. 이들의 폭력에 대항하는 세력은 주로 경찰과 군인인데, 그들은 자본주의 이념에 투철한 인물이기보다는 직업인이다. 지서장 남인회, 차석 노기태, 권순기 중사 등의 모습에서 볼 수 있듯이, 이들은 '질서 유지'라는 치안권을 빌미로 사리사욕을 위해 주민을 억압하고 인권을 유린하는 행위도 서슴지 않는다. 그래서 이념 대립은 주로 이념과 동떨어져 있는 안시원, 박도순, 심찬수 등과의 논쟁에서 드러난다.

안진부와 사촌 형 안시원의 이념에 대한 논쟁은 형제간에 이루어진다는 점에서 남북으로 나누어진 민족의 대립과 갈등을 상징적으로 보여준다.

(ㄱ)

"누구나 같은 조건에서 출발 헌다 치자. 그러면 똑같이 잘살게 되나? 그건 이론이지. 똑같은 콩두 심어놓구 보면 열매를 많이 맺기두 하구 일찍 고드라져 죽기두 하는데, 하물며 사람을 틀에 맞춰 넣는다구? 생사(生死)는 명(命)에 있구 부귀는 하늘에 달렸다 했어. 그런데 인간사를 도대체 무슨 딱 부러진 이론에다 맞춰 다 같이 잘살게 허겠다니. 그러자면 권력을 휘두르는 지배층의 얼마나 많은 독재와 억압이 있어야겠나? 온고지신(溫故知新)이란 말두 있듯, 사회 형편에 따라 마땅치 못헌 점을 차츰 개량해 나가면 몰라두 경제란 자고로 군집 생활을 할 때부터 자연 발생적으로 생겨난 생활 수단이야. 그게 합리적이기에 여지껏 이어오지 않았나. 제도의 보완이나 개선은 몰라두 수천 년 쌓아온 성현의 가르침을 몽땅 뒤엎어서 자네들이 뭘 어쩌겠다는 거야."

—『불의 제전』 2권, 20-21쪽

(ㄴ)

"어쩌긴 뭘 어째요. 만민 평등의 진보적 민주 국가를 건설허자는 거지요. 형님, 쏘비에트 연방을 보세요. 반동적 전제 체제의 제정 러시아를 노동자와 농민의 힘으루 무너뜨린 후 지금 쏘연방은 얼마나 진보적 국가가 됐어요? 주 마흔네 시간 근무에 완전 고용제, 요람에서 무덤까지 복지정책을 실시허고 있잖습니까. 북조선두 마찬가지구요. 조만간에 기필코 공산주의가 세계를 제패할 겁니다."

—『불의 제전』 2권, 21쪽

위의 (ㄱ)은 중도주의적 인물 안시원의 말이고, (ㄴ)은 공산주의자 안진부의 말이다. 안진부가 남한 사회에서 노동자, 농민은 자본가의 착취만 당하는 현실이기 때문에 이를 타파하기 위해서는 누구나 똑같은 조건에서 시작하는 평등한 사회가 되어야 한다고 강조하자, 그에 대해 안시원이 (ㄱ)과 같이 설명한 것이다. 그런데 안진부는 형 안시원의 말에 반발하여 (ㄴ)과 같이 쏘련이나 북한에서는 완전한 고용과 완벽한 복지정책을 시행하는 진보적인 국가가 되었다고 말한다. 이러한 이념의 대립은 타협점을 찾지 못하고 극단적인 대결의 양상으로 치달아 6·25전쟁과 같은 비극을 초래하게 된 것이다.

③ 상처의 극복과 공동체의식

『불의 제전』은 100여 명의 많은 등장인물을 통하여 분단에 대한 인식과 갈등 등을 형상화하고 있다. 그러면 그런 인물들을 통하여 제시하고자 하는 중심 주제는 무엇일까? 그것은 '분단의 상처를 어떻게 극복할 것인가'하는 것으로 보여진다. 분단의 상처를 극복하고 한반도의 통일을 이룩하기 위해서는 민족 공동체의식의 회복이 중요할 것이다. 『불의 제전』에서는 민족공동체의 원형으로 가족공동체를 강조하고 있다. 가족의 모습은 여러 유형으로 나타나고 있는데, '혈연적 연속성으로서 대잇기'이다. 배종두의 아들 배달이가 진영 할아버지인 배현주의 품에 안긴 것과 서유하의 겁탈로 인한 아치골댁 아들의 서씨 집안 대잇기는, 무너진 가문이기는 하지만 혈연적 연속성을 보임으로써 가족주의의 모습을 보여주는 것이다.

배종두와 박귀란의 아들이자 배현주의 손자인 배달이의 탄생은 이념을 넘어서는 가족주의가 민족의 화해로 나아가야 함을 상징적으로 보여준다. 그것은 배달이라는 이름이 우리 겨레를 암시하는 데서도 알 수 있다. 사회주의 이념으로 결합된 배종두와 박귀란 부부가 아이를 키울 수 없는 전시 상황에서 남쪽의 할아버지에게 아이를 맡기게 되는데, 이것은 이념을 초월한 혈연 중심의 가족동동체를 강조하고 있는 것이다. 그리고 지주이던 서유하가 차구열의 아내 아치골댁을 겁탈하여 아이를 낳게 되고, 이 아이가 서유하 집안의 대를 잇게 되는 과정은 분단의 삶을 살아가는 민족적 비극을 환기시키는 작용을 하기도 하지만, 지주와 소작인이라는 계급적 모순을 넘어서는 화해의 장치로 이해되기도 하는 것이다.[35]

이러한 가족공동체를 바탕으로 민족공동체가 제시될 수 있는데, 그것은 박도선이 운영하는 한얼농장이 한 모형이 된다. 박도선은 해방 전 조

---

35) 안미영, 「김원일의 『불의 제전』에 드러난 화해와 공존의식 연구」, 『개신어문연구』 제14집, 개신어문학회, 1997, 458-459쪽.

민세와 함께 좌익운동을 하다가 사상적 전향한 후, 고향 진영에서 교사생활을 하며 농민 운동과 저술활동을 하고 있는 인물이다. 그는 해방 후 여운형의 '건국준비위원회'에 가담하는 등 활발한 정치 활동을 벌이다가, 좌·우익의 정치인들이 미·소 강대국의 정치놀음에 꼭두각시 노릇밖에 못하고 진정한 민족적 각성이 없이 선진 제국주의의 이념을 답습하는데 환멸을 느끼고, 지역사회의 민중 교육의 봉사자로 후계자를 양성하고 저술을 통해 뜻을 펴기로 하였다. 그는 사회주의 사상이 한국사회에 제대로 적용되지 않는 것으로 결론지으며 사회주의 사상으로부터 벗어나 한국사회의 변혁을 계획한다. 그는 한국 실정에 맞는 사회변혁의 방법으로 한얼농장이라는 이상적 공동체 농장을 계획한다.

> 서양 여러 나라가 농경사회에서 산업사회로 전환한 후 자유사상과 시민정신이 싹트자 노동에 따른 분배 문제가 쟁점으로 대두됐던 겁니다. 거기에 사회주의 운동가들이 노동의 공정한 분배를 앞세워 공동생활 이론을 역설하게 됐습니다. 저는 그 이론에다 예수교적 유토피아 공동생활 실천운동을 가미했고, 또 우리 고유의 두레 협동 계약을 섞어, 우선 실천 가능한 이론으로 체계화를 시도해 보았습니다.
>
> —『불의 제전』 4권, 80쪽

이러한 박도선의 변혁의지는 당시 좌익활동가들의 급진적인 폭력투쟁에서 탈피하여 하층 민중들로부터 점진적 변화를 추구하는 것이다. 그것은 이데올로기에 의한 정치적 접근이 아닌 일반 민중의 생활 속에서 뿌리박은 노동을 통한 실천운동이다. 그것은 노동의 공정한 분배를 바탕으로 한 공동생활과 기독교적 생활 윤리를 기반으로 한 공동생활 실천 등이다. 작가는 온건한 민족주의자인 박도선의 변혁의지를 통해 이데올로기에 대한 열정에 들뜬 좌익들과 대조시키고 있다. 그리고 한얼농장의 성공을 통해 변혁의 현실성이 박도선과 같은 인물들이 지향하는 바를 암시한다.

그리고 작품의 말미에서 제시되고 있는 투계 장면은 분단과 전쟁을 상징적으로 비판하면서 민족공동체 회복을 통한 분단 극복을 암묵적으로 강조하고 있다.

> 갑해는 두 마리 닭싸움이 국군과 인민군의 전투를 연상시킨다. 묵정동에서 동문여관으로 갈 때 보았던 을지로와 종로 길 시가전이 떠오른다. 그때 형이 죽었고, 자기도 죽을 뻔했다. 두 닭이 피를 흘리며 맞부디칠 때 갑해는 그 혈투를 눈뜨고 볼 수가 없어 순간적으로 눈을 감는다.
>
> —『불의 제전』 7권, 315쪽

인용문은 전쟁의 참상과 무승부로 끝난 전쟁을 싸움닭의 처참한 모습을 통해 보여주고 있다. 일 년 터울의 한배 태생인 두 닭이 피투성이가 되게 싸우는 모습은 동족 간의 전쟁인 6·25전쟁을 직접적으로 비유한 것이다. 투계는 전쟁이 형제간의 상처만 깊게 할 뿐이라는 것과 형제간의 정으로 가족공동체를 회복하여 분단의 상처를 극복하자는 것을 암시하고 있다. 이러한 점은 「어둠의 혼」, 『노을』, 『겨울골짜기』 등에서 보여주었던 분단과 전쟁으로 가족이 당하는 고난과 마을 공동체의 비극을 형상화한 것에서, 분단과 6·25전쟁의 원인과 극복 방안 등을 다각적으로 접근함으로써 분단문제에 대한 인식을 확대시켰다.

그렇지만 『불의 제전』에서 제시한 분단 극복 방안은 분단과 전쟁이 야기한 복잡한 배경에 대해 지나치게 안일하게 인식하고 있다는 지적을 면하기 어렵다. 분단과 전쟁의 원인을 다각적인 측면에서 제시했듯이, 그것의 극복 방안도 보다 폭넓고 깊이 있는 시각에서 모색해야 할 것이다. 분단 극복을 위한 문학적 노력은 6·25전쟁의 체험과 관련된 문제뿐만 아니라, 우리 시대가 안고 있는 모든 모순과 갈등을 총체적으로 해소할 수 있는 방안도 포함해야 하기 때문이다.

④ 주요 공간적 배경과 특징

『불의 제전』의 주요 공간은 작품의 중심 사건이 전개되는 진영과 서울, 평양 그리고 마산 등이다. 주지하는 바와 같이, 작가가 정해 놓은 공간의 특성에 따라 작중 인물의 특성이 창조되고, 그 범주 안에서 작중 인물의 행동도 구체화한다. 따라서 공간은 인물이 등장하는 환경에만 그치지 않고, 인물의 내적 세계를 반영하고, 인물의 감정이나 의식세계에 작용하여 영향을 주고, 마침내는 작가의 주제의식을 드러내는 주요한 문학적 장치로 기능한다. 그러므로 공간에 대한 논의는 그 실재성의 지시 관계를 따지는 문제에서 벗어나 공간이 어떤 의미로 이해되고 해석되는가가 중요해진다.

㈎ 진영

진영은 사건의 시작과 끝이 이루어지는 공간으로 대부분의 인물이 활동하는 무대이다. 이념 대립과 갈등, 분단의 주요한 원인인 지주들과 소작인들의 갈등 등이 진영을 배경으로 전개된다. 진영이 우리 근현대사의 모순을 집약적으로 보여주는 동시에, 그것을 극복하려는 사회적 실천의 역관계가 압축되어 담겨 있는 역사적 공간으로서 의미를 지닌다.[36)]

진영은 "군주 봉건제 시절부터 일본 제국주의 식민지 시대를 거쳐, 해

36) 정찬영, 앞의 책, 219쪽.

방된 지 다섯 해를 맞는 지금까지 경상남도 남부지방 진영읍은 소작농. 빈농. 고용농민이 구할이 넘"고, 그들은 "지방관리. 토호. 지주의 가혹한 소작료와 각종 공과금과 부역에 부대끼며(1권, 15-17쪽)" 살아가고 있는 공간으로, 실제 광복 직후부터 좌익 성향이 강한 지역이었다. 이런 진영은 해방 이후 새로운 시대를 요구하는 민중들의 요구가 반영되지 않고 토지의 소유와 분배에 대한 모순이 악화되는 남한 대부분의 상황을 반영하고 있다. 이런 상황은 쥐나리 마을의 사정을 살펴보면 극명하게 드러난다.

> 쥐나리 마을은 가구 수 오십 호 남짓하다. 일정 초기, 큰물이 져 낙동강이 범람하자 진영벌이 물에 잠긴 적이 있었다. 들쥐떼가 그 물난리를 피해 언덕빼기 쥐나리로 모여들고부터 '건너말'에서 '쥐난리'로 불리다, 발음하기 쉽게 하다 보니 쥐나리가 되었다. 쥐나리의 행정상 이름은 주호리이다. 오십여 호 중 지주는 한 가구도 없다. 대여섯 집만 반자작농으로, 그것도 예닐곱 마지기(한 마지기는 150평)의 농토를 부쳐먹을 뿐, 나머지 가구는 소작농이다. 춘궁기면 영양실조로 병을 얻고, 영양 결핍이 병을 악화시켜 죽는 자가 적지 않았다. 오십여 호를 통틀어 반자작농 몇 가구가 자기 소를 가졌고, 배내기 소를 맡아 기르는 소작농이 네 가구이다. 이런 실정이다 보니 새 이엉을 올리지 못한 집이 드문드문 섞였다. 뒤주 놓인 마루는커녕 식구가 둘러앉아 밥상받을 마루 있는 집이 흔하지 않았다. 쪽마루 붙은 방 한 칸에 부엌, 조금 나은 집이래야 방 두 칸에 마루 달린 부엌이 고작이다.
>
> —『불의 제전』 1권, 18쪽

이렇게 가난한 사정은 쥐나리 마을뿐만 아니라 대부분의 농촌 현실이었고, 소작농의 경우 더욱 힘들고 고단했을 것이다.

진영은 1906년 삼랑진에서 마산까지 마산선 철도의 개통과 더불어 발달한 읍이었다. 마산과 부산을 연결하는 교통 요충지로 발달하여 인구가 갑자기 팽창한 마을이라 읍내에는 농업보다는 상업에 종사하는 사람이 많았다. 안시원의 아내 감나무댁이 진영장터에서 국밥집을 운영하면서 재화를 모으는 과정은 바로 이 점을 보여준다. 이런 진영의 이중적 모습은 월남한 지식인 허정우의 시선에서 드러난다.

> 유교적 미풍양속이 그대로 보존된 고풍스럽고 순박한 그런 시골에서 나쁜 방향으로 재빨리 개방된 신흥 동네로, 하루살이나 뜨내기 인간들이 잠시 거쳐가는 여관과 다를 바 없는 마을임에 틀림없습니다. 씨족 사회의 관습이 잔존한 동네 전제가 몇 집안으로 이루어진 시골과, 서울이나 평양 같은 도시를 비교할 때, 이 소읍은 도회적 성향을 더 많이 갖추었고 성씨 또한 온갖 잡성이 섞여 있습니다. 떠돌이 장사꾼이 방 한 칸 사글세 얻어 이사 오면, 노름으로 밑천 탕진한 장사꾼은 보통이 싸서 밤 사이 떠나버립니다. 밤이면 선머슴 애들이 장터마당에서 하모니카 소리에 맞춰 유행가를 불러대는데, 요즘 부산에 유행하는 노래라고 누군가 일러주는 걸 보면 알 만하지 않습니까.
>
> —『불의 제전』 2권, 50-51쪽

농촌의 모습과 도회지의 모습을 동시에 갖고 있는 진영은 식민지 지배에 저항한 항일 소작쟁의에서부터, 광복 후 인민위원회의 활동과 남한의 토지개혁의 허구성, 그리고 이로 인한 좌우의 대립이 극심하게 전개되던 공간으로 드러나면서 당대의 모순을 집약적으로 보여주는 공간이 된다.

농민들이 좌우의 대립으로 나뉘는 과정을 작가는 대보름 풍속인 달집 만들기를 통해 제시한다. 선달바우산에서 달집만들기는 대보름의 전래 풍속이다. 그런데 당국에서는 산림보호란 명목으로 솔가지조차도 못 꺾게 하면서 군 파견대를 보내어 감시한다. 하지만 선달바우산 편편한 마루에서는 남녀노소 백여 명이 모여 노래 부르며 원을 그리고 춤추면서 신명 나게 달집놀이를 한다. 농민들에게 사상 대립은 무의미한 것이어서,

달집태우기는 민중들의 합심과 아이들의 소원 등이 어우러진 것으로 『불의 제전』이라는 제목의 상징성을 보여 주는 장치이기도 하다.

그런데 이 달집놀이는 해방 이듬해인 1946년에는 우익은 망개산 정상에서, 좌익은 봉화산 중턱의 말바위에서 불을 질렀다. 마을 노인들은 두 군데 달집 불을 놓는 변괴를 두고 걱정을 했지만, 이듬해인 1947년에도 역시 좌우익이 따로 달집을 만들었다. 해방 이후 초기에는 좌우의 대립이 농민들에게는 심각하게 받아들여진 것이 아니었지만, 차츰 농민들 역시 어느 한 편에 서도록 강요당하고 있었다. 그것이 급기야 1948년에는 양편 모두에서 상대 쪽 산에 오르는 사람들에게 보복을 한다는 소문과 양쪽 패의 유혈 싸움으로 행사 자체가 흐지부지되는 데서 알 수 있다. 1949년에는 야산대 활동이 활발해지고, 국가보안법 공포와 국군의 공비 토벌대가 작전을 벌이는 등 좌우익의 대립이 극한으로 치닫던 시기라 달집놀이를 엄두도 내지 못하지만, 밤이 되자 망개산과 말바위에서는 달집 연기가 피어오르는 것이다. 이렇게 진영은 좌·우 대립이 극심했던 시기의 남한의 실정을 집약적으로 보이면서 동시에 그 극복을 모색하는 공간으로 기능하고 있다.

그 외 진영은 남한에서 유격대 활동이 매우 많이 이루어졌음을 보여주는 공간의 의미도 있다. 일찍이 조민세가 이 지역에서 유격대 활동을 하다 서울로 갔으며, 이들 유격대는 화차를 습격하기도 했고, 전쟁 중에는 예비검속으로 진영지서에 갇힌 사람들을 배종두가 이끄는 유격대가 구해내기도 하는 것이다. 이와 같이 진영은 농촌과 도회지의 이중적 성격을 갖춤으로써, 식민지 시대 이후 농촌의 수탈과 그로 인한 근대화라는 이중적인 속성을 가진 근대 자본주의적 공간이자 좌우대립과, 그 극복을 모색하는 실천적이고도 상징적인 공간으로서 의미를 지니고 있다.

(나) 서울

『불의 제전』에서 서울의 공간적 특징은 조민세와 심찬수의 시선을 통해 드러난다. 남로당 서울지구 부조직책으로 활동하라는 지령을 받고 진영에서 서울로 잠입한 조민세를 통해, 이주하와 김삼룡이 체포된 이후 남로당 서울시당과 지도부는 더욱 그 활동이 위축될 수밖에 없었으며 이 과정에서 노선의 갈등을 겪는 모습 등이 그려진다. 그리고 심찬수의 시선을 통해 남로당 세포 활동의 일단과 상류층의 호사스런 생활, 그리고 전쟁 중 서울에 남아 있던 사람들의 모습이 그려지고 있다.

서울 상류층의 모습은 전방의 위기감과는 관계없이 다분히 향락적이다. 심찬수는 후배 조진문의 함꾼으로 따라나선 과정에서 말로만 듣던 가든 파티, 댄스파티를 경험한다. 당시의 신문엔 '도회지는 서양 춤 댄스파티 대유행', '카바레는 선남선녀가 불야성을 이루다'라는 기사가 자주 실렸으며, 광고란에는 '댄스 교습 지도' 안내가 매일 실리고 있음을 기억한다. 심찬수에게 광복된 지 다섯 해 사이 서울의 풍속도는 미국식 유행이 급속하게 번졌고, 상류사회의 풍족함과 사치는 농촌의 빈곤을 상대적으로 짓밟으며 극한으로 치닫는 것으로 보인다. 이들 서울 상류사회의 삶은 자신이 가진 높은 경제적 잉여성을 탕진하는 방식으로 주로 과시적인 소비를 선택하는 전형적인 유한계급의 행태를 보여준다. 남한의 수도 서울은 매판자본가들이 득실대는 공간으로 미국의 향락적인 문화가 소비되는 공간으로서 의미를 가지고 있다.

이렇게 서울은 남로당 활동의 거점으로, 남한 지식인 사회의 진보적 성향을 보여주는 공간인 반면, 유한계급의 향락이 소비되는 공간이면서 전쟁으로 뒤바뀐 남북한 차이를 확인하는 공간으로서의 의미를 지니고 있다.

(다) 평양

광복 후 북한의 실상은 월남한 허정우의 시선을 통해 보여진다. 허정우 가족이 삼대에 걸쳐 살아온 서른여섯 칸 길갓집은 동(洞) 배급소로 인민위원회에 접수되었고, 토호를 이루었던 종갓집도 풍비박산이 났으며, 농토는 몰수당하고, 보안대원의 총칼 앞에 가족이 집에서 쫓겨난 것이다. 또한 북조선의 해방군인 소련군에 대한 증언도 보인다. 장교들은 제복을 갖추고 신사적이었지만 사병들은 초라한 민간 복장을 하거나 껄렁패 산도둑과 같았고 강간과 약탈을 서슴지 않는 점령군의 폐행을 그대로 보여주고 있는데, 그것을 상부에서도 어느 정도 묵인하고 있다. 또한 노동계급의 혁명성과 진보성만을 찬양한 나머지 육체노동 세력만 숭상하고 권력과 줄이 없는 인텔리들은 종속되는 부차적인 존재로 취급하더라는 것이다. 『불의 제전』은 이런 노동계급주의자들의 횡포가 허정우를 위시한 지식인들의 월남 동기임을 보여준다.

한편 조민세가 해주로 소환되는 과정과 북로당계 한정화를 통해 위기를 모면하는 과정에서 해주와 평양의 모습, 북로당의 실상, 헤게모니 쟁탈전에서 남로당의 열세 등이 그려지고 있다. 그리고 북조선 조선전선 측의 '평화 통일 방안' 호소문의 내용이 소개된다. 그 내용은 이승만 정권을 비난하고 팔일오 해방 오 주년에 남북인민이 함께 해방기념식을 가져야 한다는 내용 등이 소개되고 있다.

이렇게 『불의 제전』에서의 공간은 단순히 배경으로서만 기능하는 것이 아니라, 각 인물들의 삶이 치열하게 전개되는 공간이면서 당대의 사회·역사성을 집약적으로 보여주는 상징성까지 띠고 있다. 그리고 각 인물의 시선에서 그들이 경험한 바를 바탕으로 공간이 그려짐으로써 당대 모습이 사실적이고 객관적으로 보이게 되는 것이다.

6) 김원일 분단소설의 특징과 의의

김원일의 분단소설은 작가의 고향인 진영을 배경으로 전개된다. 작가의 고향인 진영은 마산과 부산의 중간 지역으로 교통의 요충지이며, 넓은 들을 안고 있어 일제시대부터 지주와 소작인 간의 갈등이 첨예했던 곳이고, 1920년대 일제의 경제 수탈 정책에 따라 생겨난 마을로 농업・상업 인구가 고루 분포했으며 도시 문화의 이입이 빨랐던 곳이다. 이러한 진영은 김원일 문학의 중요한 요소로 작용하고 있는데, 「어둠의 혼」, 『노을』 등 비교적 초기의 분단 관련 소설작품에서는 기피와 포용의 공간으로 설정되어 있다. 떠올리기 싫은 과거의 기억 때문에 기피의 공간이며, 동시에 미래를 위해 과거의 아픔을 포용하여 극복해야 할 공간이기도 하다.

초기의 대표작이라 할 수 있는 「어둠의 혼」에서 공간의 특성은 잘 드러나지 않고 아버지와 관련된 이념의 문제와, 그것으로 인해 가족이 겪는 고난을 중점적으로 다루고 있다. 김원일의 많은 작품은 「어둠의 혼」과 같이 소년의 입장에서 전쟁의 비극을 형상화하고 있는데, 이것은 이데올로기와 관련한 예민한 문제를 건드리지 않고 전쟁의 비극성을 잘 전달할 수 있다는 장점 때문일 것이다. 그러나 어린 소년을 화자로 설정하게 되면 비극적 현실의 표면적 현상만 부각하게 되고 현실을 분석하고 논리화하기 어려운 점도 없지 않다. 「어둠의 혼」에서도 이념의 갈등에 대한 원인 규명이나 그 해결책보다는 가족이 겪는 고난이 중점적으로 부각되고 있다.

장편소설 『노을』은 「어둠의 혼」에서와 같이 이념 대립으로 가족이 겪어야 하는 고난을 다루고 있지만, 「어둠의 혼」보다는 이데올로기 문제와 그로 인한 갈등 등에 대한 인식과 지평이 확대되고 있다. 『노을』에서 중심인물인 갑수에게 고향인 진영은 떠올리기 싫은 상처의 공간이며, 과거의 상처를 통하여 새롭게 탄생하는 모습을 보임으로써 일종의 제의(祭儀)적 공간이 이기도 하다. 중심인물 갑수는 백정인 아버지의 폭력과 좌익활동으로 아픈 상처가 있는 고향(진영)에 대해서는 무조건 거부반응을 보이다가, 아버지의 좌익활동이 백정 신분에 대한 차별과 수모를 벗어나기 위한 각성과 투쟁이라는 점을 깨닫고, 자신의 과거를 객관적으로 조망하면서 삶을 고통스럽게 만들어버린 아버지를 이해하게 된다.

이것은 이데올로기 문제가 상민들의 삶의 문제와 결부되어 있다는 점을 제시하여 분단 갈등이 민중들의 상처를 치유하는 것에서 시작해야 한다는 것을 암시한다. 그리고 1970년대라는 당시 시점에서 분단과 전쟁이 남긴 상처를 원한을 안고 살아가던 많은 사람들에게 분단의 상처를 치유하고 통일의 방안을 제시한 것이기도 하다.

『겨울 골짜기』에서는 마을 단위의 공동체가 이념의 대립으로 당해야 하는 비극을 형상화하고 있다. 빨치산과 군경에게 고난을 당하고 죽음으로 내몰리는 농민들의 비극적 삶을 중심으로 6·25전쟁의 비극성을 강조하고 있다. 「어둠의 혼」, 『노을』 등에서 보여주었던 분단으로 인한 가족 중심의 비극에서 마을 공동체의 비극을 형상화하여 분단 문제에 대한 인식은 확대되었다고 하겠다. 그리고 당시로는 접근이 쉽지 않았던 거창양민학살이라는 역사적 사건을 다루었다는 점에서는 의의가 있다고 하겠다.

『불의 제전』에서는 분단과 6·25전쟁의 원인에 대해 다가적인 시각을 제시하고 있다. 작품의 주요 공간인 진영을 중심으로 남북 분단의 원인을 구한말 이후 지속된 토지의 소유와 분배의 문제에서 비롯된 계층 간 갈등으로 파악하고, 6·25전쟁도 미소 양대 세력 간의 힘겨루기의 연장선이라는 점 등을 제시하고 있다. 진영은 사건의 시작과 끝이 이루어지는 공간으로 대부분의 인물들이 활동하는 무대이다. 이념의 대립과 갈등, 분단의 주요한 원인인 지주들과 소작인들의 갈등 등이 진영을 배경으로 전개된다. 그것은 진영이 우리 근현대사의 모순을 집약적으로 보여주는 동시에 그것을 극복하려는 사회적 실천의 역학관계가 압축되어 담겨 있는 역사적 공간으로서 의미를 지닌다. 특히 차구열을 비롯한 상민들이 현실의 모순에 대항하여 각성하고 투쟁하는 과정은 김원일의 분단소설에서 중요하게 드러나는 양상이기도 하다.

분단의 해결 방안으로 민족공동체의 구성을 제시하고 있다. 가족공동체를 바탕으로 민족공동체를 강조하고 있는데, 그것은 박도선이 운영하는 한얼농장이 한 모형이 된다. 그는 사회주의 사상이 한국 사회에 제대로 적용되지 않는 것으로 결론지으며 사회주의 사상으로부터 벗어나 한국 사회의 변혁 방법을 계획한다. 그것은 노동의 공정한 분배를 바탕으로 한 공동생활과 기독교적 생활 윤리를 기반으로 한 공동생활 실천 등이다. 이러한 점은 『불의 제전』은 「어둠의 혼」이나 『노을』 등에서 제시되었던 분단과 전쟁으로 가족이 당하는 고난, 그리고 마을 공동체의 비극 등을 형상화한 것에서 몇 걸음 더 나아가 분단과 6·25전쟁의 원인과 극복 방안 등을 다각적으로 제시했다고 하겠다.

2. 지식인의 우월의식과 반공주의-이병주 분단소설론

이병주(1921-1992)는 1965년 《세대》지에 중편소설 「소설 알렉산드리아」를 발표함으로써 창작 활동을 시작하여 타계하기 전까지 80편이 넘는 중·장편을 발표했다. 그의 작품에서 드러나는 중요한 특징은 '역사의

식의 문학적 형상화'라고 할 수 있다. 그는 '역사적 진실을 증언하고 기록하기 위해 작품 활동을 했다'[37]고 했다. 그는 일반적인 소설 형식을 따르지 않고 특유의 서사방식으로 소설을 구성하였는데, 기록물을 인용 게재하거나 개인들의 체험을 수록하는 등 뉴저널리즘의 방식을 원용했다.[38] 그것은 그의 단편 「제4막」에 나오는 다음과 같은 말에서 확인할 수 있다.

> 흔히들 소설을 가장 자유스러운 형식이라고 한다. (…중략…) 그런데 나로선 부득불 이른바 「뉴저널리즘」의 방법을 빌리지 않을 수 없었다. 시사성(時事性)과 보고성(報告性), 그리고 객관성(客觀性)으로서 이루어진 몇 개의 에피소우드가 엮어내는 일종의 분위기를 나타냄으로써 소설의 영역을 좀 더 넓혀 보고 싶었던 것이다.

이병주가 원용했다는 뉴저널리즘은 1960년대 미국에서 발생한 것으로 사회·역사적 사건을 허구화하는 소설적 방법이다. 이러한 방식의 특징은 역사와 그 이면의 진실을 드러내고 그것의 역사적·사회적 의미를 비평하거나 비판하는 역할을 하는데 적합하다. 따라서 '역사적 진실을 증언하고 기록하기 위해 작품 활동을 했다'는 이병주의 문학관과 잘 부합된다고 하겠다.

이러한 서사양식은 그의 주요 작품으로 평가받는 『관부연락선』, 『지리

37) 이러한 이병주의 작가의식은 그의 작품과 작가 후기에서 잘 드러난다. 이병주는 「겨울밤」, 「제4막」 등의 단편과 장편 『관부연락선』, 『지리산』 등에서 역사적 진실을 기록하겠다는 것을 강하게 피력했다. 특히 「지리산을 마치며」라는 작가 후기에서 순진무구한 수많은 청년들을 죽음으로 몰고 간 공산당에 대한 역사의 준열한 심판이 있어야 한다며 역사적 사실에 대한 고발을 강하게 피력했다. 『지리산』 7권, 기린원, 1994(재판), 368-369쪽.

38) 이병주의 뉴저널리즘 문학양식은 정찬영(『한국증언소설의 논리』, 예림기획, 2000), 노현주(「이병주 소설의 정치성과 대중성 연구」, 경희대 대학원 박사논문, 2012년)를 비롯한 몇몇 연구가들이 언급했다.

산』 등에서 잘 드러난다. 이들 작품은 일제강점기부터 해방 공간, 남북의 이데올로기 대립, 정부 수립, 6·25전쟁 등 굴곡 많은 한국 근현대사의 궤적을 역사적 사실과 작가의 체험을 바탕으로 그려내고 있다. 특히 남북 분단과 관련한 문제를 중요하게 다루고 있는 『관부연락선』, 『지리산』 등의 작품에는 작가의 역사의식이 강하게 투영되어 있다. 그런데 이들 작품에서 작가의 역사의식은 우월의식에 젖어 있다. 역사적 사실들을 객관적으로 제시하여 독자로 하여금 판단하게 하기보다는 작가의 분신인 지식인 등장인물들이 일반인들보다 우월한 입장에서 설명하고 평가하고 있다. 따라서 이런 점을 중심으로 이병주의 분단소설에 나타나는 특징을 살펴보고자 한다.

1) 작가의 체험과 작가의식

이병주의 성장과정을 비롯한 주요한 역사적 사건들에 대한 인식은 그의 작가의식을 파악할 수 있는 근거가 될 수 있을 것이다. 이병주는 1921년 경남 하동군 북천면에서 출생했다. 그는 1927년 당시 4년제였던 북천공립보통학교를 거쳐 1933년 양보공립보통학교를 졸업하고, 1936년 진주공립농업학교에 입학했다. 농업학교에 가기를 원하지 않았던 그는 진주농고 4학년 때 일본인 교사와의 사건으로 퇴학을 당하고, '일본으로 가서 검정시험과 입학시험을 통과해 1941년 메이지(明治) 대학 문예과'[39]에 입학한다. 메이지대학 시절 이병주는 독서 활동을 통해 문학과 철학 방면의 소양을 쌓고 사상적 기저를 다지게 된다.

---

39) 송우혜 인터뷰, 「이병주가 본 이후락」, 『마당』, 1984, 58쪽.

> 당시의 나의 견식으로는 프랑코는 惡이고 인민전선파는 善이었다. 그런데 1939년 3월 27일, 프랑코 장군의 반란군은 마드리드에 입성하고 4월 1일 스페인의 인민전선 정부는 붕괴되고 말았다. 악이 선을 압도한 것이다. (…중략…) 역사는 과연 정의 편인가. 그렇다면 우리의 처지나 스페인의 처지나 중국에서 전개되고 있는 양상은 부조리한 것이 아닌가. 원래 역사가 부조리하고 세상이 부조리한 것이라면 그 부조리를 그냥 받아들일 수밖에 없는 것이 아닌가. 이런 때문만은 아니었지만 나는 어느덧 기를 쓰고 독립운동을 해야 한다고 서두는 친구들을 멀리하고 사상운동을 하려는 친구들과도 거리를 두었다. 그렇다고 해서 도스토예프스키를 읽고, 니체를 읽고 하이네를 읽은 청년이 일본에 아부하여 출세하길 바라는 길을 택할 수는 없는 일이다. 나는 코스모폴리턴을 자처하고 나면서부터 망명자라는 感傷을 즐겼다. 보기에 따라선 이건 비겁자의 자기변명, 또는 자기 합리화로 될 것이지만 내겐 그 길밖에 없는 것 같았다. 스페인 내란의 충격은 이와 같은 나의 경향을 더욱 굳게 한 것이 아닌가 한다.[40]

이처럼 스페인 내란과 일제의 식민지 지배 등을 보면서 '선악의 인과론'에 대해 회의를 품게 되고 가치관의 혼란을 겪으며 스스로 '코스모폴리탄' 혹은 '망명자'로 자처하게 된다.[41] 이런 인식은 그의 작품에서 중요하게 드러나는 '회색의 사상'의 원인으로 작용하기도 한다.

그리고 일본 유학 시절 겪게 되는 식민지 피지배자로서의 경험은 자괴감을 불러일으키기도 했지만, 역사의 증언자로서 역할을 다짐하는 계기가 되기도 한다. 그는 창씨개명(創氏改名)과 신사참배 강요 등 황국신민화(皇國臣民化)정책이 강화되던 시기에 유학생활을 했고, 학병징집을 강요당했다. 1943년 9월 메이지 대학을 졸업한 이병주는 같은 해 10월 반강제적으로 학병에 지원하게 되는데, 그것에 대한 자괴감을 다음과 같은 글에서

40) 이병주, 『잃어버린 시간을 위한 문학적 기행』, 서당, 1988, 99쪽.
41) 이병주 · 남재희 대담, 「灰色群像의 論理」, 『세대』, 1974년 5월, 240쪽.

볼 수 있다.

> "내가 지금도 항상 고민하고 후회하고 있는 점은 그 당시 아무리 경찰서장이나 형사들이 압박을 가해 왔더라도 절대로 학병을 안 갔어야 하는 건데… 하는 것입니다. 그때는 민족의식, 세계관, 역사관이 빈약했었다고 할 수밖에 없을 것 같아요. 사실 학병을 가라고 할 무렵에 '카이로 선언'이 발동했었거든요. '카이로 선언'에서 전후 처리에 대한 비전을 제시하고 전쟁이 끝나면 한국을 독립시켜 준다고 국제적 약속 문서가 발표됐는데도 학병으로 간 것은 바로 우리를 독립시켜 준다는 것에 반대를 한 것이니까 지각이 없었던 것이고 용서할 수 없는 역사적 과오를 저지른 것 아니겠어요?"[42]

이병주의 학병지원은 당시 상황으로서는 어쩔 수 없는 선택이었을 가능성이 높다. 조선총독부는 당시 조선인 학병지원 거부자에게 징용명령을 내리고, 지원 거부자들을 조선총독부 제1 육군병지원자훈련소에 수용하여 가혹한 강제노동으로 내몰았기 때문이다.[43] 그렇지만 학병지원은 이병주에게 지울 수 없는 치욕으로 남고 그의 소설에서 중요하게 작용한다.

이병주는 학병에 지원하여 중국 소주지역에서 병영생활을 하다가 일본의 패망으로 해방을 맞이하고, 그 후 6개월 동안 상해에 머물다가 1946년 3월 귀국한다. 그는 상해에 머무를 때 「유맹(流氓)-나라를 잃은 사람들」이라는 희곡을 썼고, 이것을 1959년 『문학』 11월호에 발표한다.[44] 이 작품

42) 송우혜 인터뷰, 「이병주가 본 이후락」, 앞의 글, 58쪽.

43) 민족문제연구소, 『일제하 전시체제기 정책사료총서』 제22권, 한국학술정보주식회사, 2000, 160-161쪽.

44) 그는 희곡 서두에 "해방 직후 상해에서 쓴 작품인데 그대로 버리기엔 아깝다는 친구의 勸에 의하여 발표한다"고 명기하고 있다(이병주, 「유맹(流氓)-나라를 잃은 사람들」, 『문학』, 1959년 11월, 54쪽).

은 러시아 혁명과 관련하여 백계로인의 다양한 군상들에 대해 그리고 있는데, '나라를 잃은 사람들'의 모습은 식민지시기 우리 민족의 군상들과도 유사하다. 이병주의 학병체험은 이후 그의 소설을 통해 더 자세하게 형상화하는데, 특히 「관부연락선」에서 '유태림'이란 인물을 통해 당시 작가 자신의 내면을 섬세하게 기술하고 있다.

1946년 귀국한 이병주는 그해 9월부터 진주농업학교에서 교사생활을 한다. 당시 좌우 이데올로기 대립이 첨예하여 교직생활이 평탄하지 않았다. 그는 어느 쪽에도 서지 않고 그저 좌익 학생들의 횡포가 심했을 때는 우익계 학생들을 감쌌고, 우익 학생들의 횡포가 심해졌을 때는 좌익계 학생들을 비호하는 입장에 섰다. 그의 그러한 행동으로 그는 학생들에게 '반동교사'라는 낙인이 찍히게 되었다. 그런 중도적 입장은 『관부연락선』을 비롯한 그의 작품들에서도 자주 드러난다.

진주농업학교 교사로 재직하던 그는 1948년 대학으로 승격된 진주농대에서 영어와 프랑스어, 철학개론을 강의한다. 그렇지만 학병체험에 대한 죄의식 때문에 고민한다

> 1951년 5월 경남 대학의 전신인 해인대학(海印大學)으로 옮겼다. 통산 10년 남짓한 교원 생활에서 나는 영어, 프랑스어, 철학을 가르쳤다. 가르쳤다고 하니 그럴싸하게 들리지만 짧은 영어, 모자라는 프랑스어, 자신도 뭐가 뭔지 모르는 철학을 가르친 순전히 엉터리 교사였다. 게다가 일제 용병이었다는 회한이 콤플렉스로 되어 한 번도 교사다운 위신을 떨쳐 보지 못했다. 학생들이 못마땅한 짓을 거듭하고 있어도 기껏 해본다는 소리가 '너희들 어찌 그럴 수가 있느냐'는 정도. 그런 주제에 10년 동안이나 교단을 더럽힐 수 있었다는 건 해방 후 얼마나 인재가 모자랐던가의 증거가 된다.[45]

45) 이병주, 「실격교사에서 작가까지」, 『이병주 칼럼』, 세운문화사, 1978, 147~151쪽.

이병주는 학병체험이 살아가는 내내 콤플렉스가 되어 자신의 목소리를 불식시키는 원인으로 작용했다. 이 무렵 이병주는 좌익으로 몰려 경찰에 체포되었다가 반공가(反共歌)를 짓고 풀려난다. 건국준비위원회와 인민공화국이 만들어졌던 당시 '경남위원장인가 무슨 간부인가를 맡은' 그의 친구가 찾아와 술대접을 했던 것이 빌미가 되어 체포되었던 것이다.[46] 이로 인해 그에게는 좌익이라는 꼬리표가 따라다니게 되었고, 그는 그런 오해에서 벗어나기 위해 반공이데올로기를 표명하기도 했다. 이러한 상황을 거치면서 이병주는 결국 좌우 양쪽에서 공격받기도 했고, '우리 사회의 좌와 우, 진보와 보수 모두에서 금기가 돼 있다'는 평가를 받기도 했다.

이후 6·25전쟁이 발발해 인민군 '정치보위부'로 잡혀가 인민군을 위해 문화단체를 조직하여 활동하다가 도피하고, 고향에 은둔해 있다가 인민군에 부역했다는 혐의로 체포되었다가 풀려나기도 하고, 부산의 미군 CIC(방첩대) 광복동분실 정보원에게 연행되어 부산경찰서에 수감되었다가 풀려나기도 한다. 이병주는 당시 상황을 소설 「관부연락선」에서 유태림이라는 인물을 통해 묘사하고 있는데, '국민에게만 의무가 있는 것이 아니라 정부에게도 국민의 생명과 재산을 보전할 의무가 있는데 정부는 국민에 대한 의무를 포기하고 도망쳐 버렸다.'(『관부연락선』2, 39쪽)며 조국의 부재를 피력한다.

이병주는 해방 직후 좌우 이념 대립 속에서 철저히 중립적인 입장을 지키려 했다. 유학생활과 독서체험을 통해 좌우 이념의 한계를 인지하고 있었기 때문이다. 이러한 사고방식으로 인해 그는 교직에 있을 당시 학내의 이념 대립 속에서 어느 쪽으로도 기울지 않았다. 단지 교사로서, 인간

46) 이정훈, 「그는 빨치산이 아니었다」, 『월간조선』, 1994년 7월, 379쪽.

으로서 열세에 몰리는 쪽을 보듬어주는 역할만 했을 뿐이다. 그리하여 그는 교사들과 학생들 사이에서 '회색분자'라는 낙인이 찍혔고, 그는 그것을 담담히 받아들였다. 그리고 6·25전쟁 당시 두 번의 체포와 민의원선거에서 패배 등으로 회색 사상은 그의 삶에 고착된다. 이때부터 그에게 회색이란 철저히 중립적인 입장을 고수한다는 의미가 되었고, 역사나 인생의 뒤안길에서 사라져가는 것에 대한 관심을 유도하는 근원으로 작용한다. 이병주는 이것을 이른바 '회색의 사상'이라 명명하면서 이후 창작활동의 기본자세로 삼는다.

해인대학에 재직하고 있던 1957년 '습작(習作)을 해본 경험도 없는' 이병주는 <부산일보>에 「내일 없는 그날」이라는 장편소설을 연재하기 시작한다.

1958년 11월 이병주는 부산 <국제신보>의 논설위원으로 초빙되고, 1년 후인 1959년 <국제신보> 주필 발령과 함께 한 달 후 편집국장을 겸하게 된다. 그리고 이때부터 사설 또는 칼럼을 매일 쓰며 언론인으로서 왕성한 활동을 해 나간다.

1960년 4·19가 일어난 후 전국에 교원노조가 만들어졌는데, 이때 경남지역 위원장에 이종석이 취임했다. 이종석은 이병주의 「내일 없는 그날」에 감명을 받아 1958년쯤부터 그와 가까이 교류했다고 한다. 그러나 1961년 군사쿠데타 발발 이후 만들어진 혁명검찰부는 교원노조를 좌익이라 간주하고 경남위원장인 이종석을 비롯해 간부들을 구속한다. 이때 이병주도 교원노조의 고문이라는 이유로 구속되는데 실상은 그가 발표했던 논설 '조국의 부재' 때문이라고 할 수 있다.

> 조국이 없다. 산하가 있을 뿐이다. 이 산하는 삼천리강산이란 시적 표현을

가지고 있다. 삼천리강산에 삼천만의 생명이 혹자는 계산하면서 혹자는 계산할 겨를도 없이 스스로의 운명대로 살다가 죽는다.

조국은 또한 향수도 없다. 기억 속의 조국은 일제의 지배 밑에 신음하는 산하와 민중, 해방과 이에 뒤이은 혼란을 고민하는 산하와 민중, 그리고는 형언하기도 벅찬 이정권(李政權)의 12년이다.

역사 속의 조국은 신라와 고려의 명장(名匠)들의 업적으로 아직껏 빛나고 있지만 이건 전통으로서 생명을 잇지 못하고 단절된 한때의 기적으로서 안타까울 뿐이다.

진정 조국의 이름을 부르고 싶을 때가 있었다. 8・15의 해방, 지난 4・19의 그날. 이를 기점으로 우리는 조국을 건설할 수가 있었다. 그 이름 밑에서 자랑스럽고 그 이름으로 인해서 흔연(欣然) 죽을 수 있는 그러한 조국을 만들어 나갈 수가 있었다. 그러나 이조(李朝) 이래의 추세는 점신(漸新)한 의욕을 꺾었다. 예나 다름없는 무거운 공기, 회색 짙은 산하, 조국이 부재한 조국. 이것이 오늘날 우리들의 조국의 그 정체다.[47)]

이로 인해 혁명검찰부에 송치된 이병주는 같은 해 6월 22일 공포된 '특수범죄처벌에 관한 특수법'에 의거해 재판을 받고 실형을 언도받는다. 이 법에 의해 이병주는 같은 해 말 징역 15년을 구형을 받아 감옥 생활을 한다.[48)] 그는 옥중에서도 끊임없이 독서를 해 나가는데, 이때 『史記』를 읽으며 사마천의 역사관을 습득하고, 기록을 중심에 둔 자신만의 문학관을 정립한다.

결정적으로 내가 사기를 읽게 된 데는 日人 다께다가 쓴 「史記의 世界」를 읽은 충격과 뜻하지 않게 囹圄의 신세가 된 나의 운명이 탓이었다. (…중략…) 억울하게 궁형까지 받은 운명의 인간이 쓴 책을 억울하게 10년형을 받은 인간이 읽고 있다는 상황엔 천년의 세월을 넘어 공감하는 바탕이 마련된

47) 이병주, 「조국의 부재」, 『새벽』, 1960년 12월, 32쪽.
48) <조선일보>, 1961. 11. 30.

> 다. 人事와 世事엔 계절도 지방도 없다는 인식, 현대나 漢代나 중요한 문제는 똑같이 중요하다는 인식은 역사란 것에 대한 나름대로의 開眼을 있게 했다. 동시에 기록자란 것의 중요성, 기록자로서의 각오가 얼마나 엄격한가도 배웠다. 그리고 얼마나 어려운 시련이라도 견디어 내야 한다는 각오도 배웠다. (…중략…) 문학도 또한 기록이라고 생각할 때 나는 사마천의 '憤'을 배워야 한다고 생각했고 그 각오를 배워야 한다고 생각했고 그 기록자의 정신을 우리의 정신으로 해야 한다고 생각했다.[49]

이병주는 구속된 지 2년 7개월 만인 1963년 12월 부산교도소에서 출감한다. 그는 출옥 당시의 심정에 대해 이후 시인 김규태와의 대화에서 옥중에서 잃은 것보다 얻은 것이 더 많다며 "소설을 통하여 우리 현대사의 전통과 역사가 기록하지 않은, 또는 할 수 없는 그 함정들을 메우는 작업을 해야겠다는 일념을 가졌다"[50]는 뜻을 밝힌다.

소설에 적을 두고 출옥한 그는 서울로 올라가 여러 지인들의 도움으로 사업을 하면서 1965년부터 1년 동안은 <국제신보>에 논설위원으로 재직한다. 이 시기 이병주는 사업을 시작하기도 하는데, 경험이 전무했던 터라 얼마 지나지 않아 실패하고 지기인 신동문의 권유로 소설을 쓰기 시작한다. 그리고 이것을 1965년 6월 『세대』지에 발표한다. 당시 『세대』지의 편집장이던 이광훈은 중앙문단에 정식으로 데뷔하지 않은 무명작가의 작품을 위해 지면의 4분의 1을 할애한다는 것은 큰 결단을 필요로 했었다고 회고한다. 이광훈의 결단은 이병주의 작품을 읽은 후 주저 없이 이루어졌다. 이렇게 발표된 작품이 「소설·알렉산드리아」라는 중편소설이다. 이 작품이 좋은 반응을 얻자 이병주는 다음 해 3월 『신동아』에

---

49) 이병주, 『허망과 진실-나의 문학적 편력』下, 앞의 책, 105~136쪽.
50) <국제신문>, 2006. 4. 23.

「매화나무 인과」를 발표하지만 「소설 · 알렉산드리아」와 같은 반응은 얻지 못했다. 그리고 2년 동안 작품 활동보다는 사업에 전념하지만 실패하고, 세 번째 소설 「마술사」를 1968년 『현대문학』 8월호에 발표한다. 그리고 같은 해 4월부터 이병주는 『월간중앙』에 소설 「관부연락선」을 연재하기 시작한다. 세 편의 소설을 발표한 이병주는 스스로 '아폴로'라는 출판사를 내어 「소설 · 알렉산드리아」, 「매화나무 인과」, 「마술사」를 엮어 『마술사』라는 소설집을 출간한다. 이를 계기로 이병주는 왕성한 작품 활동을 하다가 1990년 <신경남일보>의 명예주필 겸 뉴욕지사장의 직함을 받고 돌연 미국으로 떠난다. 그리고 그곳에서 역사실명소설 「제5공화국」을 집필하다 폐암 선고를 받고 1992년 타계한다.

이상에서 보았듯이 이병주는 파란만장한 현대사 속에서 역사의 질곡을 직접 체험한 작가였다. 그에게 식민지 시기의 '독서'와 일본 유학생활은 '회색의 사상'이 생성되는 초석으로 작용했고, 강제 학병 동원은 역사의 행간에 묻힌 자들에 대해 인식하는 계기이자 글쓰기의 원동력이 되었다. 해방 후 좌우 이념 대립과 6 · 25전쟁 당시 두 번의 체포 경험은 그의 삶에서 사상에 대한 중립적 입장을 고착시켰고, 5 · 16군사쿠데타로 구속되어 감옥에서 접한 사마천의 『사기』는 역사의 증언자로서 역할을 하겠다는 그의 문학관을 형성했다고 하겠다.

이러한 이병주의 역사의식과 문학관이 그의 분단 관련 소설 『관부연락선』, 『지리산』 등에서 어떻게 드러나고 있는지 살펴보기로 한다.[51]

---

51) 이병주의 『남로당』도 분단소설에 포함될 수 있으나, 작품의 주제나 내용이 『지리산』과 크게 다르지 않아 별도로 논의하지 않고 부분적으로 언급만 하기로 한다.

2) 지식인의 자괴감과 중도사상-『관부연락선』

『관부연락선』[52]은 1940년에서 1950년까지, 해방 전후 10년간을 배경으로 지식인의 식민지 피지배자의 체험, 좌우 이데올로기 대립으로 인한 갈등과 고난 등을 다루고 있다. 유태림이라는 인물을 통하여 일본 유학시절과 학병, 해방공간에서의 교사생활, 6·25전쟁과 행방불명에 이르기까지 역사적 상황에서 지식인이 겪어야 했던 고난과 갈등이 전개된다. 유태림의 삶은 크게 네 부분으로 나눌 수 있다. ① 일본 유학시절, ② 학병 시절, ③ 해방 이후 교사생활, ④ 6·25전쟁과 행방불명까지이다. 이렇게 구분된 것에서 알 수 있듯이 남북 분단과 관련된 내용들은 주로 ③과 ④에서 드러난다. 그렇지만 ③과 ④의 시기에 유태림이 좌우 어느 쪽도 아니 중도적인 입장을 견지하게 되는 것은 ①과 ②의 시기의 경험이 바탕이 되기 때문이다. 따라서 유태림이 중도적 입장을 취하게 되는 ①과 ②의 시기의 내용들을 간략하게 정리해 볼 필요가 있다.

(가) 식민지 체험과 자괴감

유태림의 수기는 실제 인물에 대한 역사 자료 제시, 취조 문서 수록 등을 통해 한일병합 이후부터 1940년대 학병 지원까지의 역사를 재복원하고 있다. 그것은 유태림의 친구인 이 선생에 의해 서술된다. 이 선생의 서사는 어느 날 우연히 E로부터 한 통의 편지를 받는 것에서 시작된다. 편지의 내용은 E가 A대학 전문부 문학과 시절 아르헨티나 유학생이던 안드로스의 초대로 유태림과 동행해야 하는데 유태림의 소식에 대해 알고

52) 이 작품은 1968년 4월부터 1970년 3월까지 『월간중앙』에 연재되었고, 이후 1989년 12월부터 1991년 2월까지 <신경남일보>에 「아아! 그들의 청춘」으로 제목만 바뀌어 반복 연재되었다. 여기서는 2006년 한길사에서 간행한 『관부연락선』을 저본으로 한다.

싶다는 것이다. 이에 이 선생은 유태림이 6·25전쟁 다음 해에 행방불명되었다는 답장을 보낸다. 유태림의 행방불명 소식을 접한 E는 이선생에게 유태림이 도쿄를 떠날 때 자신에게 맡겨둔 '관부연락선'이란 원고뭉치를 수정·보완하여 이 원고의 의미를 조명하고 유태림이란 인물을 기념할 만한 책을 내려한다는 뜻을 밝힌다. 그런 후 종전 직후부터 행방불명이 될 때까지 유태림의 동향을 알 수 없으니 도움을 달라고 부탁한다.

이 선생은 유태림의 학병생활에 대해 언급하는 서두에 유태림에게서 직접 들은 사실들과 주변 사람들의 이야기를 '자신의 체험을 통한 추측을 토대로 종합한 것'이라 밝힌 후, 시점을 자유자재로 변화시켜 서사를 엮어 나간다. 이 선생은 해방 후 학병에서 돌아온 유태림과 교사 생활을 함께 하면서 시국에 대한 나눈 이야기와, 둘 사이에 오간 대화나 유태림에게 들은 이야기가 서사의 대부분을 차지한다.

유태림의 일본 유학생활은 식민지 피지배자로서 겪어야 하는 모멸의 삶이었다. 그것은 그가 숙식하고 있는 하숙집 딸의 말에서 잘 드러난다.

> 어느 날 저녁식사를 그 가족과 함께 하고 있을 때 태림은 무심결에 당시 한반도를 휩쓸고 있던 창씨개명 소동에 언급했다. 이 얘기를 듣자 여자대학에 다니고 있던 그 집의 큰딸이 "노예근성은 할 수가 없군. 조선인의 성명엔 그런대로 역사가 있고 전통이 있을 것이고 '유'라는 성만 해도 의젓하고 훌륭한데 손톱 끝만 한 자부심도 없는가부지. 누가 시킨다고 해서 호락호락 성을 고쳐? 그따위 민족이니까 일본 같은 섬나라에 깔려 사는 거지."하고 쏘아붙였다.
>
> —『관부연락선』 1권, 121쪽

창씨개명에 대하여 손톱 끝만 한 자부심도 없다는 하숙집 딸의 말에 유태림은 "흥분한 나머지 밥그릇을 던지고 소란을 피웠지만 냉정하게 생각하면 입이 백 개가 있어도 할 말이 없는 노릇"(121쪽)이었다고 술회한다. 일본의 황민화정책이 본격화하던 시기 식민지 지배자들은 창씨개명을 시행했다. 조선인에게 일본인과 마찬가지로 氏를 사용하게 하면서 동시에 호적엔 조선인임을 알 수 있게 하는 표식을 남긴 것이다. 이것은 자신들과 같아질 것을 종용하면서, 동시에 같아질 수 없다는 '차이'를 은폐한 정책이었다. 그러나 이병주는 일제의 식민 전략을 비판하거나 폭로하는 데 중점을 두기보다 일본인에 비친 한국인의 모습에 주목한다. 하숙집 딸과의 충돌 이후 유태림은 '기골이 있는 일본 사람'의 한국인을 보는 눈초리를 알았다고 한다.

그래서 그는 식민지 하의 일본 유학생으로 자기반성을 하면서 생활자세와 민족이 직면한 문제에 대해 고민해 본다.

> 나도 뭔가를 결정해야 한다. 아버지의 호의와 재산에만 편승하고 있는 안이한 생활 태도를 버리고 내 힘으로 내 생활을 지탱하여 살아나갈 수 있는 방법을 모색해야겠다. 우선 생활인으로서의 태도와 방향을 정해야겠다.
>
> 나는 망명인으로서의 내 숙명을 감상(感傷)하고 있었다. 코스모폴리탄이란 견식을 모방하고 민족과 조국의 절박한 문제를 회피했다. 에뜨랑제를 뽐내는 천박한 기분으로 안이하고 나태하고 비겁한 생활을 영위해왔다.
>
> —『관부연락선』 2권, 183쪽

그렇지만 그가 취할 수 있는 태도는 많지 않았다. '고향으로 돌아가서 농사를 지을까'(2권, 184쪽)하고 생각해 보지만, 그것도 지식인으로서 쉽지 않다. 고향은 일본에서보다 몇 곱절 더 강하게 스스로가 에뜨랑제라는 것을 느끼게 하고, 발광할 지경으로 만들기도 하기 때문이다. 이처럼 혼란스러운 상태에서 동경 유학생활을 하다가 학병으로 중국 전선에 투입되어 심한 고초를 겪는다.

그는 매일같이 따귀를 맞아야 하는 학병생활이지만 탈영을 시도하거나 안달영과 같이 독립 이후를 준비하며 공산주의를 위한 모임을 꾀하지도 않고 현실추수적인 태도로 일관한다. 그렇지만 공산주의자인 안달영과 교양모임의 장소를 둘러싸고 벌이는 논쟁에서 하나의 이념이나 사상이 절대적으로 옳다면, 그 속에는 그만큼의 독소가 포함되어 있다고 비판을 가하는 지적으로 우월한 태도를 보인다.[53] 유태림의 이러한 모습은 일본 유학시절 동경에서 식민지 지식인으로서 겪어야 하는 갈등과 고뇌의 연속이라 하겠다. 그런데 이러한 모습은 해방 이후 교사생활에서도 유사하게 나타난다.

(나) 격동기의 지식인과 중도적 입장

그는 고향 인근 소도시에서 교사로 학생들을 지도하게 되지만, 학교의 현실은 지식을 배우고 가르치는 교육보다는 좌우 이데올로기 대립으로 갈등과 폭력이 난무한다. 그는 학생이 품고 있는 이상 실현을 위한 기초 작업인 학습에 충실해야 한다는 원칙을 강조하며 교육에 임한다. 그래서 유태림은 좌우 어느 쪽에도 목소리를 싣지 않으면서 최대한 중간자적이고 객관적 입장에 서려한다.

> 부끄러운 얘기지만 나의 정치적 견식은 확실하지 못합니다. 이건 사상의 문제이기 전에 신념의 문제이지요. 미군정에 항거하는 태도가 옳은 건지 추종하며 이용하는 태도가 옳은 건지 또는 미군정에 대한 전면적인 항거가 그만한 보람을 가지고 올 수 있을 것인지, 추종하며 이용한다는 태도가 과연

53) 이러한 태도에 대해 정치적인 인물이 될 수 없는 철학적인 체질이라는 지적도 있다. 조갑상, 「이병주의 관부연락선 연구」, 『현대소설연구』 11호, 현대소설학회, 282쪽

> 소기의 성과를 거둘 수 있을 것인지 판단이 서질 않는단 말입니다. 그러니까 나는 내가 감당할 수 없는 범위에 대한 판단은 일체 보류하고 내가 감당할 수 있는 범위, 예를 들면 내 고장, 이 학원에 일어난 일이면 그때 그 테두리 안에서 최선을 다해 대응할 수밖에 없다고 생각하고 있는 거지요.
>
> —『관부연락선』 1권, 200쪽

인용문은 좌익계열의 M교사가 유태림에게 미군정이 지배하고 있는 현실을 어떻게 생각하고 있고, 또 어떻게 대응해야 옳은가를 묻는 질문에 대한 답변이다. 이것은 유태림이 당시 상황에 대해 개관적인 입장을 유지하려는 것을 잘 보여주고 있다. 이러한 그의 태도는 학생들의 지도에서도 드러난다. 그는 좌우의 어느 편에 서기보다는 교육자적 입장에서 원칙을 고수하려고 노력한다. 그의 중립적인 태도는 학생들로부터 '회색분자' 또는 '반동'이라는 비판을 받고, 동료 교사들로부터도 비판을 받는다.

그렇지만 남한의 단독정부 수립에 대해서는 반대하는 입장을 피력하며 역사적 상황에서 방관자적 입장을 취해왔던 자신을 반성하면서 실천의 필요성을 언급한다.

> 나는 언제나 방관자였다. 본의 아니게 좌우익의 투쟁에 말려들어 가기는 했어도 마음의 바닥엔 언제나 방관자로서의 의식이 작용하고 있었다. 하지만 이런 상황 속에서 사람이란 끝내 방관자 행세만을 하고 살아갈 수는 없는 것이 아닌가. (…중략…) 아까 말했지만 나는 학생 시절은 물론 그 뒤 병정생활, 지금의 생활을 통해서 조국이나 민족을 위해서 지푸라기 하나 들려고 하지 않았거든. 영리하게 구는 척했지만 이건 영리한 것이 아니라 비굴한 것이었어. (…중략…) 설혹 냉정한 제3자가 볼 땐 어리석은 노릇이라고 해도 어떤 목적, 어떤 사명감으로 해서 스스로를 희생시킬 수 있는 각오와 실천이 있어야 될 것 같에.
>
> —『관부연락선』 2권, 213-214쪽

유태림은 위 인용문처럼 역사의 현장에서마다 늘 방관자적 입장을 취해왔던 자신을 반성하면서 실천의 필요성을 피력한다. 하지만 이 역시 자기반성의 수준에 머물 뿐, 단독정부 수립의 결과로 전쟁이 일어날 것이라 예측하면서도 어떠한 행동도 하지 못한다. 단지 유태림은 단독정부 수립 후 체제 밖에서 살아갈 뜻을 비추며 교사직을 그만두는 소극적인 움직임을 보일 뿐이다.

유태림은 6・25전쟁 와중에서는 남쪽과 북쪽 어느 편에도 환영받지 못하는 처지가 된다. 피난을 가던 중 인민군 내무서 요원에게 걸려 반동분자로 정치보위부에 감금당했다가 친구 강달호의 도움으로 문화단체를 만들어 선전활동을 하다가 겨우 탈출하였는데, 그것이 인민군 거물급 부역자로 인정되어 경찰에 체포되어 구속된다. 살아남기 위해 어쩔 수 없이 한 일이 '빨갱이'로 내몰리는 상황에서 유태림은 검사의 심문을 거부하며 항의한다. 그는 '국민만 법률을 지킬 의무가 있는 것이 아니고, 정부도 국민의 생명과 재산을 보전할 의무가 있다'며 '내게 죄가 있다면 여기 이렇게 살아있다는 죄밖에 없다'(2권 339쪽)고 항변한다. 그리하여 자기의 정체성에 대한 의문과 삶의 의욕을 상실한 채 실의에 빠져 멍한 상태가 된다. 유태림의 모습은 이념적 대립으로 치닫는 역사적 상황에 대해 자기의 의지대로 살아갈 수 없는 지식인의 모습이며, 또 좌우 이데올로기 대립에서 지식인이 당해야 했던 고난이라고 하겠다. 이러한 일련의 과정을 통해 작가는 당대 지식인들이 피해갈 수 없었던 시대의 구조적 질곡을 핍진하게 보여주는 것이다.

3) 지식인의 고민과 반공의식-『지리산』

『지리산』은 1933년 추석에서부터 1956년 1월까지 약 23년을 배경으로 하고 있는데, 주된 내용은 6·25전쟁 전후 과정을 보여주는 시기에 집중되어 있다. 이 시기는 일제 식민지-광복-남북 분단-6·25전쟁이 연속된 격변기이다. 공간적 배경은 지리산이 주 무대이면서 진주와 서울, 일본 경도 등이 다양하게 드러난다.

지리산의 주요 등장인물은 박태영, 하준규, 이규, 권창혁, 하영근 등으로 모두 지식인들이다. 지식인이기 때문에 역사적 격변기에 대한 다각적인 인식을 드러낸다. 자신의 신념에 따라 공산당에 입당하거나, 좌우 어느 한 편에 서기보다는 중도적 입장에서 자기들의 신념에 따른 원칙을 고수하려고 한다. 『지리산』은 이런 지식인을 주 인물로 내세워 역사의 격동기를 다루면서 그 이면의 문제들을 보여주려고 한다.

(가) 인물의 특징과 현실대응 양상

『지리산』에 등장하는 인물은 크게 네 유형으로 분류된다. 첫 번째의 유형은 박태영, 하준규 등으로 기존 체제에 도전하며 현실의 부조리를 극복하고자 노력하는 인물들이다. 두 번째 유형은 이규, 하영근, 권창혁, 김상태 등으로 현실문제에 적극적으로 개입하지 않고 중도적 입장을 견지하는 인물들이다. 세 번째 유형은 이현상, 박헌영, 이승엽 등으로 대표되는 공산주의자들이다. 네 번째 유형은 주영중 같은 인물로 기존의 체제와 권력에 적극 동참하여 자신들의 기득권을 유지하거나 더 나은 지위를 확보하려고 노력하는 인물들이다. 분단과 이데올로기 대립으로 야기되는 문제들을 지적하고 비판하는 것은 주로 첫 번째와 두 번째 유형의 인물들을 통해 드러난다. 따라서 여기서는 이 두 유형의 인물을 중심으로 분단과 이데올로기의 문제들을 살펴보기로 한다.

① 지식인의 이상 추구와 좌절

『지리산』에서 서사의 중심에 있으면서 작가가 제시하고자 하는 반공의식을 가장 잘 반영하고 있는 인물은 박태영이다. 그는 교사들도 혀를 내두를 정도로 머리가 비상한 수재이나 남달리 항일의식이 강하여 학교에서 문제 학생으로 취급된다. 그가 항일의식이 강한 것은 아버지가 군청에서 서기로 근무하고 있기 때문인데, 아버지에 대한 반발심이 강한 항일의식으로 표출된다. 그리고 일제가 강요하는 부당한 행위에 대해 묵과하지 않는 투철한 신념 때문이기도 하다. 그는 농부들이 손바닥만 한 논을 말리지 않으려고 물싸움을 하는 모습을 보며, '어떻게든 농부의 생활을 향상시켜 농촌을 구해야'(1권, 163쪽)한다고 생각한다. 일제에 착취당하고 핍박받는 농민들을 구제하겠다는 신념을 갖고 그것에 투철하고자 노력한다.

이러한 현실인식은 일제가 강요하는 병정식 제복이나 창씨개명에 대해 순응하지 않고, 독학으로 일본 유학을 하다가 학병을 거부하기 위해 지리산으로 도피하여 항일의식을 드높이는 것으로 나타난다. 부당한 현실에 항거하며 그것을 타개하려고 노력하는 것이다.

> 만에 하나의 가망이 없으면 나는 백만에 하나의 가능을 창조할 것이다. 우선 나는 결단코 왜놈의 노예가 되지 않을 끼다. 철저하게 왜놈과 싸울 끼다. 그들이 하는 전쟁에 어떤 의미로든 협력하지 않을 끼다. 그리고 앞으로 2년 우리나라가 어떻게 하면 독립할 수 있을 것인가를 연구하고 동시에 어떤 체제의, 어떤 규모의, 어떤 내용의 나라가 되어야 할 것인가를 모색하고 그것을 한 권의 책으로 만들 것이다.
>
> —『지리산』 2권, 23-24쪽

인용문은 박태영의 신념과 의지를 잘 보여준다. 그는 '만에 하나의 가망이 없어도 결단코 좌절하거나 포기하지 않고 새로운 가능성을 찾아내겠다'는 신념과 의지가 투철하다. 그렇기 때문에 재력가 하영근이 제공하겠다는 일본 유학 학비도 거절한다. 누구의 도움도 받지 않고 스스로 돈을 벌어 공부하겠다고 한다. 이러한 강한 신념 때문에 그는 공산당에 입당한 이후에는 공산주의자들의 하수인으로 전락하면서도 공산주의의 실상을 제대로 파악하지 못하고 스스로 신념에 갇혀 고난의 길로 빠져든다.

박태영은 지리산에서 하준규 등과 보광당을 조직하여 생활하다가 공산주의자 이현상을 만나 그의 권유로 갑작스레 공산당에 입당하게 된다. 그가 공산당에 입당하게 되는 것은 민족과 국가를 위하는 것이라는 믿음 때문인데, 그것은 이현상의 설득이 결정적인 계기가 된다. 이현상은 공산주의가 "우리나라가 가야 할 유일한 길이고, 공산당 당원은 인류의 앞날을 위해 선두에 서는 용감한 선구자로, 인민의 이익을 위해 싸우는 영광스러운 투사(3권, 100쪽)"라고 설득한다.

이현상의 설득에 박태영을 비롯한 하준규, 노동식 등 보광당 단원들이 공산당에 입당하게 된다. 그렇지만 공산당은 신성불가침 한 존재라는 이현상의 주장에 다소 반발감을 갖기도 한다. 박태영은 공산당이 일본 천황과 같다며 비아냥거리기도 하지만 입당을 철회하지는 않는다. 그것은 인민의 편에서 인민을 위해야 한다는 신념 때문이다.

> 옳고 나쁘고를 가릴 것이 아니라 어느 편이 인민 대중을 위한 방향인가를 판단해야 할 것 같습니다. 가치의 기준은 그것밖엔 없어요. 인민 대중을 위하는 길이 정의의 길이고 인민 대중을 반대하는 길은 나쁜 길이 되는 거지요.
>
> —『지리산』 3권, 215쪽

인용문은 박태영이 공산당에 입당하는 것에 대해 권창혁이 시간을 두고 생각해보라고 하자, 인민 대중을 위하는 것이 가치의 기준이라고 자기의 신념을 말한 것이다. 그는 '신념 없이는 살아갈 수 없다'(4권, 219쪽)고 말하는 신념에 철저한 인물이다.

그런데 그의 공산주의에 대한 신념은 비이성적이다. 그것은 그의 약혼녀 김숙자의 이야기에서도 잘 드러난다.

> 민중을 조직한다. 그리고 신호를 내린다. 전국에서 일제히 폭동이 일어난다. 그러면 미군은 굴복하고 자기 나라로 돌아갈 것이다. 이런 식의 사고방식이거든요. (…중략…) "박태영 씬 여간 총명한 사람이 아니지 않아요? 그런데 요즘 하시는 말을 들어보면 아주 정신이 나간 사람 같에요. 이런 소릴 예사로 하거든요. '우리나라에서 인민들의 폭동이 일어나도 미군은 총을 쏘지 않을 것이다.'라고요. 왜 그러냐고 물으니, 미군 병사는 모두 인민의 아들이니 인민들을 동정할 거라나요. 우리나라에서 폭동이 일어나면 미국의 노동자가 총파업을 해서 우리들을 도울 거라고도 하구요. 세상에, 멀쩡한 정신을 갖고 그런 말을 할 수가 있어요?" (…중략…) "환장한 사람 같에요. 공산당이 신호만 하면 전국의 인민이 일제히 일어설 거라고 믿고 있거든요."
>
> —『지리산』 3권, 296-297쪽

박태영이 공산당에 입당한 이후 공산주의에 대해 제대로 파악하지 못하고 맹목적으로 추종하는 것은 신념의 과잉이 초래한 결과를 보여주기 위한 장치로 보인다.[54] 박태영은 공산당의 과오나 일방적인 횡포에 대해 잠시 갈등하다가도 다시 공산주의를 추종하는 태도를 보이기 때문이다. 박태영은 선생들도 혀를 내두를 정도로 수재이고, 하영근이 제공하겠다는

54) 작가는『지리산』의 집필 의도를 공산주의자들의 허망한 결과를 보여주려 했다고 밝힌 바 있다(이병주, 「지리산을 마치며」,『지리산』 7권, 기린원, 1985, 368쪽).

학비도 받지 않을 정도로 자아의식이 강한 인물인데 공산주의의 과오와 횡포를 보면서도 추종하는 것은 성격의 특성상 자연스럽지 못하다고 하겠다. 그것은 공산당이 신탁통치에 대한 찬반을 번복하는 과정과 남북한에서 행해지는 공산당의 횡포에 대한 반응 등에서도 드러난다.

박태영이 공산당에 실망하게 되는 첫 계기는 신탁통치에 대한 공산당의 찬반 입장 번복과 미소공동위의 결렬이다. 공산당은 처음에는 신탁통치를 반대한다는 입장을 표명했다가 소련의 지령으로 신탁통치를 지지한다고 선언한다. 이에 박태영은 당 간부에게 항의하다가 견책을 당하고 반성문을 쓰게 된다. 일제가 강요하는 병정식 제복이나 학병제에 대해 거부하며 항거했던 박태영이 당론에 대한 회의나 토론도 없이 일방적인 지시만 하달되는 공산당의 운영 방식을 거부하지 못하고 '내면 깊이 잠재해 있는 자유주의적 성향을 한시바삐 청산해야 한다'(4권, 115쪽)는 등의 비이성적인 반성문을 쓰는 것이다.

그리고 일본 유학 시절 친구인 강두진이 전하는 북에서 자행되는 공산당의 횡포[55]에 대해서도 반신반의하고, 당이 대대적으로 인텔리 규탄 운동을 시작하면서, '인텔리는 인민의 적이다'를 구호로 내건다는 말을 듣고도 크게 의문을 갖지 않는다. 그런데 할아버지가 아프다는 소식을 듣고 고향으로 가는 도중 부산에 있는 노동식을 만나려고 탄 기차 안에서, 미군정이 민심을 사로잡아 행정 질서를 만들어가고 있다는 사실을 듣고는 충격받기도 한다(4권, 183쪽). 공산당은 '인간의 모임에 화기(和氣)가 없고 동지들의 약점을 찾을라고 광분하는 집단'(4권, 226-227쪽)이라는 하준규의 힐난에 공산당의 생리와 병리를 캐서 간부들의 인간 됨됨이도 같이 연구

55) 공산당이 농민과 노동자를 착취하고, 민중을 선동하여 부자들에 대한 보복 감정을 고조시키는 것 등이다(『지리산』 4권, 121쪽).

해야겠다는 생각을 하게 된다. 그리고 하준규에게 자신이 연구한 결과를 바탕으로 도저히 당을 신뢰할 수 없을 때 탈당하자고 건의한다. 하지만, 그는 당에 대한 연구 결과 어떤 결과가 나오더라도 떠날 의사가 조금도 없다. 그러면서도 하준규가 당을 떠나면 자기도 함께 떠날 수밖에 없다고 다짐한다. 그의 이러한 모습은 다소 이중적이며 이율배반적이다. 공산주의에 대한 이성적 판단이 결여된 모습이라 하겠다.

박태영은 공산당에 대해서는 실망하지만 공산주의에 대한 신념은 변함이 없다. 박태영은 미소공위의 결렬, 국대안사건, 10월 혁명 등에 대하여 실망하고 비판적 시각을 견지한다. 미소공위는 1946년 4월 18일 성명 제5호를 발표하는데(4권, 240쪽), 좌익은 이를 무조건 기뻐하면서 앞으로 소련의 주장대로 세상이 흘러갈 것으로 보면서 기세등등해 한다. 그러나 박태영은 미국이 이런 공동성명을 낸 것에는 우익 단체가 얼마나 되는지를 파악하기 위한 하나의 전략이 아닐까 하고 의문을 갖는다. 그것은 소련대표 스티코프의 우익 정당을 제외하고 임시정부를 수립할 것이란 의향을 듣고, 박태영은 '소련 측이 반탁 진영의 정당을 협의 대상으로 안 한다면 미소공위는 벽두에서 결렬된 것이나 마찬가지'(4권, 250쪽)라고 생각했기 때문이다. 미국이 5호 성명을 발표한 이유는 공위 결렬의 책임을 자신들이 짊어지기 싫은 데서 나온 고육지책이었다. 이 사실을 공산당의 당수 박헌영을 비롯한 공산당 당수들이 보지 못하고, 미소공위에 모든 운명을 맡기고 있는 상황에 박태영은 절망한다.

박태영은 공산당이 계획하는 10월 혁명에 대해서도 실망하게 된다. 공산당은 미군정 세력이 확대됨에 따라 혁명을 위해 전국적 파업을 계획하고, 노동식 등에게 부산지역 파업을 선동하라고 지시한다(4권, 301쪽). 공산당은 각종 노동조합 조직을 강화해서 '부산시를 경제적으로나 사회적으로 마비시키라는 지령'을 내린다. 그런데 무책임하게도 파업한 뒤에는 어떻게 하라는 지령이 없었다. 공산당은 미군정에 대항할 힘이 없으면서도 당의 전략이 계속 실패하자 이전의 실패를 거울삼아 각성하는 것이 아니라, 무모한 혁명으로 스스로 묘혈을 파고 있었던 것이다. 이러한 공산당에 대해 박태영은 실망하고 비판한다.

> "공산주의에 실망한 것이 아니고, 박헌영이 이끄는 조선공산당에 실망했다는 얘기다." (…중략…) "내가 당했대서 하는 말이 아니라, 이런 부조리가 다른 부분에서도 작용하고 있을 것이 아닌가. 강철 같은 규율을 조직의 원칙으로 삼아야 하지만, 그 조직이 유기적으로 생명처럼 움직여야 하고, 또 수액처럼 인화의 훈훈한 기분이 충만해 있어야 하는데, 시기와 질투, 출세주의, 섹트 근성, 이런 것이 판을 치니 될 말인가?" (…중략…) "당이 생리를 바꾸면 다시 들어갈 기다. 그럴 가망이 없으면 진짜 뜻이 맞는 친구들과 서클이라도 만들어갖고 장차 훌륭한 당을 만들기 위한 기초 작업이라도 할 셈이다."
>
> —『지리산』 4권, 333-334쪽

위 인용문은 박태영이 친구인 정무룡과 곽병한에게 공산당의 문제를 지적하고 그것을 혁파해야 한다고 비판하는 내용이다. 박태영이 이렇게 공산당의 모순을 지적하며 자신의 생각을 피력할 수 있게 된 데에는 찬・반탁과 관련해 당의 명령에 불복종했다는 이유로 견책처분을 받으면서 활동을 전혀 하지 못한 상황에서 당의 문제를 객관적으로 보았기 때문이다.

박태영은 당을 떠나 있으면서 당이 안고 있는 문제와 자기가 해야 할 일을 찾게 된다. 10월 혁명 후, 하준규와 노동식 등이 '지리산'에 있다는 것을 알고 그들을 돕기 위해 노력한다. 박태영은 지리산에 방치된 당원들을 돕기 위해 학원 내 조직을 만들고 모금을 한다. '미 군정청은 어떠한 대가를 치르더라도 산으로 들어간 폭도들을 완전 소탕할 방침을 세우고 세밀한 작전 계획을 짜고 있는'데, 이에 반해 좌익 단체에선 아무런 대책도 세우지 않고 있다는 것을 알고 그들을 돕기 위해 노력한다. 박태영은 예상한 금액의 10배가 넘는 300만 원이 모금되자 '혁명의 기운이 높아 있는 증거'(5권, 136쪽)라며 새로운 희망을 갖는다. 하지만 철도편 화물이 늦어지는 관계로 그것을 '지리산'으로 옮기기 위해 다시 공산당과 접촉하게 되고, 또다시 기계적으로 움직이는 공산당의 모습에 실망한다. 그리고 남한의 좌익 운동에 대해 하나의 결론을 내리게 된다.

> 남한에서의 갖가지 좌익 운동은 그 운동 자체로 혁명 성취에 직접 접근하려는 것이 아니고, 모스크바에 보여주기 위한, 일종의 전시 효과를 노리는 것이라고 전제하고 생각하니, 작금의 여러 가지 사태가 비로소 이해되었다. 뒷수습에 대한 연구나 계획이 전연 없이 폭동을 일으키는 처사라든가, 무력 투쟁을 하라고 지령만 내릴 뿐 보급 등 상호 대책이 전혀 결여되어 있는 상황이라든가, 실질적인 일은 등한히 하고 선전 효과만 노리는 일에 열중하고 형식적인 수를 늘리는 데만 급급한다든가 하는 일련의 사태는 모조리 어떤 보는 눈, 이를테면 스탈린의 눈만을 의식한 결과라고 풀이할 수 있지 않은가.
>
> —『지리산』 5권, 150-151쪽

인용문은 남한의 좌익 운동이 모스크바에 보여주기 위한, '일종의 전시 효과를 노린' 것에 지나지 않는다는 박태영의 시각을 보여주는 것이다. 그렇기 때문에 어떤 사건에 대한 계획이나 그 사건 이후에 발생할 수 있는 경우의 수를 전혀 고려하지 않았음을 말해주는 것이다. 그리고 공산당이 남한의 단독선거에 참여하지 않음으로써 단정이 수립되는 것을 방치하는 결과를 초래하고, 여순반란사건과 같은 무모한 일이 더해져 남로당에 분노를 느끼게 된다. 그는 '조선놈은 공산당을 할 자격조차 없다'는 결론을 바탕으로 '나 혼자만이 걸을 수 있는 길을 찾아야겠다'는 결의(6권, 46쪽)를 다진다. 그는 독서회를 해산하고 정치 동향엔 일절 신경 쓰지 않기로 다짐한다. 그래서 그는 공산당에 복당 하지 않고 자신만의 길을 가겠다고 하는 것이다.

(가) "동무는 복당 하라는 명령에 응하지 않았소."

"박헌영 선생이 영도하는 당을 믿을 수 없었기 때문이오." (…중략…) "아실지 모르겠습니다. 박헌영 선생은 파벌이 있으면 안 된다고 주장하면서 자기의 파벌에만 집착했습니다. 아무리 훌륭한 일꾼이라도 자기의 파벌에 속하지 않으면 중용하지 않았습니다. 극단적인 섹트주의자였습니다. 그 때문에 범한 과오가 한두 가지가 아니었으며, 그 때문에 입은 당의 손해가 많았습니다."

—『지리산』 6권, 147-148쪽

(나) "좋은 제안이오. 그 제안을 신중히 검토해 봅시다. 그런데 박 동무, 솔직히 대답해 주시오. 왜 입당을 거절하는 겁니까." (…중략…) "나라와 인민에 대한 충성심을 가질 수 있어도 당에 대한 충성심을 가질 수 없다고 생각했기 때문입니다."

"당에 대한 충성이 곧 나라와 인민에 대한 충성이 되지 않을까?"

"현재 당은 너무나 많은 과오를 범하고 있다고 저는 생각합니다. 과오를 범하고 있다는 걸 알면서 어떻게 입당할 수 있겠습니까."

"예를 한번 들어보시오."

(…중략…)

"저는 여순반란사건 자체가 큰 과오라고 생각합니다. 한국 정부의 위신을 떨어뜨리게 한 점은 효과가 있었을지 몰라도, 좌익이 인심을 잃은 정도를 한번 살펴보십시오. 그 때문에 양쪽 모두 얼마나 많은 희생자를 내었습니까. 그리고 얻은 것이 무엇입니까. 보다 더 중요한 건 전술적인 문제입니다. 그 사건으로 한국 국군 내에 있는 좌익 세력이 거의 근절되다시피 되지 않았습니까. 만일 그 세력이 그대로 온전할 수 있었더라면 이번 전쟁의 양상은 결정적으로 달라졌을 것입니다. 한국의 국군이 인민군에 호응할 수 있었을 것

아닙니까? 그렇게 되었더라면 미국군이 개입할 여지가 없었을 것이다. (…중략…) 입당하지 않는다고 해서 당을 적대하진 않습니다. 파르티잔의 규칙엔 충실히 복종합니다. 당을 거치지 않고라도 당과 보조를 맞춰 나가는 덴 앞으로도 변화가 없을 겁니다."

―『지리산』 7권, 317-318쪽

위의 인용문에서 볼 수 있듯이 박태영은 공산당에 입당하지 않고 자기의 길을 가겠다는 것을 밝히고 있다. 인용문 (가)는 박헌영이 이끌고 있는 당이 파벌 중심으로 운영되고 있기 때문에 차별적인 당원 등용과 관련하여 신뢰할 수 없음을 피력한다. 인용문 (나)는 군대 내에 좌익 세력을 근절시킨 동인임과 동시에 미국군의 개입이 가능하게 한 결정적인 활동으로 여순사건에 대한 과오를 지적하며, 더 이상 공산당의 전술에 기대할 것이 없음을 말하는 내용이다. 즉, 박태영은 공산당이 저지른 과오를 범하지 않기 위해 복당 하지 않는 것이다. 달리 말하면, 박태영은 공산당의 만행에 자신이 도움을 주는, 그리고 그 만행에 참여함으로써 민족을 배신한 사람으로 남고 싶지 않았던 것이다.

그러다가 1950년 6월 25일 전쟁이 발발하자 박태영은 다시 공산주의에 대한 일말의 희망을 갖는다. 박태영은 김일성 한 사람을 위해 희생을 감수하는 시스템이 되어버린 사회를 '전투를 승리로 이끌기 위한 과도기적 현상'(6권, 160쪽)으로 생각하는 것이다.

"운명이랄 수밖에 없어. 나는 공산주의가 싫어져서가 아니라, 내 개인의 감상으로 공산주의를 떠나려고 했소. 그때 경찰에 붙들린 거요. 헌데 경찰의 고문을 이기려면 부득이 공산주의자로 되돌아갈 수밖에 없었어. 형무소에선 또 다른 생각을 했지. 좌익 운동을 하다 붙들려 온 사람들 사이에 섞여 살다 보니까 공산주의의 허망을 깨닫게 되었지. (…중략…) 서대문형무소에서 나 스스로를 지탱하게 한 것은 나를 체포하고 고문한 문남석이란 형사였소. 내

> 유일한 소망은 어떻게든 그놈을 만나 내 손으로 처치하는 일이었소. (…중략…) 그렇게 해서 나는 공산주의에서 멀어져 있었던 것이오. 그런데 뜻밖에 인민군대에 의해 해방이 되었소. 그 감격은 전신적이었소. 또한 전심적이었소. 나는 이 감격을 위해서 만이라도 인민군대에 봉사해야겠다고 맹세했소. 나는 다시 공산주의자가 된 것이오. 그러나 숙자 씨, 지금 나는 그들 틈에 끼어들고 싶어도 끼일 자리가 없다는 것을 깨달았소. 그런 걱정은 마시오."
>
> —『지리산』 6권, 107-108쪽

위의 인용문은 김숙자가 남편 박태영에게 전쟁에 참여하지 말라고 권고하자, 자신은 전쟁에는 참여하지 않을 것이나 그동안 공산주의를 멀리한 것은 공산주의가 싫어서가 아니라, 개인적 감상에서 벗어나고 싶은 것뿐이었다고 말하는 부분이다. 그는 이웃집 라디오에서 '김일성 장군의 노래'가 흘러나오는 것에 그다지 호감을 가질 수 없고 식상할 지경에 이르렀지만, 의식적으로 북한에 대해 부정적인 생각을 하는 것은 옳지 않다며 스스로를 타이른다.

박태영의 행위와 내면 사이에는 끝없는 갈등이 내재한다. 그가 믿는 공산주의 이념과 그 이념을 실천한다고 생각했던 공산당 활동이 괴리되어 있기 때문이다. 박태영은 폐허가 되어버린 서울을 바라보며 전쟁을 증오하게 되고, 비행기의 지원 없이 싸우는 북한을 보며 인민공화국은 가망 없는 전쟁을 하고 있는 건지도 모른다는 의혹을 갖게 된다. 세상을 각박하게 만드는 정책, 김일성과 스탈린을 들먹일 때 위대한, 천재적인, 인류의 태양이시고, 절세의 영웅인 등등의 천편일률적인 표현을 사용하는 상황, 그리고 없는 사실을 만들어서 감격적인 기사를 쓰라고 하는 방침 등이 유해무익하다는 생각을 하게 된다.

이와 같은 학습은 계급에 봉사하는 목적과도 너무나 괴리되어 있기 때문이다. 그는 민청원들이 노력 동원으로 데려가려고 한 사람이 이를 거절하자 몽둥이를 들고 덤벼들어 죽게 했다는 것과 공산당의 토지개혁이 이승만 시절보다 더 농민들을 허덕이게 한다는 것 등을 알게 된다. 인민위원회에서는 김일성 장군을 위해 쌀을 헌납하라고 야단치고 있다는 것과 북한에서는 계속적으로 자신들의 활로에 유익한 거짓 방송을 한다는 것을 알게 된다.

비로소 박태영은 조국과 인민을 위하여 자신이 할 일이 없다는 것, 양심이 마비되어야만 당원 노릇을 할 수 있는 것을 깨닫게 되면서, 앞으로 어떻게 해야 나 자신을 위하여 그리고 민족을 위하여 살 수 있다는 것인지 혼란스러워한다. 그래서 그는 공산당이 변화할 것이라는 희망을 더 이상 갖지 않고, 공산당을 신뢰하지도 않는다. 그럼에도 불구하고 그는 순창으로 가라는 당의 비상 명령을 거부하지 않는다. 그리고 '지리산'에서 군경과의 힘겨운 싸움을 감내한다. 그는 자신이 너무나 쉽게 공산당을 선택했다고 생각했기 때문에, 그에 대한 책임이 필요하다고 생각하는 것이다.

> '나는 공산당을 위해 이렇게 있는 것일까. 아니다. 결단코 아니다. 조국과 인민을 위한 신념에 의해 이렇게 있는 것일까. 아니다. 결단코 아니다. 이게 조국을 위하고 인민을 위하는 것이 될 수 없다는 것을 누구보다 나는 잘 안다. 이것도 저것도 아닌데 왜 나는 이렇게 있는 것일까. 이 고초를 무슨 이유로 감수하고 있는 것일까. 대한민국으로 돌아갈 수 없으니까? 물론 그렇기도 하다. 그러나 그것만은 아니다. 나는 죽을 때까지 이곳에 있어야 한다. 왜? 유일한 답은 이거다. 나는 내 운명을 너무나 쉽게 선택해버렸다. 그 경솔한 소행은 마땅히 벌을 받아야 한다. 그 벌을 내가 스스로에게 과하고 있는 것이 지금의 이 꼴이다. 절대로 나는 나를 용서하지 못한다.'
>
> —『지리산』 7권, 128쪽

위의 인용문은 박태영이 무엇 때문에 공산당을 위해서 활동하고 있는지를 잘 보여준다. 그는 공산당이기 때문에 대한민국으로 돌아갈 수 없다는 것을 알고 있다. 그가 살 수 있는 곳은 '지리산'뿐인 것이다. 그것은 자신의 선택에 대한 응분의 책임이기도 하다. 박태영은 자신의 삶의 방향을 쉽게 결정한 것에 책임을 느끼고, 반성하기 위해 공산당에 종속된 생활에 수동적으로 대응하고 있는 것이다. 박태영은 인민을 위해 살고자 했던 신념이 공산당에 의해 좌절되었지만, 그러한 좌절은 자신이 공산당을 선택함으로써 빚어진 결과이므로 스스로 책임지고 반성해야 할 문제라고 생각한 것이다. 그래서 처음에는 공산당을 옹호했지만 앞에서 언급한 여러 사건들에 의해 빚어진 만행들을 목격하면서 그 만행을 책임지고, 그 만행에 대한 반성의 의미로 '지리산'의 고행을 운명으로 받아들이게 된 것이다.

이상에서 일제 식민지 시대부터 6·25전쟁에 이르기까지 혼란한 시대에 인민을 위하고자 공산당뿐만 아니라 자기 내면과 싸운 박태영의 모습을 살펴보았다. 그러면 박태영을 통하여 제시하고자 하는 바는 무엇일까? 그것은 공산당에 대한 비판이다. 앞에서 부분적으로 언급되었듯이 박태영은 신성불가침의 절대 권력으로 군림하며 어떤 비판도 수용하지 않고 일방적 복종만을 강요하는 공산당에 대해 비판하고 독자적인 길을 간다. 이것은 해방 이후 남한과 북한에서 활동했던 교조적인 공산당에 대한 비판이다. 박태영을 통해 공산당의 교조주의와 비인간성을 비판하며, 그들이 저지른 만행을 폭로하고자 한 것이다.

이러한 작가의 의도는 박태영과 함께 공산당에 가입했던 하준규, 노동식 등의 모습에서도 유사하게 드러난다. 하준규와 노동식 등은 박태영과 함께 일제의 학생징병을 거부하며 지리산에서 보광당을 만들어 항일의식을 드높였던 인물이다. 보광당의 두령이던 하준규는 6·25전쟁 시기에 '남도부'라고도 불린 하준수라는 실제 인물이 모델이라고 한다.[56)]

하준규는 '이성을 존중하고, 정의를 숭상하고, 진리에 충실해야 하는 사람으로 어떻게 자기 스스로 납득할 수 없는 길을 걸어야 하냐'(2권, 100-101쪽)며 학병을 거부하고 지리산으로 도피한다. 일제가 강요하는 징병을 거부하는 이지적이며 무술도 뛰어난 인물이다. 그는 지리산에서 보광당을 이끌며 일제에 대항하는 활동을 펼치다가 공산주의자 이현상의 설득에 공산당에 가입하여 활동하다가 공산당의 교조적인 모습에 실망하고, 자기의 선택이 성급했다고 후회하기도 하다가 다시 지리산으로 들어가 빨치산으로 활동하게 된다. 빨치산으로 활동하다가 공산당의 지시에 따라 해주로 가서 최고 인민회의 대의원 360명 중 한 명이 된다. 그리고 1949년 인민군 소장의 신분으로 남한에 내려와 무장 투쟁을 벌이다 전사한 것으로 전해진다.

하준규의 모습은 앞에서 본 박태영의 모습과 같이 일제의 부당한 억압을 거부하고 독립을 위해 노력한 젊은이들이 공산당에 가입하여 자기 의사와 다르게 활동하다가 희생되는 것을 보여준다.

② 중도적 인물과 현실 순응

『지리산』의 또 다른 중심인물은 박태영의 친구인 이규이다. 그는 작품 서두에서 서사의 중심에 있다. 1권에서는 이규를 통하여 박태영이 설명되

56) 작가도 이것을 밝히고 있다. 하준수는 일제 때 학병을 거부하고 지리산으로 들어가 비슷한 사람들을 규합하여 보광당이라는 조직을 만들어 활동하였으며, 광복 후에는 빨치산 활동을 벌이다 월북하여 인민군 부사령관을 지낸 사람이다. 『지리산』에서 박태영과 하준규 등이 학병을 거부하고 지리산으로 들어가 보광당을 만들기까지의 과정은, 그가 쓴 수기 「신판 임거정-학병거부자의 수기」(신천지, 1946.4-6)의 내용에 살을 붙인 것이다.

고, 2권 이후에서는 박태영이 중심인물로 활동하는 모습이 그려진다. 이것은 이규와 박태영의 모습을 대비하여 제시하려는 장치가 아닌가 싶다.

이규는 경남 하동의 몰락하는 양반집 자손으로서 입신출세에 대한 욕망과 집안 어른들의 기대를 저버리지 않겠다고 생각하면서 성장한다. 이규가 이렇게 생각하게 되는 배경에는 독립운동에 참여했던 중부의 영향이 크게 작용한다. 중부는 '중동학교에 다닐 때 3·1운동에 가담한 탓으로 일경에 붙들려 3년 동안 징역살이를 했고, 출옥한 지 2년 만에 6·10 만세사건으로 다시 투옥되어 3년의 옥고를 치른'(1권, 24쪽) 인물로 집안에서는 기피의 대상이었다. 그래서 그는 중부를 닮지 않으려고 다짐한다.

> 백부는 규가 중부를 닮을까 봐 걱정이라고 했지만 규 자신은 어림없다고 생각했다. 규는 일본에 항거해야 한다는 중부의 심정을 이해 못하는 바는 아니었다. 그러나 자기의 주장을 세우기 위해서 가족을 희생시킨다는 것은 용서할 수 없다는 마음을 가졌다. 일본의 세력은 나날이 강해만 가는데 그 강한 세력을 무작정 반대한다고 해서 무슨 보람이 있을 것 같지는 않았다. (…중략…) 중부는 과연 가족에게 강요한 그 희생의 보상을 할 날이 있을까. 숙모를 방문한 것이 잘 되었다는 생각과 함께 이 무거운 가족들의 압력을 스스로 느꼈다. 어떤 일이 있어도 중부를 닮지 않으리라 마음을 다시 한 번 다졌다.
>
> —『지리산』 1권, 54쪽

이규의 이러한 다짐에는 아버지의 당부와 중부의 가족이 겪는 고통 때문이다. 이규의 상급학교 진학을 위해 논을 팔아 돈을 마련한 아버지는 '집안이 너 하나로 망하든지 흥하든지 할 것이므로 학교 공부나 잘하라'고 당부한다(1권, 50쪽). 입신출세를 하여 집안을 일으켜야 한다는 것이다. 그리고 중부의 딸 연이가 보통학교에도 다니지 못하는 것을 보면서 '자기의 주장을 세우기 위해서 가족을 희생시킨다는 것은 용서할 수 없다'(1권,

55쪽)는 마음이 생겼기 때문이다. 이러한 이규의 모습에서 그가 택할 길을 예견할 수 있다. 그는 부모의 뜻을 거스르지 않고 일제에 대해서도 대항하지도 않는 현실 타협적인 자세를 지닌다. 그것은 학병제나 창씨개명에 대해서도 유사하게 드러난다.

하라다 후임으로 온 사이토 교장이 등하교 시에 반드시 각반을 차고, '책가방 대신 일본 병정들이 메는 것과 비슷한 배낭을 메야'하고, 카키색으로 교복을 바꾼다는 방침을 발표했을 때, 이규는 이 방침에 크게 저항을 하지 않는다(1권, 135쪽). 창씨개명에 대해서도 '성을 바꾸는 행동이 비굴하고 치사하다고 생각하지만, 그것 때문에 진학을 포기하는 것은 안타까운 일이라고 여긴다.'(1권, 201쪽) 일제가 강요하는 창씨개명도 싫지만, 그것을 거부하는 분명한 태도도 보이지 않는 어정쩡한 모습이다. 그래서 그는 일제가 강요하는 창씨개명에 박태영과 같이 학교에 결석을 하며 반대의사를 표시하거나, 한 학년 아래의 민영세와 같이 자살로 항거하는 적극적인 행동을 보이지 않는다. 자신의 창씨개명에 대한 문제를 문중의 종회에 따르기로 한다.

이규의 이러한 태도는 일본 유학 시절에도 지속된다. 박두경이 박태영의 독립사상에 전염될까 두려워하고, 학병에 동원되는 것을 피하여 지리산으로 들어가자는 태영의 제의도 받아들이지 않는다. 이규는 일제에 대항하지도 않고 그렇다고 적극적으로 동조하지도 않은 채 우유부단한 자세로 현실에 순응한다. 이규의 이러한 태도에 대해 친구인 박태영은 이쪽도 저쪽도 아닌 회색의 무리에 속해 있다고 비난한다.

규야, 너도 회색의 군상 속의 하나였구나. 그러나 나는 너를 탓하지 않겠다. 어느 곳에서 무엇을 하든 기다리는 자세만은 잊지 말아라. (…중략…) 너

> 는 언젠간 행복할 수 있는 권리를 가진 사람이라고 나는 믿는다. 그런데 내가 가는 곳엔 행복이 없다. 진리가 있을 뿐이고, 포부가 있을 뿐이다. 그 많은 회색의 군중들에게 나의 안부나 전해라.
>
> —『지리산』 2권, 92쪽

이규는 박태영의 이러한 지적에 대해 크게 반감을 지니지 않는다. 그는 부당한 현실에 맞서고자 하는 박태영의 생각이나 행동에 적극 동참하지는 못하지만, 그들의 행위를 비난하거나 부정하지는 않는다. 그것은 이규가 박태영의 약혼녀 김숙자를 보광당의 산막에 데려다 주기 위해 동행하였다가 괘관산에서 보광당 단원들과 잠시 동안 함께 생활하면서 그들의 삶에 대해 긍정적인 인식을 갖는 것에서도 알 수 있다. 이규의 모습은 염상섭의 『삼대』나 현진건의 『적도』에서 이미 거론된 바와 같이, 당대의 양심적 지식인의 모습과 유사하다.[57] 일제의 식민지통치에 적극 대응하지는 못하지만 내면적으로는 항일의식을 지니고 항일운동에 심정적으로 동조하는 것이다.

그렇지만 이규는 박태영 등이 가입한 공산당에 가입하지는 않고 중도적인 입장을 고수한다. 거기에는 중도적 지식인 권창혁의 이야기가 크게 작용한다. 권창혁은 이현상의 공산주의에 대해 비판적이며, 박태영 등에게 '공산주의도 사람의 조직이니까 장단점이 있다'(3권, 144쪽)며 시간을 두고 공산주의를 지켜보라고 말한다. 권창혁은 '이 세상은 노동자의 것도 아니고 농민의 것도 아니고 부르주아의 것도 아니고 항차 공산당의 것도 아니며, 어떤 계층에 속해 있건 보다 진실하려고 애쓰는 사람의 것이어야 한다'(3권, 144쪽)고 말한다. 박태영과 같이 신념에 따라 적극적인 행동을 하기보다는 부모님의 기대와 집안 사정 등 여러 가지를 고려해야 하는

57) 염상섭은 『삼대』에서 이런 인물을 '심퍼파이저'라고 했다.

이규로서는 온건하면서도 공산당의 생리를 잘 파악하고 있는 권창혁의 말을 더 신뢰하고 따르는 것이다.

이러한 이규의 태도는 광복 이후, 서울에서 일어나고 있는 좌·우익 활동을 목격한 것에서 드러난다. 이규는 뒷맛이 개운치 않지만 38선이 '일시적인 분단, 편의에 의한 결정'일 것이라 생각한다. 그는 공산주의자가 되라는 친구의 권유를 뿌리치기도 하고, 건넛마을 김희덕 씨가 젊은 치안대원들에게 맞았다는 소식에 딱하다는 느낌을 갖기도 한다.

> (가) 어제 미군이 인천에 상륙. 사령관은 하지 중장. 한민당 발기인 대회에서 중경 임시정부를 지지한다는 결의가 있었다. 임정을 지지한다는 것은 인민공화국을 반대한다는 뜻이다. 임정이건 인민공화국이건 요컨대 우리 국민의 의사를 한 곳으로 집중시켜야 하지 않을까. (…중략…) 그렇다면 임정이 들어온 후 인민공화국을 흡수하든지 인민공화국에 흡수당하든지 결정할 요량을 하고 일단은 인민공화국 깃발 아래 뭉쳐야 하지 않을까. 이것이 정치가로서의 도의가 아닐까. 지도자로서의 양심이 아닐까.
>
> —『지리산』 3권, 153-154쪽

> (나) 면 인민위원회에 참가하든지 민주청년동맹의 위원장 자리를 맡아주든지 해달라는 간곡한 부탁이 있었다. (…중략…) 나는 최상주의 말에 공감했다. 공감한 만큼 거절하기가 딱했다. 내가 사는 우리 면만이라도 하나의 방향으로 단결시켜보고 싶은 의욕이 솟기도 했다. (…중략…) 민주청년동맹에 참가하는 문제를 들고 숙부를 찾았다. 숙부는 일언지하에 불참을 표명했다.
>
> —『지리산』 3권, 156-157쪽

위의 인용문은 이규가 무엇을 중시하는지를 잘 보여준다. 이규는 좌우 이념에 따라 편을 가르기 이전에 어떤 집단(혹은 조직) 아래 민족의 힘을 뭉쳐야 한다고 생각한다. 인용문 (가)는 이규가 미군정이 인민공화국을 전혀 언급하지 않는 것을 보면서 미군정을 믿지 못하겠다고 생각한 것이고, 인용문 (나)는 이규가 민주청년동맹에 가입하는 것이 옳지 않다는 것을 일기에 기록한 내용이다. 인용문 (나)에서 이규는 학문보다는 나라를 위해 인민을 위해 1, 2년쯤 희생을 해야 한다는 최상주의 말에 마음이 흔들리기도 하지만, 숙부가 인민공화국이 믿을 것이 못 된다는 것을 여러 가지 사정[58]과 함께 이야기하는 것을 들으며 입장을 보류(3권, 157쪽)한다.

그는 하영근 씨의 집으로 가던 중에 좌익의 열렬한 데모를 목격한다. 그는 그 데모를 보고 냉소하지도 않고, 그렇다고 해서 그 데모에 동조하거나 긍정하지도 않는다. 그저 부정적인 기분으로 멍청하게 바라보았을 뿐이다.

> (다) 이규는 뚜렷한 이유나 구체적인 사실을 파악하지 못하면서도 우후죽순처럼 솟아나는 정당 또는 단체들의 열띤 움직임들이 모두 비극으로 끝날 것 같은 예감마저 들었다. 데모를 하며 인민공화국을 지키겠다는 움직임이나, 중경에 있는 임시정부를 지지한다는 움직임이나, 곳곳에서 발생하고 있는 노동자들의 파업 사태, 이 모든 것이 홍수 현상에 불과하다는 생각도 들었다.
>
> —『지리산』 3권, 235쪽

> (라) "그래, 자네는 우익인가?" "우익도 아니다." "좌익은 물론 아니고?" "그렇지." "그런데 그런 건 없는 기라. 좌익 아니면 우익이고, 우익 아니면 좌익이라고 해도, 어느 편엔가 경사를 하고 있는 게 사실 아니가." "그럴지도 모르지. 헌데 자넨 어느 편이고?" "나는 올챙이 의사 아니가. 우익, 좌익 따

58) 이규의 숙부는 이규가 민주청년동맹에 참가하는 것을 다음과 같은 이유를 들며 반대한다. "1. 인민공화국은 민족 전체의 의사를 대표하기에는 그 성립 과정에서부터 과오가 있었다. 2. 좌익이 주동이 되어 있다는 사실이 명명백백한 이상, 소련과 대립 관계에 들어선 미국이 인민공화국을 승인할 까닭이 없다. (…중략…) 5. 인민공화국을 위해 죽을 각오가 있으면 몰라도, 예사로운 생각으로 그것에 참가한다는 건 휘발유통을 지고 불 속으로 들어가는 꼴이다(3권, 157쪽)."

> 지지 않고 살 수 있는 유일한 직업이 의사 아니가. 우익 환자도 고쳐줘야 하고, 좌익 환자도 고쳐줘야 하고…"
>
> ―『지리산』 3권, 270-271쪽

이규가 좌익에게만 부정적인 기분을 느낀 것이 아니다. 그는 인용문 (다)와 같이 좌우 모두 '뚜렷한 이유나 구체적인 사실을 파악하지 못하면서' 우후죽순처럼 정당을 만들고 있는 현실에 회의를 느끼는 것이다. 이른바, 이규는 인용문 (라)에서 말하는 것처럼 좌와 우의 사상에 사로잡히지 않은 중립 지대를 선호하는 것이다. 그런데 이와 같은 중립적 사상은 당시의 사회적 금기였다. 좌가 아니면 무조건 우익이 되어버리고, 우가 아니면 무조건 좌익이 되어버리는 세상인 것이다. 김상태의 말처럼 좌·우가 아닌 것은 있을 수가 없었다. '해방 이후에 있어서의 사상과 대립과 갈등은 남북 및 좌우의 이념적인 분극화의 심화과정으로 압축될 수 있으며,' '사회주의-공산주의와 반공산주의'라는 두 이데올로기만이 있을 뿐이다. 이규는 중립적인 태도로 좌우익 모두를 비판한다.

> (마) '임시정부 해체하라!' '인민공화국만이 우리의 정권 기관이다!' '임정은 민족 통일을 해치는 행동을 삼가라!' (…중략…) 인민공화국을 미 군정과 교섭하는 대표 기관으로 해야 한다는 요지였는데, 그럴 바에야 임정을 민족 대표 기관으로 삼을 수 있다는 주장도 있음직하다고 느껴졌다. 임정을 해체해야만 인민공화국이 유일한 대표 기관으로 남을 수 있으리라는 짐작도 되었다. 그런데 벽보로 임정을 해체시킬 수 있을까.
>
> ―『지리산』 4권, 39-40쪽

> (바) "임정 내부에 벌써 갈등이 나 있는걸. 중경을 떠날 때 철석같이 약속들을 했는데두 그 모양이야. 어디로 가든, 무엇을 하든 행동 통일을 하자고 맹세했던 거요. 허기야 그렇게 될 턱이 없었지. 그러나 귀국한 지 한 달도 채

못 되어 이 꼴이 된 게 챙피허단 말여."

—『지리산』 4권, 46쪽

인용문 (마)는 좌익만이 권력을 가질 수 있다는 편협한 시각을 보여주며, (바)는 우익 내부의 갈등을 보여준다. 그래서 좌우 어느 편에도 가담할 수 없는 지식인의 고민을 보여준다. 그러면 이규와 같은 태도가 의미하는 바는 무엇인가. 이것은 단지 지식인의 이념적인 고뇌를 보이는 것만은 아니라, 이념 간의 갈등과 좌절을 통하여[59] 새로운 역사의 방향을 모색하는 것이라 하겠다. 즉, 박태영은 인민을 위하고, 인민을 위한 삶을 살지 못했다는 책임과 자기반성의 신념으로 행동했다면, 이규는 중립적 태도를 일관하며 두 집단의 양립 불가능한 현실의 반성을 촉구한 것이라 할 수 있다.

4) 이념과 분단에 대한 다양한 시각

『지리산』에서는 이념과 분단을 다양한 시각에서 조명하려고 노력한다. 좌익과 우익이 지향하는 바를 함께 제시하여 장단점을 판단하게 하고, 전쟁의 원인이나 그 진행과정에서 일어나는 문제들을 제시하기도 한다. 어느 한쪽의 입장에서가 아니라, 다양한 시각에서 이념과 분단의 문제를 제시함으로써 과거 역사에 대한 객관적인 이해와 미래의 지향점을 모색하려는 의도라 하겠다.

좌우 이념에 대한 시각은 이현상과 전창혁을 통하여 잘 드러난다. 이현상은 공산주의자답게 공산주의가 민족이 지향할 바라고 강조하고, 박태

---

59) 이재선, 앞의 책, 124쪽 참조.

영 등의 보광당 당원들이 공산당에 가입할 것을 적극 권유한다. 그는 우리나라의 갈 길은 공산주의를 지지하고 실천하는 길밖에 없다며 그 이유를 다섯 가지로 설명한다.

첫째, 우리 민족의 병폐인 사대주의를 청산할 수 있고, 둘째, 봉건적인 누습인 양반과 상놈의식을 청산할 수 있고, 셋째, 친일지주 친일자본가를 비롯한 지배계급을 타도하고 노동자・농민이 우선시 되는 인민의 나라를 만들 수 있고, 넷째, 각 계급의 복잡한 이해관계를 단일화하는 방법으로 공산주의 이념을 실천하는 것이 유일한 길이고, 다섯째, 세계의 추세가 사회주의 방향으로 나아갈 것이기 때문이다(3권, 100쪽).

이러한 이현상의 주장은 일제로부터 해방된 민족의 현실에서 일면 타당한 점이 없는 것은 아니다. 사대주의를 청산하고, 반상의식을 철폐하고, 노동자・농민이 우선시 되는 나라를 건설하겠다는 것은 박태영을 비롯한 젊은 지식인들에게는 호소력이 있는 내용이다. 그래서 박태영 등 보광당 단원들은 공산당에 가입서를 작성하게 된다.

그러나 이현상의 주장과 권유에 대해 권창혁은 신중히 고려할 것을 당부한다. 권창혁은 하영근의 소개로 보광당원들과 함께 생활하게 되는데, 그는 '동경외국어학교를 졸업하고 하르빈 학원의 강사로 초빙되었다가 만철조사부로 자리를 옮겼다가 사상운동에 가담하여 몇 번의 옥고를 겪은 인물'(2권, 286쪽)이다. 그는 보광당 단원들과 함께 생활하면서 국내외 정세를 비롯한 다양한 주제들에 대하여 토론하면서, 박태영 등을 지도한다.

그는 이현상이 가입할 것을 권유하는 공산당에 신중할 것을 당부하며, 공산당의 특성을 지적하며 비판한다.

공상당은 원래 투쟁조직이오. 투쟁 조직인 이상 승리를 목표로 하는 거요.

이기기 위해선 수단과 방법을 가리지 않죠. 공산당은 또 그들의 말대로 과학적인 조직이오. 일체의 도덕, 윤리, 인간성 등이 개재할 틈이 없소. 인간성과 윤리도덕을 인정하지 않으니 그 조직을 지탱하는 방법은 감시제도에 의존할 수밖에 없소. 감시제도는 감시하는 놈을 감시하는 놈이 있어야 하고 또 그놈을 감시하는 놈이 있어야 하고 해서 그 감시계열은 피라밋의 정산에 가서야 끝나게 되지. (…중략…) 첩첩이 싸인 감시 제도는 혁명할 틈도 주지 않거니와, 그 속에서 사는 사람들의 혼을 빼어 노예 의식으로 굳어버리게 하는 마력을 부린단 말요. 공산주의는 노동자 농민을 위하는 주의가 결코 아니고, 노동자 농민을 미끼로 공산당의 관료가 지배 체제를 향락하려는 사술이라는 것을 알아야 해요. 지금 당신들은 공산당원이 될 각오를 하고 있는 모양인데, 당신들이 공산당원이 되어 나라를 만들면 내가 지금 말한 상황을 더욱 비참하게 어둑 추잡하게 반영하는 조선판 소련을 만드는 게 고작일 거요."

—『지리산』 3권, 112-114쪽

인용문은 권창혁이 박태영 등에게 공산당의 생리에 대해 설명하는 부분이다. 그가 공산당에 대해 의심을 갖고 연구하게 된 것은 부하린 재판에서부터이다. 부하린은 최고 통치자의 두터운 신임을 받은 총아였음에도 불구하고 나중에 '역모자, 반혁명자, 배신자로 전락'(3권, 111쪽)하고 마는데, 이는 공산당의 생리가 만들어낸 조작이었다. 그리고 공산당은 투쟁조직이기 때문에 '실현 불가능한 이상을 내걸어 인민을 현혹해서' 노예화하려는 속성을 가진 집단이고, 공산당은 '일체의 도덕, 윤리, 인간성 등이 개재될 틈이 없는 조직'(3권, 112쪽)이기 때문에 혁명의 가능성이 없다고 한다.

그러나 이러한 권창혁의 설명과 설득에도 불구하고 박태영 등은 쉽게 동의하지 않는다. 박태영은 공산당이 '구성하는 사람, 시대적 상황, 입지적 조건에 따라'(3권, 114쪽) 각기 다르지 않겠냐고 권창혁에게 질문한다. 이에 대해 권창혁은 공산당에게는 '본질적인 생리란 것이 있는데, 어떤 구성 분자가 구성하더라도 공산당으로서의 구실을 하려면 소련공산당이 보여준 그 본질적인 생리를 넘어설 수가 없다'(3권, 114쪽)고 대답한다. 이와 같은 대화가 끝나고 난 후, 박태영은 어떤 편의 옳고 그르고를 가리기 이전에, '어느 편이 인민 대중을 위하는 방향인가를 판단하는 것이 전제되어야 한다'(3권, 215쪽)고 생각한다. 그는 정의의 길은 인민 대중을 위한 것이며, 나쁜 길은 인민 대중을 반대하는 것이라고 생각한다.

그리고 그는 권창혁의 합리적인 비판에 대해서도 비판을 가한다.

> 권창혁 선생에겐 한계가 있어. 아무리 명석한 두뇌라도 넘어설 수 없는 한계라는 게 있는 거야. 그분은 공산당에 대한 감정적인 혐오를 가지고 있어. 그게 한계란 말요. 어느 정도까진 정확하게 판단하지만 어느 정도를 넘으면 그 감정의 빛깔로 발라 버리거든. 레닌의 승리를 러시아의 인텔리겐차는 아무도 예상하지 못했거던. 권창혁 씨는 그런 인텔리에 속하는 사람이오. 감정적인 선입감으로 추리를 하니까 혁명의 비약을 이해하질 못하는 거야. 두고 봐요. 우리 공산당은 꼭 승리하고 말 테니까.
>
> ―『지리산』 4권, 91쪽

그렇지만 박태영은 공산당원으로 활동하면서 공산당의 교조주의에 대해 실망하고 고민을 거듭한다. 박태영은 박헌영이 이끄는 남로당에 실망하고, 6·25전쟁 중에는 북한 인민군의 만행에 분노를 느끼지만 끝까지 공산주의를 버리지 않고 자신만의 길을 걸으며 고난을 감수한다. 박태영은 공산당의 생리를 파악하고도 탈당하지 않는데, 그것은 공산당이 지식인 청년들에게 매력적인 요소가 있음을 보여주기 위한 것이 아닌가 싶다. 그리고 공산당의 노선과 그들의 행동이 불일치하는 것을 보여 줌으로써 공산당의 허위를 드러내기 위한 의도로도 보인다.

『지리산』에서는 분단과 한국전쟁의 원인에 대하여도 다양한 시각에서 제시하고 있다. 소설에서 전쟁의 발발 가능성은 하영근에 의해 최초로 언급된다. 하영근은 이규에게 유학을 권하면서 전쟁을 예견한다.

> "전쟁이 날 것 같에."
> "전쟁이요?"
> "그렇지. 해방이 된 지 두 달이 못 되었는데도 치열해진 좌우의 대립상을 보라구. 한 1년쯤 수습 못할 정도로 좌우의 대립이 에스켈레이트할 것이 뻔해. 그렇게 되면 전쟁이지. 좌익이 있고 우익이 있는 곳에 반드시 투쟁이 있는 법이다. 그 투쟁이 정치적 전통과 바탕이 든든하게 서 있지 않는 곳에선 거의 절대적으로 내란이 되고 만다. (…중략…) 전쟁은 나고 만다. 우익의 편에 미군이 서고 좌익의 편에 소련군이 서고.
>
> —『지리산』 3권, 177-178쪽

하영근은 미국과 소련이라는 국제적 힘의 역학관계와 좌익과 우익 간 정치적 이해의 대립으로 전쟁은 일어날 수밖에 없다고 예견한다. 그것은 해방된 지 겨우 두 달이 지났는데 치열한 좌우 대립과 미・소 양대국의 대립, 그리고 미 자본주의의 생리와 소련 대외정책의 핵심 등을 근거로 내린 정세분석이었다. 이런 관점은 전쟁 중에도 유지되는데, 전쟁이 발발하자 피난 중 박태영에게 남긴 편지에서 '미국 방송에 의하면 미국이 이 전쟁에 간여할 것은 확실하다. 북한의 배후엔 소련이 있는 것이 확실하니 이 전쟁은 이윽고 미소의 전쟁으로 번질 전망마저 없지 않다'(6권, 105쪽)는 말을 통해서도 알 수 있다.

권창혁은 세계 강대국의 역사 재편성론에 따른 한반도 운명 결정론을 언급한다. 그는 한국전쟁이 미・소 양 강대국의 치밀하고도 음험한 의도에 의해 발생했다고 보면서, 전쟁의 성격을 조선공산당 내의 헤게모니 쟁탈전의 관점에서 파악한다. 이런 관점은 작가 이병주의 시각이기도 하다. 이 때문에 박태영을 비롯한 빨치산 가담자들은 극도의 역사적 허무주의를 내비친다. 그러므로 이런 관점에서는 한국전쟁이 권력의 대결양상이 빚어낸 무의미한 학살극이라는 자조적이며 허무주의적인 결론에 이르게 된다.

6・25전쟁이 북한의 선제공격으로 발발했음은 서울시 인민위원장인 이승엽의 발언을 통해 드러난다. 이는 박태영과의 대화 중 박태영의 질문에 대한 그의 답변을 보면 알 수 있다.

> "이 전쟁은 어느 편이 시작한 것입니까?"
> "어느 편이 시작했건 목하 전쟁 중에 있다는 건 사실이 아닌가. 어느 편이 시작했는가가 문제가 아니고 승리가 문제다."
> "평양방송은 이남에서 쳐올라간 것처럼 말하고 있던데요?"
> "세계 여론에 대한 전술이라고 생각하면 되는 거요."
> "사실은 이북에서 시작한 거지요?"
> "그러나 공식적으론 그렇게 말하지 않기로 되어 있소"
> 이승엽은 박태영을 신임하고 있으니까 이렇게 솔직할 수 있다는 태도를 보이려고도 했다.
>
> —『지리산』 6권, 133쪽

전쟁을 어느 쪽에서 먼저 시작하였느냐 하는 전쟁의 기원론은 사실 케케묵은 논쟁이자 주로 북한과 소련에 전쟁 책임을 전가하려는 남한과 미국의 공식입장을 대변한 것으로, 일반적으로 전통주의라 불리는 시각이다. 한국전쟁과 분단의 원인을 강대국의 패권정치의 산물로 보는 것은 작가의 입장을 대변하는 것이기도 하다.[60] 그런데 이런 입장은 민족 자체

60) 이병주, 「지리산을 마치며」, 『지리산』 7권, 기린원, 1985, 368쪽.

의 역량을 폄하하고 강대국의 패권정치의 산물이나 공산당의 헤게모니 쟁탈전으로만 파악하는 것이라 하겠다.

5) 공간적 배경과 특징

『지리산』에서 지리공간인 지리산은 주요 등장인물들에게 다양한 의미로 인식되는 중요한 공간이다. 지리산이 중요한 공간으로 작용하는 것은 작품의 서두에서 암시된다. 작품의 중심인물 중의 한 명인 이규가 할아버지 산소에 성묘를 가서 바라보는 지리산은 학자였던 할아버지가 동경했던 이상적인 공간으로 설명되고 있다. 『지리산』 1권의 <병풍 속의 길>에서 설명된 바와 같이 지리산은 '기연한 모습을 아득히 하늘 가운데 두고 장엄한 기풍으로 고요하고, 은근히 울려 퍼지는 솔바람 사이로 가느다란 풀벌레 소리가 들리는'(1권, 40쪽) 이상적인 공간으로 제시된다.

작품의 서두에서 지리산이 이상적 공간으로 제시되는 것은 이상을 펼칠 수 없는 현실에 대한 암시이기도 하다. 독립운동을 하다가 감옥에 드나드는 바람에 자기 재산만이 아니라, 형제들 재산까지 축내고는 이러지도 저러지도 못하고 형제의 등에 업혀 사는 이규의 중부(仲父)가 족보에서 가문의 향수를 느끼는 형님을 힐난하고는 자취를 감추어버린 곳이 지리산으로 암시되기 때문이다. 이규의 중부와 같은 지식인들에게 지리산이 이상향으로 인식되는 것은 주권을 빼앗긴 일제 식민지 시대의 현실을 부각시키는 것으로도 이해된다. 또한 지리산은 중심인물들이 청년으로 성장하면서 일제의 탄압을 피할 수 있는 은신의 장소로 그려진다.

소설의 중요 등장인물들인 하준규와 박태영 등이 일제의 강제 징집을 피하기 위해 지리산으로 은신한다. 이들은 일제의 용병으로 끌려가 치사스런 죽음을 하는 것보다는 지리산으로 들어가 활로를 찾고자 한다.

> 지리산으로 간다는 것은 일본의 지배를 벗어난다는 뜻이다. 소극적이건 적극적이건 일본에 항거한다는 의미로 요약할 수 있다. (…중략…) 그러나 그건 패배와 죽음에의 길인지도 모른다. (…중략…) 이러한 상념이 태영의 자세를 지탱하는 정열의 원천이며 그로 하여금 지리산으로 들어가게 하는 원동력이다.
>
> —『지리산』 2권, 113-114쪽

인용문에서 보듯이 소설의 중요 등장인물들인 하준규와 박태영 등에게 지리산은 일제의 탄압을 벗어날 수 있는 도피의 공간이자, 또한 자신들의 이상인 항일투쟁을 실현할 꿈을 키우는 애국의 공간이다.[61] 그들은 지리산으로 들어가 보광당이란 조직을 만들고 자신들만의 공동체를 건설하여 조직적인 생활을 꾸려가고, 자신들과 비슷한 처지의 사람들과 연대하여 조직을 확대해 나간다. 그리하여 지리산은 일제의 탄압을 피해 도피한 사람들의 은신처에서 항일투쟁의 근거지로 발전하게 된다. 지리산이 일제의 탄압에서 벗어나는 은신처에서 항일투쟁의 근거지로 공간적 의미가 확대되면서 지리산에 대한 인물들의 인식도 달라진다.

지리산은 작품의 첫 장인 <병풍 속의 길>에 묘사된 병풍 속의 풍경에서 암시된 신선이 사는 이상적인 공간이기보다는, 경건한 마음으로 옷깃을 여미고 더욱 분발해야겠다고 의지를 다지는 표상이 된다.

61) 유임하는 『지리산』에서 '지리산은 식민지 시대에는 고난을 이겨내는 애국의 성소였으나, 좌우 이데올로기의 분립과 전쟁으로 치닫는 현실에서는 정치적 과오와 많은 희생을 낳은 처소'라고 하였다(「80년대 분단문학, 역사의 진실해명과 반공주의의 극복」-『남과 북』『지리산』『태백산맥』을 중심으로」, 작가연구 15호, 깊은샘, 2003, 190쪽.).

> 천왕봉은 해발 1915미터, 지리산의 최고봉이다. 헤아릴 수 없이 무수한 지맥들이 각각 능선을 이루고 사방으로 뻗쳐 있는 중심부에 천왕은 기려한 모습으로 옷깃을 여미게 한다. 사방으로 탁 트인 절묘한 조망과 산정(山頂)의 늠렬(凜烈)한 대기는 그것만으로 위대한 감동이 아닐 수 없다. (…중략…) 태영은 일제와의 타협을 거부하고 지리산의 주민으로서 살고 있다는 새삼스러운 자부심을 느끼며, (이 위대한 지리산을 더욱 영광스럽게 하기 위해서도 분발이 있어야겠다)고 다짐했다.
>
> —『지리산』 2권, 260-261쪽

소설의 중심인물 중 한 명인 박태영은 수많은 지맥을 거느리고 우뚝 솟아 있는 지리산 천왕봉을 보며, 일제와 타협하지 않고 일제에 대항하기 위해 지리산에서 고난을 무릅쓰고 있는 자신의 모습을 비추어보는 것이다. 그리하여 일제의 지배에서 벗어나 지리산에서 사는 것에 새삼 자부심을 느끼고, 어떤 상황에서도 지리산처럼 의연해야겠다고 다짐하는 것이다. 박태영의 이러한 태도는 숱한 세월의 풍파에도 변하지 않고 민족의 영산으로 굳건한 위상을 지니고 있는 지리산에서 고난을 극복할 용기와 위안을 찾으려는, 작가의 지리산에 대한 인식이라 하겠다.

이것은 작가가 지리산을 서사적 공간만이 아닌 의지의 표상으로 인식하고 있다는 것을 뜻한다. 앞에서 언급한 바와 같이 문학적 공간은 실재의 공간이 아닌 인식의 방향에 따라 구성되는 구성체인 것이다. 그러므로 작가는 지리산을 민족이 겪는 고난을 견디고 극복하는 의지의 표상으로 인식하고, 그것을 작품으로 형상화한 것이라 하겠다. 이렇게 지리산은 소설의 전반부에서는 은신의 공간에서 투쟁의 의지를 다지는 표상으로 작용하고 있다.

그러면 소설의 후반부에서 지리산은 어떤 의미로 작용하고 있는지 살펴보자. 광복 이후부터 한국전쟁까지 시대적 배경인 소설의 후반부에서는 지리산은 되돌아가고 싶은 그리움의 공간이자, 이념의 갈등으로 유혈이 낭자한 상처로 얼룩진 공간으로 그려진다.

> 지리산! 괘관산! 지금쯤 단풍으로 물들어가고 있을 것이다. 하늘은 한없이 푸르고, 그윽한 가을꽃은 만발하고, 뻐꾸기 소리는 메아리를 남기고, 시냇물은 은빛으로 빛나고, (…중략…) 그곳은 박태영에게 두고 온 고향처럼 그리운 곳이기도 했다.
>
> —『지리산』 5권, 102쪽

박태영이 지리산을 그리워하는 것은 공산당 활동에 회의를 느끼게 되면서이다. 그는 공산주의 이념을 실현하기 위해 고난을 마다않고 헌신적으로 노력했지만, 공산당의 활동이 인간으로의 양심과 일치하지 않아 갈등하며 보광당 시절의 지리산을 그리워하며 지리산으로 돌아가고 싶어하는 것이다. 보광당 시절 지리산에서의 생활은 인간적 신뢰를 바탕으로 조직이 운영되었고, 항일투쟁을 위해 모든 단원이 일치단결하여 의기가 충만했었다. 그런데 모두가 잘 사는 더 나은 세상을 만들기 위해 가담한 공산당은 신성불가침의 성역이고, 공산당 조직은 복종과 충성만을 강요하여 인간으로서의 양심마저 용납하지 않는 것이다. 그리하여 인간적인 신뢰를 바탕으로 의기가 투합되었던 보광당 시절의 지리산을 그리워하며 그러한 공간의 지리산으로 되돌아가고 싶어 하는 것이다.

여기서 지리산은 공간적 의미에서 심정적 의미로 전환되는 것을 볼 수 있다. 지리산이 구체적인 활동 공간으로서의 의미보다는 마음속에 남아 있는 그리움의 대상으로 제시되고 있는 것이다. 지리산이 그리움의 대상으로 묘사되는 데는 공산당에 대한 작가의 비판적인 시선과 무관하지 않다. 『지리산』을 집필하게 된 배경에 대한 작가의 말에서도 공산당에 대한 비판이 강하게 드러난다. 작가는 해방 직후부터 1955년까지 지리산에서 공비라는 누명을 쓰고 죽은 많은 청년들과, 또 공비를 토벌하면서 죽은 많은 청년들의 희생에 대한 의분(義憤)에서 『지리산』을 집필하게 되었다고 밝히고 있다.[62] 이러한 작가의 의도에서 박태영을 비롯한 중심인물들이 공산당원으로 활동하는 작품의 후반부에서는 공산당에 대한 부정적인 면이 부각되고, 인간적 신뢰를 바탕으로 운영되었던 보광당 시절의 지리산을 그리워하는 것으로 제시되고 있다. 그런데 이러한 점은 작가의식이 너무나 소극적이고 방관자적이라는 비판을 받기도 한다.[63] 박태영의 모습은 인간의 생명과 가치를 위협하고 억압하는 비인간적이고 반인간적인 힘과 맞서 싸우기보다는 현실추수적이고 자기 보존적인 방관자적 자세를 지니기 때문이다.

그렇지만 박태영은 공산주의 이념보다는 인간적인 신뢰와 애정을 중시하여 동료들이 살아남을 수 있는 방도를 마련해 주는 등 휴머니즘의 자세를 견지하면서도 공산당에는 동조하지 않는다. 그는 공산당에 동조하지 않으면서 사상적 전향도 하지 않는데, 이것은 공산당으로 상징되는 북한이나 토벌군으로 상징되는 남한을 함께 비판적으로 보고 있다는 뜻이기도 하다. 『지리산』이 반공이데올로기를 지향하기는 하지만, 남한 사회에도 비판적인 것은 남북 분단과 전쟁이 일어나게 된 원인과 책임이 어느 한쪽에만 있지 않다는 작가의 역사인식이라 하겠다.

공산주의에 환멸을 느끼고 방관자적인 자세로 일관하던 박태영은 공산주의 이념을 정신적으로 신봉하며 지리산으로 은둔하지만, 토벌대에 쫓기

62) 이병주, 앞의 글, 같은 쪽.

63) 이동재, 「분단시대의 휴머니즘과 문학론」, 『현대소설연구』 24호, 한국현대소설학회, 2004, 344쪽.

다가 최후를 맞이하게 된다. 박태영이 최후를 맞이함으로써 지리산은 그리움의 공간에서, 이념의 갈등과 대립으로 유혈낭자한 상처의 공간이 된다. 지리산이 분단으로 인한 유혈낭자한 상처의 공간으로 형상화하는 것은 『지리산』 뿐만 아니라, 『태백산맥』에서도 잘 드러난다. 지리산은 이념의 차이로 대립하다가 퇴로를 잃은 수많은 사람들이 육신을 묻은 곳이기 때문이다.[64]

소설에서 공간의 묘사는 소설가가 세계에 대하여 갖는 관심의 정도와 그 관심의 질을 나타내 보인다고 할 수 있다.[65] 즉 작가는 인간이 그를 에워싼 세계와 맺게 되는 기본적인 관계를 특정 공간에 대한 반응을 통해 표현하는 것이다. 따라서 『지리산』에서 지리산이 작품의 전반부에서는 불의에 항거하는 도피의 공간으로 제시되었다가, 작품의 후반부에서는 그리움의 대상으로 제시되고 있는 역사적 상황에 대한 작가의 반응이라 하겠다. 작품의 전반부는 시간적 배경이 일제 식민지 시대로 일제의 압박에 겪어야 했던 민족적 울분을 민족의 영산인 지리산을 통하여 토로하고 위안을 받고자 했다면, 작품의 후반부에서는 복종과 충성만을 강요하는 공산당에 대한 부정적인 면을 부각하기 위한 것이라 하겠다.

6) 이병주 분단소설의 특징과 의의

이병주의 분단소설 『관부연락선』·『지리산』 등은 일제 식민지 시대와 6·25전쟁 전후의 이념적 갈등, 이데올로기의 폭력 등을 다루고 있는데, 작가의 역사인식은 우월의식에 젖어 있다. 역사적 사실들을 객관적으로

64) 지리산이 빨치산의 최후의 격전지였고, 수많은 빨치산이 지리산에서 최후를 맞이했음은 다른 자료에서도 드러난다(김양식, 『지리산에 가련다』, 한울, 1998, 99-108쪽).
65) 롤랑 부르뇌프 · 레알 월레, 김화영 편역, 『현대소설론』, 현대문학, 1996, 226쪽.

제시하여 독자로 하여금 판단하게 하기보다는 작가의 분신인 지식인 등장인물들이 일반인보다 우월한 입장에서 설명하고 평가하고 있다. 그것은 그가 자라고 성장한 진주지역의 정서와 무관하지 않다. 진주지역은 1925년 최하층 천민인 백정들의 인권운동인 형평운동이 전국에서 최초로 일어난 곳으로 일제 식민지 시대부터 소작인과 지주와의 갈등보다는 양반과 평민, 평민과 천민, 양반과 천민 사이의 신분적 갈등이 중요한 문제로 부각되었다. 신분의 갈등은 양반계층의 지식인들에게는 우월의식을 갖게 하였는데, 『관부연락선』·『지리산』에서도 중심인물들의 모습은 진주 지역의 특징을 반영하고 있다.

『관부연락선』에서 유태림은 해방 직후 좌우 이념 대립 속에서 철저히 중립적 입장을 지키려 했다. 그는 유학생활과 독서체험을 통해 좌우 이념의 한계를 인지하고 있었기 때문에 이념 대립의 와중에서 어느 쪽으로도 기울지 않았다. 단지 교사로서, 그리고 인간으로서 열세에 몰리는 쪽을 보듬어주는 역할만 할 뿐이다. 열세에 몰리는 약한 자들을 보듬어주는 역할을 자청하는 것은 우월의식에 젖은 시혜적인 태도에 다름 아닌 것이다. 이러한 과정에서 그는 교사들과 학생들 사이에서 '회색분자'라는 낙인이 찍히고, 남한의 단독정부 수립 후 체제 밖에서 살아갈 뜻을 비추며 교사직을 그만두는 소극적인 움직임을 보일 뿐이다. 역사에 대한 통찰과 사회·정치에 대한 식견을 겸비한 유태림도 역사의 파고 속에선 어떠한 저항도 할 수 없었던 나약한 지식인에 불과했다.

유태림은 6·25전쟁 와중에서는 남쪽과 북쪽 어느 편에도 환영받지 못하는 처지가 된다. 피난을 가던 중 인민군 내무서 요원에게 걸려 반동분자로 붙들려 정치보위부에 감금당했다가 친구 강달호의 도움으로 문화단체를 만들어 선전활동을 하다가 겨우 탈출하였는데, 그것이 인민군 거물급 부역자로 인정되어 경찰에 체포되어 구속된다. 살아남기 위해 어쩔 수 없이 한 일이 '빨갱이'로 내몰리는 상황에서 유태림은 검사의 심문을 거부하며 항의한다. 그는 '국민만 법률을 지킬 의무가 있는 것이 아니고, 정부도 국민의 생명과 재산을 보전할 의무가 있다'며 '내게 죄가 있다면 여기 이렇게 살아있다는 죄밖에 없다'(2권, 339쪽)고 항변한다. 그리하여 자기의 정체성에 대한 의문과 삶의 의욕을 상실한 채 실의에 빠져 멍한 상태가 된다. 유태림의 모습은 이념적 대립으로 치닫는 역사적 상황에 대해 자기의 의지대로 살아갈 수 없는 지식인의 모습이며, 또 좌우 이데올로기의 대립에서 지식인이 당해야 했던 고난이라고 하겠다. 이러한 일련의 과정을 통해 작가는 당대 지식인들이 피해갈 수 없었던 시대의 구조적 질곡을 보여주는 것이다.

『지리산』은 1933년 추석에서부터 1956년 1월까지 약 23년 동안 진주와 지리산을 중심으로 지식인들의 갈등과 이데올로기에 대한 비판 등을 그리고 있다. 『지리산』에서 서사의 중심에 있으면서 작가가 제시하고자 하는 반공의식을 가장 잘 반영하고 있는 인물은 박태영이다. 그는 농부들이 손바닥만 한 논을 말리지 않으려고 물싸움을 하는 모습을 보며, 일제에 착취당하고 핍박받는 농민들을 구제하겠다는 신념의 갖고 그것에 투철하고자 노력한다. 그래서 그는 일제 식민지 하에서는 일본의 부당한 억압에 항거하고, 광복 이후에는 인민 대중을 위하여 공산당에 입당하여 활동하게 된다. 그런데 박태영의 모습은 평범한 일반인을 뛰어넘는 것으로 『관부연락선』에서 유태림이 보인 우월의식에 젖은 시혜적인 태도에 다름 아니다.

그러나 공산당의 교조주의에 실망하고 박헌영이 이끄는 남로당을 이탈하여 독자적인 활동을 하다가 지리산에서 최후를 맞이한다. 박태영은 인민을 위해 살고자 했던 신념이 공산당에 의해서 좌절되었지만, 그러한 좌절은 자신이 공산당을 선택함으로써 빚어진 결과이므로 스스로 책임지고 반성해야 할 문제라고 생각한다. 그래서 처음에는 공산당을 옹호했지만 상기한 여러 사건들에 의해 빚어진 만행들을 목격하면서 그 만행을 책임지고, 그 만행에 대한 반성의 의미로 '지리산'의 고행을 운명으로 받아들이게 된 것이다.

그러면 박태영을 통하여 제시하고자 하는 바는 무엇일까? 공산당에 대한 비판이다. 앞에서 부분적으로 언급되었듯이 박태영은 신성불가침의 절대 권력으로 군림하며 어떤 비판도 수용하지 않고, 일방적인 복종만을 강요하는 공산당에 대해 비판하고 독자적인 길을 간다. 이것은 해방 이후 남한과 북한에서 활동했던 교조적인 공산당에 대한 비판이다. 박태영을 통해 공산당의 교조주의와 비인간성을 제시하여, 그들이 저지른 만행을 폭로하고자 한 것이다.

그러한 작가의 의도는 이규를 비롯한 중도적 인물을 통해서도 제시된다. 박태영의 친구인 이규는 몰락하는 양반집의 자손으로서 입신출세에 대한 욕망과 집안 어른들의 기대를 저버리지 않겠다는 생각을 지니고 있다. 그가 이렇게 생각하게 되는 배경에는 중부가 독립운동에 참여함으로써 가족이 고난을 겪는 것을 목격했기 때문이다. 그래서 그는 좌우 어느 편에도 가담하지 않고 중도적 입장에서 입신출세와 가문의 번영만을 추구한다. 이규의 모습은 회색분자라는 비판을 받지만 어느 쪽에도 적극 가담할 수 없는 나약한 지식인의 고민을 보여준다. 그 뿐만 아니라, 박태영의 모습과 대비되면서 이념의 갈등이 야기하는 문제를 제시하고, 새로운 역사의 방향을 모색하려는 것이라 하겠다. 그것은 소설이 허구이기보다는 현실의 기록이라는 작가의 소설관과 어느 정도 부합하는 것이기도 하다.

3. 민중들의 고난과 각성-조정래 분단소설론

조정래는 1970년 『현대문학』에 단편소설 「누명」과 「선생님 기행」이 추천되어 작품 활동을 시작한 이후, 주로 민중들의 애환과 고난을 다루면서 분단 문제에도 깊은 관심을 가졌다. 「청산댁」(72년), 「황토」(74년), 『유형의 땅』(81년), 「인간의 문」(82년), 「박토의 혼」(83년), 『불놀이』(83년) 등의 작품에서 분단으로 인한 민중들의 고난과 애환을 다각적으로 다루었고, 『태백산맥』(89년 완간)에서는 분단의 배경과 전개양상, 그리고 분단의 이면에 작용했던 외세의 영향 등을 광범위하게 다루었다.

그가 분단문제에 대해 작품 활동의 초기부터 지속적으로 관심을 가진 것은 어린 시절의 체험과 작가의식의 소산이라 할 수 있다. 그는 '분단된 현실 속에서 남과 북의 지배 집단들이 왜곡시키고 굴절시킨 민족사의 진실을 밝히고, 민중들이 가난과 억압으로 비극적인 삶을 살아가면서도 어떻게 역사의 수레바퀴를 굴러가는지를 밝히고자'[66] 했다. 이 땅의 민중들이 일제의 식민통치, 남북 분단, 6·25전쟁, 분단의 고착화로 인한 남북의 대립과 갈등 등 민족사의 고난과 격변기를 온몸으로 견디며 살아온 역정을 밝힘으로써 작가로서의 책무에 충실하려고 했던 것이다.

이러한 점에서 그의 분단소설에 대한 연구는 적지 않게 이루어졌다. 박지연,[67] 김옥연[68] 등의 석사학위논문과 전영의[69]의 박사학위논문을 비

66) 조정래, 「용서는 반성의 선물」, 『실천문학』 66호, 실천문학사, 2002, 47쪽.
67) 박지연, 「조정래 전반기 소설 연구-분단인식을 중심으로」, 한양대 석사논문, 2002.
68) 김옥연, 「조정래 소설 연구-분단소설을 중심으로」, 중앙대 석사논문, 2003.

롯하여 임규찬,[70] 김영혜,[71] 손경목,[72] 이동하,[73] 이우용,[74] 한기,[75] 권영민,[76] 정호웅,[77] 김윤식,[78] 황광수,[79] 조구호,[80] 최현주,[81] 고명철,[82] 양진오,[83] 임환모,[84] 등에 의해 다양한 분야에 걸쳐 폭넓게 이루어졌다. 특히 그의 대표작이라고 할 수 있는 『태백산맥』에 대해서는 집중적인 연구가 이루어졌다.[85]

따라서 이 글은 조정래의 분단소설에 대한 기존의 연구 성과를 바탕으로 분단현실의 형상화 양상과 분단인식의 특징 등을 살펴보고자 한다. 그리고 그의 분단소설에서 중요한 배경으로 등장하는 벌교와 순천의 지역

69) 전영의, 「조정래 『태백산맥』의 서사담론 연구」, 전남대 대학원 박사논문, 2012.
70) 임규찬, 「역사의 태백산맥 저편에 서 있는 태백산맥」, 시대평론, 1990.
71) 김영혜, 「『태백산맥론』」, 여성과 사회 2호, 1991.
72) 손경목, 「민중적 진실과 『태백산맥』의 당대성」, 권영민 편저, 『문학과 역사와 인간』, 한길사, 1991.
73) 이동하, 「비극적 정조에서 서정적 황홀까지」, 권영민 편저, 『문학과 역사와 인간』, 한길사, 1991.
74) 이우용, 「역사의 소설화 혹은 소설의 역사화」, 권영민 편저, 『문학과 역사와 인간』, 한길사, 1991.
75) 한기, 「태백산맥의 성취와 모순 : 그 1부의 경우」, 『전환기의 사회와 문학』, 문학과지성사, 1991.
76) 권영민, 「조정래의 『태백산맥』과 분단현실」, 『소설과 운명의 언어』, 현대소설사, 1992.
77) 정호웅, 「주제의 중층성-『태백산맥론』」, 『작가세계』 26호, 1995.
78) 김윤식, 「내가 보아온 『태백산맥』」, 『조정래론』, 솔출판사, 1996.
79) 황광수, 『소설과 진실 ; 조정래의 소설세계』, 해냄, 2000.
80) 조구호, 「『태백산맥』의 반동인물연구」, 『배달말』38호, 배달말학회, 2006.
81) 최현주, 「『태백산맥』의 탈식민성 연구」, 『현대문학이론연구』, 현대문학이론학회, 2006.
82) 고명철, 「1970년대의 조정래 문학, 그 세 꼭짓점」, 『문예연구』 제14권 제1호, 문예연구사, 2007.
83) 양진오, 「민족문제의 재현과 냉전 반공주의의 역학-조정래의 초기 소설을 중심으로」, 『어문론총』 제49호, 한국문학언어학회, 2008,
84) 임환모, 「-1980년대 한국소설의 민중적 상상력-조정래의 『태백산맥』을 중심으로」-, 『한국언어문학제』 73집, 한국언어문학회, 2010.
85) 『태백산맥』에 대한 연구는 고은 · 박명림 등의 『문학과 역사적 인간』(한길사, 1991) 이후, 권영민의 『『태백산맥』 다시 읽기』(재판, 2003), 황광수의 『소설과 진실』(2000, 해냄) 등 많은 연구가 있다.

적 특징과 문학적 공간으로서의 의미 등도 아울러 살펴볼 것이다.

1) 작가의 체험과 문학관

조정래는 1943년 8월 17일, 아버지 조종현과 어머니 박성순의 4남 4녀 중 넷째로 전라남도 승주군 선암사에서 태어났다. 아버지는 일제의 종교 황국화정책에 의해 만들어진 대처승이었다. 선암사의 부주지로 있던 아버지가 사회개혁을 위해 절의 논밭을 소작인들에게 분배함으로써 주지와 충돌하는 사건이 벌어져 그의 가족은 1947년 선암사를 떠나 순천으로 이사하게 된다.

조정래가 사회와 역사에 대해서 최초로 인식하게 된 사건은 1948년의 여순사건이라고 한다. 그는 '그 사건을 계기로 정도를 헤아리기 어려운 마음의 상처를 입음과 동시에 나이에 걸맞지 않게 철이 들어버렸고, 아버지의 사회개혁의지는 곡해되고 모략당하여 그의 가족은 생존의 위기에 봉착하게 되었다.'[86]고 했다. 선암사의 부주지이던 조정래의 아버지는 절의 농지를 소작인들에게 분배하는 개혁적인 일을 추진하다가 주지와의 충돌로 선암사를 떠나게 되고, 그 일로 인해 조정래의 가족은 심한 고난을 당한다. 아버지는 서북청년단원들에게 몰매를 맞고 피를 흘리며 끌려가 재판을 받고, 어머니와 형들도 재판소 앞마당에 끌려가 고초를 겪어야 했다.[87] 여순사건 이후 우경화된 사회적 분위기에서 아버지가 실천한 개혁적인 일이 곡해되고 모략당하여 고난을 겪은 것이다. 이때의 체험은 『태백산맥』의 법일 스님의 모습으로 형상화하여 나타난다.[88] 그리고 이

86) 「작가연보」, 『우리시대, 우리 작가』 16권, 동아출판사, 1987, 413쪽.
87) 황광수, 「억압된 기억의 해방과 역사의 지평」, ≪작가세계≫, 1995년 가을호, 20-21쪽.
88) 임홍빈 · 조정래 대담, 「조정래 분단문학의 고백적 진실」, ≪문학사상≫, 2002. 4

일이 있은 후 조정래는 충격과 두려움으로 야뇨증을 겪어야 했다고 한다.

> 그 긴긴 여름, 나는 밤마다 어두운 하늘이 영사막이 되는 거대한 환각의 영화를 보고는 했다. 그 영사막에는 전쟁터의 온갖 참혹한 장면들이 끝없이 이어지는 것이었다. 그 환각현상은 아무에게도 설명할 수가 없는 채로 20대의 나이까지 무시로 나타나고는 했다.[89)]

인용문에서 볼 수 있듯이 여순사건의 충격이 작가에게 얼마나 컸는지 짐작할 수 있다.

1953년 휴전으로 전쟁이 중단되자 아버지의 형제가 거주하고 있는 벌교로 이사하여 학교생활에 재미를 느끼게 되고, 야뇨증도 차츰 치유되어 갔다. 그렇지만 벌교에서의 생활도 가난에서 벗어나지 못했다. 아버지가 벌교상고 교사였지만 식구가 많아 조정래는 점심 도시락을 싸가기도 어려운 형편이었다. 가난한 생활은 1959년 아버지가 서울로 직장을 옮긴 이후에도 지속되어 대학을 졸업할 때까지 산비탈의 판자 집에서 물지게를 져야만 했다.

이러한 작가의 체험은 가난한 민중들의 고난과 애환에 주목하게 했고, 역사적 사건과 당대의 현실에 책임의식을 지니게 했다. 그는 '나는 왜 이 땅에 태어났을까? 왜 우리 역사는 이렇게 흘러왔을까? 작가는 무엇을 써야 할 것인가? 등의 실존적 물음에 거의 병적일 만큼 책임의식을 지니고 있다'고 하면서, 그것은 '이런 땅에 태어난 야속함, 원망스러움, 어린 시절 6·25전쟁을 겪으면서 상처받고 핍박받은 것들이 복합적으로 얽혀 있다'[90)]고 했다. 이러한 작가의식에서 창작된 작품들이 분단

89) 「작가연보」, 앞의 글, 414쪽.
90) 황호택 · 조정래 대담, 「나는 친북주의자가 아니다」, ≪신동아≫, 2002. 7

문제를 다룬 소설들이다.

2) 분단과 개인들의 고난상

이념의 갈등과 남북 분단, 6·25전쟁과 분단의 고착화로 이어지는 역사의 궤적에서 민중들의 삶은 고난의 연속이었다. 일제의 식민지 수탈과 착취에서 벗어나자 곧이어 동족 간에 총부리를 겨누는 전쟁을 겪어야 했고, 전쟁 이후에는 조상 대대로 자유롭게 왕래했던 국토가 분단되어 서신마저 주고받을 수 없는 상황이 되어, 남북으로 갈라진 부모형제의 생사조차 알 수 없게 되었기 때문이다. 조정래의 소설은 그러한 민중들의 고난을 잘 포착하고 있는데, 그것은 크게 세 유형으로 정리해 볼 수 있다. 첫째 전쟁의 최대 피해자들 중 하나라고 할 수 있는 여성의 수난과 고통, 둘째 하층계급의 한풀이에 의한 비극, 셋째 이산가족의 아픔과 고통 등이다.

① 여성들의 수난상

이념 갈등으로 야기된 남북 분단과 6·25전쟁의 소용돌이에서 가장 큰 고난을 겪어야 했던 것은 여성들이다. 전쟁의 직접적인 피해자는 주로 남성들이지만 남성의 피해는 곧바로 여성의 고난으로 이어졌다. 가장을 잃고 가족의 생계를 책임져야 했고, 아버지나 남편의 보호막이 없는 상황에서 성적 유린에 대처해야 하는 이중의 고난을 겪어야 했던 것이다. 「청산댁」, 「황토」 등은 분단으로 인해 여성들이 겪어야 했던 고난상을 그리고 있다.

「청산댁」의 청산댁은 일제 식민지, 6·25전쟁, 베트남전쟁의 소용돌이에 남편과 아들을 잃고 고난을 겪는다. 열아홉 살에 허주사댁 머슴살이를 하던 남편에게 시집을 온 그녀는 남편을 도와 온갖 잡일을 도맡아 했다.

남편도 남부럽지 않게 살기 위해 억척스럽게 일하다가 허주사 아들 대신 징용에 나가게 된다. 남편이 없는 상황에서 그녀는 허주사에게 겁탈당하고, 홍역이 온 마을에 퍼지면서 그녀의 첫아들이 결국 불구가 된다. 청산댁은 허주사에게 정조를 유린당한 일과 아이들을 제대로 키우지 못했다는 죄책감에 시달리며 고난의 삶을 살아간다.

> 그네는 시름시름 앓다가 몸져눕고 말았다. 눈만 붙이면 사나운 꿈에 시달렸다. 꿈에 나타나는 남편은 언제나 눈을 부릅뜬 무서운 얼굴이었다. 어느 때는 아래를 찢기는 꿈을 꾸다 가까스로 깨어나기도 했다. 이년 내 자석 내라, 내 자석 내. 머리채를 끌려 담벼락에 짓찧여 피투성이가 되기도 했다. 그런 꿈에 시달리고 나면 머리는 방구석에 처박혀 있고 온몸에는 식은땀이 쭉 흘러 있곤 했다.[91]

인용문에서 보듯이 남편이 징용에 끌려가고 없는 상황에서 한 남자의 아내로, 자식의 어머니로 온전한 삶을 살아갈 수 없는 청산댁이 당하는 고난은 여성들이 당해야 했던 수난 상의 단면이라 하겠다.

그러나 청산댁의 고난은 여기서 그치지 않는다. 아들 봉구가 홍역으로 불구가 되는 일을 겪고는 그녀도 시름시름 앓게 되고, 몸이 허약해져 예전만큼 일을 할 수 없게 된다. 그러자 허주사 부인이 심하게 구박을 하고 쫓아낸다. 허주사집에서 쫓겨난 그녀는 거리를 헤매다가 아들과 살아가기 위해 식당에서 물일을 하며 하루하루를 악착같이 버티어 간다. 그러다 남편이 징용에서 돌아오게 됨으로써 허주사에게 애초에 받기로 했던 논문서와 새경을 찾아와 꿈에도 생각지 못했던 부자가 되지만, 6·25전쟁

91) 조정래, 「청산댁」, 『상실의 풍경』 조정래문학전집 3, 해냄, 1999, 195쪽. 이하 인용은 작품명과 쪽수만 표시함.

이 나서 남편은 노무자로 끌려가서 한 줌의 재로 돌아와 다시 고난의 삶은 시작된다. 남편의 전사로 그녀는 아이들을 키우며 살아가기 위해 혼자서 농사일을 해야 하고, 남편 없는 처지라 하여 넘보는 마을 총각 성칠이로부터 몸단속도 해야 한다. 청산댁의 힘겨움과 고통은 다음 대목에서 잘 드러난다.

> 청산댁은 등짐부터 익혔다. 키에 맞게 지겟다리를 잘라내고 작은 물건부터 지기 시작했다. 등받이가 등에 겉돌고 누가 뒤에서 잡아당기기라도 하듯 한사코 뒤로만 넘어가려고 했다. 그래서 뒤뚱뒤뚱 오리걸음이 될 수밖에 없었다. 무슨 짐이든 머리에 올려놓기만 하면 그걸 이고 진흙길이든 자갈길이든 활개를 칠 수 있었던 때와는 너무 달랐다. 그러나 더 많은 짐을 옮기려면 천상 지게를 당해낼 게 없었다. 가을걷이 때 나락을 옮기는 데도 그렇고, 더구나 똥장군을 머리에 이고 거름을 낼 수 없는 노릇이었다. 걸음걸이가 어지간히 잡히자 많은 짐을 지고 일어서는 연습을 해야 했다.
>
> (…중략…)
>
> 어느 정도 몸에 익을 때까지 몇 번을 뒤로 벌렁 나가 넘어졌는지 모르며, 얼마나 지게 밑에 깔려서 버둥댔는지 모른다. 어쩌면 일어서기보다 더 힘들고 어려운 게 지게를 받칠 때인지도 모른다. 자칫하다가는 지겟다리가 땅에 닿기도 전에 벌렁 뒤로 넘어가거나 앞으로 쑤셔 박히기 일쑤였다.
>
> —「청산댁」, 207-208쪽

농사를 짓기 위해 등짐 지는 일을 익히는 청산댁의 모습은 전쟁으로 가장을 잃고 가족의 생계를 책임져야 하는 고난의 형상이다. 일제 식민지와 6·25전쟁의 소용돌이에 파란만장한 고난을 겪고 손자를 본 청산댁에게 이국의 베트남 전쟁은 또다시 충격과 고난을 안겨준다. 청산댁에게 세상을 사는 이유인 아들 만득이 베트남 전쟁에서 전사한다. 만득이는 남편 없이 농사를 지으며 중학교까지 졸업시킨 아들이고 제대하고 나면 운전사가 되어 어머니를 서울로 모셔 호강시켜 주겠다는 효자였다. 그런 아들이 전사를 했다는 통지서를 받고는 실성하였다가 사흘 후에 차에 실려 돌아와서 자신과 같은 처지가 된 며느리를 보고 "울지말아라, 무신 소양이 있나. 자석 땜새 이빨 앙물고 살어야 쓴다(226쪽)"며 고난을 헤쳐 나가기를 당부한다. 청산댁은 자신이 숱한 고난과 역경을 헤치고 살아왔듯이 며느리 또한 그렇게 살아갈 수밖에 없다는 것을 알고 있는 것이다.

일제 식민지, 6・25전쟁, 베트남전쟁의 소용돌이에 남편과 아들을 잃고 고난을 겪는 청산댁의 모습은 개인의 힘으로 어떻게 할 수 없는 시대와 상황에서 여성들이 당해야 했던 수난 상의 단면이라 하겠다.

「황토」는 일제 식민지에서부터 미군정, 6・25전쟁에 이르기까지 역사의 질곡 속에서 파란만장한 삶을 살아온 '김점례'라는 여성에 대한 이야기이다. 김점례는 각기 아버지가 다른 세 아이를 키우는 기구한 운명의 여인이다. 그녀는 일제 식민지 시대에는 일본인 야마다와의 사이에서 큰아들 태순을 두었고, 광복 이후 한국인 청년 박항구와의 사이에서 딸 세연을 얻었고, 6・25전쟁기에는 미국인 프랜더스와의 사이에서 막내 동익을 낳았다. 이러한 그녀의 삶은 일제 강점기, 해방, 미군정, 6・25전쟁이라는 민족사 자체를 대변하는 것이기도 하다.

점례의 고난과 비극은 아버지가 주재소로 끌려가면서 시작된다. 어머니를 겁탈하려던 일본인을 폭행한 죄로 죽음에 몰린 아버지를 구하기 위해 그녀는 순사인 야마다의 성적 노리개로 전락한다. 야마다는 점례에게 음심을 품고 점례의 아버지를 심하게 고문하여 점례로 하여금 자기의 요구를 거절하지 못하게 만들고, 점례는 아버지를 구하기 위해 야마다의 요구에 응할 수밖에 없는 처지가 된다. 점례의 아버지가 과수원집 주인인 일본인을 폭행한 것은 일본인 주인이 점례의 어머니 미륵 댁을 겁탈하려

했기 때문이지만, 백성의 삶을 보호해 줄 나라가 없는 상황에서 일본인들의 만행을 당할 수밖에 없는 것이다. 그것은 민족이 처한 현실과 다름 아니라 하겠다.

점례가 고난을 당하는 것은 개인의 삶을 보호해 줄 나라가 없는 일본 식민지 상황이 원인이지만, 그녀가 여성이기 때문이기도 하다. 남성들이 여성을 자기의 성적 욕구를 채우기 위한 대상으로 인식하고 있어, 남성들의 횡포에 여성들이 유린당하고 고난을 겪게 되는 것이다.

> 다다미방 사방 벽에는 전신이 다 비치는 거울이 걸려 있었다. 열일곱 살의 점례는 벌거숭이가 되어 다다미방을 개처럼 두 팔 두 무릎으로 기었다. 고개만 들면 발가벗은 자신의 꼴이 거울에 송두리째 드러나는 것이다. 아니, 미친 개처럼 헐떡이는 야마다의 그 징그러운 알몸뚱이가… 그래서 점례는 한사코 고개를 처박은 채 눈을 꼭 감고 기었다. 그러다가 야마다의 호령이 떨어지면 지체 없이 자세를 바꿔야 했다. 점례는 죽고 싶었다. 칵 죽고 싶었다. 거울 앞에 걸려 있는 긴 칼, 칼날에 머리카락을 올려놓고 입김으로 훅 불면 머리카락이 잘린다는 그 긴 칼에 모가지가 싹뚝 잘려 죽고 싶었다. 그러나, 그러나 혼자만이 죽고 마는 것이 아니었다.[92]

점례는 야마다의 성적 노리개로 전락하여 비극적인 삶을 연명하고 있지만, 죽고 싶어도 죽지도 못하는 처지이다. 그녀의 선택에 따라 아버지의 운명이 달려 있기 때문이다.

이렇게 일제 식민지 시대에는 일본인 순사 야마다에게 성적 유린을 당하고 고난을 겪어야 했던 점례는 6・25전쟁기에는 미군 프랜더스에게 같은 고난을 당한다. 프랜더스는 점례가 인민위원회 위원장의 아내였다는 이유로 취조받게 되자, 아픈 그녀의 딸을 입원시키고 신원보증을 서 주는

92) 조정래, 「황토」, 『그림자 접목』 조정래문학전집 8권, 해냄, 1999, 179쪽.

등 온갖 친절을 베푼다. 그러나 그가 베푸는 친절은 결국 점례의 육체를 탐하는 욕구에서 비롯된 것이다. 프랜더스의 행동은 이 땅을 지켜준다는 명목으로 들어와 점령군 노릇을 하는 미국의 모습을 떠올리게 한다. 점례는 이 땅의 주인이 바뀔 때마다 저항도 해보지 못한 채 그들에게 유린당하며 그들이 시키는 대로 살아야 했던 것이다.

그녀의 삶이 더욱 기구하게 되는 것은 이렇게 점례의 삶을 파탄시킨 사람들 누구도 책임지지 않는다는 데 있다. 야마다는 해방이 되자 점례와 아들을 남겨두고 야음을 틈타 도주해 버린다. 본국에 아내와 두 아이를 두고 있던 프랜더스 역시 그녀와 아들을 두고 아무 말 없이 훌쩍 떠나버린다. 두 사람은 점례를 이 땅에 있는 동안 성적 욕구의 대상으로 이용한 것뿐이었다.

야마다와 프랜더스가 점례를 성적 노리개 정도로 인식했다면, 좌익 활동가이던 박항구는 점례를 사랑하고 보살핀다. 박항구의 모습은 외국인과 달리 같은 민족으로 사랑과 애정을 지닌 인간상을 보인다. 그래서 점례가 그와 함께한 3년 동안의 생활은 행복했지만, 전쟁이 나고 남편이 월북함으로써 그녀의 행복한 삶도 끝나고 만다. 박항구는 점례에게 아이들을 잘 키우라는 말만 남긴 채 인민군의 후퇴와 더불어 월북하여, 점례는 다시 혼자 남겨진다. 이러한 점례의 모습은 격변하는 역사의 소용돌이에 고난을 당해야 했던 그 시대의 여성들의 모습이라 하겠다.

그 시대 대부분의 여성들은 제대로 교육받을 기회를 갖지 못하고, 남성들처럼 새로운 사상을 접할 수도 없었다. 그녀들에게 부여된 것이라고는 집안일을 도맡아 하면서 식구들을 돌보아야 하는 책임뿐이었다. 그리고 점례의 삶에서 볼 수 있듯이, 점례가 고난을 겪게 되는 데는 주위 환경이나 타인의 강요가 작용한다. 그녀의 이모나 어머니, 친일파였던 강호식

등 그녀 주변에 있는 사람들은 그녀를 가만히 내버려두지 않는다. 여성들에게 강요된 순종 이데올로기는, 점례가 자기 나름대로의 생각을 갖고 있음에도 불구하고 제대로 발언하거나 행동할 수 있는 기회를 갖지 못하게 하는 것이다.

결국 점례의 삶은 우리 민족이 겪었던 수난사에 다름 아니다. 그녀가 세 남자 사이를 전전하며 평생에 지울 수 없는 고통과 상처를 갖게 된 것은 바로 식민지와 분단, 전쟁을 거쳐 가는 동안 피투성이가 된 우리 민족의 모습인 것이다.

② 개인적 한풀이와 비극

「유형의 땅」, 『불놀이』 등은 6·25전쟁의 원인과 그 전개 과정에서 야기되는 비극을 잘 보여주고 있는데, 그것은 조정래의 소설에서 중요하게 나타나고 있는 '한풀이의 비극'이기도 하다. 조정래 소설에서 중요한 모티프의 하나인 '한'은 민중들의 고난이 집약된 응어리이다. 그래서 한은 언제든지 분출될 수 있는 가능성이 내재되어 있고, 한의 분출은 앙갚음의 되풀이로 비극을 초래하기도 한다.

「유형의 땅」[93]은 부잣집 하인으로 가난과 수모를 견디며 살아왔던 천만석이 6·25전쟁 시기에 그동안 쌓인 한의 되갚음과, 그 일로 인하여 비참하게 살다가 생을 마감하는 이야기이다. 천만석은 그 이름에서부터 가난으로 인한 한이 응어리져 있음을 알 수 있다. 할아버지가 '상것으로 가난하게 산 것이 원이 되고 한이 되어 만석꾼 부자가 되어야'(237쪽) 한다며 붙여준 이름이다. 그렇지만 그에게 가해지는 것은 상것이기 때문에

---

93) 조정래, 「유형의 땅」, 『유형의 땅』 조정래문학전집 7권, 해냄, 1999. 이하 인용은 쪽수만 표시함.

당해야 하는 억울함과 설움이다. 정참봉 재종손이 참게에 손가락이 물린 잘못을 자신에게 전가하자 두 아이를 두들겨 패 강물에 처박아버리는 사건으로 인해 아버지는 정씨 문중에 끌려가 반죽음이 되도록 얻어맞고 업혀 왔고, 겨우 기동을 하게 되었을 때는 내쫓겨야 했던 것이다. 아버지는 한 번만 살려달라고 땅에 엎드려 울며 빌었으나 정씨 문중 사람들은 달구지에 세간을 실어내서 강가에다 부려버린다. 그리하여 굶는 것이 먹는 것이 된 삶을 살아야 했다. 이렇게 상것으로 한이 사무친 만석은 공산주의에 열광하게 되고 정씨 집안을 향해 한풀이의 참혹한 복수극을 펼친다.

> 7월 초순에서부터 9월 초순까지, 만석 자신이 누린 그 꿈만 같던 세월은 고작 해야 두 달이었다. 그동안 만석은 정말이지 세상이 다 자기 것인 줄 알었다. 노동자 농민을 해방시킨다고 했다. 부자나 지주들을 쳐 없애고 상것들이 모든 행세를 하는 것이라 했다. 만석은 생각하고 자시고 할 필요가 없었다. 그는 물 만난 고기였다. 만석이 제일 먼저 해치운 일이 정씨 문중의 사당을 불 지른 것이었다. 불길에 휩싸이는 사당을 바라보며 만석은 소리치고 있었다. "지금부텀 정씨 놈덜 씨를 말려 뿔 것이여. 좆 달린 것이라면 한 마리도 안 냉기고 싹 쓸어 뿔 것이라고."
>
> —「유형의 땅」, 272쪽

천만석은 종의 아들로 온갖 학대를 받으며 고난의 삶을 이어가다가 전쟁을 만나 인민위원회 부위원장이 되어 정참봉의 하인으로 살아오면서 받은 수모와 설움을 앙갚음하는 것이다. 천만석의 행동은 6·25전쟁 이전의 해방공간과 식민지 시대, 더 나아가서 조선 후기로까지 거슬러 올라갈 수 있는 신분사, 사회사, 경제사 속에서 쌓여온 압박과 피압박의 관계 속에서 야기된 원한이 복수극의 원인이었음을 제시하고 있는 것이라 하겠다.

그렇지만 천만석의 한풀이 과정은 개인적 욕망의 차원을 벗어나지 못한다. 그는 시퍼런 낫을 휘두르며 정씨 집안사람들의 곡식이라는 곡식은 모두 빼앗아 굶주리게 하고, 정씨 집안 남자들을 날마다 한 사람씩 처단한다. 그런 천만석의 행동에 그의 아버지조차 '즘생도 고러크름 야박허게 다루는 것이 아님디, 워째 사람을 그랄 수가 있드라냐'(273쪽)고 말한다. 천만석은 '평생을 있는 놈들의 발밑에 밟히고 사는 쌍놈 신세'의 비천한 신분으로 인한 '한'을 인민군이 가져다준 권력을 이용하여 풀고자 했던 것이다. 그러다가 아내가 분주 소장과 간통하는 현장을 목격하게 되자 그들을 모두 죽이고 마을에서 도망친다.

그러나 무고한 사람을 죽이고 가진 것 없이 고향을 떠난 그에게 편안하게 발붙이고 살 수 있는 곳은 없었다. 그는 노동판을 전전하면서 겨우 생계를 이어가는 신세가 된다. 그러다가 우연히 만난 순임이와 살림을 차려 아들을 낳기도 하지만, 순임이 전세 보증금까지 빼내어 도주하여 여섯 살 먹은 아들을 남의 손에 맡기고 죽음을 기다리는 비참한 삶을 살게 되는 것이다.

> 한평생 산다는 것이 무언가. 나는 지금 어디로 가고 있는가. 나는 왜 낯선 땅에서 이러고 있는가. 누구는 양반으로 태어나고 누구는 상것으로 태어나는가. 왜 이 세상에는 양반이고 상놈이고 하는 법이 생겨난 것일까. 다 똑같은 사람인데, 생김도 같고, 생각도 같고… 그런데 어디서부터 그런 차등이 생긴 것일까. 내가 잘못한 것이었을까. 상놈의 피를 타고났으면 상놈답게 살아야 하는 게 순리였을까. 내 피 속에는 정말 남다른 열이 섞여 있어서 그랬을까. 서너 달 사이에 사람들을 상하게 한 죄로 이 꼴이 된 것인가… 아니 이렇게 목숨이 붙어 있다는 것이 오히려 잘못된 것인지도 모른다. 아버지처럼 그렇게 상것으로 취급받으며 살고 싶지 않았다.
>
> —「유형의 땅」, 260쪽

인용문에서 보듯이 천만석은 아버지와 같이 정씨 집안의 하인으로 가난과 수모를 감수하면서 살지 않으려고 발버둥 쳐 보았지만, 그의 삶은 아버지의 삶보다 나아진 것이 없었다. 천만석은 평생을 소작농사꾼에서 떠돌이 막노동꾼으로 전전하며 겨우 연명하는 것이다. 그래서 그의 삶은 '유형의 땅'에 유배된 것이나 다름없다. 그렇다고 고향에 돌아갈 수 있는 처지도 못된다. 고향은 정씨 문중의 세도가 전쟁 이전과 다름없이 당당하여 그가 발붙일 수 없다. 만석이나 황씨 아들 같은 사람은 고향을 등질 수밖에 없다는 것을 보여주고 있다.

> "여그 와 알았는디, 죽골서부텀은 왼통 정씨 문중 판입디다요… 다리도 정씨 문중서 나서서 맨들었고, 얼매 안 있으면 중핵교 고등핵교도 맨든다고 허드만이라" "…" "허기사 국회의원이 나오는 판이니께 무신 일인덜 못 헐랍디요. 다른 성씨도 있긴 헌디 다 정씨네 그늘 덕에 사는 쪽박 신세들이지라우."
>
> —「유형의 땅」, 291쪽

인용문은 타관에서 온 주막 주인의 말을 통해 천만석이 떠나온 고향땅은 예전과 달라진 것이 없다는 것을 제시하고 있다. 「유형의 땅」은 분단 상황이 아직도 '유형의 땅'을 벗어나지 못하고 있다는 것을 의미하는 것이다.

그렇지만 천만석의 아버지는 "시상은 참아감서 살아야 허는 것이여 한은 험하게 풀먼 또 다른 한이 태이는 것이여. 안되야. 안되야. 지발 사람 상허게 말어"(254쪽)라고 말한다. 그의 말이 시사하는 바는 화해의 길을 모색하고 있는 것임을 알 수 있다. 천만석이 30년 동안 외면했던 고향을 찾을 수밖에 없었던 것도 어머니의 품 같은 고향에서 용서와 화해의 가능성을 모색한 것이라 하겠다.

『불놀이』(1982)는 「인간연습」, 「인간의 문」, 「인간의 계단」, 「인간의 탑」으로 이어지는 연작형 중편을 모아놓은 장편소설이다. 이 작품을 통해 분단의 고통과 그 극복이라는 문제를 참신하고도 인상적인 방법으로 조명하는 데 성공하였다고 평가받는다.94) 『불놀이』는 대립과 갈등의 응어리가 6・25전쟁을 발발시킨, 그래서 6・25전쟁이 끝난 지금도 상처와 아픔으로 민족의 가슴에 맺혀 있음을 강조하려 한다.

『불놀이』는 중심인물 배점수의 행위를 역으로 추적하는 방식으로 이야기가 전개된다. 「인간연습」은 배점수가 자신의 신분을 폭로하겠다는 전화를 받고, 숨겨둔 과거의 사실과 그 비극의 현장을 머리에 떠올리는 이야기이다. 「인간의 문」은 전화를 받은 배점수의 아들 배형민이 아버지의 고향마을에 내려가 고향 주민으로부터 아버지의 비밀과 6・25전쟁 당시의 참극을 전해 듣고 자신의 위치를 되돌아보는 이야기이다. 3부인 「인간의 계단」은 배점수에 의해 희생된 사람들과 신찬규의 어머니 이야기가 중심을 이루고 있으며, 「인간의 탑」에서는 배점수의 이율배반적인 삶과 그의 죽음을 그리고 있다.

배점수는 「유형의 땅」의 천만석처럼 신씨 집안 머슴의 아들로 태어나 갖은 수모와 멸시를 받으며 자라 원한이 쌓여 있는데, 6・25가 발생하자 인민위원장이 되어 38명이나 되는 신 씨 집안의 남자들을 끌어다 묻어버린다. 그때 찬규의 아버지 신병모도 변을 당했고 찬규의 어머니는 점수에게 능욕을 당한다. 점수의 한풀이는 또 다른 한을 낳고 찬규는 점수에게 다른 형태의 한풀이를 하는 것이다.

94) 이동하, 「분단상황의 탐구와 恨의 극복」 『우리시대 우리작가 16』, 동아출판사, 1987, 401쪽.

> 그 애들은 인절미를 배꼽이 튀어나오도록 먹지만 자기는 개떡 한번 푸지게 먹을 수는 없는 것도 으레 그러려니 했다. 숨바꼭질에서 술래노릇만 하는 것도, 말타기놀이에서 말 노릇만 하는 것도, 학교를 가는 대신 나뭇짐만 지는 것도, 다 당연한 것으로 생각했다. 상것이고 가난하기 때문에… 그러나 점수는 속마음까지 비실거리고 흐물거린 건 아니었다. 분한 일은 당하면 꼭 꿈에서 보복을 하곤 했다. 꿈에서는 언제나 자신이 당한 것 이상으로 그 애들을 두들기거나 짓밟았다. 그리고, 자기는 커서 어른이 되면 절대로 아버지처럼 살지 않겠다고 벼르고는 했다. 점수의 마음 속에서 아버지는 논 가운데 누더기를 걸치고 서 있는 허수아비로 밖에는 보이지 않았다.[95]

배점수의 이러한 유년기 체험은 '가진 자'로 말할 수 있는 신씨 집안과의 일차적 대립으로 표면화한다. 똥장군을 지고 가던 아버지가 신씨네 아이들이 파놓은 구덩이에 빠져 그 똥을 흠뻑 뒤집어써도 "요런 장난허먼 쓰간디?" 아버지는 고작 이렇게 말하며 비실비실 일어나는 것이었고, 차라리 신씨네 개이고 싶다고 생각할 만큼 배고픔은 심했다. 신씨네 아이들이 동생 순월이에게 못된 짓을 하는 것을 보고 두 애들을 번갈아 돌로 내리쳐 피범벅을 만든 일로 '점수는 광으로 끌려 들어갔고, 입에 재갈을 물린 다음 몽둥이로 뜸질을 당하기 시작했다.'(36쪽) 배점수의 이 같은 체험은 가슴에 원한으로 맺히게 된다. 그리하여 배점수는 인민군 치하에서 인민위원회 부위원장이 되어 신씨네 남자들을 매일이다 싶게 두세 명씩 삼봉산 중턱으로 끌고 가 처형하며 원한을 갚는다.

그러나 배점수의 세상은 불과 100일도 못 되어 끝난다. 국군이 마을에 들어오자 점수는 인민군을 따라 빨치산이 되었고, 배점수에게 변을 당한 마을 사람들은 점수의 아내를 끌어다가 당산나무 아래에서 때려죽인다.

95) 조정래, 『불놀이』 조정래문학전집 2권, 해냄, 1999, 33쪽. 이하 인용은 쪽수만 표시함.

그때의 충격으로 점수의 큰아들은 바보가 되었다. 배점수는 정신적 지주였던 방 선생이 죽자 빨치산을 탈출하여 경상도 쪽으로 가서 다시 대장일을 시작한다. 부산에서 그는 대장일로 성공하여 재혼하고 아예 이름까지 황복만으로 바꾼다. 집안의 내력도 혈통 있는 가문에다 독립투사, 반공 투사의 집안으로 조작한다. 전쟁이 끝나고 그의 사업은 더욱 번창하여 큰 공장을 거느린 회사를 경영하게 된다. 그는 배점수가 아니라 사업가 황복만 사장으로 변신한다.

그러던 어느 날 신병모의 아들 신찬규로부터 자신의 비밀을 알고 있다는 전화가 걸려온다. 신찬규는 어머니의 유언에 따라 아버지, 어머니 그리고 신씨 집안의 원수를 갚기 위해 10년을 월부책 장사를 하며 찾아다닌 끝에 배점수를 찾을 수 있었다. 어머니의 한은 찬규가 뱃속에 있을 때 배점수로부터 남편을 잃고 능욕당한 데 있다. 그는 태아 때 아버지를 잃고, 어머니가 강간당하는 수난을 겪으며 태어난 것이다. 황복만 사장은 자신의 아들일지도 모른다고 생각하는 찬규에 의해 죽음을 당하게 된다.

배점수는 「유형의 땅」의 천만석과 달리 경제적·사회적으로 성공한 사람이 되었지만, 비극적 죽음을 맞는 것은 유사하다. 이것은 삶의 모습이 어떻게 역전되더라도 해결방식이 변화하지 않으면 근본적으로 문제를 결코 극복할 수 없다는 것을 보여준다. 찬규는 형민과 마찬가지로 전쟁을 직접 겪지 않은 세대로 선대의 비극을 유산으로 떠맡은 세대다. 찬규는 감정적 차원의 복수가 아니라 이성적 차원에서 냉정하게 양심을 일깨워주는 방법을 선택하고 있다.

> 어머니의 평생을 괴롭혀 왔고 끝내는 저 세상에까지 이끌어간 한이라는 것. 그것은 도무지 무엇이었을까. 모양이 있을까. 형체가 있을까. 부피가 있

> 을까. 그것은 원한이 뭉쳐서 만들어지는 것일까….
> “고 징헌 놈이 말이여, 느그 아부지만 죽인 것이 아니고 느그 엄니 몸꺼정 더럽힌 놈이여.”
>
> —『불놀이』, 165-169쪽

어머니의 ‘한’은 남편을 잃고 능욕당한 채 평생을 살아야 했던 한풀이의 희생자로서의 한이다. 배점수가 맺히고 응어리진 한이 풀려나가는 환희를 맛볼 때, 다른 한편으로는 신 씨 일문의 핏속에 다시 광포한 원한이 일어나는 것이다. 29년의 세월이 흘렀음에도 불구하고 신씨 문중 사람들에게 ‘원한은 아직도 시퍼렇게 살아있는’ 것이다. 직접 체험 세대인 어머니는 상처를 극복하지 못하고 죽으면서도 아들에게 유언을 남김으로써 피의 원한은 끝나지 않는다. 찬규는 선대의 비극을 앙갚음하기 보다는 원한의 연결고리를 끊으려는 노력을 보이고 있다.

> 나는 당신 아버지를 용서하진 않지만 내 입장에서 미워하지도 않아요. 왜냐하면 당신 아버지가 처했던 입장을 이해하기 때문이요. 이 말은 우리 신씨 문중이 저지른 횡포가 잘못되었음을 시인하는 것이요. 그러나 당신 아버지가 자행한 행위는 분명 옳지 않았고 용서될 수 없는 일이오. 당신 아버지의 논법대로 한다면 어마어마한 재산을 가진 당신 아버지는 이제 누구의 손에 찔려 죽어야 되는지 알겠지요? 바로 나처럼 가난한 사람들의 손이오. 이 얼마나 유치한 논법이오.
>
> —『불놀이』, 300쪽

선대로부터 물려받은 전쟁의 상처를 당대처럼 감정적으로 처리할 것이 아니라, 이성적으로 처리해야 한다는 것을 보여주고 있다. 이러한 모습은 사과할 것은 사과하고 용서받아야 할 것은 용서받아야 모순의 역사를 극복할 수 있음을 제시하고 있다.

③ 이산가족의 고통

6·25전쟁은 300여만 명의 사상자와 1,000만이 넘는 이산가족을 만들었다. 남북으로 흩어진 이산가족은 분단된 지 60년이 지난 현재에도 생사의 확인조차 제대로 하지 못하고 있다. 집권자들의 정치적 야욕에 의한 전쟁에 끌려간 힘없는 민중들이 목숨을 잃고, 남북으로 흩어져 생사의 확인조차 못하는 고통을 당하고 있는 것이다. 「그림자 접목」(1982), 「메아리 메아리」(1984) 등에서는 6·25전쟁 중 끌려간 아들, 남편의 생사조차 확인하지 못한 채 기다림과 회한의 세월을 보내야 하는 이들의 모습이 그려진다.

「그림자 접목」[96]은 낙동강 전투가 치열했던 무렵 군대에 끌려가 돌아오지 않은 아들을 기다리는 선돌영감과, 자식 하나 없이 10개월 부부로 살다 끌려간 남편을 기다리는 아내를 통해, 전쟁으로 인한 이산가족의 상처를 고스란히 보여준다. 아들을 포기할 수 없어 다른 사람인 줄 뻔히 알면서도, 신문에서 본 사진의 주인을 찾아가 아들의 모습을 떠올려보는 노인의 모습은 이산의 한, 그 자체이다.

준구는 어느 날 '급한 용건'으로 자신을 찾는 사람에게서 전화 한 통을 받는다. 전화로 처음 만나는 상대방은 대뜸 '찾아뵙겠다'는 말을 남기고 급하게 전화를 끊는다. 회사로 찾아온 사내에게서 준구는 '사내의 할아버지가 한국전쟁 때 큰아버지를 생이별했다는 것과 할아버지가 그때부터 지금까지 줄곧 큰아버지가 살아 돌아올 것을 믿고 기다렸다'(14쪽)는 사실

96) 조정래, 「그림자 접목」, 『그림자 접목』 조정래문학전집 8권, 해냄, 1999. 이하 인용은 쪽수만 표시함.

을 듣게 된다. 그는 우연히 신문에서 자신의 사진을 보자마자 틀림없이 큰아들이라고 확신했다는 노인의 이야기를 듣고 쉽사리 뿌리치지 못한다. 그 노인이 '그냥 닮았을 뿐이니 그만두라'는 아들을 향해 불효자식이라고 고함을 지르고, 그래도 아들이 여비를 마련하지 않자 '차라리 죽겠다고 문을 걸어 잠그고 이틀을 꼬박 굶었다'(15쪽)는 말을 들었기 때문이다. 그는 그 할아버지의 집념이 알 수 없는 힘으로 가슴을 압박해 오는 것을 느끼고 할아버지를 만나는 것을 허락한다.

> "그래, 댁이 보기엔 내가 좀 닮기는 했나요?"
> "아 네, 큰아버지 얼굴은 사진으로 본 것뿐이지만, 많이 닮으셨군요."
> 사내의 억지웃음은 비굴에 가까웠다. 준구는 그 웃음을 차마 바로 볼 수 없어 시선을 옮겼다. 그 웃음은 젊은 나이에 전혀 어울리는 것이 아니었고, 더구나 생면부지의 사람 앞에서 지을 필요가 없는 웃음이었다. 그런데 30여 년 전에 있었던 전쟁은 한 젊은이에게 그런 웃음을 강요하고 있었다. 젊은이의 얼굴에 그려진 웃음은 30여 년 전에 치른 아픔의 잔영이었다. 그때의 상처는 유전인자도 없이 유전되는 새로운 병이었다.
>
> —「그림자 접목」, 15-16쪽

이산의 문제는 '유전 인자도 없이 유전되는 새로운 병'이라고 하는 것에서 알 수 있듯이, 준구는 무서운 집념으로 자신을 압박해 오던 할아버지를 만나 동물원의 동물과도 같은 모습이 되는 것도 감내한다.

할아버지는 준구를 보자마자 "치이, 칠성아…"라고 부르는데, 방금이라도 전쟁에서 살아 돌아온 듯한 큰아들을 맞는 것 같다. 준구의 눈에 노인은 이제야 활력을 되찾은 모습으로 비친다. 자신을 위로하는 준구에게 노인은 자신의 아들 칠성이임을 확신한다. 그는 눈물로 번져 있는 노인을 보면서 자신의 이모를 떠올린다. 이모 역시 전쟁에서 돌아올 줄 모르는 아들을 평생 동안 기다리면서 눈물로 보냈다. 전사 통지서를 받지 못한 이모는 아들이 꼭 살아 있다고 믿고 있었고, 그런 이모에게 국립묘지에 무명용사의 묘가 있다는 사실을 알려 아들을 기다리는 일을 단념시킨다는 것은 완전히 불가능했다. 반드시 살아 돌아온다고 믿었던 이모나 생판 모르는 남을 찾아와 아들임을 확신하는 노인의 모습은 많이 닮아 있다.

> "할배요. 와 이라능교. 아무리 난리 북새통이라꼬 해도 어찌 다 큰 남자가 성도 갈고 이름도 갈고 남의 집 자석이 되겠능기요." 사내의 말을 듣고서야 노인이 무슨 말을 하려 했는지 준구는 알 수 있었다. 가슴이 찌잉 아프게 울었다. 그런 노인의 소망은 이미 현실을 떠난 영혼의 한 줄기 갈구였다. 쌍둥이가 아닌 바에야 닮았으면 얼마나 닮았을까. 그저 엇비슷한 얼굴을 보고도 자기 아들이라고 믿고 싶어 하는 노인의 긴 기다림이 안쓰럽고 아플 뿐이었다.
>
> —「그림자 접목」, 21쪽

헤어진 가족에 대한 노인의 그리움은 여기에 그치지 않는다. 준구는 할아버지의 아들이 열아홉 살 되던 해에 생이별하셨다고 하면서 올해로 마흔둘이라는 사실을 인지시킨다. 그리고 이어서 자신은 난리가 나기 전부터 부모와 함께 살아왔고, 지금도 부모가 살아 계신다고 설명한다. 그런데도 노인은 '아들 칠성이가 배꼽 밑에 요만한 점이 있다.'며 준구가 자신의 아들임을 끝까지 확인하고 싶어 한다. 그러나 '이렇게 있는 것만으로도 살 것 같다'는 노인의 말에서, 배꼽 밑에 점이 있는 아들은 그에게 삶의 이유이자 원천임을 알 수 있다.

생판 모르는 남을 자신의 아들로 여기는 선돌영감과, 그리고 이들에게 그들의 '칠성'이로 대우받는 준구라는 인물 모두 이산가족의 아픔을 집약해서 보여주는 인물들이다.

선돌영감을 배웅하면서 이모를 생각하는 준구는 자신이 오륙 년 빨리 태어나서 이 노인의 아들이 당한 것 같은 변을 당했더라면 자신의 아버지도 이 노인처럼 허공을 밟는 세월을 살았을지 모른다고 생각한다. 이를 통해 '준구'로 상징되는 어느 누구든지 한국전쟁과 이산가족의 고통에서 자유로울 수 없다는 사실을 보여준다.

한편, 노인과 준구의 만남을 바라보는 젊은 세대들의 시각도 드러난다. 준구의 사무실 직원들이 바로 그 주인공들이다. 6·25전쟁을 직접 겪지 않은 직원들에게 선돌영감과 준구의 만남은 단순한 화젯거리에 불과할 뿐 그 이상도 그 이하도 아니다. 오히려 이들은 '영감님 애정이 맹목적이고 원시적'이며, '열 달 정도 산 걸 가지고 평생을 건 여자 쪽이 더 심하며, 그건 사랑이 아니라 윤리의 속박 속에 자기 본심을 감춘 노예 생활'(32쪽)이라고 비난한다. 이들의 태도를 작가는 '미스 강'이라는 인물을 통해 비판하고 있다.

그녀는 선돌영감과 며느리의 아픔을 제대로 이해하지 못하면서 마음대로 이야기하는 동료 직원들을 향해, 자신이 겪지 않았다고 아무렇게나 비판할 수 있는 권리는 없다고 꼬집는다. 또 이들의 만남을 두고 신문사 친구는 전화를 주지 않은 준구에게 '6·25 특집감 하나를 깨끗이 놓쳤다'라며 타박한다. 동료 직원들과 신문사 친구의 모습에서 이산의 아픔이나 역사의 비극은 전혀 느껴지지 않는다.

조정래는 이산가족의 아픔을 형상화해 분단시대의 고통을 드러내는 데 그치지 않고, 이산 문제를 바라보는 후세대의 무관심하고 안일한 모습을 비판하는 데까지 나아가고 있다.

이산가족이 겪는 아픔은 「메아리 메아리」에서도 계속되어 드러난다.

이 소설은 형의 귀환을 무조건 믿는 조카와 형수님을 지켜보는 작은아버지인 '나'의 시각에서 서술하고 있다. 결혼을 앞두고 있는 조카딸 인희는 어느 날 아버지를 대신해 작은아버지인 '나'에게 결혼식 입장을 부탁한다. '아버지가 아직 안 돌아왔기 때문에' 결혼식 입장을 부탁한다고 말하는 인희에게서 '나'는 놀라움을 금치 못한다. 인희가 마치 제 아버지가 어느 외국에라도 나가서 시일에 맞춰 돌아올 수 없기라도 한 것처럼 말하기 때문이다. 또 조카딸이 29년 동안 얼굴 한번 본 적이 없는 아버지를 두고 그렇게 말하는 데 놀라지 않을 수 없었던 것이다. 서술자는 인희의 모습을 보면서 남편의 생존을 확신하는 형수의 신념이 그대로 딸에게까지 전이된 것이라고 생각한다. 그리고 이러한 형을 기다리던 아버지를 회상하기에 이른다. 아버지는 형을 기다리다 끝내 돌아가셨다. 지금도 그렇겠지만 아버지 생전에 집안에서 금기사항이 형의 생존에 대해 회의적이거나 부정적인 말을 해서는 안 된다는 것이었다. 「그림자 접목」에서 아들을 기다리는 이모에게 '무명용사의 탑'이 있다는 사실을 환기시켜 아들 기다리는 일을 단념시킨다는 것이 불가능했던 것처럼 인희네 집에서도 사정은 다르지 않다.

나하고 아홉 살 터울인 형은 판검사가 되기 위해 일본으로 공부를 떠났고 포목점을 크게 해 생활이 풍족한 부모님은 형의 든든한 지원자였다. 형이 독립운동에 가담했다가 체포되면서 아버지는 형 때문에 경찰서에 끌려 다녔다. 감옥에서 풀려난 형은 경찰의 압력으로 학도병으로 자원했고, 해방이 된 해 10월에 성한 몸으로 무사하게 돌아온다. 이후 공산주의 운동을 한 형은 문제적인 발언으로 보안서에 잡혀 들어가 또다시 감옥살이를 하게 되고, 이북에서는 살기 힘든 것을 직감한 아버지가 가족들과 함께 남쪽으로 내려오게 된다. 형은 6·25전쟁 와중에 자신의 목숨을 두

번이나 구해준 여자를 집으로 데려왔고, 난리 중에 서둘러 결혼식을 올렸다. 전쟁은 계속 중이었고, 징집영장을 받은 형은 결혼 생활 4개월 만에 전쟁터로 떠나 아직까지 돌아오지 않는 몸이 되었다. 돌아오지 않은 아들을 기다리던 아버지는 죽음 앞에서마저 아들에 대한 그리움을 그대로 드러낸다.

> "사앙서어바아…."
> 아버지는 분명 내 손을 잡았으면서도 희미한 바람결처럼 형의 이름을 부르고는 눈을 감았다. 아버지가 항시 몸에 지니고 다녔던 때에 전 가죽 지갑 속에서는 몇 푼의 돈과 사진 한 장이 나왔다. 그건 누렇게 변색이 된, 사각모를 쓴 형의 모습이었다.[97]

결국 '나'는 조카딸이 놓고 간 청첩장에서 '朴商燮氏 長女 仁姬孃'이라는 구절을 통해, 형이 살아 있음을 느낀다. 그러면서 동시에 돌아가신 아버지가 "사앙서어바아…"라고 부르시면, "네에에 아버지이…"라고 답하는 형의 목소리가 메아리쳐 오는 소리를 듣는다. 이 소설을 통해 작가는 이미 돌아가신 아버지가 형의 이름을 부르는 소리가 메아리쳐 오는 것을 듣는 것처럼 이산가족의 아픔과 한이 아직도 끝나지 않았음을 말해주고 있다.

이처럼 「그림자 접목」, 「메아리 메아리」 등은 이산의 아픔을 겪고 있는 인물들의 모습을 통해 민족 분단이 가져다준 비극과 고통이 얼마나 크고 가혹한 것인지를 보여주고 있다. 평생 헤어진 가족을 찾아 헤매거나, 전쟁에서 돌아오지 않은 자식을 기다리며 생을 마감한 인물들의 이야기는 이산의 아픔과 한을 상징한다.

97) 조정래, 「메아리 메아리」, 『그림자 접목』 조정래문학전집 8권, 해냄, 1999, 165-166쪽.

3) 민중들의 고난과 각성

『태백산맥』은 앞에서 본 작품들과 같이 '민중의 한'을 형상화하고 있지만, 개인들의 고난상을 부각하는 데 중점을 두기보다는 민중들이 당해야 하는 고난의 원인을 깨닫고 그것을 타파하기 위한 노력에 중점을 두고 있다. 지주를 비롯한 가진 자들에게 착취당하고 억눌려 사는 것을 숙명으로 알고 있던 민중들이, 자신들이 당하는 고난이 사회 구조의 잘못에 기인한다는 것을 깨닫고, 그것을 타파하기 위해 적극적으로 노력하고 행동하는 것이다. 작가도 이러한 점들을 잘 드러내어 굴절된 민족의 역사를 바로잡고 민중이 역사의 주인임을 제시하고자 했다고 말한 바 있다.

> 나는 1971년에 연좌제의 비인간적 잔인성을 다룬 「어떤 전설」을 썼고, 기층민들의 역사참여 정당성과 필연성을 입증하기 위해 「유형의 땅」과 『불놀이』를 썼다. 그러나 그 작품들은 앞에서 지적한 이유들로 나 자신을 만족시키지 못했다. 나는 총체적인 사회구조 속에서 그들 기층민이 왜 역사의 격랑과 함께 불길로 일어나게 되며, 그들의 행위가 왜 역사적으로 정당하며, 어째서 그들을 역사의 중핵이며 힘이라고 부르게 되는지를 꼭 입증해 보이고자 했다.[98]

이러한 작가의식을 바탕으로 하고 있는 『태백산맥』은 민중들의 고난과 그것을 타파하기 위한 노력을 형상화하고 있다. 그것이 어떻게 형상화하고 있는가를 살펴봄으로써 『태백산맥』의 특징을 알아보고자 한다.

① 사회 구조의 모순과 민중들의 고난

『태백산맥』에서 민중들이 고난을 당하는 이유는 크게 세 가지이다. 정

98) 조정래, 「『태백산맥』창작보고서」, 『작가세계』 26호, 1995년 가을, 59쪽.

현동과 서운상을 비롯한 지주들의 탐욕과 착취, 벌교 경찰서장 김인태와 계엄사령과 백남식 등 권력자들의 억압과 횡포, 청년단장 염상구와 마름 허출세 등 금권의 하수인들이 자행하는 만행과 폭력 등이다.

(가) 지주들의 탐욕과 착취

앞에서 언급한 것처럼 토지의 소유와 분배 문제로 야기되는 갈등은 한국 근대사 굴곡의 핵심이었다. 토지는 민중들에게는 생존의 보루이지만, 지배층에게는 기득권을 유지하는 수단이었다. 그렇기 때문에 동학혁명에서부터 6·25전쟁에 이르기까지 한국 근대사에서 질곡의 중심에는 토지의 소유와 분배 문제가 놓여 있었다. 『태백산맥』에서도 토지문제가 갈등의 중요한 요인이 되고 있다. 토지를 기득권 유지와 출세 수단으로 여기는 지주들과, 토지를 생존의 보루로 여기고 소작권을 지키려는 소작인들의 생존을 위한 몸부림이 갈등과 대립 구도를 이루고 있다.

『태백산맥』에서 소작인들을 착취하는 악덕지주들로는 양조장 사장 정현동과 고흥 지주 서운상을 비롯해, 제재소 사장 최익달, 남초등학교 사친회장 윤삼걸, 금융조합장 유주상, 그리고 낙안벌의 최대지주이자 국회의원인 최익승 등이다. 이들 중 정현동과 서운상은 반민중적 행위로 소작인들에 의해 죽임을 당하거나 상해를 입고 의식불명이 된다.

정현동은 대대로 물려받은 재산과 일본의 패망으로 일본인이 경영하던 양조장을 신속하게 차지하여 벌교읍 내에서 몇 안 되는 부자 중 한 사람이다. 그는 염상진부대가 읍의 악덕 지주들을 처형할 때, 좌익활동을 하는 아들 정하섭 덕분에 살아나 용공혐의로 고초를 겪는다. 양조장의 반을 국회의원 최익승에게 빼앗기고, 토벌대의 후원회장직을 억지로 떠맡게 된다. 빨치산 활동을 군경이 제대로 방어하지 못하는 상황에서 토벌대 후원회장직은 빨치산의 표적이 되는 것이어서 지주들이 서로 맡기를 꺼려하는 것이었다. 그러한 속내를 잘 알고 있는 정현동은 재산을 처분하여 광주로 이사 갈 궁리를 한다. 언제 또 닥칠지 모를 신변의 위험과 재산의 손실을 피해 벌교를 떠나려는 것이다. 그가 재산을 처분하고 벌교를 떠나려는 데는 어떻게 될지 모르는 농지개혁도 중요한 요인으로 작용한다. 해방 이후 줄곧 거론된 농지개혁은 땅을 많이 가진 지주들은 불리하고 소작인들은 이익을 볼 것이라는 소문에 땅을 처분하려고 하는 것이다. 그리하여 은밀히 재산을 처분하기 위해 고흥의 부자 서운상과 흥정하여 계약을 하고 이사할 준비를 하게 된다. 이러한 사실을 안 소작인들이 소작권을 주장하며 이사를 못하게 방해함으로써 정현동과 소작인들 사이에 갈등이 야기된다.

정현동의 땅을 소작하는 소작인들이 농지개혁이 되면 경작하던 농지를 우선적으로 분배받게 된다는 것을 알고 소작을 계속할 수 있도록 해주거나, 판 땅을 되살 수 있게 해달라고 정현동에게 요구한다. 그러나 정현동은 '시건방진 놈, 내 땅 내가 처분하면서 네놈들 도장이라도 받아 허락을 맡을까'하고 소작인들을 자극하는 말을 서슴지 않는다. 분노한 소작인들은 '니기미 씨펄, 죽기 아니면 살기다. 분하고 원통혀서 인자 더는 못 참겄다'며 정현동의 집 마루와 방에 벽돌을 던지며 울분을 토하지만, 순찰 중인 계엄군에게 제지당한다. 소작인들의 울분은 계엄군에게 제지당하여 일시적으로 중단되나 정현동의 반민중적 사고와 행위로 소작인들과의 갈등의 골은 깊어진다. 정현동의 반민중적 사고는 다음과 같은 발언에서 잘 드러난다.

"지주가 소작을 주면 농사짓는 거고, 소작을 거두면 그만인 것이지, 소작인한테 소작을 지을 권리라니, 그런 가당찮은 권리가 이 세상에 어디 있단 말이오."[99]

계엄사령관 심재모가 사건의 경위를 조사할 때 기존 소작인들이 농지 취득의 우선권이 있다는 말에 정현동이 반박하는 것이다. 이와 같이 정현동은 소작인으로 대표되는 민중들의 처지를 전혀 고려하지 않는다. 정현동의 반민중적인 태도는 농지개혁의 몰수 대상 제외 농지에 '미간척 및 미개간지'가 포함되어 있는 것을 발견하고, 중도방죽의 수문 언저리에 있는 6만 평의 논을 싸게 사들여 바닷물을 끌어들여 염전으로 만들려고 하는 것에서 극에 달한다. 정현동은 중도방죽의 수문 옆 땅을 염전으로 만들어 농지개혁의 대상에서 제외시켰다가 농지개혁이 끝나면 다시 논으로 만들려는 계획으로 농지를 매입하여 염전으로 만드는 일을 한다.

그런데 그 논에는 사십 가구 200여 명의 생계가 달려 있다. 소작인들의 생계가 달려 있는 땅이지만 정현동은 그런 사정은 아랑곳없이 자기의 잇속 챙기기에만 급급한 것이다. 소작인들은 부쳐 먹던 땅의 주인이 바뀌고 농사를 짓는 논에 짠물을 끌어들인 것에 놀라, '여그 논에 딸린 목숨이 수백인디요, 그 목숨덜 불쌍허니 생각허셔서 생각을 고쳐주시제라'(6권, 38쪽)며 간청한다. 대대로 농사지으며 생계를 이어온 농민들에게 농지는 삶의 근거인 것이다. 그러나 정현동은 '딸린 목숨이 수백이든 수천이든 나가 알 바 아니여, 성가시럽게 허덜 말고 썩 비켜나라니께'(6권, 38쪽) 하며 소작인의 어깨를 떠밀며 묵살해버린다. 정현동에게 떠밀린 소작인이 중심을 잡지 못하고 바닷물이 차오르는 논에 나둥그러지자, 그것을 옆에서 지켜보던 한 소작인이 '야이 씨부랄눔아, 니만 사람이냐아'며 낫으로

99) 조정래, 『태백산맥』 3권(제3판), 해냄, 2001, 137쪽. 이하 인용은 권수와 쪽수만 표시함.

정현동을 살해한다.

소작인들에게 정현동이 살해되는 장면은 지주들의 반민중적인 태도를 극명하게 제시한 것으로, 서운상·최익승·윤삼걸·유주상 등도 다르지 않다. 최익승은 일제 하에서는 일본인을 앞세워 땅을 매집하여 낙안벌의 최대 지주되었고, 해방 후에는 쌀의 매점매석으로 치부하여 그것을 기반으로 국회의원이 되어 선량한 사람을 탄압하고 개인적 치부를 위해 골몰하는 인물이다. 그리고 유주상 등의 벌교 유지들은 '여러 말 헐것읎이 쥔어런 잘못 모시는 종눔은 삭신이 녹아내리게 매질당허고 내쫓기는 것이 법칙이다 그것이여'(5권, 80쪽)라 하며, 소작인들을 아예 종으로 여기고 있다. 이렇게 소작인들의 처지는 아랑곳없이 자신의 이익만을 꾀하는 악덕 지주들로 인해 농민들은 해방된 것이 조금도 반갑지 않고 오히려 더 힘들고 답답할 뿐이다.

> 일정 때야 일정 땐께 전덥도 뺏기고, 소작도 띠이고 혔다 허드라도 해방이 되어 우리찌리 사는 시상이 되얐는디도 일정때나 똑겉은 일이 벌어지니 요것이 무신 사람사는 시상인지 몰르겄다. 그나저나 일정때는 전답 뺏기고 소작 띠이고 허먼 만주땅이나 간도땅으로라도 갈 디가 있었는디, 인자는 그도저도 아닌 판에 워쩌크름 살어야 헐랑고 참말로 막막허고 깝깝한 시상이시.
>
> —4권, 50쪽

인용문에서 보듯 해방이 되면 살기가 나을 것이라고 생각했던 소작인들이, 지주들의 횡포로 일제 식민지 시대와 다를 바 없는 상황에 처하여 생존의 방도를 찾지 못하고 답답해하는 것이다. 그리하여 생존의 위협에 직면한 소작인들은 본능적 저항으로 폭력을 행사하게 되고, 폭력을 행사한 결과로 빨치산에 가담할 수밖에 없는 상황이 된다. 지주들의 탐욕이 소작인들을 빨치산에 투항하게 몰아가는 것이다. 그것은 강동기, 마삼수 등 소작인들이 빨치산의 일원이 되는 과정에 잘 제시되어 있듯이, 소작인들이 생존을 위협하는 지주들의 횡포에 대항하게 되고, 나아가 사회의 구조적 모순과 그 부당성을 타파하기 위해 투쟁하게 되는 것이다.

강동기를 비롯한 소작인들이 정현동의 땅을 사들인 서운상을 찾아가 소작이라도 부치게 해달라며 애원하지만, 서운상은 소작인의 요청을 거부할 뿐만 아니라, '벌거지 같은 것들 죽으나 사나 나 알 일 아니다'(4권, 248쪽)라고 한다. 서운상의 말에 격분한 강동기가 그를 삽으로 찍어버리고 도주하여 빨치산의 일원이 된다. 강동기나 마삼수 같은 소작인들이 생존을 위한 본능적 저항에서 사회의 구조적 모순에 항거하는 빨치산으로 활동하게 되는 것은, 악덕 지주들과 소작인들의 갈등이 분단의 원인인 이념대립으로 발전했다는 것을 보여주고 있다. 분단의 원인을 이념의 대립이 아닌 민족 내부의 모순 구조 속에서 찾고 있는 것은 주목할 만하다.

앞에서 부분적으로 언급한 바와 같이, 강동기·마삼수·김복동 등 소작인들이 지주 서운상을 폭행하고 빨치산이 된 것은, 그들의 절박한 삶의 여건이 그렇게 만든 것이지 사회주의 이념에 경도되어 자발적으로 선택한 것이 아니었다. 가난한 소작인들이 대대로 물려받은 가난을 탈피할 수 없는 구조적 모순과 억눌린 삶의 질곡에서 벗어나기 위한 몸부림이었다. 이것은 빨치산에 대한 인식의 폭을 확대하는 것이며, 그들을 역사발전의 긍정적 인물로 제시할 수 있는 근거가 되는 것이기도 하다.

(나) 권력층의 억압과 횡포

악덕 지주들과 함께 소작인을 비롯한 민중들을 고난에 빠뜨리는 또 다른 사람들은 벌교 경찰서장 남인태와 계엄사령관 백남식 등 이른바 권력층이다. 이들은 일제 치하에서 친일 앞잡이로 활약한 경력 때문에 해방이 되자 전전긍긍하다가, 미군정과 이승만 정권의 전직경찰관재등용 정책으로 경찰관이나 군인으로 복귀하여 민중들을 억압하고 개인적인 이익 추구에 골몰한다. 이들은 과거 행적에 대해 아무런 사죄나 반성 없이 일제시대에서 자행했던 횡포를 되풀이할 뿐 아니라, 비인간적인 행위도 서슴지 않는다.

벌교 경찰서장 남인태는 친일이 가난으로부터 벗어나고 출세의 길이라는 것을 간파한 아버지의 강요로 아홉 살 때 주재소 소사가 되어 일본인이 되기 위해 일본말과 일본글을 배운다. 그는 아버지에게 회초리를 맞아가며 일본말과 글을 익히고, 독학으로 검정고시에 합격하고, 아버지의 열망대로 일본 순사가 된다. 일본 순사가 되어 권력의 맛을 만끽하고, 권력이 배양하는 부의 맛을 즐기다가 별안간 해방을 맞게 되어 안절부절못하고 노심초사하다가 치안대를 피하여 도주한다. 그런데 미군정의 전직경찰관재등용정책으로 경찰에 재임용된다. 그리하여 남인태를 비롯한 일제하의 경찰들이 다시 경찰이 되어 일신의 안전과 출세만을 도모하는 반역사적인 작태가 만연하게 된다. 남인태는 일제 때와 다름없이 양민을 억압착취하고, 출세를 도모하는 데 골몰한다. 김사용의 기를 꺾고 돈을 착복하기 위해 국회의원 최익승과 함께 김범우를 구속하고, 빨치산의 활동이 극심한 부임지 광양에서 벗어나 안전한 곳으로 전출하기 위하여 상급 권력자에게 뇌물을 바치는 등 개인적 이익을 위해 수단과 방법을 가리지 않고 행동한다. 일제시대에 경찰로 반민족적 행위를 일삼던 인물이 해방된 조국에서도 일제시대와 다름없는 행동을 할 수 있는 것은 역사의 아이러니라 하겠다. 청산되어야 할 역사적 과오를 청산하지 못하여 역사의 악순환이 반복되는 것이다. 그러한 양상은 군대에서도 똑같이 나타난다.

계엄사령관 백남식은 일본 육사를 졸업하여 관동군 장교로 독립군 사냥에 종사했던 인물이다. 그는 중학교 때부터 도 대표급 기계체조 선수여서 체격이 단단하고 용모가 일본인을 닮아 '천상 일급 황국신민'이라고 뽐내며 방자한 생활을 하였고, 아버지가 장사로 돈을 많이 모았으나 장사하기를 싫어하였는데, 일본 육사에 입학하여 졸업하고 관동군 장교로 독립군 사냥에 종사했다. 광복 직후에는 일제시대의 행적 때문에 전전긍긍하였으나, 미군정과 이승만 정권 덕에 다시 등용되어 벌교지구 계엄사령관이 되었다. 그는 계엄사령관으로 직무를 충실히 수행하기보다는 친일지주들과 결탁하여 민중들을 핍박하고 개인적인 이익과 탐욕을 추구하는 데 골몰한다. 부자인 송 과부 집에 하숙을 정하여 송 과부와 정을 통하고, 이어 그녀의 둘째 딸을 겁탈하여 결혼하고는 재산의 1/4을 챙기는 파렴치한 행동을 서슴지 않는다.

이러한 인물들의 파렴치한 모습은 염상진 등 민중들의 고난을 타파하기 위해 노력하는 인물들과 상반적이다. 『태백산맥』의 주요 인물 중 한 사람으로 좌익세력을 대표하는 인물 염상진은 일제에 의해 안정된 생활을 보장받을 수 있는 교사직을 포기하고 민중들이 겪는 고난을 타파하기 위해 노력한다. 염상진은 '선생이 되어 일본 정신을 가르치는 것은 친일과 매국'(1권, 129쪽)이라며 선생이 되는 것을 포기하고 농민들의 의식을 일깨우는 일을 하기로 작정하고 농사를 짓고, 소작인들의 권익을 위해 소작쟁의를 주도하다가 감옥살이를 하고, 해방이 되자 본격적으로 사회주의 혁명을 위한 투쟁을 전개한다. 친일 앞잡이가 될 수 없다는 민족의식에서 민중들의 고난을 타파하기 위해 노력하는 염상진의 행동은 친일 군경으로 개인적 이익과 영달을 추구하던 백남식·남인태 등의 행위와 대비되어, 이들의 파렴치한 반역사적인 행위가 더 드러나는 것이다. 곧, 개인적 이익과 탐욕을 위해 파렴치한 행동도 서슴지 않은 친일 군경들을 비도덕적인 인물로 부각하여 청산되어야 할 반역사적 인물임을 강조하고 있는 것이다.[100]

(다) 금권의 하수인들과 반윤리적 만행

『태백산맥』에서 반윤리적 행위를 일삼는 인물로는 청년단장 염상구, 마름 허출세, 오동평 등이 있다. 이들은 권력자나 지주들의 하수인으로 일반 민중이나 소작인들을 핍박하며 개인적 이익과 탐욕을 취한다. 역사 발전의 주동적인 인물들과 반대편에서 개인적 이익을 추구한다는 점에서는 악덕 지주계층이나 친일 군경들과 다를 바 없으나, 권력이나 재력의 하수인으로 민중들과 소작인들을 직접 착취하고 억압하는 반윤리적인 행위를 자행한다는 점에서 한 유형을 이룬다.

청년단장 염상구는 반윤리적인 행위를 일삼는 대표적 인물이다. 『태백산맥』에서 인물의 형상화에 성공한 인물로 염상구를 들기도 하는데,[101] 그것은 외형적 특징과 심리적 상태 등이 비교적 생동감 있게 묘사되어 성격화에 성공했기 때문이다. 염상구의 성격 형성에는 어린 시절 공부 잘하는 형 염상진에게 받은 피해의식이 크게 작용하고 있다. 숯장사인 아버지는 공부 잘하는 형 염상진만 편애하여 염상구로 하여금 어린 시절부터 형에게 시기와 분노의 감정을 지니게 했다. 그러다가 상급학교를 갈 수 없게 되자 역전과 차부를 얼쩡거리며 왈패들과 어울리며 완전히 빗나가게 되었고, 형에 대한 증오심이 극에 달하여 죽이려고까지 했다. '소학교

100) 조구호, 앞의 논문, 398쪽.
101) 권영민, 앞의 책, 151쪽.

를 끝으로 상급학교에 갈 수 없게 되었을 때 형에 대한 증오는 극에 달했다. 그때 처음으로 아버지와 형을 함께 죽일 작정을 했었다'(1권, 190쪽). 형에 대한 아버지의 편애가 염상구로 하여금 주먹패가 되게 하였고, 형에게 증오심과 적대감을 가지게 한 것이다. 염상구의 이러한 개인적 증오심과 적개심은 해방 이후에는 형제간의 갈등을 넘어 분단으로 인한 민족적인 문제와 결부된다.

주먹패가 된 염상구는 선창에서 칼부림을 해 일본인 선원을 찔러 죽이고 도망갔다가, 해방이 되자 돌아와서는 주먹패 대장이 되어 독립투사로 행세를 하며 권력의 단맛을 알고는, 치안권을 지닌 자들의 언저리를 맴돌다가 대동청년단이 결성되자 감찰부장이 된다. 감찰부장으로 최익승의 국회의원 선거에 부하들과 활약한 덕으로 청년단장이 되어 권력의 하수인 역을 충실히 하면서, 형 염상진이 이끄는 빨치산을 척결하는 데 앞장을 선다. 염상구의 개인적 증오심으로 야기된 형에 대한 적개심이 권력에 빌붙어 좌익척결이라는 그럴듯한 명분을 얻게 되는 뒤틀린 상황이 전개되는 것이다. 그렇지만 그가 빨치산 척결에 앞장서는 것은 단지 형에 대한 복수심과 공을 세워 자신의 권한을 키우겠다는 욕심에서다.

> 염상구로서는 공산당이나 사회주의라는 것이 무엇인지 알아볼 필요를 아예 느끼지 않았다. 그건 적이었다. 경찰에서 그렇게 단정했으니까 적이었고, 형이 가담해 있으니까 더욱 적이었다. (…중략…) 공산당을 잡아내는 일은 한마디로 형에게 사무친 복수를 할 수 있어 좋고, 공을 세워 권한을 키워갈 수 있어 좋고, 그야말로 일거양득이라 신명이 나지 않을 수 없었다.
>
> —1권, 191쪽

염상구는 공산주의나 이데올로기에 대해서는 아예 관심조차 없고, 권력의 하수인으로 권력이 지시하는 바를 철저하게 추종할 뿐이지만, 좌익 척결이라는 현실적인 명분을 얻게 되는 데서 남북 분단의 왜곡된 실상의 단면이 제시되고 있다. 반공이라는 명분 아래 폭력과 만행이 용인되는 시대적 상황을 엿보게 한다. 민족 내부의 갈등과 함께 외부적 요인이 강하게 작용한 남북 분단의 근원에 대한 이성적 접근이 차단되고 왜곡되는 데는 염상구와 같은 인물이 크게 작용했을 것이다. 염상구와 같이 분단의 근원적 문제와 이념의 실상에 대한 아무런 고민 없이 개인적 차원의 감정으로 대응하는 것은 분단으로 야기되는 비극의 또 다른 양상이기는 하지만, 염상구와 염상진 형제간의 갈등은 남북 분단의 고통을 가족의 불행으로 축약하여 함축적으로 드러내고 있는 것이기도 하다. 형제, 부부, 부자, 모자 등 가족 간에 이데올로기로 인한 갈등과 대립은 이미 분단소설에서 많이 다루어진 것이기는 하지만, 좌익계열의 형이 역사 발전의 주동적인 인물로 긍정되고, 우익계열의 아우가 반동적인 인물로 부정되어 분단의 갈등을 조명한 것은 반공이란 이념의 질곡에서 몇 걸음 나아간 것이라 하겠다.

청년단장이 된 염상구는 수단과 방법을 가리지 않고 이익을 취하고 반윤리적인 행위를 서슴지 않는다. 빨치산 강동식의 아내 외서댁을 겁탈하고 또 수시로 범하여 임신이 되게 하고, 솔공장집의 재산을 탐하여 그 집 딸 윤옥자를 빨치산 첩자로 몰아 강제로 결혼한다. 청년단장이라는 지위를 이용하여 개인적 탐욕을 위해 반윤리적인 악행을 자행하는 것이다.

염상구와 유사한 인물로는 정현동의 마름인 허출세과 윤부자의 마름인 오동평이 있다. 이들 또한 지주의 하수인으로 소작인들의 약점을 이용하여 재물을 취하고, 반윤리적인 행위를 서슴지 않는다. 허출세는 소작권을 이용하여 뇌물을 챙기고, 남편이 빨치산이 된 소작인들의 아내를 겁탈한다. 강동기의 아내 남양 댁과 마삼수의 아내 목골댁 등이 허출세에게 겁탈당하고, 수시로 성적인 유린을 당한다. 이와 같은 반윤리적인 인물들의 부도덕성과 탐욕이 매우 구체적으로 그려지고 있어 소설미학을 획득하는 데 크게 기여하고 있다는 평을 받기도 한다.[102] 염상구와 같은 인물들을 통하여 민중들이 겪어야 했던 고난의 실상을 세세하게 제시함으로써 역사적 상황에 대한 현실성을 확보하는데도 기여하고 있는 것이다.

그런데 이러한 인물들의 행위가 개인적 차원을 넘어 반역사적 행위로 비난의 대상이 되는 것은, 반공이데올로기와 소작제라는 당대의 역사적 상황과 맞물려 있기 때문이다. 염상구와 같은 권력의 하수인이 비인간적인 만행을 아무 거리낌 없이 자행할 수 있고, 또 그것이 용인되는 것은 당대의 역사적 상황이 반공이라는 광적인 집단의식에 함몰되어 있기에 가능했던 것이다. 강동기 등의 소작인들이 생존권인 소작권에 대한 전통적인 관습이 무시되자 그것에 항의하고 지주를 폭행할 수 있었던 것은, 토지개혁에 대한 빨치산들의 선전활동에 의한 의식의 각성과 빨치산이라는 도피처가 있기에 가능한 것이었고, 허출세 또한 강동기와 마삼수 등이 빨치산에 가담한 것을 악용하여 그들의 아내인 남양 댁과 목골댁을 겁탈하는 비인간적인 일들을 할 수 있었던 것이다.

이렇게 금권의 하수인들이 일제 식민지 시대에는 친일 앞잡이로 반민족적 행위를 일삼고, 남북 분단의 시기에 반공이데올로기를 악용하여 사리사욕을 위해 민중들을 억압하고 착취하며 비인간적인 행위도 서슴지 않는다. 이들의 비인간적이고 반역사적인 행위는 민중들로 하여금 역사 발전을 투쟁에 나서도록 하는 것이다. 곧, 역사 발전의 당위성을 역으로

102) 신승엽, 「『태백산맥』과 장편소설의 새 지평」, 『민족문학을 넘어』, 소명출판사, 2000, 194쪽.

강조하고 있다고 하겠다.

② 민중들의 각성과 투쟁

악덕지주를 비롯한 지배층들의 착취와 억압으로 고난을 당하던 민중들이 더 이상 감당할 수 없는 처지가 되자 목숨을 부지하기 위해 대항하게 된다. 빨치산의 전형으로 성공적인 인물로[103] 형상화했다는 하대치의 모습은 소작제도의 모순과 소작인들이 빨치산에 가담하여 지주계층과 투쟁하게 되는 과정을 잘 보여준다.

하대치는 대대로 이어온 노비 집안 출신이다. 증조할아버지는 나주벌의 대지주 송진 사 댁의 대를 물리는 가복(家僕)이었고, 할아버지 역시 종의 신분을 벗어날 수 없었다. 그렇지만 할아버지는 어깨너머로 글을 깨친 총명한 사람이었는데, 그것이 오히려 화를 자초하는 결과를 가져왔다. 동학사상에 빠져 동학도의 선봉에 나섰다가 일제의 신식무기에 목숨을 잃었고, 증조할아버지는 아버지와 함께 할아버지의 시체를 짊어지고 쫓겨나는 처지가 되었다. 동학도로서 세상을 바꾸려는 포부를 이루지 못하고 죽은 할아버지가 남긴 이름이 바로 대치(大治)였다. 그런 할아버지의 염원이 담긴 이름을 가진 하대치는 5척 반 정도의 단구(短軀)였지만 뼈대가 굵고 힘이 세어 소학교 때부터 씨름을 잘했고, 염상진이 우두머리로 있는 소작회 멤버로 활약하다가 '일본 놈을 이 땅에서 몰아내고 지주 놈들을 없애는 것에 한몫'을 하다가 징용에 끌려갔다가 해방이 되어 돌아온 인물이다.

그가 좌익에 가담하게 되는 것은 염상진의 교육 때문이다. 염상진은 사람은 누구나 평등하여 양반 상놈이 따로 없고, 소작인들이 비참하게 사는 것은 악질적인 소작법 때문이라는 것 등을 설명하며 사회 구조의 모

103) 하정일, 「태백산맥론」, 『민족문학의 이념과 방법』, 태학사, 1993, 441쪽.

순을 파악하도록 일깨운다.

> 다 똑같은 사람끼리 어찌 차등이 있어야 되겠느냐 모든 사람이 공평하게 한 번 태어나고 한 번 죽듯이 이 세상 모든 사람은 다 똑같은 것이다. 양반이 따로 없고 상놈이 따로 없다. 양반의 피가 따로 있고 상놈의 피가 따로 있는 것은 아니다. 그건 양반이라는 것들이 저희들 좋게 지어낸 새빨간 거짓말이다. 마찬가지로 지주라는 것도 따로 없고 소작인이라는 것도 따로 없다. 지주라는 것들이 소작인은 대대로 소작인이 될 수밖에 없도록 소작법을 악질적으로 만들었기 때문에 지주는 영원히 지주로 떵떵거리고 소작인은 영원히 소작인으로 배를 곯게 된다. 그 많은 소작인들이 비참한 생활을 면하고 평등하게 살려면 어떻게 해야 하겠느냐?
>
> —1권, 49쪽

하대치는 염상진으로부터 사회의 구조적 모순에 대해 조금씩 깨닫고 그를 믿고 따르게 되고, 염상진이 이끄는 빨치산의 선봉대장이 된다. 하대치는 사회주의에서 가장 이상적으로 여기는 빨치산의 전형적인 모습이라고 하겠다. 그는 사회주의 리얼리즘에서 요구하는 '당파성', '전형성', '낙관적 전망'을 모두 충족하고 있다. 기층 노동자에서 의식의 각성을 통해 사회의 구조적 모순을 깨닫고 그것을 타파하기 위해 투쟁의 대열에 나선 하대치는 자신이 추구하는 목표가 현실적으로 실현되기 매우 어렵다는 것을 알고 있지만, 지속적인 투쟁을 통해 가능할 것이라는 희망을 잃지 않는다.

> 아부지, 지발 암 말도 마씨요. 목심 내걸고 독립운동허는 사람들도 있는디, 뺏긴 지 밥그럭 찾아묵는 일도 못헌다면 고것이 무신 사내 새끼다요. 그라고 우리가 허는 짓이 계란으로 바위치기라는 것도 다 알고 있당께요. 그려도 허고허고 또 혀야지라. 작인 읎는 지주놈들도 읎는 법잉께요.
>
> —1권, 27쪽

하대치는 자신이 하고자 하는 일이 계란으로 바위치기라는 것임을 알면서도 자신의 빼앗긴 밥그릇을 되찾기 위해 나선다. 죽도록 일해도 끼니를 때울 양식이 없는 소작제도의 폐단을 바로잡지 않으면 자식들 또한 자기와 같은 삶을 살아야 하기 때문에, 모순된 사회 구조를 타파하기 위해서는 계란으로 바위치기이지만 고난을 감내하고 투쟁의 대열에 앞장서는 것이다. 하대치는 사회주의 리얼리즘에서 요구하는 전형적인 모습이기도 하지만, 양반 중심의 사회 구조에서 착취당하는 가난한 소작인들의 염원이기도 하다.

변혁을 바라는 민중들의 마음은 하대치의 아버지 판석 영감의 모습에서 잘 드러난다. 판석 영감은 아들이 추구하는 혁명의 세계가 대견스럽고 명분 또한 뚜렷하고 떳떳한 것이지만, 결국은 성공할 수 없으리란 걸 칠십 평생의 경험으로 직감한다.

> 아들은 낮은 음성이었지만 다부지게 말했다. 그러나 판석 영감은 전혀 그 말을 믿지 않았다. 나라가 금하는 일을, 그것이 제아무리 옳고 바르다고 해도 나라와 맞서 이기는 것을 보지 못했던 것이다. 그건 판석 영감이 칠십 평생을 통해서 겪어온 경험이었다. 동학란이 그러했고 일정 때의 독립운동이 그러했다.
>
> —1권, 29쪽

판석 영감은 아들이 추구하는 일이 결국은 성공할 수 없으리란 것을 칠십 평생의 경험으로 알고 있지만, 똑같은 불행을 자식 대에도 겪게 할 수 없기 때문에 아들을 책망하거나 탓하지 않았다. 희생이 따르겠지만 변혁을 갈망하는 것이다. 판석 영감의 마음은 일반 민중의 바람인 것이다.

> 땅, 땅, 그것은 무엇인가. 그건 먹고사는 근본이었다. 농사꾼에게 그것은 분명 명줄이었다. 그런데 이 세상의 농토라는 농토는 모두 자신이 태어나기 전에 이미 임자가 결정되어 있었다. 그래서 소작인이 될 수밖에 없었고 소작인으로 제아무리 피땀을 흘려도 평생 소작인 신세를 면할 수가 없었다. 지주들이 제멋대로 만들어놓은 법이라는 것이 그렇게 돼먹어 있었다. 사람이 한평생을 산다는 것이 무엇인가. 실낱같은 것일망정 희망이라는 것이 있어야 고생도 참고 고통도 견디는 것이다. 그런데 소작인으로 한평생 산다는 것은 캄캄절벽이었다. 멀리 볼 것도 없이 아버지의 신세가 바로 자신의 신세였던 것이다. (…중략…) 마르크스가 어쩌고 무산자 인민대중이 어쩌고 하는 장광설을 한마디로 뭉뚱그리면 지주계급 쳐 없애고 소작인 세상 만들자가 아니냐고 나름대로 정리하고 있었다. 염상진에 대한 존경과 신뢰도, 그가 바로 그런 세상을 만들 수 있는 사람이라고 믿기 때문이었다.
>
> ― 2권, 129쪽

자식들만은 제아무리 피땀을 흘려도 평생 소작인 신세를 면할 수 없는 자신과 같은 삶을 살게 하지 않았으면 하는 것이 판석 영감의 바람이었고, 그것은 민중들의 바람이었다. 그래서 더 이상 지주들의 착취를 견딜 수 없는 민중들이 목숨을 건 투쟁의 대열에 나서게 된 것이다.

그렇지만 하대치를 비롯한 빨치산의 투쟁은 민중들을 착취했던 지주들을 처단하고 소작인들을 비롯한 민중들이 대물림되고 있는 가난의 굴레를 벗어나도록 하는 내용보다, 사회주의 혁명의 당위성을 강조하는 내용이 중심이 된다. 앞에서 설명한 지주계층의 탐욕과 착취, 군경의 억압과 횡포, 금권의 하수인들에 의한 반인륜적 행위 등을 폭넓게 형상화하여 변혁의 필요성이 강조되고 있다. 사회의 구조적 모순을 통하여 사회주의 혁명의 필요성이 강조됨으로써 하대치 등의 빨치산 활동이 긍정되고 정당화되는 근거가 되는 것이기도 하다. 작품의 결말 부분에서 염상진이 죽고 하대치가 살아남은 것에서도 하대치로 대표되는 민중의 생명력과 혁명에 대한 의지를 보여주고자 하는 작가의 의도가 담긴 것이라 생각된다.

> 대장님, 지가 왔구만이라. 하대치여라. 대장님, 대장님이 먼첨 가셔뿔고, 지가 살아남어 이리 될 줄 몰랐구만이라. 지가 대장님 앞에 면목이 읎구만요. 그려도 대장님이사 다 아시제라. 지가 요리 살아 있는 것이 그간에 총알 피해댕김서 드럽게 살아남은 것이 아니란 거 말이제라. 대장님, 편안허니 먼첨 가시씨요. 지도 대장님헌테 배운 대로 당당허니 싸우다가 대장님 따라 개끔허게 갈 것잉께요. 대장님, 근디 지가 남치기 역사투쟁얼 허고 죽기 전에 똑 한 가지 하고 잡은 일이 있구만이라. 지 맘대로 혀뿔기 전에 대장님헌테 먼첨 말씸디릴라고라. 고것이 먼고 하니, 지가 할아부지헌테 받은 이름얼 지 손자놈헌테 넘게줄라고라. 요 말을 죽기 전에 아들헌테 전허고 죽을랑마요. 대장님, 우리넌 아직 심이 남아 있구만요. 끝꺼정 용맹시럽게 싸울팅게 걱정 마시씨요.
>
> —10권, 431쪽

하대치는 염상진의 무덤 앞에서 남은 역사투쟁을 다짐하고 있다. 거의 전멸한 빨치산 중에 민중의 대표성을 띤 하대치가 살아남은 것은 역사투쟁에 대한 민중들의 확신을 보여줌과 동시에 그것이 당대에서 끝나지 않고 대를 이어 투쟁하겠다는 의지를 보여주는 것이라 하겠다.

③ 지식인들의 역할

민중들이 부당한 억압과 횡포에 대항하는 데는 염상진을 비롯한 좌익 지식인들과 김범우를 비롯한 우익 중도적 지식인들의 노력이 크게 작용한다. 좌익을 대표하는 염상진과 중도 우익계열의 김범우의 모습을 살펴보기로 한다.

(가) 염상진

『태백산맥』에서 염상진을 비롯한 좌익 인물들은 민중들이 당하는 고난의 원인을 타파하기 위해 노력한다. 그래서 그들의 노력에 대해 객관적이고 긍정적인 시각을 견지하고 있다.[104] 이것은 그동안 분단소설에서 쉽게 볼 수 없었던 점이기도 하다.

『태백산맥』에서 좌익을 대표하는 인물은 염상진이다. 염상진은 민중들이 당하는 고난을 타파하기 위해 투쟁하는 인물이며 성격화에 성공했다는 평을 받는다.[105] 염상진은 할아버지 때부터 낙안벌 토호지주 최씨네 가복(家僕)이었으며, 그의 아버지 염무칠 역시 지주 최씨네 꼴머슴이었으나 국법으로 노비제도가 폐지되면서 자유민이 되어 힘든 숯 장사로 일가를 세웠다. 그는 어려서부터 총명하여 아버지의 사랑을 독차지함으로써 아우 염상구의 적개심을 쌓게 하였으나, 열심히 공부하여 광주 사범학교에 진학하였다. 학생 때 러시아혁명에 관한 책을 독파하였고 독립투쟁에 나선 김범준을 하늘처럼 떠받들어 존경하는 영특한 사람으로 김범우보다는 두 살 위인 열혈청년이었다. 그는 사범학교를 졸업하고도 교편을 잡지 않고 농사를 지으며 소작회를 이끌며 소작인들이 사회의 구조적인 모순을 깨닫도록 교육하고 선동한다.

그가 사범학교를 나오고서도 교편을 잡지 않고 농사를 짓는 것은 '일본 놈 정신을 가르쳐야 하는 선생질을 하는 것은 일본 놈 순사나 군인이 되어 독립군을 잡아 고문하고, 뒤쫓으며 총질하는 것과 똑같이 앞잡이 노릇을 하는 용서받을 수 없는 죄를 짓는 것'(1권, 49쪽)이기 때문이다. 이러한 생각을 지닌 그는 민중들이 당하는 고난의 요인인 소작제와 신분 차별을

104) 권영민, 앞의 책, 182-184쪽.
105) 김윤식, 앞의 책, 406쪽.

타파하기 위해 민중들을 일깨우고, 사회주의 이념을 교육하는 것이 더 중요하다고 생각하게 된다.

그는 '양반과 상놈의 피가 따로 있는 것이 아니고, 소작인들이 비참한 생활을 하고 있는 것은 지주들이 만든 잘못된 소작법 때문'이라고 설명하고, 그것을 타파하기 위해서는 어떻게 해야 할 것인가를 반문한다. 결론은 민중들에게 사회주의 이념을 점진적으로 주입하는 것이다. 염상진에 의해 하대치를 비롯한 소작인들은 점점 사회 구조의 모순을 깨닫고, 그를 신뢰하고 따르게 된다.

> 일본 놈들을 이 땅에서 몰아내고 지주놈들을 없애는 것은 한목에 해야 될 일이다. 염상진은 어느 때나 한번 음성 높이는 일 없이 차분하게 말하고는 했다. 그런 염상진의 말은 무언가 갑갑한 멍울로 가득 차 있는 하대치의 가슴을 한 줄기 시원한 바람이 되어 어루만졌고, 암담하게만 여겨지는 앞길을 열어주는 것 같은 한 줄기 밝은 빛이 되어 쏟아졌다.
>
> ―1권, 45쪽

이렇게 염상진에 의해 의식이 각성된 민중들은 그가 이끄는 빨치산 대원으로 참여하거나 그를 신뢰하고 그의 주장에 동조하게 된다.

> 강동식은 별의별 말을 다했지만 지필구의 귀를 활짝 열리게 하고 마음을 동하게 만든 건 딱 한마디였다. 지주나 부자들을 다 쳐없애고 누구나 똑같이 잘살게 된다-. 이 한마디는 행동을 결정하기에 너무나 충분한 이유였다. 그런 세상에 대한 소망은 어렸을 때부터 막연하게나 가졌던 것이고, 나이 들면서는 잘사는 자들에 대한 앙심과 함께 절망 속에서 그리던 세상이었다. 그런 세상만 와준다면 무슨 짓인들 못하랴, 지필구는 마음을 정하자 맹렬세포로 변해갔다.
>
> ―1권, 380-381쪽

인용문은 가난한 소작인으로 겨우 연명해가던 지필구가 빨치산이 되는 과정에 대한 설명이다. 인용문에서 보듯이 소작인들은 사회주의 이론이나 체제에 대해서는 거의 관심 없다. 오직 염상진이 주장하는 바와 같이 지주와 소작인의 구별 없고, 누구나 평등한 세상이 소작인들의 소원이었기 때문에 그를 기꺼이 따르게 된 것이다.

그러면 소작인들을 사회주의 이념에 충실한 인물로 의식화시킨 염상진은 어떻게 형상화하고 있을까? 염상진은 앞에서 부분적으로 언급한 바와 같이, 사범학교를 나오고도 일제의 식민지 정책에 동조하지 않기 위해 농사를 지으며 소작회를 결성하고 그들을 계몽하는 올바른 인격의 소유자로, 사회주의에 대한 강한 신념과 그것을 실천하는 추진력을 갖춘 인물로 형상화하고 있다. 그래서 염상진의 인물묘사가 다소 신비화되어 현실성이 부족하다[106]는 지적도 있다.

염상진은 여순사건이 실패하여 쫓기는 처지에서도 사회주의와 당에 대한 믿음은 조금도 흔들림 없다.

> 마침내, 봉기의 때가 왔음을 확신하고 읍내를 장악한 다음 무차별한 혁명의 숙청을 감행하지 않았던가. 그런데 하늘처럼 믿었던 북조선의 조직화된 힘은 뻗어오지 않았고 오합지졸인 줄만 알았던 남조선의 힘에 쫓기게 된 것이다. 힘은 힘 앞에서만 굴복한다. 왜 북조선은 힘을 쓰지 않은 것인가. 남조선이 그만큼 강하기 때문이었는가. 그러면 북조선의 힘을 너무 과대평가했던 것일까. 아니다, 아니다⋯ 염상진은 깊이를 더해가는 회의를 떼쳐 내려고 괴로운 신음을 물었다. 자신의 마음을 회의와 절망으로부터 구해낼 수 있는 그 무엇이 있어야 했다. 그때 염상진의 뇌리를 스치는 생각이 있었다. 그렇다. 분명 그랬을 것이다.
>
> 「그래, 이번을 절호의 기회라고 판단하지 않았을 것이다.」 염상진은 스스

106) 한기, 앞의 책, 259-265쪽.

로를 일깨우듯 낮게 중얼거렸다.

—1권, 156쪽

위의 인용문은 여순사건이 실패하여 쫓기는 처지가 된 염상진이 남조선 민중들의 봉기에 북조선이 호응하지 않는 것에 대해 실망하지 않는 내용이다. 당에 대한 이런 절대적인 확신과 믿음은 사회주의에 대한 믿음과 다르지 않다. 빨치산 투쟁이 수세에 몰리는 상황에서도 당과 사회주의에 대한 염상진의 믿음은 변하지 않는데, 이것은 작품의 결말에서 염상진이 비극적 최후를 선택하게 하는 요인이 되기도 한다.

「자아, 동무들, 하고 싶은 말 있으면 한마디씩 하시오.」 염상진이 수류탄을 손아귀에 잡으며 말했다. 「머시냐, 바라든 대로 살아봤응께 원도 한도 읎구만이라.」「나도 더 바랠 것이야 읎는디, 새끼 한나 있는 것이 눈에 볿히요.」「나도 후회헐 것 아무것도 읎소.」「나넌 따로 헐 말 읎고, 그저 부사령 동지 뫼시고 죽은께로 영광이요.」「동무들, 나도 동무들 같은 당당한 전사들과 함께 죽으니 아무것도 더 바랄 것이 없고 그저 영광스러울 뿐이요.」 염상진이 대원들을 둘러보며 말했다. 그의 얼굴에 웃음이 피어나고 있었다. 「30초 남았다아, 30초!」「동무들, 우리 다 같이 어깨동무를 합시다.」 염상진이 팔을 벌렸다. 네 사람도 양쪽 팔을 벌렸다. 그리고 그들은 어깨동무를 했다. 어깨동무를 하게 되자 그들의 간격은 자연히 좁혀들었다. 수류탄을 든 염상진의 오른손이 그들이 만든 동그라미 가운데 놓였다. 「동무들, 우리 다 같이 만세를 부릅시다.」 염상진은 말을 마치자마자 입으로 수류탄의 핀을 뽑았다. 「인민공화국 만세에-.」꽝!

— 10권, 421-422쪽

염상진이 부하들과 함께 자폭하는 것은 이념에 투철한 그가 선택할 수밖에 없는 길이라 하겠다. 자수를 하든지 아니면 자폭해야 하는 양자택일의 상황에서 지금까지 이념에 투철한 인물이 선택할 수 있는 길은 자폭뿐이기 때문이다. 이러한 염상진의 모습은 인물 형상화에 있어 다소 이상적인 모습이라 하겠다. 그것은 염상진이 소작인을 비롯한 민중들의 삶을 옥죄는 관습과 제도를 혁파하고 모두가 평등한 세상을 이루고자 하는 사회주의 이념에 철저한 인물로 형상화되었기 때문이다.

(나) 김범우

염상진과 반대편에 서지 않으면서 다른 방향에서 주목해야 할 인물들이 김범우, 손승호, 서민영 등 중도적 지식인이다. 이들 중 대표적 인물은 김범우이다. 김범우는 염상진과 함께 사회주의 책을 탐독하며 친분이 두터웠지만, 학병에 끌려가 OSS 첩보요원으로 생사를 건 경험을 한 후 '이념'보다는 '민족'을 중시한다. 일본의 패망을 보면서 힘이 지배하는 국제 질서에서 우리 자신의 독립을 유지할 수 있는 유일한 길은, 일제가 떠난 힘의 공백을 틈타 외세가 세력을 뻗치기 전에 하루 바삐 우리 자신이 주도적으로 우리 앞날을 개척해야 한다는 것을 깨닫게 되었기 때문이다. 거기에는 좌우익의 대립은 무의미한 시간 낭비일 뿐이고, 통일된 국가를 먼저 세우고 정치적 이념은 그 후에 서서히 우리에게 맞게 고쳐나가면 된다는 것이 김범우의 생각이었다.

> 미국은 제국주의적 팽창주의고, 쏘련은 그에 못지않은 공산주의적 패권주의라는 사실입니다. 그 두 개의 어마어마하게 큰 발에 짓밟히고 있는 것이 바로 이 땅과 우리 민족입니다. 이런 상황을 직시할 때 우리가 거기서 벗어날 수 있는 방법은 우리끼리 이념 대립을 하는 것이 아니라 민족의 단합 아래 하나로 뭉치는 거라는 내 나름의 결론을 내리게 되었다 그겁니다. 이게 헛소립니까?
>
> —1권, 85쪽

이와 같이 친일 세력을 완전히 제거한 상태를 전제로 절대다수의 민중을 중심으로 재구성한 집단인 민족을 어떤 주의보다 최우선적으로 내세워야 한다는 논리를 구축한 것이다. 그리고 염상진이 주장하는 사회주의의 맹점에 대해서도 날카롭게 지적한다.

> 긍게 말이요, 염상진인가 위원장 동무란가 허는 사람이 말허기를, 지주덜 전답을 싹 다 뺏어갖고 소작인덜헌테 골고로골고로 갈라준다고 혔다는디, 고것이 참말이었을께라?
>
> 김범우는 엷게 웃었다. 염상진이 사람들 앞에서 가장 자신 만만하게 외쳤던 말이다.
>
> 문 서방 생각으론 참말 같소?
>
> 금메 말이요, 고렇게 됨사 싫을 작인 하나또 읎을 것이지만서도, 시상에 고런 기맥힌 인심이 워디 있을라디야 허는 생각이 듬스로, 믿을 수도 안 믿을 수도 읎이 요상시럽구만이라.
>
> (…중략…)
>
> 문 서방, 문 서방은 문 서방 이름으로 된 땅을 갖고 싶지요?
>
> 하먼이라, 살아생전에 안되먼 저승에 가서라도 풀고 잡은 소원인디요.
>
> 그럴 테지요. 만약 그 소원이 풀려 열 마지기쯤 논이 생겨 농사를 지었는데 그 쌀을 몽땅 빼앗긴다면 어떻게 되겠소?
>
> 워메 워메, 그럴라먼 염병헌다고 농새를 지어라?
>
> 문 서방은 눈까지 부릅뜨며 소리쳤다.
>
> 그렇지요, 농사지을 필요가 없지요. 그럼, 쌀을 그냥 빼앗긴 것이 아니라 다 나라에 내놓고 매달 배급을 타다 먹으면 어떻겠소?
>
> 미쳤간디요? 지가 진 농새 죽이 끓든 밥이 끓든 지 손으로 간수허는 맛에 살제 무신 초친맛이라고 배급을 타다 묵어라. 동냥아치도 아니겄고, 고런 농새도 안 지어라.
>
> 그런 농사도 안 짓겠다면, 그럼 이런 것은 어떻겠소? 그 누구의 명의도 아닌 수백 마지기 논에 공동으로 동네 사람들이 농사를 짓고, 정해진 양을 배급 타먹는 것 말이요.

허어, 갈수록 태산이시웨. 아, 니 것도 내 것도 아닌 논에 그눔에 농새 자알 돼야 묵겄소. 쎄빠지게 일헐 눔 하나또 읎을 것잉께 가실허고 나먼 쭉정이만 수북헐 농새 지나마나 아니겄소?

문 서방, 염상진이가 논을 분배한다는 것이 바로 그 방법이오.

— 1권, 154-155쪽

인용문은 김범우가 문 서방에게 자본주의 삶이 인간의 근본적 소유본능에 근거를 두고 있음을 설명하면서 염상진이 주장하는 사회주의의 맹점을 지적하고 있는 내용이다. 염상진이 주장하는 사회주의에 문 서방을 비롯한 소작인들이 동조하는 모습을 보이자 사회주의의 맹점을 지적하는 것이다. 그리고 그는 좌우익 간의 대립에서 중개자 내지 조정자의 역할을 한다. 독자인 빨치산의 자손을 잇기 위해 빨치산의 아내를 빨치산이 점거하고 있는 율어까지 안내하기도 하고, 설 명절을 앞두고 배고픈 민중들에게 명절은 또 하나의 고통임을 이해하고 지주들의 쌀을 강탈하여 횡계다리 목에 놓아두고 마음대로 가져가 설을 쇠라고 하는 등 아무도 예상치 못한 일을 벌이기도 한다.

그렇지만 김범우는 우익 인사들에게 반 빨갱이 취급을 받는다. 경찰이나 우익 지주들에게는 철저히 반대하는 입장을 취했고, 사회주의를 포기했다는 것의 의미가 '혁명'의 실현 가능성이나 과정의 폭력성 때문에 환멸을 느꼈기 때문에 사상적으로 어떤 행동도 취할 수 없었다는 것이기 때문이다. 그래서 김범우를 비롯한 중도적 지식인들은 어느 쪽에서도 환영받는 존재가 아니었다.

작품의 전반부에서 우익과 좌익 모두를 비판할 수 있는 위치에 있던 인물군이 바로 이 중도적 지식인들이었다. 그렇지만 이들도 중도적 입장을 계속 유지할 수 없이 상황은 변해간다. 전쟁이 발발하여 서울시당 문화선전부에 참여한 손승호와 전선을 따라 남하하다가 전주에서 전북도당 조직부장이자 과거 OSS 동지였던 박두병을 만나게 된 이후 석연치 않은 이유로 좌익으로 방향 전환을 하게 된다. 그 이유라는 것이 조직의 통제 아래 권리주장은 유보하고 의무수행을 해야 하며, 의무 수행의 거부는 체제 부정이고, 체제 부정의 결과는 죽음이라는 박두병의 말 한 마디에 별로 갈등하는 모습도 없이 그가 제시하는 대로 손승호와 도당 문화선전부에서 일하는 것을 받아들인다.

이러한 김범우의 모습에 손승호가 알다가도 모를 사람이라고 하자, 생각의 차이라며 궁색한 변명을 한다.

> 글세… 내가 이해하기 곤란한 사람이 아니라 염 선배나 자네가 내 진의를 잘못 파악한 게 아닐까. 염 선배는 나를 감상적 민족주의자로 곡해했고, 자넨 나를 기회주의자로 매도하지 않았나? 다 생각의 차이에서 빚어지는 일이지.
>
> —7권, 137쪽

김범우 자신은 민족주의자이나 지금은 전쟁 상황이고 민족은 잠시 보류될 수밖에 없으니 미군의 폭력에 맞서 싸우는 것이 당장에 할 일로 받아들이는 것이다. 그것은 다르게 보면 중도 계열이 갖는 현실적 약점이다. 논리적 당위성은 명백하나 전쟁이란 이분법적 상황 하에서는 적용되기 어려운 한계가 드러나는 허약한 모습이라 하겠다.

그러면 김범우와 같은 중도적 지식인의 역할은 무엇인가. 조정래는 한 대담에서 '우리 근대사라는 것이 항상 중도 세력을 허용하지 않았습니다. 그러나 저는 현실적으로는 회색이다, 기회주의다 하고 좌우익 양쪽에서 배격 받지만 오히려 그들이야말로 폭넓게 민중을 수렴할 수 있는 세력이라고 봅니다'[107]라고 밝히고 있다. 작가는 해방과 전쟁, 분단이라는 과정에서 중도적 지식인들의 역할을 매우 긍정적으로 평가하고 있음을 보여주고 있다. 그리고 이들의 현실대응이 결국 좌익으로 나아가게 되는 것도 역사 발전에 동참하는 중도적 지식인들의 역할을 보여주려는 작가의 의도가 아닌가 싶다.

④ 공간적 배경과 특징

『태백산맥』의 공간적 배경은 벌교를 중심으로 한 지리산 일대이다. 벌교는 식민지 수탈의 내막과 여수·순천사건의 여파를 겪은 곳으로 한국 근현대사의 상징적인 공간이기도 하다.

> 벌교란 단순한 공간이 아니고 역사적 공간이었는데, 이때 말해지는 역사란 시간개념이 아니다. 말을 바꾸면 『태백산맥』이란 산맥이 아니라 그야말로 공간개념인 산 자체이며, 이를 사회과학적 메타포로 말하면 '소작쟁의'일 터. 이 메타포야말로 이 작품의 기본 톤이 아니었을까. 지주 최씨, 김씨. 그리고 일본인 중도와 그들 밑에 놓인 소작인들과의 대결과 그 원한의 모닥불이 여순반란의 본질적 원인이라는 시각이야말로 내가 느낀 가장 확실한 관점이었던 것. 소작쟁의야말로 여순반란사건의 본질이라는 시각은 우리문학이 처음으로 시도한 것이 아니었겠는가.[108]

이처럼 벌교는 식민지 수탈의 내막과 농지개혁을 둘러싼 지주-소작 계층의 첨예한 대립, 그리고 여순사건 등이 있었던 역사적 공간이다. 그리고 벌교는 일본의 강요된 근대화에 의해 개발된 교통 요충지로서 식민지 시대 수탈을 목적으로 개발된 곳이며, 해방 후에는 농지개혁을 둘러싼 지주-소작 계층의 첨예한 대립이 있었던 곳이다.

---

107) 조정래 외, 「태백산맥을 말한다」, 『작가세계』 26호, 1995, 104쪽.
108) 김윤식, 「벌교의 사상과 내가 보아온 『태백산맥』」, 『문학과 역사와 인간』, 한길사, 1991, 124쪽

> 벌교는 한마디로 일인(日人)들에 의해서 개발된 읍이었다. 그 전까지만 해도 벌교는 낙안 고을을 떠받치고 있는 낙안벌의 끝에 고리처럼 매달려 있던 갯가 빈촌에 불과했다. 그런데 일인들이 전라남도 내륙지방의 수탈을 목적으로 벌교를 집중 개발시킨 것이었다. (…중략…) 목포가 나주평야의 쌀을 실어내는 데 최적의 위치에 있는 항구였다면, 벌교는 보성군과 화순군을 포함한 내륙과 직결되는 포구였던 것이다. 그리고 벌교는 고흥반도와 순천·보성을 잇는 삼거리 역할을 담당한 교통의 요충이기도 했다. (…중략…) 주된 경제권 치부에만 만족하지 않고 일인들과 줄이 닿는 안전한 사업에 투자하고 있는 사업가들이기도 했다. 그래서 그는 몇몇 일인들과 소문난 지주들의 손에 쥐어져 있었다. 지주들은 땅이 제공하는 치부에만 만족하지 않고 일인들과 줄이 닿는 안전한 사업에 투자하고 있는 사업가들이기도 했다. 그래서 그들은 족보와 지체를 내세우면서도 돈 계산이나 잇속에 더 빨라 그나마 양반의 덕목이라고 할 수 있는 품격이나 인품 같은 것은 거의 손상해버리고 있는, 잘못 개명된 사람들이었다. 그리고 읍내 사람들도 장사를 하는 것이 아니라 농사를 짓는다 해도 다른 데 농민들과는 달리 귀와 눈이 밝았고, 따라서 입이 야무졌다.
>
> —1권, 151쪽

인용문은 벌교가 식민지 시대의 수탈 경제에 젖은 지주층들과 눈이 밝은 농민들이 사는 땅으로, 여순사건을 비롯한 이념적 대립과 갈등은 단순히 해방기 현실에만 국한되지 않고 식민지 시대 이래로 누적되어온 것임을 보여주고 있다. 이러한 지역적 특징을 지닌 벌교는 다층적 의미로 드러난다. 앞에서 본 바와 같이 땅은 소작인들에게는 대대로 목숨을 이어온 생명의 터전이며, 지주들에게는 기득권의 유지와 출세의 수단이었다. 따라서 작가는 벌교라는 특수한 공간적 배경을 연결고리로 하여 여순사건과 6·25전쟁 등 당시의 사회상을 보여주고 있는 것이다.

벌교와 함께 중요한 공간이 지리산이다. 지리산은 좌익계열의 인물들에게는 사회주의 이념을 실현하기 위한 투쟁의 마지막 보루이고, 부당한 권력과 자본의 횡포에 짓눌려 생존의 위기에 직면한 민중들에게는 도피처이다.

그렇기 때문에 『태백산맥』에서 지리산은 앞에서 본 『지리산』의 지리산과는 다르게 소설의 인물들이 꺼리는 공간이다. 특히 인민 해방을 목표로 투쟁하는 빨치산들이 꺼리는 공간이다.

> 「옛적부터 들판에서 들고일어난 백성들은 산으로 피해감스로 싸우고 싸우다가 지리산으로 몰리면 종단에넌 끝장나뿌렀다는 것인디, 우리야 싹 다 지리산으로 쫓기는 것이 아니고 비무장만 임시병통으로 뒤로 빼는 것잉게 달브기야 허제만, 그려도 지리산으로 뒤뺀다고 헐 적에 맘이 껄쩍지근혔고, 이리 와서 봉께로 맘이 쌔코롬해짐스로 탁 까라지는 것이, 자꼬 어런들 말이 되씹히고 그러요.」
>
> ―10권, 19쪽

인용문은 소작인 출신으로 빨치산 부대의 간부가 된 하대치가 전남도당의 지시에 의해 자기가 속한 부대가 지리산으로 이동하는 것을 꺼리는 것을 보여주고 있다. 빨치산들이 지리산을 꺼리는 것은, 지리산은 빨치산이 투쟁을 위한 최후의 선택지이며 죽음을 맡기는 곳이기 때문이다. 앞에서도 언급했듯이 지리산에서 빨치산의 투쟁은 치열하게 전개되었고, 수많은 빨치산 전사들이 지리산에서 최후를 맞이했다.

그러나 빨치산에게 지리산은 죽음의 공간이기도 하지만 역사의 공간이기도 하다. 빨치산은 지리산에서 승리하지 못하고 죽음을 맞이하지만, 인민 해방을 위한 빨치산의 투쟁은 후세의 역사 속에서 살아날 것이라고 강조되고 있다. 곧, 지리산은 빨치산에게 현실에서는 죽음의 공간이지만 후세에는 역사의 공간이 된다는 것이다. 그것은 다음과 같은 언급에서도 드러난다.

> 우리의 투쟁은 이제 현실투쟁이 아니라 역사투쟁 속에 있습니다. 여러분들은 그 동안 학습을 열심히 해왔으므로 현실투쟁이 무엇인지, 역사투쟁이 무엇인지 다 아실 것입니다. 현실투쟁은 인민해방을 우리가 살아있는 동안 눈앞에서 성취시키는 것이며, 역사투쟁은 인민해방을 우리가 목숨을 바쳐 뒷날 역사 속에서 성취시키는 것입니다. 여러분, 역사투쟁은 바로 목숨을 바치는 죽음의 투쟁입니다.
>
> ― 10권, 266쪽

현실에서의 죽음이 역사에서 승리로 살아날 것이라는 믿음으로 투쟁해야 한다는 것을 강조하고 있다. 그리하여 『태백산맥』의 많은 부분에서 수많은 빨치산들이 혹독한 추위와 배고픔, 그리고 토벌대의 공격에 쫓기는 극한 상황에서도 역사의 승리를 위해 죽음을 두려워하지 않고 투쟁하다가 산화하는 모습으로 그려진다. 이것은 빨치산에 대한 인식을 확대시키려는 『태백산맥』의 주제와 관련된다.

『태백산맥』에서 강조하고 있는 것은 크게 두 가지이다. 하나는 재산이나 신분에 의한 차별이 없는 평등한 세상 건설이고, 다른 하나는 외세에 의존하지 않는 자주적인 민족주의의 확립이다. 작가는 이러한 점들을 잘 부각시켜 굴절된 민족의 역사를 바로잡고 통일의 길을 모색하고자 했다고 말한 바 있다.[109] 일제 식민지 시대에 일제의 앞잡이로 민중들을 착취하며 호의호식하던 반민족주의자들이, 해방된 후에도 일제 식민지 시대와 다를 바 없이 권력을 누리고 호의호식하는, 모순된 역사와 제도에 대

---

109) 조정래, 「『태백산맥』 창작보고서」, 『작가세계』 26호, 1995, 101쪽.

한 비판과 저항을 빨치산을 중심으로 강조하고 있다고 하겠다.

『태백산맥』에서 빨치산은 크게 두 유형으로 드러난다. 하나는 염상진과 같이 사회의 구조적 모순을 깨닫고 그것을 혁파하려는 지식인들이고, 다른 하나는 권력과 지주들의 횡포로 생존의 위기에 직면한 민중들이 생존을 위해 가담하게 된 경우이다. 앞의 유형의 대표적 인물인 염상진이 공산주의자가 된 것은 비인간적인 삶을 강요하는 사회의 구조적 모순을 혁파하고 민중들이 '인간다운 삶'을 살 수 있는 세상을 만들기 위해서라고 한다. 그렇기 때문에 『지리산』의 박태영, 하준규와 같이 자신의 신념에 대한 회의나 갈등이 없다. 휴전과 함께 북쪽의 지원 중단, 패전 책임 등의 이유로 김일성파로부터 대거 숙청을 당한 박헌영 등 남로당 일파의 궤멸 소식을 접하면서도 '인민해방'을 위한 빨치산 투쟁에는 변함이 없다. 이것은 반공주의 일변도의 시각에서 벗어나 빨치산으로 활동했던 공산주의자들에 대해 탈이데올로기적인 관점에서 조명하려는 의도라고 하겠다.

뒤의 유형에 속하는 인물들은 대부분 가난한 소작인들이다. 이들이 빨치산에 가담하게 되는 것은 강동기나 마삼수에서 볼 수 있듯이, 지주들의 횡포에 생존을 위한 본능적 저항으로 폭력을 휘둘러 어쩔 수 없이 빨치산에 가담하게 되고, 빨치산에 가담하여 차츰 사회의 구조적 모순을 깨닫고 그것을 혁파하는 투쟁의 선봉에 서게 된다. 이들은 대대로 가난한 소작인으로 살아오면서도 그것을 당연한 것으로 여겼던 무지를 떨치고 지주와 소작인으로 구분되지 않는 모두가 인간다운 삶을 살 수 있는 세상을 건설한다는 신념에서 죽음을 두려워하지 않는다. 삶을 억압하는 부당하고 뒤틀린 조건들에 대항하여 맞서는 민중들이 빨치산이 되었다는 것은 빨치산에 대한 인식의 폭을 확대시키는 것이다. 빨치산 투쟁을 이념의 차원이 아닌, 인간적인 삶의 조건을 마련하기 위한 민중들의 노력의 일환으로 제시하고 있기 때문이다.

염상진 등과 같이 자발적으로 빨치산이 된 경우나, 강동기 등과 같이 생존을 위해 어쩔 수 없이 빨치산이 된 경우나 빨치산들은 비인간적인 삶을 강요하는 사회의 구조적 모순을 혁파하고 인간다운 삶을 누릴 수 있는 세상을 건설하기 위해 투쟁하기 때문에, 인민해방의 역사를 믿고 죽음을 두려워하지 않는다. 그들은 오늘의 죽음이 내일의 인민해방의 역사 속에서 찬란한 꽃으로 피어날 것이라는 믿음으로 지리산에 기꺼이 뼈를 묻는 것이다. 이러한 점에서 빨치산이 육신을 묻은 지리산은 투쟁에서 패배한 공간이 아닌, 역사에 기억될 승리의 공간이 된다는 것이다. 이것은 민중이 역사의 주인이라는 작가의 역사의식이기도 하다. 그리하여 지리산은 자연물인 지리적인 공간에서 한 단계 벗어나, 인간적인 삶을 억압하는 부당한 힘에 대항하여 투쟁하는 민중들의 표상으로 형상화하고 있는 것이다.

4) 조정래 분단소설의 특징과 의의

조정래는 분단소설은 작가의 고향인 순천을 비롯한 전남지역을 주요 배경으로 하고 있다. 순천은 여순사건의 주요 무대이며 6・25전쟁 기간에도 좌익의 활동이 활발했던 곳으로 작가에게도 깊은 상처가 있는 지역이다. 선암사의 부주지이던 조정래의 아버지는 절의 농지를 소작인들에게 분배하는 개혁적인 일을 추진하다가 주지와의 충돌로 선암사를 떠나게 되고, 그 일로 인해 아버지는 서북청년단원들에게 몰매를 맞고 피를 흘리며 끌려가 재판을 받고, 어머니와 형들도 재판소 앞마당에 끌려가 고초를 겪어야 했다.[110] 그는 가족들이 당하는 고초를 목격하면서 충격과 두려움으로 야뇨증을 겪어야 했고, 그때의 충격과 상처는 20대 나이까지 꿈에 무시로 나타나고는 했다. 이러한 충격과 상처로 그는 순천 비롯한 전남지역에서 야기된 이데올로기의 갈등과 분단 문제에 대해 지속적으로 관심을 가지고, 그것을 작품으로 다루어 왔다.

그는 작품 활동 초기에는 이념의 갈등으로 야기된 남북 분단과 6·25 전쟁의 소용돌이에서 가장 큰 고난을 겪어야 했던 개인들의 삶을 형상화 했다. 그것은 크게 세 유형으로 정리해 볼 수 있다. 첫째 전쟁의 최대 피해자 중 하나라고 할 수 있는 여성의 수난과 고통, 둘째 하층계급의 한풀이에 의한 비극, 셋째 이산가족의 아픔과 고통 등이다.

여성의 수난과 고통은 「청산댁」, 「황토」 등에서 잘 드러난다. 「청산댁」의 청산댁이 일제 식민지, 6·25전쟁, 베트남전쟁의 소용돌이에 남편과 아들을 잃고 고난을 겪는 모습은 개인의 힘으로 어떻게 할 수 없는 시대와 상황에서 여성들이 당해야 했던 수난 상의 단면이라 하겠다. 「황토」는 일제 식민지에서부터 미군정, 6·25전쟁에 이르기까지 역사의 질곡 속에서 파란만장한 삶을 살아온 김점례라는 인물에 대한 이야기이다. 김점례는 각기 아버지가 다른 세 아이를 키우는 기구한 운명의 여인이다. 그녀는 일제 식민지 시대에는 일본인 야마다와의 사이에서 큰아들 태순을 두었고, 광복 이후 한국인 청년 박항구와의 사이에서 딸 세연을 얻었고, 6·25전쟁 시기에는 미국인 프랜더스와의 사이에서 막내 동익을 낳았다. 이러한 그녀의 삶은 일제 강점기, 해방, 미군정, 6·25전쟁이라는 민족사 자체를 대변하는 것으로 민족이 겪었던 수난사에 다름 아니다.

개인적 한풀이와 비극은 「유형의 땅」, 『불놀이』 등에서 잘 드러난다.

---

110) 황광수, 「억압된 기억의 해방과 역사의 지평」 『작가세계』 26호, 1995년 가을호, 20-21쪽.

이들 작품은 6・25 전쟁의 원인과 그 전개 과정에서 야기되는 비극을 잘 보여주고 있는데, 그것은 조정래의 소설에서 중요하게 나타나고 있는 '한 풀이의 비극'이기도 하다. 조정래 소설의 중요한 모티프의 하나인 한은 민중들의 고난이 집약된 응어리이다. 그래서 한은 언제든지 분출될 수 있는 가능성이 내재되어 있고, 한의 분출은 자칫 앙갚음의 되풀이로 비극을 초래하기도 한다.

「유형의 땅」은 부잣집 하인으로 가난과 수모를 견디며 살아왔던 천만석이 6・25전쟁 시기에 그동안 쌓였던 한의 되갚음과, 그 일로 인하여 비참하게 살다가 생을 마감하는 이야기이다. 「유형의 땅」에서 천만석의 모습은 6・25전쟁의 상처가 아직도 아물지 않아 보복과 착취의 역사가 끝나지 않은 '유형의 땅'이라는 것이다.

『불놀이』는 「인간연습」, 「인간의 문」, 「인간의 계단」, 「인간의 탑」으로 이어지는 연작 중편을 모아놓은 장편소설이다. 전쟁을 인간의 '연습', '문', '계단', '탑'이라는 매우 상징적 요소로 전제하고, 계층 간의 갈등과 전쟁 이후의 문제 등을 다루고 있다. 6・25전쟁을 민족사에 있어 한의 응어리로 파악하고, 선대로부터 물려받은 전쟁의 상처를 당대처럼 감정적으로 처리할 것이 아니라, 좀 더 냉정한 시선으로 이성을 회복하고 처리해야 한다는 것을 보여주고 있다.

이산가족의 아픔과 고통은 「그림자 접목」, 「메아리 메아리」, 「길」 등의 작품에서 제시된다. 이들 작품은 이산의 아픔을 겪고 있는 인물들의 모습을 통해 민족 분단이 가져다준 비극과 고통이 얼마나 크고 가혹한 것인지를 보여주고 있다. 평생 헤어진 가족을 찾아 헤매거나, 전쟁에서 돌아오지 않은 자식을 기다리며 생을 마감한 인물들의 이야기는 이산의 한 그 자체를 표상한다. 조정래는 이산가족의 아픔을 세심하게 그려내는

데 그치지 않고, 이산의 문제를 바라보는 후세대의 인식도 함께 비판함으로써 이산의 고통을 직접적으로 겪지 않은 세대들의 무관심한 태도도 함께 지적하고 있다.

『태백산맥』은 일제의 토지개발사업이 있었던 벌교지역을 중심으로 분단의 배경과 전개양상, 분단의 이면에 작용했던 외세의 영향 등을 광범위하게 다루고 있다. 일제 식민지 정책으로 소작농으로 전락한 농민들이 자신들이 당하는 고난이 사회 구조의 잘못에 기인한다는 것을 깨닫고 그것을 타파하기 위해 적극적으로 노력하고 행동하는, 민중들의 고난과 각성을 중점적으로 그리고 있다.

『태백산맥』에서 민중들이 고난을 당하는 이유는 크게 세 가지이다. 정현동과 서운상을 비롯한 지주들의 탐욕과 착취, 벌교 경찰서장 남인태와 계엄사령관 백남식 등 권력자들의 억압과 횡포, 청년단장 염상구와 마름 허출세 등 금권의 하수인들이 자행하는 만행과 폭력 등이다.

악덕 지주들은 민중들의 생명줄인 토지를 자신들의 기득권 유지와 출세 수단으로 여기고 소작인들을 착취하고 억압한다. 지주들의 착취와 횡포에 더 이상 견딜 수 없는 소작인들이 사회 구조적 모순과 억눌린 삶의 질곡에서 벗어나기 위해 빨치산에 가담하여 지주들에게 대항하게 된다.

악덕 지주들과 함께 소작인을 비롯한 민중들을 고난에 빠뜨리는 또 다른 사람들은 벌교 경찰서장 남인태와 계엄사령관 백남식 등 이른바 권력층이다. 이들은 일제하에서 친일 앞잡이로 활약한 경력 때문에 해방이 되자 전전긍긍하다가, 미군정과 이승만 정권의 전직경찰관재등용정책으로 경찰관이나 군인으로 복귀하여 민중들을 억압하고 개인적 이익 추구에 골몰한다. 이들은 과거의 행적에 대해 아무런 사죄나 반성 없이 일제시대에 자행했던 횡포를 되풀이할 뿐 아니라, 비인간적 행위도 서슴지 않는다. 이것은 개인적 이익과 탐욕을 위해 파렴치한 행동도 서슴지 않은 친일 군경들을 비도덕적인 인물로 부각하여 청산되어야 할 반역사적 인물임을 강조하고 있는 것이라 하겠다.

『태백산맥』에서 반윤리적인 행위를 일삼는 인물로는 청년단장 염상구, 마름 허출세, 오동평 등이 있는데, 이들은 권력자나 지주들의 하수인으로 일반 민중이나 소작인들을 핍박하며 개인적인 이익과 탐욕을 취한다. 이들은 일제 식민지 시대에는 친일 앞잡이로 반민족적 행위를 일삼고, 남북 분단 시기에 반공 이데올로기를 악용하여 사리사욕을 위해 민중들을 억압하고 착취하며 비인간적인 행위도 서슴지 않는다. 이들의 비인간적이고 반역사적 행위는 민중들로 하여금 역사 발전을 위한 투쟁에 나서도록 하는 것이다. 곧, 역사 발전의 당위성을 역으로 강조하고 있다고 하겠다.

악덕 지주를 비롯한 지배층의 착취와 억압으로 고난을 당하던 민중들이 더 이상 감당할 수 없는 처지가 되자 목숨을 부지하기 위해 대항하게 된다. 빨치산의 전형으로 성공적인 인물로 형상화했다는 하대치는 소작제도의 모순과 소작인들이 빨치산에 가담하여 지주계층과 투쟁하게 되는 과정을 잘 보여준다. 대대로 송씨 가문의 가복이던 하대치는 염상진으로부터 사회의 구조적 모순에 대해 조금씩 깨닫고 그를 믿고 따르게 되고, 염상진이 이끄는 빨치산의 선봉대장이 된다. 그렇지만 하대치를 비롯한 빨치산의 투쟁은 민중들을 착취하는 지주들을 처단하고 소작인들을 비롯한 민중들이 대물림되고 있는 가난의 굴레를 벗어나도록 하는 내용보다는 사회주의 혁명의 당위성을 강조하는 내용이 중심이 된다. 그것은 지주를 비롯한 지배계층의 탐욕과 착취, 군경의 억압과 횡포, 금권의 하수인들에 의한 반인륜적 행위 등을 폭넓게 형상화하여 변혁의 필요성을 강조하기 위한 것이라 하겠다. 사회주의 구조적 모순을 통하여 사회주의 혁명의 필요성이 강조됨으로써 하대치 등의 빨치산 활동이 긍정되고, 하대치로 대표되는 민중의 생명력과 혁명에 대한 의지를 보여주고자 하는 작가의 의도가 담긴 것이라 하겠다.

민중들이 부당한 억압과 횡포에 대항하는 데는 염상진을 비롯한 좌익 지식인들과 김범우를 비롯한 우익 중도적 지식인들의 노력이 크게 작용한다. 좌익을 대표하는 염상진은 사범학교를 졸업하고도 일제의 식민 정책에 동조하지 않으려고 농사를 짓는 인물로, 소작회를 구성하여 소작인들을 의식화시킨다. 그는 '양반과 상놈의 피가 따로 있는 것이 아니고, 소작인들이 비참한 생활을 하고 있는 것은 지주들이 만든 잘못된 소작법 때문'이라고 설명하고, 그것을 타파하기 위해서는 어떻게 해야 할 것인가를 반문한다. 염상진에 의해 하대치를 비롯한 소작인들은 점점 사회 구조의 모순을 깨닫고, 그를 신뢰하고 따르게 된다. 그는 사회주의에 대한 신념과 그것을 실천하기 위한 추진력도 투철한 인물이다. 그것은 작품의 결말에서 염상진이 비극적 최후를 선택하게 하는 요인이 되기도 한다. 이러한 염상진은 인물형상화에 있어 다소 이상적인 모습이라 하겠다.

우익 중도적 인물 김범우는 염상진과 함께 사회주의 책을 탐독하며 친분이 두터웠지만, 학병에 끌려가 OSS 첩보요원으로 생사를 건 경험을 한 후 '이념'보다는 '민족'을 중시한다. 그는 좌우익 간의 대립에서 중개자 내지 조정자로서의 역할을 한다. 그렇지만 김범우는 우익 인사들에게 반 빨갱이 취급을 받는다. 경찰이나 우익 지주들에게는 철저히 반대하는 입장을 취했고, 사회주의를 포기했다기보다는 혁명의 실현 가능성이나 과정의 폭력성 때문에 환멸을 느꼈기 때문이다. 그러면 김범우와 같은 중도적 지식인의 역할은 무엇인가. 작가는 해방과 전쟁, 분단이라는 과정에서 중도적 지식인들의 역할을 매우 긍정적으로 평가하고 있음을 보여주고 있다.

그리고 이들의 현실대응이 결국 좌익으로 나아간다는 것도 역사발전에 동참하는 중도적 지식인들의 역할을 보여주려는 작가의 의도가 아닌가 싶다.

『태백산맥』의 공간적 배경은 벌교를 중심으로 한 지리산 일대이다. 벌교는 식민지 수탈의 내막과 여수·순천사건의 여파를 겪은 해방 후 남한의 유일한 좌익 해방구가 되었던 문제적인 장소이다. 농지개혁을 둘러싼 지주-소작인들의 대립과 갈등이 심했던 곳이며, 해방전후사에서 분단의 기원과 양상을 집약적으로 보여주는 곳이기도 하다.

벌교와 함께 중요한 공간이 지리산이다. 지리산은 좌익계열의 인물들에게는 사회주의 이념을 실현하기 위한 투쟁의 마지막 보루이고, 부당한 권력과 자본의 횡포에 짓눌려 생존의 위기에 직면한 민중들에게는 도피처이다. 그렇기 때문에 『태백산맥』에서 지리산은 투쟁에서 패배한 빨치산이 육신을 묻은 공간이 아닌, 역사에 기억될 승리의 공간이 된다는 것이다. 이것은 민중이 역사의 주인이라는 작가의 역사의식이기도 하다. 그리하여 지리산은 자연물인 지리적 공간에서 인간적 삶을 억압하는 부당한 힘에 대항하여 투쟁하는 민중들의 표상으로 형상화하고 있는 것이다.

4. 소시민의 피해의식과 고발의식-박완서 분단소설론

박완서(1931-2011)는 1970년 『여성동아』 장편소설 공모에 『나목』이 당선되어 등단한 이후, 2011년 작고할 때까지 15편의 장편과 150여 편의 중·단편을 발표했다. 그의 작품은 주로 6·25전쟁의 참상에 대한 고발과 중산층의 허위의식 등을 중점적으로 다루었다. 특히 6·25전쟁으로 인한 피해와 소시민들이 당하는 고통을 작품 활동 초기부터 관심을 갖고 다루어왔는데, 그것은 그가 청춘기에 겪은 6·25전쟁의 체험과 깊은 관련이 있다.

> 처녀작 『나목』을 비롯해서 「부처님 근처」, 「카메라와 워커」, 「부끄러움을 가르칩니다」, 「세상에서 제일 무거운 틀니」, 「저녁의 해후」, 「아저씨의 훈장」, 「엄마의 말뚝」 등으로 이어지는 일련의 작품들은 이른바 분단 문제를 다룬 작품이고, 그런 작품을 통해 나는 나의 비통한 가족사를 줄기차게 반복해 왔다.
>
> 내 작품 세계의 주류를 이루는 이런 작품들의 결정적인 힘은 6·25 때의 체험을 아직도 객관화할 만한 충분한 거리로 밀어내고 바라보지 못하고 어제인 듯 너무 생생하게 간직하고 있는 데서 비롯됨을 알고 있다.[111]

작가의 발언에서도 알 수 있듯이 그가 작품 활동 초기부터 분단 문제에 지속적으로 관심을 가진 것은 청춘기에 겪은 6·25전쟁의 체험이 바탕이 되고 있다. 이러한 체험을 바탕으로 6·25전쟁과 남북 분단으로 인해 서민들이 당한 고통과 상처를 고발하려 한 것이다.

그의 분단소설에 대한 연구는 적지 않게 이루어졌다.[112] 이 글은 박완서의 분단소설에 대한 기존의 연구 성과를 바탕으로 분단 현실의 형상화 양상과 분단인식의 특징 등을 살펴보고자 한다. 그리고 그의 분단소설에서 중요한 배경으로 등장하는 6·25전쟁 시기에 서울의 문학적 공간으로서의 의미 등도 아울러 살펴볼 것이다.

---

111) 박완서, 「나에게 소설은 무엇인가」, 『우리 시대의 소설가 박완서를 찾아서』, 웅진닷컴, 2002, 42쪽.

112) 박완서 소설에 대한 연구 동향은 2000년 박완서 문학 30주년 기념으로 세계사에서 발간된 『박완서 문학의 길 찾기』(이경호·권명아 엮음)와 이선미의 『박완서 소설연구』(깊은샘, 2004)에 잘 정리되어 있다.

1) 작가의 삶과 역사의식

박완서는 1931년 10월 20일 경기도 개풍군 청교면 묵송리 박적골에서 태어났다. 네 살 때 아버지가 별세하여 어머니는 오빠만 데리고 서울로 떠나게 되어 조부모와 숙부모 밑에서 어린 시절을 보냈다. 그의 아버지는 맹장염에 걸렸는데 무당의 굿으로 치료를 하려다가 사망하여, 그 사건으로 어머니는 무속을 전근대적인 것으로 인식하게 되었고 작가에게도 영향을 미치게 되었다.

박완서는 여덟 살에 어머니를 따라 서울로 가서 신식 교육을 받게 된다. 어머니는 시부모의 반대를 무릅쓰고 박완서를 서울로 이주시키고, 앞으로 나아가야 할 여성상을 제시하며 삶의 방향을 이끌어 주었다.

> "넌 서울에서 학교 다니고 공부 많이 해서 신여성이 돼야 한다." 하셨어요. (…중략…) "신여성이 뭔데?"하고 내가 물으면 어머니는 "신여성이란 공부를 많이 해서 이 세상 이치에 대해 남자들처럼 모르는 게 없고 마음먹은 건 뭐든지 마음대로 할 수 있는 여자란다."하셨어요. 말하자면 어머니가 딸에게 최고의 기대인 신여성은 당시로선 가장 팔자 사나운 여자들이었지요. 그러면서도 딸이 팔자 사나울까봐 두려워했던 어머니의 모습은 지금 생각해도 우습고 슬프게 느껴져요. 그러나 어머니의 그런 신여성에 대한 투지가 없었던들 나는 그 벽촌 어디쯤에 묻히고 말았겠지요.[113)]

어머니의 남다른 교육열은 박완서를 기존 여인상에서 벗어나 주체적인 삶을 살아가게 하는 원동력으로 작용했다. 박완서의 페미니즘 소설들은 이런 영향이라고 할 수 있을 것이다. 그리고 어머니는 그를 '문 안'에 있

113) 고정희, 「다시 살아 있는 날의 지평에 서 있는 작가」, 『박완서-이태동 편』, 서강대학교 출판부, 1998, 28-29쪽.

는 매동국민학교에 입학시키기 위해 위장전입까지 감행했는데, 이것은 박완서 소설에서 자주 등장하는 '문밖의식'114)과도 관련이 있다. '문밖의식'이란 자신이 처한 시대나 환경의 중심에서 벗어나 중심에 대해 갖는 비판의식으로, 작가가 시대의 모순이나 물신화한 사회의 문제점, 중산층의 허의의식 등을 비판하는 데 중요하게 작용했다.

어머니는 또한 재미있는 이야기를 많이 들려줌으로써 박완서에게 세상의 많은 것 중 이야기가 줄 수 있는 영향력을 몸소 느끼게 하였다.

> 내가 어렸을 적에, 어머니는 참으로 뛰어난 이야기꾼이셨다. (…중략…) 어머니는 밤늦도록 바느질품을 파시고 나는 그 옆 반닫이 위에 오도카니 올라앉아 이야기를 졸랐었다. 어머니는 무궁무진한 이야기를 가지고 있었을 뿐더러 이야기의 효능까지도 무궁무진한 걸로 믿으셨던 것 같다.
>
> 왜냐하면 내가 심심해할 때뿐 아니라, 주전부리를 하고 싶어 할 때도, 남과 같이 고운 옷을 입고 싶어 할 때도, 약아 빠진 서울 아이들한테 놀림받아 자존심이 다쳤을 때도, 고향 친구가 그리워 외로움을 탈 때도, 시험 점수를 못 받아 기가 죽었을 때도, 어머니는 잠깐만 어쩔 줄을 모르고 우두망찰하셨을 뿐, 곧 달덩이처럼 환하고도 슬픈 얼굴이 되시면서 재미있는 이야기로 나의 아픔을 달래려 드셨다.115)

그의 어머니는 타고난 이야기꾼으로 『박씨전』, 『구운몽』, 『사씨 남정기』 등의 작품을 딸의 수준에 맞게 각색하여 들려줌으로써 박완서의 문학적 상상력을 키우는데 큰 역할을 했다. 이런 경험은 그의 작품에서 어머니의 이야기가 자주 등장하는 중요한 요인이 되었다고 하겠다.

---

114) '문밖의식'이란 『엄마의 말뚝 1』에서 쓴 것으로, 자신이 처한 시대나 환경의 중심에서 벗어난 소외와 비판의식이다.

115) 박완서, 「나에게 소설은 무엇인가」, 『우리 시대의 소설가 박완서를 찾아서』, 웅진닷컴, 2002, 46-47쪽.

박완서는 '문 밖'인 현저동에 살면서 '문 안'의 학교인 매동국민학교를 다녔기 때문에 친구가 없어 많은 시간을 도서관에서 책을 읽으며 보냈다. 그는 『레미제라블』을 다 읽지 못한 채 나와야 했던 심정을 '혼을 거기다 반 넘게 남겨놓고 오는 것 같았다'고 술회하기도 했다. 그는 중고등학교 시절에도 책을 즐겨 읽었는데, 이광수, 강경애 같은 국내 작가와 톨스토이 같은 세계적 문호의 작품들도 두루 섭렵했다. 그리고 숙명여고 재학 시절 소설과 박노갑과의 만남은 박완서가 문학의 길로 들어서게 되는 데 결정적인 역할을 했다.

> 학교 다니던 시절 박노갑 선생님의 영향은 컸습니다. 선생님은 사소설이라기보다는 미문을 경계하셨어요. 생활과 체험의 무게가 전혀 실리지 않은 문장을 혐오하셨죠. 지금 생각해보면 매우 엄격한 리얼리즘 작가셨던 것 같아요.[116]

> 제 경우 대학에 들어가자마자 6·25 전쟁이 터져 정통 문학 교육도 제대로 받지 못했으나 작가로서 필요한 기본 소양은 여고 시절 선생님께 받은 교육으로 거의 충분했다고 생각합니다. 그 분은 문학소녀들이 갖기 쉬운 환상이나 미사여구를 경계하도록 가르치셨고 남의 흉내를 내지 말라고 얘기하셨죠. 문학은 무엇인가를 엄정하게 보여 주신 스승이셨습니다.[117]

박노갑의 영향으로 그는 현실의 문제를 주로 다루는 리얼리즘 작가로 성장하게 되었고, 분단 문제를 비롯한 시대적 모순에 대해 비판하고 고발하는 작품을 집필하는 기반을 다지게 되었다.

---

116) 최재봉, 「작가 인터뷰-<이야기 힘>을 믿는다」, 『박완서 문학 길 찾기』, 세계사, 2000, 32쪽.

117) 호원숙, 「행복한 예술가의 초상-어머니 박완서」, 『우리 시대의 소설가 박완서를 찾아서』, 웅진닷컴, 2002, 81쪽.

여고 졸업 후 서울대학교 문리대학에 입학하게 되는데, 그해 6·25전쟁이 발발하여 학교를 제대로 다니지 못하고 만다. 전쟁 전 박완서는 오빠의 영향으로 사회주의에 심취하여 전쟁이 발발하자 불평등한 세상이 사라질 것이라 생각하였다. 그렇지만 그가 직접 체험한 사회주의는 처음 생각했던 것과는 달랐다. 공산주의자들은 인민을 위하기보다는 인민을 학대하고 죽이기를 서슴지 않았다. 전쟁의 참화 속에서 박완서 가족 역시 온전할 수 없었다. 그의 오빠와 숙부가 전쟁 중에 죽었고, 수많은 인민들이 굶주리고 전쟁터로 끌려가 목숨을 잃었다.

오빠의 죽음은 박완서에게 큰 상처를 남겼다. 전쟁 전 오빠는 여느 젊은이와 마찬가지로 한때 사회주의 사상에 심취하였다. 당시는 '20대에 공산주의자가 아니면 하트가 없고, 30대에도 공산주의자라면 브레인이 없다'는 말이 유행할 시기로 오빠도 사회주의 사상에 심취하였지만, 얼마 지나지 않아 전향을 하였다. 그렇지만 전쟁 중에 오빠는 사회주의에 가담했던 것으로 반동으로 몰렸고, 다른 한쪽에서는 빨갱이라고 몰아 총상을 입혔다. 치료 불가능한 상태가 된 오빠는 1·4후퇴로 인해 가족에게까지 버려진 채 홀로 남겨져 고통 속에서 숨을 거두었다. 이러한 오빠의 죽음은 남은 식구 모두에게 큰 상처가 되었다. 특히 박완서에게 오빠는 우상 같은 존재여서 상처가 더 컸다.

또한 오빠의 죽음은 박완서를 생활 전선에 뛰어들지 않으면 안 되게 했다. 일자리를 찾던 중 우연히 죽은 오빠의 친구를 길가에서 만나, 그의 소개로 서울대학교 영문과 재학생이라고 속여 PX 내의 초상화부에 취직하게 된다. 가족의 생계를 위해 돈을 벌어야 했던 것이다. 그는 그런 상황을 목격하면서 전쟁의 폭압성과 사회주의의 허상을 깨닫고 전쟁의 피해를 고발하기로 결심한다.

박완서는 여러 지면을 통해 전쟁 체험을 계속 이야기할 수밖에 없는 것은 그 체험이 자신의 글쓰기의 출발이자 근거이기 때문이라고 밝힌 바 있다.

> 순진하고 행복한 문학 애호가가, 나도 장차 글을 쓸 것 같은 계시 같기도 한 강력한 예감에 사로잡힌 것은 6·25전쟁 중이었다. 대학에 입학하자마자 전쟁이 났다. 이미 중일전쟁, 태평양전쟁 등을 겪었지만 전국토가 전쟁터가 돼보긴 처음이었다. 다만 이념이 다르다는 이유 하나만으로 같은 민족끼리 그렇게 불구대천의 원수가 될 수 있으리라고 누가 상상이나 했겠는가. 이념으로 양분된 동족상잔에는 전선이 따로 없었다. 민간인끼리 가족끼리 형제끼리 원수가 되어, 밀고하고, 등 돌리고, 죽고 죽었다. (…중략…) 나는 이념 때문에 꼬이고 뒤틀린 가족관계로 인하여 공산 치하에서는 우익으로, 남한정부로부터는 좌익으로 몰려서 곤욕을 치르지 않으면 안 되었다. 그게 얼마나 치명적인 손가락질이라는 건, 그 더러운 전쟁의 와중에 있어보지 않고서는 도저히 상상도 못할 일이었다. 단지 살아남기 위해 온갖 수모와 만행을 견디어내야 했다. 그때마다 그 상황을 견디어낼 수 있는 힘이 된 것은 언젠가는 이걸 글로 쓰리라는 증언의 욕구 때문이었다. 도저히 인간 같지도 않은 자 앞에서 벌레처럼 기어야 하는 상황에서도 오냐, 언젠가는 내가 벌레가 아니라 네가 벌레라는 걸 밝혀줄 테다. 이런 복수심 때문에 마음만이라도 벌레가 되지 않고 최소한의 자존심이나마 지킬 수가 있었다. 문학에는 이런 힘도 있구나. 내가 글을 쓰게 된 것은 그 후에도 이십 년이나 뒤였지만 지금까지도 예감만으로도 내가 인간다움을 잃지 않도록 버티게 해준 문학의 불가사의한 힘에 감사한다.118)

인용문에서 보듯이 박완서는 6·25전쟁의 상흔과 부조리한 현실로 당대의 현실을 비판적으로 형상화하게 되었다.

---

118) 박완서, 「포스트 식민지적 상황에서의 글쓰기」, 『경계를 넘어 글쓰기』, 민음사, 2001, 657-658쪽.

이러한 작가의 체험과 비판의식에서 6·25전쟁과 남북 분단으로 야기되는 문제들을 다루게 된다. 첫 작품인 『나목』(1970)을 비롯하여 「세상에서 제일 무거운 틀니」(1972), 「부처님 근처」(1973), 「카메라와 워커」(1975), 「더위 먹은 버스」(1977), 『목마른 계절』(1978), 「엄마의 말뚝 2」(1981), 『그해 겨울은 따뜻했네』(1984), 「엄마의 말뚝 3」(1991), 『그 많던 싱아는 누가 다 먹었을까』(1992), 『그 산이 정말 거기 있었을까』(1995) 등에서 작가의 체험을 바탕으로 한 비판과 고발의식이 잘 나타난다.

2) 전쟁의 피해와 고발의식

① 일상의 황폐화와 현실 비판

『나목』은 박완서의 처녀작으로 6·25전쟁 체험을 자전적으로 형상화한 장편소설이다. 자전적으로 형상화해낸 만큼 소설에는 작가의 체험과 고발의식이 잘 드러나고 있다. 이 작품은 전쟁 중에 폭격으로 두 오빠를 잃고, 미 8군 PX 초상화부에서 근무하는 이경이라는 스무 살의 여주인공을 통하여 전쟁으로 황폐화한 가족의 삶이 제시된다.

이경의 어머니는 전쟁 중에 폭격으로 아들 둘을 잃게 되어 삶의 의미를 상실하고 반 실성하게 된다. 어머니의 실성은 여자로서의 삶과 어머니로서의 삶 모두를 송두리째 빼앗기고, 마지못해 목숨만 붙어있는 존재로 황폐화된다.

> 나는 어머니가 싫고 미웠다. 우선 어머니를 이루고 있는 그 부연 회색이 미웠다. 백발에 듬성듬성 검은 머리가 궁상맞게 섞여서 머리도 회색으로 보였고 입은 옷도 늘 찌들은 행주처럼 지쳐 빠진 회색이었다.
>
> 그러나 무엇보다도 견딜 수 없는 것은 그 회색빛 고집이었다. 마지못해 죽

> 지 못해 살고 있노라는 생활태도에서 추호도 물러서려 들지 않는 그 무섭도록 딴딴한 고집. 나의 내부에서 꿈틀대는, 사는 것을 재미나게 하고픈, 다채로운 욕망들은 이 완강한 고집 앞에 지쳐가고 있었다.[119]

어머니의 황폐화는 전쟁으로 가족의 구심점인 아들을 잃은 데서 오는 전통적 가치관의 황폐화를 보여주는 것이다. 가장인 남편이 죽고 없는 상황에서 아들은 남편을 대신할 가장인데 폭격으로 죽어버렸으니 가족의 구심점이 사라져 삶을 지탱할 의지처와 지향점을 잃어버린 것이다. 이런 어머니로 인하여 이경의 삶도 정상적이지 않다. 그녀는 두 오빠의 죽음이 자신의 책임이라는 자책과 어머니의 실성으로 인한 번민, 그리고 어머니와 먹고살기 위해 돈을 벌어야 하는 삼중고에 시달리며 위로받을 곳을 갈구하게 된다.

그는 자신의 처지와 비슷하다고 생각되는 옥희도를 사랑함으로써 그에게서 위로받고자 하지만, 이미 가정을 가지고 있는 옥희도와의 사랑에는 제약이 있었다. 옥희도와의 사랑을 포기하게 된 이경은 다른 방편으로 현실의 암울함에서 벗어나기 위해 일탈을 시도하는데 바로 이국인 병사 조와의 정사로써 삶에 변화를 주고자 한다. 이국인 병사 조 역시 자신의 나라도 아닌 남의 나라를 위해 생애를 마칠지 모른다는 번민을 가지고 있는데, 이경은 이국인 병사 조를 통해 일탈을 경험하고, 변화가 없이 늘 죽지 못해 살고 있는 엄마에게 애인인 조를 소개함으로써 엄마를 놀라게 하여 변화를 주고자 한다. 하지만 호텔 방안 진홍빛 갓 속에 진홍빛 꼬마 전구가 발열한 빛이 핏빛으로 방안을 물들여, 이경으로 하여금 오빠들의 죽음을 회상시켜 비극적 현실을 극복하지 못한 이경의 순간적 일탈은 실

119) 박완서, 『나목』, 세계사, 1995, 17-18쪽. 이하 인용은 쪽만 표시함.

패하게 된다.

전쟁으로 황폐해진 삶에서 벗어나고 싶어 하는 모습은 이경과 같은 또래인 PX 유기부에서 근무하는 미숙의 모습에서도 잘 드러난다.

> 그저 이 나라를 떠나고 싶어요. 전쟁이니 피난이니 굶주림이니 지긋지긋해. 궁상맞은 꼴 영 안 봤음 좋겠어.
>
> (…중략…)
>
> 시궁창 같아 너절해. 꼭 시궁창이라니까. 구질구질해.
>
> —『나목』, 117쪽

집 안이 시궁창같이 구질구질하여 이 나라를 떠나고 싶다는 미숙의 말은 전쟁 이후의 실상을 단적으로 말해주는 것이라 하겠다.

전쟁으로 인한 상실과 번민은 옥희도의 모습에서도 나타난다. 옥희도는 일제 식민지 때 선전(鮮展)에도 입선하고 특선까지 한, 그림밖에 모르는 화가지만 6・25전쟁으로 인해 고향인 황해도를 등지게 되고, 삶의 방편으로서 PX 초상화부에서 일하지 않으면 안 되는 존재가 된다. 생계를 위해 PX 초상화부에서 일 할 수밖에 없었던 옥희도는 이경과의 첫 대화에서 화가로서의 삶을 포기한 자신의 모습을 단적으로 드러낸다.

> "저… 이런 그림에 경험이 좀 있으신지?"
>
> "그야 난 본시가 환쟁이인걸!"
>
> "그럼 전직(前職)도 역시… 극장 같은 데도 계서 봤겠군요."
>
> "아-니. 직장은 여기가 처음이고, 난 그냥 환쟁이였소."
>
> —『나목』, 26쪽

이경과 옥희도의 대화에서 옥희도는 자신을 화가라 하지 않고 '환쟁이'

라고 칭하면서 생계의 수단으로 그림을 그리는 자신을 자조한다. 자조하는 그의 모습은 그림 그리는 가운데서도 나타난다.

> 초상화부에 일하다가 쉴 때 옥희도는 붓을 놓고 양쪽 어깨를 번갈아가며 몇 번 툭툭 치곤 피곤한 듯 창을 바라보는 자세로 몸체를 돌렸다.
>
> 창이라야 전에 쇼윈도로 쓰던 곳으로 내부와의 칸막이를 탁 터버려서 안의 면적을 넓히고 그 대신 밖에서 안이 들여다보이지 말라고 잿빛 휘장으로 유리 전체를 가려놓았기 때문에 아무것도 내다볼 수 없었다. 그런 잿빛 휘장을 그는 가끔 신기한 풍경이라도 즐기듯이 마주하고 있는 것이다.
>
> —『나목』, 35-36쪽

자신의 처지와 닮은 잿빛 휘장을 응시하면서 그는 자기 자신이 여기까지 이르렀음을 씁쓸한 미소를 지으며 반복되는 일상에 젖어 있다. 반복되는 일상에 이경과 함께 명동 장난감 가게에서 태엽으로 움직이는 침팸지가 위스키를 마시는 것을 보며 위안 삼게 되지만, 자신의 의지와는 상관없이 태엽에 따라 움직이는 침팬지를 보면서 자신도 장난감 침팬지와 다름이 없다는 것을 느끼면서 고독에 빠지게 된다.

> 드디어 태엽이 풀리면서 침팬지의 동작은 서서히 느려지고 유쾌한 애주가의 폭음은 부시시 멎었다.
>
> 구경꾼들은 하나 둘 비어갔다. 흥겨운 시간은 삽시간에 지난 것이다.
>
> 침팬지만이 사람들한테 아첨 떨기를 멈추고 한껏 외롭게 서 있었다.
>
> 그의 고독이 가슴에 뭉클 왔다. 사람과 동물로부터 함께 소외된 짙은 고독과 절망.
>
> 나는 옥희도 씨를 쳐다보았다. 그는 하염없이 화필을 놓고 잿빛 휘장을 바라볼 때처럼 그런 시선으로 침팬지를 보고 있었다.
>
> 문득 나는 그도 역시 침팬지의 고독을 앓고 있음을 짐작했다. 그리고 나도

> 그를 도울 수 없음을.
>
> 좀 전의 충족감이 포말처럼 커졌다. 나는 그에게서 소리 없이 밀려나 있었다. 침팬지와 옥희도와 나… 각각 제 나름의 차원이 다른 고독을, 서로 나눌 수도 도울 수도 없는 자기만의 고독을 앓고 있음을 나는 뼈저리게 느꼈다.
>
> —『나목』, 65-66쪽

옥희도는 생계를 위해 똑같은 잡종의 쌍판을 그리고 또 그리는 일에 고독을 느끼고, 이경은 역시 달러 냄새를 맡아가면서 <브로큰 잉글리시>를 계속해서 지껄일 수밖에 없는 일에 고독을 느낀다. 그래서 계속 장난감 가게를 찾아 침팬지를 보며 자신들은 장난감이 아닌 사람이라는 데 위안을 삼는다. 이것은 전쟁으로 인해 자신의 정체성을 상실한 채 번민하는 지식인의 모습을 단적으로 제시하는 것이다. 생존을 위해 장난감 가게의 기계처럼 움직이는 황폐한 삶의 모습을 통하여 모든 것을 상실케 한 전쟁의 비극을 강조하고 있다고 하겠다.

이렇게 『나목』을 통해 전쟁이 단순히 목숨을 빼앗고, 건물을 파괴시키는 것만이 아니라, 사람의 정서까지 황폐화시킨다는 것을 보여준다. 정상적인 것을 황폐화시키는 현실을 사실적으로 표현함으로써 6·25전쟁을 비판하고 있다고 하겠다.

② 이데올로기의 폭력과 고발

『목마른 계절』[120]은 6·25전쟁이 일어나던 해인 1950년 6월부터 그 이듬해 5월까지를 시간적 배경으로 이데올로기의 허상과 전쟁의 비극을 형상화하고 있다. 6·25전쟁이 발발한 1950년 6월부터 9월까지 인민군 치하의 3개월, 이어 10월부터 다음 해 1월까지 국군에 의해 수복된 4개

120) 박완서, 『목마른 계절』, 세계사, 1994. 이하 인용 쪽수만 표시함.

월, 그리고 다시 인민군 치하의 5개월 동안 전쟁으로 야기되는 비극이 서울을 배경으로 전개된다. 이 작품은 3인칭 시점을 취하고 있는데, 이것은 객관적인 시선으로 이데올로기의 허상과 전쟁의 비극을 보여주려는 의도라 하겠다. 그것은 전쟁의 참상을 고발하겠다는 작품의 주인공 하진의 발언에서도 드러난다.

> 이 동족 간의 전쟁의 잔학상은 그대로 알려져야 된다고 생각해요. 특히 오빠의 죽음을 닮은 숱한 젊음의 개죽음을, 빨갱이라는 손가락질 한 번으로 저세상으로 간 목숨, 반동이라는 고발로 산 채로 파묻힌 죽음, 재판 없는 즉결처분, 혈육 간의 총질, 친족 간의 고발, 친우 간의 배신이 만들어낸 무더기의 죽음들, 동족 간의 이념의 싸움이 아니면 도저히 있을 수 없는 이런 끔찍한 일들을 고스란히 오래 기억되어야 한다고 나는 생각해요.
>
> —『목마른 계절』, 325-236쪽

인용문에서 보듯이 주인공이 '전쟁의 잔학성을 알려야 한다'는 것을 강조하고 있다. 이것은 새로운 세상을 만들겠다며 그럴듯한 이데올로기를 내세우며 시민들을 전쟁터로 내몰았던 이데올로기 신봉자들의 허상과 전쟁의 비극을 고발하겠다는 작가의 의도[121]를 대변하고 있는 것이다. 이러한 작가의 의도는 중심인물인 하진을 통해 드러난다.

주인공 하진은 B고녀에 다닐 때 민청 지하조직에 가담하여 정학 처분까지 당한 이력이 있고, 대학생이 되어서도 좌익이념에 대한 동경과 환상에 젖어있다. 그것은 자신을 둘러싸고 있는 현실의 부조리와 불평등에 대한 불만과 분노에서 비롯된다.

---

121) 박완서, 「나에게 소설은 무엇인가」, 『박완서 문학앨범』, 웅진출판, 1992, 124쪽.

"잘은 모르지만 나는 그 사상이 분노에서 출발한다는 것쯤은 짐작하고 있어. 세상에 널린 숱한 불공평에 대한 분노 말야. 그렇지만 너희들이 그렇게 화내고 있는 심한 빈부(貧富)의 차라든가 그 밖의 수두룩한 억울한 일들을 한꺼번에 해결 지을 수 있는 혁명이란 게 실제로 가능할까?"

—『목마른 계절』, 19면

인용문은 하진의 단짝 친구인 향아가 B고녀의 민청(조선민주청년동맹) 지하조직이 발각되어 무더기로 정학 처분을 당할 때 하진도 포함되어 있었다는 것을 알고, 자기에게 그것을 말하지 않은 것을 서운해하며 하는 말이다. 향아의 말과 같이 하진은 현실에 대한 불만에서 전쟁을 긍정적으로 인식하고 있다. 전쟁이 '살육과 파괴만이 목적이 아닐진대 반드시 썩고 묵은 질서의 붕괴(崩壞)와 찬란한 새로운 질서의 교체'(33쪽)를 위한 수단으로 받아들이고자 한다. 전쟁을 통하여 기존의 부패한 사회를 개혁하고 새로운 질서가 수립되기를 바라는 것이다. 이것은 작중 인물 하진뿐만 아니라, 당시 많은 지식인들의 바람이기도 했다. 여운형을 비롯한 많은 인사들이 공산주의에 가담했던 이유도 부패한 기존의 질서를 타파하고 새로운 사회를 건설하고자 하는 바람에서였다고 하겠다.

그러나 전쟁으로 바뀐 세상에서 하진은 전쟁이 드러내는 실체를 확인하고 놀라지 않을 수 없다. 전쟁 3일 만에 서울은 함락되었고, 7월로 접어들자 재빨리 조직된 민청(조선민주청년동맹), 여맹(조선민주여성동맹), 인민위원회 등은 노동당의 정책을 관철하는데 최우선 순위를 두었다. 이들은 15~16세의 어린 학생들을 인민의용군(인민군 정규군을 돕기 위한 지원병)으로 몰아갔고, 10세가량의 세상 물정을 모르는 아이들에겐 '김일성 장군' 등 생소한 노래를 가르쳐 따라 부르게 했다. 이들의 촉수(觸手)가 집집의 안방 속 깊숙이까지 뻗쳐, 자고 깨면 이웃의 누구누구가 잡혀 가고, 또 누구누구가 자취를 감추었다. 다음은 동회를 파수 보는 듯한 아주 나이 어린 인민군이 오동나무 아래 평상에 걸터앉은 은색 수염의 할아버지와 이야기를 주고받는 대목이다.

> "나랏일도 중하지만 그래도 공부할 땐 공부해야지."
> "공부보다는 남반부 인민의 해방이 더 중요하니까요. 공부는 단지 개인의 일일 뿐이죠, 남반부 인민들이 리승만 괴뢰정부의 학정 밑에 신음하는데 어찌 편히 공부나 하고 있겠소?" (…중략…) 할아버지는 눈치 없이 이 소년이 학교 못 간 것만 서운해하고, 소년은 할아버지의 이 주책없는 동정을 어떻게 처리할 것인가 망연해한다. (…중략…) "아까 문안으로 슬슬 구경 나갔다가 임자 또래의 군인을 몇 봤어. 아마 임자같이 딱한 처지의 군인도 적지 않은 모양이지, 쯧쯧." "그렇소. 우리 인민군대야말로 진정한 노동자 농민의 아들딸로서 구성되었기 때문이오." (…중략…) "저런, 김일성이 그 사람도 잘못이야, 쯧쯧. 아무리 못난 노동자 농민의 자식이기로서니 어린 것들이야 무슨 죄가 있다고 싸움터로 내보내다니, 그런 도척 같은…"
>
> —『목마른 계절』, 44-45쪽

어린 인민군은 자신보다 더 큰 총에 몸이 짓눌리고 제대로 사용할 줄도 모르면서, 오로지 노동자 농민인 가족이 잘 살 수 있다는 선전을 믿고 목숨을 건 전투에 참여한 것이다. 그렇게 하여 전쟁에 참여한 10대 어린 소년을 바라보는 할아버지의 안타까운 심정은 6·25전쟁의 또 다른 실상이라고 하겠다. 민중을 현혹하여 전쟁의 도구로 몰아간 전쟁의 실상이 조금씩 드러나자, 진이는 인민군이 강요하는 이데올로기에 진절머리를 내기 시작하고 공포를 느끼게 된다. 그리고 "당, 인민, 충성에 또 충성, 애국적 영웅적에 또 거듭 애국적… 온통 애국, 충성, 라디오도 신문도 학교에서도 길에서도 들리는 음악도 시각도 온통 애국만을(70쪽)" 강요하는데 진절

머리를 내기 시작하는 것이다.

실제로 공산주의 이론에 어느 정도 공감했던 낭만주의적 지식인이나 남북한 화해와 통일을 우선적으로 생각했던 민족주의적 지식인들조차도, 6·25전쟁 이후 북한 점령군의 지극히 억압적인 공산주의를 체험하고 난 이후에는 공산주의에 대해 상당수가 적대적이 된 경우가 많았다.[122] 그것은 전시 공산주의 하에서 국가의 직접적이고 광범위한 간섭, 대중 억압의 주요 수단으로서 집중화된 행정 매커니즘, 국가주의에 대한 열성적인 변론, 지도자 일인에 대한 우상화 등이 주요 원인이었다.

이것은 소설 속에서 공산주의자 최치열의 모습을 통해 잘 드러난다. 그는 비행기 기금 모금 운동에 민청 산하 전체 학생이 총궐기하라는 수령의 지시에 '목적을 위해 수단을 가리지 말라'(99쪽)고 하며, 하진 등에게 모금운동에 참여할 것을 강요한다. 집집마다 배가 고파 아사지경에 처해 모금운동이 어렵다고 하진이 말하자 '인민이 굶주릴수록 우리의 과업이 유리하다'(132쪽)며 비인간적인 행동을 강요하는 것이다. 그런 최치열의 모습에서 하진은 공산주의의 실상을 깨닫게 된다. 그리고 행방불명된 오빠가 인민군으로 끌려간다는 소식을 듣고 인민군 부대로 달려가지만, 인민군의 통제로 만날 수 없게 된다. 이것은 다른 사람들도 만찬가지였다. 마지막일지도 모르는 가족의 얼굴조차 볼 수 없게 하는 공산주의의 비정함을 하진은 확인한다. 하진이 오빠의 전향을 이해하게 되는 것은 이런 체험을 통해서이다. 한때는 변절자이고 비겁하다고 비난했으나 자기 스스로 공산주의의 실상을 체험하고는 오빠를 이해하게 되는 것이다.

열이 끌려간 밤부터 어쩔 수 없이 그녀의 의식(意識)의 표면으로 부상(浮上)

122) 김동춘, 『전쟁과 사회』, 돌베개, 2006, 260쪽.

> 한 공산주의에 대한 반발과 증오가 결코 동기간을 잃은 데서 비롯한 단순한 사감이 아니라는 확증, 즉 많은 사람, 특히 당이 자기편이라고 믿고 있는 무산계급도 결코 공화국의 하늘 아래서 행복하지 않다는 확증을 될 수 있는 대로 많이 봐 두고 싶었다.
>
> —『목마른 계절』, 120쪽

가장이자 정신적 지주인 오빠의 북송으로 공산주의에 대한 관념은 깨지게 되고 졸지에 생계를 떠맡게 됨으로써 하진은 비로소 현실을 직시하게 된다. 그렇지만 단순히 현실을 직시하는 것으로 끝나지 않고 직접적인 경험을 통해 전쟁이 야기하는 비극을 증언하고 고발한다.

전쟁은 새로운 질서를 세울 것이라는 당초의 기대와는 달리, 이념에 동조하지 않거나 반대하는 자들을 처벌하고 죽이는 일이 대수롭지 않게 일어난다. 도처에 시체는 나무토막이나 돌멩이처럼 예사롭게 널려 처참한 모습을 드러낸다. 전쟁 속의 '서울은 온갖 최신 화력으로 격렬한 공격을 당하면서 모진 집념과 독기 서린 악의의 지배하에 있었고, 이 틈바구니에서 사람들은 이래 죽고 저래 죽고, 앉았다가도 죽고 섰다가도 죽고, 폭격에 죽고 포탄에 죽고, 반동이라 죽고 원한을 사 죽고, 이렇게 파리 목숨만도 못하게 명분 없이 죽어가고도 더 많은 사람들은 아직도 살아남아 죽을까 봐 두려움에 떠는'(154쪽) 참혹한 아수라장이었다. 그러한 모습을 통해 전쟁의 잔혹한 현장을 고발하고 있다.

> "바로 내가 있던 산골짜기에 시체가 무더기로 쌓여 있지 않겠니. 군인 아닌 민간인의 시체가 총에 맞고 칼에 찔리고, 차마 눈뜨고 볼 수 없는 모습으로, 놈들이 후퇴하며 저질러 놓은 끔찍한 짓이었어."
>
> "오빠두 참, 어디서나 있었던 일인데 그까짓 일로 그렇게 몹시 마음을 앓을 게 뭐람." "그뿐인 줄 아니. 그 시체의 더미 앞에서 또 하나의 대량학살이

> 행해지는 걸 보았거든. 이번엔 빨갱이라 불리는 사람들이 죽어 가는 차례더군. 김일성 만세를 부르며 죽어 가는 이도 간혹 있었지만 대부분은 빨갱이가 아니라고 제발 한 번만 살려달라고 애걸하는 부녀자와 빨갱이가 되기에는 너무도 어린, 이념(理念)은커녕 말도 못 배웠을 어린이에게까지 총이 그렇게 난사되다니. 총에 맞고 나서도 급소를 맞지 않은 이는 살려달라고 단말마의 안간힘을 쓰는데 또 한 번의 난사로 그 안간힘을 끊다니…"
>
> —『목마른 계절』, 200쪽

인민군으로 끌려갔다 돌아온 하진의 오빠 '열'이 도망쳐 나오면서 목격한 광경을 '진하에게 말하는 장면이다. 그는 전쟁의 참상으로 피해망상과 불면증에 시달리며 고통의 나날을 보낸다. 예전의 따뜻하고 사려 깊은 모습은 사라지고, 까닭 없이 놀라고 불안해했으며 아들에게조차 냉담한 것이다. 이러한 상황에서 살아남기 위해 하진은 남쪽으로 피난을 갔다가 온 것처럼 꾸미는 가짜 피난을 계획한다.

> 가짜 피난요. 우리 이 집에서 꼼짝 말고 지내다가 또 한번 난리를 치르고 서울이 다시 수복되거든 그때나 돈암동 집으로 돌아갑시다. 피난 갔던 사람들이 한 창 돌아올 무렵 우리도 의젓하게 돌아가면 되잖아요. 우리도 남쪽으로 피난 갔다가 돌아오는 것처럼 떳떳하게 우리 동네로 돌아가요. 아무도 우리를 의심하거나 빨갱이라고 뒷손질 못 할거예요. 우리는 그때부터 다시 떳떳이 살 수 있을 거예요.
>
> —『목마른 계절』, 214쪽

인민군과 국군이 번갈아 장악하는 서울에서 살아남기 위해서 남의눈을 속이는 가짜 피난을 해야 한다는 것은 6·25전쟁의 비극을 단적으로 말해준다. 인민군 치하에서는 총부리를 들이대는 인민군의 강요에 어쩔 수 없이 인민군의 보급투쟁 등에 참여해야 했고, 또 국군이 주둔하게 되면 인민군에 협조했다는 이유로 빨갱이로 몰려 처형되거나 고난을 겪어야 했던 것이 6·25전쟁의 실상이었다.

그래서 하진이 흠모하는 준식은 6·25전쟁을 '더러운 동족상잔의 전쟁'이라고 말하며, 남자는 어차피 어느 편이고 선명하게 선택할 수밖에 없다고 한다. 그리고 '내 선택이 어째서 그릇됐나를 누구에게고 떳떳하게 증언할 수 있을 때 나는 비로소 내 편을 배반할 수 있을 것이'(257쪽)라고 말한다.

6·25전쟁의 비극은 민중들에게 선택의 여지를 주지 않고 어느 한쪽을 선택하지 않으면 안 되게 하는 이데올로기의 강요이다. 자기들이 강요하는 이데올로기를 거역하면 반동이나 빨갱이로 몰아 격리하고 처형했다. 하진은 비로소 공포심이나 고통을 느끼지 않고도 살 수 있는 삶은 이데올로기의 싸움이나 전쟁이 없음으로써 가능하다는 것을 하진은 깨닫게 된다. 그리하여 그가 6·25전쟁을 통하여 느낄 수 있었던 유일한 편안함을 '빨갱이 나라에 살고 있는지 흰둥이 나라에 살고 있는지 그것조차 분간이 안 되는' 상황 속에서 발견하게 되는 역설을 낳는다.

하진의 이와 같은 생각의 변화는 일 년이라는 짧은 기간 동안 정신적이고 육체적인 성장에 따른 것이라고 보기는 어렵다. 그것은 하진이뿐만이 아니라 6·25전쟁을 겪은 모두가 겪었음직한 생각의 변화라고 할 수 있을 것이다. 이 작품에 나타나는 이데올로기의 허상과 전쟁의 비극에 대한 지적은 인민군에게 오빠가 사살당하고, 그 때문에 어머니가 미쳐버리는 비극을 겪은 하진의 입을 통하여 다음과 같이 진술된다.

> "툭하면 '자유 민주주의를 위해서라면', 저쪽 편에선 '수령이나 사회주의 낙원을 위해서라면' 일전도 불사할 결의를 보여야만 하는 것으로 되어 있는

> 치졸한 애국 애족에서 깨어나 좀 더 깊이 생각하게 될 거예요. 결국 이데올로기라는 것도 사람을 잘 살게 하기 위해 사람이 만들어 낸 거지 이데올로기 나고 사람 난 건 아니잖나 하고."
>
> —『목마른 계절』, 326쪽

이러한 진술은 이데올로기가 제 아무리 그럴 듯한 명분을 가지고 있다고 하더라도, 그 명분을 내세워 인간의 삶을 파괴할 수 없음을 뜻한다. 집단적인 살육행위가 벌어지는 현장에서 하진이 체감하는 것은 사랑하는 사람을 잃는 공포일 따름이다. 그리하여 하진은 오빠 열과 민준식과 이별하면서 느끼는 전쟁의 고통과 상처를 비롯한 자신이 체험한 모든 일을 훗날 다른 사람에게 반드시 알리고야 말겠다며 세상에 복수를 다짐하는 것이다.

이것은 박완서 소설의 한 특징이기도 하다. 박완서는 자신의 소설 창작의도에서 밝힌 바와 같이 '일방적으로 당할 수밖에 없었던 그 시절의 운명의 힘에 글로서 복수하고자 했다'[123]고 말하고 있다.

③ 전쟁의 후유증과 증언

장편소설『나목』,『목마른 계절』이 주인공이 겪은 전쟁 체험을 다루었다면,「세상에서 제일 무거운 틀니」,「부처님 근처」,「카메라와 워커」,「겨울나들이」,「더위 먹은 버스」,「엄마의 말뚝 2」 등의 중·단편소설은 전쟁 이후 살아남은 자들이 겪는 고통을 그린 후일담 형식의 작품이다. 이 작품들은 6·25전쟁에 대한 서술보다 전쟁으로 인한 상처를 현재까지 안고 있는, 살아남은 자의 고통을 그들의 일상을 통해 생생하게 형상화했다. 자전적 체험을 바탕으로 하였기에 1인칭 주인공 시점이 주를 이루는

123) 박완서, 앞의 글.

전개 과정을 통해 자신의 체험을 형상화하였고, 주인공 '나'를 통해 적극적으로 현실인식을 드러낸다.

「세상에서 제일 무거운 틀니」의 '나'는 딸의 진학과 교육 문제로 골치 아파하는 평범한 중년여성이다. 동년배의 다른 여성들과 다를 바 하나 없는 평범한 인물로 나오지만, 6·25전쟁으로 계속되는 피해로 극심한 정신적 고통을 받고 있다. 고통의 근원은 오빠이다. 오빠는 6·25전쟁 때 의용군에 끌려가 이북에서 밀봉교육을 받고 곧 남파된다는 첩보로, 일가가 차례로 정보기관에 연행되어 조사받게 된다. 그로부터 가족들은 대문소리에 가슴이 내려앉기 시작하고 불안에 떠는 삶을 살게 된다.

> "말이 자수지. 그놈이 벌써 마흔인데 그곳에 계집 자식이 없을 리 없을 테니 이 에미 말을 들을까? 계집 자식 생각이 앞설 테지. 차라리 넘어오다…"
>
> 어머니는 말끝을 흐리고 눈물을 닦는다. 그러나 나는 다음 말을 알고 있다. 나도 방금 그런 생각을 하고 있었으니까. 어머니보다 훨씬 진작부터 그런 생각을 하고 있었으니까. 넘어오다 차라리 사살(射殺)되었으면 하고.
>
> 간첩이 된 현령과의 상봉이 몰고 올 사건과의 당면이 두려운 나머지, 열여덟 평 블록집 속의 안일이 소중한 나머지, 어머니와 나는 마녀(魔女)보다도 더 잔인해졌다.[124]

간첩으로 오게 된다는 오빠로 인해 가족의 불안감은 날이 갈수록 심해져서 혈연으로 이루어진 가족마저 혈육의 정보다는 안일을 중시하는 상황에 이르게 된다. 공무원인 남편과의 관계에서도 불화로 이어지게 되고 이로 인해 '나'는 자괴감에 빠지게 된다.

> 남편이 점점 거칠어지며 폭음이 잦아졌다. 장가를 잘못 가서 신세를 망쳤

124) 박완서, 「세상에서 제일 무거운 틀니」, 『부끄러움을 가르칩니다』, 문학동네, 2006, 80쪽.

> 다는 것이다. 간첩 처남을 두었으니 무슨 수로 승진을 바라겠느냐, 승진은커녕 언제 모가지가 날름 날아갈지 몰라 전전긍긍하다가 집구석이라고 찾아 들어와야 언제 또 간첩 처남이 돌아와 총을 들이댈지 모르니 술이라도 안 마시고 어쩌겠느냐고 고래고래 고함을 쳤다.
>
> —「세상에서 제일 무거운 틀니」, 80-81쪽

「세상에서 제일 무거운 틀니」는 6·25전쟁 이후 남북 분단으로 인해 어떠한 피해가 어떻게 나타나는지 한 가족사를 통해 생생하게 표현하였다. 이러한 생생한 표현은 사회로 이어져 이 사회가 개개인에게 어떤 고통을 끼치고 있는지 신랄하게 비판하고 있다.

「더위 먹은 버스」에서는 월북한 삼촌으로 인해 고통받는 한 가정의 이야기이다. '나'의 아들은 공과대학을 나와 국가기관인 모 연구원에 응시해서 1차 합격을 하였지만 월북한 삼촌이 신원조회에서 걸려 2차에서 낙방하고 만다. 딸 또한 7년 동안 사랑했던 애인과 결혼을 생각하고 함께 서독 유학을 준비하나 출국 수속 중 월북한 삼촌의 망령으로 좌절된다.

> 나는 알 수가 없었다. 암만 생각해도 알 수가 없었다. 비록 아이들이 어렸을 때 학살당했다고는 하지만 훌륭한 인품으로 자유와 민주주의의 순교자로 아이들의 성장에 적지 않은 영향을 끼쳤고 지금도 아이들의 흠모를 한 몸에 모으고 있는 아버지보다 아이들에게 한 번도 존재해본 일이 없는 삼촌이 어째서 그런 엄청난 영향을 아이들에게 끼칠 수가 있나를.[125)]

이러한 삼촌의 망령은 누가 일부러 만든 것이 아닌 6·25전쟁이 가져온 것으로, 개인의 힘으로는 어쩔 수 없이 그 고통을 고스란히 감내할 수밖에 없는 현실이다. 박완서는 그런 현실을 생생하게 드러낸다.

---

125) 박완서, 「더위 먹은 버스」, 『背叛의 여름』, 창작과비평사, 1978, 102~103쪽.

> 죽은 망령이라면 용한 무당을 시켜 지노귀굿이라도 해서 좋은 곳으로 천도라도 할 수 있으련만, 용한 관수를 시켜 경이라도 읽어 다시는 못 헤어날 옥중에 가둘 수라도 있으련만, 북쪽에 살아 있는 자신의 망령에 대해선 나뿐 아니라 우리 모두가 속수무책이었다.
>
> —「더위 먹은 버스」, 104쪽

작가는 연좌제로 인해 고통받는 현실을 통해 전쟁의 후유증을 비판하고 있다. 그리고 이와 함께 반공 이데올로기가 개인의 인권을 억압하고 사회를 지배하는 뒤틀린 현실을 고발한다.

> "나를 끌어내라고 한 놈은 빨갱이 아니면 공산당일 거야. 틀림없어. 나로 말할 것 같으면 ××당 ××군 위원장에다 지금 나는 새도 떨어트리는 권××의 직속부하다. 이런 나를 감히 끌어내리라고 한 놈이 빨갱이밖에 더 있냐 말야. 이 악질 빨갱이들아."
>
> 주정 치곤 너무 어처구니없는 주장이었다. 취한은 자기를 끌어내리란 발언을 제일 먼저 한 내 뒤의 남자뿐 아니라 버스 속의 승객 모두를 살기등등한 눈으로 노려보며 고래고래 악을 썼다.
>
> (…중략…)
>
> 이상한 일이었다. 승객은 한결같이 취한의 좀 전의 횡포는 접어둔 채 취한의 너도 빨갱이지? 하는 지적이 자기 가슴에 떨어질까봐 그것만 전전긍긍하고 있었다.
>
> —「더위 먹은 버스」, 112-113쪽

인용문에서 보듯이, 이른바 '빨갱이'로 상징되는 반공 이데올로기가 법과 질서를 무시하는 초법적인 힘으로 작용하고 있는 현실을 비판하고 있다.

이와 같이 「세상에서 제일 무거운 틀니」, 「더위 먹은 버스」 등에서는

6·25전쟁과 남북 분단 이후의 현실이 사람들을 어떻게 위축시키고, 황폐화시키는지를 한 가족의 체험을 통해 생생하게 보여주고 있다.

「부처님 근처」와 「카메라와 워커」는 위와는 다른 모습으로 나타난다. 전쟁의 악몽에서 멀어지려고 노력하는 한 가족이 등장하는데 이들 가족이 취하는 감춤과 회피가 근본적인 치유가 될 수 없음을 여실히 드러내었다.

「부처님 근처」는 좌익 활동하다 전향하여 동지에게 죽임을 당한 오빠와 부역 및 밀고로 원한을 산 아버지의 죽음을 행방불명으로 처리한 가족의 이야기를 담고 있다. 이들의 죽음은 당시 남한 사회에서 용납하기 어려운 것이기 때문에 남은 가족들은 이를 은폐하는데 이로 인해 가족들은 악몽에 시달리게 된다.

> 어둑어둑해지는 저녁나절 집에 돌아올 때, 앞서가는 젊은 남자의 뒤통수가 잘생기고 걸음걸이가 근사했다고 치자. 그 무렵의 나는 그런 일로도 감미로운 기대로 가슴이 두근거릴 수 있는 그런 나이였다. 그러나 나는 무서웠다. 앞서가는 사람이 행여 돌아다볼까 봐, 돌아다보는 그의 얼굴이 꼭 피투성이의 무너져 내린 살덩이일 것 같아 나는 무서웠다. 나는 지독스런 혐오감으로 몸을 떨며 온몸에 식은땀을 흘렸다. 내 처녀 시절, 내 인생의 가장 빛나는 시절을 나는 이렇게 지긋지긋하게 보냈다. 무서운 게, 무서워하며 사는 게 지긋지긋했다.[126]

진실을 계속 감추지만 그것으로 악몽은 계속 나타나게 된다. 그렇지만 박완서는 「부처님 근처」에서 진실의 왜곡을 비판 대상으로 삼지 않는다. 진실을 왜곡시킬 수밖에 없는 사회를 비판하고, 그 근원이라 할 수 있는

126) 박완서, 「부처님 근처」, 『부끄러움을 가르칩니다』, 문학동네, 2006, 108쪽.

6·25전쟁의 피해가 현재까지 재현되어 계속적으로 소시민이 고통받고 있다는 것을 생생하게 고발하고 있다.

「카메라의 워커」에서는 아예 조카를 좌익 활동으로 죽은 오빠와는 다른 상황에서 길러낸다. 그리하여 다시는 오빠처럼 전쟁의 소용돌이에 휘말리지 않고, 가족만을 생각하게 하도록 키운다. 조카의 진로까지, 오빠가 선택했던 문과가 아닌 이과를 선택시켜 외면적으로는 전혀 이념 전쟁과 무관하게 조카를 키워낸다. 조카가 대학 다니는 사 년 동안 데모가 끊이지 않아 걱정되었을 때에도 공갈과 설교로 오빠와 같은 길을 허락하지 않는다.

> 혹시 꼬임에 빠져서라도 그런 데 끼여들었다간 졸업 후 취직도 못하고 일생을 망치기 십상이라고 공갈을 쳤고, 너는 꼭 대기업에 취직해서 안정된 생활을 누리고 예쁜 색시 얻어 일요일이면 카메라 메고 동부인해서 야외로 놀러 나갈 만큼은 재미있게 살아야 한다고 설교를 했다.[127)]

이렇게 자신의 의지와는 상관없이 길러진 조카는 취업이라는 현실에 봉착하게 된다. 전쟁에 대한 나의 통쾌한 복수 수단으로 길러진 조카는 현실의 취업난에 봉착하여, 이로 인해 아는 사람 소개로 측량기사보 자리에 들어가는데 워커를 신고 공사판을 누비는 신세가 된다. '나' 역시 바람이었던 자신의 방식으로 조카를 잘되고 잘살게 하여 세상에 복수하리라는 계획을 실패하게 되는데, 이를 통해 박완서는 6·25전쟁의 피해를 당당히 맞서서 극복하지 못하고 안일한 삶의 방식으로 회피하는 현실을 비판한다.

6·25전쟁은 다른 외세와의 전쟁이 아닌 같은 민족 간의 전쟁이자 이

127) 박완서, 「카메라와 워커」, 『부끄러움을 가르칩니다』, 문학동네, 2006, 364쪽.

데올로기 전쟁이었다. 같은 민족 간의 전쟁이고 이데올로기 전쟁인 까닭에 그 상처와 고통은 치유되기 쉽지 않은 것이다. 박완서는 이러한 현실을 직시하고 소설로 형상화하였다.

④ 상처의 치유와 역사를 위한 증언

앞에서 본 『나목』, 『목마른 계절』 그리고, 「세상에서 제일 무거운 틀니」, 「부처님 근처」, 「카메라와 워커」 등의 작품을 중심으로 전쟁으로 인한 일상의 황폐화와 이데올로기의 폭력성에 대한 비판과 고발, 전쟁의 후유증 등의 문제를 살펴보았다. 여기서는 「엄마의 말뚝 2, 3」과 『그 산이 정말 거기 있었을까』를 중심으로 전쟁의 상처와 그 치유를 위한 방안 등을 살펴보고자 한다.

(가) 「엄마의 말뚝 2, 3」

「엄마의 말뚝 2」는 서사구조의 측면에서 보면 중년이 된 딸의 현재의 생활과, 그가 30년 전에 오빠와 어머니와 함께 했던 과거의 생활이 교차되는 이중적 서사구조를 띤다. 이것은 과거와 현재를 함께 조명해 보겠다는 의도라 하겠다. 현재의 삶이 뿌리를 내리고 있는 토대인 과거의 삶에 대한 검토는 현재의 삶에 대한 점검과 미래에 대한 전망으로 이어진다는 점에서 의미를 지닌다. 박완서 소설에서 작가의 개인사적인 이야기가 빈번하게 나타나는 것도 같은 맥락에서 이해될 수 있을 것이다. 특히 「엄마의 말뚝 2」의 중요한 소재인 6·25 전쟁의 체험도 작가 본인이 토로한 바 있듯이,[128] 그것은 자기 혼자만의 비극이 아니라 우리 모두의 상처이기 때문에 같은 잘못을 반복하지 않기 위해서 거듭해서 제기된다

128) 박완서, 「나에게 소설은 무엇인가」, 『박완서 문학 앨범』, 웅진출판, 1992, 140쪽.

고 하겠다.

작품의 중심 이야기는 어머니의 낙상사고와 그것을 계기로 딸과 어머니가 반추하는 오빠에 대한 기억이다. 딸과 어머니가 반추하는 오빠에 대한 기억은 크게 두 부분이다. 어머니가 손목을 다쳐 그것을 치료하는 약인 산골을 구해 온 일과, 6·25전쟁 때 의용군으로 지원했다가 중도에서 돌아와 피난도 못 가고 숨어 있다가 인민군에게 총살당한 일이다. 그러면 오빠에 대한 기억을 반추하는 이야기가 의미하는 바는 무엇일까? 「엄마의 말뚝 2」의 의미는 여기에 있다고 하겠다.

서술의 주체인 딸은 '내 살림의 종신 집권'으로 자신의 역할과 존재를 보장받고 확인하려는 주부이고, 그녀의 삶은 가족과 더불어 안락하다. 그녀가 살림에서 완전히 일탈될 땐 자신의 부재를 확인시켜주는 것으로 '섬뜩한 느낌'이 있는데, 그녀는 그것을 '무의미한 진구덩의 퇴적에 불과한 일상'을 아름답고 생기 있게 비춰주는 것으로 여기며 은근히 즐기고 사랑하기까지 한다. 딸은 가족과 더불어 안락한 일상에 젖은 자신의 삶이 조금은 권태롭기도 하지만, 자신이 살림의 주인으로서 위치를 누리고 있다는 것이 뿌듯해하고 만족하고 있다. 이렇게 가족적인 일상에 편안하게 안주하고 있는 딸의 삶을 뒤흔들어 놓는 일로 어머니의 낙상사고가 일어난다. 친구의 농장에서 오랜만에 즐거운 시간을 보내며 집안일에서 철저히 방심한 상태에서 이제까지 경험한 것 중의 최악의 섬뜩함을 느끼고는 불안해하며 집에 돌아오자 식구들이 어머니의 낙상사고를 알리는 것이다.

그런데 어머니의 낙상사고 소식을 대하는 딸의 태도는 식구들의 염려와는 사뭇 다르다. 딸은 자기 가족이 무사한 것에 안도하며 쏟아지는 졸음에 잠 속으로 빠져든다. 여기서 두 사람 관계가 암시된다고 하겠다. 딸에게 어머니는 단 하나뿐인 일촌이지만, 가족보다는 덜 중시되는 존재로 인식되고 있다. 곧 어머니는 딸의 일상에서 거의 묻힌 존재나 다름없다는 것을 의미하는 것이다. 육친으로서의 어머니보다 내 가족이 중시되는 딸의 태도는 「엄마의 말뚝 1」에서 보았던 자식을 위해서는 모든 것을 희생하는 어머니의 모습과도 유사하다. 「엄마의 말뚝 2」가 「엄마의 말뚝 1」의 연장선에 있는 연작임을 상기할 때 서술자인 딸의 모습은 「엄마의 말뚝 2」의 어머니와 닮은꼴이다. 「엄마의 말뚝 1」에서 중년이 된 딸이 스스로 어머니의 말뚝이 풀어 논 새끼줄에 매여 있다고 말하는데서 「엄마의 말뚝 2」의 딸 또한 어머니를 닮아 있다. 그러나 딸은 그것을 알지 못하고 어머니의 낙상사고로 기억 속의 오빠를 반추하면서 어머니의 삶에 다가가게 된다.

기억 속의 오빠는 서술자인 딸에게는 반추될 때만 현재형이나 어머니에게는 늘 현재형으로 자리하고 있다. 그것은 수술을 거부하던 어머니가 오빠가 구해온 산골을 떠올리며 웃는 얼굴로 수술실로 들어가는 모습에서 알게 된다. 어머니가 오빠의 산골을 떠올리는 것이 다분히 의도적이고 작위적이긴 하지만, 어머니에게 오빠는 살아 있는 현재형이라는 것을 보여주는 부분이다. 자기 몸에 칼을 대는 것을 완강하며 거부하며 수술을 단호하게 거절했던 어머니가 수술장에 웃으면서 들어가게 된 것은 30년 전에 오빠가 산골을 구해온 일을 떠올리게 했기 때문이었다. 그러한 어머니의 모습을 지켜보는 딸의 태도는 연민과 안쓰러움으로 가득 차 있지만, 어머니에게 오빠는 늘 살아 있는 현재형인 것이다.

어머니의 가슴속에 자리하고 있는 오빠는 딸과 어머니만 아는 비밀로, 그것은 가족적인 일상에 편안하게 안주하고 있는 딸이 과거에서 헤어나지 못하는 어머니에게 다가가는 통로가 된다. 오빠는 누구도 범접할 수 없는 어머니의 신앙으로 자리하고 있음은 「엄마의 말뚝 1」에서부터 보아온 바이며, 「엄마의 말뚝 2」에서도 여전히 어머니의 종교로 자리하고 있음은 반복적으로 제시되고 있다. 그러한 오빠가 인민군에게 총살당하는 것을 지켜보아야만 했던 어머니에게 전쟁은 덮어둘 수는 있어도 잊을 수는 없는 원한과 저주와 미움의 대상이었고, 오빠의 죽음은 망각할 수 없는 상처였다. 어머니의 상처는 보살 같은 얼굴 뒤에 꼭꼭 숨어서 모습을 드러내지 않았을 뿐인데, 딸인 나는 그것을 모르고 어머니가 부처님을 믿으며 참척의 원한을 극복하고 누구보다도 화평하고 아름답게 사시는 줄로 알고 있었다. 그렇기 때문에 오빠의 죽음을 반추하는 어머니의 갑작스런 발작에 당황하며 어머니의 뺨을 때리는 패륜을 범하기까지 한다.

> 어머니의 뺨에 솟아오른 내 손자국을 보고 이것은 악몽 속이 아니면 지옥일거라는 일종의 비현실감이 패륜에 패륜을 서슴없이 보태게 했다. 어머니의 힘도 무서웠지만 더 무서운 건 어머니의 얼굴이었다. 그건 내 어머니의 얼굴이 아니었다. 이제 나는 어머니와 싸우고 있는 것이 아니라 내 나름의 공포와 싸우고 있는 것이다.129)

어머니의 뺨을 때리는 일을 계기로 딸은 어머니의 아물지 않은 상처를 확인하고는 분단이란 괴물에 맞서 그것을 무화(無化)시키려고 몸부림치는 어머니의 노력을 이해하게 된다. 안락한 가족적인 일상에 젖어 있던 딸은 '부처님 같이 곱고 자비롭고 천진한' 어머니의 얼굴만 보고, 그 뒤에 감춰진 상처를 보지 못했던 것이다. 그렇기 때문에 어머니의 발작에서 드러나는 원한과 저주와 미움의 실체를 보고는 자신의 삶의 안일함을 깨닫고는 그것을 두려워하면서도 맞서 대응하여 극복하려고 한다. 그것은 어머니의 삶을 이해하고 아픔을 함께 나눔으로써 가능하다.

---

129) 박완서, 「엄마의 말뚝 2」, 세계사, 2002, 98쪽. 이하 인용은 쪽수만 표시함.

어머니의 삶은 '그 짓'[130]으로 압축되는데, 그것은 오빠의 유골을 화장하여 갈 수 없는 고향 땅을 향해 날리는 일이며, 자신을 짓밟고 모든 것을 빼앗아간 분단이란 괴물에 홀로 맞서 거역하는 행위이다. 어머니는 분단을 거역하는 유일한 수단으로 '그 짓'을 행한다. 이러한 점에서 「엄마의 말뚝」를 휴전선에 말뚝박기라고 평[131]하기도 하고, 분단의 원한을 도전적으로 극복하려고 하는 분단문제의 접근에 새로운 장을 열었다는 평가[132]를 하기도 한다. 그러나 어머니의 거역의 행위에 대한 딸의 태도는 '그 짓'이라고 하는데서 암시되듯이 못마땅하다. 딸이 못마땅해 하는 이유는 조금도 변하지 않은 같은 모습으로 30년 간이나 반복되고 있다는 점과 일상의 단란한 삶을 깨트리는 과거의 기억을 반추하고 싶지 않는 마음에서다.

앞에서 언급한 바와 같이 딸은 가족과 더불어 안락한 일상에 묻혀 있고 자신이 살림의 주인으로서 위치를 누리고 있다는 것을 뿌듯해하고 만족하고 있다. 이러한 딸에게 일 년에도 몇 차려 씩 반복되는 어머니의 '그 짓'은 핏빛 과거를 반추하게 하는 단초로 못마땅한 것이다. 그리고 피빗 과거에서 벗어나지 못하는 어머니의 삶에 자신의 삶이 속박 당하지 않기 위함이기도 하다. 딸의 그러한 마음은 다음과 같은 구절에서 엿볼 수 있다.

---

130) 최경희는 '그 짓'은 「엄마의 말뚝」에서 표현된 어머니의 엄숙하고 처연한 유언의 내용이고, 「엄마의 말뚝 3」에서 '그 짓'은 어머니가 강화도 잇네집에 가서 오빠의 무덤을 보고 오는 것이라고 했다(최경희, 앞의 논문, 198쪽). 그런데 이 두 행위는 분단을 거역하는 어머니의 몸짓이라는 점에서는 다르지 않기 때문에, 여기서는 분단을 거역하는 행위를 의미하는 것으로 본다.

131) 안숙원, 「「엄마의 말뚝 1·2·3」연작소설과 모녀관계의 은유/환유 체계」, 『한국문학과 모성성』, 태학사, 1998, 216쪽.

132) 이선영, 「세파 속의 생명주의와 비판의식」, 『현대문학』, 1985, 379쪽.

> 어머니는 다시 길길이 뛰기 시작했다. 참으로 불가사의한 괴력이었다. 목소리도 뜻이 통하는 말이 아니라 원한의 울부짖음과 독한 악담이 섞인 소름끼치는 기성이었다. 조금도 과장 없이 간장을 도려내는 아픔과 함께 내 속에서도 불가사의한 괴력이 솟았다. 나는 이를 악물고 어머니에게로 돌진했다. 다시는 아무의 도움도 청하지 않고 어머니와 맞서리라 마음먹었다. 이건 아무의 간섭도 도움도 필요 없는 우리 모녀만의 것이다.
>
> —97-98쪽

어머니의 온 삶을 옥죄어온 사슬이자 원한의 고리인 30년 전의 기억이 어머니를 발작으로 몰아가자, 딸은 그것으로부터 어머니를 벗어나게 하려고 어머니와 같은 불가사의한 괴력으로 맞서 대항한다. 그러면서 그것은 '아무의 간섭도 도움도 필요 없는 우리 모녀만의 것이라고 말하고 있다. 그렇게 말하는 까닭은 곧 어머니를 과거의 기억으로부터 벗어나게 하지 못하면 자신 또한 그것으로부터 자유로울 수 없을 것이라는 불안감에서이다. 딸은 어머니가 과거의 기억에서 벗어나지 못함을 안타까워하지만 자기가 어머니에게 해 줄 수 있는 일이 없다. 단지 어머니의 고통에 함께 함몰되지 않는 것으로 자신의 역할을 다하고 있을 뿐이다. 그래서 어머니의 빰을 때리는 패륜을 범하기까지 하였던 것이다. 그것은 딸 스스로 과거의 기억으로부터 벗어나고 싶은 몸부림의 반증이기도 하다.

그렇지만 어머니의 '그 짓'을 부정하고 매도할 수도 없는 것이 또한 딸의 처지이다. 어머니의 '그 짓'은 어머니 개인의 상처에 대한 항거의 몸짓이자 분단의 비극을 망각해 가는 역사와 현실에 대한 거부의 몸짓이기 때문이다. 여기에서 우리 현대사의 아물지 않은 상처가 남아 있음을 볼 수 있다. 그런데 분단의 비극인 아물지 않은 상처를 언제까지 같은 방식으로 반추하게 할 것인가는 지적되어야 할 점이다. 박완서 소설에서 치유할 수 없는 고통을 복원하는 것은 현실의 모순을 끝없이 환기시키는 일[133]이라고 하지만, 현실의 모순은 끝없이 환기시키는 일보다는 "방금 출전하려는 용사처럼 씩씩하고 도전적인"(111쪽) 자세로 분단을 무화(無化)하는 새로운 길을 모색할 때 점진적으로 극복해 갈 수 있을 것이기 때문이다.

「엄마의 말뚝 3」은 「엄마의 말뚝 2」와 작품의 시간적 배경은 크게 떨어져 있지 않다. 「엄마의 말뚝 2」의 서사적 발단이었던 어머니의 낙상사고가 있은 후 7년이 지난 시점에서 어머니의 장례 문제가 서사의 중심이 된다. 장례는 한 사람의 삶을 마무리하는 의식이라는 점에서 그 사람에 대한 평가가 자연스럽게 따르게 되는데, 「엄마의 말뚝 3」에서도 어머니의 삶에 대한 의미 부여가 중요하게 제시된다. 그렇기 때문에 「엄마의 말뚝 3」에서는 어머니는 서사의 중심인물로 등장하지 않고 어머니의 삶을 바라보는 서술자인 딸이 중심이 된다.

딸이 바라보는 어머니의 삶은 임종을 앞둔 어머니가 비몽사몽 간에 부르는 이름들에서 잘 암시되어 있다. 어머니가 부르는 이름들은 "어머니를 주역으로 한 어머니의 인생에선 미미한 엑스트라로 스쳐간 이들에 지나지 않을"(「엄마의 말뚝 3」, 120쪽) 그저 잠시 스쳐간 떠돌이거나 그와 유사한 부류의 내세울만한 이름도 없는 사람들이다. 이것은 어머니 또한 역사라는 거대한 무대에서는 그들과 다름없이 미미한 존재라는 것을 말해주는 것이다. 그런데 임종을 앞둔 어머니가 부르는 이름이 한 줌의 바람이나 먼지 같은 미미한 존재들이라는 것은, 그와 같은 어머니의 삶이 새롭게 인식되어야 한다는 것을 뜻하는 바이기도 하다.

---

133) 권명아, 『맞장뜨는 여자들』, 소명출판, 2001. 69쪽.

어머니의 삶은 앞의 「엄마의 말뚝 1 · 2」에서 보았듯이 희생과 거역으로 요약된다. 자식들의 뒷바라지를 위해서 온몸을 던져 희생하였고, 신앙처럼 여기던 아들이 전쟁 통에 총살되는 참척의 고통을 가슴에 묻어두고는 자기 혼자만의 방법으로 분단을 거역해 왔던 것이다. 그러면 희생과 거역으로 요약되는 어머니의 삶을 지탱해온 힘은 무엇일까? 그것은 「엄마의 말뚝 1 · 2 · 3」을 관류하고 있는 어머니의 도도한 자존심이다. 그것은 바느질 솜씨 하나만 믿고 맨손으로 서울로 가서 자식들을 교육시키며 자신의 말뚝을 박고, 신앙처럼 여기던 아들을 빼앗아간 역사의 비극에 홀로 맞서 거역할 수 있게 한 힘의 원천이었다. 하지만 그것은 때로는 노인정의 일상의 노인들과 어울릴 수 없는 독선적이고 비인간적인 것이어서 딸에게 반발심을 자극하기도 한다. 자기의 삶을 고수하려는 어머니의 자존심에 딸은 속으로 "아아 꼴 보기 싫어, 제발 가버려. 석이네나 경아네로 썩 가버려"(115쪽) 라며 악다구니를 치는 것이다. 딸의 이러한 반응은 어머니를 가장 잘 아는 사람으로서의 반발심이다. 이것은 「엄마의 말뚝 2」에서 어머니의 고통을 이해하면서도 그것에 함몰되지 않으려고 몸부림치던 모습과도 같은 것이다.

그렇지만 딸은 어머니의 유일한 일촌이며, 어머니가 당한 참척의 현장에 함께 있었던 사람이다. 어머니의 삶은 딸에게만 이해될 수 있는 것이다. 그렇기 때문에 어머니 또한 딸에게 사후의 일을 부탁한다. 여기서 딸이 어머니와 조카의 중간 지점에 서 있는 다리와 같은 역할을 하고 있다는 것을 알 수 있다. 어머니의 삶이 조카에게 이해되기 위해서는 딸의 매개적인 역할이 필요한데, 「엄마의 말뚝 3」은 그것을 강조하고 있다고 하겠다.

어머니가 부탁한 사후의 일이란 작게는 오빠의 장례의식과 똑같은 장례의식이고, 크게는 '그 짓'으로 표현하는 되는 분단을 거역하는 행위인데, 그 일에 대한 딸의 태도는 '그 짓'이라고 표현하는 데서 알 수 있듯이 못마땅하다. 오빠의 유골을 화장하여 고향이 보이는 강화도 바닷가에서 뿌리는 것으로 시작된 어머니의 거역 행위는, 일 년에도 몇 차례 씩 강화도 잇집네에 가서 오빠의 무덤을 바라보는 것으로 변모되어 30여 년이나 지속되어 온 것으로 망각을 거부하기 때문이다. 어머니의 이러한 모습은 딸에게는 긍정도 부정도 못하게 하는 어정쩡한 태도를 취하게 하고, 어머니의 장손이자 서술자의 조카에게는 쇼 부리는 것 정도로 치부된다. 딸이 긍정도 부정도 못하는 어정쩡한 태도를 취하는 것은 「엄마의 말뚝 2」에서 본 바와 같이 어머니의 거역행위는 어머니 개인의 상처에 대한 항거의 몸짓이자 분단의 비극을 망각해 가는 역사와 현실에 대한 거부의 몸짓이기 때문이다.

그러면 조카에게 쇼 부리는 것 정도로 인식되는 어머니의 유난스런 한풀이가 갖는 의미는 무엇일까? 그것은 어머니의 삶이 지닌 역사적 의미가 무엇이냐는 질문이기도 하다. 역사는 항상 주류를 형성하는 힘의 논리에 따라 규정되어 현실의 모순을 낳는 원인이 되는데, 그것은 우리 근대사의 단면이기도 했다. 「엄마의 말뚝」 연작에서 그려진 어머니의 삶은 한 번도 역사의 주류에 동참하지 못하고 시대의 이념과 상황이 규정하는 대로 살아야 했던 수많은 이름 없는 이 땅의 어머니들의 삶을 대변하는 것이다. 곧 이름 없는 사람들의 삶에 각자의 이름을 복원시켜주는 일이다. 그것은 각자의 이름으로 역사적 존재로 자리매김하는 것을 뜻한다. 이러한 측면에서 작품의 마지막 부분에서 어머니의 이름을 밝히는 것은 다분히 상징적이다.

어머니의 함자는 몸 기(己)자, 잘 숙(宿)자여서 어려서부터 끝자가 맑을 숙 자가 아닌 걸 참 이상하게 여겼었다.

— 「엄마의 말뚝 3」, 131쪽

어머니의 이름이 몸 기(己)자와 잘 숙(宿)자로 명명된다는 것은 어머니의 삶을 자신의 이름으로 마무리하여 복원했다는 것을 의미한다[134]. 그러나 여기서 자신의 이름으로 복원되는 어머니의 삶은 어머니의 상처를 알고 이해하는 딸에게만 의미를 지닌다. 어머니의 삶을 압축하는 '그 짓'이 어머니의 장손에게는 쇼 부리는 것으로 인식되어 조금의 고려도 허용되지 않는 상황에서, 어머니가 딸에게 부탁한 '그 짓'은 어머니의 몸과 함께 묻혀야 하기 때문이다. 따라서 어머니의 이름이 분단에 대한 거부를 쇼 부리는 것으로 인식되는 그 자리에서 망각의 역사를 증언하는 역사적 존재로 굳건하게 자리 잡는 일은 딸의 몫이다. 어머니의 이름은 딸에 의해서만 살아날 수 있고, 그렇게 될 때 딸 또한 어머니와 조카를 이어주는 교량적 역할을 제대로 하게 되는 것이다.

그렇다면 어머니의 이름을 되살리기 위한 방법은 어떤 것이 있을까? 그것은 일반적인 수준 이상의 방안이 제시되지 않는다. 어머니의 고통을 망각하지 않고 어머니의 삶을 이해하고,[135] 그러한 삶이 반복되게 하지 않는 노력이 필요하다는 것이다. 여기에서 「엄마의 말뚝 3」에 그려진 어머니와 같은 역사에 이름 없는 존재들의 삶을 어떻게 복원시켜줄 것인가 하는 문제가 새로운 숙제로 남게 된다.

---

134) 최경희, 「어머니의 법과 이름으로-「엄마의 말뚝」의 상징구조」, 『박완서 문학 길 찾기』, 세계사, 2000. 201-202쪽.

135) 권명아, 앞의 책, 78쪽

(나) 『그 산이 정말 거기에 있었을까』

1995년에 발표한 자전적 소설 『그 산이 정말 거기에 있었을까』(이하 『그 산이-』로 표기)는 1992년에 발표한 『그 많던 싱아는 누가 다 먹었을까』(이하 『그 많던 싱아는-』로 표기)와 연결된다. 『그 많던 싱아는-』는 작가의 유년 시절에서부터 대학에 입학하고 6·25를 체험하게 되는 때까지의 이야기이고, 그 후속편인 『그 산이-』는 6·25전쟁 동안 작가가 스무 살의 처녀로 겪은 체험을 회상하고 있다.

『그 산이-』는 6·25 전쟁 기간 동안 인민군과 국군이 번갈아 지배하는 서울에서 생존을 위해 감내해야 했던 고난이 잘 드러난다. 작가는 『그 산이-』의 서문에서 다음과 같이 말하고 있다.

> 내가 살아 낸 세월은 물론 흔하디 흔한 개인사에 속할 터이나 펼쳐 보면 무지막지하게 직조되어 들어온 시대의 씨줄 때문에 내가 원하는 무늬를 짤 수가 없었다. 그 부분은 개인사인 동시에 동시대를 산 누구나가 공유할 수 있는 부분이고, 현재의 잘 사는 세상의 기초가 묻힌 부분이기도 하여 부끄러움을 무릅쓰고 펼쳐 보인다.
>
> '우리가 그렇게 살았다우.'
>
> 이 태평성세를 향하여 안타깝게 환기시키려다가도 변화의 속도가 하도 눈부시고 망각의 힘은 막강하여, 정말로 그런 모진 세월이 있었을까. 문득문득 내 기억력이 의심스러워지면서, 이런 일의 부질없음에 마음이 저려 오곤 했던 것도 쓰는 동안에 힘들었던 일 중의 하나다.[136)]

박완서는 자신의 이야기를 하고 있으나 그것은 그 시대를 산 모두의

---

136) 이 서문은 1995년 웅진출판사에서 간행된 『그 산이 정말 거기 있었을까』에는 있으나, 2008년 세계사에서 간행된 박완서 소설전집 『그 산이 정말 거기 있었을까』에서는 삭제되었다. 여기서는 1995년 웅진출판사에서 간행된 『그 산이-』를 저본으로 한다.

이야기로 현재의 풍요로운 생활만을 아는 이들에게 과거의 아픔을 환기시키려 하였다고 했다. 6·25전쟁은 우리 민족 전체가 겪은 시련이자 아픔이었다. 비록 이 작품 안에는 박완서가 겪고 느낀 전쟁의 모습이 그려져 있지만 그것으로 우리 민족 전체가 경험한 전쟁의 모습을 엿볼 수 있는 것이다. 박완서는 힘들었던 과거에 대한 자신의 망각을 막고, 과거의 아픔을 전혀 모르는 후세대들에게 과거의 삶을 보여 주고자 한 것이다. 이것이 박완서가 자서전적 소설 『그 산이-』를 쓴 이유이기도 하다.

『그 산이-』에서 작가는 전쟁 기간 중 서울의 풍경이 어떠했는지, 그 속에서 사람들은 무얼 먹고 무슨 짓을 하고 무슨 일을 당하면서 살았는가를 세세하게 증언한다. 그것은 작품을 읽는 이들이 직접 경험하지 못한 전쟁의 상황을 잘 이해할 수 있도록 하기 위한 작가의 의도로 보인다.

『그 산이-』는 서술자인 나(박완서)에게 하늘같은 존재였던 오빠의 정신적 파탄으로 시작된다. 오빠는 인민군으로 끌려갔다가 가족의 오랜 기다림 끝에 돌아오지만, 피해망상으로 정신이상자가 되어 있었다. 올케는 막 둘째를 낳은 산모였고, 오빠는 총상을 입어 정신적·육체적 환자가 되어 있었던 것이다. 오빠의 상처는 전쟁에 대한 공포와 스트레스에서 비롯되었다고 볼 수 있다. 전쟁에 참여했다고 모두가 외상 후 스트레스 장애를 겪는 것은 아니지만, 끔찍한 전투에 장시간 노출되었고 잔인한 죽음의 장면을 자주 목격했다면 정신적으로 건강한 사람이라 할지라도 외상 후 스트레스 장애에 걸릴 확률은 높다. 오빠는 집에 돌아온 후 정신적 파탄을 겪으며 살아가는 가여운 존재로 묘사된다.

> 그렇게 잘나 보이던 오빠가 너무 보잘것없이 누워 있었다. 오빠는 예전의 그가 아니었다. 그럼 돌아온 게 아니지 않나. 나는 잠든 오빠를 보고 있으면

> 전선이 어떻게 생겼을까 하는 의문이 도지곤 했다. 적과 우리 편을 분간할 수 있는 선 같은 게 있을까? 그 선은 6·25 나 1·4후퇴 때처럼 제가 사람 위를 통과하면 모를까, 초인이 아닌 보통 사람이 임의로 통과할 수 있는 선은 아닐 것이다. 어떤 미친 사람이 홀로 그 선을 향해 돌진한다면 틀림없이 앞뒤에서 일제히 맹렬한 살의가 퍼부어질 테고 순식간에 온몸이 벌집이 되고 말 것이다. 오빠도 살아 돌아온 게 아니라 그때 무참히 죽은 것이다. 지금 아랫목에 누워 있는 건 오빠의 허깨비일 뿐 진정한 그는 아니다.
>
> —『그 산이-』, 22-23쪽

오빠의 정신적 파탄은 충격이자 고난의 시작이었다. 나에게 오빠는 아버지를 상징되는 가족 질서의 기둥이자 선망의 대상이였다. 그런데 이념의 대립과 잔혹한 민족상잔의 전쟁은 오빠를 정신적 파탄에 이르게 하여, 나는 보호받고 의지할 수 있는 기둥과 선망의 대상을 상실하고 가족의 생활을 책임져야 했다. 오빠의 정신적 파탄으로 '나'는 더 이상 미성년자로 남아 있을 수 없었고, 세상의 힘과 직접 부딪혀야 할 뿐만 아니라, 또한 어머니와 오빠를 보호해야 할 입장이 되어 버린 것이다.

그리하여『그 산이-』는 '나'가 하나의 독립된 개체가 되어 혼자 힘으로 세상과 부딪치고, 또 가족을 보호하는 역할을 하면서 겪은 일들을 기록하고 있다. 자신과 자신의 가족을 극한 고난 속으로 몰아간 전쟁을 견디면서 한 인간이 어떻게 생명을 유지하고, 또 인간적 존엄을 최소한이라도 지키려고 몸부림쳤는가에 대한 증언이자 고발이다.

정신적 파탄을 겪던 오빠는 상처의 후유증으로 인해 오랜 시간에 걸쳐 서서히 죽어간 것으로 그려진다. '죽은 게 아니라 팔 개월 동안 서서히 사라져 간 것'이라는 이 진술은 어떤 흉포한 죽음의 묘사보다 전쟁의 참상을 잘 환기시켜 준다.『그 산이-』는 오빠가 죽음에 이르기까지 정신과 육체의 손상으로 인해 서서히 허물어져 가는 과정이 상세히 서술된다.

> 오밤중인지 새벽인지 분명치 않았다. 한잠을 자고 일어났는지 잠 못 이루고 뒤척이고 있었는지도 확실하지 않았다. 울부짖음 같은 소리가 멀리서 들려왔다. 멀다는 거리감이 시간을 거슬러 올라간 아득한 원시로 느껴질 만큼 그 비명은 간략하게 절제돼 있어 사람의 소리 같지가 않았다. 올케가 먼저 화들짝 뛰쳐 일어나더니 박차고 나갔다. 올케의 나부끼는 허연 속곳 가랑이를 보면서 나도 비로소 소름이 쫙 끼쳤다. 엄마가 말을 잃은 외마디소리로 우릴 부르고 있었다.
>
> 오빠는 죽어 있었다. 복중의 주검도 차가웠다.
>
> 그때가 몇 시인지 우리는 아무도 시계를 보지 않았고 왜 엄마 혼자서 임종을 지켰는지도 묻지 않았다. 엄마도 자다가 옆에서 끼쳐 오는 싸늘한 냉기 때문에 깨어났을지도 모른다. 체온 외엔 오빠가 살아 있을 때하고 달라진 건 아무것도 없었다. 눈 똑바로 뜨고 지키고 앉았었다고 해도 아무도 그가 마지막 숨을 쉬는 순간을 포착하지 못했을 것이다. 총 맞은 지 팔 개월 만이었고, '거기' 다녀온 지 닷새 만이었다. 그는 죽은 게 아니라 팔 개월 동안 서서히 사라져 간 것이다.
>
> —『그 산이-』, 177쪽

이렇게 오빠가 전쟁의 상처로 정신적 고통을 앓다가 죽어가는 동안 가족의 생계는 '나'와 올케가 책임져야 했다. 오빠는 더 이상 집안의 중심이 아니었다. 올케는 '나'에게 '만반의 준비를 해 놓고' 보급투쟁을 나가자고 제의할 정도로 가족을 부양하는 데 있어 적극적이었다.

올케와 '나'는 매일 밤마다 도둑질을 하러 나선다. '나 혼자 그 짓을 하느니 어디론지 도망가 버리는 게 나을 것 같았다.'라는 회상에서 알 수 있는 것처럼 가족의 허기를 달래 줄 주체는 올케이며 '나'는 보조자이다. 올케와 '나'는 그동안에 벌써 빈 집을 따고 들어가는 데 이골이 나 있었다. 그러나 '나'는 올케와 함께 가족을 먹여 살리기 위한 보급투쟁의 고충에 대해 모르는 척 일언반구도 하지 않는 엄마에게 적개심을 갖기도 한다.

> 나는 엄마가 며느리와 딸이 밤마다 저지르는 차마 못할 짓에 대해 철저하게 함구하고 있는 것이 섭섭하고 야속해서 견딜 수가 없었다. 심지어는 한마디 위로의 말조차 아낌으로써 당신만 그 치욕스럽고 깨적지근한 짓으로부터 결백하려는 것처럼 여겨질 적도 있었다.
>
> —『그 산이-』, 37쪽

'나'가 어머니에 대해 분노하는 이유는 '당신만 그 치욕스럽고 깨적지근한 짓으로부터 결백하려는 것'처럼 보이는 어머니의 태도 때문이다. 어머니와 환자인 오빠, 그리고 조카들을 먹여 살리기 위해 빈집털이를 다니는 며느리와 딸이 하는 짓조차 철저하게 함구하며 아들을 지키는 어머니의 태도가 혐오스러운 것이다. 그러나 어머니 역시도 죄의식을 지니고 치욕스러운 생존을 나름의 방식으로 옹호하고 위로하려는 허약함을 지니고 있다.

> "세상에, 추저분한 할망구 같으니라구, 바닥 쌍것 같으니라구. 생전 이불 구경을 못했나. 못 했어도 그렇지, 그까짓 비단이불을 덮자고 도둑질을 해? 늙은이가 환장을 해도 분수가 있지." 이러면서 세상에 못 볼 흉한 꼴을 보았다는 듯이 진저리를 쳤다. 더군다나 우리가 하는 짓에 한 번도 아는 척을 안 하고 주는 대로 잘 먹고 지내다가 이제 와서 자기만 결백한 것처럼 수선을 있는 대로 떠는 엄마가 상식적으로는 주책을 떠는 것으로도 보이련만 그때처럼 측은해 보인 적도 없었다. 엄마 나름으로는 그런 구차스러운 방법으로라도 우리의 양식 도둑질을 옹호하고 위로하고 싶었을 것이다.
>
> —『그 산이-』, 67쪽

인용문에서는 비단이불을 훔치는 일과는 다르다는 것으로 며느리와 딸의 식량 도둑질을 합리화하고 싶어 하는 어머니를 바라보는 딸의 연민이 느껴진다. 어머니는 이념적으로는 보수적인 성향을 지니지만 불완전한 인간일 뿐이다. 자기 세대가 살아왔던 시간의 한계에 속해 있지만, 먹고 살고 아이를 기르면서 끊임없이 흔들리는 불완전한 여성인 것이다.

전쟁의 소용돌이 속에서 생존의 과제를 해결하기 위해 올케와 '나'는 빈집을 뒤져 먹을 것을 구할 수밖에 없었다. 『그 산이-』에서는 오빠가 서서히 죽어가는 동안 나는 올케와 함께 빈집에서 도둑질을 감행하며 그것을 이른바 '보급투쟁'이라고 명명한다. 빈집털이에서 느끼는 양심의 가책을 떨쳐버리고 싶은 자기 변호인 것이다. 생존을 보장받지 못하는 전쟁의 소용돌이 속에서 가족의 생계를 책임져야 할 책임감이 도덕심보다 먼저였던 것이다.

가장을 대신하여 가족의 생계를 책임진 올케의 부담은 더욱 컸다. 남편이 제 구실을 하지 못하는 상황에서 올케는 시어머니와 남편, 그리고 두 어린 아들, 시누이까지 감당하며 식구의 대들보로서 살림을 꾸려나가야 하는 처지에 처해 있었다. 모든 것을 야무지고 씩씩하게 해나가는 올케에게는 별 어려움이 없어 보이는 듯했다. 하지만 담을 넘어간 빈집에서 올케가 '나'의 목덜미에 머리를 묻고 '소리가 없어서 더욱 태산 같은 울음'을 울었을 때, 나는 올케의 고통과 설움을 뼈저리게 느끼게 된다.

> 올케는 푹 하고 웃으면서 내 등위로 자신의 상체를 꺾었다. 그녀의 젖가슴이 내 등을 짓눌렀다. 처음에 나는 그녀가 터져 나오는 폭소를 참느라 가슴이 그렇게 간헐적으로 경련하는 줄 알았다. 안심이 되어선지 나도 웃음이 나오려고 했다. 얼마나 우스우냐 말이다. 늙은이도 아니고 스무 살밖에 안 된 계집애가 내 손은 약손이라니, 그러나 이윽고 나서는 내 목덜미가 흥건히

젖어오는 걸 느꼈다. 그녀는 울고 있었다. 소리가 없어서 태산 같은 울음이었다.

—『그 산이-』, 40-41쪽

올케의 소리 없는 '태산 같은 울음'은 전쟁의 와중에서 불구가 된 남편과 어린 아이들, 그리고 시어미와 시누이를 걸머진 삶에 대한 힘겨움과 슬픔 때문인데, 그것은 전쟁의 비극을 말해주는 것이다. 올케의 울음은 아이들의 어머니이자, 한 사람의 아내이고, 또 한 집안의 며느리로서 감당해야 할 대한 책임에 대한 절규라 하겠다. 이로써 '나'는 올케에게 '육친애나 우정보다 훨씬 더 속 깊은 운명적인 연민 같은 것'이 심금에 와 닿음을 느끼게 된다.

이와 같이 박완서는 전쟁의 폭력성과 전쟁이 가져온 경제적 궁핍으로 인해 인물들 간의 심리적 갈등과, 생존을 위협하는 상황에서 오직 목숨을 구하기 위해 자존심마저 버리는 피폐한 삶의 모습을 치밀하게 보여줌으로써 전쟁의 현실을 역설적으로 보여주고 있다. 전쟁으로 인한 경제적 궁핍이 인간의 자존심을 버리고 인간성마저 상실케 하는 피해는 작가에게는 커다란 상처일 수밖에 없다. 전쟁은 한순간에 도시의 건물들을 파괴했을 뿐 아니라 사람들의 마음까지 피폐하게 만든다.

전쟁터에서 살기 위해 '먹을 것'을 구해야 하는 행동에는 우아함이나 도덕적인 모습은 제거된다. 공동화된 서울에서 먹을 것을 구하기 위해 '보급투쟁'을 선택할 수밖에 없는 박의 행위는 작가가 명명한 '벌레의 시간'을 견디는 모습이다. 건강한 눈으로 볼 때 이러한 생활은 비정상적이고 기이해 보이기까지 한다. 그러나 전쟁의 참상 가운데 '나'와 가족의 생활은 어떤 의미에서 그 기이한 형태와는 달리 피난 생활에서 보편화된

한 양태를 반영하고 있다고 볼 수 있다. 그것은 1950년 전쟁으로 인한 한국 현대사의 비극을 사실적으로 함축하면서 인륜적인 가치가 무섭게 와해되고 있음을 보여준다.

전쟁의 와중에 먹고사는 생존의 위협으로부터 자유로울 수 있는 사람은 아무도 없다. 생존을 위해 '나'는 도둑질도 주저하지 않았고, 또 그런 자신에 대해 심각하게 죄의식을 느끼지도 않았던 것이다. 올케 역시 이후에 갖은 수모를 감내하고 양공주들을 찾아다니면서 행상을 했고, '나' 또한 모멸을 감수하면서 미군 피 엑스 부에서 양키들에게 웃음을 팔았다. '나'는 피난살이 생존의 과정에서 삶에 대한 원초적 본능마저 외면하는 공산주의 이데올로기의 파렴치함에 환멸을 토한다.

> 나는 이불속에서 외롭게 절망과 분노로 치를 떨었다. 이놈의 나라가 정녕 무서웠다. 그들이 치가 떨리게 무서운 건 강력한 독재 때문도 막강한 인민군대 때문도 아니었다. 어떻게 그렇게 완벽하고 천연덕스럽게 시치미를 뗄 수가 있느냐 말이다. 인간은 먹어야 산다는 만고의 진리에 대해. 시민들이 당면한 굶주림의 공포 앞에 양식 대신 예술을 들이대며 즐기기를 강요하는 그들이 어찌 무섭지 않으랴. 차라리 독을 들이댔던들 그보다는 덜 무서울 것 같았다. 그건 적어도 인간임을 인정한 연후의 최악의 대접이었으니까. 살의도 인간끼리의 소통이다. 이건 소통이 불가능한 세상이었다. 어쩌자고 우리 식구는 이런 끔찍한 세상에 꼼짝 못 하고 묶여 있는 신세가 되고 말았을까.
>
> —『그 산이-』, 57쪽

'나'는 칠흑의 밤길을 걸어서 인민군들이 베푸는 공연을 감상한 적이 있었다. 인민군 치하에서 강제로 관람하게 된 연극에서는 한 소녀가 작업복에다가 머리를 질끈 동여매고 망치와 낫을 들고 있었고, 분홍 드레스를 입은 또 한 소녀는 하프 비슷하게 생긴 반짝거리는 장난감을 들고 있었다. 두 무용수가 격렬하게 엇갈리고 쫓고 쫓기는가 싶더니 마침내 분홍 드레스가 무대 한가운데 힘없이 무너져 내렸다. 낫과 망치를 든 소녀가 두 발을 모으고 역동적인 춤을 추다가 분홍 드레스 허리를 밟고 서면서 무용이 끝났다. 노동자의 승리를 암시하면서 종결된 것이다.

이를 보고 '나'가 느낀 것은 '먹어야 산다는 만고의 진리'마저 외면한 '공산주의의 벌거벗은 모습'이었다. 작가는 전쟁의 명분으로 표방되었던 이데올로기의 허상이 인간의 삶을 파괴하고 작가 자신에게조차 살아남아야 하는 생존의 문제로서 인식되고 있음을 보여주고 있는 것이다. 그래서 차라리 일제시대가 더 나았다는 사람도 있다.

> 욕먹을 소리지만 세상 다 겪어보고 나니 차라리 일제시대가 나았다 싶을 적이 다 있다니까요. 아무리 압박과 무시를 당했지만 그래도 그때는 우리 민족, 내 식구끼리는 얼마나 잘 뭉치고 감쌌어요. 그러던 우리끼리 지금 이게 뭡니까. 이런 놈의 전쟁이 세상에 어딨겠어요. 같은 민족끼리 불구대천의 원수가 되어 형제간에 총질을 하고, 부부간에 이별하고, 모자간에 웬수지고 이웃끼리 고발하고, 한 핏줄을 산산이 흩뜨려 척을 지게 만들어 놓았으니…
>
> —『그 산이-』, 71-72쪽

인용문은 동족 간의 전쟁으로 이념이 다르면 형제간에도 적이 되어 총부리를 겨누어야 하고, 가족이 흩어져 생사조차 알 수 없는 현실에 대한 분노이자 비판일 것이다. 또한 6·25전쟁이 민중들의 삶을 얼마나 가혹하게 핍박했는지를 암시해주는 것이기도 하다.

이후 나는 인민군이 월북하게 되면서 월북 독촉하여 어쩔 수 없이 올케와 함께 조카 하나를 데리고 북을 향해 가게 된다. 가는 길에 처참하게 파괴된 농촌의 모습을 보며 이러한 파괴를 용서할 수 없다는 분노를 느낀다. 이렇듯 나는 전쟁의 참혹함에 좌절하고 이념의 포로가 되어버린 인간의 잔인함에 고통을 느낀 것이다.

나는 어머니의 부탁대로 서울이 수복되어 임진강을 넘지 않고 돌아오게 된다. 서울 돈암동 집에 돌아왔을 때 그 집에는 나의 식구와 할머니, 큰 숙부네 식구들까지 모여 있었고 오빠는 일어설 정도로 회복되어 있었다. 아침상을 받은 열두 식구의 모습을 작가는 다음과 같이 표현하고 있다.

> 노소나 남녀나 체면을 가릴 것 없는 그 게걸스러운 식욕 때문에 열두 식구가 완전히 가족의 개념을 떠나 각자 밑 빠진 위를 지닌 순전한 먹는 입으로 보였다. 그 쩝쩝거리고 와삭거리는 입은 남보다 더 먹기 위해 발동을 건 것처럼 사정없이 움직이고, 눈빛은 더 먹는 자를 용서할 수 없다는 적의로 잠시도 안정을 못 찾고 희번덕 대고 있는 것처럼 보였다. 이건 사람의 식구도 아니다, 짐승의 식구지. 나는 그 따위 건방진 생각도 할 수 없는 주제에, 움직이는 발동기의 피댓줄에 말려들 듯이 얼떨결에 그 무자비한 식욕에 편승했다. 그건 식욕도 아니었다. 설명될 수 없는 적의였다.
>
> —『그 산이-』, 118-119쪽

이 장면은 가족들이 모여 식사를 하건만 서로에게 음식을 권하고 대화를 나누는 따뜻한 식사가 아니라, 모두 생존을 위해 적의를 품고 하는 표현되고 있다. 이것은 전쟁이라는 상황이 만들어낸 개인의식의 피폐함과 삭막함이며, 이는 어느 누구도 비난할 수 없음을 나타낸 것이라 여겨진다.

나는 다시 향토방위대라는 청년단 단원이 되어 일하게 되는데, 국군의 전세가 밀리면서 남쪽으로 피난을 가야 할 상황이 된다. 이때 몸을 움직이는 것이 불편한 오빠는 죽은 전처의 친정인 천안으로 가겠다고 한다.

마치 첫사랑에 순(殉)하기를 동경해 마지않는 소년 시대로 퇴영한 것 같은 순진성으로 막무가내로 고집을 부린다. 나는 천안 사돈집에 사는 것이 싫어 혼자 향토방위대원에 합류하여 피난을 떠나게 된다. 혼자 떨어져 나왔다는 데 대해 나는 이기심의 결과라며 몹시 괴로워하기도 한다. 이렇게 전쟁은 가족들이 함께한 곳에 머물러 살지 못하게 만들고 가족에게 등을 돌리게 하는 냉혹함도 스스럼없이 드러낸다.

다시 서울로 돌아와 만난 나와 가족들은 최소한도로 말하고 최소한도로 움직였으며, 아무것도 느끼지 못하고 살아있는 감각도 없는 그림자처럼 생활한다.

> 이웃은커녕 식구끼리도 감정의 교류가 없었고, 우리 집 벽장엔 호두 한 알도, 비장의 영사도 없었다. 타인에 대한 철저한 무관심과 고립이야말로 우리가 움츠러들 수 있는 유일한 피난처였다. 목구멍에 거미줄 치지 않는 게, 숙부네의 은밀한 보살핌의 덕이라는 걸 알고도 모른 척하기 위해서도 살고 싶어 사는 게 아니라 안 죽어져서 할 수 없이 산다는 것을 온몸으로 온몸으로 표현하지 않으면 안 되었다.
>
> —『그 산이-』, 184쪽

인용문에서 보듯이 가족 간에 서로의 존재를 외면하고 그림자처럼 살아야 하는 것은 전쟁의 또 다른 비극이자 참상이다. 국군과 인민군이 번갈아 지배하는 서울에서 목숨을 부지하기도 어렵지만, 먹을 것이 없어 굶주림을 견디는 것 또한 가혹한 고난이었다. 이런 고난을 겪으면서 식구끼리도 따뜻한 인간적인 정을 나눌 수 없게 된 것이다. 그래서 나와 가족들 역시 전쟁의 시련으로 인하여 정신의 황량함 속으로 빠져든 것이다.

그러다가 오빠의 죽음을 전후하여 '그림자 같은 생존 방식'에서 풀려나 올케는 기지촌 장사를 다닌 끝에 전쟁 말엽 동대문 시장에 가게를 내고, 나는 미군 피엑스에 취직하게 된다. 계속해서 진행되는 치열한 생존 문제는 피엑스에서 어설픈 영어로 미군들의 비위를 맞추며 일하는 '나'의 모습을 통해 생존을 위해 고군분투하는 모습을 보여준다. 자존심까지 버려가며 가족들의 밥줄을 지키기 위해 애쓰는 것이다. 그러나 그 과정에서 정체성의 혼란을 느끼며, 전락한 자신의 모습에 참담함을 느끼기도 한다.

> 월급 소리에 정신이 번쩍 나서 가죽 책가방을 끌어안았다. 그동안 화장실 갈 시간이 없지는 않았지만 아직 세어보지 못한 월급의 부피가 뿌듯하게 만져졌다. 그러나 그만한 부피가 가슴을 뚫고 지나간 것처럼 나는 자꾸만 허전해지고 있었다. 그건 책가방이지 돈가방이 아니었다. 아니 돈가방이지 책가방이 아니구나.
>
> —『그 산이-』, 226쪽

인용문에서 보듯이 '나'는 첫 월급을 받아도 기뻐만 할 수 없었다. 자신의 힘으로 가족들을 부양할 수 있게 되었다는 만족감도 잠시, 책가방이 아닌 돈가방을 짊어진 자신을 보며 무엇인가 자꾸만 허전해졌다. '책가방이지 돈가방이 아니었다. 아니 돈가방이지 책가방이 아니구나.'라는 독백은 가장의 책임을 떠맡은 스무 살의 혼돈과 서글픔을 잘 보여준다. 이것은 급기야 첫 월급을 보고 좋아하는 가족들에게 제발 그만 좋아하라고 악을 쓰고 싶을 만큼 몸서리쳐지는 것이다. 이처럼 그녀는 오빠를 잃은 상처를 추스르지도 못한 채, 가족들을 다독이고 부양하는 데 온 힘을 바칠 수밖에 없었다.

초상화부로 옮기게 된 나는 그곳의 화가들을 마치 열등생들처럼 대하며 도도하게 행동한다. 이에 대해 작가는 '자신의 본래 좋은 점, 관용, 신뢰, 겸허, 연민, 동경 따위를 더 이상 담아 둘 데가 없을 정도로 발랑 까져버린 자신을 느끼고 소스라치듯이 참담해지곤 했다'고 표현하고 있다. 전쟁이라는 상황에서 다른 사람에 대한 배려보다는 자기의 존재만을 부각시키고 유지하려는 이기심에 대한 비판과 반성이라 하겠다. 그러다가 박수근이라는 화가를 만나면서 화가들을 대하는 나의 안하무인의 태도가 바뀌는데, 이는 진짜 화가가 있다는 놀라움 때문이었다. 나는 직장 생활을 하면서 하나 둘 좋아하는 사람이 생기고부터 자신이 사람이 되어 간다는 걸 기특하게 여기곤 하였다. 이런 것들을 생각하면 가족들의 생계를 책임지는 가장 역할을 하기 위해 직장 생활을 하면서 나는 또 다른 세계를 경험하게 되고 다양한 사람들을 접하면서 자신의 부족함을 경험하기도 하고 비판적인 시각을 가지게 된 것이라 평가할 수 있다.

그러다가 나는 엄마의 반대에도 불구하고 학업을 중단한 채 결혼을 선택한다. 결혼을 함으로써 내면의 상처가 치유될 것이라고 생각했지만, 그것은 미완의 과제로 남겨진다. 그리고 나는 미완의 과제를 극복하기 위하여 이제까지 자신에게 남겨진 상처의 흔적을 더듬어가기 시작한다. 그것은 바로 글쓰기이다. 글쓰기를 통하여 6·25전쟁 동안 겪었던 참상뿐만 아니라 힘들었던 과거에 대한 자신의 망각을 막고, 과거의 아픔을 전혀 모르는 후세대들에게 과거의 삶을 보여 주고자 했던 것이다. 곧, 개인적 경험을 통해 시대의 아픔을 기록하고 증언하고자 했던 것이다.

이와 같은 글쓰기를 통한 증언은 6·25전쟁 기간 동안 자행되었던 비극과 참상에 대한 고발이자 복수라고 하겠다.『그 산이-』에서 작가는 전쟁 기간 중 서울의 풍경이 어떠했는지, 그 속에서 사람들은 무얼 먹고 무슨 짓을 하고 무슨 일을 당하면서 살았는가를 세세하게 증언한다. 심지어는 어떤 심정으로 하루하루를 견뎌 냈는가 하는 것까지도 증언한다. 이는 앞에서 밝힌 작품의 창작 이유인, '풍요로운 현실에서 아득하게만 느껴지며 잊혀져가는 과거의 기억을 되살리고, 인생의 선배들이 이렇게 어려운 시기를 보냈다는 것을 후배들에게 알려주기 위해 기억이 허락하는 한 세세하게 표현하려고 했다'는 것이다. 그래서 박완서의 자서전적 작품을 기억의 수단이라 말할 수 있는 것이다.

그렇지만 비록 이 소설이 1990년대 작품으로 6·25에 대해 객관적 거리를 둘 수 있는 시점에서 기록되었고, 또한 한 개인의 경험을 바탕으로 전쟁 당시의 상황을 형상화함으로써, 전쟁의 원인이나 진행 과정, 비참한 피해 상황 등에 대해서는 자세하고 정확한 판단을 할 수 없게 된다.[137]

이러한 한계에도 불구하고 『그 산이-』는 이전의 작품과는 달리 한층 객관적인 태도로 과거사를 되돌아보고, 인간의 생명까지 도구화하는 이데올로기의 허상과 잔혹함을 고발하고 자기 존재에 대한 성찰을 제시하고 있다. 특히 국군과 인민군이 번갈아 지배하는 서울에서 살아남기 위해 감내해야 했던 고난을 증언하고자 하는 것은 한 개인의 상처와 고통을 넘어서 역사적인 순간들에 대한 '증언'이기도 하다. 이렇게 박완서는 40여 년 동안 기억 속에 간직하고 있던 과거를 탁월한 기억력과 솔직한 모습으로 기록해냄으로써 상처에 대한 극복과 화해의 가능성을 제시한 것이다. 전쟁으로 인한 한 가족의 비극이 가족사 차원의 비극에만 그치는 것이 아니라 민족적 비극으로까지 확대된 것을 보여주는 데 의의가 있다.

3) 공간적 배경과 특징

박완서의 분단소설은 서울을 배경으로 전쟁과 이데올로기의 체험을

---

137) 김동춘, 앞의 책, 31쪽.

다루고 있다. 서울은 정치와 행정의 중심인 수도이기 때문에 여타 지방보다 그 의미가 특별하다. 6·25전쟁으로 인민군과 국군이 번갈아 지배하는 세상에서, 38선과 인접한 수도 서울은 민중들이 가장 극심하게 고통받는 공간이었다. 전쟁이 발발한 지 3일 만에 서울은 인민군의 치하가 되었고, 또 국군에게 수복되었다가 또다시 인민군에게 점령되는 격변의 공간이었다. 그런 서울에서 박완서는 피난을 하지 못한 잔류민으로 가족을 잃기도 하고, 목숨을 부지하기 위해 갖은 고난을 참고 견딜 수밖에 없었다. 그런 고난의 삶에 대한 울분과 격정을 다음과 같은 내용에서 엿볼 수 있다.

> 분하다 못해 생각할수록 억울한 것은 일사후퇴 때 대구나 부산으로 멀찌가니 피난 가서 정부가 환도할 때까지는 절대 안 움직일 태세로 자리 잡고 사는 이들은, 서울 쭉정이들이 북으로 남으로 끌려다닌다는 것에 대해 아무것도 모르고 자기들의 피난살이 고생만 제일인 줄 알겠거니 싶은 거였다. 부산 대구 피난살이의 고달픔이 유행가 가락에 매달려 천년을 읊어 댄대도 어찌 서울살이의 서러움에 미칠 수 있을 것인가? 그게 왜 그렇게 억울한지 몰랐다. 부러웠기 때문일 것이다.
>
> —『그 산이-』, 137쪽

이처럼 박완서는 서울에서 전쟁의 고통을 겪었고, 그 모진 시간들을 소설 속에 형상화한다. 한국 현대소설에서는 드물게 피난 잔류민들이 공동화한 서울 공간에서 전쟁을 견디는 모습을 생생하게 보여주고 있다.

박완서 문학정신은 '억울하게 당한 것, 어리석게 속은 걸 잊지 못하고 어떡하든 진상을 규명해 보려는 집요하고 고약한 성미'[138]에 바탕을 두고

138) 박완서, 앞의 글, 123쪽.

있다. 이러한 그의 집요함은 결국 '증언적 글쓰기'로 이어진다. 소설을 통해 전쟁의 참상을 재현하고, 이를 끊임없이 되새기고자 하는 것이다.

당시 정부의 태도는 증언과 욕망과 복수의 글쓰기를 더욱 추동하였다. 환도한 이승만 정권은 시민들을 피난 간 '도강파'와 피난 가지 않고 서울에 남은 '잔류파'로 분류하면서, 도강파는 충성스러운 시민, 잔류파는 빨갱이 부역자로 몰아갔다. 전황을 숨기고 낙관적으로 보도하여 시민들을 서울에 버려두다시피 한 정부는, 사실상 부역을 강요한 책임이 있었음에도 불구하고 말도 안 되는 잣대로 시민들을 고통과 공포로 몰아넣은 것이다. 어머니의 절규는 이러한 무책임한 이승만 정권에 대한 비판과 원망을 보여준다.

> 「여보슈. 백성들을 불구덩이에 버리고 도망간 사람은 누구유? 거기서 살아남은 죄로 죽여줘도 난 원망 안할 테니 그 사람 얼굴 좀 보고 그 죄나 한 번 묻고 죽읍시다.」
>
> 가끔 어머니가 통곡하며 이렇게 푸념을 해봤댔자였다. 독종이니, 빨갱이 족속치고 말 못하는 빨갱이 없더라느니 하는 욕이나 먹는 게 고작이었다.
>
> —「엄마의 말뚝 2」, 101쪽

이처럼 피난은 '반공'의 표지가 되어 피난을 가지 않은 사람들도 '안 간 것'이 아니라 '못 갔다'를 강조하곤 했는데, 이러한 모습은 『그 산이-』에서 아픈 오빠로 인해 피난을 못 갔음을 끊임없이 이야기하는 박완서에게서 찾아볼 수 있다.

또한 숙부의 행적을 고발당해 박완서 또한 함께 연행되면서 형사들에게 퍼부어댔던 이야기도 한 맺힌 설움과 비판의식을 보여준다.

> "그래, 우리 집안은 빨갱이다. 우리 둘째 작은아버지도 빨갱이로 몰려 사형까지 당했다. 국민들은 인민군 치하에다 팽개쳐 두고 즈네들만 도망갔다와 가지고 인민군 밥해 준 것도 죄라고 사형시키는 이딴 나라에서 나도 살고 싶지 않아. 죽여라, 죽여. 작은아버지는 인민군에게 소주를 과 먹였으니 죽어 싸지. 재강 얻어먹고 취해서 죽은 딸년의 술 냄새가 땅 속에서 아직 가시지도 않았을라. 우리는 이렇게 지지리도 못난 족속이다. 이래 죽이고 저래 죽이고 여기서 빼가고 저기서 빼가고, 양쪽에서 쓸 만한 인재는 체질하고 키질해서 죽이지 않으면 데려가고 지금 서울엔 쭉정이밖에 더 남았냐? 그래도 뭐가 부족해 또 체질이냐? 그까짓 쭉정이들 한꺼번에 불 싸질러버리고 말지."
>
> —『그 산이-』, 128-129쪽

2차 피난 시기였던 1·4 후퇴 당시, 피난민 대부분은 일반 민중들이었다. 따라서 2차 피난은 전쟁이라는 상황이 강요한 것이기도 했고, 또다시 통치 주체가 교체될 경우 예상되는 처벌을 피하기 위한 불가피한 선택이었다고 볼 수 있다.

이것은 '생존을 위한 피난'에 가까웠다. 무자비한 정부의 처벌과 추궁에 대한 공포로 인해 삶의 터전을 버리고 줄줄이 피난을 떠나게 된 것이다. 오빠가 총상 당한 몸을 이끌고 죽은 전처의 집으로 피난 가려고 한 것도, 박완서가 어떻게든 피난을 가기 위해 고군분투한 것도 생존을 위한 행동이었다고 할 수 있다.

『목마른 계절』에서 "요즈음의 사람들이 사람을 보는 눈은 남녀의 성별도 용모의 미추도 직업의 귀천도 아니요, 다만 빨갱이냐 흰둥이냐"가 말해주듯 이데올로기에 의한 수난과 궁핍이며 그것을 벗어나기 위한 하루살이의 처절한 생존 경쟁이다.

누구보다 친족과 이웃 간의 결속이 강했던 사회에서 한순간에 서로 감시하고 고발해야만 살아남을 수 있게 된 것도 전쟁의 크나큰 충격과 고통이 아닐 수 없었다. 사람들 간의 끈끈한 정과 유대 관계가 송두리째 뒤틀려버린 것이다. 이러한 심적・사회적 고통은 삶을 더욱더 고단하게 만들었다. 그들이 진실로 두려워한 것은 가까운 사람들 간의 원한관계였고, 믿었던 사람들이 체제가 바뀜에 따라 변심하는 것이었다. 그래서 민중들이 가장 크게 고통을 느낀 것은 대한민국 혹은 인민공화국이라는 두 정권 그 자체가 아니라, 전선이 이동하면서 세상이 완전히 바뀔 때마다 어떻게 적응해야 하는지 판단하고, 또 그러하기 위해 그때마다 평소 알고 지내던 사람들이 각각 어느 편에 서는지를 식별해 내는 일이었다.

박완서는 6.25전쟁 당시 서울에서 민중들을 고통 받게 한 것은 어느 한쪽이 아니라 양쪽 모두에 의한 것임을 말하고 있다. 빨갱이를 소탕하기에 바쁜 국군과 살육의 광기에 휩싸여 민간인까지 탄압하는 인민군의 모습을 통해, 전쟁 그리고 이데올로기의 잔혹함을 목격하고 그것을 증언하고 고발하고자 한 것이다.

4) 박완서 분단소설의 특징과 의의

박완서는 작품 활동의 초기부터 6・25전쟁으로 인한 피해와 소시민들이 당하는 고통에 대해 관심을 갖고 다루어왔는데, 그것은 그가 청춘기에 겪은 6・25전쟁의 체험과 깊은 관련이 있다. 박완서는 6・25전쟁 당시 서울에서 피난을 하지 못한 잔류민으로 가족을 잃기도 하며 혹독한 고난을 겪었다. 전쟁이 발발한 지 3일 만에 서울은 인민군의 치하가 되었고, 또 국군에게 수복되었다가 또다시 인민군에게 점령되는 격변의 공간이었다. 그런 서울에서 박완서는 목숨을 부지하기 위해 갖은 고난을 겪어야 했다. 그는 소설을 통해 고난의 경험과 전쟁의 참상을 재현하고, 그것을 고발하려고 했다. 그것은 다음과 같이 크게 네 유형으로 나타난다. ① 일상의 황폐화와 현실 비판, ② 이데올로기의 폭력과 고발, ③ 전쟁의 후유증과 증언, ④ 상처의 극복과 역사를 위한 증언 등이다.

① 일상의 황폐화와 현실 비판은 처녀작 『나목』에서 잘 드러난다. 『나목』은 박완서의 처녀작으로 6·25전쟁 체험을 자전적으로 형상화한 장편소설이다. 전쟁 중에 폭격으로 두 오빠를 잃고, 미 8군 PX 초상화부에서 근무하는 이경이라는 스무 살의 여주인공을 통하여 전쟁으로 황폐화된 가족의 삶이 제시된다. 이경의 어머니는 전쟁 중에 폭격으로 아들 둘을 잃게 되어 삶의 의미를 상실하고 반 실성하게 된다. 어머니의 실성은 여자로서의 삶과 어머니로서의 삶을 송두리째 앗아갔고, 마지못해 목숨만 붙어있는 존재로 황폐화시킨다. 어머니의 황폐화는 전쟁으로 가족의 구심점인 아들을 잃은 데서 오는 전통적 가치관의 황폐화를 보여주는 것이다. 가장인 남편이 죽고 없는 상황에서 아들은 남편을 대신할 가장인데 폭격으로 죽어버렸으니 가족의 구심점이 사라져 삶을 지탱할 의지처와 지향점을 잃어버린 것이다. 이런 어머니로 인하여 이경의 삶도 정상적이지 않다. 그녀는 두 오빠의 죽음이 자신의 책임이라는 자책과 어머니의 실성으로 인한 번민, 그리고 어머니와 먹고살기 위해 돈을 벌어야 하는 삼중고에 시달리며 위로받을 곳을 갈구하지만 실패한다. 그렇지만 그는 황폐한 생활로부터 일탈을 추구하지만 실패의 과정을 겪으면서 차츰 현실에 적응하게 된다. 이러한 정상적인 것을 황폐화시키는 현실을 사실적으로 표현함으로써 6·25전쟁의 부정적 현실인식을 비판하고 있다고 하겠다.

② 이데올로기의 폭력과 고발은 『목마른 계절』에서 잘 드러난다. 이 작품은 6·25전쟁이 발발한 1950년 6월부터 9월까지 인민군 치하의 3개월,

이어 10월부터 다음해 1월까지 국군에 의해 수복된 4개월, 그리고 다시 인민군 치하의 5개월 동안 전쟁으로 야기되는 비극이 서울을 배경으로 전개된다. 이 작품은 3인칭 시점을 취하고 있는데, 이것은 객관적인 시선으로 이데올로기의 허상과 전쟁의 비극을 보여주려는 의도라 하겠다. 새로운 세상을 만들겠다며 그럴듯한 이데올로기를 내세우며 시민들을 전쟁터로 내몰았던 이데올로기 신봉자들의 허상과 전쟁의 비극을 고발하겠다는 작가의 의도를 대변하고 있는 것이다. 작품에서 주인공 하진은 전쟁이 '살육과 파괴만이 목적이 아닐진대 반드시 썩고 묵은 질서의 붕괴(崩壞)와 찬란한 새로운 질서의 교체'를 위한 수단으로 받아들이고자 한다. 하지만, 전쟁은 새로운 질서를 세울 것이라는 당초의 기대와는 달리, 이념에 동조하지 않거나 반대하는 자들을 처벌하고 죽이는 일이 예사롭게 일어나고, 도처에 시체는 나무토막이나 돌멩이처럼 예사롭게 널린 처참한 모습이었다.

그리고 6·25전쟁의 비극은 민중들에게 선택의 여지를 주지 않고, 어느 한쪽을 선택하지 않으면 안 되게 하는 이데올로기의 강요이다. 선택의 여지를 주지 않고 자기들이 강요하는 이데올로기를 거역하면 반동이나 빨갱이로 몰아 격리하고 처형했던 것이다. 인민군 치하에서는 총부리를 들이대는 인민군의 강요에 어쩔 수 없이 인민군의 보급투쟁 등에 참여해야 했고, 또 국군이 주둔하게 되면 인민군에 협조했다는 이유로 빨갱이로 몰려 처형되거나 고난을 겪어야 했던 것이 6·25전쟁의 실상이었다. 『목마른 계절』은 전쟁으로 평범한 시민들이 이데올로기의 폭력에 일방적으로 당할 수밖에 없었던 그 시절의 운명의 힘에 글로써 복수하고자 했던 것이다.

③ 전쟁의 후유증과 증언은 「세상에서 제일 무거운 틀니」, 「부처님 근처」, 「카메라와 워커」, 「겨울나들이」, 「더위 먹은 버스」 등 중·단편소설

에서 잘 드러난다. 이들 작품은 전쟁 이후 살아남은 자들이 겪는 고통을 후일담 형식으로 쓴 것이다. 이들 작품은 6·25전쟁에 대한 서술보다 전쟁으로 인한 상처를 현재까지 안고 있는 살아남은 자의 고통을 그들의 일상을 통해 생생하게 나타냈다. 자전적 체험을 바탕으로 하였기에 1인칭 주인공 시점을 중심으로 자신의 체험을 형상화하였고, 주인공 '나'를 통해 적극적으로 현실인식을 드러낸다.

여기서 '나'는 젊음으로 방황하고 자각하는 '나'가 아니라 6·25전쟁을 겪은 중년의 여인으로의 '나'가 나오는 후일담 형식을 취한다. 그것은 전쟁의 고통을 치유를 통하여 잊는 것이 아니라, 비극을 되풀이하지 않기 위한 회상의 방식이다. 자연스런 치유가 아니기 때문에 고통은 주변 사건을 통해 다시 드러나게 되고, 이로 인해 과거 전쟁의 고통은 작가의 비판적 현실인식과 되풀이되어 함께 강하게 드러난다.

「세상에서 제일 무거운 틀니」는 6·25전쟁 이후 남북 분단으로 인해 발생한 피해가 어떻게 나타나는지 한 가족사를 통해 생생하게 표현하였다. 이러한 생생한 표현은 사회로 이어져 이 사회가 개개인에게 어떤 고통을 끼치고 있는지 신랄하게 비판하고 있다. 「더위 먹은 버스」는 남북 분단에서 오는 연좌제로 인해 고통받는 현실을 그리고 있는데, 6·25전쟁의 피해가 현재까지 계속적으로 소시민의 삶을 억압하고 있다는 것을 고발하고 있다.

「카메라와 워커」에서는 6·25전쟁의 피해를 당당히 맞서서 극복하지 못하고 안일한 삶의 방식으로 회피하는 현실을 비판한다. 회피하는 현실은 또 다른 시련을 가져오는 악순환으로 이어져 고통이 계속될 수밖에 없음을 한 가정의 가족사를 통해 현실감 있게 경고하고 있다. 이렇게 6·25전쟁으로 인한 상처가 전쟁이 끝난 후에도 지속적으로 소시민들의 삶을 억압하고 폭력을 가하는 현실을 고발하고 있다.

④상처의 극복과 역사를 위한 증언은 「엄마의 말뚝 2, 3」, 『그 많던 싱아는-』, 『그 산이-』 등에서 중점적으로 제시된다. 「엄마의 말뚝 2」 또한 전쟁 때 죽은 오빠와 그 상처를 다스리려는 모녀의 후일담 형식을 취하고 있다. 이 작품 또한 6·25전쟁 때 참혹하게 죽은 아들로 인해 상처가 치유되지 못한 어머니의 정신적 외상을 통해 전쟁의 폭력성을 고발한 작품이다. 어머니의 '기억'을 통해서 개인의 상처와 역사적 상처라는, 분단에 대한 새롭게 인식하게 된다. 그것은 오빠의 죽음을 가져온 일차적 원인이 분단에서 비롯된 것이며, 이런 분단 상황이 극복되지 않는다면 역사적 고통이 되풀이된다는 것이다. 또한 이 작품에서 현재 사건은 오빠와 관련된 것이며, 오빠의 비극적인 죽음은 회상의 동기로 작용하고 있다. 이것은 다른 작품에서도 반복되어 나타나고 있는데 현재의 사건을 통해 오빠의 죽음을 회상하는 것은 전쟁과 분단으로 인한 폭력성을 고발하는 것으로 볼 수 있다. 이 작품은 역사적 비극과 전쟁으로 인한 폭력성이 개인에게 미치는 영향이 얼마나 깊은가를 보여주고 있으며, 이는 가족 상실에서 오는 분단의 피해의식으로 나타나고 있다.

『엄마의 말뚝 2』에 그려진 전쟁으로 인한 참척의 고통과 분단의 폭력성과, 그 괴물을 한 줌의 재가 되어서라도 무화시키겠다던 어머니의 강한 의지는 『엄마의 말뚝 3』에서 어머니가 돌아가심으로써 완결된다. 다리를 다치기 전 어머니는 스스로 자제하면서도 1년에 한두 차례씩은 잇집네를 찾았다. 그곳은 바다와 그 너머의 고향을 오래도록 바라봄으로써 자신의 원한을 새기고 분단에 대한 거역의 몸짓을 계속해 온 곳이다. 그만큼 어머니의 실향과 가족 이산의 상처는 크고 깊었던 것이다. 작가는 어머니에게 미결의 문제로 남았던 오빠의 죽음이라는 심리적 외상의 치유과정을 이 작품에서 다시 새롭게 제기함으로써 그 극복의 가능성을 타진하고 있다.

1995년에 발표한 자전적 소설 『그 산이-』는 1992년에 발표한 『그 많던 싱아는-』와 연결된다. 『그 많았던 싱아는 누가 다 먹었을까』는 작가의 유년 시절에서부터 대학에 입학하고 6·25전쟁를 체험하게 되는 때까지의 이야기이고, 그 후속편인 『그 산이-』는 6·25전쟁 동안 작가가 스무 살의 처녀로 겪은 체험을 회상하고 있다. 『그 많았던 싱아는-』는 작가의 서문에서 밝힌 바와 같이, 자화상을 그리듯이 쓴 것으로 독자들에게 경험하지 못한 과거 삶의 모습을 세세하게 전달하고자 한 의도가 나타난다. 6·25전쟁으로 인민군과 국군이 번갈아 지배하는 서울에서 이념의 폭력과 전쟁의 참혹함을 겪고 그것을 고발하고 있다. 그래서 작품의 마지막에서 자신이 보고 겪은 것을 증언할 책무가 있다고 하면서 '모두가 피난 간 서울에 남아 느끼고 본 공허와 벌레의 시간을 증언해야만 한다고 표현하였다.' 이것은 6·25전쟁이 인간을 '벌레'일 수밖에 없도록 만들었다는 것을 고발하고 있는 것이라 하겠다.

『그 산이-』는 『그 많았던 싱아는-』의 후속 편으로 6·25전쟁 기간 서울에서 겪은 체험을 서술하고 있다. 인민군과 국군이 번갈아 지배하는 서울에서 생존을 위해 감내해야 했던 고난이 잘 드러난다. 전쟁 기간 중 서울의 풍경이 어떠했는지, 그 속에서 사람들은 무얼 먹고 무슨 짓을 하고 무슨 일을 당하면서 살았는가를 세세하게 증언한다. 심지어 어떤 심정으로 하루하루를 견뎌냈는가 하는 것까지도 세세하게 증언한다. 그래서 이전 작품과는 달리 한층 객관적인 태도로 과거사를 되돌아보고, 인간의 생명까지 도구화하는 이데올로기의 허상과 잔혹함을 고발하고 자기 존재에 대한 성찰을 제시하고 있다.

특히 국군과 인민군이 번갈아 지배하는 서울에서 살아남기 위해 감내해야 했던 고난을 증언하고자 하는 고발의식은 박완서 문학의 특징을 잘 드러내는 것이기도 하다. 자기의 두 눈으로 똑똑히 목격하고 온몸으로 생생하게 느낀 경험을 이야기한다는 것은, 한 개인의 상처와 고통을 넘어서 역사적인 순간들에 대한 '증언'이기도 하다. 이렇게 박완서는 전쟁으로 한 가족의 비극이 가족사 차원의 비극에만 그치는 것이 아니라, 민족적 비극으로까지 확대된 것을 보여주고 있는 데 의의가 있다.

3장 결 론

한국 현대문학사에서 가장 큰 비중을 차지하고 있는 소재가 6·25전쟁과 남북 분단으로 야기되는 문제들이다. 이러한 문제의식에서 시작된 이 글은 한국 분단소설에서 나타나는 이념적 갈등과, 그 극복의 문제가 지역에 따라 어떻게 형상화되고 있는가를 고찰해 보고자 했다. 지역은 다양한 문학적 주체가 탄생하여 사회적 관계를 생산하는 공간으로 장소적 의미뿐만 아니라, 역사적·문화적·사회적 의미를 포괄하기 때문에 지역적 특성이 분단소설에 잘 반영되고 있다.

분단 문제를 잘 반영하고 있는 작품을 권역별로 분류해 보면, 크게 세 권역으로 나누어 볼 수 있다. 호남, 영남, 서울이 그것이다. 이들 지역은 일제의 식민지 수탈과 해방, 그리고 분단으로 이어지는 과정에서 신분의 갈등이 지역적 특성과 긴밀하게 작용하고, 그것이 분단소설에서도 잘 반영되고 있다. 그것을 간략하게 정리해 보면 다음과 같다.

김원일의 분단소설은 경남 김해 진영을 주요 배경으로 전개된다. 작가의 고향이기도 한 진영은 1906년 삼랑진에서 마산까지의 마산선 철도의 개통과 더불어 발달한 읍이었다. 마산과 부산의 중간 지역으로 교통의 요충지이며, 넓은 들을 안고 있어 일제시대부터 지주와 소작 간의 갈등이 첨예했던 곳이고, 1920년대 일제의 경제 수탈 정책에 따라 생겨난 마을로 농업·상업 인구가 고루 분포했고 도시 문화의 이입이 빨랐던 곳이다. 농촌의 모습과 도회지의 모습을 동시에 갖고 있는 진영은 식민지 지배에 저항한 항일 소작쟁의에서부터, 광복 후 인민위원회의 활동과 남한의 토지개혁의 허구성, 그리고 이로 인한 좌우의 대립이 극심하게 전개되던 공간으로 드러나면서 당대의 모순을 집약적으로 보여주기도 한다. 이런 공간을 배경으로 전개되는 김원일의 분단소설은 백정을 비롯한 상민들이 사회적 모순을 깨닫고 빨치산에 가담하여 활동하다가 비참한 최후를 맞는 과정과 가족들이 겪는 고난을 형상화하고 있다.

초기의 대표작이라 할 수 있는 「어둠의 혼」에서 공간의 특성은 잘 드러나지 않고 아버지와 관련된 이데올로기 문제와 그것으로 인해 가족이 겪는 고난을 중점적으로 다루고 있다. 김원일의 많은 작품이 「어둠의 혼」과 같이 소년의 입장에서 전쟁의 비극을 표현하고 있는데, 이것은 이데올로기와 관련된 예민한 문제를 건드리지 않고 전쟁의 비극성을 잘 전달할 수 있다는 장점 때문일 것이다. 그러나 어린 소년을 화자로 설정하게 되면 비극적 현실의 표면적 현상만 부각하게 되고 현실을 분석하고 논리화하기 어려운 점도 없지 않다. 「어둠의 혼」에서도 이념의 갈등에 대한 원인 규명이나 그 해결책보다는 가족이 겪는 고난이 중점적으로 부각되고 있다.

장편소설 『노을』은 「어둠의 혼」에서와 같이 이념 대립으로 가족이 겪어야 하는 고난을 다루고 있지만, 「어둠의 혼」보다는 이데올로기 문제와 그로 인한 갈등 등에 대한 인식과 지평이 확대되고 있다. 『노을』에서 중심인물인 갑수에게 고향인 진영은 떠올리기 싫은 상처의 공간이며, 과거의 상처를 통하여 새롭게 탄생하는 모습을 보임으로써 일종의 제의(祭儀)적 공간이기도 하다. 중심인물 갑수는 백정인 아버지의 폭력과 좌익 활동으로 아픈 상처가 있는 고향(진영)에 대해서는 무조건 거부반응을 보이던 주인공이 아버지의 좌익활동이 백정 신분에 대한 차별과 수모를 벗어나기 위한 각성과 투쟁이라는 점을 깨닫고, 자신의 과거를 객관적으로 조망하면서 삶을 고통스럽게 만들어버린 아버지를 이해하게 된다. 이것은 이데올로기 문제가 상민들의 삶의 문제와 결부되어 있다는 점을 제시하여 분단 갈등이 민중들의 상처를 치유하는 것에서 시작해야 한다는 것을 암시한다. 그리고 1970년대라는 당대의 시점에서 분단과 전쟁이 남긴 상처를 원한과 체념으로 안은 채 살아가던 많은 사람들에게 분단의 상처를 치유하고 통일의 방안을 제시한 것이기도 하다.

『겨울골짜기』에서는 마을 단위의 공동체가 분단으로 당해야 하는 비극을 형상화하고 있다. 빨치산과 군경에게 고난을 당하고 죽음으로 내몰리는 농민들의 비극적 삶을 중심으로 6·25전쟁의 비극성을 강조하고 있다. 「어둠의 혼」, 『노을』 등에서 보여주었던 분단으로 인한 가족 중심의 비극에서 마을 공동체의 비극을 형상화하여 분단 문제에 대한 인식은 확대되었다고 하겠다. 그리고 당시로는 접근이 쉽지 않았던 거창양민학살이라는 역사적 사건을 다루었다는 점에서는 의의가 있다고 하겠다.

『불의 제전』에서는 분단과 6·25전쟁의 원인에 대해 다가적인 시각을 제시하고 있다. 작품의 주요 공간인 진영을 중심으로 남북 분단의 원인이 구한말 이후 지속된 토지문제에서 비롯된 계층 간의 갈등으로 파악하고, 6·25전쟁도 미소 양대 세력 간의 힘겨루기의 연장선이라는 점 등을 제시하고 있다. 이념의 대립과 갈등, 분단의 주요한 원인인 지주들과 소작인들의 갈등 등이 진영을 배경으로 전개된다. 그것은 진영이 우리 근·현대사의 모순을 집약적으로 보여주는 동시에 그것을 극복하려는 사회적 실천의 역학관계가 압축되어 담겨 있는 역사의 공간으로서의 의미를 지닌다.

분단의 해결 방안으로 민족공동체의 구성을 제시하고 있다. 가족공동체를 바탕으로 민족공동체를 강조하고 있는데, 그것은 박도선이 운영하는 한얼농장이 한 모형이 된다. 그는 사회주의 사상이 한국 사회에 제대로 적용되지 않는 것으로 결론지으며 사회주의 사상으로부터 벗어나 한국 사회의 변혁 방법을 계획한다. 그것은 노동의 공정한 분배를 바탕으로 한 공동생활과 기독교적 생활 윤리를 기반으로 한 공동생활 실천 등이다. 이러한 점은 「어둠의 혼」이나 『노을』 등에서 제시되었던 분단과 전쟁으로 가족이 당하는 고난, 그리고 마을 공동체의 비극 등을 형상화한 것에서 몇 걸음 더 나아가 분단과 6·25전쟁의 원인과 극복 방안 등을 다각적으로 제시했다.

이병주의 분단소설은 그가 학창시절을 보낸 진주를 중심으로 빨치산들이 활약했던 지리산과 서울 등을 배경으로 하고 있는데, 작가의 역사인식은 우월의식에 젖어있다. 역사적 사실들을 객관적으로 제시하여 독자로 하여금 판단하게 하기보다는 작가의 분신인 지식인 등장인물들이 일반인들보다 우월한 입장에서 설명하고 평가하고 있다. 그것은 그가 자라고 성장한 진주지역의 정서와 무관하지 않다. 진주지역은 1925년 최하층의 천민인 백정들의 인권 운동인 형평운동이 전국에서 최초로 일어난 곳으로 일제 식민지 시대부터 소작인과 지주와의 갈등보다는 양반과 평민, 평민과 천민, 양반과 천민 사이의 신분적 갈등이 중요한 문제로 부각되었다. 신분의 갈등은 양반 계층의 지식인들에게는 우월의식을 갖게 하였는데, 『관부연락선』, 『지리산』에서 중심인물들의 모습으로 나타나고 있다.

「관부연락선」에서 유태림의 모습은 해방 직후 좌우 이념 대립 속에서 철저히 중립적인 입장을 지키려 했고 한다. 그는 유학 생활과 독서체험을 통해 좌우 이념의 한계를 인지하고 있었기 때문에 이념 대립의 와중에서 어느 쪽으로도 기울지 않았다. 단지 교사로서, 인간으로서 열세에 몰리는 쪽을 보듬어주는 역할만 할 뿐이다. 열세에 몰리는 약한 자들을 보듬어주는 역할을 자청하는 것은 우월의식에 젖은 시혜적인 태도에 다름 아닌 것이다. 이러한 과정 속에서 그는 교사들과 학생들 사이에서 '회색분자'라는 낙인이 찍히고, 남한의 단독정부 수립 후 체제 밖에서 살아갈 뜻을 내비치며 교사직을 그만두는 소극적인 움직임을 보일 뿐이다.

유태림은 6・25전쟁 와중에는 남쪽과 북쪽 어느 편에도 환영받지 못하는 처지가 된다. 그는 피난을 가던 중 인민군 내무서 요원에게 걸려 반동분자로 붙들려 정치보위부에 감금을 당하여 억지로 문화단체의 선전활동을 하고, 그것이 인민군 거물급 부역자로 인정되어 경찰에 체포되어 구속되기도 한다. 살아남기 위해 어쩔 수 없이 한 일이 '빨갱이'로 내몰리는 상황에서 유태림은 검사의 심문을 거부하며 항의하며, 국민을 보호해야 할 국가의 책임을 거론하기도 한다. 유태림의 모습은 이념적 대립으로 치닫는 역사적 상황에 대해 자기의 의지대로 살아갈 수 없는 지식인의 모습이며, 또 좌우이데올로기의 대립에서 지식인이 당해야 했던 고난이라고 하겠다. 이러한 일련의 과정을 통해 작가는 당대 지식인들이 피해갈 수 없었던 시대의 구조적 질곡을 보여주는 것이다.

『지리산』은 1933년 추석에서부터 1956년 1월까지 약 23년 동안 진주와 지리산을 중심으로 지식인들의 갈등과 이데올로기에 대한 비판 등을 그리고 있다. 『지리산』에서 서사의 중심에 있으면서 작가가 제시하고자 하는 반공의식을 가장 잘 반영하고 있는 인물은 박태영이다. 그는 농부들이 손바닥만 한 논을 말리지 않으려고 물싸움을 하는 모습을 보며, 일제에 착취당하고 핍박받는 농민들을 구제하겠다는 신념의 갖고 그것에 투철하고자 노력한다. 그래서 그는 일제 식민지 하에서는 일본의 부당한 억압에 항거하고, 광복 이후에는 인민 대중을 위하여 공산당에 입당하여 활동하게 된다. 그러나 그는 공산당의 교조주의에 실망하고 박헌영이 이끄는 남로당을 이탈하여 독자적인 활동을 하다가 지리산에서 최후를 맞이한다. 그런 박태영의 모습은 평범한 일반인을 뛰어넘는 것으로 『관부연락선』에서 유태림이 보인 우월의식에 젖은 시혜적인 태도에 다름 아니다. 그리고 박태영, 이규 등 주요 인물들이 보이는 반공주의는 작가가 창작의도에서도 밝힌 반공주의를 대변하는 것이다.

조정래의 분단소설에서 주요 배경은 벌교를 중심으로 한 지리산 일대이다. 벌교는 식민지 수탈의 내막과 농지개혁을 둘러싼 지주와 소작인 간의 대립과 갈등, 그리고 여순사건 등이 있었던 역사적 공간이다. 그리고 지리산은 좌익계열의 인물들에게는 사회주의이념을 실현하기 위한 투쟁의 마지막 보루이고, 부당한 권력과 자본의 횡포에 짓눌려 생존의 위기에 직면한 민중들에게는 도피처였다.

이런 공간을 배경을 전개되는 조정래의 분단소설은 작가의 체험이 중요하게 작용한다. 그는 어린 시절 겪었던 여순사건을 계기로 '정도를 헤아리기 어려운 마음의 상처를 입음과 동시에 나이에 걸맞지 않게 철이 들어버렸고, 아버지의 사회개혁의지는 곡해되고 모략당하여 그의 가족은 생존의 위기에 봉착하게 되었다.'고 했다. 이러한 작가의 체험은 가난한 민중들의 고난과 애환에 주목하게 했고, 역사적 사건과 당대의 현실에 책임의식을 지니게 했다.

그리하여 작품 활동의 초기에는 이념의 갈등으로 야기된 남북 분단과

6·25전쟁의 소용돌이에서 가장 큰 고난을 겪어야 했던 개인들의 삶을 형상화 했다. 그것은 크게 세 유형으로 정리해 볼 수 있다. 첫째 전쟁의 최대 피해자들 중의 하나라고 할 수 있는 여성의 수난과 고통, 둘째 하층 계급의 한풀이에 의한 비극, 셋째 이산가족의 아픔과 고통 등이다.

여성의 수난과 고통은 「청산댁」, 「황토」등에서 잘 드러난다. 「청산댁」의 청산댁은 일제 식민지, 6·25전쟁, 베트남전쟁의 소용돌이에 남편과 아들을 잃고 고난을 겪는다. 그가 당하는 고통은 개인의 힘으로 어떻게 할 수 없는 시대와 상황에서 여성들이 당해야 했던 수난상의 단면이라 하겠다. 「황토」는 김점례라는 인물을 통해 일제 식민지에서부터 미군정, 6·25전쟁에 이르기까지 역사의 질곡 속에서 한 여인이 겪어야 했던 파란만장한 삶을 보여준다. 그녀는 아버지가 각각 다른 세 아이를 키우는 기구한 운명의 여인이다. 그녀는 일제 식민지 시대에는 일본인 야마다와의 사이에서 큰아들 태순을 두었고, 광복 이후 한국인 청년 박항구와의 사이에서 딸 세연을 얻었고, 6·25전쟁 시기에는 미국인 프랜더스와의 사이에서 막내 동익을 낳았다. 이러한 그녀의 삶은 일제 강점기, 해방, 미군정, 6·25전쟁이라는 민족사 자체를 대변하는 것으로 민족이 겪었던 수난사에 다름 아니다.

개인적 한풀이와 비극은 「유형의 땅」, 『불놀이』 등에서 잘 드러난다. 이들 작품은 6·25전쟁의 원인과 그 전개 과정에서 야기되는 비극을 잘 보여주고 있는데, 그것은 조정래의 소설에서 중요하게 나타나고 있는 '한풀이의 비극'이기도 하다. 조정래 소설의 중요한 모티프의 하나인 한은 민중들의 고난이 집약된 응어리이다. 그래서 한은 언제든지 분출될 수 있는 가능성이 내재되어 있고, 한의 분출은 자칫 앙갚음의 되풀이로 비극을 초래하기도 한다.

「유형의 땅」은 부잣집 하인으로 가난과 수모를 견디며 살아왔던 천만석이 6·25전쟁 시기에 그동안 쌓였던 한의 되갚음과, 그 일로 인하여 비참하게 살다가 생을 마감하는 이야기이다. 「유형의 땅」에서 천만석의 모습은 6·25전쟁의 상처가 아직도 아물지 않아 보복과 착취의 역사가 끝나지 않은 '유형의 땅'이라는 것이다.

『불놀이』는 「인간연습」, 「인간의 문」, 「인간의 계단」, 「인간의 탑」으로 이어지는 연작형 중편을 모아놓은 장편소설이다. 전쟁을 인간의 '연습', '문', '계단', '탑'이라는 매우 상징적 요소로 전제하고, 계층 간의 갈등과 전쟁 이후의 문제 등을 다루고 있다. 6·25전쟁을 민족사에 있어 한의 응어리로 파악하고, 선대로부터 물려받은 전쟁의 상처를 당대처럼 감정적으로 처리할 것이 아니라, 좀 더 냉정한 시선으로 이성을 회복하고 처리해야 한다는 것을 보여주고 있다.

셋째, 이산가족의 아픔과 고통은 「그림자 접목」, 「메아리 메아리」 등의 작품에서 제시된다. 이들 작품은 이산의 아픔을 겪고 있는 인물들의 모습을 통해 민족 분단이 가져다준 비극과 고통이 얼마나 크고 가혹한 것인지를 보여주고 있다. 평생 헤어진 가족을 찾아 헤매거나, 전쟁에서 돌아오지 않은 자식을 기다리며 생을 마감한 인물들의 이야기는 이산의 한 그 자체를 표상한다. 조정래는 이산가족의 아픔을 세심하게 그려내는데 그치지 않고, 이산의 문제를 바라보는 후세대의 인식도 함께 제시함으로써 이산의 고통을 직접적으로 겪지 않은 세대들의 무관심한 태도도 함께 지적하고 있다.

『태백산맥』은 분단의 배경과 전개양상, 그리고 분단의 이면에 작용했던 외세의 영향 등을 광범위하게 다루고 있다. 그래서 이 작품에서는 개인들의 고난상을 부각하는데 중점을 두기보다는, 민중들이 당해야 하는 고난의 원인을 깨닫고 그것을 타파하기 위한 노력에 중점을 두고 있다. 지주를 비롯한 가진 자들에게 착취당하고 억눌려 사는 것을 숙명으로 알고 있었던 민중들이 자신들이 당하는 고난이 사회 구조의 잘못에 기인한다는 것을 깨닫고 그것을 타파하기 위해 적극적으로 노력하고 행동한다.

『태백산맥』에서 민중들이 고난을 당하는 이유는 크게 세 가지이다. 정현동과 서운상을 비롯한 지주들의 탐욕과 착취, 벌교 경찰서장 김인태와 계엄사령과 백남식 등 권력자들의 억압과 횡포, 청년단장 염상구와 마름 허출세 등 금권의 하수인들이 자행하는 만행과 폭력 등이다.

악덕 지주들은 민중들의 생명줄인 토지를 자신들의 기득권 유지와 출세의 수단으로 여기고 소작인들의 착취하고 억압한다. 지주들의 착취와 횡포에 더 이상 견딜 수 없는 소작인들이 사회 구조적 모순과 억눌린 삶의 질곡에서 벗어나기 위해 빨치산에 가담하여 지주들에게 대항하게 된다. 빨치산의 전형으로 성공적인 인물로 형상화되었다는 하대치의 모습은 소작제도의 모순과 소작인들이 빨치산에 가담하여 지주계층과 투쟁하게 되는 과정을 잘 보여준다. 대대로 송씨 가문의 가복이었던 하대치는 염상진으로부터 사회의 구조적 모순에 대해 조금씩 깨닫고 그를 믿고 따르게 되고, 염상진이 이끄는 빨치산의 선봉대장이 된다. 그렇지만 하대치를 비롯한 빨치산의 투쟁은 민중들을 착취했던 지주들을 처단하고 소작인들을 비롯한 민중들이 대물림되고 있는 가난의 굴레를 벗어나도록 하는 내용보다는 사회주의 혁명의 당위성을 강조하는 내용이 중심이 된다. 그것은 지주를 비롯한 지배계층의 탐욕과 착취, 군경의 억압과 횡포, 금권의 하수인들에 의한 반인륜적 행위 등을 폭넓게 형상화하여 변혁의 필요성을 강조하기 위한 것이라 하겠다. 사회의 구조적 모순을 통하여 사회주의 혁명의 필요성이 강조됨으로써 하대치 등의 빨치산 활동이 긍정되고, 하대치로 대표되는 민중의 생명력과 혁명에 대한 의지를 보여주고자 하는 작가의 의도가 담긴 것이라 하겠다.

민중들이 부당한 억압과 횡포에 대항하는 데는 염상진을 비롯한 좌익 지식인들과 김범우를 비롯한 우익 중도적 지식인들의 노력이 크게 작용한다. 좌익을 대표하는 염상진은 사범학교를 졸업하고도 일제의 식민 정책에 동조하지 않으려고 농사를 짓는 인물로 소작회를 구성하여 소작인들을 의식화시킨다. 그는 '양반과 상놈의 피가 따로 있는 것이 아니고, 소작인들이 비참한 생활을 하고 있는 것은 지주들이 만든 잘못된 소작법 때문'이라고 설명하고, 그것을 타파하기 위해서는 어떻게 해야 할 것인가를 반문한다. 염상진에 의해 하대치를 비롯한 소작인들은 점점 사회 구조의 모순을 깨닫고, 그를 신뢰하고 따르게 된다. 그는 사회주의에 대한 신념과 그것을 실천하기 위한 추진력도 투철한 인물이다. 그래서 작품의 결말에서 염상진이 비극적 최후를 선택하게 하는 요인이 되기도 한다. 이러한 염상진의 모습은 인물형상화에 있어 다소 이상적인 모습이라 하겠다.

우익 중도적 인물 김범우는 염상진과 함께 사회주의 책을 탐독하며 친분이 두터웠지만, 학병에 끌려가 OSS 첩보요원으로 생사를 건 경험을 한 후 '이념'보다는 '민족'을 중시한다. 일본의 패망을 보면서 우리 자신을 힘이 지배하는 국제 질서에서 독립을 유지할 수 있는 유일한 길은 일제가 떠난 힘의 공백을 틈타 외세가 세력을 뻗치기 전에 하루빨리 우리 자신이 주도적으로 우리 앞날을 개척해야 한다는 것을 깨닫게 되었기 때문이다. 이러한 김범우와 같은 중도적 지식인의 역할을 작가는 해방과 전쟁, 분단이라는 과정에서 매우 긍정적으로 평가하고 있다. 그리고 이들의 현실대응이 결국 좌익으로 나아간다는 것도 역사발전에 동참하는 중도적 지식인들의 역할을 보여주려는 작가의 의도가 아닌가 싶다.

박완서의 분단소설은 서울을 배경으로 전쟁과 이데올로기의 체험을 다루고 있다. 서울은 6·25전쟁 기간 동안 인민군과 국군이 번갈아 지배하여 피란을 하지 못한 민중들이 극심하게 고통 받는 공간이었다. 그런 서울에서 박완서는 피난을 하지 못한 잔류민으로 목숨을 부지하기 위해 겪어야 했던 고난을 체험을 바탕으로 형상화 하고 있다. 박완서는 작품 활동의 초기부터 6·25전쟁으로 인한 피해와 소시민들이 당하는 고통에 대해 관심을 갖고 다루어왔는데, 그것은 다음과 같이 크게 네 유형으로 나타난다. ① 일상의 황폐화와 현실 비판, ② 이데올로기의 폭력과 고발, ③ 전쟁의 후유증과 증언, ④ 상처의 극복과 역사를 위한 증언 등이다.

① 일상의 황폐화와 현실 비판은 처녀작 『나목』에서 잘 드러난다. 『나목』은 박완서의 처녀작으로 6·25전쟁 체험을 자전적으로 형상화한 장편소설이다. 전쟁 중에 폭격으로 두 오빠를 잃고, 미 8군 PX 초상화부에서 근무하는 이경이라는 스무 살의 여주인공을 통하여 전쟁으로 황폐화된 가족의 삶이 제시된다. 이경의 어머니는 전쟁 중에 폭격으로 아들 둘을 잃게 되어 삶의 의미를 상실하고 반 실성하게 된다. 어머니의 실성은 여자로서의 삶과 어머니로서의 삶을 송두리째 앗아갔고, 마지못해 목숨만 붙어있는 존재로 황폐화시킨다. 이러한 정상적인 것을 황폐화시키는 현실을 사실적으로 표현함으로써 6·25전쟁의 부정적 현실인식을 비판하고 있다고 하겠다.

② 이데올로기의 폭력과 고발은 『목마른 계절』에서 잘 드러난다. 이 작품은 6·25전쟁이 발발한 1950년 6월부터 9월까지 인민군 치하의 3개월, 이어 10월부터 다음해 1월까지 국군에 의해 수복된 4개월, 그리고 다시 인민군 치하의 5개월 동안 전쟁으로 야기되는 비극이 서울을 배경으로 전개된다. 작품에서 주인공 하진은 전쟁이 '살육과 파괴만이 목적이

아닐진대 반드시 썩고 묵은 질서의 붕괴(崩壞)와 찬란한 새로운 질서의 교체'를 위한 수단으로 받아들이고자 한다. 하지만, 전쟁은 새로운 질서를 세울 것이라는 당초의 기대와는 달리, 이념에 동조하지 않거나 반대하는 자들을 처벌하고 죽이는 일이 예사롭게 일어나고 도처에 시체는 나무토막이나 돌멩이처럼 예사롭게 널린 처참한 모습이었다.

그리고 6·25전쟁의 비극은 민중들에게 선택의 여지를 주지 않고 자기들이 강요하는 이데올로기를 거역하면 반동이나 빨갱이로 몰아 격리하고 처형했다. 인민군 치하에서는 총부리를 들이대는 인민군의 강요에 어쩔 수 없이 인민군의 보급투쟁 등에 참여해야 했고, 또 국군이 주둔하게 되면 인민군에 협조했다는 이유로 빨갱이로 몰려 처형되거나 고난을 겪어야 했던 것이 6·25전쟁의 실상이었다.『목마른 계절』은 전쟁으로 평범한 시민들이 이데올로기의 폭력에 일방적으로 당할 수밖에 없었던 시대상에 대한 고발이다.

③ 전쟁의 후유증과 증언은 「세상에서 제일 무거운 틀니」, 「부처님 근처」, 「카메라와 워커」, 「겨울나들이」, 「더위 먹은 버스」 등 중·단편소설에서 잘 드러난다. 이들 작품은 전쟁 이후 살아남은 자들이 겪는 고통을 후일담 형식으로 쓴 것이다. 이들 작품은 6·25전쟁에 대한 서술보다 전쟁으로 인한 상처를 현재까지 안고 있는 살아남은 자의 고통을 그들의 일상을 통해 생생하게 나타냈다.

「세상에서 제일 무거운 틀니」는 6·25전쟁 이후 남북 분단으로 인해 발생한 피해가 어떻게 나타나는지 한 가족사를 통해 생생하게 표현하였다. 이러한 생생한 표현은 사회로 이어져 이 사회가 개개인에게 어떤 고통을 끼치고 있는지 신랄하게 비판하고 있다. 「더위 먹은 버스」는 남북 분단에서 오는 연좌제로 인해 고통받는 현실을 그리고 있는데, 6·25전쟁의 피해가 현재까지 계속적으로 소시민의 삶을 억압하고 있다는 것을 고발하고 있다.

「카메라와 워커」에서는 6·25전쟁의 피해를 당당히 맞서서 극복하지 못하고 안일한 삶의 방식으로 회피하는 현실을 비판한다. 회피하는 현실은 또 다른 시련을 가져오는 악순환으로 이어져 고통이 계속될 수밖에 없음을 한 가정의 가족사를 통해 현실감 있게 경고하고 있다.

이렇게 6·25전쟁으로 인한 상처가 전쟁이 끝난 후에도 지속적으로 소시민들의 삶을 억압하고 폭력을 가하는 현실을 고발하고 있다.

④상처의 극복과 역사를 위한 증언은「엄마의 말뚝 2, 3」,『그 많던 싱아는-』,『그 산이-』등에서 중점적으로 제시된다.「엄마의 말뚝 2」또한 전쟁 때 죽은 오빠와 그 상처를 다스리려는 모녀의 후일담 형식을 취하고 있다. 이 작품 또한 6·25전쟁 때 참혹하게 죽은 아들로 인해 상처가 치유되지 못한 어머니의 정신적 외상을 통해 전쟁의 폭력성을 고발한 작품이다. 어머니의 '기억'을 통해서 개인의 상처와 역사적 상처라는, 분단에 대한 새롭게 인식하게 된다. 그것은 오빠의 죽음을 가져온 일차적 원인이 분단에서 비롯된 것이며, 이런 분단 상황이 극복되지 않는다면 역사적 고통이 되풀이된다는 것이다. 이 작품은 역사적 비극과 전쟁으로 인한 폭력성이 개인에게 미치는 영향이 얼마나 깊은가를 보여주고 있으며, 이는 가족 상실에서 오는 분단의 피해의식으로 나타나고 있다.

『엄마의 말뚝 2』에 그려진 전쟁으로 인한 참척의 고통과 분단의 폭력성과, 그 괴물을 한줌의 재가 되어서라도 무화시키겠다던 어머니의 강한 의지는『엄마의 말뚝 3』에서 어머니가 돌아가심으로써 완결된다. 다리를 다치기 전 어머니는 스스로 자제하면서도 1년에 한두 차례씩은 잇집네를 찾았다. 그곳은 바다와 그 너머의 고향을 오래도록 바라봄으로써 자신의 원한을 새기고 분단에 대한 거역의 몸짓을 계속해 온 곳이다. 그만큼 어머니의 실향과 가족 이산의 상처는 크고 깊었던 것이다. 작가는 어머니에게 미결의 문제로 남았던 오빠의 죽음이라는 심리적 외상의 치유과정을 이 작품에서 다시 새롭게 제기함으로써 그 극복의 가능성을 타진하고 있다.

1995년에 발표한 자전적 소설 『그 산이-』는 1992년에 발표한 『그 많던 싱아는-』와 연결된다. 『그 많았던 싱아는 누가 다 먹었을까』는 작가의 유년 시절에서부터 대학에 입학하고 6・25전쟁를 체험하게 되는 때까지의 이야기이고, 그 후속편인 『그 산이-』는 6・25전쟁 동안 작가가 스무 살의 처녀로 겪은 체험을 회상하고 있다. 『그 많았던 싱아는-』는 작가의 서문에서 밝힌 바와 같이, 자화상을 그리듯이 쓴 것으로 독자들에게 경험하지 못한 과거 삶의 모습을 세세하게 전달하고자 한 의도가 나타난다. 6・25전쟁으로 인민군과 국군이 번갈아 지배하는 서울에서 이념의 폭력과 전쟁의 참혹함을 겪고 그것을 고발하고 있다. 그래서 작품의 마지막에서 자신이 보고 겪은 것을 증언할 책무가 있다고 하면서 '모두가 피난 간 서울에 남아 느끼고 본 공허와 벌레의 시간을 증언해야만 한다고 표현하였다.' 이것은 6・25전쟁이 인간을 '벌레'일 수밖에 없도록 만들었다는 것을 고발하고 있는 것이라 하겠다.

『그 산이-』는 『그 많았던 싱아는-』의 후속편으로 6・25전쟁 기간 서울에서 겪은 체험을 서술하고 있다. 인민군과 국군이 번갈아 지배하는 서울에서 생존을 위해 감내해야 했던 고난이 잘 드러난다. 전쟁 기간 중 서울의 풍경이 어떠했는지, 그 속에서 사람들은 무얼 먹고 무슨 짓을 하고 무슨 일을 당하면서 살았는가를 세세하게 증언한다. 심지어 어떤 심정으로 하루하루를 견뎌냈는가 하는 것까지도 세세하게 증언한다. 그래서 이

전 작품과는 달리 한층 객관적인 태도로 과거사를 되돌아보고, 인간의 생명까지 도구화하는 이데올로기의 허상과 잔혹함을 고발하고 자기 존재에 대한 성찰을 제시하고 있다.

특히 국군과 인민군이 번갈아 지배하는 서울에서 살아남기 위해 감내해야 했던 고난을 증언하고자 하는 고발의식은 박완서 문학의 특징을 잘 드러내는 것이기도 하다. 자기의 두 눈으로 똑똑히 목격하고 온몸으로 생생하게 느낀 경험을 이야기한다는 것은, 한 개인의 상처와 고통을 넘어서 역사적인 순간들에 대한 증언이기도 하다. 이렇게 박완서는 전쟁으로 한 가족의 비극이 가족사 차원의 비극에만 그치는 것이 아니라, 민족적 비극으로까지 확대된 것을 보여주고 있는 데 의의가 있다.

제2부

분단소설 작가 작품론

황석영 분단소설 연구 1장

1. 머리말

황석영은 1970년 <조선일보> 신춘문예에 단편소설 「탑」이 당선되어 본격적인 작품 활동을 시작한 이후 삶을 옥죄는 부조리를 타파하고, 모두가 인간다운 삶을 누릴 수 있는 세상을 모색하는 데 그의 문학적 역량을 쏟아왔다. 떠내기 노동자들과 술집 작부를 비롯한 소외받는 민중들이 인간다운 삶을 누릴 수 있고, 양심적 지식인이 자유를 구속받지 않는 세상을 앞당기기 위해 노력해왔다. 이러한 노력은 대하 장편 『장길산』으로 결집되어 80년대 변혁운동의 밑거름이 되기도 했으나, 민주화와 통일을 위한 변혁의 열망은 분단이라는 벽에 가로 막히곤 했다. 남북 분단이 사회 전반의 민주화는 물론 개인의 자유까지 억압하고 통제했기 때문이다. 그렇지만 민주화와 통일에 대한 열망은 점점 고조되어 국민적 관심사로 부상했고, 남북 분단은 사회 발전과 민족 통합을 가로막는 장애물로 인식되었다.

황석영은 작품 활동의 초기부터 이것을 직시하고, 남북 분단으로 야기되는 각종 부조리와 질곡을 타파하고자 문학적 노력을 경주했다. 70년대 초반 크게 주목을 받은 「한씨연대기」를 비롯한 일련의 작품들에서 전쟁과 분단이 야기하는 비극과 질곡을 제시했고, 80년대 후반 『무기의 그늘』에서는 베트남전쟁이 세계 질서를 재편하려는 미국의 음모라는 것을 밝혀, 한반도의 분단이 강대국의 지배논리와 무관하지 않다는 것을 부각시켰다. 그리고 분단의 현실을 직접 확인하기 위해 북한을 방문하였다가 투옥되는 파란을 겪은 후 출간한 『오래된 정원』, 그동안 금기시되었던 북한에서 일어난 이념 갈등을 다룬 『손님』 등에서는 분단을 극복할 수 있는 방안을 모색했다. 반세기 이상 지속되고 있는 분단 상황을 극복하고 통일을 앞당기기 위한 문학적 모색을 끊임없이 해온 것이다.

이 글에서는 황석영의 주요 분단소설 작품인 「한씨연대기」, 『무기의 그늘』, 『오래된 정원』, 『손님』 등을 중심으로 작가의 분단에 대한 인식과 문학적 형상화의 특징 등을 고찰해 보고자 한다.

2. 분단의 질곡과 인식의 환기–「한씨연대기」

6·25전쟁과 남북 분단에 대한 문학적 인식은 전쟁 직후의 피해의식에서 60년대의 내면화 과정을 거쳐 70년대에는 자기화로 점진적 진화를 이루어왔다[1]고 하겠다. 그리하여 70년대의 분단소설은 민족사에 대한 주체적 자각을 통해 분단의 상흔과 질곡을 민중의 시각에서 수용하고 넘어서려는 의지를 보이기도 한다.[2] 이러한 시기에 분단 문제를 다룬 황석영의

1) 김병익, 「분단의식의 문학적 전개」, 『상황과 인식』, 문학과지성사, 1979, 25쪽.
2) 강진호, 「분단현실의 자기화와 주체적 극복의지」, 『1970년대 문학연구』, 소명출판, 2000, 45-46쪽.

작품으로는 「한씨연대기」, 「북망(北邙) 멀고도 고적한 곳」, 「잡초」, 「골짜기」 등이 있다. 그중 「한씨연대기」는 분단문제에 대한 황석영의 초기 인식을 잘 보여주는 작품이다. 이 작품은 분단 구조로 인해 야기되는 폭력성과 부도덕성에 대한 고발과 인식의 확산을 꾀하고 있다. 70년대 분단 문제를 주요하게 다룬 김원일, 윤흥길, 전상국, 문순태 등은 가족을 중심으로 한 갈등과 비참한 삶을 다각도로 형상화하여 분단의 비극을 환기시키고자 했는데, 「한씨연대기」에서는 반공 이데올로기에 편승하여 자행되는 각종 불법과 폭력이 개인의 삶을 파멸시키는 사회 전반의 구조적 문제라는 데까지 인식의 폭을 확대하고 있다.

「한씨연대기」는 제목에서 암시하듯이 연대기적 구성을 취하고 있다. 그것은 한 양심적인 의사의 삶이 분단으로 인해 어떻게 파괴되는가를 객관적으로 제시하려는 의도라 하겠다. 김일성대학의 산부인과 의사이던 한영덕은 전쟁과 분단으로 갖은 고난을 겪다가 쓸쓸하게 죽음을 맞는다.

교회 목사인 한영덕의 아버지는 아들이 너무 순진하고 고지식해서 의사로 살아가는 것이 한평생 무난하고 평안하게 살 길이라고 생각하고 그를 의과대학에 보냈지만, 그는 정치와 이데올로기에 관심이 없어 김일성대학 산부인과 교수로 재직하는 동안 북한 당국의 감시 대상이 되고 전쟁이 발발하자 고난을 겪게 된다. 그의 순진하고 고지식한 성격은 한영덕의 오랜 친구인 서학준 박사와 누이 한영숙의 입을 빌려 다음과 같이 설명된다.

> "한군은 내 생각에두 너무 고디식하구 순수했디요. 그게 이 친구 단점입네다. 난 이 사람하군 정반대디만 어릴 적부터 쭉 같이 자랐댔구 도재 남을 속일 줄두 모르구 융통성두 없는 이 사람 성미가 짜증이 나멘서두 밉질 않았디요. 아니 오히려 그런 면을 도와했대시오."

"저희 아부님께서두 오라버니 인품을 벌써 알아보시구는, 기술 없으문 한데서 얼어죽을 넌석이라구 하셌시오. 기래 의학공불 시키셌는데 훌륭한 솜씰 개지구두 살아나가기 아낙이 뒤에서 들구 보채문 정신을 버쩍 차릴 분이야요."[3)]

이렇게 한영덕은 순진하고 단순한 사람인데, 이데올로기와 전쟁이 그를 비정상적인 사람으로 몰아간다. 전쟁이 발발해 총동원령이 내려지자 그는 입영자의 명단에서 빠진다. '성분 검토와 평상시의 정치투쟁경력 등으로 평가해서 의무군관으로 애국전선에 내보낼 자격이 부족하기 때문이었다.'(102쪽) 그는 '비판회다, 강연회다' 하는 의무적인 정치행사에 여러 가지 핑계를 대며 빠져 당의 지시에 순응하지 않았던 것이다. 그래서 인민병원에 남아 당 고위직 간부와 그 가족들을 치료하는 특별병동 담당의사의 임무를 맡게 된다. 그러나 그가 입영자 명단에서 빠진 것은 고난의 시작이 된다.

그는 특별병동에서 당 고위직 간부와 그 가족들을 치료하는 일보다는 일반병동의 위급한 환자를 치료하는 데 전력을 기울인다. 그는 생명에 위험이 없는 공산당 고위직 간부를 돌보는 것보다는 생명이 위독한 사람을 구하는 것을 더 중요하게 생각하며 의사로서 직분에 충실할 따름이다. 그러나 인간적 도리나 양심을 중시하는 한영덕의 행동은 용인되지 않는다. 그는 당의 명령에 따르지 않았다고 하여 반동으로 몰리어 처형 대상이 되고 만다. 공산주의 이념보다는 당의 명령이 우선되는 북한 현실에서 개인의 양심적이고 인간적인 행동은 허용되지 않다. 곧, 공산당으로 조직화한 북한 사회가 개인의 삶을 억압하고 생명을 위협하는 폭력을 거침없이

---

3) 황석영, 「한씨연대기」, 『객지』, 창작과비평사, 1974, 98쪽. 이하 같은 책에서 인용한 글은 인용문 끝에 쪽수만 표시한다.

휘두르는 것을 한영덕을 통하여 제시하고 있는 것이다. 통제된 북한 사회에서 개인적 자유가 보장되지 않는 것은 이미 최인훈의 『광장』에서 제시한 바 있으나, 「한씨연대기」에서는 양심적 의료 활동마저 통제되는, 이데올로기가 지배하는 사회의 비인간적인 면을 부각하고 있는 것이다.

한영덕은 평양을 철수하는 인민군에 의해 총살형에 처해지지만 총알이 스치고 지나가는 바람에 기적적으로 살아난다. 중공군의 개입으로 전쟁이 확대되자 '거저 매칠 동안만 나갔다 오문 될 거이야'며 가족을 남겨두고 피난민들을 따라나선 것이 돌아갈 수 없는 이별이 되고 고난의 역정이 된다.

피난민을 따라 38선을 넘어 남한으로 내려왔지만, 인간적인 삶을 보장받지 못하는 것은 남한에서도 마찬가지이다. 남한에서는 반공 이데올로기가 한영덕의 삶을 짓밟고 파괴한다. 그는 아들이 인민군으로 입대하였다가 포로로 잡혔을지도 모른다는 생각에서 포로수용소 주변을 배회하다가 헌병에 붙들려 김일성대학의 교수였던 사실이 밝혀져 간첩이라는 누명을 쓰고 잔혹한 고문을 당한다. 방첩대 지하실에서 고문을 당하는 한영덕은 한갓 고깃덩어리에 불과하다고 설명된다.

> 한씨는 극심한 피로 때문에 눈물을 줄줄 흘렸고 나중에는 침까지 흘렸다. 연원히 비정한 백주(白晝)가 끝나지 않을 것 같았다. 그가 자동으로 고개를 떨구고 졸게 되면 콧구멍 속으로 고춧가루 섞인 물을 들이부었다. 한씨는 그때에 교수도 의사도 피난민도 아니었고 미친 시대 위에 놓인 한갓 고깃덩어리 따름이었다.
>
> —「한씨연대기」, 152쪽

고문을 당하는 한영덕을 한갓 고깃덩어리로 설명하고 있는 것은 반공

이데올로기가 무자비한 폭력을 휘두르던 비이성적이고 야만적인 시대상에 대한 고발이다. 분단 이후 남한 사회에서 반공 이데올로기는 누구도 범접할 수 없는 성역이었다. 명목은 공산주의를 척결한다는 것이었지만, 실은 독재 권력이 정권을 유지하기 위한 수단이었다. 그렇기 때문에 반공이라는 이름으로 자행되는 불법과 폭력이 용인되어 개인의 삶이 유린당하는 일이 비일비재했고, 여기에 편승하여 사리사욕을 탐하는 인물들이 기승을 부리기도 했다. 작가는 이러한 무자비한 폭력이 난무하는 시대적 폐해를 고발하고, 그것이 남한 사회의 구조적 문제라고 지적하고 있다.

의사면허증을 얻기 위해 갖은 모략을 꾸미는 '박가'와 '김가'를 비롯하여, 일제시대 친일앞잡이로 행세하다가 정보부 요원으로 활동하는 민상호와 같은 인물은 부조리한 남한 사회의 단면을 보여준다. 김가와 박가는 의사자격증 때문에 한영덕과 동업을 했다가 타협을 모르는 우직한 한영덕의 성격 때문에 망신당하고, 한영덕을 간첩으로 무고하여 비인간적인 무자비한 고문을 당하게 하는 악행을 저지른다.

전쟁 직후 남한 사회를 지배한 반공 이데올로기는 헌법의 기능을 초월하여 인권을 짓밟고 무소불위의 권력을 휘둘렀는데, 당시의 상황을 작가는 다음과 같이 설명하고 있다.

> 박가, 김가는 약품 압수 사건으로 역시 한영덕씨를 오해한 치과의 이필준까지 끌어들여 이 씨가 잘 아는 X정보대의 문관을 통해서 투서를 접수시켰고, 박가는 또 자기대로 입대하면서 평소에 친분이 있던 H.L.D의 모 중령을 통해 X정보대의 대공 사찰반에다 사건의 중요성을 지적하게 되었다. 정보대 측에서는 오히려 반가운 사건이었다. 첩보에 관한 제보라면 근거가 있고 없고를 따지기 이전에 신경을 곤두세우던 터에 더군다나 투서라든가 타 기관에서의 특별 위임 같은 일로 보더라도 확실하달 수 있는 사건이었다. 이런 성

> 격의 정보는 수사에 힘을 들여도 밑지는 일은 없을 게 분명했다. 잘하면 적의 첩보조직을 캐어낼지도 모르며, 어긋난다 해도 근거가 있게 먹을 구찌가 생기는 정보였다. 제보자나 피의자의 쌍방이 같은 정도의 약점을 갖고 있는 것이었다. 그 무렵에는 정보기관에서 얼마든지 합법적인 관계의 적색분자를 만들어내는 일이 흔하던 시절이었다.
>
> —「한씨연대기」, 138쪽

반공 이데올로기를 이용하여 사사로운 원한을 보복할 수 있다는 것은 사회가 그만큼 혼탁하고 부조리하다는 것을 뜻한다. 그렇기 때문에 한영덕과 같은 양심적 인물은 고난을 겪고, 박가와 김가와 같은 파렴치한 자들은 권력에 아부하며 부귀를 누리는 것이다.

또한 단죄되어야 할 반역사적 인물인 민상호와 같은 자들이 권력을 쥐고 선량한 사람들의 삶을 짓밟는 일도 다반사로 일어났다. 민상호는 일제 식민지 시대에 만선철도의 이동형사 보조원 노릇을 하면서 만주로 빠져나가는 애국지사들을 마구잡이로 일경에 바쳤던 자인데, 해방된 조국에서 정보국 요원이 되어 권력을 이용하여 선량한 사람들을 협박하고 금품을 갈취하는 일들을 자행하는 것이다. 이처럼 민상호를 비롯한 부정적 인물들이 권력을 쥐고 한영덕과 같은 선량한 국민들을 짓밟는 것은 반공 이데올로기가 지배하던 당대 남한 사회의 단면이자 분단구조의 폐해이다. '한영덕의 수난은 한민족 전체가 겪어야 했던 고난'[4]이자 역사의 상처인 것이다.

이미 많은 사람들이 지적해 왔듯이 남북 분단은 한반도에서 파생하는 모든 악의 근원으로 인간다운 삶을 가로 막는 장애물이다. 「한씨연대기」의 작가도 이 점을 깊이 인식하고 분단으로 인해 야기되고 있는 각종 불

4) 김병익, 「개인과 역사-「한씨연대기」를 중심으로」, 『월간문학』 1972년 10월호, 227쪽.

법과 폭력을 부각시켜 분단 구조의 타파를 위해 문학적 노력을 쏟았던 것이다. 이러한 노력은『무기의 그늘』,『오래된 정원』,『손님』등의 작품을 통하여 그 폭과 깊이를 확대하고 심화하면서 지속되었다.

3. 강대국의 지배논리와 분단국의 현실-『무기의 그늘』

『무기의 그늘』은 월남전을 소재로 강대국의 지배논리와 약소국의 현실을 다루고 있는데, 그것이 한반도의 현실과 무관하지 않다는 점에서 주목을 받았다.『무기의 그늘』에서 다루고 있는 베트남전쟁은 수십 년 전의 과거 이야기가 아니라, 남북으로 분단된 한반도에서는 현재 진행형의 이야기라는 것이다.[5] 황석영도 그러한 인식을 작품 활동 초기부터 하고 있었던 것으로 보인다. 정식 데뷔작이라고 할 수 있는「탑」에서 이미 베트남전쟁이 무력과 자본의 힘으로 아시아 지역을 지배하려는 미국의 패권전쟁이라는 점이 단면적으로 제시되었고, 이후「낙타누깔」,「몰개월의 새」,「돛」등에서도 베트남전쟁의 여파로 약소국 민중들이 당하는 고통이 제시되었다. 이러한 인식이 확대된 것이『무기의 그늘』이다.

『무기의 그늘』은 기존의 동일 소재 작품들보다는 탁월한 성과를 보이고 있다는 평가[6]에도 불구하고, 베트남전쟁이 지닌 역사적 의의와 평가가 왜곡될 소지가 있다는 지적[7]을 받기도 했다. 그것은 베트남전쟁에 대한

5) 임홍배,「베트남전쟁과 제국의 정치-『무기의 그늘』론」, 최원식·임홍배 엮음,『황석영 문학의 세계』, 창비, 2003, 80쪽.
6) 고명철,「베트남전쟁 소설의 형상화에 대한 문제」,『현대소설연구』19호, 한국현대소설학회, 2003, 302쪽.
7) 응웬 레 투,「황석영 문학에 나타난 베트남전쟁-『무기의 그늘』을 중심으로」, 성균관대학교 대학원 석사논문, 2005, 36-37쪽.

인식의 차이에서 비롯된 것이라 하겠다. 30년 이상 외세와 투쟁하여 승리를 쟁취한 베트남 민중의 시각에서는 베트남전쟁은 민족해방전쟁이지만, 베트남전쟁의 당사자가 아닌 제 삼자의 시각에서는 세계 최강대국 미국과 베트남 민중들 간의 전쟁인 것이다. 작가는 '베트남전쟁이 추상적인 휴머니즘이나 특파원적 시각에서 다루어져서는 안 된다'고 말하고 있다.

> 80년대 들어와서 우리 근현대사 연구에 대한 새로운 흐름이 일어나고 있음은 제국주의와 민족주의 또는 분단과 민족통일의 갈등을 주체적으로 벗어나려는 실천적 의지에 따른 현상이라고 여겨지다. 따라서 중국이나 일본의 근현대사가 우리와 밀접하게 여러 가지 새로운 시각을 열어주는 것과 마찬가지로, 아니 어느 의미에서는 우리와 같은 길로 시작했으면서도 현재의 우리와는 전혀 다른 방법과 양상으로 스스로의 민족문제를 해결한 베트남의 경우는 우리에게 더욱더 여러 가지의 새로운 시각을 열어준다고 믿고 싶다.[8)]

인용문에서와 같이, 작가는 베트남전쟁의 실체를 객관적으로 파악하려고 노력했다. 그에 따라 작품은 여러 측면에서 서술된다. 『무기의 그늘』은 크게 세 가지 측면에서 이야기가 전개된다. 파월병사 안영규가 합동수사대원에 전속되어 보급품 밀거래를 조사하는 과정에서 겪는 일들을 중심축으로 하여, 베트남 민족해방전선에 투신한 의학도 팜 민의 활동, 팜 민의 형이자 베트남 정부군의 소령인 팜 꾸엔을 중심으로 베트남 군부와 관료의 부패와 타락상 등이 제시된다. 이 세 개의 이야기가 안영규를 중심축으로 전개되면서 베트남전쟁의 실체가 드러난다.

베트남 민족해방전선을 대표하는 팜 민과 베트남 정부군을 대표하는 팜 꾸엔을 중심으로 드러나는 베트남 전쟁 양상은 형제간의 전쟁으로 비

8) 황석영, '작가의 말', 『무기의 그늘』, 형성사, 1989. 이하 인용은 쪽만 표시함.

유되는 한국전쟁과 유사하다. 팜 민과 팜 꾸엔은 형제이다. 동생인 팜 민은 의과대학 학생으로 민족해방전에 투신하여 민족해방을 위해 투쟁하고, 형 팜 꾸엔은 월남군 소령으로 1군 사령관이자 꽝남성 성장인 람 중장의 비서실장이다. 둘은 형제간이나 추구하는 바가 다르다. 팜 민은 장래가 보장된 의과대학생이지만 외국 군대에 유린당하는 베트남 민중들의 참담한 모습을 더 이상 지켜볼 수 없어 민족해방전선에 투신하여 활동하고, 팜 꾸엔은 1군 사령관의 비서실장이라는 요직에 있지만 자기 가족과 개인의 안위만을 생각하며 한몫 챙겨 이국으로 도피하려고 한다. 그렇기 때문에 두 사람을 중심으로 드러나는 정부군과 민족해방전선 사이의 대립은 선악이 분명하여 결과가 예상된다.

그렇지만 팜 민을 중심으로 전개되는 이야기는 베트남 민중의 열망을 잘 보여주는 중요한 부분으로 베트남전쟁의 특징이 드러난다. 팜 민은 장래가 보장된 의과대학생이지만 남부 베트남의 현실에 환멸을 느끼고 민족해방전선에 뛰어든다.

> 저는 물론 적과 싸우겠습니다. 그러나 지금 말씀드리지만 저는 공산주의자로서 해방전선에 들어온 것은 아닙니다. 저는 뒤에 평화가 온다면 사람들의 질병을 치료하는 의사로서 살아갈 것입니다. 저는 해방전선의 전사로서 민족적 소망이 달성되는 때를 준비하기 위하여 스스로를 투신했습니다만 마르크스주의자는 아닙니다.
>
> — 하권, 238쪽

팜 민은 공산주의자는 아니지만 민족적 소망을 달성하기 위해 민족해방전선에 투신했다고 말한다. 여기서 베트남 민족해방투쟁의 특징이 잘 드러난다. 프랑스, 일본, 미국 등의 식민세력에 맞선 오랜 세월 동안 베트남 민족해방전선은 자주적인 혁명정신으로 무장하여 조직을 정비하고 세력을 확장해왔다. 제국주의 식민지배 세력에 맞서 민족해방을 쟁취하기 위해서는 모든 민중세력의 결집이 필수적이었다. 그래서 민족해방전선은 제국주의 세력을 추종하지 않는다면 누구나 관대하게 포용하는 것을 기본 전략을 하여 민중을 결속하고 세력을 확장했다.

민족해방전선의 민족통일 전략은 알코올중독자 트린 아저씨의 모습에서 단적으로 드러난다. 그는 예전 다낭의 유년 학교 교장이었으며 디엠 정권에 반대하는 불교도들의 반정부 운동에 참여하기도 한 양심적 지식인이었으나, 가정의 불행과 끝없는 전쟁에 지쳐 지금은 아편 중독자이다. 그렇지만 민족해방전선은 그를 적대시하지 않고 포용한다. 베트남 민중들의 고난이 개인의 잘못이기보다는 제국주의의 침략과 지배에 의한 것이라는 인식에서 민중의 고통을 외면하지 않겠다는 전략인 것이다.

이러한 민족해방전선의 전략에 팜 민과 같은 젊은이들이 많이 동참하게 되었고, 여기에 조국에 대한 사랑과 헌신이 배가되어 민족해방투쟁의 선봉이 되었다.

> 혁명은 찬란한 섬광이 아니라 돌과 같은 침묵의 누적인 것이다. 그러므로 해방전사는 꽃 같은 무정부주의자가 아니라 자신을 둘러싼 무관심의 광야 속에 내던져진 돌멩이다. 드디어 한 돌멩이는 무더기를 이루어 부딪혀서 반짝이고 또한 구르고 날아가, 전신이 무기가 되는 것이다.
>
> —하권, 75쪽

민족해방투쟁의 전사는 '찬란한 섬광이 아니라 무관심의 광야 속에 내던져진 침묵하는 돌멩이가 되는 것'이라는, 자기희생 정신이 거대한 제국주의 자본과 무력에 맞서 싸울 수 있는 무기이자 힘이었다. 그리고 호치

민을 중심으로 한 지도자들도 청렴성과 도덕성으로 베트남 민중들로부터 절대적인 신뢰를 받았다. 민중들의 희생과 헌신, 지도자들의 청렴과 도덕성은 민중과 지도층 상호간의 신뢰를 굳건하게 하여 단결된 힘을 발휘할 수 있었다. 그래서 베트남 민족해방투쟁의 승리는 당연한 결과라 하겠다.

그렇지만 『무기의 그늘』에서 묘사되는 베트남전쟁은 형제간의 전쟁이나, 민족해방전쟁이라는 측면과 함께 무력과 자본을 앞세운 세계 최강대국 미국의 약소국 지배전략이 강하게 부각된다. 그것은 서사의 중심축인 안영규를 중심으로 펼쳐진다. 안영규는 합동수사대 요원으로 활동하면서 용병으로 끌려가 베트콩과 총부리를 겨누고 목숨을 지키기 위해 정글을 기었던 전쟁과 다른 국면을 보게 된다. 안영규는 미국이 베트남전쟁을 승리로 이끌기 위해 전력을 다하기보다는 자본을 예속화시켜 항구적 식민지화를 꾀하고 있다고 생각한다. 자본의 예속화는 곧 시장의 지배인데, 미국이 지배하는 시장은 PX로 대표된다. PX는 미군과 한국군 등 연합군에게 필요한 물품을 제공하는 곳이나, 그 공급량이 필요량을 훨씬 초과하여 물품이 시중으로 유출되어 베트남인들을 길들이고 항구적인 고객으로 만드는 것이다. PX는 베트남인들의 삶의 방식을 파괴하여 미국의 꼭두각시로 만들고, 피아 구별 없는 무기밀매업자가 드나드는 잡화점이고, 베트남을 지배하는 가장 강력한 무기로 설명된다.

> PX란 무엇인가. (…중략…) 원주민을 우스꽝스런 어릿광대로 바꾸고 환장하게 만들고 취하게 하며 모조리 내놓게 하고, 갈보와 목사와 무기 밀매업자가 사이좋게 드나들던 기병대 요새의 잡화점이다. 그리고 PX는 바나나와 한 줌의 쌀만 있으면 오손도손 살아가는 아시아의 더러운 슬로프 헤드들에게 문명을 가르친다. (…중략…) 한번이라도 그 맛과 냄새와 감촉에 도취된 자는 결코 죽어서라도 잊을 수가 없다. 상품은 곧 바로 생산자의 충복을 재생산해

> 낸다. (…중략…) 아메리카의 가장 강력한 신형무기이다.
>
> —『무기의 그늘』 상권, 64쪽

미국이 지배하는 시장인 PX는 바나나와 한 줌의 쌀만 있으면 오순도순 살아가는 베트남인들을 미국의 꼭두각시로 전락시키는 엄청난 파괴력을 지닌 신형무기로 설명되고 있는 데서 알 수 있듯이, 시중으로 유통되는 PX 물품들은 베트남인들을 미국 다국적기업의 충복으로 만들어 베트남 경제의 동력을 마비시키는 것이다. 생산과 소비로 이어지는 사장구조의 한 축을 무너뜨림으로써 시장을 지배하고 마침내 자본의 예속화를 통한 식민지화를 획책하는 하는 것이다. 이러한 경제적 침탈을 통한 자본의 예속화는 미국의 드러나지 않은 전략이었지만, PX 상품에 빠져 있는 베트남인들은 그것을 알지 못하고 스스로의 올가미에 빠져들었다.

그것은 남의 전쟁에 용병으로 참전한 대부분의 한국 병사들도 마찬가지였다. 베트남전쟁의 진실은 모르고 국가의 부름이라는 허울 좋은 미명 아래 용병으로 끌려가 총알받이가 되고, 팔이나 다리를 잃은 불구가 되기도 했던 것이다. 안영규도 합동수사대의 일원으로 활동하면서 베트남전쟁의 실체를 조금씩 간파하게 되지만, 용병이기 때문에 그가 할 수 있는 일이란 고용주인 미군의 지시에 따라 '사냥개처럼 시키는 대로 할'(63쪽) 뿐이다. 단지 미군의 약점을 파악하여 한국인이 관련된 밀거래를 처리할 때 다소 유리하게 하는 정도이다. 이러한 점은 안영규가 방관자 입장일 수밖에 없는 이유이라 하겠다.

안영규의 방관자적 입장은 강대국의 용병인 약소국 민중들이 겪어야 하는 애환을 드러내는 데는 효과적이기도 하다. 그가 '나는 여기 와서야 고향을 객관적으로 보기 시작했다'(하권, 115쪽)고 말하는 것이나, '그는 여기서 알았던 그 어느 얼굴과도 다시는 마주치고 싶지 않았다'(하권, 299쪽) 등의 서술은 안영규의 실체를 잘 제시해 준다. 안영규는 합동수사대원으로 활동하면서 비로소 시장 지배를 통한 항구적인 식민지화를 획책하고 있는 미국의 의도에 꼭두각시놀음을 하고 있는 베트남의 현실과, 세계 최강대국인 미국의 힘에 어쩔 수 없이 젊은이들을 남의 전쟁터로 내몰아야 하는 조국의 현실이 다르지 않다는 것을 깨닫게 된다. 미국에 의해 유린당하는 베트남의 현실은 '지난 한 세기 동안 아시아 사람이면 누구나 똑같이 당해온 조건'(117쪽)이었다. 그럼에도 미국의 용병으로 하수인 역할을 해야 하는 것은 약소국 민중들이 겪어야 하는 아픔인 것이다. 그렇기 때문에 안영규는 베트남전쟁에서 경제적 이익을 챙기기에 혈안인 한국 용병들의 모습에서 심한 자괴감을 느끼고, 자신은 베트남에서 아무것도 가져가지 않겠다고 다짐한다. 안영규의 자괴감은 약소국 민중이 처한 현실을 대변하고 있다는 점에서 미국에 유린당하는 베트남 민중의 모습과 크게 다르지 않다고 하겠다.

그렇지만 강대국의 지배전략을 방관자로서 바라만 보고 있다는 것은 패배주의이거나 현실추수주의적인 태도이다. 거대한 음모로 전개되고 있는 강대국의 지배전략을 목도하고도 그것을 바라보고만 있다는 것은 그러한 음모를 묵인하는 결과를 낳기 때문이다. 미국의 지배전략에 유린당하는 베트남의 현실이 남북으로 분단된 한반도의 현실과 다르지 않다는 인식이라면 그것을 타파하려는 방안이나 노력이 모색되어야 할 것이나, 『무기의 그늘』에서는 그러한 노력은 암시될 뿐이다. 안영규는 미국을 비롯한 강대국들이 아시아 약소국에 저지른 과오에 대해 '나는 꼭 내 고향에 돌아가 이 보상을 해내리라 작심하고 있다'(하권, 117쪽)고 말한다. 그렇지만 안영규의 고향은 북쪽이고, 남북은 이념의 장벽으로 분단되어 있어

왕래가 자유롭지 못한 상황이다. 이러한 점들은 『무기의 그늘』에서 제시하고자 하는 베트남전쟁의 실체와 한반도의 현실에 대한 작가의 인식이 안일하다는 지적을 면하기 어렵다고 하겠다.

4. 변혁을 위한 대안적 모색–『오래된 정원』

『오래된 정원』은 1999년 1월 1일부터 2000년 2월 11일까지 <동아일보>에 연재된 작품으로 연재 당시부터 세간의 주목을 받았다. 그것은 황석영이 분단된 조국의 현실을 몸으로 체험하기 위해 고통을 감수하고 북한을 방문하여 표랑(漂浪)과 영어(囹圄)의 세월을 보내다가 17년 만에 발표한 작품이라는 점에서였다. 그래서 『오래된 정원』에 대해서는 일상성의 회복이나 모성적 담론, 그리고 변혁운동의 방향이나 분단 문제 등과 관련하여 다양한 논의가 있었다.[9)]

『오래된 정원』은 분단문제를 집중적으로 조명하기보다는 80년대의 변혁운동에 더 초점이 맞춰져 있다. 동구사회주의의 몰락과 진보진영의 위기라는 역사적 상황에서 광주민주화운동으로 상징되는 80년대를 어떻게 기억하고, 분단이 고착화되어 가는 현실과 개인 중심의 사회적 변화에 어떻게 대응할 것인가를 다루고 있다. 그렇지만 남북 분단이 개인의 삶이나 사회의 발전을 가로막는 장벽이라는 인식을 분명히 하고 있고, 그것을 타파하기 위한 작가의 노력은 앞에서 본 「한 씨 연대기」, 『무기의 그늘』과 다르지 않다.

---

9) 『오래된 정원』은 출간 이후 많은 평론가들의 주목을 받았으나, 하정일이 분단문제와 관련하여 거론했다(「분단의 형이상학을 넘어서-황석영론」, 『실천문학』 62호, 실천문학사, 2001.).

『오래된 정원』에는 두 명의 서술자가 공존하고 있다. 변혁운동가인 오현우와 그의 여자였던 한윤희가 서로 이야기를 번갈아 나열하면서 한 편의 이야기를 엮어간다. 오현우는 독재정권에 대항하다가 18년 동안 감옥살이를 하고 나온 후 자신의 삶을 반추하며 변혁운동의 새로운 방향을 모색하고, 한윤희는 자신의 어린 시절부터 암으로 죽기까지 삶을 일기형식으로 오현우에게 전달한다. 그래서 오현우를 중심으로 한 변혁운동 이야기와 한윤희를 중심으로 한 일상의 중요성에 대한 이야기가 전개되고 있다. 이러한 점은 작품의 내용과도 밀접하게 관련되고 있다. 『오래된 정원』에서 변혁운동의 당위성보다는 새로운 방향에 대한 모색이 그려져 있기 때문이다. 그러면 그것이 어떻게 전개되고 또 그것의 문제점 등을 서사의 두 축인 오현우와 한윤희를 중심으로 살펴보기로 하자.

① 변혁을 위한 노력

오현우는 유신독재에 저항하여 첫 번째로 감옥살이를 한 이력이 있기는 하지만, 대학을 졸업하고는 시골에서 교사로 생활하다가 모순된 현실의 근원에 대해 새롭게 인식하면서 조직 활동에 동참하게 된다. 모순된 사회의 단면들을 개선하려고 아무리 애를 써도 그것의 근원인 분단과 외세를 타파하지 않고는, 어떤 노력도 무의미하다는 것을 조직 활동가인 최동우와의 이야기에서 깨닫게 된 것이다.

> 해방 후 우리 역사는 꼭 장기말 쌓는 놀이 같지 않아요? 처음에는 한 개 두 개의 힘을 쌓아가면서 아슬아슬하게 이제 겨우 다 쌓았다 할 즈음에 무엇인가 거역할 수 없는 힘이 판을 툭 건드리거든요. 그러면 와르르 무너지고, 그 잿더미와 피투성이의 폐허 위에서 다시 한 개 두 개를 쌓아올립니다. 그런데 모두들 마지막 한계를 미리 알면서도 뛰어넘기는커녕 똑같은 방법으로

쌓기를 시작하고 붕괴되기를 되풀이하지요. 마지막 한계가 무엇일까요. 눈에 확연히 드러나는 즉물적 사실이기도 하고 보이지 않는 관념이기도 하지요. 그건 분단과 외세입니다.10)

현대사의 비극이자 질곡인 분단과 외세를 극복하지 않고는 어떤 노력도 무의미하다는 최동우의 지적은, 『장길산』에서 장길산이 탐관오리 몇몇을 징치한다고 해서 세상이 바뀌지 않는다는 것을 깨닫는 것과 다르지 않다. 탐관오리들의 횡포에 신음하는 민중들을 구제하기 위해서는 민중이 주인이 되는 대동세상을 열어야 하듯이, 분단과 외세는 '배우지 못하고 가진 것이 없어도 열심히 일하면 누구나 잘 살 수 있는 세상'(상권, 200쪽)을 만들기 위해 반드시 넘어야 할 벽인 것이다.

오현우의 노력은 광주사태의 진상을 알리는 전단을 제작하여 살포하는 일부터 시작된다. 총부리를 들이대는 폭력에 동료들이 무자비하게 연행되어 광주에서 더 이상의 활동이 불가능한 상황에서 서울로 탈출하여 광주에서 자행되는 만행을 알리기 위해 지하활동을 한다. 그러나 그 일은 '실패로 끝날 것을 잘 알고 있었다. 하지만, 언젠가는 진실이 밝혀지고 세상이 올바르게 변화할 장래'에 대한 믿음으로 두려움 없이 행하였던 것이다. 그렇기 때문에 좁혀져오는 그릇된 권력의 올가미에도 개의치 않고 활동하고, 그것이 여의치 않으면 노동 현장에서 노동자들과 함께 생활하면서, 노동자들에게 모순된 현실을 제대로 인식하도록 일깨우고 격려하는데 온 마음을 쏟았던 것이다.

그러나 이러한 노력에도 불구하고 민중들에 대한 오현우의 믿음이나 연대는 『장길산』에서처럼 강하게 드러나지 않는다. 민중들이 사회적 모

10) 황석영, 『오래된 정원』 상권, 창작과비평사, 2000, 96-97쪽. 이하 인용은 쪽수만 표시함.

순을 하나씩 인식하게 되면 변화는 언젠가는 올 것이라는 믿음보다는, '막강한 무력과 폭력을 쥐고 있는' 부당한 권력에 정면으로 대항할 수 없는 무기력함에 조급함과 답답증을 느낀다. 그것은 변혁을 추구하는 오현우의 태도와 무관하지 않다. 오현우는 변혁을 추구하지만, 그는 광주사태라는 엄청난 비극의 현장에서는 탈출해 있다. 군복을 입은 자들이 권총을 들이대고 동지들을 무자비하게 끌고 가는 극악한 상황이었다고 하지만, 오현우는 무자비한 폭력이 자행되던 5월 20일 광주를 탈출한다. 그는 장갑차를 앞세운 부당한 권력에 짓밟히는 민중들과 연대하지도 않고, 총알에 맞아 피를 흘리며 죽어가는 민중들도 돌보지 않고 광주를 탈출하는데 급급한 것이다.

오현우가 광주를 탈출하는 5월 20일은 하권에서 송영태 등이 만드는 운동권 학습교재인 팸플릿 '횃불'에서도 잠깐 언급되듯이, 시내 곳곳에서 자행된 공수부대의 학살과 만행을 목격한 택시기사들이 저지선의 돌파에 앞장서기를 결의하고 각자 차에 올라 금남로 전진하여, 저지선에서 공수부대와 대치 중이던 시민들의 열렬한 환호를 받으며 시민군의 대열에 합류하는 날이었다. 그렇기 때문에 『오래된 정원』은 후일담 형식을 띠게 되고, 작품 내용도 오현우 중심의 변혁운동과 한윤희 중심의 일상(日常)의 소중함이 함께 강조되고 있는 것이다.

무자비한 폭력이 자행되는 한복판에서 짓밟히는 민중들과 더불어 하지 못하고, 그들로부터 떠나온 오현우가 할 수 있는 일이란 무엇일까? 그는 서울에서 먼저 광주를 탈출한 동지들과 광주의 진실을 알리기 위해 전단을 만들고, 그것을 뿌리는 일을 하면서, 혁명의 전위를 키워가기 위한 사상학습을 한다. 이것은 그가 할 수 있는 최선의 일이라 하겠다. 맞서 싸울 수 없는 불의에 절망하고, 그것을 견디지 못해 미문화원에 화염병을 던지거나, 미국 대통령의 방한 환영 아치에 시너를 뿌려 불을 지르는 급진적 행동은 오현우의 몫이 아닌 것이다. 오현우는 유신에 반대하여 처음으로 구속된 대학생이었지만, 대학을 졸업하고는 시골에서 중학교 교사로 있었다. 그는 혈기 넘치는 대학생도 아니고, 생존 현장에 있는 노동자도 아니다. 그는 운동권에서도 행동파이기보다는 학습조였다. 그렇기 때문에 그는 도피 행각을 하다가 검거되고 투옥되는 예정된 길을 밟는다.

오현우는 우리 근대소설에서 볼 수 있는 지식인의 일면을 보여주고 있다. 이광수, 염상섭 등의 소설에서 등장하는 지식인들은 모순된 현실에 대해 고민은 하지만, 근원적인 문제에 대해서는 얼마쯤 비켜서 있는 것이다. 오현우도 광주의 현장에서 민중들과 연대하지 않고 도피함으로써, 그 이후의 활동에서도 민중들과 함께 하지 못하고 도피행각을 계속해야만 했던 것이다. 오현우가 구속된 이후 변혁운동을 주도하는 송영태도 크게 다르지 않다.

송영태의 경우 변혁의 제 일 대상은 바로 자기 아버지이다. 그럼에도 그는 아버지의 재산 덕분에 대학원에 다니고, 독일로 유학을 가고, 독일에선 중고이지만 고급 차도 몰고 다니고, 시베리아 횡단 여행도 한다. 뒤에서 보다 자세히 거론하겠지만 서사의 한 축을 지탱하고 있는 한윤희의 모습도 마찬가지이다. 한윤희는 일상을 강조하지만 그녀의 일상이란 구체화되지 않고 막연하게 암시될 뿐이다. 부자인 어머니가 아이를 돌봐주고, 대학원을 다니며 화실을 운영하고, 독일로 유학 가서 애정행각을 했다는 정도이다. 여기서 『오래된 정원』의 인물들이 각자의 삶에 대한 진지한 고민보다는 변혁운동의 방향이나 사유체계 등과 같은 관념적인 문제에 더 관심을 두게 되는 까닭이 드러난다고 하겠다. 그들은 다분히 근대소설에서 등장하는 지식인을 닮은 것이다. 예외가 있다면 최미경이라 하겠다.

오현우가 검거되어 구속된 이후 변혁운동은 송영태 등에 의해 지속되는데, 송영태는 광주사태 이후 처음으로 시위를 주동하여 3년 반 투옥된 경력이 있다. 송영태가 추구하는 변혁운동의 도달점은 '민중이 권력을 잡고, 미제와 그 앞잡이들을 몰아내는 것'으로 오현우가 추구했던 바와 같다. 그런데 그는 부동산으로 벼락부자가 된 집 아들이고, 그의 아버지는 유신 때 국회의원을 지내기도 했는데, 이러한 배경은 반민중적이다. 그런 송영태가 변혁운동에 투신하게 된 계기는 분명하지 않다. 양민을 학살하고 무소불위의 폭력을 휘두르는 부당한 권력에 대하여 가만히 있지 않는 '밸 있는 젊은 남자'(하권, 28쪽)라는 정도로만 설명되어 있다. 이러한 송영태는 오현우처럼 민중들과 더불어 하지 못하고, 결국 독일로 유학을 가고, 독일에서 북한으로 암시되는 '다시 돌아올 수 없는 세상에서 가장 어둡고 구석진 곳'(하권, 301쪽)으로 잠적하고 만다.

민중들과 더불어 하는 변혁운동은 최미경에게서 볼 수 있다. 최미경은 민중들의 눈으로 세상을 보기 위해 다니던 학교를 그만두고 노동자가 된다. 그렇지만 노동자가 되는 것은 쉬우나 노동자들과 하나가 되는 일은 쉽지 않음을 1년 이상 산업현장에서 노동자로 생활하고서야 깨닫게 된다. 최미경이 민주노조를 건설하기 위하여 의식이 깨어 있는 노동자에게 '새길'이라는 팸플릿을 주었더니, 팸플릿을 본 노동자가 '일반 노동자들이 보기에는 너무 어려운 용어가 많이 나오고, 생활반영이 안되어 있고, 노동시간과 임금에 대한 해설은 최근의 현실이 반영되어 있지 않고, 정치적 문제의 직접적인 언급은 일반 노동자들이 의심을 하니까 되도록 피해야 한다'(하권, 186)는 지적을 하는 것이다. 노동자들과 같이 산업현장에서 근무하고 생활한다고 해서 노동자들과 하나가 될 수 있는 것은 아니라는 것이다. 겉으로 드러나는 생활뿐만 아니라, 의식까지도 노동자들과 함께 할 때, 노동자들과 하나가 될 수 있다는 것을 최미경은 깨닫는다.

그리하여 최미경은 노동자들의 눈과 귀를 가리는 세상의 변혁을 위해 몸을 던지는 것이다. 노동자들과 하나가 되고, 또 그들의 가슴에 변혁의 불을 지피는 희생을 감내하는 최미경의 모습은 가히 신화적이다. 역사는 최미경과 같은 신화적인 인물에 의해 진보를 거듭해왔지만, 그것은 민중들과 더불어 하지 못하는 오현우의 경우와 같은 문제점이 있다. 최미경의 모습은 군사독재와 독점자본이 폭력을 휘두르던 시대에서는 신화가 될 수 있었지만, 민주적 원칙이 관철되고 대중들이 주권을 회복하게 된 사회에서는 무모한 짓이 되고 마는 것이다.

그러면 대안으로 제시할 수 있는 것은 무엇일까? 이 물음에 대한 답은 18년 만에 감옥에서 나온 오현우의 몫이 된다. 오현우가 감옥에 있는 동안 동구권의 몰락과 동서독의 통일로 혁명과 이념의 시대가 종언을 고했고, 사회주의자로 자임했던 그가 꿈꾸었던 것들이 많은 부분에서 이미 이루어져 있었다. 자유와 변화를 추구하는 문명사의 거대한 흐름이 독재와 독점을 외형적으로나마 변화시킨 것이다. 그리하여 더 이상 최미경과 같은 신화적인 이야기가 불필요한 시대가 되어버린 것이다. 이제 새로운 시대를 위한 대안이 요구되는 것이다. 오현우는 급진적인 변혁운동보다는 '변화와 개혁'을 생각하고, 일상의 삶을 생각한다.

> 나는 한 시대가 종언을 고하고 나서 그것이 무엇이었던가를 독방에서 아프게 이해하는 데 몇 년이 걸렸다. 국가 권력을 장악하려는 여러 가지 시도는 낡아버렸거나 불필요한 일이 되어버렸다. 지난 세기 자본과 물질의 체제 속에서 반체제의 눈으로 세계를 바라보았던 생각은 그것을 현실화하는 과정에서 왜곡되었다. 오히려 이제는 무너진 건물 사이로 솟아나온 철골처럼 남

> 아버린 몇 가지 명제가 소중해졌는지도 모른다. 어느 집단에서나 민주적 원칙의 관철과 대중에 의한 주권의 회복이 가장 생명력 있는 유산으로 확인되었다. 이는 불탄 자리에서 골라낸 살림도구 같은 것이리라. 국가권력에 대하여 변화와 개혁을 요구하고 이름 없는 사람들의 집단이 서로 연대하며, 아이들의 땅뺏기놀이처럼 그침없이 한뼘 두뼘 자본이 남겨먹는 것들을 되찾아 실질적인 평등의 단계로 영역을 넓혀나가야만 한다.
>
> — 하권, 309쪽

오현우는 민중들의 연대에 의한 변화와 개혁, 실질적인 평등은 추구해야 할 지향점으로 생각한다. 그가 꿈꾸었던 '민주적 원칙의 관철과 대중에 의한 주권 회복이' 이루어진 상황에서 국가권력을 장악하려는 일과 같은 급진적인 변혁운동은 더 이상 불필요한 것이다. 이제 생활 속에서 변화와 개혁이 이루어져야 하는 것이다. 생활과 유리된 개혁은 더 이상 되풀이되지 말아야 할 전시대의 유물인 것이다.

그러면 오현우가 '전기줄에 앉은 제비들'처럼 무리들과 어울리는 일상을 회복하기 위해서는 어떻게 해야 할까? 무엇보다도 먼저 오현우가 해야 할 일은 한윤희와의 관계를 정리하는 것과 그의 딸 은결과의 관계를 정립하는 일이기도 하다. 이것은 한윤희 삶을 어떻게 이해해야 할 것인가 하는 문제이기도 하다. 한윤희는 오현우와 6개월 정도 함께 산 여자였는데, 그가 18년 동안 감옥에 있는 동안 그의 아이를 낳아 실질적인 아내로 자리를 차지하고 있으나, 그녀의 생활은 오현우의 아내로서의 삶은 아니었던 것이다. 한윤희는 오현우가 구속된 후 아이를 낳기도 하지만, 아이는 어머니에게 맡기고 화실을 운영하고 대학원을 다니다가 독일로 유학을 가서, 그곳에서 이희수를 만나 그와 사랑하게 되고, 그 사랑은 이희수의 갑작스런 죽음으로 종결된다. 그렇기 때문에 한윤희와 오현우의 관계는 적지 않게 당혹스러운 것이다.

그것은 마치 제대로 정리되지도 않고 역사의 한 부분으로 편입되어 버린 광주민주화운동과도 같은 모습이다. 18년 만에 출옥한 오현우가 목도한 광주는 민주화운동 때는 잠복했거나 활동하지도 않은 약삭빠른 놈들은 한몫 챙겨 떠나버렸고, 민주화운동 주역들은 망월동에 말없이 누웠거나 생활고에 시달리며 전전하고 있는 것이다. 역사가 항상 살아남은 자들의 몫으로 자리매김되듯이, 80년 광주도 시세를 잘 이용하는 자들만이 그 혜택을 누리고, 온몸으로 역사의 수레바퀴를 밀고 온 말 없는 민중들과 그들을 이끌었던 소수의 헌신자들은 역사의 뒷전으로 밀려나 있는 것이다. 이처럼 어지러운 모습으로 뒤엉켜 있는 '80년의 광주'와 한윤희는 똑같이 오현우에게 정리해야 할 부분인 것이다. 그런데 한윤희와 이희수는 80년의 광주처럼 현재가 아니라 과거로 편입되어 관념으로만 존재할 뿐이다.

그렇다면 오현우에게 있어서 한윤희는 무엇인가? 딸 은결과의 관계를 바르게 이어줄 징검다리인 것이다. 그것은 80년의 광주도 마찬가지다. 역사로 편입되어 버린 광주보다도 미래의 광주가 오현우의 몫인 것이다. 그런 점에서 은결과의 관계를 정립하는 일은 중요한 것이다. 은결은 이모인 정희 부부가 딸처럼 키워 고 3이 되어 있다. 오현우에게 은결은 바로잡아야 할 뒤틀린 일상인 것이다.

② 일상의 소중함

변혁은 각성에서 오지만, 일상(日常)은 항상 그 자리에 있다. 발 딛고 있는 그 순간 순간의 삶이 일상인 것이다. 이러한 아무것도 아닌 것 같은 일상이 '사람에게 가장 중요한 사업'이라고, 『오래된 정원』에서는 강조되어 있다. 일상의 소중함은 오현우와 함께 서사의 한 축을 맡고 있는 한윤희에 의해 강조된다. 한윤희에 의해 강조되는 일상과 그녀의 삶을 통해 드러나는 일상에서 오현우가 회복해야 할 일상을 어느 정도 가늠해 볼 수도 있겠다.

한윤희가 일상의 소중함을 강조하는 데는 빨치산이던 아버지의 영향이 크게 작용한다. 한윤희는 여느 가정처럼, 엄마는 집안 일 하고 아버지는 가족을 위해 열심히 일하는 그런 평범한 삶을 바랐지만, 그것은 빨치산이던 아버지 때문에 불가능했다. 아버지는 판사이던 외삼촌의 덕으로 즉결처분을 당하지 않고 겨우 목숨을 부지하여 술과 독서로 삶을 지탱하였고, 가족의 생계는 어머니가 맡아 꾸려 가야 했다. 그런 가정에서 어린 시절을 보내야 했던 한윤희는 평범한 일상을 불가능하게 만든 빨치산이던 아버지를 용서할 수가 없었다.

> 우린 모두 다른 집 엄마들처럼 우리 엄마가 집에 계셨으면 하구요, 밖에 나가 자랑할 건 없어두 가족을 위해서 열심히 일하시는 아버지를 갖구 싶어요.
>
> —상권, 90쪽

인용문은 아버지에 대한 한윤희의 원망과 일상에 대한 바람을 잘 드러내고 있는 부분이다. 남들과 같은 엄마, 아버지를 갖고 싶은 한윤희의 소망은 전도된 가정의 복원을 의미하는 것인데, 그것은 곧 사회·국가적 차원으로 확대될 수도 있겠다. 한윤희가 사회적 모순에 눈뜨게 되면서 빨치산이던 아버지를 이해하게 되기 때문이다. 여기서 전도된 일상을 복원하는 일과 오현우 등이 추구하는 변혁운동은 다르지 않다는 것도 알 수 있다. 오현우 등이 추구하는 변혁운동이란 뒤틀린 현실을 바로잡아 모든 것이 순리대로 진행되는 일상의 삶인 것이다.

그러면 한윤희가 강조하는 일상이란 무엇일까? 그것은 주어진 몫의 삶을 열심히 사는 것이다. 모험은 하지 않으나 비켜가려는 나약함은 버리고, 어떤 시련이나 고통이든 끌어안고 견디어 보겠다는 스스로에 대한 다짐이라고 규정될 수 있다. 그래서 한윤희는 변혁 운동가인 오현우의 은신을 도와주는 일을 마다하지 않고, 송영태 등이 추진하는 변혁운동에 협조하기도 한다. 한윤희가 그렇게 하는 데는 어린 시절 아버지를 이해하지 않으려고 했던 일과 대학생이 되어서도 군사독재에 대하여 아무것도 행하지 않았던 자기 자신에 대한 자책이 많이 작용했다. 빨치산이었던 아버지는 한윤희에게 빨갱이 자식들이란 이름밖에 물려준 것이 없는 반쯤 증오의 대상이었다. 그런 아버지를 한윤희가 이해하게 되는 것은 '아버지의 과거로 들어가 볼 수 있었기' 때문이다.

한윤희는 아버지가 임종하기 전 몇 달간 아버지를 간호하면서 식민지 지식인으로 고민했던 일들과, 해방된 나라를 자유와 평등이 넘치는 세상으로 만들려고 활동했던 일들을 들으며 아버지를 이해할 수 있게 된다. 한윤희의 아버지가 꿈꾸던 세상은 바로 오현우 등이 투쟁으로 쟁취하고자 했던 세상이었다. '배우지 못하고 가진 것이 없어도 열심히 일하면 누구나 잘살 수 있는 세상', 곧 자유와 평등이 넘치는 세상인 것이다. 그러나 그런 세상은 끝없이 반복적으로 추구되는 희망이었고, '허공중에 떠있는 별이었고, 또 다가가야 할 미래이기도 한 것이다.

한윤희는 오현우가 구속된 이후 임신한 것을 알게 되자 삶에 대한 의지를 다지고, 아이를 낳고는 자기의 삶에 대해 새롭게 인식하게 된다.

> 사는 일에는 에누리가 없지요. 이제와 생각해 보면 어떤 시련이나 고통이

> 든 끌어안고 겪는 이에게만 꼭 그만큼 삶은 자기의 수수께끼에 대한 해답을 차례 차례로 내놓거든요.
>
> — 상권, 297-298쪽

한윤희는 한 치의 에누리도 없이 어떤 시련이나 고통이든 끌어안고 겪는 이에게만 꼭 그만큼의 해답을 주는 것이 삶이라는 것을 깨닫게 된 것이다. 그래서 은결이와 둘이서 살아갈 수 있는 기반을 마련하기 위한 노력도 게을리하지 않는다. 한윤희는 화실을 운영하면서 대학원에 다니고, 송영태 등이 주도하는 변혁운동에도 협력한다. 한윤희는 일정한 거리를 두고 협력할 뿐, 변혁운동에 적극 동참하지는 않는다. 그것은 그녀 자신의 삶을 더 중시하기 때문이기도 하고, 또 무엇으로 규정되는 것에서 자유롭고 싶기 때문이기도 하다. 그러한 한윤희의 생각은 '나는 그림을 그리고 싶어 하는 사람이지 어떤 그림을 그려야 할지 규정하는 사람이 아니'라고 말하는 데서 알 수 있다. 규정된 것을 거부하는 한윤희는, 아이를 엄마 집에 맡겨 놓고 주로 화실에서 생활한다.

하지만 그녀를 통하여 전달되는 것은, 그녀 자신의 삶보다는 송영태 등이 주도하는 변혁운동에 관한 것이 대부분을 차지한다. 이것은 서술방식과도 관련이 있다. 한윤희의 이야기는 오현우에게 쓰는 편지형식을 취하고 있는 것이다. 그래서 그녀의 이야기는 자신만의 관심사보다는 오현우와의 공동의 관심사에 초점을 두고 있다. 이러한 점 때문에 한윤희는 일상을 강조하면서도 그것에 대한 진지한 고민이 제시되지 않는 것이다.

그러다가 미경이가 노동투쟁의 불길을 돋우기 위해 분신자살한 것을 보게 되고, 혁명과 예술, 사랑과 노동에 대해 생각해보게 된다. 예술과 혁명은 '지상에서 비롯된 새벽의 삶을 회복하기 위해서 지상에 세워진 한

낯의 모든 허접쓰레기 같은 제도를 부숴버리는 일'이고, 노동은 소박하고 욕심 없는 하루 세끼 식사를 위한 것이었다고 생각하는데, 사랑에 대해서는 분명하지 못하다. 사랑에 대한 입장이 불분명한 것은 이 작품에서 그려진 애정관계와도 관련 있다. 이 작품에서 그려지는 애정관계는 복잡하다. 한윤희에게 오현우와 이희수는 사랑한 사람이었고, 송영태는 일방적으로 애정 고백을 받는 대상이었다. 그런데 송영태는 최미경이 사랑하던 사람인 것이다. 이렇게 애정관계가 복잡하게 얽혀 있기 때문에 분명한 입장을 취하지 않는 것이다.

최미경의 분신 이후 한윤희는 독일로 유학을 간다. 독일에서 교환교수로 와 있는 이희수를 만나 그와 사귀면서 독일 통일을 목격하고, 북한 유학생과 우연히 만나게 되고, 송영태와 만나며 조국의 통일과 개인적 관심사 등을 이야기한다. 이것은 앞에서 언급한 바와 같이 근대소설에 등장하는 지식인의 속성과도 유사하다. 한윤희는 생계에 대한 걱정이 없는 부유층 지식인의 모습이다. 그렇기 때문에 그녀가 강조하는 일상성이란 구체화되지 않는다. 그녀의 삶에서는 일상을 찾을 수 없고, 이희수와의 추억에 대한 이야기에서 그것의 윤곽이 드러난다.

> 아버지의 감 이야기에 나오는 색시처럼 내색 않고 같은 선에 서서 넉넉한 시선으로 한 방향을 바라보아주는 아낙이 되고 싶었지요. 그렇지만 헤어지진 말고 오래 같이 살 수 있으면 더욱 좋았을 것을.
>
> — 하권, 249쪽

한윤희가 바라는 일상이란, 같은 선에 서서 넉넉한 시선으로 한 방향으로 바라볼 수 있는 아내와 남편이 되는 것이다. 그러나 이 같은 한윤희의 생각은 생계에 대한 고민이 없는 사람들의 이야기이다. '공부를 하고 싶어도 돈이 없어서 국민학교도 못 마치고 일하러 서울로' 온 순옥과 같은 근로자들의 이야기는 아닌 것이다. 오현우가 도피하면서 잠시 신세졌던 봉제공장의 근로자인 순옥은 악착스럽게 돈을 모아 동생 뒷바라지도 해야 하고, 또 도시 변두리에 양장점이라도 내겠다는 꿈을 다지는 것이다. 봉제공장 근로자인 순옥과 독일 유학생 한윤희의 거리는, 『오래된 정원』에서 강조되고 있는 일상이 민중들의 그것과는 거리를 두고 있다는 것을 뜻한다. 한윤희가 강조하는 일상은 대학교수인 이희수, 유학생인 송영태, 그리고 오현우 등과 함께 할 수 있는 것이다.

한윤희에게 독일 유학생활은 새로운 세계를 접하게 해준다. 한윤희는 이희수와 가까이 지내면서 인간이 세상의 주인이라는 생각을 버려야 한다는, 이희수의 불교적 세계관을 접하게 된다. 자연과 사람이 합치된 노력으로 이루어지는 문명이 인간이 추구해야 참다운 문명이라는 것이다. 이희수의 불교적 세계관은 이데올로기 대립이 종언된 세계에서 취할 수 있는 대안적 이념이라고 하겠다. 그러나 한윤희는 이희수의 말에 전적으로 동의하지는 않는다. 그녀는 동유럽의 변화를 보면서 새롭게 시작해야 할 변혁운동을 생각해 본다.

> 아버지와 당신이 꿈꾸었고 내가 마음 깊이 찬동했던 우리들의 소망은 이제 전 세계적으로 처음부터 다시 시작하지 않으면 안 되는 출발점으로 되돌아온 거예요. 현재의 삶의 방식이 잘못되었다는 걸 잘 알면서도 어쨌든 이 변화된 세계 속에서 수많은 힘없고 가난한 이들과 더불어 다시 시작해내야만 하는 것입니다.
>
> —하권, 268쪽

동독의 통일과 동유럽의 변화를 본 한윤희가 오현우에게 변혁운동의 당위성을 강조하고 있는 것이다. 한윤희는 일상을 강조하면서도 마음 깊이 변혁운동을 찬성하고 지지했던 것이다. 그러면 오현우가 취할 수 있는 길은 무엇일까? 생활과 유리되지 않는 개혁은 어떤 모습이어야 할까? 그것은 오현우가 은결과의 만남을 예상하는 모습에서 어느 정도 암시되고 있다. 서로를 강조하지 않고, 배려하고, 이해하려는 마음에서 은결과의 관계가 정립될 수 있다고 오현우는 생각하고 있다.

그렇지만 그것은 오현우의 마음일 뿐, 은결과의 만남에서 확인된 것은 아니다. 은결과의 만남이 실현되지 않은 채 소설이 종결되는 것은 같은 이유에서라고 하겠다. 은결과의 관계 정립은 곧 민중들과의 굳건한 연대를 의미하는 것이라고 할 수 있기 때문이다. 그것은 어느 한쪽의 노력으로 가능한 것이 아니고, 서로에 대한 이해와 믿음을 바탕으로 가능한 것이다. 힘없고 가난한 이들과 더불어 다시 시작해야 할 일은 오현우와 같은 변혁운동가들만의 몫이 아니고, 민중들과 더불어 함께 해야 할 일이라는 것이다. 여기서 다시 일상이 강조되어야 하는 까닭이 있다. 물신의 세계가 지배하는 시장의 경제 사회에서는 변혁과 퇴폐도 아닌 일상이 회복되어야 하는 것이다. 각자의 삶을 온전하게 살아가면서 서로가 더욱 풍요로울 수 있는 그러한 일상이 회복되어야 하는 것이다. 그것은 소리 없는 변혁운동이기도 하다.

삶과 유리되지 않는 일상을 통한 변혁운동은 자발적 노력으로 가능한 이상적인 방안이다. 나날의 생활을 꾸려가기 위해 고민하고 갈등하는 평범한 사람들에게는 현실적인 문제가 더 중요하기 때문이다. 이러한 점에서 『오래된 정원』은 분단극복의 문제에 별다른 대안을 내놓지 못하고 있다[11]는 지적을 받기도 한다. 하지만 『오래된 정원』은 분단과 외세가 민중들의 삶을 억압하고 민족의 화합과 발전을 가로막는 주범이라는 인식을 제기하고, 그것을 타파하기 위해 고민하고 있다는 점에서 황석영이 일관되게 추구하는 분단 극복의 문제와 크게 다르지 않다고 하겠다. 분단 극복을 위한 방안은 『손님』에서 보다 구체화한다.

5. 상처의 치유와 화해의 방안-『손님』

황석영의 『손님』은 몇몇 연구자들이 언급한 바와 같이 남북 분단을 민족 내부 문제로 국한하지 않고, 세계사적 문제와 결부된 탈 식민지적 시각에서 조명을 하려고 했다.[12] 서구 중심적 지배질서에서 탈피하여 주체적인 삶의 질서를 모색하려는 노력은 『손님』의 창작 의도나 서사방식에서도 드러난다. 작가 스스로 밝힌 바와 같이 『손님』은 '아직도 한반도에 남아 있는 전쟁의 상흔과 냉전의 유령들을 잠재우고 화해와 상생의 새 세기[13]를 위한 분명한 의도를 담고 있고, 서사방식에서도 서구적 리얼리즘에서 벗어나 황해도 진지노귀굿[14]이라는 전통연희양식의 서사방식을 과감하게 차용하여 산 사람과 죽은 사람이 대화하게 한다. 이러한 창작 의도나 서사방식은 탈식민지주의 사유의 일면으로 세계사적 역학구도와 연계되어 있는 남북한 분단 구조를 극복하기 위한 노력의 일환이라 하겠다.

---

11) 하정일, 앞의 글, 304쪽.

12) 이러한 측면에서 논의된 것으로는 김미영(「황석영 소설에 나타난 탈식민지주의 고찰」, 한국언어문화 26집, 한국언어문화학회, 2004), 고인환(「황석영의 『손님』연구」, 한국학논집 39, 한양대학교 한국학연구소, 2005), 백낙청(「황석영의 장편소설 『손님』」, 『통일시대 한국문학의 보람』, 창비, 2006) 등의 연구가 있다.

13) 황석영, 「작가의 말」, 『손님』, 창작과비평사, 2001, 262쪽, 이하 같은 책의 인용은 쪽수만 표시함.

14) 황해도 '진지노귀굿'은 학자에 따라 '진오귀굿', '지노귀굿' 등으로 칭해지기도 하는데, 손님의 작가는 '진지노귀굿'으로 칭하고 있다.

황석영은 남북한 분단 문제를 단지 남북한의 문제로 인식하지 않고 세계사적 역학구도와 연계되어 있음을 이미 『무기의 그늘』에서 부분적으로 언급한 바 있고, 근래에 발표한 『심청』이나 『바리데기』 등의 작품에서는 국가나 민족의 문제를 뛰어넘는 인류 공동의 문제에 관심을 피력하기도 했다. 그래서 황석영은 『손님』에서 분단 극복을 위해 두 가지 측면을 강조했다. 남북 분단 문제를 민족 내부의 문제만이 아닌 세계적 정치구도와 관련하여 해결 방안을 모색해야 한다는 것과, 분단의 상처를 극복할 수 있는 화해와 상생의 방안이 무엇인가이다.

① 굿형식의 차용과 다중의 목소리

『손님』은 이미 많은 사람들이 지적한 바 있듯이, 서사구조나 서술방식에서 새로운 변화를 꾀하고 있다. 그것은 우리나라 전통연희양식인 굿형식의 차용이다. 작가 스스로도 밝힌 바 있듯이 『손님』은 황해도 진지노귀굿의 연희양식을 차용하고 있다. 진지노귀굿의 진행구조인 12거리에 준하여 작품을 12장으로 구성하고 있고, 굿에서 망자를 불러와 말하게 하듯이 다수의 혼령들이 화자로 등장한다. 그리하여 현실과 환상이 교차되면서 이야기가 펼쳐진다. 이러한 서술방식은 인물들 사이에 대화적 관계를 형성하고 인물들 자신에 대한 반성적 작용을 일으키게 되는데, 인물들의 상호이해와 자기반성은 가해/피해의 대립을 넘어서는 화해의 가능성을 제시하는 것이기도 하다.

12장으로 구성된 작품의 내용과 주요 화자를 정리해보면 다음과 같다.

장	제 목	내 용	주요 화자
1장	부정풀이- 죽은 뒤에 남는 것	중심서술자인 류요섭이 꿈과 환영에 시달리고, 신천학살사건의 중심인물인 류요한은 자신이 죽인 혼령을 보다가 죽음을 맞이한다.	류요섭 류요한
2장	신을 받음- 오늘은 어제 죽은 자의 내일	요섭은 형 요한의 장례를 치르고, 형의 혼령에게 같이 고향에 가자고 한다.	류요섭 박명선 류요한 혼령
3장	저승사자- 망자와 역할 바꾸기	북한에 도착한 요섭은 순남이 삼촌의 혼령을 만나 옛날 찬샘골을 보게 된다.	류요섭 순남이 혼령
4장	대내림- 살아남은 자	요섭은 이산가족 상봉 자리에서 민족의 비극을 확인하고, 조카 단열과 만나고 신천박물관에서 학살의 현장을 확인한다.	류요섭 류단열 박물관 해설원
5장	맑은 혼- 화해 전에 따져보기	대립과 학살의 주역인 요한과 순남이 각각의 입장을 이야기한다.	류요섭 류요한 혼령 순남이 혼령
6장	베 가르기- 신에게도 죄가 있다.	요섭이 형수를 만나 형의 뼛조각을 보여주고, 형이 남긴 원한을 확인한다.	류요섭 요한 아내
7장	생명돋움- 이승에는 누가 살까	요섭이 형수 집에서 하룻밤 묵고, 형수는 요한의 제사를 지낸다. 요한은 단열이 세대가 미래의 주인임을 확인시킨다.	류요섭 요한 아내
8장	시왕- 심판 마왕	요섭이 외삼촌 집에서 하룻밤을 묵는데, 이날 밤 신천학살의 주역 혼령들이 모두 나타나서 당시 상황을 이야기한다.	류요섭 안성만 류요한 혼령 박일랑 혼령 순남이 혼령
9장	길 가르기- 이별	혼령들이 많은 이야기를 나누고 사라진다.	류요한 혼령
10장	옷 태우기- 매장	요섭이 형수가 간직한 형의 낡은 속옷을 태우고, 형의 뼛조각을 묻는다.	류요섭
11장	넋반- 무엇이 될꼬 하니	방문 일정을 마친 요섭의 감회가 새벽 유리창에 비친 몇 장의 낯익은 자신의 모습으로 제시된다.	
12장	뒤풀이- 너두 먹구 물러가거라	혼령의 천도를 기원한다.	

위의 표에서 드러나듯이 작품 구성은 황해도 진지노귀굿 열두 마당과 유사하다.[15] 진지노귀굿은 지역에 따라 오구굿, 씻김굿 등으로 불리기도

하는데, 생전에 맺힌 원한으로 이승을 떠나지 못하고 떠도는 망자의 넋을 위로하고 원한을 풀어주어 저승으로 천도하는 굿이다.

이러한 굿 형식의 차용은 신천사건에 직접 또는 간접으로 관계된 다양한 인물들을 등장시켜 사건의 본질을 설명하고, 갈등과 원한을 풀고 화해와 상생으로 이끌기 위한 것이다. 굿에서는 무당이 억울하게 죽은 망자들의 영혼을 불러내어 그들에게 말을 걸고, 그들의 말을 살아 있는 사람들에게 전해 주어 원혼을 달래는 의식을 통하여 천도한다. 『손님』에서도 천도를 못하고 떠도는 영혼들이 출현하여 사건의 전모를 이야기를 하는데, 혼령과 말을 하는 무당의 역할은 중심 화자인 류요섭이 맡고 있다.

류요섭을 매개로 등장하는 첫 번째 혼령은 형 요한이다. 류요한은 신천학살의 중심인물로 전쟁 중에 가족을 두고 월남하였고, 미국으로 이민 가서 정착하여 교회 장로노릇도 하며 안정된 생활을 누렸다. 그는 죽기 직전까지 신천학살사건은 십자군과 사탄의 싸움이었고, 그때 행위가 옳았다고 강변했다. 하지만 그는 외부와 철저하게 차단된 집에서 평생 학살의 기억을 떨치지 못하고 살다가 죽은 인물이다. 그렇기 때문에 요한의 혼령은 저승으로 가지 못하고 이승에서 떠돌고 있는 것이다.

> 이제 한도 미움도 풀고 천당엘 가셔야죠. 조상님들도 그걸 바라구 계실 겁니다.
> 어어, 난두 한 같은 건 없어야. 사는 거이 모두 욕이지 안카서? 그땐 멀 하러 기리케 안달복달햇는디 모르갔다.
> 나하구 함께 고향에 가봅시다. 그러고 나서 형님은 갈 데루 가야 돼요.
> 어디 갈 데나 있나. 우린 같이들 떠돈다.

---

15) 김덕묵, 「황해도 진오귀굿 연구」, 한국정신문화연구원 한국학대학원, 1999, 21-48쪽 참조. 김수남·김인회, 『황해도 지노귀굿』, 열화당, 1993, 112-114쪽 참조.

누구누구 말에요?

머 여럿이 있다. 두더지 삼촌두 있구 이찌로두 있구 또 많이 있다.

—『손님』, 58-59쪽

인용문에서 보듯이 요섭의 형 요한을 비롯한 많은 혼령들이 저승으로 가가지 못하고 떠돌고 있는 것이다. 이러한 혼령들이 서로에게 맺힌 한을 풀고 이승을 떠날 수 있기 위해서는 각자의 원한이 토로되고 해소되어야 하는데, 그것을 요섭이 하고 있다. 형의 혼령과 함께 고국에 온 요섭은 순남이 아저씨의 혼령과 이찌로의 혼령 등과 차례로 만나고, 이들을 통해 신천사건의 전모가 드러난다.

3장 <저승사자>에서는 요섭을 매개로 나타난 순남이 아저씨 혼령을 통하여 요섭의 어린 시절의 고향과 신천지역에 기독교가 전파된 배경, 요섭이네의 내력, 순남이 아저씨가 요한이네에서 머슴으로 살게 된 내력 등이 설명된다. 사건의 전개과정을 잘 이해할 수 있게 신천사건의 역사적 배경이 설명되고 있는데, 요섭으로서는 알 수 없는 일들을 순남이 혼령이 말하는 것이다.

5장 <맑은 혼>에서는 가해자인 류요한의 혼령과 피해자인 순남이 혼령이 각각 자기의 입장을 이야기하여 신천사건의 배경과 경과가 드러난다. 기독교 청년회 소속의 류요한은 소작인을 중심으로 결성된 임시인민위원회의 실상과 토지개혁에 대해 성토하고, 순남이 아저씨는 기독교 지도자들의 친일 행적과 치부 과정을 비판한다. 류요한의 혼령과 순남이 혼령을 통해 당시 13-14살의 류요섭으로서는 알 수 없는 신천사건과 결부된 일들이 설명된다. 신천사건을 재해석하기 위하여 역사적인 배경을 설명하고 있는 것이다.

그러고 8장 <시왕>에서는 학살의 과정이 설명된다. 시왕[16]이라는 제목에서도 알 수 있듯이, 류요한 등이 중심이 기독교 청년단과 박일랑 등의 소작인들이 중심인 인민위원회측의 대립은 피의 보복으로 치닫게 된 경과가 설명된다. 인민군의 점령 하에서는 인민위원회가 기독교세력을 반동으로 몰아 폭행하거나 처단하고, 미군의 진격으로 인민군이 퇴각하자 기독교 청년단이 인민위원회에 소속된 사람들을 빨갱이로 몰아 학살한다. 처단과 학살의 과정은 류요한의 혼령, 박일랑의 혼령, 순남이의 혼령, 조상호의 혼령 안성만 등 다수에 의해 설명된다. 혼령들을 통해서 사건의 현장을 재구성하는 것이다. 이러한 재구성은 사건의 실체를 객관적으로 제시할 수 있는 장점이 있다고 하겠다.

3장, 5장, 8장에서 신천사건의 배경과 경과 등이 설명되고, 9장 <길가르기>에서 혼령들은 원한을 풀고 이승을 떠난다. 요섭을 매개로 등장한 혼령들이 각자의 원한을 토로함으로써 서로를 이해하고 이승을 떠나게 된다. 생전에 참회하지 않던 류요한의 혼령은 "이제야 고향땅에 와서 원 풀고 한 풀고 동무들두 만나고 낯설고 어두운 데 떠돌지 않게 되었다. 간다. 잘들 있으라"(250쪽)고 아우에게 말한다. 피해자인 순남이와 이찌로의 영혼도 "자자. 이젠 돼서. 그만들 가자우"라고 하며 떠난다. 굿에서 원한을 품은 혼령을 불러내어 그것을 토로하여 해소하게 하는 방식이 그대로 이루어지고 있는 것이다.

이렇게 다수의 혼령들을 등장시켜 각자의 입장에서 신천사건을 설명하게 하고, 그러한 과정을 통해 서로의 원한을 해소하는 것은 서구의 전통적인 리얼리즘의 범주에서 벗어난 것으로 우리나라 전통연희인 굿에서나

---

16) 시왕(十王)은 명부세계(冥府世界)에 있으면서 죽은 사람의 죄업(罪業)을 재판하는 10명의 왕(王)을 일컫는 불교 용어이다.

가능한 서사방식이다. 그렇기 때문에 탈근대적 기법을 통한 새로운 서사의 가능성을 확보하고 있다는 평가를 받기도 한다.[17] 이러한 굿 형식의 차용은 민족전통문화에 대한 인식을 바탕으로 서사형식의 변화를 모색했다는 점에서 의의가 있다고 하겠다.

② 사건과 그 이면

『손님』은 남북 분단의 한 단면인 한국전쟁 당시에 자행된 신천양민학살 사건을 다루고 있지만, 사건 이면에는 사회주의와 기독교로 대표되는 외세가 자리하고 있어 분단 구조가 다층적으로 얽혀 있음을 잘 보여주고 있다.

신천학살의 비극은 중소지주층이 중심이 된 기독교 세력과, 머슴 또는 소작인들이 주축이 된 인민위원회 사이의 갈등과 대립에서 시작된다. 일제 식민지 시대에 중농층이 기반이 된 신천을 포함한 서북지역 개화 지식인들은 기독교와 선진사상을 받아들여 지역사회의 중심세력을 형성한다. 그리하여 해방 이후에도 기독교인들은 삼일운동의 전통을 이어받아 '하나님의 역사하심으로 독립된 우리나라를 기독교의 나라로 만들어야 하겠다고'(122쪽) 역설하며 자체적으로 삼일절 행사를 계획하는 등 신교의 자유를 위해 노력한다.

하지만 인민위원회에서는 교회 자체 행사는 안 되며 정부의 지시에 따를 것을 강요하여 서로 간에 갈등이 야기된다. 신앙의 자유와 정치노선 사이의 대립은 타협점을 찾지 못하고 평행선을 달리며 갈등이 지속되는데, 북한의 정치체제가 정비되면서 단행된 토지개혁으로 두 세력 간의 대립은 극한적으로 치닫게 된다. 기독교 세력에게 토지개혁은 삶의 기반을

17) 오태호, 「황석영 소설의 근대성과 탈근대성 연구」, 경희대학교 대학원 박사논문, 2004, 228-229쪽.

송두리째 박탈하는 '천지가 개벽하는 일'(123쪽)이었는데, 토지를 몰수하는 임무를 맡은 자들이 과거에 머슴이었거나 천대받던 인물이어서 지주층의 반감과 적대감을 가중시켰다. 여기에 6·25전쟁으로 피아의 구분이 극명해지면서 서로에 대한 증오심이 폭발하여 쌍방에 대한 폭력과 살인이 반복되다가, 기독교 세력이 유엔군의 북진에 편승하여 무자비한 대량학살을 저지르게 된다.

> 빨갱인 거저 씨를 말려야 해. (…중략…) 울부짖지도 못하고 어둠 속에서 사람이 퍽퍽 쓰러진다. 사람들은 몇 명 쏘아죽이고 나서 그들은 신처럼 전능한 힘을 느낀다. 다음 장소에서는 망설임이 없다. (…중략…) 너 이들두 사람이가?
>
> 입을 꾹 다물고 끌려오던 남자가 외친다.
>
> 허, 이 사탄 새끼가 말하는 거보라.
>
> 우우 하고 달려들어 총 개머리판으로 머리며 뜽짝이며 사정없이 내려찍는다. 피 곤죽이 되어 널브러진 남자가 다리를 몇 번 움직이면 누군가 등 뒤에 총을 두어방 갈긴다. 여자에게도 한방 먹인다. (…중략…) 날이 훤하게 밝을 때까지 재령 읍내 부근에서 이렇게 살육이 계속되었다.
>
> —『손님』, 198-199쪽

인용문은 기독교 세력에 의해 자행된 학살을 설명하고 있다. 이러한 무자비한 살육을 단지 인민위원회과 기독교 세력 간의 토지개혁으로 야기된 갈등의 결과라고 하기에는 너무 잔혹하고 학살된 사람들도 너무 많다. 토지개혁으로 야기된 갈등의 결과라고 한다면 토지개혁에 앞장선 사람들만 처단하면 될 것이기 때문이다. 그래서 학살을 기독교인들의 광기에 의해 저질러진 결과라고 말하기도 한다.[18] 하나님의 나라를 만들겠다

18) 이재영, 「진실과 화해」, 『황석영 문학의 세계』(최원식·임홍배 엮음), 창비, 2003, 111쪽.

는 맹신적 이데올로그들이 인민위원회와의 투쟁을 십자군과 사탄의 대결로 간주하고, 사탄의 무리들을 무자비하게 소탕하는 과정에서 학살사건이 일어나게 되었다는 것이다.

류요한, 조상호 등이 중심이 된 기독교청년단은 인민위원회와의 투쟁을 십자군과 사탄의 대결로 간주하고, 그들을 응징하는 일은 사탄에 맞서는 성전으로 인식하고 있어 광신적 요소가 강하게 드러나기도 한다. '기도를 드리고 얼굴을 들자 청년들은 온몸이 성령의 불길에 휩싸이는 것처럼 사탄에 대한 증오와 혐오감이 뜨겁게 달아올랐다'(203-204쪽)는 표현에서도 알 수 있듯이, 기독교 청년단원들이 인민위원회를 소탕해야 할 사탄으로 규정했기 때문에 학살을 거리낌 없이 감행할 수 있었을 것이다. 하지만 기독교 청년단의 광신적 행위 이면에는 서로에 대한 반목과 불신의 원한이 쌓여 있었다.

지역사회의 중심세력을 형성하게 된 기독교인들은 대부분 친일인물들이었다. 그들은 일제에 빌붙어 호의호식했고, 가난한 소작인들을 착취하여 재산을 증식하였다.

> 너이 아부지도 땅마지기나 장만했넌데 원래가 동척 마름이댔지. 마름이 어떤 소행얼 저질렀너냐 하문 작료럴 올리구 저이 작료까지 물게 하군 듣지 않으문 계약을 해지하구 다른 농사꾼에게 소작권 이작 증명얼 해주는 거여. (…중략…) 우리두 수테 갖다바쳐서. 철철이 그물쳐서 쏘가리 메기 잉어에, 덫 놓아 꿩이며 노루며 잡아다 바치구, 떡해 가구, 광목 옥양목 끊어 가구. 기래두 태풍으루 한 해 농사만 거시기 되어두 그냥 작권을 떼이구 말아서.
>
> —『손님』, 77쪽

대부분의 기독교인들이 일제에 빌붙어 호의호식하였고, 더러는 일제 앞잡이 노릇을 하면서 가난한 소작인들을 착취하여 가산을 증식한 것이다. 그렇기 때문에 소작인들에게는 원한의 대상이 아닐 수 없었다. 그리고 기독교인들은 머슴이나 일꾼들에 대한 차별의식도 강했다. 하나님의 사랑을 전하는 교회에도 일꾼들이나 머슴들은 사시사철 일만 했지 얼씬도 하지 못했다. '우리 겉은 일군들이나 머슴덜언 일년 사시사철 일만 하거나 하다못해 꼴얼 베구 나무럴 하구 소 멕이기라두 하구 있대서'(79쪽). 최하층 머슴이나 일꾼 등은 하나님의 집인 교회에도 드나들 수 없었고, 사시사철 일만 해야 했다. 기독교인들은 자기들끼리만 친목을 도모하고 협력했지, 가난한 소작인들의 고통은 아랑곳하지 않았던 것이다. 그런데 이런 사람들이 해방 후에도 관직을 차지하고 떵떵거리며 힘없는 민중들을 부리는 것이었다.

> "일제 치하에서두 쪽바리에 빌붙어서 떵떵거리멘 살던 놈덜이 해방이 됐는데두 높직헌 자리에 앉아서 이래라 저래라 하는 판국이 됐단 말이다."
>
> —『손님』, 124-125쪽

일제 지배시대에는 일본 앞잡이 노릇을 하며 호의호식했고, 해방 후에도 관직을 차지하며 떵떵거리는 현실에 가난한 소작인들과 머슴이나 일꾼 등 최하층 민중들은 불만과 원한이 쌓였다.

소작인들을 착취하고 가난한 이웃들에게 냉담했던 기독교인들의 처사는 비난받아야 하지만, 소작인들이 중심이 된 인민위원회 측에도 문제점이 없었던 것은 아니다.

토지개혁에 앞장선 인민위원회의 주요 인물들은 어제까지 상전으로 모시던 사람들에게 안면몰수하고 권력의 힘을 업고 폭력으로 제압한다. 인간적인 정이나 체면 등 전통적 관습을 무시하고 사회주의 이념에 따라 행동한 것이다.

> 토지개혁이 실시되었지. 그것두 처음 보는 생면부지의 놈들이나 타지에서 온 놈들이 나타나서 총칼 들이대구 마구잡이로 빼앗으면 분하면서도 힘이 모자라고 생판 남이니 한차례 실컷 울면 그만이겠는데, 이간 그것두 아니야. 늘 상 코를 맞대구 한집에 살기두 하구 들이나 산에서 일두 같이 하구 천렵을 나가 고기를 잡아 어죽도 같이 끓여먹구 함께 헤엄두 치구, 하여간 소싯적부터 사타구니에 거웃이 날 때까지 한 마을에서 뒹굴어온 놈들이 안색을 싹 바꾸고 나타나서 땅을 내놓으란 거야.
>
> —『손님』, 123-124쪽

토지개혁에 앞장선 인민위원회의 인물들은 대부분 박일랑을 비롯한 머슴이나 일꾼 등이었다. 그들은 상부의 지시에 따라 잠자리와 먹을 것을 준 상전이나, 형제처럼 막역하게 어울려 지내던 사람들을 전혀 아랑곳없이 하루아침에 돌변하여 토지개혁을 단행하는 데 앞장섰다. 전통적인 인간관계를 전혀 고려치 않은 인민위원회의 행동은 중소지주층 기독교인들에게 반발심과 극도의 증오심을 불러일으키는 원인이 되었다. 토지개혁은 정치적 적대자들을 색출하고 처단하기 위한 가장 효과적인 방법이기는 했지만, 민족 고유의 전통인 인간관계를 무시함으로써 반발심과 적대감이 배가되었던 것이다.

이처럼 갈등의 이면에는 토지의 소유와 분배에 관한 문제가 있었던 것이다. 토지로 야기되는 갈등은 한국 근대사에서 질곡의 핵심이었다. 토지는 민중들에게는 생존의 보루이지만, 지배층에게는 기득권을 유지하는 수단이었다. 그렇기 때문에 동학혁명에서부터 6·25전쟁에 이르기까지 한국 근대사의 질곡의 중심에는 토지 소유와 분배 문제가 놓여 있었다. 그것은 『태백산맥』을 비롯한 다른 분단소설에서도 이미 언급된 바이다.[19] 따라서 신천학살의 비극은 최하층 민중들과 중소지주층인 기독교 세력 사이의 반목과 원한에, 기독교 청년단원들의 광신적 신앙이 더해진 결과라 하겠다.

③ 상생을 위한 방안과 과제

신천학살사건의 배경에는 종교와 사상의 문제, 토지의 소유와 분배 문제, 그리고 신분적인 문제, 외국 군대가 개입한 한국전쟁이 뒤얽혀 있다. 그렇기 때문에 학살의 상처를 치유하고 극복하는 방안을 모색하기는 쉽지 않다. 더욱이 북한당국은 이 사건을 미군이 저지른 만행으로 규정하는 그릇된 역사의식을 견지하고 있다.

> 지난 조국해방전쟁 시기 미제침략자들은 조선에서 인류력사상 일찍이 그 류례를 찾아볼 수 없는 전대미문의 대규모적인 인간살륙 만행을 감행함으로써 이십 세기 식인종으로서의 야수적 본성을 만천하에 낱낱이 드러내 놓았습니다. (…중략…) 미제침략자들은 신천에서 살아 움직이는 모든 것은 잿가루 속에 파묻으라고 지껄이면서 오십이일 동안에 신천군 주민의 사분지 일에 해당하는 삼만 오천 삼백 팔십 삼명의 무고한 인민들을 가장 야수적인 방법으로 학살하는 천추에 용납 못할 귀축 같은 만행을 감행하였습니다.
>
> —『손님』, 99쪽

앞에서 설명한 바와 같이, 이 사건은 미군에 의해 주도된 것이 아닌데도, 북한 당국은 미군이 저지른 만행이라고 강변하고 있어 분단의 상처를

19) 토지의 소유와 분배의 문제가 남북 갈등과 분단의 주요한 요인이었음은 『태백산맥』을 비롯한 분단소설 연구에서 언급된 바 있다(조구호, 「『태백산맥』의 반동인물 연구」, 배달말 38집, 배달말학회, 2006.).

치유하고 극복하는 일이 쉽지 않다는 것을 시사한다.

신천학살과 같은 민족의 상처는 시급히 풀어야 할 과제이나, 남북한의 현격한 인식의 차이는 문제 해결을 더욱 어렵게 만든다. 역사나 현실에 대한 남북한의 인식 차이는 작품 곳곳에서 드러난다. 종교를 어두운 시절의 미신으로 치부하는 류단열의 말이나, '양코백이 놈들하군' 술을 안 먹겠다며 자리를 박차고 일어서는 박물관장 등의 언동에서 북한 주민들의 현실인식에 깊은 골이 있음을 알 수 있다. 이러한 골을 메우기 위해서는 역사적 사실에 대한 개관적이고 올바른 인식이 급선무이다. 역사에 대한 개관적 인식을 바탕으로 현실에서의 갈등을 극복하고 화해의 길을 모색할 수 있는 것이다.

『손님』에서 제시된 분단의 상처인 신천학살사건의 치유 방안은 학살 당사자들의 진실한 고백과 상생을 위한 노력이다. 이 둘은 서로 맞물려 있는 것이기도 하다. 학살의 진실과 당사자들의 고백은 이미 많은 논자들이 거론한 바 있듯이 분단의 상처를 치유하는 중요한 요인이다. '진실의 규명 없이 요구되는 화해는 또 다른 억압적 강요로 될 수 있고, 동시에 화해를 목적으로 하지 않는 사실규명의 요구는 우리를 다시 한 번 불행한 대립으로 이끌 수 있기'[20] 때문이다. 따라서 학살사건의 상처를 치유하기 위한 화해는 학살이 일어나게 된 배경에 대한 당사들의 진실한 고백이 선행되어야 한다.

그런데 신천학살의 주동 인물 중의 한 명인 류요한은 죽기 직전까지 신천학살은 십자군과 사탄의 싸움이었다고 말하며, 그때 행위가 정당했다고 강변한다.

20) 이재영, 앞의 논문, 115쪽.

> 내가 왜 용서를 빌어? 우린 십자군이댔다. 빨갱이들은 루시퍼의 새끼들이야. 사탄의 무리들이다. 나는 미가엘 천사와 한편이구 놈들은 계시록의 짐승들이다.
>
> —『손님』, 22쪽

류요한의 이러한 생각은 살아있을 동안에는 화해가 불가능하게 한다. 그는 자기가 저지른 살인에 대하여 전혀 반성하지 않고 사망함으로써 살아있을 동안에는 피해자 측과의 화해는 이루어지지 않았다. 그리하여 이제까지 분단소설에서 볼 수 없었던 화해의 방안이 모색된다. 앞에서 부분적으로 설명한 바와 같이, 죽은 영혼을 내세워 서로의 가슴에 맺힌 이야기를 토로하게 하여 화해하는 것이다. 기독교 측의 인물 류요한과 인민위원회 측 인물(순남이, 박일랑)이 각기 자기들의 입장을 이야기하는데, 류요한 아버지 류인덕 장로가 식민지 시대 동척의 마름으로 재산을 형성한 것과, 순남과 박일랑이 의지할 곳 없이 거지처럼 떠돌다가 류요한이네에 의탁하여 살게 된 것 등 가슴에 맺힌 이야기들이 토로되어 서로를 이해할 수 있게 된다.

영혼을 등장시켜 생전의 원한을 이야기하게 하는 것은 무속제의의 구술방식으로 리얼리즘의 기반에서 벗어나고 있다는 점에서 탈근대적 기법이며, '산 자들의 힘만으로 해결할 수 없거나 해결하기 힘든 역사적 상처를 치유하기 위해 그 사건의 현장을 재구성하고 재해석하기 위한 장치'[21]인 것이다. 그렇지만 이러한 화해 방식은 갈등의 원인 규명과 그것의 치유방식에 대한 합리적인 방안이 제시되지 않고 있어 다소 설득력이 떨어진다.[22]

21) 오태호, 앞의 논문, 216쪽.
22) 조성면, 「천징, 광기의 역사와 해원의 리얼리즘」, 『작가들』 2001년 겨울호, 324쪽.

이것은 중심인물인 류요섭의 형상화와도 관련이 있다. 『손님』은 중심인물인 류요섭의 고향 방문담으로 서술되고 있는데, 그가 보고 느낀 북한의 현실에 대한 개인적 반응이나 갈등이 크게 부각되지 않고 있고 화해에 대한 언급도 구체적이지 않다. 류요섭은 기독교 측 혼령인 요한과 인민위원회 측의 혼령인 박일랑 등이 화해할 수 있는 방안을 직접 마련해 주기보다는 원한의 당사자들이 등장하여 자기들의 입장을 토로하게 해주는 매개자 정도에 머물고 있다.

분단 갈등을 해소하여 화해의 방안을 모색하기 위해서는 갈등의 당사자들뿐만 아니라, 그 후손들인 현재를 살고 있는 사람들의 역할이 더 중요하다. '죽으문 자잘못이 다 사라지디만 짚어넌 보구 가야디'(194쪽)라는 순남이 혼령의 말에서 알 수 있듯이, 혼령들 사이의 원한이나 갈등은 죽음과 동시에 다 사라지고 살아 있는 사람들에게 진실을 알려 화해를 도모하게 하는 것이다. 살아 있는 자들의 화해를 위해 죽은 혼령을 등장시켜 진실을 말하게 하는 것은, 황해도 진지노귀굿의 일반적인 모습과는 다르다. 죽은 자의 원한을 산 사람이 풀어주어 혼령을 자유롭게 해 주는 것이 오구굿(씻김굿)의 일반적 양상이기 때문이다.

여기서 『손님』에서 무속제의의 구술양식을 차용한 의도가 풀기 어려운 현실의 난제들을 해결하기 위한 방안을 모색한 것임을 알 수 있다. 분단 현실은 분단을 낳게 한 당사자인 죽은 자들이 풀어야 할 과제가 아니라, 현재 살아 있는 자들의 몫으로 주어져 있기 때문이다. 따라서 분단 극복을 위해서는 눈앞의 현실을 뛰어넘는 시각이 요구되는 것이다. 곧, 분단을 한반도 내의 문제로 국한하지 말고, 세계사적 시각에서 접근해야 한다는 것이다. 한반도의 분단은 한민족 내부의 문제만이 아닌 국제적 역학관계와 맞물린 복잡한 문제이다. 그것은 한국전쟁이 민족 간의 전쟁을 넘어

국제전의 양상으로 발전된 것에서 알 수 있는 바이기도 하다. 분단 현실이 민족의 내부적인 문제만이 아닌 세계사적 문제와 맞물려 있다는 인식은, 기독교와 사회주의의 실체에 대한 보다 냉철한 관찰과 대응을 의미하는 것이기도 하다.

기독교와 사회주의는 이 소설에서 '손님'으로 제시된다. 작품의 제목이기도 한 '손님'은 서역에서 건너온 전염병인 천연두를 지칭하는 말인데, 그것의 피해가 너무나 커서 두려움의 대상이었다. 그래서 초월적인 힘을 빌려 퇴치하려고 '마마굿', '별상굿' 등의 무속의례를 행하기도 했다. 이 둘은 서양에서 들어온 모더니티인데, 한반도에 들어와서 주인의 자리를 차지하여 신천학살의 비극을 낳게 된 것으로 설명되고 있다. '야소교나 사회주의를 신학문이라고 받아 배운 지 한 세대도 못 되어 서로가 열심당원만 되어 있었지 예전부터 살아오던 사람살이의 일은 잊어버리고 만 것이다.'(176쪽) 그렇기 때문에 기독교와 사회주의라는 '손님'을 본래의 자리인 '손님의 자리'에 되돌려놓아야 그동안 민중들이 잃어버린 '주인의 자리'를 되찾고 학살의 상처를 극복하고 화해를 도모할 수 있다는 것이다. 외래적인 기독교와 사회주의에 대응할 수 있는 것은 민중들이 오랫동안 지켜온 무속이다. 이 소설에서 차용하고 있는 황해도 진지노귀굿의 구성과 구술방식 등 무속적 세계는 외래적인 기독교와 사회주의에 대응할 수 있는 대안으로 제시되어 있다. 작가도 '한반도에 남아 있는 전쟁의 상흔과 냉전의 유령들을 이 한판의 굿판으로 잠재우고 화해와 상생의 새 세기를 시작하자'[23]는 의도로 집필했음을 밝히고 있다.

그런데 『손님』에서 제시하고 있는 대안인 무속 세계는 원한의 당사자

23) 황석영, 「작가의 말」, 『손님』, 262쪽.

인 가해자와 피해자의 혼령을 등장시켜 각자의 원한을 토로하여 서로를 이해하는 정도에 머물고 있다. 무속에서 해원의 방식은 망자의 혼령을 불러내어 원한을 토로하게 하고, 관련된 당사들로 하여금 망자의 원한이 풀어지게 속죄하고 기원하는 것이다. 그렇기 때문에 『손님』에서도 신천학살의 원한을 해소하기 위한 방안으로, 학살의 주동 인물 중 한 명인 류요한을 비롯한 피해자인 박일랑 등으로 하여금 각자의 원한을 토로하게 하여 서로를 이해할 수 있게 한 후, 류요한이 형의 유골을 고향에 묻어주는 것으로 해원의 의식을 치르고 있다.

그러나 이러한 해원의 방식은 망자들에게는 적용될 수도 있겠지만, 살아 있는 피해자들에게는 동등하게 적용될 수 있는 것은 아니다. 분단 극복은 망자들의 몫이 아닌, 살아있는 자들의 몫이기 때문에 분단의 갈등으로 상처를 안고 사는 사람들을 치유할 수 있는 화해의 방안이 모색되어야 하는 것이다. 얼굴도 보지 못한 아버지가 저지른 죄악으로 남다른 고초를 겪어야 했던 류단열의 경우에서 볼 수 있듯이, 분단의 상처를 치유하고 극복하는 일은 망자들의 몫이 아니고 살아있는 자들의 몫이다.

『손님』에서 제시된, 살아 있는 사람들이 분단의 상처를 극복하고 상생의 세계를 도모하기 위한 방안은 공동체의식의 회복과 자력으로 생활을 꾸려가는 것이다. 그것은 안성만의 말에서 드러난다.

> 사람은 무슨 뜻이 있거나 가까운 데서 잘해얀다구 기랬다. 늘 보넌 식구들과 동니사람들하구 잘해야 한다구. 길구 제 힘으로 일해서 먹구살디 않으문 덫을 놓나 먹구살게 되넌데 기거이 젤 큰 죄라구 말이다.
>
> —『손님』, 173쪽

화해와 상생의 방안으로 제시된 공동체를 이루는 최소단위인 가족에서부터 시작하여 이웃을 비롯한 가까운 공동체의 소중함을 잘 인식하고 각자 자기의 노력으로 먹고 살려고 할 때, 분열과 갈등은 사라지고 두레와 같은 민족 전래의 공동체의 삶을 회복할 수 있다는 것이다.

그렇지만 두레와 같은 공동체의 삶은 이상적인 모형으로는 제시될 수 있으나, 현실적 대안은 아니다. 현대사회는 주거형태나 생활방식, 경제활동 등 여러 측면에서 두레와 같은 공동체의식에 바탕을 둔 삶은 거의 불가능하다. 현대인들은 대부분 개인적 공간에서 각자의 일을 하고 있고, 심지어 자기 집에서 컴퓨터로 업무를 보는 사람도 있다. 삶의 양식과 생산구조를 바꾸지 않는 이상 두레와 같은 공동체생활은 불가능하다. 따라서 두레와 같은 공동체 삶을 회복할 수 있는 방안에 대한 보다 현실적인 모색이 있어야 할 것이다.

그리고 기독교와 사회주의에 대응 방안인 무속의 세계도 민중들의 현실적 삶과 연계할 수 있는 구체적인 방안이 제시되어야 한다. 무속에서 해원의 방식은 망자의 혼령을 불러내어 원한을 토로하게 하고, 관련 당사들로 하여금 망자의 원한이 풀어지게 속죄하고 기원하는 것인데, 남북 분단은 그 원인에 대한 인식에서부터 어긋나 있다. 북한당국이 신천학살사건을 미군이 저지른 학살이라고 강변하고 있는데서 보듯이, 분단에 대한 남북한의 인식이 50여 년의 세월 동안 멀어져 있고, 북한이나 남한 안에서도 각자가 처한 상황에 따라 큰 차이가 있다. 이것은 문학뿐만 아니라 남북한 모든 사람들의 관심과 노력으로 풀어가야 할 문제라 하겠다.

6. 마무리

황석영은 반세기 이상 지속되고 있는 분단 상황을 극복하고 통일을 앞당기기 위한 문학적 모색을 끊임없이 해왔다. 분단 극복을 위한 황석영의 노력은 분단으로 야기되는 각종 폭력과 부조리에 대한 고발과 분단의 상처를 치유하고 화해를 모색하는 것으로 요약될 수 있다.

70년대의 분단소설이 주로 분단으로 야기되는 가족 간의 갈등이나 비참한 생활상 등을 부각하여 분단의 비극을 부각했다면, 황석영은 분단이 야기하는 구조적 문제들을 조명하여 분단구조의 타파를 강조했다. 그러한 황석영의 노력은 우직하지만 양심적인 한 인물이 전쟁과 분단으로 인해 삶이 파멸당하는 모습을 그리고 있는 「한씨연대기」에서 잘 드러났다. 이러한 인식은 『무기의 그늘』, 『오래된 정원』, 『손님』 등의 작품을 통하여 그 폭과 깊이를 확대하고 심화하면서 분단 문제를 폭넓게 다루었다.

『무기의 그늘』은 월남전을 소재로 강대국의 지배논리와 약소국의 현실을 다루고 있는데, 그것이 한반도의 현실과 무관하지 않다는 것을 제시하고 있다. 민중들의 욕망이 집약된 시장을 지배하여 항구적 식민지화를 획책하고 있는 미국의 의도에 꼭두각시놀음을 하고 있는 베트남의 현실과, 세계 최강대국 미국의 힘에 어쩔 수 없이 젊은이들을 남의 전쟁터로 내몰아야 하는 조국의 현실이 다르지 않다는 것이다. 그럼에도 미국의 용병으로 하수인 역할을 해야 하는 것은 어쩔 수 없는 현실이며 약소국 민중들이 겪어야 하는 아픔이다. 그렇지만 거대한 음모로 전개되고 있는 강대국의 지배전략을 목도하고도 그것을 바라보고만 있다는 것은 현실 추수주의적 방관자의 태도라는 지적을 면하기 어렵다고 하겠다.

『오래된 정원』은 남북 분단과 외세가 민중들의 삶을 억압하고 민족의 화합과 발전을 가로막는 주범이라고 인식하고 그것을 타파하기 위해 고민하는 과정을 그리고 있는데, 그것은 소수의 선각자들에 의해 타파되는 것이 아니라 민중들의 열망과 단합된 힘에 의해 가능하다고 제시된다. 그리고 민중들의 노력과 함께 각자의 삶을 온전하게 살아가면서 서로가 더욱 풍요로울 수 있는 일상이 강조되고 있다. 하지만 일상과 유리되지 않는 변혁운동은 나날의 삶을 꾸려가는 평범한 대다수 사람들에게는 쉽게 이행하기 어려운 이상적인 것이다. 대다수 평범한 사람들은 하루하루 생활을 꾸려가기가 더 바쁘고 중요하기 때문이다. 하지만 『오래된 정원』은 분단으로 야기되는 문제들을 타파하기 위해 고민하고 있다는 점에서 황석영이 일관되게 추구하는 분단 극복의 문제와 크게 다르지 않다고 하겠다.

『손님』에서는 분단의 단면인 신천학살사건을 통해 화해와 상생의 방안이 모색되는데, 이념의 갈등으로 빚어진 상처를 치유하는 화해 방안은 학살 당사자들의 진실한 고백과 상생을 위한 노력이다. 학살의 가해자와 피해자들의 진실한 고백을 위해 이제까지 분단소설에서 볼 수 없었던 화해의 방안이 제시되었다. 죽은 영혼을 내세워 서로의 가슴에 맺힌 이야기를 토로하게 하여 학살의 진실을 전달하고, 살아 있는 사람들로 하여금 화해를 도모하게 하는 것이다. 이러한 화해의 방식은 산 자들의 힘만으로 해결할 수 없거나 해결하기 힘든 분단의 상처를 치유하기 위한 장치이기는 하지만, 갈등의 원인 규명과 그것의 치유방식에 대한 합리적인 방안이 제시되지 않고 있어 다소 설득력이 떨어지기도 한다. 그리고 작품에서도 언급된 바와 같이 한반도의 분단은 민족 내부 문제만이 아닌 세계사적 문제와 맞물려 있다. 그러기 때문에 남북한의 문제라는 인식을 뛰어넘는 세계사적 시각이 요구된다. 이러한 점은 『손님』이 소재나 서사방식에서 이제까지의 분단소설을 뛰어넘는 새로운 노력을 했지만 아쉬운 점으로 지적된다.

분단의 상처를 치유하고 화해를 모색하기 위해 황석영뿐만 아니라 많은 작가들이 지속적으로 노력해왔다. 하지만 분단은 복잡하게 얽힌 매듭처럼 쉽게 풀리지 않아 많은 사람들을 고민하게 했고, 그것은 현재에도 진행 중이다. 고민과 갈등이 깊어질수록 분단의 간극도 커지게 마련이다. 따라서 분단을 극복하기 위한 문학적 노력이 보다 폭넓게 다각적으로 이루어져야 할 것이다.

윤흥길 분단소설 연구

2장

1. 머리말

문학은 항상 변화하는 시대에 부응하는 가치관을 추구하기 위하여 새로운 인간상을 창조해 왔다. 그렇기 때문에 작가의 체험과 상상력을 바탕으로 창조한 인간상은 시대적 현실을 올바로 인식하고 역사적 방향성을 제시하는 지표로 작용하기도 한다. 한국 현대사에서 아직도 미해결의 과제로 남아 있는 남북 분단 문제는 한국 현대문학에서 큰 비중을 차지하는 중심 소재로 다루어져 왔다. 반세기 이상 지속되고 있는 분단 상황을 극복하고 통일을 앞당기기 위한 문학적 모색을 지속적으로 해온 것이다. 남북 분단과 그 극복을 문학의 주요한 관심사로 다루어온 작가 중에 윤흥길은 일찍부터 주목받아 왔다.

윤흥길은 1968년 <한국일보> 신춘문예에 「회색 면류관의 계절」이 당선되어 작품 활동을 시작한 이후, 최근까지 남북 분단 현실과 산업사회의 문제들을 주로 다루어왔다. 특히 「장마」(1973), 「무지개는 언제 뜨는가」(1978)를 비롯한 초기의 중단편들과, 1990년 이후에 발표된 「쌀」

(1993), 『낫』(1995) 등의 작품들은 6·25전쟁과 분단으로 야기된 갈등과 화해의 방안을 다양한 시각에서 제기하고 있어 연구자들의 지속적인 관심의 대상이 되어 왔다.[1] 그런데 윤흥길의 분단소설에 대한 연구는 주로 1970년대 중단편들에 집중되어 있다. 1970년대 대표적 분단소설로 일컬어지는 「장마」를 비롯한 「무지개는 언제 뜨는가」 등의 일련의 작품들이 분단 문제를 잘 다룬 작품들이기는 하지만, 1990년대 발표된 「쌀」, 장편 『낫』[2] 등 분단 문제를 본격적으로 다룬 작품들에 대한 연구가 거의 없어 윤흥길의 분단소설의 특징을 설명하는 데는 미흡한 점이 적지 않다.[3]

따라서 이 글에서는 분단에 대한 인식과 분단극복 논리를 중심으로 윤흥길의 분단소설을 살펴보고자 한다. 분단에 대한 인식은 분단소설의 형상화의 기저이며 분단 극복 방안을 모색하는 근거로 분단소설의 특징을 규명하는 단초이다. 그리고 분단 극복 방안은 윤흥길이 추구하는 분단소설의 지향점이자 한국 분단문학의 지향점이기도 하다.

2. 가족공동체의 파탄과 비극의 환기

문학은 대상에 대한 인식을 바탕으로 형상화하지만 인식의 결과로 이루어지는 형상화는 인식의 실체인 대상과는 반드시 일치하지는 않는다.

---

1) 윤흥길의 분단소소설에 대한 연구는 6·25전쟁과 분단 문제를 주로 다룬 「황혼의 집」, 「장마」, 「무지개는 언제 뜨는가」 등을 중심으로 활발하게 이루어졌다.

2) 『낫』은 1989년 일본에서 『鎌』이란 제목으로 먼저 발표되었고, 1995년 '문학동네'에서 한국어판으로 출판되었다. 여기서는 1995년 '문학동네'에서 간행된 것을 텍스트로 삼는다.

3) 윤흥길의 분단소설에 대한 연구는 주로 1970년대에 발표된 작품들에 집중되어 있다. 이러한 점은 윤흥길이 1970년대 이후에는 분단문제를 본격적으로 다룬 작품들이 거의 없고, 1990년대에 와서 「쌀」, 『낫』 등의 작품을 발표한 것도 한 원인이라 할 수 있다.

그렇지만 형상화는 때로는 인식의 대상을 그것의 실체보다 더 효과적으로 파악할 수 있게 하여, 문학에서 인식과 형상화는 대상의 객관적 진실을 규명하는 것을 뛰어넘는 미적인 문제로 취급된다. 윤흥길의 분단소설에서 분단에 대한 인식도 이러한 측면에서 이루어졌다고 할 수 있다. 분단의 실체에 대한 정확한 인식보다는 분단으로 야기될 수 있는 문제들을 통하여 분단을 인식하도록 하는 데 초점을 두었던 것이다.[4)]

윤흥길의 분단소설에서 드러나는 분단에 대한 인식은 크게 두 가지로 나타난다. 하나는 가족공동체의 붕괴와 그로 인한 비극과 순수성의 상실이고, 또 하나는 종결되지 않는 전쟁으로 전후세대가 겪는 갈등과 대립이다. 앞의 것은 주로 70년대의 중단편들에서 나타나고, 뒤의 모습은 90년대의 장편에서 잘 나타난다.

윤흥길의 분단소설 중 70년대의 중단편들은 이미 많이 언급된 바와 같이, 초등학교 2-3학년 또래 어린이의 시선으로 남북 분단과 6·25전쟁이 낳는 비극을 다루고 있다. 어린이가 서술자로 등장하기 때문에 서술자의 시선은 가족적 삶의 공간 안에 있고, 분단에 대한 인식도 가족공동체를 중심으로 전개되는 일들을 통하여 드러난다. 윤흥길의 최초 분단소설인 「황혼의 집」에서 서술자 '나'가 인식하는 분단은 크게 가족공동체의 붕괴와 그로 인한 비극이다. 어린 화자인 나가 목격한 전쟁의 비극은 경주네 가족이 겪는 비극적인 일들을 통하여 전달된다. 경주네는 전쟁으로 집을 빼앗기고 어머니는 가족의 생계를 위해 술장사로 나서고, 오빠는 산(山)사람이 되고, 큰언니는 산사람이 된 동생을 구명하려다 협잡꾼에게

4) 오생근(「정직한 삶의 투명성」, 『문학과 지성』, 1976년 겨울호), 김병익(「불화의 세계와 그 인식」, 『문학과 지성』, 1977년 겨울호), 유임하(『분단현실과 서사적 상상력』, 태학사, 1998), 조건상(「분단인식의 형상화 연구」, 『현대소설연구』 9집, 현대소설학회, 1998) 등의 논저에서 분단 인식문제가 비중 있게 다루어졌다.

걸려 난행을 당하고 자살한다. 그런 와중에 작은언니는 매일같이 남자들과 어울리다가 가출해버리고 어머니는 실성하게 되어 가족공동체가 붕괴된다.

이처럼 「황혼의 집」은 공동체의 구심점인 가족이 해체되어 삶의 근거를 잃고 마는 경주를 통하여 전쟁의 비극을 제시하고 있는데, 서술자인 나는 어린이라 경주 가족이 겪는 비극의 원인에 대하여는 알지 못한다. 그렇기 때문에 서술자인 나는 경주 큰언니의 자살 이야기를 들으면서 '질긴 끄나풀이 목을 꽉 졸라맬 때 경주네 언니의 목이 얼마나 아팠을까' 하는 어린이다운 생각을 한다. 선량한 사람들을 죽음으로 내모는 전쟁의 비극을 제대로 인식하지 못하는 어린 서술자로 인하여 가족공동체가 붕괴되고 삶의 근거마저 잃게 되는 전쟁의 원인이나, 또 그러한 상황에 대한 대응방식은 간과된 채 비극적 상황을 환기시키는 정도에서 머물고 있다.

분단에 대한 이러한 인식은 분단소설의 한 성과로 평가받는[5] 「장마」를 비롯하여 「양」, 「기억속의 들꽃」 등에서도 유사하게 나타나고 있다. 「장마」에서는 분단으로 야기된 전쟁을 여름철의 지루한 '장마'와 같은 재난의 일종으로 인식하고 있다. '금방이라도 보꾹이라도 뚫고 쏟아져 내릴 듯한 두려움의 결정체들이고, 수시로 변덕을 부리면서 주위를 온통 물걸레처럼 질펀히 적시'는 재난인 장마와 같은 것이 전쟁이라고 인식하고 있다. 이러한 인식에서 아버지가 지서에 끌려가 고초를 당하고, 외삼촌과 삼촌이 죽음을 당하고, 외할머니와 할머니는 대립하다가 할머니가 죽게 되는, 가족이 겪어야 하는 혼란과 불행은 주술과 같은 초월적 힘에 의하여 극복될 있는 것으로 제시되는 것이다.

5) 김병익, 「분단의식의 문학적 전망」, 『문학과 지성』, 1979 봄, 97쪽.

「무지개는 언제 뜨는가」[6]는 「장마」의 후속 편에 해당하는 작품으로 볼 수 있는데, 이 작품에서 분단은 빨치산에게 가족이 몰살당하여 실성한 당숙모의 모습으로 인식된다. '눈자위를 허옇게 뒤집어까고 귀신처럼 머리를 너풀너풀 풀어헤뜨리고 맨발로 동네 고샅을 온통 휘젓고 다니는'(18쪽) 실성한 당숙모의 모습은 분단 갈등이 낳은 상처이다. 실성한 당숙모는 가족을 몰살시킨 빨치산 차 서방의 젖먹이 아들 동근이를 키우면서 먹을 것이 떨어지거나 학교에 입학하는 등 중요한 고비마다 광기를 일으키는데, 당숙모의 광기로 인식되는 분단은 이성적이고 합리적으로 해결하기 어렵다는 것을 상징적으로 제시하고 있다.

분단의 갈등과 상처가 개인들의 노력으로 치유하기 힘든 재난이나 광기의 일종이라는 인식은, 그것이 야기하는 비극적 상황을 환기함으로써 재난이 반복되지 않도록 해야 한다는 것을 의미하는 것이라 하겠다. 이러한 인식을 효과적으로 제시하기 위하여 「장마」를 비롯한 윤흥길의 70년대 분단소설에서는 어린이를 화자로 내세우고 있는 것이다. 어린이를 화자로 설정함으로써 어린 시절의 충격적 경험과 상처들을 객관적[7]으로 제시할 수 있기도 하지만, 분단의 원인이나 전개과정 등의 문제를 간과하게 되어 분단으로 야기되는 당대의 문제들을 제대로 인식하게 하는 데는 제약이 적지 않다고 하겠다. 이러한 분단인식에는 반공 일변도이던 당대의 현실에서 자유로울 수 없었던 점이 감안되어야 할 것이나, 분단극복이라는 민족적 과제에 대한 소극적 인식이라는 지적은 피하기 어려운 것이다.

6) 윤흥길, 『무지개는 언제 뜨는가』, 창작과비평사, 1979. 이하 인용은 쪽수만 표시함.
7) 유임하, 앞의 책, 120쪽.

3. 정서적 공유와 현실적 괴리

남북 분단을 극복하기 위한 한 방안으로 제시되고 있는 혈연적 유대를 기반으로 한 정서적 통합은 70년대의 분단소설에서 곧잘 나타나는 화해의 방안이다. 윤흥길의 분단소설에서 혈연적 유대를 바탕으로 화해의 방안을 제시하고 있는 대표적인 작품은 「장마」, 「무지개는 언제 뜨는가」 등이다. 1973년에 발표한 「장마」는 분단 극복 문제를 다루었다는 점에서 주목받았다. 특히 이 작품은 「長雨」라는 제목으로 일어판으로 간행되어 일본 문인들에게 큰 반향을 일으키기도 했다.[8] 「장마」는 국내외적으로 큰 관심을 모았던 만큼 많은 연구가 이루어졌다.[9] 「장마」에 대한 평가는 대체로 긍정적인데, '이데올로기 문제를 샤머니즘으로 해결하려는 것은 근대적 소설의 미달 상태이거나 서사시로의 후퇴'[10]라는 비판적인 견해도 없지 않다. 이러한 비판을 받는 이유는 분단극복의 방안으로 제시된 샤머니즘이 현실적 방안이 될 수 없다는 점 때문이라 하겠다.

「장마」는 분단으로 야기된 가족공동체 내부의 갈등과 화해의 문제를 다루고 있다. 가족 내부의 갈등은 국군으로 참전한 아들을 둔 외할머니와 빨치산으로 참전한 아들을 둔 친할머니 사이의 갈등으로 드러나는데, 이것은 남북으로 분리되어 대립했던 6·25전쟁의 모습과도 유사하다. 이러한 설정은 물론 '외국에서 반입된 이데올로기로 인하여 생겨난 남과 북의 이질화 현상을 극복하는 작업에 일조하겠다'는 작가의 의도[11]에서 비롯

---

8) 일본 <毎日新聞>, 1979. 5. 8(김병익·김현, 『윤흥길』, 도서출판 은애, 1979, 192-194쪽에서 재인용)

9) 「장마」에 대한 연구는 단편적인 '서평'에서부터 석사논문(백지영, 「윤흥길의 「장마」 연구」, 세종대 대학원 석사논문, 2004.)에 이르기까지 수십 편이 있다.

10) 김윤식·정호웅, 『한국소설사』, 예하, 1999, 453쪽.

11) 윤흥길, 「작가의 말」, 『장마』, 민음사, 1980.

된 것으로, 이데올로기 대립으로 야기된 갈등을 가족이라는 공동체에 환치하여 화해를 모색하고 있는 것이다.

할머니와 외할머니의 갈등은 혈육에 대한 모성의 본능적인 애착에서 비롯된다. 전쟁의 원인이나 그것의 피해에 대한 인식은 간과하고 있고, 오직 아들의 안위에만 관심이 있다. 전쟁의 원인인 이데올로기는 관심의 대상이 아니다. 외삼촌이 국군에 입대하고 삼촌이 빨치산이 된 후에도 할머니와 외할머니 사이에는 갈등이 나타나지 않는다. 그러다가 외삼촌이 전사했다는 통지서를 받은 이후 갈등이 고조된다. 외삼촌의 전사통지서를 받은 이튿날 외할머니가 빨치산의 근거지인 건지산에 벼락이 내리쳐 빨치산을 쓸어가라는 저주를 퍼붓자 할머니는 화를 내며 거칠게 대응한다.

이러한 갈등 양상은 자식에 대한 모성적 애착에서 비롯된 맹목적인 것으로 6·25전쟁의 원인인 이데올로기 대립만큼이나 타협의 여지가 없다. 프롤레타리아 계급의 세상을 이루기 위해서는 자본가 계급은 타파되어야 할 대상이지 타협의 대상이 아닌 것처럼, 내 아들의 안위를 침해하는 자는 누구라도 적으로 간주되는 것이다. 그래서 화해의 방안은 쉽게 마련되지 않는다. 할머니와 외할머니의 갈등으로 아버지와 어머니마저 언쟁을 하게 되는 집안 전체가 갈등의 소용돌이에 휩싸이게 된다. 이념 대립으로 나라 전체가 전쟁의 소용돌이에 휩싸인 상황과 다르지 않은 것이다.

화해의 가능성이 보이지 않던 두 할머니 사이의 대립은 아들을 잃은 상처를 공유함으로써 가능성이 보인다. 외할머니가 아들을 잃고 빨치산에 대해 저주를 퍼붓는 것을 이해하지 못하고 거칠게 대응하던 할머니가 소경점쟁이의 예언으로 믿고 있던 삼촌의 귀가가 무산된 후, 외할머니가 삼촌 대신 나타난 구렁이를 인도하여 할머니가 외할머니에게 고맙다는 말을 함으로써 화해한다. 두 할머니는 아들을 잃은 상처를 함께 지니게 됨으로써 서로 처지를 이해하고 위로할 수 있는 정서의 공유가 가능해졌고, 삼촌 대신 나타난 구렁이를 삼촌의 화신으로 인정하는 초월적 세계에 대한 인식을 공유함으로써 서로에 대한 신뢰를 회복하여 화해할 수 있게 된 것이다. 서로 똑같이 전쟁 피해자라는 인식은 나와 남이 다르지 않다는 원융[12]의 세계를 지향하는 것으로, 나와 남의 구별에서 비롯되는 갈등을 극복할 수 있는 길이다.

그런데 서로 똑같이 전쟁 피해자라는 원융적 인식은 전쟁의 상처를 극복하는 데 중요한 단초가 될 수 있지만, 초월적 세계에 대한 인식의 공유는 같은 세계관을 지닐 때 가능한 것이다. 할머니는 구렁이를 삼촌의 화신으로 여기고 기절하고, 외할머니는 음식을 대접하여 인도하는 데서 알 수 있듯이 같은 샤머니즘적인 세계관을 공유해야만 가능한 것이다. 구렁이에게 돌멩이를 던지는 마을 아이들의 모습이나, 소경점쟁이가 예언한 삼촌의 귀가를 사실로 믿고 음식을 준비하는 할머니의 극성을 못마땅해하는 어머니, 아버지의 모습에서 볼 수 있듯이, 할머니들과 다른 세계관을 지닌 이들은 할머니들이 믿는 주술적 세계를 신뢰하지 않는다.

> 낸들 왜 몰라서 그러겠나. 임자 말자꾸로 아매 안 오기가 쉬울게여. 그러고 천행으로 온다혀도 어머님이 맘잡숫는 대로 일이 그렇게는 안 될 게여. 내가 그건 자네보담 더 잘 알어. 허지만 자식 된 도리로 어찌것나.
>
> —「장마」, 58-59쪽)

---

12) 원효의 『대승기신론소』에서 말한 원융은 불성(佛性)이 둘이 아니라는 깨침의 세계를 지칭하지만, '나와 남이 다르지 않은 하나'라는 원융적 인식은 이념의 갈등으로 야기된 분단이나 분단의 상처로 인한 갈등을 극복하는 방안을 모색하는 데는 시사하는 바가 크다. 윤흥길 작품을 비롯한 한국 분단소설에서 혈연적 유대를 강조하고 있는 것도 원융적 인식과 궤를 같이 한다고 하겠다.

인용문에서 보듯이 아버지는 할머니가 믿고 있는 소경점쟁이의 예언을 신뢰하지 않으면서도 자식 된 도리로 어쩔 수 없이 할머니의 지시를 따르고 있다. 이것은 두 할머니를 화해하게 만든 샤머니즘의 세계관이 설득력을 지니기 위해서는 세계관을 공유해야 한다는 것을 말해준다. 아버지와 같은 세대인 고모는 할머니와 같은 세계관을 지니고 있어 소경점쟁이의 예언을 믿고 있고, 외할머니가 구렁이를 대접하고 인도한 일을 할머니에게 소상하게 전달하여 두 할머니가 화해하는 데 결정적 역할을 한다.

그런데 세계관을 공유하는 것과 현실적인 가능성은 별개의 문제이다. 두 할머니와 고모가 공유하고 있는 샤머니즘의 세계관은 두 할머니의 갈등을 화해시키는 역할은 하지만, 그것을 신뢰하지 않는 아버지와 같은 이들에게는 쉽게 수용되지 않는 것이다. 그렇기 때문에 샤머니즘적 정서에 바탕을 둔 화해의 방안은 현실적 설득력을 지니기 어렵다.[13] 이렇게 분단 갈등을 극복하기 위한 방안으로 제시된 정서적 공유는 같은 세계관을 지닌 사람들 사이에서만 가능하지만 설득력은 약하다. 누구나 공감할 수 있는 현실적인 방안과는 다소 거리가 있는 것이다. 이러한 점은 「무지개는 언제 뜨는가」에서도 유사하게 드러난다.

「무지개는 언제 뜨는가」에서는 '무지개'가 암시하는 바와 같이 분단 현실을 극복하고 통일을 이루고자 하는 염원을 내포하고 있다. 분단의 원인인 좌우 이념 대립은 좌우 양쪽 모두에게 큰 상처만 남겨 놓은 것으로 이념을 초월하여 함께 풀어가야 한다는 것이다. 분단의 피해자인 동근은 분단으로 인한 비극적 삶을 자신의 운명으로 수용하고 그것을 적극적으로

---

13) 이에 대하여는 김윤식(「우리 문학의 샤머니즘적 체질 비판–세 가지 도식에 관련하여」, 『운명과 형식』, 솔, 1992), 최유찬(「대립적 세계와 화해의 조건–윤흥길의 「장마」에 대하여–」, 『리얼리즘의 이론과 실제비평』, 두리, 1992, 227쪽) 등도 지적한 바 있다.

감당하려고 노력하는 인물로 제시된다. 그는 빨갱이의 자식으로 태어나 빨갱이에게 불행을 당한 실성한 여인에게 양육된 자신의 기구한 운명을 비관하지 않고 스스로 '좌우합작품'이라 말한다. 이것은 좌우 이념 갈등이 결국 좌우의 이념을 지향했던 모두에게 비극만 남겨 놓았다는 것과 다르지 않다. 이것은 이념에 대한 집착보다는 화합과 원융의 자세로 인간다운 삶을 중시해야 한다는 의미라 하겠다.

그런데 동근이 자신의 운명으로 수용하고 그것을 적극적으로 감당하려는 노력에서 화해의 단초를 마련하지만, 사회적 성공이라는 단서가 붙어 있어 설득력은 약하다. 동근이 갖은 고난을 이기고 사회적으로 성공하여, 자신을 양육한 실성한 여인을 어머니로 여기고 김씨 문중의 일원으로 인정받음으로써 분단으로 빚어진 갈등이 해소된다. 동근의 모습에서 보듯이 분단으로 야기된 갈등의 해소를 위한 사회적 성공이라는 전제 조건은 그동안 남북한 당국의 교류에서 잘 나타나고 있는 '상호주의'[14]와도 유사하다. 분단으로 인하여 비극적인 삶을 살아야 했던 동근을 김씨 문중의 일원으로 인정하는 것은 그의 기구한 운명을 이해하고 감싸주는 사랑과 포용이라기보다는, 사법고시에 합격한 사회적 성공이 중요하게 작용하고 있기 때문이다. 분단 극복을 위해서는 아무런 전제 조건 없이 서로 신뢰와 성실성을 바탕으로 한 호양・상생(互讓・相生)의 자세가 필요한데,[15] 사회적 성공이라는 조건이 전제되어 현실적 제약이 따르는 것이다.

14) 여기서 상호주의란 서로 신뢰와 성실성을 바탕으로 교류하는 것이 아닌, 등가의 것을 하나씩 주고받는 교환적인 방식으로 교류하는 것을 뜻한다.

15) 한승원, 「분단・냉전극복의 논리」, 『역사의 길목에서』, 나남출판, 2003, 87쪽

4. 대지적 포용과 당위적 역설

윤흥길의 90년대 분단소설에서 제시되는 분단 극복의 방안은 분단이 빚어낸 현실을 수용하여 새로운 길을 열어가자는 대지적 포용이다. 이것은 장편 『낫』에서 잘 드러난다. 『낫』에서는 분단 갈등을 극복할 수 있는 화해의 방안을 두 가지 측면에서 피력하고 있다. 하나는 갈등의 원인에 직접적으로 관계되어 있지 않다고 하더라도 그것이 나와 관련되어 있다면 외면하지 말고 내 문제로 받아들여야 한다는 주체적인 현실 수용과, 다른 하나는 각자가 당한 고통만을 내세우며 원한을 앙갚음하거나 보상받으려고 하기보다는 상대방의 상처도 이해하고 고통을 함께 나누자는 포용과 화해이다.

① 분단구조의 양면성

『낫』의 줄거리는 중심인물인 배귀수(엄귀수)[16]가 가족을 이끌고 고향의 선산에 있는 생부의 산소 벌초를 하러 가서, 생부가 6·25전쟁 당시 자행한 사건들 때문에 겪는 고초와 그것의 해결 과정이다. 배귀수가 이름으로만 알고 있는 고향에서 생면부지의 사람들에게 당하는 고초의 이면에는 분단의 아물지 않은 상처가 자리 잡고 있어, 중심 내용은 분단의 갈등과 그것의 극복이라고 하겠다. 이 작품은 '왕년의 반공소설류에서 흔히 볼 수 있는 어설픈 형상화로 이전에 작가가 성취했던 것으로부터 후퇴하였다는 평'[17]과 '윤흥길의 소설을 관류하는 주요 특성들을 폭넓게 수렴하

---

16) 중심인물의 이름은 작품의 초반부에서 엄귀수로 명명되다가, 그가 자기의 정체성을 확인하는 작품 후반부에서는 배귀수로 명명된다.

17) 양문규, 「분단 및 산업사회 현실에 대한 독특한 문제의식」, 『현역중진작가연구 1』, 한국현대문학연구회, 국학자료원, 1997, 143쪽.

면서 가장 원숙한 경지를 보여준 작품'[18]이라는 상반된 평가를 받고 있다. 이러한 상반된 평가를 받는 것은 이 작품의 특징과 무관하지 않다. 이 작품은 분단으로 야기되는 대립과 갈등이라는 낯익은 구조를 바탕으로 작가가 이제까지 단편적으로 다루었던 분단의 갈등을 극복할 수 있는 방안을 모색하고 있기 때문이다.

『낫』에서 제시된 분단 갈등은 표면적으로는 배귀수와 산서 마을주민들과의 갈등이지만, 그 이면에는 배귀수의 생부 배낙철과 산서주민들과의 갈등이 있다. 배낙철은 명석한 두뇌와 강인한 정신력을 타고나서 장차 큰 인물이 될 재목으로 한때 산서 사람들의 기대를 받기도 하였다. 그가 좌익이념에 경도되기 시작한 것은 일제 식민지 하의 암울한 조국 현실을 인식하게 되면서였다. 그는 경성콤그룹의 일원으로 활동하다가 일경에 체포되어 옥중에서 사상의 변절을 피하기 위하여 미치광이로 행세하다가 병보석으로 풀려나고, 광복 후에는 일제에 적극적으로 투쟁하지 못한 '전투적 동지를 배반한 회색분자로서의 자신의 처지를 고민하다가'(272쪽), 6·25전쟁이 일어나자 좌익에 적극 가담하여 산서면을 해방구로 만들고 인민위원회를 조직하여 사회주의이념에 반하는 주민들을 '낫'으로 무차별 살해하여 '배낫질'이라는 악명을 얻는다.

배낙철이 처단 대상으로 지목한 인물들은 대부분 악덕지주 또는 친일분자들로, 소작인이나 민족주의자들과는 대립적인 처지에 있는 인물들이었다. 배낙철에게 첫 번째 처단의 대상이 된 강 부자의 경우, '손녀뻘 되는 소작인의 딸을 후려다가 동첩으로 삼고, 도조를 속인 죄로 소작인을 도리깨질로 다리병신을 만드는'(279쪽) 악행을 저지른 인물이다. 이런 악

18) 황종연, 「인간적 친화를 꿈꾸는 소설의 역정」, 『작가세계』, 1993년 여름호, 39쪽

덕 지주들은 가난한 농민 입장에서는 처단되어야 할 대상이었지만, 배낙철은 '배낫질'이라는 살인마로 산서주민들의 기억 속에 남아있고, 그가 이끈 인민위원회에 의해 피해를 입은 유족들은 그로부터 30년의 세월이 지났는데도 원한을 품고 그의 아들인 배귀수에게 복수하려고 하는 것이다.

작품 『낫』은 가난한 농민들을 짓밟던 지주들과 그 가족들이 6·25전쟁 와중에서 피해자로 전락했다가 다시 가해자가 되는 양면성을 보인다. 이러한 양면성은 작품의 제목이기도 한 '낫'이란 농사용 도구에서도 암시하는데, 낫은 곡식을 수확하는 도구이기도 하지만 자칫하면 인명마저 끔찍하게 살상하는 흉기로 사용되기도 하는 것이다. 낫이 지닌 이러한 양면성은 배낫질이라는 악명으로 기억되는 배낙철의 모습과 같이 분단의 비극을 상징적으로 보여주고 있다.

『낫』에서 제시하고 있는 가해자와 피해자가 교차되는 갈등의 양면성은 분단소설에서 곧잘 그려지는 것[19]으로 새로운 모습은 아니다. 그렇지만 분단으로 인한 갈등이 지속되고 있는 상황에서 분단 갈등을 극복할 수 있는 방안을 모색하는 일은 다양한 측면에서 지속해야 함으로, 『낫』에서 제시하고자 하는 분단 극복 방안을 살펴보기로 한다.

② 정체성 확보와 현실 수용

『낫』에서는 분단 갈등을 극복할 수 있는 화해의 방안을 두 가지 측면에서 피력하고 있다. 하나는 갈등의 원인에 직접적으로 관계되어 있지 않다고 하더라도 그것이 나와 관련되어 있다면 외면하지 말고 내 문제로 받아들여야 한다는 주체적인 현실 수용과, 다른 하나는 각자가 당한 고통

19) 남북 분단으로 인해 가해자가 피해자가 되었다가 세대를 달리하면서 다시 가해자되는 양상은 이미 문순태의 「철쭉제」(1983)에서 잘 제시된 바 있고, 이청준의 「가해자의 얼굴」(1992)에서도 중요하게 언급된 바 있다.

만을 내세우며 원한을 앙갚음하거나 보상받으려고 하기보다는 상대방의 상처도 이해하고 고통을 함께 나누자는 화해의 논리이다.

작가의 이러한 의도는 인물 설정에서부터 암시되어 있다. 『낫』의 중심 인물은 30대 평범한 회사원으로 그는 분단과 직접적 관련이 없는 전후세대이다. 분단의 직접 당사자가 아닌 전후 세대를 중심인물로 설정하여 분단의 극복이라는 민족적 과제를 다루고 있다. 그것은 다음과 같은 작가의 말에서도 알 수 있다.

> 나로서는 그럴 수밖에 없다. 아직은 6·25를 잔해의 형태로 역사 속에 편입시킬 때가 아니라는 생각 때문이다. 그것은 이미 징치고 막 내린 과거의 전쟁이 아니다. 체험 세대뿐만 아니라 그들의 후손인 미체험 세대까지도 여전히 전쟁의 후유증 속에 살고 있다. 한국인치고 어느 누구도 그것 앞에서 마냥 자유로울 수가 없다. 정치, 경제, 사회, 문화 등 국내 문제는 물론이고 국제관계를 포함한 모든 면에서 그것은 오늘날까지도 알게 모르게 우리의 운명을 깐깐히 간섭하고 사고와 행동을 낱낱이 제약하고 민족적 자긍을 무참히 짓밟고 있다.[20]

이와 같은 작가의 의도는 인물 설정의 한 요소인 인물들의 이름에서도 드러난다. 배귀수의 아들은 이름이 가섭(佳涉)이고 아내는 인혜(仁惠)이다. 가섭은 분단의 상처를 아름답게 극복하라는 의미로 읽히고, 인혜는 남편으로 인해 겪어야 하는 고통을 이해하고 남편을 잘 보살펴주는 어질고 은혜로운 인물이라는 의미로 읽힌다. 인혜의 행동 또한 이름에 걸맞게 묘사되고 있다. 그는 남편의 생부가 저지른 악행으로 가족이 신변의 위협을 당해도 남편을 원망하기보다는 남편이 본성을 잃지 않고 가족의 안전을

20) 윤흥길, 「작가의 말」, 『낫』, 문학동네, 1995, 350-351쪽.

도모할 수 있기를 바란다. 또한 배귀수가 곤경에 처할 때마다 도와주는 인물인 최미금(美錦)은 마음이 비단결처럼 고운 인물로 그려진다. 산서중학교 음악교사인 최미금은 서울에서 배귀수 가족과 고속버스에 동승하여 배귀수 가족에게 친절을 베풀고 배귀수가 곤경에 처할 때마다 도와주는 수호천사 같은 인물이다. 이러한 인물들의 이름에서 암시되는 바는 인혜와 같이 어질고 은혜로운 인물과, 미금과 같은 마음이 비단결처럼 고운 인물들의 헌신적 노력이 분단의 갈등을 아름답게 극복할 수 있는 밑거름이 된다는 것을 뜻한다고 하겠다.

그러면 가섭(佳涉)이라는 이름에서 암시되는 분단의 갈등을 아름답게 극복할 수 있는 방안은 무엇일까? 그것은 작품의 중심인물 배귀수를 통하여 제시된다. 배귀수는 30대 평범한 회사원으로 5살 된 아들과 아내를 거느린 한 가정의 가장이다. 그는 어머니가 돌아가시기 전까지는 자신의 성이 엄 씨라고 알고 있었다. 그는 어머니가 돌아가시기 전에 들려준 생부에 관한 이야기로 자신의 내력을 알게 되었고, 어머니의 피맺힌 소원인 생부의 산소를 돌보는 일을 외면할 수 없어 회사에 며칠 휴가를 얻어 가족을 데리고 고향을 찾는다. 그는 고향에서 생부와 꼭 닮은 외모 때문에 살인마로 악명 높은 배낙철의 아들로 인정받고, 생부에게 피해를 당한 유족들로부터 신변의 위협을 당하게 된다. 신변의 위협이 가중될수록 얼굴도 본 적 없는 생부의 존재는 거추장스러운 짐이 아니라 목숨을 옥죄는 사슬로 느껴진다. 그래서 자신의 내력과 생부와의 인연을 부정하고 양부의 아들인 엄귀수로 행세하려 하고, 생부가 저지른 악행의 대가를 왜 자신이 받아야 하는지 의문을 제기한다.

> 불현듯 가슴 저 밑바닥에서 터져 나오는 핏빛 절규에 그는 정신을 바짝 차

> 렸다. 철부지 어린것한테 무슨 죄가 있단 말인가. 엄 씨 가문인 줄만 알고 시집을 온 아내는 또 무슨 죈가. 그리고 나는 또 뭔가. 단지 몸속을 흐르는 피의 절반 분량을 이어받았다는 그런 이유만으로 생부의 죄를 옴팍 뒤집어 쓴 채 죽음이나 다름없는 이런 방식으로 꼭 보복을 당해야 옳단 말인가.
>
> —『낫』, 90-91쪽

배귀수의 이러한 고민은 분단 갈등과 직접적인 이해관계가 없는 전후 세대들이 제기할 수 있는 물음이다. 분단이 고착된 지 30년이 지난 시점에서 얼굴 한번 본 적 없는 생부로 인하여 가족이 생명의 위협을 느끼고 고통을 겪어야 하는 것을 쉽게 납득할 수가 없을 것이다. 이와 같은 점에 남북 분단의 풀기 어려운 매듭이 있다고 하겠다. 갈등의 직접적 당사자가 아닌 그 후손들이 선조가 남긴 유산들을 짊어지고 풀어가야 하는 것은 남북으로 분단된 현실을 살고 있는 모두의 과제인 것이다.

『낫』의 배귀수와 같이 분단 갈등과 직접적 관계가 없는 인물이 30년이 지난 시점에서 분단의 갈등으로 피해를 입은 당사자나 그 유족들로부터 피해에 대한 책임을 추궁받게 될 때, 취할 수 있는 일은 무엇일까? 배귀수는 생부와 혈연적 관계를 부정하는 것으로써 자기방어를 꾀한다. 배귀수는 생부의 산소 벌초를 위해 낫을 구하려고 철물점에 들렀다가 주인 황대장에게 배낙철로 의심받고 쫓겨나게 되자, 어머니가 생부와의 관계에 대해 보다 구체적으로 말해주지 않은 것을 원망하면서 자기는 배귀수가 아니고 엄귀수라고 자처하고, 서울에서부터 동승하여 줄곧 친절하게 대해 준 최미금에게 배낙철이 누구냐고 반문하기도 한다.

배귀수의 자기부정은 본능적 방어기제[21]이나, 사태 해결에는 도움이 되지 않는다. 줄곧 친절을 베풀며 호의를 보이던 최미금도 배귀수의 반문

---

21) L.A.젤리, D.J.지글러(이훈구 역), 『성격심리학』, 법문사, 1993년(중판), 76쪽.

에 싸늘한 반응을 보이고, 황대장을 비롯한 주민들도 배낙철의 아들로 인정하고 추격을 멈추지 않는다. 그는 생부와의 혈연적 관계를 부정함으로써 자기방어를 꾀했던 것이 무산되자, 자신과 가족을 지키기 위하여 생부의 과거를 기억하는 산서 주민들로 하여금 전율을 느끼게끔 낫으로 위협하며 이제까지 취했던 수동적인 자세에서 벗어나 적극적으로 대응한다. 배기수의 적극적 대응은 주민들을 위협하는 효과를 주기도 하지만 복수심을 자극하여 사태를 더욱 악화시켜 일촉즉발의 위기상황으로 치닫게 한다. 배귀수는 주민들이 성역으로 여기는 최 씨 문중 재실로 피신하여 버너에 불을 피워 추격하는 주민들을 위협하고, 주민들은 배귀수의 위협에 아랑곳없이 복수를 다짐하며 협박을 가한다.

그런데 이러한 위기상황이 전개되는 동안 배귀수는 자신의 내부에 생부의 피가 흐르고 있음을 인식하게 된다.

> 딴 사람 같아 보였다고 푸념하던 아내의 얼굴이 다시금 새삼스레 귀수의 눈 앞을 어지럽혔다. 찔림의 고통에 시달리며 이성이 토하는 신음소리가 귓전에 쟁쟁히 울리는 듯했다. 생부의 망령이 어떤 형태로든지 자신의 내부에 똬리를 틀고 앉아 있음을 확인하는 그 기분은 이루 형용할 수 없으리만큼 착잡했다.
>
> —『낫』, 86쪽

인용문에서와 같이 배귀수는 자기방어를 위해 부정했던 생부가 극한 상황에서 오히려 자신을 보호하는 방어 수단으로 작용하는 모순적 상황에 직면하고는 말할 수 없는 착잡함을 느끼는 것이다.

여기서 배귀수가 부정하려고 해도 부정되지 않는 혈육의 끈은, 곧 외면하고 지워버리려고 하면 할수록 더 선명하게 나타나는 분단의 역사와 다름 아니라 하겠다. 수십 년이 지나도 아물지 않는 상처를 남겨 놓고 있는 분단의 역사는 민족의 상처이지만, 상처를 극복하고 통일을 완수해야 하는 것 또한 역사의 수레바퀴를 끌고 가야 하는 사람들의 몫이다. 그렇다면 분단 상처를 극복하고 통일로 나아가기 위한 방안은 무엇일까?

『낫』에서 배귀수는 산서 주민들과의 갈등을 해소할 수 있는 방안으로 생부를 자신의 일부로 받아들이는 것부터 시작한다. 배귀수는 '어느 누구도 단지 핏줄이 같다는 이유만으로 저한테 아버지란 호칭을 강요할 수는 없는 일'(195쪽)이라며 생부와의 혈연을 부정하려는 마음을 지우고 배낙철을 아버지로 받아들이기로 한다. 그가 그렇게 마음먹기까지는 산서 마을의 유지로 지역민들의 존경을 받는 최부용의 질책과 설득이 크게 작용한다. 최부용은 생부를 인정하려고 하지 않는 최귀수의 태도에 '나쁜 것은 나하고 하등 관계가 없고 좋은 것만 내 차지라는 식의 사고방식이야말로 제일 형편없는 이기주의'(196쪽)라며 질책하고, '자랑스런 역사가 우리네 유산이듯이 부끄러운 역사 또한 우리네 유산의 일부'라고 하며, '떳떳하지 못한 아버지를 내 아버지로 인정하는 고통과 용기가 필요하다'고 말한다. 떳떳하지 못한 아버지를 내 아버지로 인정하는 그 고통과 용기가 '자물쇠로 꽉 채워진 사람들 마음을 열수 있는 열쇠가 된다'는 것이다.

배귀수는 스스로 꽉 닫아두었던 마음의 빗장을 푸는 희생적 용기로 배낙철을 자기 아버지로 받아들이게 된다. 배귀수가 배낙철을 생부로 받아들이는 것은 산서 주민들의 위협을 감내하는 것으로 생명의 위험까지도 무릅쓰겠다는 희생적 결단이다. 이러한 희생적 결단은 곧 자기의 정체성을 확보하는 일이기도 하다. 정체성 확인은 성숙한 한 인격체로 사회적 질서 속에서 자신의 위치를 확립하는 것으로, 자신의 문제를 주체적으로 해결해 나가겠다는 것을 뜻한다. 배귀수는 배낙철을 생부로 인정함으로써 주민들의 위협을 감내하고 주민들과 만날 수 있게 된다. 배귀수가 주민들이 모인 마을회관에 나아가 배낙철의 아들임을 밝히고 생부가 저지른 적악을 부정하거나 회피하지 않고 수용함으로써 극한으로 치닫던 갈등의 대치 상태를 완화시킬 수 있는 돌파구가 열리게 되는 것이다.

이렇게 배귀수의 모습에서 제시되는 것처럼 자신과 관련된 문제를 외면하지 않는 주체적인 해결 자세는 분단 갈등을 극복할 수 있는 출발점이라 하겠다. 이것은 분단극복을 위해서는 '분단체제라는 당면한 현실에 대한 정확한 인식'[22]에서부터 출발해야 한다는 주장과도 궤를 같이한다. 이러한 점에서 『낫』에서 제시한 주체적인 현실 인식은 「장마」나 「무지개는 언제 뜨는가」등의 작품에서 제시된 혈연적 동질성 중심의 화해의 방안[23]을 뛰어넘는 것이라 할 수 있다.

하지만 『낫』에서 제시한 현실 인식 방안은 다소 미흡하다고 하겠다. 분단 현실에 대한 인식은 그것을 낳게 된 배경이나 원인에 대한 보다 심도 있는 천착이 필요하기 때문이다. 『태백산맥』에서와 같이 토지의 소유와 분배의 불균형이 남북 분단의 원인이 되었다는 분단의 근원적 원인에 대한 폭넓은 천착이 간과되어 있다. 토지로 야기되는 갈등은 한국사 근현대사에서 굴곡의 핵심이었고, 남북 분단 또한 이 문제의 연장선에 있는 것이다. 또한 배낙철이 악명 높은 살인마로 기억되는 것에서도 분단의 근원에 대한 인식은 미흡하다. 배낙철은 식민지 시대에는 민족이 처한 암담한 현실을 타개하려고 노력했던 지식인으로 사상적 변절을 하지 않기 위하여 미치광이로 행세하며 피나는 노력을 하였고, 6·25전쟁의 와중에서

22) 백낙청, 『분단체제 변혁의 공부길』, 창작과비평사, 1994, 37쪽.

23) 김병익은 윤흥길의 작품을 비롯한 1970년대 분단문학작품이 분단 극복의 방안으로 혈연적 정서에 기반을 두고 있다고 지적했다(「분단의식의 문학적 전개」, 『상황과 상상력』, 문학과지성사, 1979, 25-28쪽).

는 지주들의 부당한 횡포를 징계하고 지주들에게 편중된 토지를 실수요자인 소작인들에게 분배하기 위해 노력한 인물이기도 하기 때문이다.

『낫』에서 이러한 문제점이 내포되어 있기는 하지만 주체적 현실 수용을 출발점으로 하여 분단 갈등을 극복하기 위한 모색은 진지하게 제시되어 있다. 그것은 배귀수로 하여금 자기 정체성을 확인하도록 질책하고 조언하는 최부용을 통해 그려지고 있다.

③ 상처의 조응과 역사의 당위성

최부용은 산서 마을의 정신적 지주로 존경받는 인물로, 배귀수와 산서 주민들과의 갈등을 조정하는 중재자이다. 그가 산서 주민들의 정신적 지주로 존경받게 된 것은 이념의 갈등이 남긴 상처를 치유하려고 노력해왔기 때문이다. 그는 6·25전쟁을 전후한 혼란의 시기에 그의 가족을 포함한 수많은 인명이 희생된 책임이 자기 아버지와 같은 지주들에게 있음을 통감하고 자기 몫으로 물려받은 재산을 육영사업에 바치고, 아버지가 죽은 이후에는 토지를 소작인에게 나누어주는 토지개혁을 단행하였다.

그리고 최부용은 일찍이 이념의 폐단을 간파하고 광복 이후 혼란기와 6·25전쟁 와중에서도 좌우 어느 편에도 속하지 않는 중립적 자세를 견지하고 있다. 그는 식민지 시대 사회주의 이념의 추종자이던 배낙철이 광복 이후 투쟁의 대오에서 이탈한 자기 자신을 자책하며 푸념하는 것을 보고, 인간을 도구화하는 이념의 속성을 지적한다.

> 인류 역사상 태어난 어떤 이념이나 다 똑같이 당초에는 인류를 위해서라는 대의명분을 내세우면서 출발하지. 말하자면 출발 당시에는 인간이 이념을 지배하고 통제하는 단계지. 허지만 그 이념으로 세상을 휘어잡기 위해서는 강력한 무기가 필요하지. 그래서 흔히 이념의 대장간에서는 이념의 쇠를 불

> 에 달구고 열심히 망치질을 하고 날을 갈아서 드디어 예리한 이념의 칼을 벼리게 되지. 무기를 일단 갖추고 나면 그때부터는 거꾸로 이념이 인간을 지배하는 단계가 오는 법이지. 이념 자체에 놀라운 생명력이 붙으면서 자신이 죽은 이념의 신세로 격하되는 걸 한사코 거부하기 때문이지. 자신의 생명력을 끝까지 유지해 나가기 위해서 이념이란 괴물은 인간들한테 끊임없이 복종을 명령하고 충성을 강요하고, 자신의 신전에 경배를 거부하는 이단자들을 가차없이 처형해버리지.
>
> —『낫』, 263-264쪽

최부용이 지적한 이념의 속성은 6·25전쟁 와중에 배낙철을 통해 드러난다. 배낙철은 지주들과 우익세력을 처단하면서 이모부인 산서의 지주 최명재에게 사형을 선고하고 이종동생이자 최명재의 아들인 최귀용으로 하여금 처단을 명령한다. 이념을 위해서는 인륜도 짓밟는 패륜도 서슴지 않은 것이다. 그리하여 그는 주민들에게 악명 높은 살인마로 기억에 남게 된다. 그렇지만 최부용은 배낙철을 불행한 시기를 살았던 한 비범한 인물이 불가피하게 겪은 인간적 파탄으로 이해하는 탈이념적 자세를 견지한다.

최부용의 모습은 현실적인 측면에서는 설득력이 약하다. 그는 분단 극복을 위한 모범적 중재자라고 할 수는 있지만, '구체성과 현장성을 지닌 변혁주체자'[24]로 보기 어렵기 때문이다. 그는 일찍이 이념의 속성을 간파하여 이념의 갈등에서 물러나 있고, 가족이 당한 비극을 앙갚음하거나 보상받으려하기 보다는 그것을 감내하고 희생과 헌신으로 치유하려고 노력한다. 그리하여 그는 여동생 최미금을 비롯한 산서 주민들로부터 절대적 존경을 받고 있는 거의 신화적 인물로 묘사되어 있어 현실감이 떨어지는

24) 임헌영, 「분단문학과 변혁주체」, 『문학과 이데올로기』, 실천문학사, 1988, 220-223쪽.

것이다.

그렇지만 최부용의 탈이념적인 자세는 『낫』에서 모색하는 민족화해의 중요한 정신적 지표[25]로 작용하고 있다. 그것은 인간에 대한 이해와 옹호를 바탕으로 하는 휴머니즘이기도 하다. 휴머니즘에 바탕을 둔 민족화해의 논리는 최귀수와의 대화에서 보다 구체적으로 드러난다. 최부용은 산서 주민들과의 갈등을 어떻게 풀어갈 것인가를 고민하는 배귀수에게 먼저 아버지를 이해할 것을 강조한다. '아들도 이해 못하는 아버지를 다른 사람들한테 무슨 재주로 이해시킬 수 있겠느냐'며, 아버지가 저지른 일에 대해 용서를 구하는 것보다 먼저 아버지를 이해하는 작업을 하라고 말한다. 그리고 아버지가 어떤 사람인지를 제대로 이해하기 위해서는 결과 못잖게 과정도 중요하다고 한다.

> 자네 아버지가 어떤 사람인지 제대로 이해하기 위해서는 결과 못잖게 과정도 중요하지. 과정은 뚝 짤라서 시렁 위에 얹어두고 결과만 도마에 올려놓고서 칼질을 가한다면 거기서 무사할 사람은 별로 많지가 않겠지. (…중략…) 자네가 해야 될 일은 용서를 구하기 이전에 먼저 이해부터 하는 작업이네. 아들도 이해 못하는 아버지를 다른 사람들한테 무슨 재주로 이해시킬 수 있겠는가?
>
> —『낫』, 300쪽

분단의 원인이나 과정은 도외시하고 그것이 남긴 상처만을 강조해서는 분단의 상처는 치유되기 어려울 것이다. 남북한 사이에 분단 갈등이 지속되고 있는 이유 중 하나도 분단의 결과만을 강조하며 상대방에 대한 감정적인 반대정서에만 매달려 있기 때문이라 할 수 있는데, 분단의 갈등으

25) 황종연, 『비루한 것의 카니발』, 문학동네, 2001, 101쪽.

로 상징되는 배귀수와 산서 주민들의 갈등도 30년 전의 갈등이 남긴 상처에만 매달려 있다고 하겠다. 이러한 측면에서 최부용이 배귀수에게 제시한 상대방에 대한 이해는 분단을 극복하고 통일이라는 역사의 지향점을 향해 나아갈 수 있는 한 방안이 될 수 있다.[26)]

최부용은 배낙철을 '낫'과 같은 인물이라고 말한다. 사용하기에 따라 흉기가 될 수도 있고 이기될 수 있는 조선낫 같은 인물이라는 것이다. 낫은 '가을 들판의 곡식을 수확할 때는 없어서는 안 될 훌륭한 연장이지만, 여차하면 피를 뿌리고 죽음을 불러들이는 흉기로 사용될 수도 있듯이', 낫이 상징하는 양면성은 일제 식민지 시대를 거쳐 6・25전쟁의 혼란기를 살았던 배낙철과 같은 인물들을 이해할 수 있는 요소이다. 앞에서 언급한 바와 같이 분단 갈등은 시대를 달리하면서 가해자와 피해자가 교차되는 양면성을 지니고 있다. 그렇기 때문에 낫이 상징하는 바와 같은 양면성을 고려할 때 배낙철은 악명 높은 살인자이기보다는 '어쩌다 주인을 잘못 만난 한 자루 불행한 조선낫'으로 이해할 수 있게 된다.

이것은 남북 분단의 특수성을 이해하는 것이기도 하다. 남북 분단은 일제 식민지, 미군정, 6・25전쟁의 혼란기를 거치면서 갈등이 중첩된 복잡한 양상을 띠고 있어 단면적으로 이해하기 어렵다. 그 때문에 분단의

---

26) 통일을 위해서는 상호신뢰를 바탕으로 한 남북한의 사회·문화 전반에 걸친 이질감을 해소하는 것이 첩경이라는 것은 많은 학자들이 지적하고 있다(『통일의 조건, 민족문화 동질성』, 2006년 한국학진흥원 한국학 국제학술대회 발표논문집, 2006. 12.). 통일을 위해서는 남북한 국민들이 통일에 대한 공감대를 형성할 수 있는 사회적 분위기가 조성되어야 하고, 이를 위해서는 남북한의 상호 신뢰와 이해가 선행되어야 할 것이며, 갈등요소들을 부정적이고 상충적인 것으로서가 아니라 '상이한 가치들이 상호 공존하는 어우러지는 상생(相生)과 관용(寬容)의 문화이념이 추구되어야 한다'(강석승, 앞의 자료집, 183쪽-187쪽 참조)고 말하고 있는데, 여기서 강조되고 있는 상호 공존의 상생과 관용은 주체적인 현실인식을 토대로 이루어질 수 있는 것이라 하겠다.

실체에 좀 더 가까이 접근하기 위해서는 분단의 원인과 전개 과정, 그리고 그것이 남긴 상처 등을 다각적으로 고려해야만 한다. 단면적 시각에서 벗어나 다면적 시각을 지닐 때 새로운 이해의 길이 열리게 되듯이, 최부용과 같이 배낙철의 양면성을 볼 수 있는 시각이 갈등을 해소할 수 있는 단초를 마련해 주는 것이다.

하지만 최부용이 제시하는 이해를 통한 화해의 논리는 피해 당사자인 주민들은 쉽게 받아들이지 않는다. '피차 상대방의 입장을 정확하고 소상하게 알고 나면 피차 상대방을 어떻게 대하는 것이 제일 현명한 처신이 되는지도 저절로 밝혀질 것'(322쪽)이라는 최부용의 설득에도 불구하고, 주민들은 배귀수의 피맺힌 성장과정에 대한 고백을 들으려 하지 않고, '낫질이놈이 언지는 죽을 사람 사정을 들어보고 낫을 휘둘렀냐'(332쪽)고 반문하며 증오심을 누그러뜨리지 않는다. 특히 최귀용의 유복자로 배귀수와 동년배인 청년의 증오심은 살의를 품고 있다. 그는 번뜩이는 낫을 들고 배귀수를 향해 달려든다. 청년의 살의를 최부용에 의해 간신히 제지되기는 하지만, 청년에 대한 배귀수의 심정은 착잡하기만 하다. 그는 청년과 자신이 가해자의 아들과 피해자의 아들이라는 서로 다른 입장에 서 있지만, '평생 가시지 않을 아픔과 슬픔을 화인(火印)처럼 가슴 복판에 새긴 채 살아갈 수밖에 없는(333쪽)' 같은 분단의 피해자라는 동류의식을 느낀다. 같은 전후세대로 모두 분단의 피해자이지만, 서로의 입장은 가해자의 아들과 피해자의 아들로 서로 갈려 있는 것이다. 두 사람의 모습은 남북으로 갈라져 대치하고 있는 현실의 축소판으로 화해의 방안이 쉽지 않음을 의미한다.

주민들의 증오심과 적의는 서원생 노인의 극적인 행동에 의해 완화되는데, 그는 지주인 최명재의 지시로 우익청년단을 조직하여 배낙철이 주도하는 인민위원회와 맞선 인물이다. 그는 배낙철에 대한 보복으로 배귀수 모자를 처단하는 권한을 맡았지만 처단하지 않고 살려준 배귀수의 은인이기도 하다. 그는 배귀수의 처리 문제로 논란을 하고 있는 주민들을 향해 배귀수의 처단을 역설적으로 주장한다.

> 웬수 자석 놈 죽이는 일도 잘만 죽이면 옛날 옛적에 죽은 우리 식구들이 도로 살아나서 모다들 우리 한티 돌아오게 될 거여. 웬수 갚는 일도 문전옥답맨치로 알뜰헌 재산이 틀림으니께 자손 대대로 물려줘야지 암먼, 대를 물려야 허고말고. 낫살 깨나 훔쳐먹은 우리 늙은것들이 무신 죄여? 따지고 보면 요따우 일들이 죄다 그 자석놈들 책음이지. 그때 당시 그깟 난쟁이 자석놈들이 너무 못되고 멍청혔기 땜시로 맺은 웬수지간이고 살인인디 우리 늙은 것들이 책음을 질 수 없는 노릇이지 그 자석 놈들 한티 책음을 옴싹 떠앵겨야 말이 되나
>
> —『낫』, 330-331쪽

이와 같은 서원생의 발언은 부질없는 복수를 방지하려는 역설이다. 최부용이 제시한 상호 이해를 통한 화해 논리가 주민들에게 받아들여지지 않자, 서 원생은 '원수의 자식인 배귀수를 잘만 처단하면 옛날 배낙철에게 죽음을 당한 가족이 모두 살아날 것'이라고 말하며 배귀수를 처단하자고 한다. 원수의 아들을 죽임으로써 옛날에 죽은 가족이 되살아난다는 서원생의 역설은 복수가 부질없는 것임을 강조하는 것으로, 최부용이 제시한 화해 논리보다 구체적인 설득력을 지닌다. 상호 이해에는 서로에 대한 신뢰가 전제되어야 하는데, 최부용이 제시한 화해의 논리에는 서로에게 신뢰를 제공할 수 있는 근거가 마련되어 있지 않았던 것이다. 따라서 신뢰가 전제되지 않은 이해보다는 복수의 부질없음을 인식하게 하는 서원생의 역설이 보다 설득력을 지니는 것이다.

배귀수를 죽일 듯이 설쳐대는 서 원생의 광포한 언동에 복수를 외치던 주민들은 오히려 주눅 들어 잠잠해지고, 배귀수에게 낫을 겨냥했던 청년 또한 낫을 던지고는 참을 수 없는 통증을 울음으로 풀어낸다. 그러자 배귀수도 주민들의 이해를 구하는 자신의 과거 이야기를 더 이상 늘어놓지 않고 생부의 죄업에 대한 주민들의 처분을 감내하겠다고 한다. 그는 '어렵고 힘들었던 과거를 놓고 따진다면 저는 산서 사람들 면전에서 감히 명함도 못 내밀 처지라는 것을 알아버린 이상 더 이상 무슨 할 말이 있겠냐'(335쪽)고 말한다. 신변의 위협에도 불구하고 주민들의 처분을 감내하겠다는 배귀수의 태도는 오랜 가뭄으로 갈라졌던 대지를 적시는 단비와 같이 주민들로 하여금 농민들의 순박한 심성을 회복하게 하여 복수의 감정을 완화시키고, 갈등을 해소하는 화해의 실마리를 만들어 준다. 그리하여 '흉기는 틀림없이 또 다른 흉기만 불러들일 뿐'이라는 최부용의 말에 주민들도 수긍하며 원한의 당사자가 아닌 배귀수에 대한 복수의 감정을 누그러뜨리게 되는 것이다.

이렇게 『낫』에서는 '주체적 현실 인식과 신뢰를 전제로 한 이해'를 분단을 극복할 수 있는 화해의 논리로 제시하고 있다. 그런데 『낫』에서 제시된 화해의 논리는 이미 「장마」, 「무지개는 언제 뜨는가」 등에서도 부분적으로 제시한 것이며, 김원일의 『노을』, 문순태의 「철쭉제」, 이청준의 『흰옷』 등에서도 언급된 바 있는 한국 분단소설에서 자주 제시되는 화해 논리이다. 그렇다고 『낫』에서 제시하고 있는 화해 논리가 진부하다고만 할 수 없다. '분단의 논리가 지배해 온 지난 반세기의 역사를 보면서 분단 극복의 논리가 제자리에 자리잡을 수 있는 단계를 우리 시대의 과제로 내세워야 한다는 당위론은 수없이 되뇌어도 좋다'[27]는 주장에서도 알 수 있듯이, 통일이라는 역사적 당위를 위해서는 화해의 가능성에 대해 끝임 없는 각성과 노력이 요구되기 때문이다.

5. 마무리

이상에서 윤흥길 분단소설의 특징을 분단에 대한 인식과 분단 극복의 문제를 중심으로 살펴보았다. 분단 인식은 분단 극복의 방안과 분리될 수 없는 것이라는 점에서 함께 살펴보았는데, 분단에 대한 인식과 극복의 방안은 크게 두 가지로 나타난다.

하나는 분단의 갈등과 상처는 개인들의 힘을 초월한 재난이나 광기의 일종이라는 인식이다. 이것을 효과적으로 제시하기 위하여 「장마」를 비롯한 70년대 분단소설에서는 어린이를 화자로 내세우고 있다. 어린이를 화자로 설정함으로써 어린 시절의 충격적 경험과 상처들을 객관적으로 제시할 수 있기도 하지만, 분단의 원인이나 전개과정 등에 대한 문제를 간과하게 되어 분단으로 야기되는 당대의 문제들을 제대로 인식하게 하는 데는 제약이 적지 않다고 하겠다. 이러한 인식을 바탕으로 제시되는 분단 극복 방안은 혈연적 유대를 기반으로 한 정서적 원융이다. 「장마」나 「무지개는 언제 뜨는가」에서 좌우 이념적 갈등이 결국 좌우의 이념을 지향했던 모두에게 비극만 남겨 놓았기 때문에 이념에 대한 집착보다는 화합과 원융의 자세로 인간다운 삶을 중시해야 한다는 것이다. 그런데 이러한 정서적 원융은 그것을 공유할 수 있는 조건이 전제되어 설득력이 약하다. 하지만 일방적으로 강요된 반공 일변도의 체제 하에서 분단문학이 다룰 수 있는 선택의 폭이 자유롭지 못했다는 점을 감안한다면, 그 시

27) 권영민, 「분단문학의 역사적 전개」, 『소설과 운명의 언어』, 현대소설사, 1992, 328쪽.

대의 분단소설이 취할 수 있는 방법 중 하나라 하겠다.

다른 하나는 90년대 장편 『낫』에서 잘 나타나는데 종결되지 않는 전쟁으로 전후 세대가 겪는 갈등과 대립이다. 분단이 고착된 지 30년이 지난 시점에서 전후 세대인 30대 평범한 회사원이, 얼굴도 본 적이 없는 생부로 인하여 고향에서 가족이 생명의 위협을 느끼고 고통을 겪으며 '알게 모르게 우리의 운명을 깐깐히 간섭하고 사고와 행동을 낱낱이 제약하고 민족적 자긍을 무참히 짓밟고' 있는 것이 분단이라는 것을 보여준다. 이러한 인식을 바탕으로 으로 제시된 분단 극복 방안은 분단 원인이나 그것으로 인한 갈등에 직접적으로 관계되어 있지 않다고 하더라도, 그것이 나와 관련되어 있다면 외면하지 말고 내 문제로 받아들여야 한다는 주체적인 현실 수용과, 각자가 당한 고통만을 내세우며 원한을 앙갚음하거나 보상받으려고 하기보다는 상대방의 상처도 이해하고 고통을 함께 나누자는 화해의 논리이다.

곧, 배귀수의 모습에서 볼 수 있듯이 분단은 자신이 태어나기 전에 일어난 일이며 그 자신이 분단의 피해자이지만, 생부가 저지른 악행에 희생당한 유족의 상처를 조금이라도 치유할 수 있다면 어떠한 고통도 감내하겠다는 포용의 자세에서 화해가 가능하다는 것이다. 그런데 이러한 논리는 한국 분단소설에서 자주 제시되는 것으로, 다소 진부하다는 비판의 소지가 없는 것은 아니다. 그것은 윤흥길의 분단소설뿐만 아니라 한국 분단소설의 과제라 하겠다.

문순태 분단소설 연구 3장

1. 머리말

문순태의 소설은 한국인의 토속적 정서와 애환, 그리고 고향을 떠나 뿌리 뽑힌 삶을 살아가는 민중의 삶과 의지를 주로 다루었다. 그의 실질적인 데뷔작[1]이라고 할 수 있는 「백제의 미소」(1974년)에서부터 줄곧 힘없고 핍박받는 민중들의 삶과 애환에 관심을 갖고 그것을 형상화하려고 노력해 왔다. 그래서 그의 소설은 한의 사상적 계보를 정통으로 이었다는 평가를 받기도 했다.[2] 이러한 노력은 산업화의 영향으로 배금주의가 팽배하여 공동체적 삶이 붕괴되고 인간성 상실이 가속화되는 현실에 대한 비판이자 인간성 회복을 위한 모색이라 하겠다.

그는 특히 공동체적 삶의 붕괴와 인간성 상실의 원인이 6·25전쟁과

1) 문순태는 광주고등학교 3학년 재학 중이던 1960년에 <전남일보> 신춘문예에 시가, 같은 해 <전남매일> 전신인 <농촌중보> 신춘문예에 단편소설 「소나기」가 당선되어 문학적 재능을 인정받았고, 그 후 1965년 『현대문학』에 「천재들」이 추천되었으나, 본격적인 작품 활동은 1974년 『한국문학』 신인상에 「백제의 미소」가 당선된 이후부터 시작된다.

2) 김윤식, 「원죄·원체험으로서의 6·25」, 『고향과 한의 미학』, 태학사, 2005, 141쪽.

결부되어 있다고 보고, 분단으로 야기된 문제들에 관심을 기울여왔다. 첫 창작집 『고향으로 가는 바람』(1977년) 이후, 「물레방아 속으로」(1980년), 「철쭉제」(1981년), 『달궁』(1982년), 『피아골』(1985년), 『41년생 소년』(2005년) 등의 작품에서 분단의 상처와 갈등, 그리고 그 극복 방안 등을 다각적으로 형상화했다. 6・25전쟁으로 인한 갈등과 원한이 지속되어서는 안 된다는 입장에서 화해의 방안을 다각적으로 모색해 온 것이다. 그런데 문순태의 분단소설에 대한 연구는 주로 「철쭉제」 등 비교적 초기 작품들에 집중되었다. 그것은 「물레방아 속으로」, 「철쭉제」 등 초기 작품들에서 6・25전쟁과 관련한 문제가 다루어지기 때문이기도 하지만, 6・25전쟁으로 인한 갈등과 화해의 문제를 본격적으로 다룬 「철쭉제」가 주목받았기 때문이기도 하다. 그렇지만 『달궁』, 『41년생 소년』을 비롯한 분단소설 전반에 대한 연구는 미흡했다.[3)]

따라서 여기서는 6・25전쟁으로 인한 상처와 갈등, 그리고 그것의 치유와 화해의 문제를 다루고 있는 「물레방아 속으로」, 「철쭉제」, 『달궁』, 『피아골』, 『41년생 소년』 등을 중심으로 문순태 분단소설의 특징을 살펴보고자 한다. 특히 갈등의 얽힘과 그것의 해소 방안이 어떻게 변모되는지를 중심으로 고찰해 보고자 한다. 문순태 분단소설의 주요 특징 중 하나가 갈등의 얽힘과 그것의 풀어냄인데,[4)] 갈등 관계는 6・25전쟁을 계기로 분출되어 중첩적 원한 관계를 형성하고 있어 주목을 요한다. 이것은 문순태 소설의 중심 주제의 하나인 분단 갈등과 그 극복 문제를 천착하는 것

---

3) 문순태 소설의 원한과 그 극복에 대한 본격적인 연구로는 박성천의 「문순태 소설의 서사구조 연구-한(恨)의 극복양상을 중심으로-」(전남대 박사학위논문, 2008)가 있는데, 문순태 소설 전반에 대한 연구로 6・25전쟁과 관련한 문제를 부분적으로 언급하고 있어 참고할만하다.

4) 송재일, 「비극적 한의 얽힘과 풀어내기」, 『고향과 한의 미학』, 태학사, 129쪽.

이면서, 작품 활동 초기부터 지속적으로 관심을 가져온 민중들의 한과 분단문제를 동시에 살펴보는 것이기도 하다.

2. 갈등의 중첩성과 유사성

문순태의 분단소설에서 드러나는 갈등 양상은 중층구조를 지니고 있다. 6·25전쟁 이전의 시기에는 가해자이던 인물들이, 6·25전쟁 발발한 이후에는 피해자가 되는 이중적 갈등관계가 형성된다. 이러한 갈등의 양상이 잘 드러나는 작품은 「물레방아 속으로」, 「철쭉제」, 『달궁』 등이다. 이들 작품에서 드러나는 갈등 양상과 해소방안은 유사한데, 피해자가 가해자의 입장을 이해하여 갈등이 해소되거나 가해자와 피해자가 상호 교차되어 갈등이 희석되기도 한다.

「물레방아 속으로」는 6·25전쟁으로 인한 원한과 그 극복의 문제를 처음으로 다룬 작품이라는 점에서 주목을 요한다. 이 작품의 서술자인 나(순식)와 어릴 적 친구인 필식은 2대에 걸친 원한관계에 있다. 순식과 필식의 원한은 30년 전 어린 시절 겪은 비극적인 일 때문인데, 그 사건은 지서 주임이던 필식이 아버지의 악행이 원인이었다.

필식이 아버지가 순식 어머니의 미모를 탐하여, 그녀와 관계를 맺었다는 헛소문을 퍼뜨리자, 이에 격분한 순식이 아버지가 필식이 어머니를 범하고는 월북해 버리고, 필식이 아버지는 아내를 내쫓고 복수를 벼르게 된다. 생부의 월북으로 순식의 어머니는 방앗간 조수인 점박이와 부부가 되어 방앗간을 운영해 왔는데, 6·25전쟁이 발발하여 인민군이 된 순식의 생부가 부상을 당하여 방앗간에 몰래 찾아온다. 순식 어머니는 부상당한 생부에 대해 절대로 말하지 말라고 당부하고, 상처에 쓸 구절초를 따오라고 하였는데, 순식이 구절초를 따오다가 친구인 필식을 만나 무심결에 부상병 이야기를 하여, 그 사실을 알게 된 필식 아버지가 생부와 점박이, 어머니를 권총으로 쏘아 죽이고 방앗간을 불태워 버린다. 그 후 순식은 고아가 되어 고난과 역경을 겪으며 30년 동안 고향을 등지게 되었고, 필식을 원수로 여기고 복수를 다짐한다.

사건의 전후관계에서 알 수 있듯이, 아버지 세대의 원한관계가 자식들에게 이어지면서 갈등이 중첩적으로 형성되었다. 그런데 순식은 부모를 죽인 필식 아버지를 복수의 대상으로 여기지 않고 생부의 귀가를 누설한 필식을 복수의 대상으로 인식하고 있다. 그것은 초등학교 저학년인 순식의 시각에서 원한관계를 서술하고 있기 때문이라 하겠다. 남북한이 추구하는 이념의 갈등이나 6·25전쟁의 전개과정 등을 제대로 파악할 수 없는 어린 순식은 원한 관계의 전말과 복수의 대상에 대한 인식이 정확하지 않은 것이다.

이런 어린이의 시선은 역사적 상황에 대한 정확한 인식을 간과하거나 과오에 대한 비판의식이 미약하다는 지적을 피하기 어렵다. 순식의 가족이 당한 비극적 사건의 원인 제공자이자 장본인인 필식 아버지는, 일제 치하에서는 일본의 앞잡이로 소작인들의 토지를 가로챈 악덕 지주인 최참봉의 아들인데 광복 이후에는 권총을 차고 다니는 지서 주임이 된다. 그렇지만 작품에서는 그가 어떻게 지서 주임이 되어 악행을 저지르게 되었는지에 대한 과정은 생략되어 있다. 그리고 현재 시점에서 과거를 회상하며 이야기를 나열하는 서술방식은, 서사구조가 플롯 중심의 인과법칙에 의해 형성되기보다는 시간의 순서에 따른 스토리 중심의 이야기 나열식 구성방식이 주로 원용된다. 그래서 사건 전개가 느슨하고 긴장감이 떨어진다. 이러한 서술방식은 문순태 소설에서 자주 등장하는 것이기도 하다.

사건 전개에서 긴장감이 떨어지는 것은 원한의 감정을 해소하는 데서도 나타난다. 「물레방아 속으로」에서 필식에 대한 순식의 원한은 쉽게 해소된다.

> 나의 그런 생각(필식에 대한 복수심)이 알게 모르게 녹이 슬기 시작한 것은 초등학교 교사가 되어 내 나이 또래의 아이들을 가르치면서부터였다. 나는 비로소 아이들을 이해하기에 이른 것이다. 아이들은 결코 아무도 미워하지 않는다는 것을 알게 된 것이다.[5]

이렇게 원한의 감정을 쉽게 해소하는 것은 순식이 고난을 극복하고 고등학교 역사 교사로서 어린 시절의 상처를 충분히 감내할 수 있을 만큼 정신적으로나 경제적으로 여유를 지닌 데다, 6·25전쟁의 상처와 원한을 해소하고 화해와 상생의 시대를 열어야 한다는 당위성도 작용하고 있다고 하겠다. 그렇지만, 비극을 초래한 원인 제공자인 필식 아버지의 악행이 제대로 비판되지 않아 올바른 화해 방안이라고 보기는 어렵다. 6·25전쟁의 원인과 그것이 전개되는 과정에서 야기된 비극과 참상을 배제하고 화해를 주장하는 것과 크게 다르지 않기 때문이다. 6·25전쟁과 같은 비극이 되풀이되지 않기 위해서는, 그것의 원인과 전개되는 과정에서 자행된 불법과 만행이 규명되어야 하고, 원인 제공자들의 사죄와 반성이 있어야 할 것이다. 그렇지 않은 용서와 화해는 미봉책에 그치게 된다. 그것은 아직도 논란이 되고 있는 친일반역사적 인물에 대한 평가에서도 볼 수 있는 바이다.

6·25전쟁으로 인한 갈등과 대립이 대를 이어 반복되는 중첩적 갈등구

5) 문순태, 『물레방아 속으로』, 심설당, 1981, 36쪽.

조는 「철쭉제」, 『달궁』 등에서도 반복적으로 제시된다. 6·25전쟁 이전의 시기에는 가해자이던 인물들이 6·25전쟁 발발 이후에는 피해자가 되는 중첩적 갈등 관계가 형성되는데, 「철쭉제」의 박 검사와 『달궁』의 순기는 6·25전쟁으로 인해 가족이 참변을 당한 피해자이지만 부모세대의 행적 때문에 가해자이기도 하다.

「철쭉제」에서 박 검사와 박판돌 사이의 원한 관계는 3대에 걸쳐 있다. 원한 관계의 시초는 지주인 박 검사의 할아버지 박참봉이 박판돌의 어머니 넙순이를 농락하다가 발각되자, 그 후환을 두려워하여 박 검사의 아버지가 박판돌의 아버지 박쇠를 지리산으로 데리고 가서 죽인 일이다. 그 후 박판돌의 어머니는 미쳐서 죽고 박판돌은 박참봉의 머슴이 되어 연명하다가, 6·25전쟁이 발발하자 좌익에 가담하여 박 검사의 아버지를 죽인다. 박 검사는 박판돌에 대한 복수심으로 역경을 이겨내고 검사가 되어 복수를 벼른다. 그러다가 아버지의 유해를 찾으러 지리산으로 박판돌을 데리고 가면서 그에게 아버지를 죽이게 된 전후사정을 듣고는, 아버지를 대신하여 박판돌에게 사죄한다.

이렇게 원한 관계가 중첩되어 있다. 가해자와 피해자가 교차되는 갈등의 중첩구조는 분단소설에서 곧잘 그려지는 것으로,[6] 6·25전쟁으로 인한 원한과 갈등이 단순하지 않다는 것을 암시한다. 이미 많은 연구가들에 의해 지적된 바와 같이, '토지를 기반으로 한 친일 지주들이 일제 식민통치로 와해되기 시작한 반상(班常)의 전통적 신분적 질서에 대체하는 새로운 지배질서를 형성하면서, 계층 간의 갈등과 대립이 심화되어 남북 분단

6) 6·25전쟁으로 인해 가해자가 피해자가 되었다가 세대를 달리하면서 다시 가해자되는 것은 문순태의 소설뿐만 아니라, 이청준의 「가해자의 얼굴」(1992), 윤흥길의 『낫』(1995) 등에서 중요하게 다루어졌다.

과 6·25전쟁의 주요한 원인으로 작용했다'[7]고 한다.

원한 관계가 중첩되어 갈등은 증폭되기보다 희석된다. 복수의 대상과 사죄의 대상이 상호 교차됨으로써 원한과 갈등이 희석되는 것이다. 박 검사는 박판돌로부터 아버지를 죽이게 된 전후사정을 듣고는 이제까지 복수의 대상으로만 알고 있었던 박판돌에게 도리어 아버지의 죄를 대신 사과함으로써, 두 사람의 원한 관계는 해소되고 원한의 대물림은 종식된다. 이것은 앞에서 언급한 바와 같이 원한의 대물림을 반복하지 말아야 한다는 의미이다. 이러한 작가의 의도는 성(性)적 결합에서도 드러난다. 두 사람의 화해에는 성(性)의 결합이 중요하게 작용하고 있다.[8]

박 검사와 박판돌은 지리산 등산에 동행한 미스 현과 각각 성관계를 맺는데, 성관계 이후 박검사의 원한과 증오심이 완화된다. 박 검사는 박판돌과 대면한 이후 복수의 증오심과 두려움으로 극도의 긴장감에 짓눌려 왔는데, 성관계를 통하여 억눌린 감정이 분출됨으로써 박판돌에 대한 긴장이 완화되어 그와 30년 전 과거사에 대하여 이야기를 나누게 되는 것이다. 생명의 근원인 성(性)을 공유함으로써 원한 관계가 화해로 전환되어 성은 화해의 매개물로 작용하고 있지만, 두 사람이 각각 미스 현과 성관계를 맺는 것이 자연스러운 설정은 아니다. 두 사람이 성관계를 맺은 미스 현은 박판돌의 지시에 따라 움직이는 인물이고, 그녀가 박 검사와 성관계를 맺는 것도 기계적이기 때문이다.

이렇게 원한의 대물림을 반복하지 말아야 한다는 작가의 의도가 강조되고 있어 작품의 서사구조는 앞에서 본 「물레방아 속으로」와 유사한 양

---

7) 브루스 커밍스(김자동 역), 『한국전쟁의 기원』, 일월서각, 1986, 376쪽.
8) 박선경, 「'성'과 '성담론'을 통해 본, 삶의 내면과 이면」, 『고향과 한의 미학』, 태학사, 2005, 168쪽.

상을 보이고, 6·25전쟁으로 인한 비극이나 갈등은 크게 부각되지 않는다. 그래서 「철쭉제」는 처음부터 이데올로기의 문제가 개입되지 않았다[9]는 지적도 있다. 이것은 비단 「철쭉제」에만 해당하는 것은 아니다. 문순태의 분단소설에는 이데올로기의 갈등에 의한 대립이나 원한이 극명하게 드러나지는 않는다. 남북한 이데올로기의 대립에 의한 6·25전쟁의 소용돌이에 휘말린 민중들의 고난과 원한이 중요하게 다루어진다. 그것은 『달궁』에서도 크게 다르지 않다.

6·25전쟁으로 인한 원한의 갈등과 산업화의 영향으로 전통적 가치가 훼손되는 농촌 문제를 함께 다루고 있는 『달궁』에서는 원한관계는 다소 복잡하게 전개된다. 갈등의 두 축은 순기와 김만복인데, 이들의 원한관계는 「철쭉제」에서와 같이 3대에 걸쳐 있다. 김만복의 아버지 김개동은 순기의 조부 문참봉의 송덕비 건립 문제로 문 참봉에게 억울한 죽임을 당했고, 김만복은 6·25전쟁 때 순기 삼촌을 죽였으며 실종된 아버지의 행방에 대해서도 의심받을 점이 있다. 김만복은 6·25전쟁 때 인민군에 가담하여 악행을 저지르다가 인민군이 퇴각하자 경찰 앞잡이가 되어 인민군에 가담한 사람을 색출하여 처형당하게 하는 등 악행을 저지른다. 이후 종적을 감추었다가 20년 만에 많은 돈을 벌어 돌아와서 달궁을 좌지우지하는 유지로 행세하며, 순기네 선산을 매입하고자 문 참봉의 송덕비를 이전할 것을 요구하여 순기와 갈등이 야기된다.

한편 순기는 소작인들을 억압하고 착취한 친일 앞잡이던 문 참봉의 손자로 6·25전쟁 때 아버지가 행방불명되어 집안도 몰락하여 고향을 떠나게 된다. 그는 역경을 극복하고 일류대학에 진학하여 쇠락한 문중을 부흥

9) 송재일, 앞의 논문, 115쪽.

시킬 종손으로 문중의 기대를 받지만, 4·19때 당한 부상으로 문제 학생으로 취급받아 취업이 되지 않아 학원 강사로 전전하면서 결혼도 못하고 있는 처지이다.

이러한 대립구도에 순기의 당숙인 문치도와 김만복의 딸 정아가 개입하여 갈등 양상은 복잡하게 전개된다. 문치도는 순기의 당숙이기는 하지만 현실인식 측면에서는 순기보다는 김만복과 가깝다. 그는 몰락한 문중의 대소사를 관장하면서 문참봉의 송덕비를 한때 번창했던 가문의 상징으로 애지중지하고 있는 시대착오적 현실인식의 소유자다. 김만복의 딸 정아는 아버지의 악행을 어렴풋이 인식하고 그것을 밝혀 보복하려고 순기에게 협조적이다. 혈연관계인 아버지와 대립각을 세우며 보복하려는 정아의 모습은 6·25전쟁이 낳은 비극의 또 다른 모습이라 하겠다. 이러한 다층적 갈등관계는 비극적 역동성[10]을 유발하는 장치로 설명되기도 하는데, 갈등이 다층적으로 형성되어 화해의 방안을 모색하기는 쉽지 않다.

『달궁』에서 갈등의 두 축인 순기와 김만복 사이의 원한과 갈등은 해소되지 않고, 화해의 방안만 암시된다. 순기와 김만복의 갈등은 순기의 조부 문 참봉의 송덕비를 매개로 전개되는데, 갈등의 매개물인 송덕비가 상징하는 바는 단순하지 않다. 마을 사람들에게 원한의 기념비인 송덕비는 순기의 조부 문참봉이 소작인들에게 헌금을 강요하여 세운 것으로, 어린 이들까지 침을 뱉고 욕을 하는 저주의 대상이다. 그렇지만 문치도는 한때 번창했던 가문의 징표로 여기고 송덕비에 대해 비난하는 것을 용납하려고 하지 않는 시대착오적 인식을 고수하고 있다.

시대착오적이기는 김만복도 마찬가지인데, 그는 자신의 잘못된 과거를

---

10) 박성천, 「문순태 소설의 한의 서사적 특징」, 『현대문학이론연구』 31집, 현대문학이론학회, 2007, 201쪽.

반성하기는커녕 마을의 사람들을 조종하여 자신의 송덕비를 세우고자 한다. 김만복은 자기 아버지 김개동이 문 참봉의 송덕비 건립 문제 때문에 억울한 죽임을 당한 아픈 상처가 있으면서도, 그것을 유사한 모습으로 반복하려고 한다. 문 참봉이 사욕을 채우기 위해 일제의 앞잡이가 되어 소작인들을 착취하고 억압했던 행위를 김만복은 돈의 힘으로 반복하려는 것이다. 정아는 송덕비를 부끄러운 역사의 기념비로 남겨두기를 바라고 있고, 순기는 회피하고 싶지만 회피할 수 없는 어깨를 짓누르는 무거운 짐으로 인식하고 있다. 송덕비를 두고 드러나는 이러한 인식의 차이만큼 갈등의 폭도 쉽게 좁혀지지 않는다.

순기는 김만복이 6·25전쟁 때 저지른 악행을 목격한 사실을 빌미로 송덕비 이전문제를 해결하려고 하지만, 김만복이 그것을 무시함으로써 갈등은 해소되지 않는다. 그것은 과거의 잘못을 반성하지 않는 김만복의 뻔뻔함과 함께, 갈등을 해결하려는 순기의 태도에도 문제가 있기 때문이다. 순기는 조부의 악행과 그 징표인 송덕비를 타파해야 할 유산이나 반성의 기념비로 생각하기보다는 회피하고 싶은 '어깨의 짐' 정도로 여기고 있다. 반성해야 할 과거에 대한 인식이 철저하지 않은 것이다. 그리고 김만복의 악행에 대해서도 비판이나 징계의식 없이 적당하게 타협하려는 태도를 보이고 있다.

> 순기는 이번에 김만복을 만나서 그가 끝까지 할아버지의 송덕비를 허물라고 콧대 세게 나오면, 순기만 알고 있는 그 비밀을 달궁 사람들한테 공개해 버릴 요량이었다. 아마 순기가 김만복한테 그가 알고 있는 비밀을 귀띔만 한다면, 김만복은 절대로 할아버지 송덕비를 허물겠다고 하지 않을 것이다. 순기가 용기를 내어 달궁에 온 것도 기실은 그런 자신이 있었기 때문이었다.
>
> —『달궁』,[11] 41쪽

순기는 자신이 알고 있는 김만복이 6·25전쟁 때 저지른 악행을 빌미로 김만복이 요구하는 송덕비 이전을 무마하려고 한다. 김만복의 악행을 고발하고 징계하기보다는 송덕비 이전을 무마하려는 빌미로 여기고 있다. 순기의 이러한 태도는 문치도의 시대착오적 현실인식과 함께 타파되어야 할 것으로 암시된다. 문치도는 송덕비 이전작업을 하다가 송덕비를 실은 배와 함께 전복되어 강물에 빠져 죽는데, 문치도의 죽음은 과거의 잘못을 반성하지 않고 그것을 자랑으로 여기고 있는 시대착오적 인식에 대한 비판이라 하겠다.

갈등의 해소와 화해는 정아의 발언에서 암시된다. 정아는 아버지의 악행을 보복하려고 순기와 관계를 맺기도 하지만, 송덕비를 부끄러운 과거의 기념물로 남겨두자는 역사인식을 지니고 있다. 그리고 부끄러운 과거를 뉘우칠 때 새로운 희망의 역사를 창조할 수 있다고 말한다.

> 저는 송덕비를 헐어 옮기지 않았으면 했읍니다. 왜냐하면 달궁에는 꿈처럼 아름다운 과거와, 미움과 아픔의 과거가 함께 있어야 하기 때문입니다. 그래야 뉘우칠 수가 있으니까요. 뉘우침의 역사는 언제나 더 새롭고 더 나은 것을 창조하기 때문이죠.
>
> —『달궁』, 158쪽

정아는 부끄러운 과거라고 해서 회피하거나 지워버리려는 것은 올바른 태도가 아니라고 말한다. 정아의 말과 같이, 부끄러운 과거를 반복하지 않기 위해서는 그것을 뉘우치고 더 나은 역사를 만들기 위해 노력해야 할 것이다. 6·25전쟁의 상처와 그것으로 인한 원한도 마찬가지라 하겠

11) 연구 대상으로 삼은 작품은 삼성출판사에서 1983년에 간행한 제3세대한국문학 21권 『문순태』에 수록된 『달궁』이다. 이하 인용 쪽수만 표시한다.

다. 대물림되는 원한 관계를 청산하기 위해서는 악을 선으로 갚아야 한다는 것이다. 그러기 위해서는 과거의 상처를 두려워하거나 회피하지 말고 더 적극적으로 다가가서 껴안을 수 있어야 한다. 과거의 상처를 자신의 일부로 인식하고 껴안을 때 미움과 아픔의 역사는 더 나은 미래를 창조할 수 있는 거름이 될 것이기 때문이다.

이상에서 살펴본 바와 같이 「물레방아 속으로」, 「철쭉제」, 『달궁』 등에서는 원한의 대물림을 반복하지 말아야 한다는 작가의 의도가 강조되고 있어 작품의 서사구조는 유사한 양상을 보이고, 6·25전쟁으로 인한 비극이나 갈등은 크게 부각되지 않는다. 그것은 남북한 이데올로기의 대립에 의한 6·25전쟁의 소용돌이에 휘말린 민중들의 고난과 애환을 부각하여, 다시는 6·25전쟁과 같은 비극이 되풀이되지 않아야 한다는 것을 강조하고 있는 것이다. 이러한 점에서 서술방식과 사건의 전개가 유사하게 반복되고 있다고 하겠다.

3. 상처의 수용과 과제

『41년생 소년』에서는 6·25전쟁의 상처를 어떻게 극복해야 할 것인가를 본격적으로 다루고 있다. 앞에서 본 「물레방아 속으로」, 「철쭉제」, 『달궁』 등의 작품에서는 원한관계가 대물림되어서는 안 된다는 입장에서 화해의 당위성을 강조했다면, 『41년생 소년』은 6·25전쟁의 상처와 고통을 자기의 삶으로 수용하여 더 나은 미래를 위한 밑거름으로 삼아야 한다는 것을 제시하고 있다.

『41년생 소년』에서는 12살 무렵에 겪은 6·25전쟁의 상처를 53년이 지난 시점에서 반추하면서 화해의 방안을 모색한다. 50년이 더 지난 시점에서 6·25전쟁의 비극과 상처를 어떻게 이해하고 극복할 것인가 하는 문제를 다루고 있는데, 이 작품에서는 앞에서 본 작품들과는 달리 원한의 대상이 특정인이 아닌 불특정한 다수여서 갈등 관계가 선명하지 않다. 대학교수인 나(문귀남)는 53년 전 12살 무렵 빨치산 토벌대인 경찰에 의해 마을 주민 37명이 학살당한 충격적 사건을 잊지 못한다. 빨치산과 내통한 사람을 색출하기 위해 거짓으로 빨치산환영식에 나오라고 하여 마을 주민 37명을 집단 학살하고 집을 불태우고 주민들을 몰아내어, 삶의 터전을 잃은 주민들은 살 길을 찾아 흩어지게 되었고, 그 와중에 아버지를 잃고 어머니와 고난의 삶을 살게 된 악몽과 같은 기억을 떨쳐버리지 못하고 53년 동안 짓눌려 왔던 것이다.

> 나 역시 그 사건(53년 전 학살사건) 후로 제대로 편히 잠을 잘 수가 없었다. 떼죽음을 당한 그날의 현장을 체험한 우리 마을 사람들은 누구나 똑같이 악몽에서 벗어나지 못했을 것이다. 그날 죽은 사람들은 살아남은 사람들의 그림자가 되어 달라붙은 채 지금까지 함께 해 왔다.
>
> —『41년생 소년』,[12] 40쪽

인용문에서 보듯이 '나'는 6·25전쟁 때 일어난 사건으로 53년 동안 편히 잠을 잘 수 없는 악몽과 같은 기억을 떨쳐버리지 못하고 있다. 그렇지만, 그것을 해소할 대상이 구체적이지 않아 『철쭉제』 등의 작품에서와 같은 직접적인 갈등 관계가 형성되지는 않는다. 이것은 서사구조와도 관련이 있는데, 『41년생 소년』은 '나'가 과거 기억을 회상하는 형식으로 이야기가 전개된다. 53년이 지난 현재 시점에서 과거의 기억을 회상하며 그

12) 여기서 인용한 자료는 2005년 랜덤하우스에서 출판된 『41년생 소년』이다.

때의 상처를 어떻게 이해하고 극복할 것인가를 서술하고 있다. 이것은 앞에서 언급한 바와 같이 문순태 소설에서 자주 원용되는 서술방식이기도 하다. 서술자인 나는 6·25전쟁 때 겪은 비극과 상처를 시간 순서대로 나열하고 있는데, 이런 서술방식은 과거의 상처를 부각시켜 갈등을 조장하기보다는 과거의 고통을 수용하고 화해를 유도하는 데 적합하다고 하겠다.

나는 6·25전쟁 때 겪은 비극과 상처를 원망하거나 회피하지 않고 적극적인 자세로 극복하는 것으로 제시된다.

> 지난날 고통스러웠던 삶을 통해서 터득한 지혜는 끝까지 낙오되지 않고 살아남기 위해서는 절망의 늪에 빠지기 전에 사력을 다해 꿈틀거려야 한다는 것이었다. 비록 그것이 참을 수 없는 몸부림이라 할지라도 도전하듯 꿈틀거리지 않으면 생존의 대열에서 제외될 수밖에 없다는 사실을 깨닫게 된 것이다. 나는 죽은 사람도 인생의 길잡이가 된다는 것을 알았다. 오래 전 주변에서 죽어간 수많은 사람들은 내가 어떻게 살아야 하는지를 묵시적으로 가르쳐 주었던 것이다. (…중략…) 나는 수많은 사람들이 죽는 것을 보고 사람의 목숨이 참으로 존귀하다는 것을 깨닫게 되었다. 더불어 내 가족과 내 존재의 소중함도 알았다. 그들의 죽음은 소중한 인생을 함부로 살아서는 안 된다는 것을 가르쳐주었다.
>
> —『41년생 소년』, 284쪽

서술자인 나는 어린 시절에 겪어야 했던 고난과 역경을 원망하거나 회피하지 않고 적극적인 자세로 극복하는 것으로 설명되고 있다. 이렇게 적극적으로 원한을 해소하는 것은 한을 이기는 승한(勝恨)으로 설명하기도[13] 하는데, 이것은 6·25전쟁의 비극과 상처를 개인적 차원이 아닌 민족 차

13) 박성천, 앞의 박사학위논문, 155쪽.

원에서 극복하고 화해를 모색해야 한다는 의미가 아닌가 싶다. 『41년생 소년』의 '나'가 겪은 6・25전쟁의 비극과 상처는 개인적인 문제이기도 하지만, 그것을 극복하는 것은 개인적 문제이면서도 국가적 문제이기도 하다. 그리고 '나'와 같이 개인적 고난을 적극 극복하려는 자세가 결집되어야 국가적 과제인 남북 분단을 극복할 수 있는 바탕이 되기 때문이다.

이러한 인식은 이 작품보다 20년 전에 발표된 『피아골』에서 부분적으로 제시되기도 했다. 남북 분단의 전초였던 여수순천반란사건과 6・25전쟁에 휩쓸려 무수한 인명을 살상한 죄업을 참회하기 위해 지리산의 일부로 살아가고자 하는 배달수의 모습에서 분단극복을 위한 민족적 화해의 방안이 언급되었다. 배달수는 지리산의 명포수였던 할아버지와 같은 포수가 되고 싶어 총을 구하기 위해 국방경비대에 가담하였으나, 여순반란에 휩쓸려 자신의 의지와 무관하게 빨치산이 되어 30여 명의 진압군을 기관총으로 몰살시켰다. 다시 빨치산토벌대가 되어 예전의 동료이던 20여 명의 빨치산을 수류탄으로 몰살시킨 일을 저지르게 된다. 6・25전쟁이 한 선량한 인물을 살인자로 몰아 간 것이다. 그래서 그는 지리산으로 들어가서 자신의 죄업을 조금이라도 속죄하려고 지리산의 일부가 되고자 한다. 배달수는 자신의 육신이 지리산의 한 줌의 흙이나 한 포기의 풀이라도 되어 민중들의 삶의 터전인 지리산에 보탬이 됨으로써 자신의 과오를 조금이라도 속죄하고자 하는 것이다.

> 배달수는 이제 그 자신도 신령스러운 지리산의 일부가 되고 싶은 것이었다. 지리산의 흙 한 줌 지리산의 잡초 한 포기, 지리산의 바람, 지리산 골자기의 물 한 방울이라도 되고 싶었다. 자신이 그렇게만 될 수 있다면 그보다 더 큰 행운이 없을 것 같았다. 배달수는 새벽마다 다시 깨어나는 지리산을 향해 경건한 마음으로 그렇게 빌었다.[14]

배달수는 지리산에서 6・25전쟁 때 목숨을 잃은 수많은 원혼들에 대한 참회이자 위무이며, 더 나은 미래를 위한 헌신이라 하겠다. 그런데 작품에서 암시하는 바와 같이, 지리산이 6・25전쟁 때 수많은 사람이 목숨을 잃는 비극의 결전장이 되는 것은 해원되지 못한 수많은 영선(靈仙)들이 재앙을 부르기 때문이라고 설명하고 있다. 그렇기 때문에 그 원혼들을 위로하여 잠재우는 일은 배달수와 같이 6・25전쟁 때 무고한 인명을 살상한 과오를 저지른 사람들뿐만 아니라 이 땅의 모든 민중들의 몫인 것이다.

6・25전쟁의 상처와 남북 분단의 갈등을 극복하고 통일 시대를 여는 것은 민족의 과제이자 소망이지만, 그것을 실현하기 위한 방안과 노력은 쉽지 않다. 한국 현대문학에서도 6・25전쟁과 그것이 야기한 문제들은 반세기 이상 중요한 문제로 다루어 왔지만, 민족 화해와 통일 방안에 대한 새로운 모색은 쉽지 않았다. 그것은 문순태의 분단소설도 예외는 아니다. 앞에서 본 『철쭉제』를 비롯한 6・25전쟁으로 인한 갈등과 화해의 문제를 다룬 작품에서도 상호간 이해를 통한 화해를 강조하고 있고, 『41년생 소년』에서도 6・25전쟁으로 인한 고난에 좌절하지 않고 적극적 의지로 타개해 나가는 긍정적 모습을 제시하고 있다. 이러한 모습은 분단문학이 강조해 온 혈연적・문화적 동질성을 기반으로 상처를 공유하여 상호 이해를 통한 화해의 방안과 크게 다르지는 않다.[15] 여기에 문순태뿐만 아니라, 모든 작가들의 고민이 있다고 하겠다. 그렇지만 분단 구조를 극복하고 통일 시대를 열기 위해서는 남북 분단이 야기하는 문제들을 다양하게 제기하여 통일에 대한 열망을 자극하는 문학적 모색은 반복되어야

14) 문순태, 『피아골』, 정음사, 1985. 189쪽.

15) 이것은 분단 문제를 본격적으로 다룬 최인훈의 『광장』(1961) 이후, 황석영의 『손님』(2001)에 이르기까지 많은 작가들이 부단하게 고민해온 바이다.

할 것이다.

『41년생 소년』을 비롯한 문순태의 분단소설도 이런 측면에서 지속적 노력을 경주하고 있는 것이라 하겠다. 『41년생 소년』에서는 갈등의 소지를 완화시키기 위해 긍정적 역사인식을 견지하고 있는데, 그것은 빨치산에 대한 인식에서도 드러난다. 빨치산의 일원으로 활동했던 인석이 당숙과 박기훈, 그리고 김만호는 마을의 희망이었고 어린이들의 우상이었다. 그리고 그들의 활동을 비난하기보다는 이해하려고 한다. 만호 등의 이념적 지향에 대해 이해함으로써 갈등을 해소하려는 노력을 보이고 있는 것이다.

그렇지만, 6·25전쟁의 상처와 갈등을 극복하기 위한 방안으로 제시된 문귀남의 모습은 누구나 공감할 수 있는 모습은 아니다. 문귀남은 고난과 역경을 극복하고 대학교수로서 정년을 맞이하는 성공적인 삶을 살아왔지만, 문귀남의 어릴 적 친구인 이발사 필식의 모습에서 보듯이 많은 사람들은 그저 평범한 생활인이다. 그런 평범한 사람들은 6·25전쟁의 상처나 남북 분단과 같은 문제에 대해서는 고민하지 않고, 가능한 그런 경험들로부터 회피하려고 한다. '나'가 필식에게 어릴 적 친구 수돌이로부터 만나자고 전화가 왔다는 것을 말하자, 만나지 말라고 한다.

> "만나지 마, 수천이를 찾는 건 개수작이야, 자네를 만나 빌붙기 위한 수작이라고, 내 말대로 만나지 않는 것이 좋을 걸세"
>
> —『41년생 소년』, 22쪽

수돌이와 필식은 어릴 적 친구로 지리산에서 빨치산으로 함께 활동했던 동지였는데도 만나는 것을 달가워하지 않는다. 그것은 수돌이 빨치산

대원이 되어 반동분자를 무자비하게 처벌한 잔인함이 한 원인이기도 하지만, 빨치산에 대한 인식이 문귀남과는 달리 부정적이기 때문이라 하겠다. 이런 부정적 인식은 서로 입장을 이해하는 수준으로 향상되지 않는 한, 6·25전쟁의 상처와 그 유산으로 남아 있는 남북 분단을 극복하기는 쉽지 않을 것이다.

남북 분단을 극복하기 위해서는 상호 신뢰를 바탕으로 한 남북한의 사회·문화 전반에 걸친 이질감을 해소하는 것이 첩경이라는 것은 많은 학자들이 이미 언급한 바이다.[16] 통일을 위해서는 남북한 국민들이 통일에 대한 공감대를 형성할 수 있는 사회적 분위기가 조성되어야 하고, 이를 위해서는 남북한의 상호 신뢰와 이해가 선행되어야 할 것이다. 이를 바탕으로 갈등 요소들을 서로 입장을 이해하는 상생(相生)과 관용으로 극복하여 통일 시대를 열어 가야 할 것이다. 그런데 이러한 상생과 관용은 앞에서도 언급한 바와 같이 문귀남과 같이 자신의 삶을 성공적으로 인식하고 회고할 수 있을 때 가능한 것이다. 이것은 『41년생 소년』에서 제시한 화해의 방안이 해결해야 할 과제이며, 통일을 지향하는 한국문학이 고민해야 할 문제라 하겠다.

4. 마무리

문순태의 분단소설은 6·25전쟁으로 인한 갈등과 상처, 그리고 그 극복 방안 등을 다각적으로 형상화하고 있다. 그것은 크게 두 가지 양상으

16) 남북 분단을 극복하기 위해서는 남북한의 상호 신뢰와 이해가 우선되어야 한다는 것은 이종석(『분단시대의 통일학』, 한울아카데미, 1988), 백낙청(『분단체제 변혁의 공부길』, 창작과비평사, 1994) 등을 비롯해 많은 학자들에 의해 언급되었다.

로 드러나는데, 「물레방아 속으로」, 「철쭉제」, 『달궁』 등 비교적 초기 작품들에서는 6·25전쟁으로 인한 갈등과 원한이 지속되어서는 안 된다는 입장에서, 원한과 갈등을 중첩적으로 구성하여 가해자와 피해자가 상호 교차되게 함으로써 원한과 갈등을 희석시키고 서로의 처지를 이해하는 화해의 방안을 모색하고 있다.

그렇지만 「물레방아 속으로」, 『달궁』 등의 작품에서와 같이 비극을 초래한 원인 제공자의 악행이 단죄되지 않는 것은 역사인식이 미약하다는 지적을 피하기 어렵다. 비극의 원인에 대한 인식이 철저하지 않다는 것은, 6·25전쟁의 원인과 전개 과정에서 야기된 비극과 참상을 배제하고 화해를 주장하는 것과 크게 다르지 않기 때문이다.

그리고 「철쭉제」, 『피아골』, 『41년생 소년』 등 화해를 중점적으로 다룬 작품들에서는 6·25전쟁으로 인한 비극과 상처를 극복해야 한다는 작가의 의도가 강하게 드러나고 있는데, 이로 인하여 사건 전개가 자연스럽지 못하거나 긴장감이 떨어지기도 한다. 「철쭉제」에서 박 검사와 박판돌 사이에는 3대째 원한 관계가 지속되고 있는데, 복수의 대상과 사죄의 대상이 상호 교차됨으로써 원한과 갈등이 희석된다. 그리고 박 검사와 박판돌 사이의 원한 관계를 화해로 전환시키는 매개물로 성을 이용하고 있는데, 두 사람이 한 여자와 성적 결합을 한다는 것은 서사 구조상 자연스러운 설정은 아니다.

6·25전쟁의 상처를 어떻게 극복할 것인가를 본격적으로 다루고 있는 『41년생 소년』에서는, 6·25전쟁으로 인한 고난과 역경을 원망하거나 회피하지 않고 적극적 자세로 극복하는 것으로 설명되고 있다. 이것은 6·25전쟁의 비극과 상처를 개인적인 차원이 아닌 민족적 차원에서 극복하고 화해를 모색해야 한다는 의도가 아닌가 싶다. 『41년생 소년』의 '나'가 겪

은 6·25전쟁의 비극과 상처는 개인의 문제이기도 하지만, 그것의 극복은 개인적 문제이면서도 국가적 문제라 할 것이다. '나'와 같이 개인적인 고난을 적극 극복하려는 자세는 국가적 과제인 남북 분단을 극복할 수 있는 바탕이 되기 때문이다. 이러한 모습은 분단문학이 강조해온 화해의 방안과 크게 다르지는 않지만, 갈등의 역사를 되풀이하지 말아야 한다는 당위성에 대한 강조와 함께 갈등의 소지를 완화시키고자 하는 긍정적인 역사인식이라 하겠다.

하지만 이 작품에서는 원한의 대상이 특정인이 아닌 불분명한 다수여서 갈등과 그것의 해소 과정이 선명하지 않다. 그리고 화해 방안도 고통스러운 과거도 소중한 자산이 되고 죽은 사람들도 인생의 길잡이가 된다는 삶에 대한 이해와 인식도, 작품의 주인공인 문귀남과 같이 과거의 상처와 역경을 딛고 성공적인 삶을 산 경우에는 가능한 것이다. 이것은 문순태의 분단소설이 지닌 문제이자, 한국 분단문학이 극복해야 할 과제 중 하나라 하겠다. 남북 분단을 극복하기 위해서는 서로 입장을 이해하는 상생(相生)과 관용의 자세가 필요한데, 그것은 문순태의 분단소설에서 제시한 화해의 방안과도 크게 다르지 않기 때문이다. 여기에 분단구조를 극복하기 위해 모색하는 한국 현대문학의 고민이 있다고 하겠다.

이청준 분단소설 연구 4장

1. 머리말

이청준 소설에 대한 연구는 작품의 내외적 측면에서 폭넓게 이루어졌는데,[1] 그것은 크게 세 가지 측면으로 분류할 수 있다. 작품의 내용적 특징을 천착하는 작품론,[2] 작가의 기질과 문학정신 등을 천착하는 작가론,[3] 그리고 작품의 구조와 기법적 특징에 대한 연구[4] 등이다. 이러한 폭넓은 연구에도 불구하고 이청준 소설의 주요 특징 중 하나이면서도 연구자들에게 크게 주목받지 못한 것이 6·25전쟁과 분단문제를 다룬 것이

1) 이청준 소설에 대한 연구 성과는 최근 출판된 『이청준 소설 벽 허물기 열두 마당』(이정숙 외 공저, 한성대학교 출판부, 2007)에 잘 정리되어 있다. 앞의 책, 312-331쪽 참조.

2) 작품의 내용적 특징에 대한 연구는 오생근(「갇혀있는 자의 시선」, 『문학과 지성』, 문학과 지성사, 1974. 가을), 정명환(「소설의 세 가지 차원」, 『한국 작가와 지성』, 문학과지성사, 1978) 등의 연구 이후 많은 성과가 있었다.

3) 각가론의 측면에서는 주목할 만한 연구로는 김현(「대립적 세계 인식의 힘」, 『이청준』, 은애, 1979), 김윤식(「미백의 사상, 또는 이청준의 글쓰기 기원에 대하여」, 『작가세계』, 세계사, 1992 가을) 등이 있다.

4) 이청준 소설의 구조와 기법적 특징에 대한 연구로는 천이두(「이원적 구조의 미학」, 『한국 문학과 한』, 이우출판사, 1985), 권택영(「이청준 소설의 중층구조」, 『이교도의 성가』, 나남, 1988)을 비롯한 많은 연구가 이루어졌다.

다. 이청준은 작품활동 초기부터 이런 문제들에 대하여 관심을 갖고 문학적 대응을 해왔고, 분단 상처를 극복하기 위한 방안을 모색하고자 노력하기도 했다.

그것은 작품이 발표된 시기별로 크게 세 가지 유형으로 드러난다. 첫째는 전쟁의 상처와 그 후유증에 대한 것이다. 이것은 비교적 초기 작품인 「병신과 머저리」(1966)나 「소문의 벽」(1971) 등의 작품에서 나타나고 있는데, 6·25전쟁이 개인의 삶에 얼마나 심각한 상처와 후유증을 남기고 있는가를 보여주고 있다. 둘째는 전쟁에 편승하여 개인적 폭력을 휘둘러 야기되는 비극이다. 이것은 작품 활동을 시작한 지 20년이 지나서 발표된 「숨은 손가락」(1985), 「개백정」(1985) 등의 작품에서 나타나고 있다. 그리고 셋째는 분단 극복 문제를 다룬 것이다. 이것은 평화적 정권교체로 통일에 대한 열기가 고조된 90년도 이후에 발표된 「가해자의 얼굴」(1992), 『흰옷』(1992) 등의 작품에서 나타나고 있다.

이처럼 6·26전쟁과 분단극복에 이청준이 지속적인 관심을 기울인 것은 그의 말과 같이, '통일이야말로 우리나라와 민족, 문학에 있어서 절대의 지상 명제'[5]이기 때문이라고 할 것이다. 따라서 이 글에서는 앞에서 분류한 세 유형의 작품들을 통하여 이청준 소설에서 6·25전쟁과 분단 문제를 다룬 작품들의 특징 등을 살펴보고자 한다. 이것은 이청준 소설의 한 특징을 고찰하는 것이면서 분단문학의 특징과 양상에 대한 연구이기도 하다.

---

5) 이것은 작품집 『숨은 손가락』에 수록된 「가해자의 얼굴」 작가 노트인 「통일을 향한 문학」에서 이청준이 밝힌 것이다. 이청준, 「통일을 향한 문학」, 『숨은 손가락』, 열림원, 2001, 249-250쪽.

2. 전쟁의 상처와 후유증

6·25전쟁과 남북 분단은 한국 현대문학에서 지속적으로 형상화한 중요한 소재 중 하나이다. 그것은 6·25전쟁의 상처가 아직도 많은 사람들의 몸과 마음에 남아 있고, 남북 분단 상황이 미해결의 상태로 남아 있기 때문일 것이다. 그래서 전쟁의 상처를 직간접으로 경험한 작가들은 이것을 외면하지 못하고 다양한 방법으로 문학적 대응을 해왔다. 이청준도 6·25전쟁과 분단 문제를 작품 활동의 초기부터 관심을 기울여왔지만, 이것을 본격적으로 다룬 것은 작품 활동을 시작한 지 20년이 지난 1980년대 중반 이후부터이다. 그것은 다음과 같은 발언에서 알 수 있다.

> 소홀찮은 모색과 작품욕에도 불구하고 분단과 6·25 혹은 통일의 문제에 그렇듯 한 번도 정면 맞섬을 시도하지 못해 온 것은 물론 내 나름대로의 그럴 만한 이유가 있어서였다. 우선은 남북한 혹은 좌우익간의 대립상에 대해 나는 이념면에서나 실제에서나 이해와 체험이 많이 부족했다는 것. 다시 말해서 나는 분단과 대립상황에 대해 될수록 사실적이고 보편적인 이해의 바탕 위에서 작품을 쓰고 싶었는 데에 비해, 그에 대한 이해와 체험이 너무 일방적이었다는 것이다.[6)]

이와 같은 고백은 그가 6·25전쟁과 분단 문제를 신중하게 생각했다는 것을 말해준다. 그렇지만 6·25전쟁과 그 상처는 그의 작품 활동 초기부터 중요한 모티프로 작용했다.[7)] 특히 6·25전쟁의 상처는 「병신과 머저리」, 「소문의 벽」, 『씌여지지 않은 자서전』 등에서 반복되는 중요한 모티

6) 이청준, 「가해자의 얼굴」의 작가 노트인 「통일을 향한 문학」, 『숨은 손가락』, 열림원, 2001, 246-247쪽.
7) 오생근, 「갇혀 있는 자의 시선」, 『이청준』, 은애, 1979, 39-41쪽.

프이고, 이후 작품들을 이해하는 데도 중요한 요소이다. 따라서 이들 작품에서 나타는 전쟁의 상처와 후유증을 이청준 소설을 이해하는 한 특징으로 보고 그것을 살펴보고자 한다.

「병신과 머저리」는 6·25전쟁의 상처가 한 인물의 삶에 얼마나 깊이 작용하고 있는가를 잘 형상화하고 있다. 이 작품은 화가인 동생 '나'가 서술자인 내화와, 의사인 형 '나'가 서술자로 등장하는 외화로 구성되어 있는데, 6·25전쟁의 상처에 대한 이야기는 형이 서술자로 등장하는 외화에서 드러난다. 형은 6·25전쟁 때 강계 근방에서 패잔병으로 낙오했다가 겨우 살아난 일로 정신적 고통을 겪는다. 같은 낙오병이던 이등중사 오관모가 살아남기 위해서는 '입을 줄일 수밖에 없다'며 한쪽 팔을 잃은 김 일병을 살해하려고 하는데, 형은 오관모가 휘두르는 부당한 폭력에 대항하지도 못하고, 그렇다고 김 일병에 대한 동정심도 버리지 못하는 이중 고통을 겪은 것이다. 그때 일이 10년 이상 잠복해 있다가 수술 받던 소녀의 죽음을 계기로 되살아나 정신적으로 방황하다가 직업인 의사의 일을 중단하고 소설 쓰기에 매달리게 된다.

전쟁의 상처가 소설을 쓰게 한다는 것은 기존 분단소설과는 다른 새로운 대응방식을 구사하고 있는 독특한 양상이다. 좌우 이데올로기 대립이 이성을 마비시켜 무자비한 폭력을 행사하는 것은 최인훈의 『광장』에서 이미 부분적으로 언급되었고, 이후 많은 작가의 작품들에서도 계속 언급되어 왔지만, 「병신과 머저리」에서와 같이 전쟁으로 인한 상처와 고통을 소설 쓰기를 통해 치유하고자 하는 것은 흔치 않다고 하겠다. 소설 쓰기란 인식을 형상화하는 정신적 활동인데, 이청준에게는 '자기 구제'의 한 방식이었다고 한다.[8] 그래서 이청준은 정면으로 맞대응할 수도 없고, 그렇다고 피해 갈 수도 없는 문제를 소설 쓰기를 통해

반응해 왔던 것이다.[9)]

「병신과 머저리」에서 형의 소설 쓰기 또한 전쟁의 상처(더 확대하면 폭력에 대한 상처)에 대한 대응방식의 한 양상이라 하겠다. 형은 소설 쓰기를 통해서 과거의 상처를 치유하고자 하기 때문이다. 그런데 형의 소설 쓰기는 상처를 치유하는 효과적인 방법이 되지 않는다. 형이 소설 쓰기를 끝내고 다시 의사 일을 하는 것에서 아픔을 극복하는 것으로 설명되기도 하지만,[10)] 형의 아픔이 극복되는 것으로 보기는 어렵다. 형은 과거의 기억에서 벗어나기 위해 소설 쓰기에 매달리지만 그것은 성공적이지 않다. 형은 오관모를 살해하는 것으로 마무리한 소설을 찢어 불태워버림으로써 오관모로 상징되는 6·25전쟁의 기억을 떨쳐버리고자 하였으나, 자기가 쏴 죽인 오관모를 결혼식장에서 만났다고 하고 소설 쓰기가 소용없는 일이라고 말한다.

> 내가 이제 놈을 아주 죽여 없앴으니 내일부턴… 일을 하리라고 생각하고 자리를 일어서서 홀을 나오려는데… 그렇지, 바로 문에서 두 걸음쯤 남았을 때였어. 여어, 너 살아 있었구나 하고 누가 등을 탁 치지 않나 말야.
>
> 형은 나를 의식하고 이야기하는 것 같기도 하고 혼자 중얼거리는 것 같기도 했다.
>
> 놀라 돌아보니 아 그게 관모 놈이 아니냐 말야. 한데 놈이 그래놓고는 또 영 시치밀 떼지 않아,. 이거 미안하게 됐다구… 두려워서 비실비실 물러나면서… 내가 그 사이 무서워진 걸까… 하긴 놈은 내가 무섭기도 하겠지. 어쨌든 나는 유유히 문까지 걸어 나왔어. 그러나… 문을 나서서는 도망을 쳤지…

---

8) 김윤식, 「미백의 사상, 또는 이청준의 글쓰기 기원에 대하여」, 『작가세계』, 세계사, 1992 가을, 65쪽.

9) 이청준, 「내 허위의식과의 싸움」, 『작가세계』, 세계사. 1992년 가을, 175-176쪽.

10) 임영환, 「「병신과 머저리」의 정신분석학적 연구」, 『한국현대소설연구』, 태학사, 1995, 236쪽.

놈이 살아있는데 이런 게 무슨 소용이냔 말이야.[11)]

인용문에서 보듯이 형은 소설 쓰기를 부정하고 있다. 이청준에게 자기 구제의 한 방식인 소설 쓰기가 「병신과 머저리」에서는 유용하지 않은 것이다. 그러면 형이 상처의 치유 방안으로 선택한 소설 쓰기가 소용이 되지 못하는 것은 무엇 때문일까? 그것은 형의 상처가 개인의 내면적 문제뿐만 아니라, 사회적 요인과 연관되어 있기 때문이라고 할 수 있다. 인용문에서 형은 소설에서 쏴 죽였다고 한 오관모를 보았다고 말하는데, 그것은 형의 상처가 6・25전쟁 당시의 과거에만 한정되지 않고, 그때 상처를 주었던 폭력이 유사한 모습으로 잔존하고 있다는 의미이다. 그것이 구체화되어 있지는 않으나, 형은 불안해하면서 더듬거리며 이야기를 하고, 오관모가 형의 인간적인 동정심을 비웃으며 말했던 '참새 가슴'이라는 말을 나에게 되풀이하고 있다. 형의 그런 모습은 오관모로 상징되는 폭력의 상처에서 벗어나지 못하고 피해의식에 젖어 있다는 것을 뜻한다. 오관모가 휘두른 부당한 폭력을 형이 유사하게 행사하는 것은 정신적 피해의식으로 인한 반응의 한 양상이기 때문이다.

그런데 형이 과거의 상처를 극복하는 것으로 설명되는 것은 무엇 때문일까? 그것은 화가인 동생이 서술자로 등장하는 내화에서 형은 아픔의 근원을 알고 있고, 또 그것을 인정하고 있는 것으로 설명되기 때문이다.

형은 자기를 솔직하게 시인할 용기를 가지고, 마지막에는 관모의 출현이 착각이든 아니든, 사실로서 오는 것에 보다 순종하여, 관념을 파괴해버릴 수 있는 힘이 있었다. 무엇보다도 형은 그 아픈 곳을 알고 있었으니까.

---

11) 이청준, 「병신과 머저리」, 『병신과 머저리』, 열림원, 2001, 93쪽. 이하 인용은 쪽수만 표시함.

> 어쨌든 형은 지금까지 지켜온 아픈 관념의 성은 무너지고 말았지만, 그만한 용기는 계속해서 형에게 메스를 휘두르게 할 것이다. 그것은 무서운 창조력일 수도 있다.
>
> —「병신과 머저리」, 94쪽

화가인 동생은 그림을 그리지 못하고 아픔에 시달리고 있지만 환부의 근원을 알지 못하고 있다. 그래서 아픔을 극복하지 못하고, 화가의 직분인 그림 그리는 일도 하지 못하고 있다. 그런데 형은 아픔의 근원을 알고 있다. 형은 아픔의 근원을 알고 있고, 그것을 극복하기 위해 노력하기도 하고, 또 그런 노력이 실패했음도 인정하는 것이다. 그런 형의 모습을 보면서 나는 형이 상처를 딛고 다시 정상적으로 생활할 것을 예측한다. 그렇지만 형이 아픔을 극복하는 것은 아니다. 다만 아픔의 근원을 알고 있기 때문에 치유 가능성이 암시될 뿐이다. 형이 겪은 아픔인 6·25전쟁과 그로 인한 상처를 어떻게 극복해야 할 것인가는 뒤에서 논의될 『흰옷』이나 「가해자의 얼굴」 등에서 드러난다.

「소문의 벽」에서도 6·25전쟁의 상처는 내면에 깊이 자리하고 있음을 알 수 있다. 그것은 '전깃불'로 상징되는 폭력의 체험이다. 전깃불로 상징되는 폭력은 이청준 소설에서 반복되는 중요한 모티프로[12] 전쟁의 상처에 다름 아니다. 소설가 박준은 6·25전쟁이 계속되던 어린 시절 어머니와 잠자고 있는 한밤중에 갑자기 들이닥친 정체를 알 수 없는 자들이 손전등을 비추며 어느 편인가를 다그치며 진술을 강요하는 일을 당한다. 진술에 따라 생사가 결정되는 것이어서 어머니는 대답을 하지 못하고 살려달라고만 애원할 뿐이다. 박준은 그때 겪은 두려움과 충격으로 진술을 강

12) 김진석, 「짝패와 기생 : 권력과 광기를 가로지르며 소설은」, 『작가세계』, 1992년 가을. 87-89쪽.

요하는 공포에 시달리다가 정신이상이 되는 것으로 제시되어 있다. 어느 편을 선택하느냐에 따라 생사가 결정되는 진술을 강요하는, 전깃불로 상징되는 폭력은 6·25전쟁을 겪은 세대들의 상처이자 아픔이다. 그것이 정신적 상처가 되어 「소문의 벽」의 박준과 같이 정신이상이 되거나, 「병신과 머저리」의 형처럼 방황하기도 하는 것이다.

그리고 이러한 상처는 『씌여지지 않은 자서전』을 비롯한 이청준 소설의 중요한 모티프로 작용하고 있다. 이청준은 인간의 삶을 파괴하고 억압하는 다양한 형태의 폭력에 대해 끝없이 고민해왔는데, 그것은 진실이 은폐되고 조작되는 5·16군사 쿠데타 이후의 폭력적 정치권력과 통제된 사회에 대한 문학적 대응이라 하겠다.『당신들의 천국』에서 제시된 바와 같이 선의로 행사되는 힘이라도 통제와 강압에 의한 것이라면 폭력과 다를 바 없다는 인식이다. 「병신과 머저리」, 「소문의 벽」 등에서 드러나는 전쟁의 상처와 후유증 또한 이러한 인식의 소산이라 하겠다.

3. 전쟁의 폭력과 비극

앞에서 본 바와 같이 전쟁의 폭력은 이청준 소설에서 중요한 모티프였다. 그렇지만 그가 6·25전쟁의 폭력과 그로 인한 비극에 대하여 본격적으로 다룬 것은 1980년대 중반 발표된 「숨은 손가락」과 「개백정」 등에서였다. 이들 작품은 전쟁에 편승한 인간 내면의 부정적 측면을 부각시켜 전쟁의 폭력성과 비극을 그리고 있다. 이들 소설에서 드러나는 전쟁의 폭력성은 전쟁의 주체인 인민군이나 국군이 직접 행사하기보다는, 전쟁에 편승한 무리들이 폭력을 가하는 양상을 띤다.

「숨은 손가락」은 남한과 북한으로 암시되는 청색군과 흑색군 사이의 이념적 갈등과 대립으로 야기되는 폭력과 그것에 편승하여 자행되는 악행 등을 그리고 있는데, '6.26전쟁이라는 시대적 특성이 잘 나타나 있으면서도 오늘날 사회의 저변에 깔려 있는 부정적인 문제들을 환기시키고 있다'[13]는 평을 받기도 한다. 그런데 작품에서 드러나는 전쟁의 폭력성과 비극은 단순하지는 않다. 전쟁에 편승하여 개인의 복수심이 가하는 폭력과 집단의 폭력에 희생당하는 개인의 모습이 함께 제시된다. 이청준 소설의 한 특징인 이원적 구조[14]로 제시되는 것이다.

소설의 표면적 사건인 전쟁에 편승한 개인의 복수심이 가하는 폭력은 같은 마을에서 동갑내기로 자란 친구 사이에서 일어난다. 현우는 동준과 어린 시절부터 친구 사이이나, 둘은 서로 다른 이념 집단에 가담하여 대립하게 된다. 그렇지만 둘 다 이념에 충실한 인물은 아니다. 동준은 일제 식민지 시대 교원생활을 한 것이 그대로 청색군으로 연결되었고, 흑색군에 가담한 현우는 정식 흑색주의당 당원도 아니며 흑색당과 관련한 구체적인 활동을 한 것도 없다. 현우는 이념을 위한 행동에는 관심이 없고 삶을 위한 방편으로 흑색당을 선택한 것이다. 그리고 어릴 적부터 친구인 동준에 대한 열등의식과 복수심이 흑색당을 선택한 중요한 요인으로 작용하고 있다. 그는 어릴 적부터 동준에 대한 열등의식으로 정신적 고통을 겪어 왔는데, 그것은 단순한 패배감을 지나 차츰 복수심으로 전개된다. 현우는 흑색주의당을 보호막으로 하여, 동준의 행운과 그 삶의 성취를 현실적 싸움의 표적으로 겨냥하고 나서게 되었다.

---

13) 김영미, 「자기보호와 생존을 위한 전략」, 『이청준 소설 벽 허물기 열두 마당』, 한성대학교 출판부, 2007, 26쪽.
14) 김병익, 「왜 글을 쓰는가」, 『이청준』, 은애, 1979, 124쪽.

여기서 현우와 동준의 대립은 이념의 색채를 띠기는 하지만, 이념과는 크게 관계가 없는 개인적 원한에 의한 것임이 드러난다. 이것은 「개백정」에서 제시된 바와 같이 6·25전쟁이 이념적 대립이 아닌, 계층 간의 반목으로 서로를 죽이는 비극적 양상이 강했다는 것을 암시하는 것이기도 하다. 「개백정」에서 어머니의 친정 가족이 많이 배웠다는 이유로 마을 사람들에 의해 반동으로 몰려 처형당하는 것이 단적인 예라 하겠다.

현우의 복수심이 동준을 죽음으로 몰아가는데, 그것은 앞에서 보았던 「병신과 머저리」에서 오관모가 휘둘렀던 잔인한 폭력과 크게 다르지 않다. 자신의 의도는 철저하게 은폐하고 동준에게 악역을 대행하게 하여 죽음으로 몰아가는 현우의 모습은, 살아남기 위해서는 입을 줄일 수밖에 없다며 부상당한 동료를 살해하는 오관모와 크게 다르지 않기 때문이다. 흑색군이 마을을 점령하자 현우는 마을위원장이 되어 반동분자를 처형하는 임무를 맡아 동준으로 하여금 처형 대상자를 지목하게 한다. 동준은 청색당의 청년단으로 활동한 경력이 있어 처형 대상자인데, 반동분자를 지명하는 대가로 목숨은 살려준다며 동준을 압박하는 것이다. 동준은 현우가 시키는 대로 처형 대상자를 지목하고 목숨을 부지하게 되지만, 현우는 동준을 감옥에 가두어 두고 흑색단에서 처단하고자 하는 인물들을 차례로 처형한다. 그리고 그것이 동준의 고발에 의해 이루어진 것처럼 조작한다.

전세가 뒤바뀌어 청색군이 마을을 점령하게 되어 동준이 흑색군에 가담한 현우를 비롯한 마을 사람을 처단하려 하지만, 마을 사람들은 동준에게 협조하지 않는다. 마을 사람들은 현우의 계획대로 동준을 마을 사람들을 고발하여 죽인 살인자로 인식하고, 더이상 서로를 죽이는 일이 반복되는 것을 원치 않는 것이다. 결국 현우의 치밀한 계획에 의해 고발자로 몰린 동준은 고민 끝에 자살하게 된다.

동준의 자살은 앞에서 언급한 바와 같이 집단의 폭력이 낳은 결과이기도 하다. 동준이 알고 있는 진실과 마을 사람들이 알고 있는 진실은 상반된 것이나, 마을 사람들은 자신들이 알고 있는 진실만 믿고 주장함으로써 동준을 죽음에 이르게 하기 때문이다. 이것은 다수가 옳다고 믿는 진실 앞에 개인의 진실이 철저하게 외면당할 수 있다는 것을 보여주는 것이다. 그래서 동준의 자살은 전쟁에 편승한 폭력에 대한 고발뿐만 아니라 집단에 의해 소외당하는 개인의 비극이 함께 제시되어 비극성이 더욱 부각된다고 하겠다.

「개백정」은 「숨은 손가락」에서와 같이 전쟁에 편승하여 무고한 사람들에게 무자비한 폭력을 휘두르고, 죽음으로 몰아가는 것은 인간적 윤리를 짓밟는 '개백정'이라는 인식을 피력하고 있다. 국민학교 2학년인 나의 눈을 통해 평화로운 세계가 전쟁이라는 폭력에 무참히 파괴되는 것을 그리고 있는데, 우리집 개가 희생되는 것과 어머니의 친정 가족이 희생되는 것이 병치되어 전쟁의 비극은 이원적으로 드러난다. 전쟁이 터지고 개가죽 공출이 시작되자, 마을에서는 배당된 양의 개가죽을 충당하기 위해 개들을 몽둥이나 밧줄로 무자비하게 잡아 가죽을 벗겨 간다. 그러다가 개고기맛을 탐하는 무리들이 개공출을 빌미로 마을의 개를 닥치는 대로 잡아가 개를 잡아먹는다.

개백정들의 모습은 어머니의 친정 가족이 많이 배웠다는 이유로 마을 사람들에 의해 반동으로 몰려 처형되는 것과 겹쳐 드러나는데, 이것은 전쟁에 편승하여 폭력을 휘두르는 무리들은 개백정과 다름없다는 인식이라 하겠다. 작가가 밝히고 있는 바와 같이 외갓집 가족들은 '일정 때부터 초등학교 교사를 해오던 외종형 한 분이 해방이 되고나서 '민족 청년단' 활동을 한 것이 죄가 되어 일가족 모두가 반동가족으로 몰려 마을 사람들에게 죽임을 당했다[15]고 한다. 「개백정」은 이러한 작가의 체험과 인식을 잘 반영하고 있는 것이다.

그리고 외가 식구들이 많이 배웠다는 이유로 마을 사람들에게 반동으로 몰려 처형되는 것이나, 개백정들이 개가죽 공출을 빌미로 복술이를 잡아먹는 것에서 6・25전쟁의 갈등과 상처가 단순하지 않다는 것을 알 수 있다. 6・25전쟁은 남북한의 이념과 정치적 대립에서 비롯되었지만, 전쟁이 진행되는 과정에서 이루어진 폭력은 다양한 계층 간의 대립과 반목이 크게 작용했음을 뜻하는 것이기도 하다. 그것은 『태백산맥』이나 『불의 제전』 등의 작품에서 폭넓게 제시된 바 있다. 특히 토지 문제로 야기되는 계층 간의 갈등은 남북 분단의 요인으로도 작용했을 뿐만 아니라, 전쟁 과정에서 가장 심각한 반목과 갈등의 원인이 되었던 것이다. 그리고 「개백정」의 서술자와 같이 어린이가 겪는 충격은 오랫동안 지워지지 않는 상처가 된다. 그것은 「소문의 벽」이나 「가위 밑 그림의 음화와 양화」에서도 제시된다. 그렇기 때문에 전쟁의 상처는 시급히 치유해야 할 과제로 부각된다.

4. 분단 극복의 방안

남북 분단의 상처를 치유하고 화해를 모색하기 위한 문학적 노력은 이청준뿐만 아니라, 많은 작가들에 의해 지속되어 왔다. 하지만 분단은 복잡하게 얽힌 매듭처럼 쉽게 풀리지 않아 많은 사람들을 고민하게 했고, 아직도 미해결 과제로 남아 있다. 분단 극복을 위한 이청준의 문학적 노

15) 이청준, 「「개백정」의 작가노트」, 『숨은 손가락』, 열림원, 2001, 81쪽.

력은 그의 생전에는 결실을 보지 못하였지만, 그가 보인 노력은 시사하는 바가 적지 않다. 분단극복을 위한 그의 문학적 노력은「가해자의 얼굴」,『흰옷』 등에서 잘 드러난다. 특히 『흰옷』은 분단 극복 문제를 본격적으로 다루었다는 점에서 주목을 요한다.

『흰옷』은 조(祖)·부(父)·손(孫) 삼대에 걸쳐있는 분단의 문제를 다루고 있다. 분단과 그 극복 문제들을 조·부·손 삼대를 중심으로 다루고 있어 분단에 대한 세대 간의 인식과 극복의 방안을 모색하는 데 시사하는 바가 적지 않다. 조부인 황 노인은 분단 현장에서 이념의 조류에 편승한 개인들의 탐욕에 실망하여 고향을 등진 분단의 직접적 피해자이고, 부친 황종선은 분단의 소용돌이 속에서 어린 시절을 보낸 인물로 분단과 관련한 상처와 추억이 함께 있다. 그리고 손자인 동우는 분단의 아픔을 이야기로만 듣고 아는 전후세대이다. 이렇게 삼대에 걸쳐 있는 분단과 그 상처의 극복에 대한 문제를 다루고 있다.

분단의 상처를 치유하고 극복하는 문제는 분단에 대한 인식을 바탕으로 모색되는데, 이 작품에서는 분단의 소용돌이 속에서 어린 시절을 보낸 황종선을 중심으로 서술하고 있다. 그런데 서술 주체는 황종선이지만, 분단 갈등을 극복하기 위해 노력하는 주체는 전후세대인 동우이다. 동우는 분단의 갈등으로 상처를 안고 있는 인물들을 위무하고, 분단의 갈등으로 희생당한 고혼들을 위로하는 위령제를 지내는 일 등을 주관하고 있다. 이러한 서사구도는 분단에 대한 객관적 인식과 분단 극복을 위한 노력의 지향점을 제시하기 위한 장치라 하겠다.

분단에 대한 인식은 그것을 인식하는 주체의 역사인식에 의해 좌우되는 것으로 분단을 바라보는 주체에 따라 다르다. 분단의 갈등이 소용돌이치는 현장에서 어린 시절을 보낸 황종선과 전후세대인 동우의 분단에 대한 인식은 세대의 거리만큼이나 현격한 차이가 있다. 동우는 첫 부임지로 아버지가 어린 시절을 보낸 선유리 대흥동국민학교를 택하여 아버지의 추억이 어린 초등학교의 역사를 복원하는 작업을 하면서 분단의 상처를 인식하게 된다. 동우는 교지 편집을 맡아 전란 이전의 기록을 조사하면서 좌익에 경도된 방진모 등 젊은 교사들이 새나라 건설을 위한 순수한 열정으로 학교를 건립하여 학생들을 가르쳤다는 것을 알고 그들의 헌신적 노력을 찬탄한다. 그리하여 민족과 나라의 앞날을 위하여 좌익사상을 신봉하고 거기에 의지하려 했던 것도 어느 정도는 불가피한 것으로 여기고, 사회주의자나 공산주의자였다고 해도 그것을 탓하고 싶지 않다는 태도를 보이는 것이다.

> 저는 비록 그분들이 진짜 사회주의나 공산주의자였대도 그것을 탓하고 싶지 않습니다. 중요한 것은 그분들의 뜨거운 열정과 꿋꿋한 의지로 이 학교의 창설기가 참으로 순정하기 그지없는 우리 역사의 한 장을 마련하게 되었다는 사실이니까요.[16)]

동우의 이러한 태도는 분단 극복을 위해서는 전향적이라 하겠다. 사상적으로 지향했던 바가 다르다고 해서 상대방이 추구했던 진지한 노력을 무시하고, 일방적으로 매도하거나 적대시하는 태도는 분단의 갈등을 해소하고 화해의 가능성을 모색하는 데 도움이 되지 않기 때문이다.

분단의 상처를 극복하기 위하여 이념적 편향에서 벗어나려는 노력은 최인훈, 윤흥길, 김원일, 조정래를 비롯한 많은 작가들이 지속적으로 노력해온 바이다. 분단문학이 통일을 지향하고, 나아가 통일 이후의 민족 대통합이라는 과제를 해결하기 위해서는 동우의 모습에서 볼 수 있는 이

16) 이청준, 『흰옷』, 열림원, 1994, 64쪽. 이하 인용은 쪽수만 표시함.

념적 편향에서 벗어난 시각이 필요한 것이다. 비록 사회주의를 신봉했다고 하더라도 '내 나라 내 민족의 미래를 제 힘'으로 일으켜 세우려고 노력했다면, 그것을 인정하고 이해하려는 전향적 자세에서 화해의 실마리를 찾을 수 있을 것이기 때문이다.

그러나 동우의 이러한 태도에 대하여 부친 황종선은 '영락없는 좌익패거리들의 소리를 지껄이고 있다며' 못마땅해 한다. 그리고 그는 어린 시절의 방진모를 비롯한 당시 좌익주의자들의 주장과 강요를 떠올리며, 그들의 '생각이나 세상살이의 자세가 참되고 고결하다기보다는 어딘지 섬뜩하고 음산스럽다고'(66쪽) 여긴다.

분단에 대한 이러한 인식 차이로 분단의 상처를 극복하는 일이 쉽지 않다는 것을 알 수 있다. 그것은 「가해자의 얼굴」에서도 유사하게 드러난다. 6·25전쟁 때 삼촌의 친구를 숨겨주지 못한 일로 정신적 부채를 지고 있는 김사일은 대학생이 되어 운동권에 가담한 딸 수진이와 분단에 대한 인식과 통일의 방식에 대한 인식 차이로 갈등을 빚는데, 아버지와 딸은 각기 자기주장만 내세우며 타협점을 찾지 못한다. 아버지 김사일은 6·25전쟁을 겪은 세대로 좌우나 남북한 사람들 간에 서로 이해와 믿음이 앞서야 한다는 점진적 통일 절차를 주장하고, 딸 수진은 조건 없는 통일을 주장한다. 서로의 자기주장만 강조할 뿐 상대방을 이해하지 않으려는 태도는 결국 파행으로 치닫게 되고, 전쟁의 상처를 겪은 아버지를 이해하지 못한 딸은 스스로 해결책을 찾기 위해 집을 나간다. 딸 수진이 집을 나감으로써 세대 간의 인식 차이만 재확인할 뿐 해결 방안은 모색되지 않는 것이다.

『흰옷』에서는 분단 극복을 위한 방안은 「가해자의 얼굴」에서와 같이 어느 한 세대의 일방적 주장이나 논리가 아닌, 아버지 황종선과 아들 동우의 논리가 함께 제시된다. 이청준 소설의 특징이기도 한 이원적인 방법이라 하겠다. 아버지 세대의 논리는 황종선의 농사법에서 잘 드러난다. 그는 새로운 영농법으로 수익을 추구하기보다 부친으로부터 대물림된 텃밭에 더덕포를 마련하여 '전래의 고유한 섭생법을 이 땅에 다시 심어나갈 독자적 영농법을 자력으로 성공해 보이고 말겠다'(78쪽)고 노력한다. 황종선은 부친의 뜻을 거스르지 않는 유교적 효행심으로 세대 간의 이해와 화합을 추구한다. 그는 부친의 거친 기질 때문에 어머니가 가출하여 가정적으로 불우한 어린 시절을 보냈지만, 그런 아버지를 이해하고 아버지의 뜻을 계승하여 세대 간의 갈등을 해소하는 모습을 보인다.

세대 간의 화합은 분단으로 빚어진 여러 갈등 중의 하나인 세대 간 갈등을 극복할 수 있는 요소라는 점에서 중요하다. 세대 간의 갈등은 이청준의 「가해자의 얼굴」, 김원일의 『노을』, 윤흥길의 『낫』 등의 작품에서 중요하게 제시된 분단 갈등 중 하나이다. 특히 「가해자의 얼굴」에서와 같이 분단에 대한 세대 간 인식 차이에서 야기되는 갈등을 극복하기 위해서는 서로에 대한 이해와 화합이 중요하다고 하겠다.

그런데 황종선의 모습에서 제시되는 세대 간 화합은 갈등의 원인에 대한 천착 없이 부친에 대한 막연한 그리움에 바탕을 두고 있어 올바른 극복 방안이라고 하기에는 적절하지 않다. 황종선에게 유년 시절은 부친의 드센 기질 때문에 어머니가 가출하여 편부 슬하에서 보내야했던 가슴 아픈 일들보다는, 선유리 분교시절 추억 때문에 그리움으로 남아 있다. 그에게 유년시절은 구체적인 삶의 실체로 남아 있기보다는 그리움의 대상으로 남아 있는 것이다. 이러한 점은 그의 소설에서 자주 지적되는 '정치적 이념에 대한 평가를 유보한 비현실적'[17]이라는 것과 무관하지 않다. 그에게 유년 시절과 고향은 현실 공간이기보다는 관념으로만 존재하는 이상적 공간인 것이다. 그러한 모습은 부친에 대한 인식에서도 유사하게 드러난다.

> 언제부턴가 종선씨는 조금씩 생각이 달라지기 시작했다. 거칠고 척박한 고향시절이 어쩐지 애틋하고 그리워지고, 그 사나운 갯바람기와 노인네의 삶까지가 더없이 힘차고 소중스러운 것으로 되새겨지기 시작한 것이다. (…중략…) 그 노인네의 거칠고 고집스런 생애는 세월이 흐를수록 별 거둠 없이 살아온 종선씨의 삶 앞에 비할 바 없이 힘차고 확고한 모습으로 그를 압도해오기 시작한 것이다.
>
> —『흰옷』, 56쪽

그는 유년시절의 추억을 소중하게 여기게 되면서 고향에서 쫓겨나다시피 한 부친을 자신의 삶을 지탱해준 지주로 인식하게 된다. 그것은 현실의 삶에 대한 실패감과 허망함 때문인데, 황종선은 나름대로 열정과 지혜를 바쳐 산 젊은 농사꾼으로서 한 시절이 허망스러운 것을 깨닫게 되면서 유년의 추억을 소중하게 떠올리고, 부친으로부터 물려받은 더덕포를 잘 가꾸어 부친을 욕되게 하지 않아야겠다는 효순(孝順)의 마음을 갖게 된다. 그리고 자신의 삶이 쓸모없고 하찮을지라도 그것을 자기 몫의 인생살이로 인정하려는 긍정적 자세를 지니는 것이다. 이러한 인식의 변화에는 어린 시절 은사이기도 한 좌익활동가 방진모가 살아온 세월도 중요하게 작용한다. 외딴섬에서 양계장을 하는 딸과 사위에게 얹혀 유령처럼 노년을 보내고 있는 방진모를 보면서 이 땅에 발을 딛고 땀 흘리며 살아낸 저마다의 삶을 소중하고 값진 것으로 인식하게 된 것이다.

분단으로 야기된 세대간의 갈등을 효순의 심성과 모든 사람들의 삶을

17) 김주연, 「제의와 화해」, 권오룡 엮음, 『이청준 깊이 읽기』, 문학과지성사, 1999, 290쪽.

긍정적으로 인식하여 해소하려는 황종선의 모습은 민족의 전통적 심성에 근거를 둔 화해논리이기는 하지만, 분단에 대한 인식이 관념적이라는 평가[18)]를 면하기 어렵다. 이념의 갈등으로 야기된 분단의 상처를 탈이념적인 정서로 극복하고자 하는 것은 윤흥길의 「장마」, 전상국의 『아베의 가족』을 비롯한 70년대 분단소설에서 제시된 바이다. 이념적 편향에서 벗어난 민족 전래의 정서는 세대 간 화합을 도모할 수 있는 한 방안이기는 하지만, 분단에 대한 인식의 차이에서 야기되는 갈등을 극복할 수 있는 해결책은 아니다. 분단 갈등을 해소하기 위해서는 분단의 원인이나 결과에 대한 정확한 인식을 바탕으로 모색되어야 설득력을 확보할 수 있는 것이다.

『흰옷』에서 제시되는 또 다른 분단 극복 방안은 전후세대인 동우를 통하여 제시된다. 동우는 방진모와 같이 분단의 상처를 안고 살아가는 사람들의 마음을 위무하고, 이열 교장을 비롯한 분단의 갈등으로 목숨을 잃고 무덤도 없는 고혼이 된 수많은 영혼들을 위로하는 위령제를 거행하는 일 등을 통하여, 분단의 상처를 껴안고 위로하며 세대 간 화합을 도모하려고 노력한다. 곧 분단에 대한 세대 간 인식의 벽을 뛰어넘는 소통과 화합의 방안을 모색하려고 노력하는 것이다. 분단을 극복하고 통일을 앞당기기 위해서는 세대와 계층 간의 화합이 이루어져야 하고, 그것은 원활한 소통으로 가능하기 때문이다. 동우의 이러한 노력은 이념적 입장을 달리했던 사람들에게도 공감을 얻는다. 분단으로 상처를 안고 살아온 황종선뿐만 아니라, 분단의 상처로 응어리진 마음을 토로할 방도가 없어 평생을 칩거해온 방진모와 같은 세대에게도 소통의 길을 마련한다.

18) 방민호, 『비평의 도그마를 넘어』, 창작과비평사, 2000, 22쪽.

방진모는 8·15 이듬해 선유리 바닷가에 해변 학교를 세우고 열정적으로 아이들을 가르쳐 아이들에게 존경받던 선생님이었지만, 그때 학생이던 황종선이 수십 년 뒤에 만난 방진모는 현실의 삶에서 유리되어 '침묵 속에 혼자 평생을 견디며 하염없는 세월을 기다리며'(190쪽) 웅크리고 있을 뿐이었다. 분단의 현실이 그를 유령처럼 유폐시켜 놓은 것이다. 그런 방진모를 동우가 찾아가 이열 선생을 비롯한 이름 없이 죽은 수많은 고혼들을 위한 위령제의 뜻을 밝히고 참석을 간곡하게 부탁하여 마음을 돌리게 하는 것이다. 동우의 노력으로 방진모는 젊은 시절의 꿈으로 상징되는 풍금을 부수고, 과거 삶에서 벗어나 현실의 삶으로 복귀하게 된다.

방진모는 굳게 닫았던 마음의 빗장을 풀고 위령제의 제단에 동참하여 그동안의 회한을 풀어내고 고혼들을 위로하는 혼주노릇을 담당한다. 혼주를 맡은 방진모는 망자의 혼을 불러 풀어내는 사설에서 분단의 상처를 딛고 화해의 세계를 지향하기 위해서는 '옛시절의 꿈과 노래의 질곡에서 벗어나 자기 몫의 세월을 흘러가게 해야 한다'(252쪽)고 말한다. 그리고 황종선도 '좋든 궂든 서로가 제 앞에 점지된 몫의 세월을 살아 흘러갈 수 있어야 된다'(254쪽)고 한다. 분단의 상처를 딛고 화해의 길을 모색해야 한다고 말하는 것이다. 지난 세월의 기억에 얽매여 미래의 발목을 잡는 어리석음을 되풀이하지 않아야 한다는 두 노인의 바람은, 곧 화해의 굿판을 마련한 동우의 바람이다. 지난 세월의 '아픔들이 어차피 피해 물러서거나 어거지로 지나쳐 넘어갈 수 없는 것이라면 그것을 차라리 적극적으로 껴안고 새로운 창조와 생산의 자양으로 삭여내어 삶을 더욱 기품 있게 성취해야'[19] 할 바인 것이다.

19) 이청준, 「작가의 말」, 앞의 책, 258쪽.

이처럼 분단의 상황을 객관적으로 인식하려는 태도와 분단의 상처를 껴안고 위무하려는 진지한 노력은, 분단을 극복할 수 있는 방안을 모색하는 데 전제되어야 할 요건이며 자세이라 하겠다. 그런데 『흰옷』에서 동우를 통하여 제시되고 있는 '함께 아파하기'는 한국 분단소설에서 유사한 형태로 자주 제기된 것으로 새로운 방안은 아니다. 하지만 이미 많은 사람들이 언급한 바 있듯이 분단문학의 종점이 통일이 아니라, 통일이 된 이후에도 민족의 삶을 속박하는 모든 것을 넘어서기 위해서는, 아픔을 함께 나누는 민족 전래의 심성과 정서에 의지할 수밖에 없기 때문이다. 그렇지만 분단체제를 극복하려는 노력이 남달리 창조적이 아니고서는 성공하기 어렵다는 지적[20)]과도 같이, 아픔을 함께 나누는 민족의 심성과 정서는 새롭게 창조되어야 할 것이다.

5. 마무리

이청준 소설의 특징을 하나로 규정하기는 쉽지 않다. 그의 소설은 우리 민족의 전통적 정서에 기반한 민중들의 삶과 예술, 폭력적 정치권력과 통제된 사회, 토속적 믿음과 획일화한 신앙, 개인의 자유와 언어의 문제 등에 이르기까지 다양한 문제들을 폭넓게 다루어왔기 때문이다. 그렇지만 그의 문학을 관통하는 중심축은 민중들의 삶과 애환에 닿아 있다. 이 땅의 민중들이 더 나은 삶을 누릴 수 있기를 염원하며 문학적 노력을 경주해온 것이다.

앞에서 살펴본 6・25전쟁의 상처와 분단극복에 대한 문제도 이청준 문

20) 백낙청, 「통일운동의 문학」, 『민족문학의 새단계』, 창작과 비평사, 1990, 130쪽.

학을 관통하는 중심축인 민중들의 삶과 무관하지 않다. 6·25전쟁으로 육체적·정신적 상처를 입고 후유증을 앓고 있는 수많은 사람들의 고통을 외면하지 않았고, 또 그것을 극복하고 통일을 앞당기기 위해 다양한 문학적 대응을 해온 것이다. 이청준은 작품 활동 초기부터 6·25전쟁과 분단 문제를 다양한 방법으로 작품화했는데, 그것은 크게 세 가지 양상으로 나타난다. 전쟁의 상처로 인한 정신적 고통, 전쟁으로 야기되는 폭력과 야만성, 그리고 분단 상황을 극복하기 위한 모색 등이다.

이청준이 작품 활동을 시작한 이듬해 발표한 「병신과 머저리」, 「소문의 벽」, 『씌어지지 않은 자서전』 등의 작품에서는 6·25전쟁의 상처가 한 인물의 삶에 얼마나 깊이 작용하고 있는가를 형상화하고 있다. 이것은 6·25전쟁과 분단 시대를 살아온 세대가 겪어야 했던 고통이자 상처라는 것을 부각하고 있다. 그리고 6·25전쟁과 그 상처는 그의 작품 활동 초기부터 중요한 모티프로 작용하고 있는데, 그것은 이후의 「숨은 손가락」이나 『흰옷』 등의 작품들에서 형상화한 바와 같이 전쟁의 폭력과 분단 극복의 문제를 천착하는 것으로 발전하게 되었다.

「숨은 손가락」과 「개백정」등의 작품에서는 전쟁의 폭력과 비극을 그리고 있다. 그것은 전쟁에 편승하여 폭력을 행사하는 인간 내면의 부정적인 측면을 부각시키는 것과, 집단의 폭력에 개인들이 당하는 비극이다. 이러한 점은 6·25전쟁이 남북한의 이념과 정치적 대립에서 비롯하였지만, 전쟁 과정에서 이루어진 폭력은 다양한 계층 간의 대립과 반목이 크게 작용했음을 뜻하는 것이기도 하다.

분단의 상처를 치유하고 화해를 모색하기 위한 문학적 노력은 「가해자의 얼굴」, 『흰옷』 등에서 잘 드러난다. 특히 『흰옷』은 분단 극복 문제를 본격적으로 다루었다는 점에서 주목을 요한다. 『흰옷』에서 제시되는 분단 극복 방안은 두 가지이다. 하나는 분단으로 야기된 세대 간의 갈등을 효순의 심성과 모든 사람들의 삶을 긍정적으로 보는 태도이다. 이것은 민족의 전통적 심성에 근거를 둔 화해의 논리이기는 하지만, 분단에 대한 인식이 관념적이라는 비판의 여지가 있다. 그리고 또 하나는 전후 세대인 동우를 통하여 제시되고 있는 좌익운동가들에 대한 전향적인 자세와 '함께 아파하기'이다. 함께 아파하기는 한국 분단소설에서 유사한 형태로 자주 제기된 것으로 새로운 방안은 아니지만, 민족의 삶을 속박하는 모든 것을 넘어서기 위해서는 민족 전래의 심성과 정서에 의지할 수밖에 없다는 점에서 의미가 있다. 그리고 좌익 운동가들에 대한 전향적 인식은 이제껏 경색화된 분단 구조를 완화하는 데 시사하는 바가 적지 않다고 하겠다.

참고문헌

<단행본>

강만길, 『분단시대의 역사인식』, 창작과비평사, 1978.
강만길 외, 『민족의 화해와 통일을 위하여』, 심지, 1997.
강진호, 『탈분단시대의 문학논리』, 새미, 2001.
건국대학교 인문학연구원 통일인문학연구단 역음, 『분단극복을 위한 인문학적 성찰』, 선인, 2009.
고은·박명림 외, 『문학과 역사적 인간』, 한길사, 1991.
고인환, 『공감과 곤혹 사이』, 실천문학사, 2007.
권명아, 『맞장뜨는 여자들』, 소명출판, 2001.
권영민, 『태백산맥』 다시 읽기』, 해냄, 1996.
_____, 『소설과 운명의 언어』, 현대소설사, 1992.
권오룡 외, 『이청준 깊이 읽기』, 문학과지성사, 1999.
________, 『김원일 깊이 읽기』, 문학과지성사, 2002.
김경수, 『공공의 상상력』, 랜덤하우스, 2005.
김경학 외, 『전쟁과 기억』, 한울아카데미, 2005.
김동춘, 『분단과 한국사회』, 역사비평사, 1997.
_____, 『전쟁과 사회』, 돌베개, 2011.
김명준, 『한국의 분단소설』, 청운, 2003.
김미영, 『한국 현대소설의 분석적 해석』, 깊은샘, 2005.
김미현, 『박완서 문학의 길 찾기』, 세계사, 2000,
김병익, 『상황과 상상력』, 문학과지성사, 1979.
_____, 『두 열림을 향하여』, 솔출판사, 1991.
김병익·김 현, 『윤홍길』, 도서출판 은애, 1979.
김삼웅, 『해방 후 양민학살사』, 가람기획, 1996.
김성수, 『통일의 문학 비평의 논리』, 책세상, 2001.
김수남·김인회, 『황해도 지노귀굿』, 열화당, 1993.
김승환·신순범, 『분단 문학 비평』, 청하, 1987.
김양식, 『지리산에 가련다』, 한울, 1998.
김영화, 『분단상황과 문학』, 국학자료원, 1992.
김용섭, 『조선후기농업사연구 I 』, 지식산업사, 1995.
김원일, 『사랑하는 자는 괴로움을 안다』, 문이당, 1991.
김유남 편, 『한국정치연구의 쟁점과 과제』, 한울아카데미, 2001,

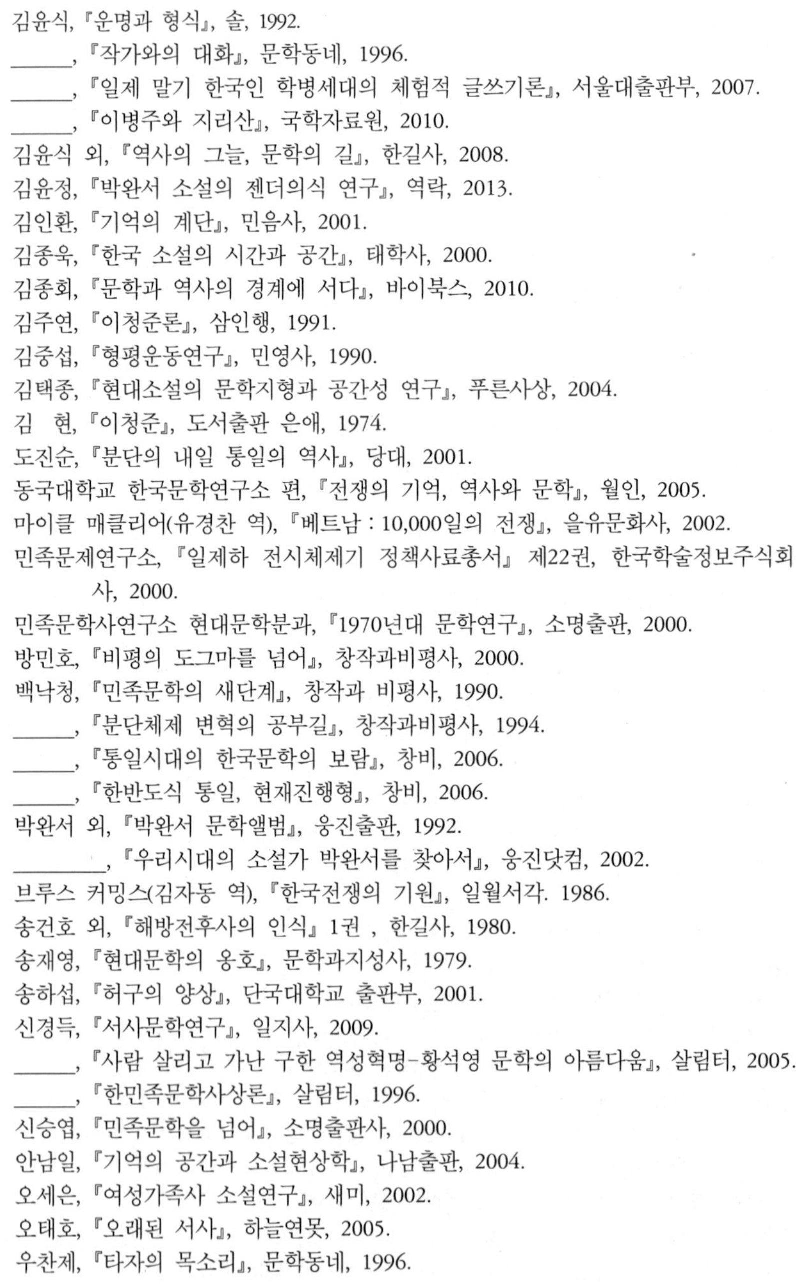

김윤식, 『운명과 형식』, 솔, 1992.
______, 『작가와의 대화』, 문학동네, 1996.
______, 『일제 말기 한국인 학병세대의 체험적 글쓰기론』, 서울대출판부, 2007.
______, 『이병주와 지리산』, 국학자료원, 2010.
김윤식 외, 『역사의 그늘, 문학의 길』, 한길사, 2008.
김윤정, 『박완서 소설의 젠더의식 연구』, 역락, 2013.
김인환, 『기억의 계단』, 민음사, 2001.
김종욱, 『한국 소설의 시간과 공간』, 태학사, 2000.
김종회, 『문학과 역사의 경계에 서다』, 바이북스, 2010.
김주연, 『이청준론』, 삼인행, 1991.
김중섭, 『형평운동연구』, 민영사, 1990.
김택종, 『현대소설의 문학지형과 공간성 연구』, 푸른사상, 2004.
김 현, 『이청준』, 도서출판 은애, 1974.
도진순, 『분단의 내일 통일의 역사』, 당대, 2001.
동국대학교 한국문학연구소 편, 『전쟁의 기억, 역사와 문학』, 월인, 2005.
마이클 매클리어(유경찬 역), 『베트남 : 10,000일의 전쟁』, 을유문화사, 2002.
민족문제연구소, 『일제하 전시체제기 정책사료총서』 제22권, 한국학술정보주식회사, 2000.
민족문학사연구소 현대문학분과, 『1970년대 문학연구』, 소명출판, 2000.
방민호, 『비평의 도그마를 넘어』, 창작과비평사, 2000.
백낙청, 『민족문학의 새단계』, 창작과 비평사, 1990.
______, 『분단체제 변혁의 공부길』, 창작과비평사, 1994.
______, 『통일시대의 한국문학의 보람』, 창비, 2006.
______, 『한반도식 통일, 현재진행형』, 창비, 2006.
박완서 외, 『박완서 문학앨범』, 웅진출판, 1992.
_________, 『우리시대의 소설가 박완서를 찾아서』, 웅진닷컴, 2002.
브루스 커밍스(김자동 역), 『한국전쟁의 기원』, 일월서각. 1986.
송건호 외, 『해방전후사의 인식』 1권 , 한길사, 1980.
송재영, 『현대문학의 옹호』, 문학과지성사, 1979.
송하섭, 『허구의 양상』, 단국대학교 출판부, 2001.
신경득, 『서사문학연구』, 일지사, 2009.
______, 『사람 살리고 가난 구한 역성혁명-황석영 문학의 아름다움』, 살림터, 2005.
______, 『한민족문학사상론』, 살림터, 1996.
신승엽, 『민족문학을 넘어』, 소명출판사, 2000.
안남일, 『기억의 공간과 소설현상학』, 나남출판, 2004.
오세은, 『여성가족사 소설연구』, 새미, 2002.
오태호, 『오래된 서사』, 하늘연못, 2005.
우찬제, 『타자의 목소리』, 문학동네, 1996.

유임하, 『기억의 심연』, 이회출판사, 2002.
_____, 『분단현실과 서사적 상상력』, 태학사, 1998.
이경호·권명아, 『박완서 문학의 길 찾기』, 세계사, 2000.
이기윤, 『전쟁과 인간』, 한샘, 1992.
이명재, 『변혁기의 한국문학』, 문학세계사, 1990.
이병주, 『잃어버린 시간을 위한 문학적 기행』, 서당, 1988.
이선미, 『박완서 소설연구』, 깊은샘, 2004.
이성희, 『김원일 소설과 한국의 분단현실』, 부산대학교 출판부, 2011.
이봉일, 『1950년대 분단소설연구』, 월인, 2001.
_____, 『이데올로기의 유령을 넘어서』, 월인, 2002.
이윤옥, 『비상학, 부활하는 새 다시태어나는 말-이청준 소설읽기』, 문이당, 2005.
이은봉, 『고향과 한의 미학-문순태의 소설세계』, 태학사, 2005.
이승준, 『이청준 소설 연구』, 한국학술정보, 2005.
이종석, 『분단시대의 통일학』, 한울아카데미, 1988.
이정숙 외, 『이청준 소설 벽 허물기 열두 마당』, 한성대출판부, 2007.
이철범, 『분단·문학·통일』, 종로서적, 1988.
이태동 편, 『박완서』, 서강대 출판부, 1998.
임기현, 『황석영 소설의 탈식민성』, 역락, 2010.
임규찬, 『작품과 시간』, 소명출판, 2001.
임헌영, 『민족의 상황과 문학사상』, 한길사, 1986.
_____, 『문학과 이데올로기』, 실천문학사, 1988.
_____, 『분단시대의 문학』, 태학사, 1992.
장백일, 『한국 현대문학 특수소재 연구』, 탐구당, 2001.
장일구, 『공간의 시학』, 예림기획, 2002.
정찬영, 『한국증언소설의 논리』, 예림기획, 2000.
정호웅, 『반영과 지향』, 세계사, 1995.
조구호, 『소설의 분석과 이해』, 정림사, 2004.
조정래, 『조정래 그의 문학 속으로』, 해냄, 1999.
진덕규 외, 『1950년대의 인식』, 한길사, 1981.
진순애, 『전쟁과 인문학』, 성균관대학교 출판부, 2006.
천이두, 『한국 문학과 한』, 이우출판사, 1985.
최시한, 『소설분석방법』, 일조각, 2015.
최유찬, 『리얼리즘의 이론과 실제비평』, 두리, 1992.
최원식·임홍배 엮음, 『황석영 문학세계』, 창비, 2003.
최창집, 『해방전후사의 인식』4 , 한길사, 1993.
한 기, 『전환기의 사회와 문학』, 문학과지성사, 1991.
홍정선, 『프로메테우스의 세월』, 역락, 2008.
황광수, 『삶과 역사적 진실』, 창작과비평사, 1955.

_____, 『땅과 사람의 역사』, 실천문학사, 1996.
_____, 『소설과 진실』, 해냄, 2000.
황도경, 『우리 시대의 여성 작가』, 문학과지성사, 1999.
_____, 『문체로 읽는 소설』, 소명출판, 2002.
황송문, 『분단문학과 통일문학』, 성문각, 1989.
황종연, 『비루한 것의 카니발』, 문학동네, 2001.
Joseph A. Kestner, 『The Spaciality of the Novel』, Wayne State Univ. Press, 1978,

<논문 및 평론>

강심호, 「이병주 소설 연구-학병세대의 내면의식을 중심으로」, 『관악어문』27호, 서울대 국어국문학과, 2002.
강진호, 「분단현실의 자기화와 주체적 극복의지」, 『1970년대 문학연구』, 소명출판, 2000.
강훈덕, 「일제하 농민운동의 일 고찰」, 경희대 대학원 박사논문, 1989.
고명철, 「베트남전쟁 소설의 형상화에 대한 문제」, 『현대소설연구』19호, 한국현대소설학회, 2003.
_____, 「1970년대의 조정래 문학, 그 세 꼭짓점」, 『문예연구』제14권 제1호, 문예연구사, 2007.
고인환, 「황석영의 『손님』연구」, 『한국학논총』39집, 한양대학교 한국학연구소, 2005.
_____, 「이병주 중·단편소설에 나타난 서사적 자의식 연구」, 『국제어문』48호, 국제어문학회, 2010.
곽상인, 「이병주의 『관부연락선』에 나타난 인물의 내면의식 고찰」, 『인문연구』60호, 영남대 인문과학연구소, 2010.
권명아, 「한국 전쟁과 주체성의 연구」, 연세대 박사논문, 2001.
김동근, 「『태백산맥』의 텍스트기호론적 분석 : '지주/소작인' 코드를 중심으로」, 『현대문학이론연구』16집, 현대문학이론학회, 2001.
김병욱, 「현대소설의 시간과 공간 연구」, 서강대 대학원 박사논문, 1988.
김병익, 「분단의식의 문학적 전망」, 『문학과 지성』, 1979년 봄호.
김복순, 「지식인 빨치산계보와 『지리산』」, 『인문과학논총』22호, 명지대학교 인문과학연구소, 2000.
김영혜 외, 「『태백산맥』론 ; 올바른 여성문학의 정립을 위하여」, 여성과사회 2, 창작과비평사, 1991.
김옥연, 「조정래 소설 연구-분단소설을 중심으로」, 중앙대 석사논문, 2003.
김윤식, 「벌교의 사상과 내가 보아온 『태백산맥』」, 『문학과 역사와 인간』, 한길사, 1991,
_____, 「미백의 사상, 또는 이청준의 글쓰기 기원에 대하여」, 『작가세계』 1992 가을호, 세계사, 1992.

______, 「지리산의 사상과 『지리산』의 사상」, 『지리산』7권, 한길사, 2006.
______, 「원죄 · 원체험으로서의 6 · 25」, 『고향과 한의 미학』, 태학사, 2005.
김외곤, 「이병주 문학과 학병 세대의 의식구조」, 『지역문학연구』12, 경남부산지역문학회, 2005.
김인환, 「『피아골』작품론-귀환의 의미」, 『피아골』, 정음사, 1985
김일영, 「농지개혁을 둘러싼 신화의 해체」, 김유남 편, 『한국정치연구의 쟁점과 과제』, 한울아카데미, 2001.
김은경, 「조정래의 『태백산맥』과 지질학적 상상력」,『한국현대문학연구』14집, 한국현대문학회, 2003.
김재용, 「냉전적 분단구조 해체의 소설적 탐구」, 『실천문학』2001년 가을호, 실천문학사, 2001.
김종오, 「현대사 관련 소설의 이념적 문제점 연구 ; 소설 태백산맥에 나타난 좌 · 우익인물의 대비를 중심으로」, 『공안연구』23, 공안문제연구소. 1992
김종회, 「가족사의 수난에서 민족사의 비극으로 ; 『불의 제전』의 작가 김원일 「대담」, 『동서문학』11월호, 1989년.
김중섭 · 유낙근, 「3 · 1운동과 1920년대 초 사회 운동의 동향; 진주지역을 중심으로」, 『현상과 인식』10권 4호,
김정자, 「'한'의 문체, 그 맥락의 오늘-황석영 · 이청준 · 문순태」, 『국어교육』57, 한국어교육학회, 1986.
김진석, 「짝패와 기생 : 권력과 광기를 가로지르며 소설은」, 『작가세계』 가을호, 세계사, 1992.
김태문, 「1920년대 순천지방에서의 소작쟁의와 소작인조합의 성격」, 조선대 석사논문, 1991.
김학준, 「6 · 26전쟁에 관한 몇 가지 예비적 토론」, 『탈냉전시대 한국전쟁의 재조명』, 백산서당, 2000.
김한식, 「사실 복원의 의지와 이념에 대한 불만 : 김원일의 『불의 제전』 연구」, 『우리어문연구』32집, 우리어문학회, 2008.
노현주, 「이병주 소설의 대중선과 서사 전략 연구」, 『국제한인문학연구』8, 국제한인문학회, 2011.
______, 「정치의식의 소설화와 뉴저널리즘」, 『우리어문연구』42, 우리어문학회, 2012.
______, 「이병주 소설의 엑조티즘과 대중의 욕망」, 『한국문학이론과 비평』55, 한국문학이론과 비평학회, 2012.
문순태, 「문학공간으로서의 지리산」, 『예술광주』제34호, 2004.
박선경, 「'성'과 '성담론'을 통해 본, 삶의 내면과 이면」, 『고향과 한의 미학』, 태학사, 2005.
박성천, 「문순태 소설의 한의 서사적 특징」, 『현대문학이론연구』31집, 현대문학이론학회, 2007.
______, 「문순태 소설의 서사 구조 연구」, 전남대학교 박사학위논문, 2008.

박중렬, 「실록소설로서의 이병주의 『지리산』론」, 『현대문학이론연구』29호. 2006.
박 진, 「기억의 재구성과 역사의 서사화-장편소설 『41년생 소년』」, 『고향과 한의 미학』, 태학사, 2005.
박지연, 「조정래 전반기 소설 연구-분단인식을 중심으로」, 한양대 석사논문, 2002.
백낙청, 「통일운동의 문학」, 『민족문학의 새단계』, 창작과 비평사, 1990,
백지영, 「윤홍길의 「장마」 연구」, 세종대학교 석사학위 논문, 2005.
사꾸라이 히로시, 「한국 농지개혁의 재검토」, 『한국현대사의 재조명』, 돌베개. 1982.
서경석, 「『태백산맥』론 ; 비극적 역사의 전환을 위하여」, 『창작과비평』68호, 창작과 비평사. 1999.
손혜숙, 「이병주 대중소설의 갈등구조 연구」, 『한민족문화연구』26, 한민족문화학회, 2008.
______, 「이병주 소설의 역사인식 연구」, 중앙대 박사학위논문, 2011.
송재일, 「비극적 한의 얽힘과 풀어내기」, 『고향과 한의 미학』, 태학사, 2005.
신덕룡, 「기억 혹은 복원으로서의 글쓰기」, 『고향과 한의 미학』, 태학사, 2005.
심정민, 「분단소설의 변모과정」, 중앙대 대학원 석사논문, 1994.
안남일, 「분단인식의 사유-『손님』론」, 『한국학연구』16, 고려대학교 한국학연구소, 2002.
______, 「현대소설에 나타난 분단콤플렉스 연구」, 고려대학교 대학원 박사논문, 2002.
안미영, 「김원일의 『불의 제전』에 드러난 화해와 공존의식 연구」, 『개신어문연구』14, 개신어문학회, 1997.
안숙원, 「『태백산맥』에 나타난 민족주의 여성상」, 『여성문학연구』통권9호, 한국여성문학학회, 2003.
양문규, 「분단 및 산업사회 현실에 대한 독특한 문제의식」, 『현역 중진작가연구 1』, 한국현대문학연구회, 국학자료원, 1997.
양영희, 「『태백산맥』의 주제 전개를 위한 응결성 실현 양상에 대한 고찰」, 『현대문학이론연구』제16집, 현대문학이론학회, 2001.
양진오, 「한반도의 민족문제에 관한 장기지속적인 성찰-황석영 『손님』」, 『실천문학』2000년 가을호, 실천문학사, 2002.
______, 「민족문제의 재현과 냉전 반공주의의 역학-조정래의 초기 소설을 중심으로」, 『어문론총』49호, 한국문학언어학회, 2008,
오태호, 「황석영 소설의 근대성과 탈근대성 연구」, 경희대 박사학위논문, 2004년.
왕 철, 「소설과 미학의 거리의 문제」, 『비평문학』9호, 1995.
유인호, 「농지개혁의 전개과정과 성과」, 『해방전후사의 인식』1권 , 한길사, 1980.
유임하, 「분단소설의 사회역사적 상상력 : 조정래의 『태백산맥』」, 『국어국문학논문』18집, 동국대학교 국어국문학과, 1998.
윤지관, 「억압사회에서의 소설의 기능-이청준 문학의 의미와 한계」, 『실천문학』, 1992년 봄호, 실천문학사, 1992.
이금례, 「윤홍길 소설 연구 : 분단소설을 중심으로」, 성균관대학교 석사학위논문, 2008.
이동재, 「분단시대의 휴머니즘과 문학론-이병주의 『지리산』」, 『현대소설연구』24, 현대소설학회, 2004.
_____, 「한국문학과 지리산의 이미지」, 『현대문학이론 연구』29호, 2004.
이명원, 「대안적 이념 모색을 향한 내적 고투」, 『창작과비평』109호, 창작과비평사, 2000.
이보영, 「역사적 상황과 윤리-이병주론」, 『현대문학』2-3월호, 현대문학사, 1977.
이선미, 「박완서 소설의 서술성 연구」, 연세대 대학원 박사논문, 2001.
이재영, 「진실과 화해-『손님』론」, 최원식, 임홍배 역음, 『황석영 문학의 세계』, 창비, 2003.
임규찬, 「조정래의 『태백산맥』」, 『작품과 시간』, 소명출판, 2001.
임은희, 「문순태 소설에 나타난 생태학적 인식 고찰」, 『우리어문연구』31집, 우리어문학회, 2008.
임헌영, 「분단문학과 변혁주체」, 『문학과 이데올로기』, 실천문학사, 1988,
임환모, 「『태백산맥』의 서사 전략」, 『현대문학이론연구』16집, 현대문학이론학회. 2001.
_____, 「1980년대 한국소설의 민중적 상상력-조정래의 『태백산맥』 을 중심으로」, 『한국언어문학제』73집, 한국언어문학회, 2010.
음영철, 「이병주 소설의 주체성 연구」, 건국대 박사학위논문, 2011.
응웬 레 투, 「황석영 문학에 나타난 베트남전쟁-『무기의 그늘』을 중심으로」, 성균관대학교 석사논문, 2005.
장병희, 「한국 빨치산문학 연구」, 『어문학논총』14호, 국민대학교 어문학연구소, 1995.
전영의, 「조정래 『태백산맥』의 서사담론 연구」, 전남대 대학원 박사논문, 2012.
정종진, 「조정래 3大 소설의 '역사 바로 쓰기'에 대한 연구」, 『청대학술논집』2집, 청주대학교학술연구소, 2004.
정찬영, 「역사적 사실과 문학적 진실」, 『한국문학논총』24, 한국문학학회, 1998.
정호웅, 「주제의 중층성-『태백산맥론』」, 『작가세계』26호, 1995.
조갑상, 「이병주의 『관부연락선』 연구」, 『현대소설연구』11, 한국현대소설학회, 1999.
조건상, 「분단인식의 형상화 연구」, 『현대소설연구』9집, 현대소설학회, 1998.
조구호, 「변혁운동에 대한 모색-『오래된 정원』론」, 『경상어문』7집, 경상어문학회, 2001.
_____, 「역사적 비극과 문학적 상상력-『겨울골짜기』론」, 『문학 한글』 15 · 16호, 한글학회, 2002.
_____, 「박완서의 「엄마의 말뚝」연작 고찰」, 『경상어문』10집, 경상어문학회, 2003.
_____, 「분단극복을 위한 모색-윤홍길의 『낫』을 중심으로」, 『어문론총』45호, 한국문학언어학회, 2006.
_____, 「『태백산맥』의 반동인물 연구」, 배달말38호, 배달말학회 2006.
_____, 「현대소설에 나타난 지리산의 형상화의 그 의미」, 『어문론총』47호, 한국문학언어학회, 2007.
_____, 「분단의 갈등과 화해의 논리」, 『한국언어문학』61집, 한국언어문학회 2007.
_____, 「화해의 방안과 과제」, 『현대소설연구』36집, 현대소설학회, 2007.
_____, 「황석영 분단소설 연구」, 『어문론총』49호, 한국문학언어학회, 2008.
_____, 「상생을 위한 반성과 노력-황석영 『손님』론」, 『경상어문』14집, 경상어문학

회, 2008.

_____, 「이청준 소설 연구」, 『동양학』45호, 단국대학교 동양학연구소, 2009.

_____, 「문순태 분단소설 연구」, 『한국언어문학』76집, 한국문학언어학회, 2011.

_____, 「이청준의 「병신과 머저리」 연구」, 『경상어문』17집, 경상어문학회, 2011.

조정래, 「『태백산맥』 창작보고서」, 『작가세계』26호. 1995.

_____, 「용서는 반성의 선물」, 『실천문학』66호, 실천문학사, 2002.

최경희, 「어머니의 법과 이름으로-「엄마의 말뚝」의 상징구조」, 『박완서 문학 길 찾기』, 세계사, 2000.

최유찬, 「대립적 세계와 화해의 조건-윤흥길의 「장마」에 대하여-」, 『리얼리즘의 이론과 실제비평』, 두리, 1992.

최창근, 「문순태 소설의 '탈향/귀향' 서사구조」, 전남대학교 석사학위논문, 2005.

최현주, 「민중적 생명력과 역사의식의 형상화」, 『한국언어문학』50집, 한국언어문학회, 2003.

_____, 「『관부연락선』의 탈식민지성 연구」, 『배달말』48, 배달말학회, 2011.

하정일, 「태백산맥론」, 『민족문학의 이념과 방법』, 태학사, 1993.

_____, 「분단의 형이상학을 넘어서-황석영론」, 『실천문학』62호, 실천문학사, 2001.

현길언, 「한국 현대소설과 정치성」, 『현대소설연구』18집, 현대소설학회, 2003.

황성근, 「기록문학과 저널리즘의 상관성 연구」, 『세계문학비교연구』23, 한국세계문학비교학회, 2008.

저자소개 **조구호**

경남 진주에서 출생했다. 경상대학교 국어국문학과를 졸업했고, 같은 대학의 대학원에서 박사학위를 받았다. 진주교육대학교 · 진주산업대학교 등에서 강의를 했고, 현재 경상대학교 등에서 '문학'과 '글쓰기' 강의를 하고 있다. 경남도민일보 논설위원을 역임했다.

그동안 쓴 논문은 「일제강점기 이향소설연구」를 비롯해 40여 편이고, 쓴 책은 『한국근대소설연구』(국학자료원, 2000), 『작문(공저)』(경상대학교출판부, 2006), 『소설의 분석과 이해(개정판)』(정림사, 2009), 『단편소설 깊이 읽기(공저)』(나라말), 『첨삭으로 익히는 글쓰기(개정판)』(도서출판 역락, 2015), 『남명학과 현대사회(공저)』(도서출판 역락, 2015) 등 10여 권이 있다.

분단소설연구

초판 인쇄 2016년 4월 18일
초판 발행 2016년 4월 25일

지은이 조구호

펴낸이 이대현
편 집 이소정
디자인 이홍주
펴낸곳 도서출판 역락 | **등 록** 303-2002-000014호(등록일 1999년 4월 19일)
주 소 서울시 서초구 동광로46길 6-6(반포4동 577-25) 문창빌딩 2층(우137-807)
전 화 02-3409-2058(영업부), 2060(편집부) | **팩시밀리** 02-3409-2059
이메일 youkrack@hanmail.net
역락블로그 http://blog.naver.com/youkrack3888

ISBN 979-11-5686-305-2 93810
정 가 28,000원

* 잘못된 책은 교환해 드립니다.

이 도서의 국립중앙도서관 출판예정도서목록(CIP)은 서지정보유통지원시스템 홈페이지(http://seoji.nl.go.kr)와 국가자료공동목록시스템(http://www.nl.go.kr/kolisnet)에서 이용하실 수 있습니다.(CIP제어번호: CIP2016010112)